Les Destivel (1937-1948)

JAMES DE LA BOULLAYE

Couverture par Danièle Risse

Copyright © 2019 James de la Boullaye

Tous droits réservés.

ISBN : 978-2-9552270-7-7:

ii

A Mon Père

qui commanda le «*squadron 346*» Guyenne puis la base de
bombardiers lourds d'Elvington (Royaume Uni) en 1944-45

JAMES DE LA BOULLAYE

TABLE DES MATIÈRES

Premier Volume

UN BEL ETE A GAITFORD

1
BOIS-COLOMBES, PRÈS DE PARIS, FRANCE, JUIN 1937

Un grand rosier fleuri qui embaume à droite de l'église, une douce chaleur de fin juin, un ciel tout bleu, sans nuage, un cortège qui commence à sortir de l'église de Bois-Colombes. Le début de l'été est magnifique en cette année 1937, mais Anne n'en profitera pas. Ils sont venus nombreux, ses amis d'enfance, ceux de son mari, les membres de sa famille et les habitants du quartier, l'accompagner jusqu'à sa dernière demeure. Anne n'a pas résisté à la maladie de cœur venue chambouler sa vie. Elle allait avoir vingt-neuf ans.

En tête du cortège, l'abbé Vauban qui connaît Anne depuis toujours, en soutane noire surmontée d'une chasuble blanche toute brodée. Puis vient Philippe Destivel dit Phil, le mari d'Anne, une rose à la main, très digne dans son uniforme de capitaine d'aviation. A côté de lui ses deux enfants Paul et Claire, huit et six ans. Ils réalisent mal que leur maman ne sera plus là pour les chérir. Maggy, la mère de Phil, vêtue de noir, avec son air dur des mauvais jours. Dans la suite du cortège, des officiers dont les uniformes colorés et les décorations contrastent avec les costumes sombres des civils.

Tout en marchant, Phil se souvient d'Anne, il y a deux ans, à Chartres : Ils reviennent de faire des courses, elle a du mal à monter l'escalier qui mène à leur appartement. Très essoufflée, elle fait son premier malaise et reste évanouie quelques minutes. Le médecin consulté diagnostique une anémie : pas assez de globules rouges.

— Il faut qu'elle mange plus de fer, finit-il par préconiser très doctement.

Un traitement est prescrit mais ne l'améliore pas. Rien n'y fait et de nouveaux malaises surviennent. Phil l'emmène consulter à Paris pour être examinée à l'Hôtel Dieu par un professeur de Cardiologie.

— C'est un rétrécissement mitral. J'entends un souffle caractéristique, pas de doute possible, conclut-il très sûr de lui.

Il n'y a guère de traitement efficace et Anne doit surtout se ménager. Elle se repose mais son état se dégrade et bientôt, elle n'a plus assez de force pour s'occuper de Paul et Claire et de sa maison.

Phil trouve alors une solution qui lui semble satisfaisante : accueillir sa mère, devenue veuve l'année précédente, pour veiller à la fois sur sa femme malade et sur ses enfants. Anne va de moins en moins bien. Les médecins ne sont pas optimistes et envisagent le pire car, même s'ils sont des pontes de la Cardiologie, ils ne peuvent rien faire pour elle, juste des prédictions sur l'insuffisance cardiaque qui pointe le bout de son nez et sur les mois qui lui restent à vivre.

C'est maintenant très dur pour Phil de se retrouver veuf à trente-deux ans avec des enfants à élever, une mère à héberger. Anne, c'est son amour de jeunesse. Elle vivait à côté de chez lui à Bois-Colombes. Ils se connaissaient et s'aimaient depuis l'enfance. Pour Paul et Claire l'histoire de leur maman ne se termine pas comme ils l'avaient prévu. Ils pensaient qu'elle allait guérir car c'est ce qu'on leur disait depuis le début de sa maladie.

Le cortège arrive au cimetière et tout le monde se rassemble autour de la tombe familiale où Anne doit reposer.

— Requiescat in pace ! Qu'elle repose en paix, psalmodie le prêtre qui bénit le cercueil une dernière fois avec son goupillon imprégné d'eau bénite.

Au moment où les employés des pompes funèbres commencent à descendre le cercueil dans le caveau, Phil ne peut réprimer ses larmes. Maggy s'en rend compte et n'est pas contente :

— Phil, les hommes ne doivent pas pleurer, les officiers encore moins. Tiens-toi correctement !

2

PARIS, RUE LECOURBE, FRANCE, MARS 1938

Maggy admire son fils, dans son bel uniforme de l'armée de l'air, qui part écouter un exposé sur « l'évolution de la stratégie au cours des grandes batailles du premier empire ».

— Je vous ai préparé un pot au feu, pour ce soir, avec un bouillon gras. Il y aura du gros sel et des cornichons, dit fièrement Maggy à Phil et aux enfants qui partent pour l'école.

Les enfants n'en sont pas très friands mais Phil adore. Il trouve commode d'héberger sa mère car elle sort peu. Elle est disponible pour s'occuper des petits, faire les courses et mitonner de bons petits repas.

Sélectionné pour suivre les cours de l'école de guerre, une antichambre pour les grades élevés d'officiers supérieurs, Phil fréquente les locaux de l'Ecole Militaire, pas très loin de chez lui. Il a trouvé à louer un appartement de cinq pièces, dans un immeuble ancien, rue Lecourbe, à côté du métro aérien. Une location pas trop chère, avec des moulures au plafond et des cheminées partout. Le chauffage central fait défaut mais des poêles à feu continu, dans lesquels il faut mettre du charbon matin et soir, permettent d'entretenir une température agréable même en plein hiver.

La scolarité des enfants se poursuit à proximité car Paul fréquente les petites classes du lycée Buffon, boulevard Pasteur, et Claire va dans une école de la rue Blomet, à cinq minutes à pied de chez eux.

Phil a souvent assez de temps pour revenir déjeuner et, le soir, il est toujours là. Il suit de près la scolarité de ses enfants. Un vrai papa poule pendant cette période !

Maggy s'occupe bien des enfants mais sait énerver son fils. Souvent elle n'en fait qu'à sa tête. Si son fils lui annonce qu'il va aller au Bon Marché, la semaine prochaine, avec ses enfants pour rénover leur garde-robe, elle prend les devants et se dépêche d'aller acheter ce qui lui plaît. S'il fait l'acquisition de nouveaux habits pour Paul, elle a la critique facile :

— C'est quoi ce nouveau pantalon pour Paul ? Pas très facile à repasser ce tissu. Tu n'y connais rien mon pauvre ! Moi j'ai été élevée à la campagne. Je vois quand une toile est solide et va faire de l'usage. S'il te plaît ! N'achète rien sans me demander avant ! D'accord ?

Phil n'est pas d'accord et ne se laisse pas faire.

— Maman, ce sont mes enfants et je leur achète ce qui me plaît. Ce que tu leur choisis n'est pas toujours très esthétique. Ça peut même être très laid ! Il n'y a pas que la solidité qui compte.

Phil s'est exprimé d'un ton calme mais autoritaire, un ton qui ne permet pas de répliques. Après ce genre d'échanges, Maggy se tait, même si en son for intérieur, elle sait qu'elle continuera à agir de la même façon.

Elle a rapidement réclamé à son fils un budget mensuel pour dépenser l'argent comme elle l'entend. Phil se rend compte que sa mère le considère toujours comme son fiston qui doit s'en remettre à elle, pour tout ce qui concerne la gestion de la vie courante. Elle apprécie beaucoup cet état de fait car Phil est pour elle comme un mari qui travaille et ramène l'argent du ménage. Elle s'est retrouvée un foyer et un petit monde à commander. Pourtant, même si elle ne le montre pas, elle admire son fils unique Philippe, sa fierté depuis sa naissance.

Rien ne prédestinait Phil à embrasser une carrière d'aviateur. La vie de ses parents n'était pas celle d'aventuriers. Venus de la Beauce pour s'installer dans la région parisienne, ils avaient ouvert un modeste magasin de légumes à Bois-Colombes. C'est après le certificat d'études primaires de Phil, que Maggy a commencé à nourrir de grandes ambitions pour son fils, en tête de classe chaque année. Elle a dû déployer toute son énergie pour convaincre son mari de le laisser continuer à étudier. Celui-ci voulait qu'il reprenne leur commerce, et des études longues et coûteuses lui semblaient injustifiées. Maggy l'a emporté, à force d'insister et de traiter son mari de paysan inculte !

Après son baccalauréat, Phil très patriote, séduit par l'armée, prépare l'école de Saint Cyr au lycée Condorcet. Très vite, il est attiré par l'aviation, ce qui ne plaît pas à sa mère :

— L'aviation ! Mais pourquoi pas la cavalerie ? Tu serais si beau sur un cheval !

— C'est périmé, Maman, la cavalerie ! Ça existe encore mais je suis sûr que ça va disparaître bientôt. Les combats vont se passer dans les airs !

Les as de l'aviation ont beaucoup fait parler d'eux pendant la grande guerre. Tout le monde connaît Guynemer ! L'aviation fait peur mais fascine et Phil est tenté, d'autant plus qu'il n'a pas de traditions familiales pour venir le parasiter, et n'appartient pas à une famille où, depuis des générations, on est officier, ingénieur des eaux et forêts ou ecclésiastique. L'aviation, il en rêve de plus en plus, mais il lui faut attendre la sortie de St Cyr pour commencer à y goûter.

Parti pour Avord, près de Bourges, qui abrite l'école de pilotage de l'armée de l'air, il apprend à monter et démonter un moteur, se repérer dans les airs grâce à des cartes géographiques, faire décoller et atterrir son avion, manier avec aisance la mitrailleuse fixée sur son appareil. Ses brevets d'observateur en ballon puis de pilote, il les obtient avec les meilleures appréciations de ses instructeurs grâce à un travail acharné et à la chance qui souvent l'accompagne dans sa vie professionnelle. Lors du passage de son brevet de pilote, on lui assigne un trajet en triangle, au cours duquel il doit d'abord survoler Saint Etienne puis rejoindre Niort et revenir se poser à son point de départ, près de Bourges. Lors du deuxième tronçon, il se perd. Paniqué il imagine une solution aventureuse. Il se met à voler à très basse altitude, aperçoit un paysan au travail dans un grand champ désert, atterrit sur l'herbe, saute de son avion, laissant le moteur tourner, et court jusqu'à l'agriculteur pour lui demander son chemin :

— Monsieur, Monsieur, je suis perdu ! S'il vous plaît, pouvez-vous me dire où nous sommes ici ? Quelle est la ville la plus proche ?

Le paysan, pas tout jeune, prend un air éberlué et ne répond rien, mettant la main derrière son oreille pour signifier qu'il est dur de la feuille. Phil lui pose de nouveau les mêmes questions en hurlant mais n'obtient aucune réponse. Pas de chance, il est tombé sur un vrai sourd ! Anxieux, Phil aperçoit un poteau indicateur sur la route située en bordure du champ. Il se met à courir à toute allure jusqu'à celui-ci et comprend en lisant les panneaux qu'il est vingt kilomètres au Sud d'Angoulême, ayant dévié de son plan de vol. Haletant, il retourne jusqu'à son avion et décolle, ni vu ni connu. Ainsi il rejoint son point de départ parfaitement dans les temps, comme si rien de fâcheux ne lui est arrivé. Le même problème survient deux jours plus tard à son copain, Yves du Manoir, élève pilote comme lui, polytechnicien, international de rugby et capitaine de l'équipe de France. Mais celui-ci a moins de chance. Lors du passage de son brevet de pilote, du Manoir se perd aussi, descend à très basse altitude pour essayer de lire le nom d'une gare, celle de Reuilly, mais il heurte un bosquet de peupliers. Son avion s'écrase et le jeune Yves, une gloire nationale, y laisse la vie à vingt-trois ans. Phil a du mal à s'en remettre.

Après l'école d'Avord, il est muté sur la base aérienne de Chartres. Nommé chef d'escadrille, il a des hommes à commander, ce qui ne lui pose aucun problème. Il se découvre une autorité naturelle qu'apprécient les sous-officiers qu'il dirige. Quand il a une décision à prendre, il en discute d'abord avec les principaux intéressés, met dans la balance les arguments de chacun et pèse le pour et le contre. Ensuite, calmement, il décide et expose si besoin ses conclusions mais ne change jamais d'avis. Sa ferme placidité est rassurante pour ses collaborateurs.

Phil devient un des premiers français spécialiste du pilotage sans visibilité, une compétence qui pourrait lui servir en cas de guerre. Une nuit, alors qu'il vole en équipage au-dessus de la Beauce, survient une panne qui paralyse ses deux moteurs. Pas le choix ! Il lui faut atterrir. Il lance des fusées éclairantes, repère une route très droite au milieu des blés et y pose son avion. Il freine le plus possible et soudain, en fin de course, un choc violent ! Groggy quelques instants, il reprend conscience et sort de son appareil dont l'avant est très endommagé. Les deux autres membres de l'équipage sont aussi indemnes. Plusieurs personnes en costume et cravate se précipitent ainsi qu'une mariée, affolée dans sa belle robe blanche ! Le chemin sur lequel il s'est posé menait à une ferme. Le fuselage est rentré par le portail mais les ailes ont été arrêtées net par les murs. Dans la ferme, la fête bat son plein car c'est le jour du mariage de la fille du patron. Le lendemain matin, ils retrouvent un des deux moteurs dans la fosse à purin. L'histoire fait le tour des terrains d'aviation ! Ces épisodes se terminent bien pour Phil et lui font ignorer les dangers liés à son métier de pilote.

3
MAROC, OCTOBRE 1943

Phil commande le groupe de bombardement Aquitaine qui a été impliqué dans la campagne de Tunisie après le débarquement allié en Afrique du Nord.

Il dispose d'avions un peu désuets, des Léo 45 qui ne volent ni très vite, ni très haut, et que la chasse allemande envoie facilement au tapis. Quand il a des missions à préparer, il a besoin de Maggy pour veiller sur ses deux enfants.

Sur la base aérienne de Meknès, Maggy rencontre des épouses de militaires et devient amie avec plusieurs d'entre elles. Elle se met à lancer des invitations à dîner, sans consulter son fils. Celui-ci se retrouve chez lui avec des aviateurs qui sont sous ses ordres, et avec lesquels il n'a pas forcément envie de mêler vie privée et travail. Maggy ne veut pas le comprendre et passe outre.

Phil commence à souffrir de sa solitude affective. Veuf depuis plus de six ans, il n'a plus vraiment de vie privée avec la guerre, ses enfants à élever et tout le désordre ambiant.

Le commandant Philippe Destivel est pourtant un homme dans la force de l'âge, pas un pur esprit. Il est maintenant tenté de regarder autour de lui, même si le souvenir de sa femme Anne ne le quitte pas.

Il regarde avec intérêt les femmes célibataires de la base : quatre jeunes secrétaires, trois infirmières, plusieurs institutrices et des professeurs. Certaines ne manquent pas de charme, notamment une demoiselle, dont il fait la connaissance en allant chercher ses enfants à l'école, spécialement installée pour les familles de militaires.

Un vendredi soir, il arrive en uniforme, un peu en avance à l'école et engage la conversation avec une prof d'anglais. Phil sait, qu'avec le commandement allié, il a de grandes chances de devoir pratiquer l'anglais mais malheureusement, il avait choisi l'allemand comme première langue au lycée. Surtout utile maintenant, si l'on est fait prisonnier ! L'anglais, il l'écrit correctement mais le parle mal, n'ayant jamais eu l'occasion de le pratiquer.

Cette femme, plutôt réservée, s'appelle Gabrielle. Elle est jolie et doit avoir un peu moins de trente ans. Ils discutent depuis cinq minutes, quand une idée germe dans sa tête. Celle-ci pourrait peut-être lui donner des cours de conversation. Il le lui demande :

— Il faudrait absolument que je parle mieux l'anglais. Est-ce-que vous accepteriez de me donner quelques cours ? A l'écrit je ne suis pas nul mais à l'oral ce n'est pas brillant. Bien sûr je ne vous demande pas de faire cela gratuitement.

Il se rend compte que Gabrielle rougit. Cela le fait sourire. Elle lui répond :

— Je n'ai pas d'élève adulte. Je n'en ai jamais eu. Vous êtes commandant si je ne me trompe pas. Cela me ferait drôle ! Je vais être intimidée. Laissez-moi réfléchir ? Je suis très occupée vous savez. Nous ne sommes pas assez nombreuses. J'ai des journées pleines.

Il ne veut pas la brusquer mais n'est pas sûr qu'elle soit vraiment occupée toute la journée. Phil n'a pas le téléphone dans la petite maison qui lui a été attribuée à la sortie de la ville, pas loin de l'aéroport militaire. Il lui laisse son numéro sur la base en lui demandant de le rappeler, si elle se décide. Il espère qu'elle acceptera son offre. Elle non plus n'a pas le téléphone, mais, à l'école, ils ont une ligne ; elle pourra s'en servir. Ils échangent tout de même leurs adresses, avant de se quitter. Phil ne lui a pas dit qu'il était veuf, ni qu'il avait une mère dragon dans sa maison.

Quand elle rentre chez elle, Gabrielle est troublée. C'est la première fois qu'un adulte lui demande de lui donner des leçons ; ce commandant a l'air sympathique, mais elle ne veut pas d'histoire. Elle est contente d'être à Meknès.

Deux ans auparavant, elle vivait à Paris, et donnait des cours dans une école privée. Elle logeait dans un petit appartement en bas de la butte Montmartre. Un jeune officier allemand avait engagé la conversation avec elle quand, après son travail, elle était venue prendre une limonade dans un café situé en bas de chez elle. Elle avait été stupide et lui avait indiqué où elle habitait. Les choses avaient commencé à se compliquer quand l'officier allemand était revenu, le lendemain, lui faire la cour. Le problème était qu'il était charmant. Elle ne savait que faire. Elle ne voulait surtout pas d'une liaison avec un Allemand, mais c'était difficile pour elle, car son petit cœur et son beau corps, eux, étaient d'accord ! Elle l'avait éconduit gentiment mais, trois jours de suite, il était revenu pour tenter de la voir.

Heureusement, une amie lui avait indiqué que le ministère de l'air cherchait des enseignants de langue, au Maroc, pour donner des cours là où il y avait des bases françaises. Elle s'était ainsi retrouvée professeur d'anglais à l'école des Colombes à Meknès. Elle l'avait échappé belle mais depuis, faisait très attention à ses fréquentations.

Ses soucis en ce moment à Meknès sont d'une autre nature. Elle pense que Phil est marié car il ne lui a pas dit qu'il était veuf. Elle a peur que ce commandant ne cherche qu'à la séduire. Mais finalement elle se dit qu'elle se fait peut être des idées mal à propos. Phil a besoin de mieux parler l'anglais et propose de la rétribuer. Pourquoi ne pas accepter ? De toute manière, elle ne va pas le rappeler mais voir s'il reprend contact ou s'il s'est juste laissé aller au désir fugitif de devenir plus « *fluent* ».

Trois jours se passent. Phil se décide à téléphoner à Gabrielle, le mardi vers cinq heures. Elle est encore à l'école et prend l'appel téléphonique. Elle cesse de réfléchir quand il réitère sa demande et accepte sans tergiverser de lui donner des cours de conversation anglaise ; ils se donnent rendez-vous pour une première leçon, le samedi en début d'après-midi, dans l'école où Phil a ses enfants.

Pendant quatre jours, Phil prend un peu de son temps, le soir après le dîner, pour travailler son anglais. Ne voulant pas avoir l'air trop incompétent, il révise le vocabulaire courant, en utilisant le seul manuel qu'il ait pu trouver.

Avant son rendez-vous, il soigne sa tenue comme un adolescent qui va au bal du samedi soir à la campagne. Maggy garde les enfants. Il n'a pas envie de lui donner d'explications et prétexte la préparation d'une mission pour s'absenter. Gros mensonge ! Mais qu'importe ! Il se méfie de sa mère qui sait se montrer inquisitrice.

Ils sont tous les deux à l'heure, presque un peu gênés. Phil a l'impression qu'elle aussi s'est pomponnée. Son chemisier blanc, assez ajusté, met en évidence ses formes. Ses trois premiers boutons ne sont pas fermés et la naissance de ses seins attire l'œil de son élève. Phil réussit tout de même à se concentrer. Ils se sont mis d'accord sur la nature des leçons. De l'anglais courant, comme dans la vie de tous les jours. Dans cette vie-là, on s'habille, on se nourrit, on fait ses courses, on se distrait en allant de temps en temps au cinéma ou au théâtre, on voit quelques amis. La leçon se passe très vite.

Phil ne s'en tire pas si mal. Elle le lui dit, l'encourage. Ils se disent au revoir et à la semaine prochaine. Phil est de nouveau très occupé pendant ces sept jours. Pour le deuxième cours, ils se retrouvent avec plaisir et bavardent en anglais comme s'ils étaient amis. Chacun évoque ses origines, ses parents, son enfance.

Phil lui explique qu'il est veuf et que c'est sa mère qui s'occupe des enfants. A la fin du cours, il l'invite à venir dîner le mardi soir chez lui, si elle est disponible. Gabrielle accepte sans hésiter.

Le samedi soir, Phil parle de Gabrielle à Maggy :

— Maman, je prends des cours d'anglais une fois par semaine. La prof enseigne à l'école des enfants. Avec les alliés, je dois parler anglais et j'ai besoin de faire des progrès en conversation. Ma prof s'appelle Gabrielle. Je l'ai invitée à dîner mardi soir. Il faut que tu lui prépares un bon dîner.

Le visage de Maggy se ferme progressivement :

— Tu prends des cours d'anglais, très bien ! Mais pourquoi avec une femme. Pourquoi pas un professeur ? Et pourquoi tu l'invites à dîner ? Mardi en plus, je suis très occupée. Je ne vais jamais avoir le temps de faire des courses.

— Mais si ! tu vas avoir le temps. J'en ai assez de ne voir que des officiers ou des couples. Je m'entends bien avec elle. Ça me fait plaisir de la recevoir. J'ai l'impression qu'elle s'ennuie. Ça nous changera des gens qu'on voit d'habitude.

Et Phil ajoute pour la provoquer :

— Tu verras, en plus, elle est très jolie, charmante. Elle ne me laisse pas indifférent. Donc tu lui feras un dîner. Compris ?

Maggy fronce les yeux. Des rides profondes apparaissent sur son front. Elle quitte la pièce, très sombre.

Mardi arrive vite. Gabrielle, venue à vélo, frappe à la porte à sept heures et demie. Phil lui présente ses enfants, très heureux de voir un nouveau visage à la maison. Au bout d'un quart d'heure, Maggy sort de sa cuisine, un tablier sale autour de la taille, pas coiffée, attifée comme l'as de pique. Elle salue à peine Gabrielle, et donne le signal de passer à table.

Maggy s'est procurée un poulet et quelques pommes de terre. Pendant tout le repas, elle ne dit pas un seul mot et l'ambiance devient vite pesante. Le poulet est quasi immangeable, trop salé. Maggy boude ! A un moment, Phil n'en croit pas ses oreilles. Maggy rote ! Après le dîner expédié en trois quarts d'heure, Gabrielle ne demande pas son reste et retourne chez elle. Phil est furieux, il avait imaginé tout autre chose. Maggy esquive. Elle prétexte une indigestion pour aller directement se coucher.

Le vendredi, Gabrielle téléphone à Phil pour lui dire qu'elle ne veut plus lui donner de leçon. Elle lui explique que Maggy est venue l'apostropher à l'école, lui reprochant de vouloir mettre le grappin sur son fils ! Elle ne veut pas d'histoire et souhaite en rester là. Phil est en colère ! Quand il rentre chez lui, il veut avoir une explication avec sa mère, mais celle-ci est en train de préparer le dîner. Les enfants une fois couchés, Phil apostrophe sa mère :

— Gabrielle m'a téléphoné pour me dire qu'elle ne voulait plus me donner de leçon de langue, que tu lui avais fait des reproches à l'école. C'est quoi encore cette histoire ?

— Oui, je sens bien que tu fais fausse route avec cette fille. Elle est trop jeune pour toi, elle n'a pas d'enfant, elle n'a pas l'expérience de la vie. C'est la guerre, il faut que tu te concentres sur ta famille et ton métier d'officier, sur ton avenir. Tu as de lourdes responsabilités. Tu n'es pas heureux avec nous ?

— Mais cela n'a rien à voir ! Je ne la connais pas mais je la trouve sympathique. Ça fait plusieurs années que je suis veuf. J'ai effectivement besoin de leçons de conversation en anglais et je trouve plus agréable d'avoir une jeune prof qu'un vieux barbon ! Tu peux comprendre ? Tu n'as pas à interférer à ce point dans ma vie privée. C'est insensé !

— Tu es mon fils, je sais ce qui est bien pour toi ! Il faut que tu m'écoutes !

Phil sent qu'aucune discussion sereine n'est possible. Il est énervé, totalement exaspéré même !

— Maman, j'en ai assez. Il va falloir trouver une autre solution. Je vais voir si je peux te faire rentrer en France et chercher ici une gouvernante qui s'occupera des enfants.

Maggy regarde son fils d'un air haineux :
— Non tu ne vas pas me faire ça !

Elle part s'enfermer dans sa chambre et n'en sort plus. Le lendemain, Phil n'a pas changé d'avis mais va frapper à sa porte. Aucune réponse ! Inquiet, Phil force la porte d'un coup d'épaule et voit sa mère, une corde à la main. Une lettre est posée sur sa table de chevet.

— Mais qu'est-ce que tu fais ? Qu'est-ce que c'est que cette corde ?

Maggy ne répond rien mais éclate en sanglots. Phil comprend qu'elle a décidé de mettre fin à ses jours, de se pendre. Et il se sent obligé de faire marche arrière :

— Mais maman, tu es folle ! J'étais énervé. Je n'ai pas envie que tu rentres en France. Ne t'en fais pas, tu restes avec nous ! Il faut simplement que tu cesses de t'occuper de ma vie privée.

Maggy a gagné. Elle apparaît vite plus apaisée. Phil ne saura jamais s'il s'agissait d'un simulacre ou le début d'une tentative de suicide.

Deux jours se passent ! Phil n'a pas envie d'en rester là avec Gabrielle et décide de retourner lui parler. Il se pointe à l'école à quatre heures moins le quart un jour où Maggy est déjà venue chercher les enfants. C'est son jour de chance car il aperçoit Gabrielle en train de faire cours. Il patiente jusqu'à ce que le dernier élève soit sorti et rentre dans la classe au moment où Gabrielle est en train de ranger ses petites affaires. Elle est un peu interloquée. Phil n'a pas trop préparé son discours et lui dit d'un ton joyeux:

— Bonjour Gabrielle, j'ai de la chance de vous trouver. Au téléphone, ce n'est pas si facile, en tête à tête c'est mieux ! J'ai besoin de vos cours. Vous savez, ma mère a un petit grain, surtout quand il s'agit de moi. C'était une erreur de vous inviter à dîner avec elle. Elle se monte tout de suite le bourrichon.

— Qu'est-ce qu'elle était désagréable votre mère !

— Si vous vouliez bien continuer à me donner quelques leçons, je ne lui dirai pas. Elle n'en saura rien. Nous pouvons nous donner rendez-vous ailleurs qu'à l'école. Je connais des endroits discrets à Meknès où nous pourrions nous voir incognito. Vous seriez d'accord ? Vous savez, je suis veuf depuis un certain temps. Je suis un grand garçon, tout à fait libre de mes mouvements et de mes pensées, même si j'ai des enfants à élever !

Phil a mis une certaine ambiguïté dans ses propos et c'est ce qui trouble Gabrielle. Elle hésite et ne sait pas bien quelle décision prendre. Elle a envie d'en savoir plus :

— Et où pourrions-nous nous voir pour ces leçons de conversation ? Je ne veux absolument pas retomber sur votre mère. Elle me fait peur !

— Alors c'est oui ? Laissez-moi réfléchir un instant. Nous pourrions à chaque fois changer de lieu. Cela mettrait un peu de piquant. Rencontrons-nous samedi prochain à trois heures. Il y a un très grand magasin de tapis au début du souk, les *Perles du Maroc*. Je connais bien le patron. Il nous prêtera une petite pièce pour notre cours.

Gabrielle répond un timide « oui d'accord ». Phil, aux anges, prend congé et lui envoie un petit baiser de la main droite. Il la trouve de plus en plus charmante.

Phil a demandé à Nassim, le patron du magasin, de pouvoir disposer de son arrière-boutique pendant une heure pour une leçon d'anglais. Nassim l'a regardé en riant en lui disant « pas de problème ». Le samedi, à l'heure dite, Phil est dans le magasin et se retrouve bientôt dans une petite pièce très encombrée de tapis diversement colorés. Gabrielle arrive avec dix minutes de retard. Elle et lui sont obligés de s'asseoir sur deux poufs devant une table basse. Leur sujet de conversation, c'est la guerre, ce qui risque d'arriver bientôt, la reconquête du territoire. Gabrielle s'est faite un chignon qui la vieillit un peu. Elle porte un chemisier bleu clair, une jupe droite blanche, une grosse ceinture et des sandales. Dans ces habits très simples, elle charme Phil avec sa voix douce. Elle est svelte sans être maigre, et a de longues mains fines. Une vraie femme !

De son côté Gabrielle est troublée. Elle aime la voix de Phil et ses intonations caressantes. Il est en civil et porte une chemise en lin. Ses yeux sont bleus, très clairs et ses cheveux courts châtains clair. Il pourrait presque être allemand ! Souvent, il la regarde dans les yeux en souriant. Il s'applique, afin de ne pas parler avec un accent trop *frenchie* !

L'heure passe vite. Ils la dépassent même un peu. Gabrielle s'en rend compte et donne le signal du départ. Au moment de se séparer, Phil lui fait un baiser sur la joue. Surprise, elle rougit, ne s'offusque pas et lui dit à la semaine prochaine au même endroit finalement si cela est possible. Ils sortent ensemble et partent ensuite chacun de leur côté.

Cette Gabrielle l'attire vraiment. Pendant toute la semaine, il a plusieurs bombardements à préparer et à effectuer sur les troupes de Rommel en Tunisie. Un de ses équipages se fait descendre. C'est toujours traumatisant de perdre ses hommes.

Un soir Maggy lui dit de but en blanc avant le dîner :

— Jure-moi que tu ne revoies plus cette fille, cette Gabrielle que tu nous avais amenée !

La coupe est pleine et son exaspération revient au grand galop. Il ne se laisse pas faire :

— Maman ça suffit, ma vie privée ne te regarde plus, laisse-moi vivre ! Je te l'ai déjà dit !

Maggy n'est toujours pas habituée à de telles réponses frontales. Elle ne dit rien mais boude, silencieuse, pendant deux jours. Phil a des pensées assassines envers sa mère. L'ambiance est quasi insurrectionnelle. Il ne voit malheureusement pas d'issue car il n'ose plus envisager de la renvoyer en France depuis ses idées suicidaires. Il a besoin de sa mère pour s'occuper des enfants mais n'a aucun espoir de voir son caractère changer. Que faire ? Il ne voit pas de solution satisfaisante.

Le lendemain, Phil arrive tôt à son travail. Il est immédiatement convoqué par le colonel de Frenoy qui commande la base aérienne. Tous les deux s'apprécient et quand ils sont seuls s'appellent par leurs prénoms.

— Phil j'ai des nouvelles pour vous. Vous allez être surpris !

Il lui tend une enveloppe qui contient une feuille dactylographiée. Phil lit son contenu et n'en croit pas ses yeux. Il est muté en Angleterre avec tout son groupe !

Le colonel lui donne quelques explications :

— Vous allez être intégré avec votre groupe Aquitaine dans la *Royal Air Force* de Sa Majesté. Vous allez prendre le bateau dans peu de temps. Vous formerez une base française mais vous serez sous commandement Anglais. Il faudra oublier Mers el Kébir, mon vieux !

Deux autres groupes français semblables sont déjà partis le mois dernier pour installer une base de bombardement dans le Yorkshire Ils doivent faire de même.

Phil est heureux de pouvoir continuer le combat contre les nazis et curieux de découvrir la logistique aérienne des Anglais, réputée exemplaire. C'est aussi la première fois qu'il pilotera un bombardier lourd, un quadrimoteur comme n'en possède pas l'armée française.

Le colonel ajoute :

— Je dois aussi vous apprendre que vous venez d'être nommé lieutenant-colonel. Pas mal à trente-neuf ans ! Mais vous le méritez amplement. Vous vous êtes montré bon organisateur, excellent chef et vous ne rechignez pas à vous exposer aux pires dangers ; vous l'avez prouvé pendant la campagne de Tunisie. Toutes mes félicitations !

Phil est flatté de ce changement de grade qu'il n'attendait pas mais pense tout de suite à sa famille :

— Ma mère et mes enfants, ils voyageront par le même bateau ?

— Désolé Colonel, les familles restent au Maroc. Il n'y aura pas de passe-droit.

Incroyable, inespéré ! Phil réalise instantanément que c'est l'occasion ou jamais d'échapper à son dragon de mère, au moins pour quelques mois ! Il en rêvait et Dieu l'a fait pour lui. ! Ses enfants vont beaucoup lui manquer mais eux, ils ont l'air de vivre en bonne intelligence avec leur grand-mère, pas lui !

Le soir, Phil est accueilli par une Maggy de très mauvaise humeur :

— Je ne suis pas contente ! On m'a dit que tu revoyais cette Gabrielle. Il faut que nous parlions.

Phil lui fait un grand sourire :

— Maman, j'ai deux grandes nouvelles. La première c'est que je viens d'être nommé lieutenant-colonel. La seconde c'est que je suis muté en Angleterre avec tout le groupe Aquitaine. On part en bateau dans quelques jours.

Maggy est ravie de la nomination de son fils même si elle ne connaît pas la succession des grades dans l'armée. Elle a aussi envie d'en savoir plus sur son départ au Royaume-Uni.

— Bravo ! Je suis fière d'avoir un fils lieutenant-colonel qui part pour l'Angleterre. Ça va nous faire une expérience. Je n'ai jamais pris le bateau, les enfants non plus. J'ai vraiment hâte !

— Non maman ! Les familles ne peuvent pas venir. Mais ce ne sera pas long, juste quelques mois !

Maggy furieuse, passe du blanc livide au rouge carmin. Elle enrage. Elle ne veut pas rester seule au Maroc avec les enfants. Elle aussi veut aller en Angleterre. « Il ne manquerait plus que ça qu'elle reste isolée dans ce bled ! ». Phil lui dit qu'il va se renseigner mais il sait qu'aucune famille ne peut venir. Maggy devra se faire une raison. Il est vraiment satisfait de cet espace de liberté qui s'offre à lui. Dommage qu'il soit obligé de quitter ses enfants et Gabrielle !

Il la revoit le samedi comme il en était convenu. C'est leur dernière rencontre. Elle est au courant de son départ. Le cours d'anglais est un peu triste. On sent que tous les deux auraient aimé approfondir leur relation. Mais c'est la guerre ! Phil règle ses leçons, lui dit au revoir et l'embrasse sur les deux joues cette fois-ci. Il surprend une petite larme dans ses yeux, ce qui l'émeut. Heureusement qu'ils ne sont pas allés loin ! Plus facile de mettre un terme à une histoire qui n'a pas commencé ! Mais Phil a pris conscience de sa solitude affective devenue pesante.

4

SUR LE PAQUEBOT SAMARIA, MÉDITERRANÉE ET ATLANTIQUE, NOVEMBRE 1943

L'obscurité est presque totale. Seuls des éclairs viennent illuminer les ailes de l'avion pendant de brefs instants. Phil n'y voit pas grand-chose. Très angoissé il veut continuer à prendre de l'altitude, gêné par le manque de visibilité. Trois mille mètres ! Il lui faut encore monter pour échapper coûte que coûte à cette purée de pois qui risque de l'envoyer au tapis. Les yeux rivés sur l'altimètre, crispé sur le manche à balai, il est à la limite du décrochage. Quatre mille cinq cents mètres, toujours autant de cumulus, la lumière ne revient pas et le soleil continue à se cacher. Phil transpire malgré le froid de la cabine. Essoufflé, il craint de ne pas s'en sortir. Jamais il n'a rencontré de couverture nuageuse aussi épaisse. Sept mille mètres ! Les éclairs sont de plus en plus fréquents. La carlingue commence à givrer. Elle va s'alourdir et l'avion piquer, se disloquer ! Dix mille mètres ! Ce n'est pas possible. Pourquoi l'azur ne revient-il pas ? Le pilote préfère fermer les yeux, une minute, deux minutes ! Ses derniers instants sont proches. Il pense à ses enfants.

L'avion est enfin sorti des nuages et vole maintenant cent mètres au-dessus d'un accueillant tapis blanc. Le ciel est d'un bleu soutenu, le soleil bas sur l'horizon. Phil se détend, ému par la sobre beauté du ciel. On n'entend plus les moteurs de l'avion ; seul un léger ronronnement est à peine perceptible. Phil a réussi à échapper à son destin.

Il ouvre les yeux. Pendant quelques secondes, il ne sait plus où il est. Le bruit d'un moteur est toujours présent mais le décor a changé. Son rêve, presque un cauchemar, est terminé. Il ne pilote plus, ne se trouve plus dans un avion, mais dans un lit, dans une cabine, sur un bateau et maintenant tout lui revient. On est en novembre 43. Hier, il a embarqué sur un luxueux paquebot hollandais, utilisé maintenant pour le transport de troupes. Direction l'Angleterre, mais il ne sait pas exactement où.

Dans sa cabine, il est enfin libre ! Terminés les horaires rigides, les remontrances. Des années qu'il ne s'est pas senti si léger ! Une page différente pour sa nouvelle vie. Il a laissé l'ancienne à Meknès pour plusieurs mois, au moins. Il en avait tellement besoin ! La situation s'est dénouée d'elle-même.

Il fait encore nuit mais Phil n'a plus sommeil. Il s'habille,, sort sur le pont supérieur où il n'y a personne et laisse son esprit voguer. Il pense à ses deux enfants Paul et Claire qu'il vient de quitter.

Paul a quatorze ans et commence à être un peu opposant. Début de puberté oblige ! Heureusement, il est sportif et fait du football avec les scouts. Un exutoire à ses poussées hormonales !

Claire n'a d'yeux que pour son papa. Elle était en larmes au moment de leur séparation, triste et inquiète de ce qui pourrait lui arriver. C'était dur de les laisser au Maroc. Il se demande bien quand il les reverra.

Phil regarde l'heure à sa montre et retourne dans sa cabine mettre son uniforme. Avec son adjoint, le capitaine Jopet, ils doivent recevoir un à un tous les aviateurs de leur groupe. Ils sont près de cent soixante-dix. La partie va être serrée, très difficile.

Ils voient d'abord le lieutenant Borne, un fringant pilote qui a envie d'en découdre avec les Allemands. Phil lui explique la situation. Le lieutenant est consterné, rouge de colère et peine à se maitriser :

— Mais mon colonel, vous voudriez que moi, je me transforme en navigateur ! Je suis pilote, rien que pilote ! J'ai choisi l'aviation pour piloter. Je ne veux pas déchoir. C'est inouï !

— Pour l'instant lieutenant, on vous explique la situation. N'oubliez pas que vous êtes militaire et que vous devez obéir ! Je vois que vous n'êtes pas chaud pour changer de fonction. Quand on aura reçu tout le monde on vous fera part de notre décision. Maintenant rompez et faîtes entrer l'adjudant Revel.

Borne est ulcéré. A vingt- cinq ans il est considéré comme un des meilleurs pilotes de l'armée de l'air et on lui explique qu'on a trop de pilotes et que certains vont devoir changer de fonction dans les missions de bombardement qui vont être les leurs.

Phil est obligé d'être ferme, même s'il comprend bien la fureur du lieutenant. Il a du pain sur la planche pour les jours qui suivent. Il doit constituer vingt-quatre équipages de sept personnes. Il a dans son groupe une quarantaine de pilotes. C'est trop ! Il en a besoin de vingt-quatre et pas un de plus. Certains pilotes doivent accepter d'apprendre un autre métier, bombardier ou navigateur par exemple, ce qui ne leur plaît pas du tout. Pour eux c'est dégradant, même si du fait de leur rang d'officier, ils peuvent conserver leur statut de commandant d'avion Dans ce cas, ils sont chef de bord, et décident de ce que l'on doit faire en cas de problème. Mais piloter, c'est leur vie, leur raison d'être dans leur travail ! Ils ont embrassé cette carrière par amour de l'aviation et il faudrait qu'ils abandonnent leur rôle. Impensable, impossible ! Aucun ne sera d'accord ; il va falloir faire vibrer leur corde patriotique pour les infléchir.

Le sous-lieutenant Revel entre dans la cabine qui sert de bureau à Phil et à son adjoint. L'aviateur est plus âgé que le précédent : trente-trois ans. On lui explique qu'on a trop de pilotes et on lui demande si une autre fonction lui plairait. On privilégie les jeunes pilotes qui ont des réflexes plus aiguisés. Revel est moins têtu :

— Je comprends. J'aimerais devenir navigateur mon colonel si je dois changer de fonction.

« Ah, s'ils pouvaient tous être comme lui ! » pense Phil.

Ils continuent à recevoir les membres du groupe toute la matinée. Certains pilotes ont compris qu'ils allaient devoir changer de rôle et font triste mine en sortant. Vers midi, Phil décide d'une demi-heure de détente. Il va se dégourdir les jambes sur le pont supérieur.

Quand Phil regarde devant ou derrière lui, il aperçoit d'autres bateaux et entend leurs murmures réguliers. Pour faire diversion, ils sont d'abord partis d'Alger, plein Est. Pas vraiment la direction de l'Angleterre ! Puis le soir quand la nuit est tombée, demi-tour et direction plein Ouest. Cette manœuvre, c'était pour échapper aux espions allemands qui surveillent de jour les mouvements des bateaux.

L'ampleur du convoi est rassurante. Une véritable armada ! Pas moins de dix-huit bateaux, avec deux croiseurs pour les escorter, quatre destroyers. Il y a aussi deux porte-avions pour les protéger des chasseurs et bombardiers ennemis. Même dans ces conditions, le voyage peut être mouvementé. Les sous-marins allemands sont encore très présents dans l'Atlantique, mais le commandement français est optimiste. Un autre convoi similaire a déjà fait le voyage sans confrontation, deux semaines auparavant.

Phil se sent bien. Les premiers temps devraient être à la fois paisibles et intéressants. Pendant plusieurs mois ils vont commencer par recevoir une formation spécifique dans le nord de l'Ecosse.

Au début, Phil ne comprenait pas pourquoi cette phase d'apprentissage était programmée sur une si longue durée. Mais on lui a tout expliqué. Les missions vers des cibles ennemies n'impliquent pas la participation de cinq ou dix appareils mais ce sont des centaines de bombardiers qui partent simultanément des bases aériennes réparties dans toute la moitié sud de l'Angleterre. Les avions doivent se rencontrer à l'heure dite afin de constituer un flot ininterrompu de machines volant ensemble jusqu'à l'objectif. Ils doivent larguer leurs bombes avec la plus grande précision et sans dérive temporelle.

C'est toute une logistique. Il faut savoir manier ces gros bombardiers lourds, des quadrimoteurs avec un équipage de sept personnes. Il faut apprendre à piloter la nuit, dans l'obscurité, tous feux éteints, pour ne pas se faire repérer par la DCA au milieu d'un flot d'appareils similaires, sans les percuter. Il faut maîtriser l'art de la navigation, connaître les manœuvres à effectuer si l'on est un tant soit peu en avance ou en retard sur les points de rencontre, savoir larguer les bombes au bon moment, posséder les stratégies d'évitement quand un chasseur ennemi vous prend pour cible. Tout ceci ne s'improvise pas et nécessite une formation méthodique et approfondie.

Ces missions de bombardement sur l'Allemagne vont peut-être se montrer un peu dangereuses mais elles seront plus glorieuses que celle du 8 novembre 42 dont Phil se souviendra toute sa vie. Ce jour-là, il a reçu l'ordre d'aller bombarder les alliés américains en train de débarquer à Fédala au Maroc ! Bombarder les ennemis d'Hitler ! Il a été ulcéré, mais son commandement et une partie de ses équipages étaient restés fidèles au Maréchal et considéraient ce débarquement comme une agression contre la France ! Heureusement, il a été sauvé par le mauvais temps qui régnait au-dessus des plages. Volontairement il a donné à son groupe le signal du largage des bombes au mauvais endroit ! Elles ont explosé en pleine mer à plus de quatre cents mètres de leurs cibles. Aucun soldat ou navire allié n'a été touché !

Phil revoit ses dernières années comme dans un film, en accéléré. Quand la guerre a éclaté, les horaires de Phil sont devenus très irréguliers, même si au cours de la « drôle de guerre » presque aucun coup de feu n'a été tiré pendant un an. Heureusement, sa mère a été disponible pour s'occuper de Paul et de Claire. Après la débâcle, Phil a été nommé commandant, puis muté à Vichy avec l'état-major, après les accords d'armistice. Il avait envie de rejoindre de Gaulle en Angleterre, mais des considérations matérielles l'en ont empêché. S'il partait, plus de solde, plus de logement ! Comment allaient pouvoir vivre sa mère et ses enfants sans argent ? Pas de réponse à cette question ! Il est resté à Vichy à contrecœur. Tous les quatre ont vécu dans des chambres d'hôtel que l'armée leur avait attribuées. Drôle de guerre ! Puis drôle de période !

Phil n'avait pas grand-chose à faire mais il devait être là. On n'avait pas toujours assez à manger. Chaque weekend, il devait s'occuper de l'intendance et avec ses deux enfants, ils partaient à vélo. Ces randonnées étaient bien sympathiques. Ils s'arrêtaient dans les fermes pour acheter de la nourriture : volaille, légumes et fruits. Cet officier avec ses deux enfants, ça les retournait les paysans. Ils se laissaient facilement attendrir et leur vendaient ce qu'ils avaient, à des prix pas trop prohibitifs.

Le dimanche soir, Maggy était là, à attendre sa troupe pour donner ses appréciations : des compliments mais aussi des critiques. « Quelle belle salade ! Mais les pommes de terre, elles ont l'air à peine mangeable ! Et ce poulet, il a fait de la course à pieds ! ». Phil avait l'impression que sa mère prenait plaisir à critiquer les résultats de leur périple à vélo. Elle aimait bien engueuler aussi la petite Claire qui avait le béguin pour son papa. Ça devait l'énerver !

Une année s'était passée à Vichy, souvent pesante, jusqu'à ce que Phil soit muté en Afrique du Nord, à Meknès au Maroc.

5

BUCKINGHAMSHIRE, ROYAUME UNI, NOVEMBRE 1943

John Luxley est triste aujourd'hui. Il devrait être soulagé car il a terminé indemne ses trente missions sur l'Allemagne. Mais il ne peut s'empêcher de penser à ses copains qui ne sont pas revenus, des copains avec qui il jouait régulièrement aux cartes ou aux échecs, jusqu'au moment où ceux-ci entendaient leurs noms jaillir des hauts parleurs. Ils étaient sélectionnés pour aller bombarder l'Allemagne et devaient se préparer. Le voyage nocturne était long et le retour aussi. Au total plus de dix heures ! On ne les attendait pas avant le lendemain matin et on était rassuré quand on voyait les avions revenir. Mais si un ou plusieurs avions manquaient, on était angoissé et on cherchait à avoir des nouvelles car tout espoir n'était pas perdu.

Certains pouvaient avoir eu des ennuis mécaniques ou des dommages causés par la DCA allemande. Dans ce cas, le pilote tentait de se poser sur des aéroports de l'extrême Sud de l'Angleterre, très proches de la mer, spécialement conçus pour les appareils en détresse. Ils mettaient alors un ou deux jours pour rejoindre leur base dans des cars de l'armée.

D'autres pouvaient être obligés de quitter leur avion en flamme. La totalité de l'équipage n'avait pas forcément le temps de sauter en parachute. Le pilote restait souvent aux commandes pour maintenir le bombardier. L'appareil pouvait aussi se disloquer ou s'écraser avant qu'ils n'aient eu le temps de quitter l'avion. Certaines de ces évacuations devaient se faire au-dessus de l'Allemagne. La plupart des aviateurs étaient alors faits prisonniers, mais quelques-uns étaient mitraillés avant de toucher le sol ou lynchés par des civils haineux. Les avions pouvaient aussi s'écraser avant toute évacuation. On savait alors que les sept membres de l'équipage ne reviendraient pas.

John est anglais. Il est lieutenant et pilote de bombardier lourd dans la *Royal Air Force*. Son tour d'opérations vient de se terminer. C'est-à-dire qu'il a effectué le total des missions qui sont la règle pour les équipages. Trente fois, il est parti avec la peur au ventre, se disant qu'il ne reviendra pas. Il trouvait que c'était jeune, vingt-sept ans, pour mourir !

L'objectif de sa dernière mission était la destruction des usines de montage de blindés près de Leipzig. Quelle horreur ! Des éclats d'obus sont venus tuer le mitrailleur arrière et le mécanicien ! Deux moteurs en flamme ! John était sûr que la carlingue allait se briser. Les dégâts étaient considérables ; miraculeusement, il a réussi à ramener son avion au-dessus de l'Angleterre. Mais l'avion est devenu ingouvernable et John a donné l'ordre d'évacuation. Le mitrailleur supérieur a été le premier à sauter en parachute, puis le bombardier et le radio. Ensuite, le trou ! John ne se souvient pas de ce qui s'est passé. Il a perdu conscience, puis s'est retrouvé attaché à son parachute et a rejoint le sol sans problème. Pour une raison inconnue, le corps du navigateur a été retrouvé carbonisé, dans les décombres de l'avion.

John a été interrogé sur ce qui s'est passé pendant les dernières minutes de vol, jusqu'au crash de l'avion mais rien ne lui est revenu. Une amnésie de quelques minutes ! Les enquêteurs ont conclu que le parachute du navigateur avait dû rester accroché à l'avion. Trois morts dans cet accident !

John a pleuré ses copains : vingt-deux, vingt-cinq et vingt-sept ans. Morts lors de leur dernier parcours au-dessus de l'Allemagne. Quelle dérision !

En 41 John s'était porté volontaire pour la *Royal Air Force*. Il voulait devenir pilote de chasse mais on avait surtout besoin de pilotes de bombardier et on l'a formé au bombardement de nuit. Maintenant, ce que John aimerait par-dessus tout, c'est de revenir à ses recherches car son vrai métier, c'est mathématicien ! John est en effet un spécialiste des probabilités. Il a fait une thèse à l'université d'Oxford et allait commencer à y enseigner quand la guerre a éclaté.

John a rendez-vous dans une heure avec le commandant de la base qui doit lui en dire plus sur son devenir. Aujourd'hui 10 novembre 43, il va savoir à quelle sauce il va être mangé !

John retourne dans sa chambre se préparer, brosser son uniforme qu'il a quelque peu négligé pendant ces derniers temps. Son supérieur le reçoit chaleureusement et le félicite pour ces missions si dangereuses. Puis il lui fait part de ce que l'armée concocte pour lui. On lui propose de le démobiliser. Il redeviendrait civil mais il prendrait un poste scientifique au centre de commandement du bombardement, le *bomber command* dans le Buckinghamshire. Ils ont besoin de mathématiciens spécialistes des probabilités. C'est exactement son domaine et de plus, il connaît l'art du bombardement. Une double compétence. Il a deux jours pour donner une réponse.

John ne met pas longtemps à se décider. Ce poste de mathématicien l'intrigue. Il se demande quelles tâches on peut confier à un spécialiste des probabilités dans un centre de commandement du bombardement. Mais s'il ne prend pas ce poste, il va devenir instructeur pour les nouvelles recrues auxquelles il faudra cacher une partie de l'horreur de ces missions. Il accepte ce nouveau poste de chercheur dès le lendemain et rejoint sa nouvelle affectation trois jours plus tard.

John se rend en train dans le Buckinghamshire, à une soixantaine de kilomètres au Nord-Ouest de Londres. Le centre de commandement est à l'abri des chasseurs allemands car il est camouflé par une forêt très dense. John doit d'abord s'arrêter dans la petite ville de Richmart près de Wycombe à 8 km du QG du *bomber command*. Il doit y être logé dans une famille et va recevoir un vélo pour ses trajets jusqu'à son lieu de travail.

Il est surpris car l'adresse à laquelle il doit se rendre est celle du pasteur local. Quand il sonne, c'est Edith, la femme du pasteur, qui l'accueille. Elle est au courant de sa venue. Avec son mari, ils se sont portés volontaires pour prendre en pension un jeune employé du *bomber command*. Mais pas n'importe qui ! Ils ont déjà récusé deux jeunes car leurs CV ne leur plaisaient pas. Celui de John Luxley a retenu leur attention. John est lui-même fils de pasteur et pour eux c'est une garantie de bonne conduite.

Edith lui montre la maison. Elle date du début du dix-neuvième siècle. Il y a onze pièces mais la famille du pasteur n'en occupe que quatre. John va être au calme. Sa chambre est vaste, isolée dans une aile où il n'y a que lui. Il a un lit double, un bureau, une grande armoire victorienne pour ranger ses affaires, un cabinet de toilettes. Sa fenêtre donne sur des chênes centenaires.

En bonne anglaise, Edith lui prépare un thé agrémenté de quelques biscuits. Il est cinq heures et John a faim. Il n'a pas mangé grand-chose pour le déjeuner et apprécie cette petite collation. Il en profite pour détailler son hôtesse. Elle doit avoir dans les quarante-cinq ans. Elle est grande, rousse, bien faite semble-t-il, mais plutôt austère et pas très avenante. Son habillement strict est en accord avec sa position sociale.

Pour Edith c'est l'occasion de faire connaissance avec son nouveau pensionnaire. Elle n'est pas fâchée de se trouver seule avec lui car elle a envie d'en savoir plus sur John.

— On nous a dit que vous êtes mathématicien, que vous avez fait une thèse à Oxford et que votre père est pasteur. Cela nous fait plusieurs bonnes raisons de vous recevoir. Robert, mon mari, sera là ce soir. Il a un grand respect pour les mathématiciens, aime leur rigueur et la logique de leurs raisonnements. Ensuite, l'Université d'Oxford est réputée dans le monde entier et n'admet pas n'importe qui. Robert le sait car il y a lui-même séjourné pour y faire des études de théologie pendant deux ans. Enfin, nous sommes heureux de recevoir chez nous un fils de pasteur. C'est un gage de moralité. Mais dites-moi, il faut que je vous pose une question : les renseignements que nous avons sur vous sont très partiels. Je ne veux pas être indiscrète mais qu'avez-vous fait depuis le début de la guerre ?

John réalise qu'elle n'a pas été mise au courant de ses années dans la RAF. Mais ses questions sont trop directes ; John n'aime pas ce ton inquisiteur. Il n'a pas envie de lui répondre, pas envie de lui faire plaisir :

— Ça c'est toute une histoire ! Mais je vous la raconterai plus tard.

Edith apprécie peu, prend un air pincé et se tait. C'est John qui reprend la conversation.

— Vous vivez seule avec le pasteur dans cette grande maison ? Cela ne vous déprime pas ?

— Nous avons une fille, Margaret, qui est à l'école et va bientôt rentrer. Vous ferez sa connaissance au moment du dîner.

John se demande à quoi peut bien ressembler l'enfant qui vit dans cette demeure plutôt spartiate, avec une mère qui n'a pas l'air très drôle et un père ecclésiastique.

Edith lui remet une clef de la maison et lui donne la bicyclette déposée par le *bomber command* à son intention. C'est avec ce moyen de locomotion qu'il ira à son travail. Le dîner est prévu à 19h. John la remercie vivement, s'installe, range ses affaires et part se balader. Il découvre une petite ville. Cinq mille habitants, paraît-il. Richmart existe depuis le moyen-âge et un premier ministre y a vécu. Le site est agréable mais très vallonné ce qui est un peu fatigant à vélo. Plusieurs *pubs* vont constituer des ressources appréciables pour ses moments perdus.

John choisit *l'Angel Inn* pour aller se désaltérer. L'endroit est presque vide. John prend son temps pour déguster une *pale ale* à la pression. C'est la bière qu'il préfère et qu'il goûte comme un vin. Il admire d'abord sa belle couleur ambre et sa mousse et profite de son amertume qui le pénètre et dure longtemps dans son palais. Cette bière le met de bonne humeur. Sa nouvelle vie a du piquant et il a hâte de rejoindre le *bomber command*. Encore une nuit à attendre. Pour l'instant il va faire plus ample connaissances avec sa famille d'accueil.

John revient chez ses hôtes un quart d'heure avant le dîner. Sa chambre peut être atteinte par une porte annexe ce qui lui procure une certaine autonomie lors de ses allers et venues.

A sept heures tapante, John se présente dans la salle à manger et rencontre le pasteur, un homme accueillant, d'une cinquantaine d'années. Celui-ci lui souhaite la bienvenue et lui sert un verre de *sherry* pour la circonstance. Edith les rejoint et annonce que leur fille viendra à table après l'apéritif. Elle s'est bichonnée et porte un collier de perles qu'elle n'avait pas tout à l'heure. John remarque aussi, autour de son poignet gauche, un bracelet en or qui doit lui venir de sa famille car le pasteur ne doit pas disposer d'assez de revenus pour lui offrir un bijou pareil.

La conversation se focalise vite sur la guerre qui préoccupe tout le monde en cette fin de 1943. Déjà trois ans que la bataille fait rage ! Les Anglais n'ont pas été épargnés, bien au contraire. Londres et d'autres villes ont été bombardées et de nombreux civils ont trouvé la mort. Maintenant, on sent bien que les Allemands n'arrivent plus à tenir leurs positions. Le débarquement en Italie a eu lieu et la reconquête a commencé.

Robert, comme Edith l'avait fait, interroge son pensionnaire :

— Et vous John, comment ça s'est passé pour vous depuis le début de la guerre ?

En fait John n'a pas envie d'en parler. Il a été traumatisé par ces mois de bombardement avec des angoisses avant et pendant chaque mission. Il reste très vague car ce n'est pas un sujet qu'il souhaite aborder :

— Pour moi aussi, cela a été difficile !

Le pasteur a envie d'en savoir plus mais ne veut pas se montrer inquisiteur. Il cherche à compléter sa question mais finalement se tait.

John soulagé en parlera peut-être, mais plus tard.

C'est sur ces entrefaites, que Margaret montre le bout de son nez. John s'attendait à voir une collégienne. Il est surpris car Margaret est une belle jeune fille avec des cheveux blonds, un nez affirmé mais droit, des lèvres roses bien dessinées. Ses formes sont déjà celles d'une femme, pas d'une adolescente. Elle porte un uniforme vert fait d'une veste avec un écusson brodé et d'une jupe droite. Elle a une chaine en or autour du cou. John est ravi de la compagnie ou au moins de son apparence. Margaret lui serre la main chaleureusement :

— Bonjour Monsieur Luxley. Bienvenue à Richmart ! Vous savez c'est un peu mort ici. On est loin d'une grande ville. J'espère que vous allez mettre de l'animation dans la maison et nous faire rire. On en a besoin avec cette guerre dont on parle à longueur de journée. Mes parents m'ont dit que vous êtes mathématicien. Ça c'est très bien, vous allez pouvoir m'aider à faire mes devoirs. Je suis plutôt littéraire. Les maths me donnent des boutons !

Le pasteur intervient dans la conversation :

— Allons Margaret ! Ne fais pas la folle avec notre pensionnaire. Tu lui donnes une drôle d'image de toi-même. Ne faîtes-pas attention, John ! Margaret est un peu directe. Il faut savoir la remettre à sa place.

La perspective de donner des leçons à Margaret ne déplait pas à John. Il lui dit malicieusement :

— Si vous n'êtes pas trop nulle, c'est-à-dire si votre cas n'est pas désespéré, si vous me promettez de faire des efforts, j'accepte de vous convertir à un nouvel amour !

C'est un peu à double sens et osé. John s'en rend compte et s'explique :

— Je veux dire par là que je peux non seulement vous aider à combler des lacunes en mathématiques, mais aussi vous faire aimer cette discipline.

John se lance alors dans une diatribe compliquée sur les beautés des mathématiques avec des références au développement de la géométrie par les grecs anciens mais aussi de l'algèbre, facilité par l'invention des chiffres arabes, en fait plutôt indiens à l'origine !

Le pasteur l'écoute avec intérêt et voit que son pensionnaire est passionné par son sujet. Edith quitte un peu son air revêche. John découvre que le pasteur connaît bien, lui aussi, l'histoire des mathématiques. Quand ils en viennent à parler de probabilités, la spécialité de John, celui-ci se rend compte que Robert a l'air à l'aise avec les concepts de médiane, de variance, de mode ; idem avec les lois de Poisson, de Gauss !

— Vous avez l'air d'y connaître quelque chose, Robert. Vous aussi, vous aimez les probabilités ?

— Oui beaucoup ! J'ai fait une licence de Maths avant de commencer la théologie et d'envisager de devenir pasteur ; j'étais à Oxford, comme vous.

La conversation se poursuit agréablement pendant le dîner. Avant d'aller se coucher, John remercie vivement Edith et Robert de l'accueillir pour quelques mois. Quand il dit bonsoir à Margaret, celle-ci le regarde dans les yeux et garde sa main dans la sienne une fraction de seconde de plus qu'attendu. John lui sourit et retourne dans sa chambre attendri.

Décidément, la vie devient plutôt belle ! Même Edith trouve grâce à ses yeux ce soir-là. Il est accueilli par une famille agréable ; la jeune fille de la maison est jolie, sans doute nulle en Math et va avoir besoin de ses services. Quelle chance !

Il se couche fatigué. Son rendez-vous est à dix heures demain matin au QG du *bomber command*. Il compte large, une heure pour y aller à vélo. Pour 6 km c'est beaucoup trop. Mais s'il crève, il lui faudra un peu de temps pour réparer. Surtout ne pas arriver en retard le premier jour !

Il s'endort tout de suite. Mais vers deux heures, il fait un cauchemar. Son avion est en feu ! Les autres ont sauté en parachute. Lui-même cherche désespérément le sien ! L'avion brûle et va bientôt s'écraser. Au moment où les flammes vont l'atteindre, il se réveille en sueur, haletant, pétri d'angoisse. John sent combien il est encore traumatisé par ces missions. Presque toutes les nuits son sommeil est interrompu par ces mauvaises séquences. Il met une heure à se rendormir.

Il se réveille tôt, se prépare lui-même son petit déjeuner. Ensuite, son trajet pour aller travailler le fait d'abord traverser Richmart, puis pédaler en lisière des bois. La route rentre ensuite dans la forêt pendant trois kilomètres jusqu'au QG. La forêt est dense à cet endroit. Les bâtiments ne doivent pas pouvoir être aperçus du ciel. John a l'impression d'arriver dans le saint des saints. C'est donc là que sont préparées les missions quotidiennes de bombardement. La logistique doit être compliquée à assurer quand certaines nuits, ce sont plusieurs centaines de bombardiers qui sont envoyés sur l'objectif.

Quand il arrive au QG, ses papiers sont examinés longuement. Il est ensuite mené à un bâtiment en briques, un peu plus grand que les autres. On lui dit qu'il va être accueilli par le commandant en chef, l'*Air Chief Marshal* Hudson en personne. Celui-ci reçoit John au bout de quelques minutes. Il vient chercher sa nouvelle recrue dans la salle d'attente. John est impressionné. Il sait ce que représente l'organisation de ces bombardements de masse sur l'Allemagne, destinés à la destruction de l'appareil de guerre. Le *Marshal* le fait asseoir dans le coin salon, installé dans son bureau. Ils prennent place sur deux fauteuils club, de part et d'autre d'une table basse. Une jeune femme en uniforme vient leur servir le thé. Hudson commence par féliciter John pour ses trente missions et lui explique un peu longuement le fonctionnement du *bomber command* :

— Bravo pour votre courage ! Je sais que c'est très dur et risqué. Mais nous n'avons pas le choix ! Beaucoup d'équipages disparaissent et il faut les remplacer. Ce n'est pas facile. Vous êtes maintenant expérimenté en matière de bombardement lourd sur l'Allemagne. Vous savez parfaitement bien comment se déroulent ces missions mais pas comment nous fonctionnons. C'est ici dans ce QG que les objectifs sont choisis. Nous nous basons sur les renseignements fournis par nos espions présents sur le sol d'Allemagne mais aussi de France. Ils arrivent à nous dire où sont situées les principales usines de guerre, où sont construits les avions, les bateaux, les armes. Les allemands ont aussi des usines pour la fabrication d'essence synthétique. Ils ont des dépôts d'armes, de munitions. Tout cela, nous cherchons à le détruire. Quand les objectifs sont choisis, nous devons déterminer combien de bombardiers sont nécessaires pour les destructions envisagées. Enfin pour avoir le total de ces avions, il faut que nous demandions à chaque base aérienne l'engagement de plusieurs appareils. Pour chaque mission, du personnel de la RAF doit ainsi aller dans des dizaines de bases faire le briefing des pilotes, des navigateurs et autres navigants. Tout cela est complexe. Vous comprenez ?

— Je comprends tout à fait. J'ai vécu cela du côté des pilotes pendant deux ans. Je me demande cependant pourquoi vous avez besoin de mathématiciens comme moi pour améliorer cette tactique qui semble bien au point.

L'*Air Chief Marshal* lui explique que ce centre de commandement comprend aussi un centre de recherche dénommé l'*ORS* pour *Operational Research Section*. C'est ce centre de recherche qui fait appel à des mathématiciens :

— Je vais vous expliquer ce que nous attendons de vous. Après les missions, notre système d'analyse des opérations est imparfait. Nous voudrions savoir si les pertes sont équivalentes au sein de nos différentes bases. Plusieurs facteurs rentrent en jeu. Géographiquement certaines sont plus au Nord ou à l'Ouest que d'autres et les missions sont plus longues. Certains ont des bombardiers modèles Lancaster, d'autres des Halifax. Les nationalités des équipages diffèrent. Beaucoup sont britanniques mais d'autres sont canadiens, australiens, néozélandais, sud-africains, polonais. On va même avoir bientôt des français dans la RAF, des français qui ont envie de reprendre le combat, après les trois années de collaboration avec les nazis ! Même si tous les membres d'équipage ont chez nous des formations sophistiquées et standardisées, ils n'ont pas tous la même expérience, ni la même culture militaire. On a l'impression qu'il peut y avoir de fortes disparités de résultats entre les différentes bases aériennes. Mais on n'en est pas sûr ! On ne sait pas si ce que l'on observe est dû au hasard ou pas. Bref ce que j'attends de vous c'est de mettre au point un système efficace d'analyse de nos pertes, suite à nos missions, afin de pouvoir mettre en place des correctifs. Vous comprenez ?

— J'entrevois, mon général et je comprends maintenant pourquoi vous avez besoin de spécialistes des probabilités.

John se met à observer le *Marshal*. Il le trouve plutôt vulgaire avec sa moustache très *british* mais carrément ridicule. C'est sûr qu'il serait mieux sans ! Il a l'air engoncé dans son uniforme bien qu'il ne soit pas vraiment gros ! Il n'est pas drôle du tout. John ne lui a pas vu l'ombre d'un sourire depuis le début de leur conversation. Et dire que c'est ce Monsieur qui décide de la mort ou de la vie de tant de militaires et civils allemands !

Hudson lui explique ensuite l'organisation de l'*ORS*, subdivisée en trois divisions. John va être rattaché à celle qui analyse les causes des pertes en avions de bombardement pour essayer d'améliorer les choses.

Près de trente chercheurs travaillent à l'ORS, et à peu près autant de *WAAF (Women's Auxiliary Air Force)*, ces jeunes femmes qui sont dans l'armée et doivent se soumettre à la discipline militaire comme les hommes. Ces *WAAF* sont précieuses ; elles interviennent sur de nombreuses tâches comme l'analyse visuelle des photos prises par les équipages pour juger de l'efficacité des bombes, ou les multiples calculs nécessaires à l'analyse de ces résultats. Mais elles servent aussi le thé et apportent un peu de convivialité dans ce centre de commandement par ailleurs bien austère.

Au bout d'une demi-heure, Hudson est arrivé au terme des messages qu'il voulait transmettre. Il fait venir Malcolm Bowen, le responsable de la division de l'ORS où va travailler John ; celui-ci doit lui montrer le bâtiment où il va travailler, son bureau et le présenter à ses principaux collègues. John quitte Hudson à qui il doit faire un premier bilan de ses réflexions dans une dizaine de jours et repart avec Malcolm :

— Vous avez été accueilli par le grand patron. Tout le monde n'a pas cet honneur. Il est un peu sec, complètement concentré sur sa mission et passe son temps à travailler. Il habite ici à temps plein, dort peu et ne quitte les lieux que pour aller discuter avec les grands responsables politiques comme Churchill. Drôle d'homme notre Hudson ! Il a maintenant une place majeure dans notre effort de guerre et personne ne le sait.

John visite le centre dont une partie est sous terre. Il est très impressionné par la salle des opérations qui sert à la préparation des missions. Elle fourmille de monde. C'est une vaste pièce, très haute de plafond, avec de multiples possibilités d'affichage de la géographie des pays en guerre. Une très grande carte de l'Allemagne, de près de cinq mètres de hauteur sur huit de largeur, vient crever les yeux de celui qui rentre dans cette pièce.

Les bureaux de *l'ORS* se trouvent dans un petit bâtiment en briques, entouré de chênes majestueux qui viennent obscurcir l'environnement mais contribuent à protéger les occupants des indésirables qui voudraient les survoler et les prendre pour cible. John partage un bureau avec un autre mathématicien d'origine australienne, Joseph Anderson. Celui-ci met John à l'aise en lui disant combien il apprécie sa venue car il en a assez d'être tout seul à cogiter toute la journée, dans une pièce de huit mètres carrés !

A *l'ORS*, la journée de travail se termine à 17h. En cette période de l'année, il fait quasiment nuit quand il quitte les lieux à vélo. Le temps est plutôt frisquet en novembre mais heureusement, les côtes à gravir lui donnent chaud. A 17h30 John rejoint son nouveau village de Richmart. Une bonne bière va lui faire du bien et il s'arrête à l'*Angel Inn,* le pub découvert le jour précédent.

Tout en buvant sa *pale ale*, John repense à son de travail. Les gens qu'il a rencontrés à l'ORS lui ont semblé plutôt sympathiques. Malcolm Bowen lui a expliqué en détail ce qu'on attendait de son travail et lui a communiqué un rapport confidentiel décrivant minutieusement l'ensemble des données enregistrées lors de chaque opération. Il a dix jours pour mettre noir sur blanc les différents objectifs de la recherche qui lui est confiée et, pour chaque objectif, la méthode qu'il envisage pour arriver à y répondre. Ceci comprend le recueil de nouvelles catégories de données et les méthodes d'interprétation qu'il propose. Il a accès à la bibliothèque de *l'ORS* où il peut consulter les principaux ouvrages des dix dernières années en matière de calcul des probabilités et de statistique. Il a reconnu au passage des noms célèbres de statisticiens dont il a écouté des présentations à Oxford comme Fisher et Pearson.

Les pensées de John l'amènent ensuite à des considérations plus intimes. Il apprécie sa liberté mais ne trouve pas toujours facile de vivre seul. A vingt-sept ans, il est sans doute temps pour lui d'avoir une compagne. Jusqu'à maintenant, il n'a pas regretté son célibat ; ces dernières années ont été particulièrement mouvementées. A Oxford pendant sa thèse, il a eu une aventure avec une jeune bibliothécaire, Mary. Pendant quatre mois, ils se sont vus souvent. Mais John a senti qu'il n'était pas vraiment amoureux ; il a préféré rompre avant que la situation ne devienne trop compliquée.

Plus récemment quand il était en formation pour devenir pilote de bombardier en Ecosse, une WAAF de trente-sept ans, Ann, rencontrée à une soirée dansante organisée sur la base aérienne, l'a initié à l'amour. Avec elle, il a découvert bien des plaisirs car, tour à tour tendre, affectueuse, imaginative, elle savait prendre des initiatives qui le ravissaient. Elle a été pour lui un merveilleux professeur. Ils se sont séparés quand John a dû quitter l'Ecosse, sa formation terminée. Il lui a ensuite écrit plusieurs fois mais ses lettres sont restées sans réponse. Un autre jeune apprenti pilote a dû le remplacer ! Il n'a pas eu le cœur brisé mais a regretté pendant un temps son lit et ses bras si accueillants.

John continue à laisser voguer son esprit. Il repense à ses cauchemars répétitifs, à ses terreurs nocturnes en lien avec ce qu'il a vécu d'horrible comme aviateur pendant ces derniers mois. Il y avait un côté paradoxal pendant ces opérations sur l'Allemagne. Le décor était souvent superbe. Ces mers de nuages ensoleillés qu'ils découvraient après avoir quitté la base aérienne sous la pluie, étaient belles. Même avec la perspective d'instants très difficiles, John restait sensible à la poésie et à la sérénité que dégageaient ces espaces réservés aux aviateurs. Mais les premiers contacts avec la DCA allemande les ramenaient ensuite, lui et les membres de son équipage, à la dure réalité qu'ils devaient affronter. L'atmosphère devenait celle de la mort. Heureusement, en tant que pilote, John devait rester concentré, ce qui lui évitait de penser trop intensément au pire. Mais aucune mission n'était anodine et l'angoisse venait toujours quand l'heure du départ approchait. C'est au retour, quand ils volaient au-dessus de l'Angleterre, que la tension retombait et qu'ils pouvaient de nouveau profiter de ces mers de tranquillité.

Six heures du soir. John termine sa bière car c'est bientôt l'heure du dîner chez ses hôtes. Il quitte le pub, enfourche son vélo et se dirige dans la pénombre vers sa maison d'accueil, heureux de la perspective de revoir Margaret et ses parents. Quand il commence à gravir la dernière côte qui le sépare de sa maison, il aperçoit un petit attroupement ainsi qu'une ambulance. Forcé de mettre pied à terre, il demande à quelqu'un ce qui se passe :

— Ah, c'est bien souciant, c'est notre pasteur. Je l'ai vu pédaler allégrement en remontant la côte pour aller chez lui. Il allait vite et il a fait un malaise. Il avait très mal et tenait sa main sur la poitrine, à gauche, du côté du cœur. Il grimaçait de douleur ! On a appelé une ambulance qui l'emmène maintenant à l'hôpital. Pauvre pasteur ! j'espère que tout va s'arranger !

6

ECOSSE, ROYAUME UNI,
DÉCEMBRE 1943-MARS 1944

Depuis deux mois, Phil goute les plaisirs du nord de l'Ecosse. Lui et ses équipages s'entraînent sur une base de la RAF à Lossiemouth, un port de pêche avec une grande plage et des alignements de maisons de belle allure. On est suffisamment au Nord pour être à l'abri des chasseurs et bombardiers allemands. Les aviateurs trouvent la température trop basse, surtout à cause de l'humidité toujours présente, qui vient accentuer la sensation de froid quand vent et brouillard sont au rendez-vous. Mais l'accueil fait à ces français venant combattre au sein de la RAF est chaleureux. Ils côtoient d'autres aviateurs en formation, non seulement anglais mais canadiens et néozélandais.

Phil trouve l'endroit propret. Les constructions en bois sont agencées très régulièrement. Les officiers sont privilégiés comme toujours dans l'armée et ont des chambres individuelles ou à deux. Les plus jeunes sont logés dans des dortoirs en attendant que des chambres se libèrent. Les drapeaux britannique mais aussi français flottent en haut du mât des couleurs. A l'entrée, on peut lire la devise de la base « S'entraîner pour vaincre » qui en résume l'esprit. L'entraînement doit être méticuleux, organisé, intensif. Il s'agit sans équivoque d'arriver à vaincre l'ennemi, coûte que coûte !

Après leur arrivée en Angleterre, ils ont eu droit à une première période d'instruction par spécialité. Comme pilote, Phil a séjourné pendant plus d'un mois à Long-Newton près de Gloucester dans le Sud-Ouest de l'Angleterre, à côté du pays de Galles. Il a aimé ces séances d'entraînement sur bimoteur Oxford, un avion d'école particulièrement bien adapté au pilotage sans visibilité et au vol de nuit, sa spécialité déjà avant le début de la guerre.

Phil n'est décontenancé ni par le temps humide de l'Ecosse, ni par les journées courtes en cette saison, ni par le froid plutôt rude. On est à neuf cents kilomètres du cercle polaire. Le soleil se lève à dix heures et se couche vers quatre heures et demie de l'après-midi. Malgré le côté glacial de l'endroit, l'ambiance est excellente. Les équipages s'entendent bien ; ils sont tous heureux de pouvoir voler ensemble, souvent et longtemps. Ils s'apprêtent à fêter Noël loin de leur famille.

Phil se délecte de sa liberté. Le 24 décembre, un bal est organisé avant la messe de minuit. Officiers, sous-officiers et personnels féminins se retrouvent ensemble pour danser. L'alcool coule à flots. Nombreux sont ceux qui ne tiennent plus sur leurs jambes au bout d'une heure. De ce fait, la piste de danse est clairsemée. Phil invite à danser les femmes qui lui plaisent sans que Maggy n'y trouve à redire ! Certaines WAAF sont jeunes et bien appétissantes. L'uniforme n'ôte rien à leur féminité. Elles sont flattées de se faire inviter par un colonel français qui ne manque pas de charme. Elles aussi ne dédaignent pas le whisky qui les rend rapidement rieuses et langoureuses. Phil aime la danse et l'aime encore plus quand il sent de jolis corps prêts à se blottir contre lui. Mais il a un rang à tenir, contrairement à d'autres déjà ivres. Ne voulant vexer personne, il invite toutes les WAAF les plus gradées dont certaines ont le rang d'officier. A onze heures et demie du soir, la musique s'arrête et ceux qui tiennent encore debout se dirigent vers la chapelle pour assister à l'office de Noël.

Pendant la messe, Phil est quelque peu distrait. Il pense à sa famille ; il a des nouvelles par le courrier postal qui met près d'un mois à arriver du Maroc. Ses enfants vont bien. Leurs résultats scolaires sont très corrects. Paul est devenu scout et s'est fait beaucoup d'amis. Claire prend des leçons de danse. Maggy ne change pas ! Elle lui donne de multiples conseils et lui pose des questions sur ses fréquentations en Angleterre.! Visiblement Maggy ignore que les Anglais ont incorporé dans l'armée de nombreux personnels féminins pour des tâches très variées qui vont de la cuisine à la mécanique, en passant par le guidage des pilotes. Si elle savait ! Certaines de ces jeunes demoiselles viennent frapper à sa porte le matin pour lui servir son *breakfast* !

Le lendemain 25 décembre, les WAAF ont organisé une fête où tout le groupe est invité, plus exactement un arbre de Noël qui doit se poursuivre par une soirée dansante. Phil a donné consigne à ses hommes de rester sobres au moins pendant deux heures et de brosser leurs uniformes avant de venir. Les WAAF ont bien fait les choses.

La plupart sont écossaises et veulent initier les aviateurs français aux danses locales. Elles ont sollicité un orchestre avec deux joueurs de cornemuse en costume traditionnel On commence par « *Dashing White Sergeant* » et on poursuit par « *Stripping the willow* ». Il faut former des cercles de six danseurs qui se font et se défont. Et, pendant que l'on danse seul, on ne doit pas rester raide comme un piquet mais mettre de la grâce et du style dans ses mouvements.

Ces danses ont quelque chose à voir avec celles du 18ème siècle du temps de Louis XVI. Tout le monde s'amuse beaucoup, Phil le premier. Les WAAF donnent l'impression de bien aimer ces petits français, charmeurs et gais, qui essaient de parler anglais du mieux qu'ils peuvent. Personne ne se sent en guerre ce soir-là, car on est protégé bien au Nord par la géographie de l'Ecosse qui maintient les allemands hors de portée.

L'entraînement reprend les jours suivants jusqu'au 31 décembre, où cette fois-ci c'est dans le mess des officiers qu'un nouveau bal est organisé.

Et encore un autre bal le 15 janvier ! Phil a de bons moments. Il regrette d'avoir trente-neuf ans et pas vingt-cinq. Ce n'est pas qu'il se sente vieux mais c'est lui le plus âgé du groupe et de surcroît en tant que chef, il ne peut pas faire n'importe quoi pendant ces soirées. Pourtant ce n'est pas l'envie qui lui manque de conter fleurette à certaines.

C'est à ce moment que commence pour lui et ses équipages, une nouvelle période passionnante d'entrainement sur bombardier, très exactement sur Vickers Wellington. C'est avec de tels avions que les anglais ont osé bombarder Berlin en 1940 pour narguer les nazis. Et Cologne a bien souffert en 42, quand plus de cinq cents exemplaires de ce type d'avions sont arrivés pour hacher menu toute la ville, hormis la cathédrale. Ce bimoteur est lourd et pas très maniable. Onze tonnes à pleine charge, six membres d'équipage en opération. Il peut néanmoins grimper à près de sept mille mètres.

Les instructeurs imposent d'abord à Phil et aux autres pilotes un nombre inimaginable de décollages et d'atterrissages afin d'acquérir de l'aisance avec cette grosse bête rétive. Ensuite, ce sont des sorties en équipage durant près de cinq heures, qui les emmènent voler partout au-dessus de l'Angleterre et sur les mers alentour. Les plans de vols à respecter scrupuleusement ressemblent à ceux de leurs futures missions de guerre : pilotage avec peu ou pas de visibilité, rassemblement avec d'autres avions en un point donné et à une heure précise, vol en formation, simulation de largage de bombes sur un objectif, prise de photographies après le bombardement pour pouvoir en évaluer l'impact. Phil est passionné par ces entraînements et il n'est pas le seul dans le groupe. Ces exercices ont reçu le nom de *« cross country »*

Le temps passe vite ainsi jusqu'à la mi-mars, période à laquelle Phil doit avoir sa première permission. Dix jours de liberté pour se balader ! Pour lui, c'est une première. Jamais jusqu'à maintenant, il ne s'est retrouvé dans une situation pareille où il va pouvoir décider de son emploi du temps, vingt-quatre heures sur vingt-quatre, sans contrainte, sans avoir à en référer à qui que ce soit, sans avoir ses enfants à prendre en charge et sa mère sur le dos ! Incroyable !

Mais que faire de ces petites vacances ? On est en guerre. La France est toujours occupée, le Maroc est trop loin. Même Londres n'est pas tout près et reçoit régulièrement des bombes. C'est l'occasion pour lui de mieux connaître l'Ecosse. Les jours rallongent, la nuit tombe plus tard, vers sept ou huit heures selon la couverture nuageuse. Le printemps commence timidement à pointer le bout de son nez.

Phil veut partir seul, histoire de se retrouver avec lui-même et de s'isoler un peu. La vie en équipage est sympathique, mais sur une base aérienne, on prend tous ses repas ensemble au mess des officiers et on passe beaucoup de temps avec ses collègues. Cela finit par être lassant.

Le Loch Ness n'est pas très loin, à un peu plus de 70 km. Phil est très sceptique quant à l'existence d'un monstre marin mais il en a beaucoup entendu parler en France depuis dix ans. Il décide de se rendre quelques jours dans cette région puis d'aller découvrir Edimbourg.

Le 20 mars 1944, premier jour de sa permission, il trouve un car qui l'emmène jusqu'à Inverness et là, se renseigne sur les ressources hôtelières à proximité du lac et de son monstre. On lui indique Foyers sur le Loch Ness, une petite ville sympathique avec une grande chute d'eau, un torrent qui se jette dans le lac et des hôtels. Ce n'est pas bien loin : 32 km.

Phil aime pêcher quand il a du temps. Il achète une canne à pêche et commence par faire un tour à pied dans la ville d'Inverness. C'est une belle agglomération dominée par un château en briques rouges, et traversée par une rivière. Il marche ainsi pendant deux heures, puis déjeune dans un pub où il sirote une pinte de bière brune et déguste une truite fumée accompagnée de pommes de terre bouillies. Il prend ensuite un bus et arrive à Foyers en milieu d'après-midi.

Le site est solennel avec le lac tout en longueur et les montagnes qui l'entourent, recouvertes de forêts. Il trouve un hôtel à sa convenance, le *Loch Ness House*, à moins de cent mètres du lac, installé dans une vaste demeure victorienne avec plusieurs corps de bâtiment. Les touristes ne sont pas nombreux dans cette Angleterre en guerre et la plupart des chambres sont libres. Il fait la connaissance du gérant de l'hôtel, Monsieur Doyle, un ancien militaire blessé à Dunkerque en 1940, redevenu civil après sa guérison. Monsieur Doyle semble aimer les pilotes français et lui propose une grande chambre de laquelle il aperçoit le lac.

Il dépose ses quelques affaires et marche en direction de la rive. Un vieux pêcheur avec qui il s'est mis à discuter péniblement à cause son fort accent écossais, lui propose de monter dans sa barque. Phil se retrouve au milieu du lac, charmé par les lieux. Le soleil brille de façon intermittente. De gros cumulus se reflètent dans l'eau. On aperçoit, sur l'autre rive, un château fort dont le donjon est encore debout.

Phil retourne ensuite jusqu'à son hôtel. Il a un peu de temps avant le dîner et en profite pour écrire une lettre qu'il veut rédiger depuis quelques semaines. Pour cela, il a besoin de tranquillité car il lui faut trouver le mot juste. Le capitaine Dumaine, qu'il avait rencontré en Algérie, était pilote de bombardier comme lui. Mais il y a deux mois, son avion, un Léo 45, a eu un problème technique au départ d'une mission sur la Tunisie et s'est écrasé peu après le décollage. Dumaine a été tué sur le coup. Il venait d'être papa pour la troisième fois, dix jours avant cet accident. Quelques mois auparavant, cet officier l'avait présenté à son épouse Françoise, une jolie femme avec des yeux très noirs, qui s'était montrée tout à fait spirituelle. En l'espace d'une soirée, elle l'avait fait beaucoup rire mais elle avait su montrer qu'elle n'était pas que légèreté. Il avait senti en elle une grande force de conviction et de caractère quand, immanquablement, ils en étaient venus à parler de la guerre, des allemands qu'il fallait chasser, du débarquement allié du 8 novembre 42 auquel Dumaine avait participé, malgré l'opposition des partisans de Vichy.

Et maintenant cette femme se retrouve veuve à 29 ans, avec trois enfants ! Isolée en Algérie et ne pouvant rentrer dans la France occupée ! Phil lui écrit cette lettre :

Chère Madame, J'ai appris le grand malheur qui vous a frappée récemment. J'appréciais beaucoup votre mari. Vous vous retrouvez seule en Algérie, avec vos trois enfants dont un petit dernier, tout bébé. C'est une situation bien difficile sur un plan affectif et matériel. J'espère que vous avez des amies qui vous entourent et vous aident à Blida. Je pense à vous et espère vous rencontrer de nouveau dans une France libérée...

Il range soigneusement cette lettre ayant réussi à éviter les formules trop conventionnelles de condoléances. C'est vrai que Phil est frappé par le destin de cette femme dont il se sent proche. Lui aussi a des enfants à charge et sait que ce n'est pas facile. Il postera cette lettre dès son retour à Lossiemouth.

En attendant il va dîner dans la salle à manger de l'hôtel où un couple est déjà attablé, un homme d'une cinquantaine d'années et son épouse nettement plus jeune. Phil est curieux de savoir pourquoi ce monsieur prend des vacances en cette période de l'année dans un pays en guerre. Phil déguste une truite au beurre blanc pêchée dans la rivière Foyers qui se jette dans le lac. Beaucoup mieux que l'habituelle nourriture anglaise qui n'a pas bonne réputation en France ! Mais on est en Ecosse, pas en Angleterre.

Après le dîner, Phil se fait servir un whisky « *single malt* » dans la pièce qui sert de bar. Le couple qui était dans la salle à manger le rejoint ensuite. Ils engagent la conversation. Mr Watson, l'homme, est directeur d'une grande usine Singer qui fabrique des machines à coudre près de Glasgow. L'ambiance chez les ouvriers était mauvaise depuis un mois ; des grèves ont couvé comme chez les mineurs, malgré la guerre. Il a été obligé de céder sur une partie des revendications des syndicats et un protocole d'accord vient d'être signé. Ces derniers temps ont été durs pour lui. Il en profite pour prendre quatre jours de vacances au calme dans les *Highlands* pour oublier ce qui vient de se passer. Phil n'est pas totalement sûr que ce soit sa femme qui l'accompagne mais il sait être discret et prend plaisir à discuter avec ce monsieur qui a beaucoup voyagé. Ce dernier s'intéresse à Phil et est étonné d'apprendre que des aviateurs français sont maintenant sous commandement britanniques dans la RAF alors que l'antagonisme France-Angleterre, qui date de plusieurs siècles, est loin d'être éteint.

Le lendemain, Phil a envie de marcher. On lui indique plusieurs randonnées possibles en lui montrant le chemin sur une carte des environs. Il part à l'aventure vers l'Ouest où les reliefs semblent plus marqués, guidé par son sens de l'orientation. Phil marche ainsi pendant près de trois heures. Il fait frais, le soleil illumine les montagnes. Il passe dans des forêts désertes où des sentiers bien entretenus le mènent plus en altitude. Après un certain temps d'ascension, les arbres se font plus rares et sont remplacés par de grands prés bien verts.

Il longe le *Loch Mhor*, un autre lac plus petit et s'arrête dans la lande pour déjeuner au bord d'un torrent dont il apprécie l'eau pure et fraîche. Pour son confort, il se fait une litière en arrachant des touffes d'herbe, puis il déguste le sandwich au fromage de chèvre qu'on lui a donné à l'hôtel et se perd dans ses rêveries.

Quelques minutes s'écoulent ; il entend un troupeau de moutons bêlant à qui mieux mieux. Quand il les aperçoit, les bêtes sont à près de deux cents mètres en contrebas et arrivent au torrent pour se désaltérer. Un berger, au milieu du troupeau, les accompagne, mais, à contrejour, Phil a du mal à distinguer autre chose qu'une silhouette un peu frêle. Un gros chien aboie de temps en temps et force les moutons à rentrer dans le rang quand ils s'écartent. Les moutons doivent avoir très soif car ils se bousculent avec force quand ils sentent l'eau à proximité.

Phil aperçoit le berger tomber à la renverse, heurté par un bélier. Au bout de trois minutes le berger est toujours à terre et ne bouge pas. Phil descend voir si tout va bien. Quand il approche, le gros chien vient vers lui, menaçant. Pendant son enfance, Phil passait ses grandes vacances à la campagne, en Beauce et son grand-père lui avait appris à ne pas avoir peur des chiens, à leur parler d'un ton chaleureux mais ferme. Phil demande au chien d'approcher pour se faire caresser. Celui-ci, en confiance, vient alors vers lui, très affectueux. Phil lui dit :

— Ton maître va bien ? Viens on va aller voir s'il s'est fait mal.

Il se fraye un chemin parmi les moutons et s'apprête à saluer le berger toujours allongé sur le sol. Mais il se rend vite compte que le berger est une bergère, dont il aperçoit quelques cheveux clairs sortant du fichu qu'elle a sur la tête ! Elle porte une jupe longue, un chemisier blanc et une écharpe au motif écossais où les bleus dominent. Phil lui demande si tout va bien. Il aperçoit un peu de sang sur sa tempe droite et se met à lui parler plus fort. La bergère commence à ouvrir les yeux, apeurée et un peu perdue. Il lui demande en Anglais ce qui lui est arrivé. Au début, elle ne répond pas mais reprend vite ses esprits et explique qu'elle a trébuché, bousculée par un gros mouton et que sa tête a heurté une pierre. Elle a un fort accent écossais qu'il peine à comprendre.

Pour la rassurer, Phil lui explique qui il est :

— Je séjourne quelques jours à Foyers, à l'hôtel. Je suis un officier français, aviateur, bombardier, boum, boum sur les allemands, vous comprenez ? Je m'appelle Phil, Phil comme Philippe, je suis lieutenant-colonel. Et vous ! Quel est votre nom, votre prénom plutôt ?

Les onomatopées de Phil la font sourire et elle semble plus en confiance :

— Je m'appelle Lily. Mes parents élèvent des moutons et je dois les aider. Mes deux frères ont dû quitter la ferme pour aller dans l'armée, à cause de la guerre, et mon père n'est plus très en forme.

— Où est la ferme de vos parents ? Loin d'ici ?

Elle hésite à répondre puis dit :

— Pas très loin, à un *mile* d'ici, une petite ferme que nous utilisons quand nous séjournons avec les moutons dans les hauteurs. L'herbe est très bonne pour eux dans ce coin.

Lily essaie de se remettre debout mais sa tête tourne et elle reste assise par terre. Phil est un peu inquiet, craignant un problème à cause du choc qu'elle a eu sur la tête. Il lui propose de l'aider :

— Vous avez l'air d'avoir du mal à marcher. Vous ne voulez pas retourner vous reposer à cette ferme dont vous avez parlé ? Je peux vous accompagner si vous voulez.

Lily ne répond pas tout de suite et lui demande :

— Mais vous n'êtes pas trop pressé ? Ça ne vous dérangerait pas ? Je veux bien que vous m'aidiez à ramener mes bêtes. Je ne me vois pas trop en train de courir après mes moutons s'il y en a qui commencent à s'écarter.

Lily se relève. Maintenant, elle tient debout et ses joues sont plus colorées. Phil sort un mouchoir propre de sa poche, et va l'humidifier dans le torrent, puis revient vers Lily :

— Vous vous êtes écorchée près de la tempe. Laissez-moi vous nettoyer.

Tout doucement, il enlève le sang qui commençait à coaguler. La plaie est petite, vraisemblablement sans gravité. On n'en voit plus grand-chose après son nettoyage. Elle le remercie en le gratifiant d'un grand sourire. Phil se rend compte alors, que Lily est bien jolie. Des yeux bleus, des petites fossettes quand elle sourit, des cheveux épais, blonds, avec quelques reflets roux.

— Je vous ferai du thé quand nous serons arrivés si vous n'avez laissé échapper aucun mouton !

— Je vais m'appliquer. J'ai envie de voir comment vous faites le thé !

Ils partent. Lily lui signale tous les moutons qui commencent à s'éloigner. Elle rit beaucoup en le voyant partir en courant, chaque fois qu'elle le lui demande. Elle en rajoute un peu :

— Plus vite ! Un mouton s'éloigne. ! Attention ! il y en a un autre, à votre gauche !

Il est hors d'haleine mais amusé par ce jeu. Heureusement pour lui, ils atteignent un endroit où l'herbe plaît moins aux bêtes qui restent collées les unes contre les autres, sans tenter de s'échapper.

Après vingt minutes de marche sur un sentier sinueux, ils arrivent à la ferme annoncée par Lily. Il y a deux bâtiments. Un pour abriter les moutons la nuit et l'autre plus petit pour les humains. Phil dit à Lily :

— Présentez-moi à vos parents avant de me faire un thé, je serai heureux de faire leur connaissance.

— Mais je suis toute seule à garder les moutons depuis plusieurs jours. Mes parents sont restés en bas, près du *Loch*. Mon père a des problèmes de santé, des problèmes cardiaques. Le médecin a dit qu'il doit se reposer.

Il n'en revient pas quand il comprend que Lily vit seule dans ces collines où il n'y a personne. Drôle de vie pour une jeune femme qui doit avoir une vingtaine d'années !

— Mais vous n'avez pas peur, toute seule ?

— Si ! Un peu la nuit quand il y a des bruits inhabituels mais le jour ça va. J'ai un chien et je saurais me défendre si l'on me cherchait des noises.

Après avoir fait rentrer les moutons dans le bâtiment qui leur est réservé, elle lui fait visiter la ferme. Une grande cuisine sert de salle à manger et de pièce à vivre. Il y a deux chambres avec deux lits dans chacune. Les murs sont blanchis à la chaud. Le sol est carrelé. Il n'y a rien de pendu au mur. Le décor est spartiate mais les pièces sont très propres.

Lily prépare effectivement un thé pour Phil et pour elle-même. Ils le dégustent ensemble. Elle lui offre aussi quelques biscuits. Il a envie d'en savoir plus sur sa vie de bergère :

— Que faites-vous Lily quand vous pouvez laisser les moutons ?

— J'adore pêcher dans un lac pas très loin d'ici. C'est très poissonneux. Vous aimez pêcher ?

— Oui en France, ça m'arrive. D'ailleurs j'ai acheté une canne à pêche à Inverness pour pêcher dans le *Loch Ness*. Elle est dans ma chambre à l'hôtel.

Ils restent à bavarder de tout et de rien. Elle est très gaie, aime rire et Phil apprécie ses plaisanteries. Mais le temps passe et Phil regarde sa montre. Il en a au moins pour trois heures, s'il ne se perd pas, pour retourner à Foyers.

— Lily, il faut que je vous quitte malheureusement. S'ils ne me voient pas revenir, ils vont s'inquiéter à l'hôtel. J'ai été très heureux de faire votre connaissance. Faîtes-bien attention à vous !

— Je suis triste que vous partiez. Si vous revenez me voir demain, je vous ferai un bon déjeuner. Vous voulez ?

Phil n'a pas de programme spécial pour le lendemain et Lily est bien charmante. Il accepte l'invitation. Elle lui fait un baiser sur la joue quand ils se séparent.

— Je vous amènerai de la bière si j'arrive à en trouver

Phil repart vers Foyers. Sur le chemin de retour, il est particulièrement attentif aux lieux qu'il traverse car il veut retrouver son chemin le lendemain. Il lui faut effectivement près de trois heures pour retrouver son hôtel.

Le soir, Phil, dans son lit, repense à sa bergère. La situation est improbable. Il a été se promener dans un endroit désert et a trouvé une demoiselle toute jolie, gaie comme un pinson qui l'invite à déjeuner dans sa ferme au milieu des herbages, là où il n'y a personne. Très romantique ! Phil s'endort tôt. Il a beaucoup marché et doit récupérer.

Le matin il se prépare et s'asperge d'eau de Cologne pour sentir bon. Il prévient son hôtelier qu'il ne rentrera pas forcément tôt car il veut avoir de la marge, pas d'horaire. Il part à dix heures avec deux bouteilles de bière écossaise, achetées à l'hôtel. Le chemin n'est pas difficile à retrouver.

Lily, très contente de son retour, cuisine un poisson sur un poêle à bois. Il n'y a ni gaz, ni électricité dans cette ferme isolée. Juste une citerne avec une pompe pour avoir de l'eau. Lily a un peu modifié sa tenue et porte autour de son cou un autre foulard, toujours écossais, mais dans les tons violets. Elle s'est fait une couronne végétale avec des fleurs roses de saison. Son chemisier bleu, échancré laisse deviner le début d'une jolie poitrine. Elle est vraiment séduisante cette petite ! Phil lui fait un baiser sur la joue en arrivant. C'est comme s'ils se connaissaient depuis longtemps !

Deux couverts sont dressés dans la grande cuisine. Lily n'a pas de nappe à sa disposition mais elle a su embellir la table avec des cailloux blancs, des fleurs sauvages, quelques feuilles et petites branches. Le tout est très réussi !

Lily lui explique qu'elle s'est levée tôt ce matin pour emmener les moutons jusqu'au lac, à trois quarts d'heure d'ici. Elle a eu le temps d'utiliser sa canne à pêche et a eu la chance de ramener un saumon de bonne taille, qu'elle va accommoder avec quelques pommes de terre.

Ils dégustent avec ravissement la chair rose et moelleuse du saumon. Phil est surpris par le naturel de Lily qui se lèche consciencieusement les doigts après avoir enlevé les arêtes de son poisson. Tout cela est simple et délicieux ! Lily curieuse, cherche à savoir si Phil est marié et a des enfants. Il lui dit qu'il est veuf et que ses deux enfants sont au Maroc, gardés par sa mère. Elle ne pose pas de question sur la mort de sa femme. L'air un peu canaille, elle lui demande s'il a une *girl friend* ; il sourit de son espièglerie et répond que non, qu'il n'en a pas, que son travail l'occupe beaucoup. Phil lui renvoie la question ; elle éclate de rire en disant qu'il y a peu d'hommes jeunes dans la région, et que ce peu d'hommes est parti dans l'armée. Elle ajoute en rougissant qu'elle n'a pas le goût des vieillards ! Phil lui sert un autre verre de bière. Elle trouve que ce breuvage se marie bien avec le saumon mais avoue qu'elle est peu habituée à boire de l'alcool. Elle est troublante quand elle annonce, joueuse et du bout des lèvres, comme une confidence *top secret* « je suis un cœur à prendre ! » Phil sourit mais ne veut pas montrer son émoi. Le repas continue agréablement, les verres de bière les détendant et fluidifiant leurs échanges.

Phil n'a jamais partagé un moment aussi privilégié, en dehors des regards, avec une jeune et jolie femme. Il se demande ce que Lily peut bien penser de lui. Il lui demande son âge. Vingt et un ans ! elle est juste majeure. Il a dix-huit ans de plus qu'elle !

Phil est attiré par Lily et sent qu'elle est heureuse qu'il soit là. Ils sont, tous les deux, seuls et libres. Il a bien envie de lui montrer qu'elle lui plaît mais il a peur de tout gâcher. Perplexe, il n'a pas envie de rompre le charme de cette journée.

Lily demande à Phil de l'aider à faire la vaisselle. Elle se moque de lui car il ne sait pas où ranger les choses. Après la vaisselle, elle lui propose une promenade. Elle veut lui montrer un endroit qu'elle aime beaucoup. Ils marchent un bon quart d'heure jusqu'à un torrent. La végétation devient de plus en plus dense. Ils se retrouvent sous une voute très verte qui laisse passer quelques rayons de soleil. Ils arrivent à un petit lac entouré de falaises, dont les bords sont tapissés de mousse et de hautes herbes. On aperçoit une chute d'eau, plus haut. Lily dit qu'elle trouve cet endroit romantique et mystérieux, comme peuplé de créatures magiques et bienveillantes. Elle est ravie de le partager avec Phil.

Elle s'assied sur la mousse, agréable comme un velours, puis s'allonge. Phil coupe quelques herbes pour faire deux oreillers, un pour elle et l'autre pour lui. Ils sont tout près l'un de l'autre. Des oiseaux égayent le décor de leurs jolis chants. Lily et Phil restent silencieux quelques minutes en les écoutant. Phil a des pensées contradictoires. Lily lui plaît vraiment beaucoup, mais il se sent un devoir de la protéger. Il lui prend la main et Lily serre la sienne mais il en reste là car il devra la quitter bientôt, dans une heure ou deux. Ils se tournent l'un vers l'autre et leurs regards sont plein de tendresse. Ils s'assoupissent doucement quelques instants, main dans la main. C'est Lily qui fait surface la première et se met debout. Elle demande à Phil s'il aime « son coin ». Il la remercie de lui avoir fait connaître et s'en souviendra toute sa vie. Elle lui dit qu'elle-même n'oubliera jamais le Colonel Phil venu lui faire cette si douce visite.

Ils redescendent ensuite jusqu'à la ferme et Lily lui propose de l'accompagner sur le chemin du retour, avec ses moutons. Il reste avec elle encore une heure puis il est temps de se séparer. Phil s'apprête à lui dire au revoir. Lily s'approche, souriante, sûre d'elle et lui tend ses lèvres. Phil, charmé, y dépose un baiser. Ils se regardent longuement, les yeux humides. Phil se retourne et part. Ils se font ensuite plusieurs fois des gestes d'adieux.

Phil continue sa descente, léger, heureux de ces moments passés avec Lily. Il a dans sa mémoire, pour longtemps, son joli visage rieur.

Un très beau souvenir pour la vie. Phil est un romantique. Il est fier de ne pas avoir succombé au désir qui l'avait envahi. Cette si jolie jeune femme, drôle et isolée, ne méritait vraiment pas d'être séduite puis abandonnée, deux heures plus tard !

Le lendemain, Phil quitte Foyers et trouve à Inverness un bus pour Edimbourg où il reste trois jours à l'hôtel George. Jamais, il n'a jamais séjourné dans un établissement aussi luxueux ! Il apprend à aimer cette ville au double visage et déambule longtemps dans les quartiers médiévaux, près du château, bercé par ses souvenirs avec la petite Lily.

7

BUCKINGHAMSHIRE, ROYAUME UNI, MAI 1944

Depuis son arrivée à l'*ORS*, il y a cinq mois, John Luxley travaille dur. L'*Air Chief Marshal* Hudson, en personne, lui a demandé d'utiliser ses talents de mathématicien pour tenter de comprendre pourquoi les pertes humaines diffèrent sensiblement d'une base aérienne à une autre. Simple effet du hasard ou autre explication ?

John a d'abord analysé le processus. Il s'est vite rendu compte que le problème était loin d'être trivial et qu'il est devant un véritable casse-tête. Mais, ce n'est pas pour lui déplaire ! C'est plus stimulant de résoudre un problème difficile que d'enfoncer des portes ouvertes. Mais d'un autre côté, il faut absolument qu'il obtienne très vite des résultats. Hudson le fait plancher quinze jours après son arrivée. A ce stade, John est surtout en mesure de lui expliquer pourquoi le problème est complexe mais il sent bien que son grand boss n'est pas enthousiasmé.

John se concentre sur les données auxquelles il peut avoir accès sans trop de difficulté. Il commence par constituer des fiches pour chaque base aérienne. Il exclut celles qui font aussi du transport de troupes et de matériel, quand le besoin s'en fait sentir, en plus du bombardement. Cette tâche demande du temps et de l'énergie. Gros travail que de réunir toutes ces données, de les saisir et de les archiver correctement !

Heureusement John connaît parfaitement bien le bombardement aérien qu'il a pratiqué intensément pendant plus de deux ans. Il peut lui-même comprendre ce qui peut influer sur la vulnérabilité d'un avion et donc d'un équipage. L'expérience du pilote est liée à son âge ; c'est une variable à prendre en considération. Les avions ne sont pas tous équivalents. Les Lancaster ont la réputation d'être plus faciles à manier que les Halifax. Certains avions ont été révisés récemment, d'autres au contraire ont été accidentés puis réparés ce qui, peut-être, les rend différents.

John tient compte aussi du problème tragique des avions qui se percutent. C'est difficile à mille avions, dans la nuit, tous feux éteints, de voler les uns près des autres, sans risquer de s'accrocher et de s'envoyer au tapis. Les problèmes mécaniques aussi, ne sont pas rares. Les moteurs de ces avions sont puissants mais pas totalement fiables même s'ils sont bichonnés par les mécaniciens restant au sol pour en faire la maintenance.

Après trois mois de travail intense, John est prêt à commencer ses analyses. Hudson ne comprend pas pourquoi cette tâche est si longue mais heureusement John a le soutien sans faille de Malcolm Bowen, son patron direct à l'ORS. Celui-ci sait combien il est important de définir parfaitement les données sur lesquelles on va travailler si l'on souhaite obtenir des résultats utilisables.

John s'entend bien avec Malcolm. Ensemble, ils ont une séance de travail hebdomadaire au cours de laquelle John fait part de ses avancées et lui demande son avis sur les points les plus délicats. Malcolm a toujours une grande écoute qui tranquillise John.

Sa proposition est finalement acceptée. John va faire porter son analyse sur le dernier semestre de bombardement. Il évalue à un mois le temps nécessaire pour réunir les dernières données manquantes. William, un autre mathématicien nouvellement arrivé à l'ORS, plus jeune que lui, travaillera sous sa direction. John a su convaincre sa hiérarchie que les calculs devaient être faits en double et comparés de manière à éviter tout risque d'erreur humaine.

Pendant cette période, John s'est retrouvé dans une situation particulière. Le pasteur Antony, chez qui il loge, a effectivement fait un infarctus du myocarde. Il est soigné à l'hôpital de Buckingham à quarante-cinq kilomètres de Richmart. Son épouse Edith est exemplaire et va le voir presque tous les jours en prenant le bus. Margaret l'accompagne quand elle le peut. John se retrouve seul le soir avec elles deux. Depuis l'accident cardiaque du pasteur la conversation est un peu terne. On voit bien que les deux femmes sont tristes, minées par ce qui est arrivé à leur époux et père. Elles sont soucieuses car Antony présente des troubles du rythme et les médecins sont réservés sur le pronostic. Un arrêt cardiaque peut survenir et lui être fatal.

Quand le pasteur est tombé malade, John s'est demandé s'il n'était pas inconvenant que lui, jeune célibataire, reste loger chez deux femmes dont l'une Margaret est toute jeunette. Il ne souhaitait pas changer de lieu d'habitation mais avait voulu mettre Edith à l'aise. Deux jours après la crise cardiaque du pasteur, quand Margaret était sortie du salon pour aller se coucher, John a dit à Edith :

— J'ai bien de la peine pour vous en ce moment. Votre situation est difficile. Je sens combien vous êtes soucieuse. Vous n'avez peut-être pas envie de continuer à loger un étranger dans votre maison. Je comprendrais très bien que vous souhaitiez maintenant vivre seule avec votre fille. Ce serait sans doute plus convenable. Je peux en parler à ma hiérarchie et voir avec eux s'ils peuvent me trouver une autre famille.

Edith lui avait répondu sans détour, à sa grande surprise :

— Mais non ! Vous ne nous gênez pas du tout. Bien au contraire ! Votre présence est agréable et vous mettez un peu de gaité dans la maison. Nous en avons bien besoin en ce moment. Je parle de vous souvent aux gens du village et je n'ai pas senti la moindre réprobation. Tout le monde sait que vous n'êtes pas en vacances ici mais que vous travaillez dur pour le *bomber command*.

Sa réponse lui fait plaisir car depuis quelques temps, il a senti plus d'affection de la part d'Edith, elle qui lui avait semblé plutôt revêche à son arrivée.

Il a pris quelques précautions. Edith rentre parfois tard de l'hôpital quand le bus n'est pas à l'heure. Il essaye alors de rester cantonné dans sa chambre et ne va pas voir Margaret, occupée dans le salon à lire ou à finir ses devoirs. Parfois Margaret frappe à la porte de sa chambre. John a l'impression qu'elle vient chercher de l'aide pour chacun de ses devoirs de maths. Ensuite, elle aime rester dans sa chambre pour bavarder, lui poser des questions sur son enfance et s'amuser à comparer leurs éducations de fils et fille de pasteur. Celle qu'a reçue John lui semble plus stricte que la sienne. Elle dit que son père finit par lui passer tous ses caprices !

Ce soir, Edith est revenue de l'hôpital plus détendue. Le chef de service lui a expliqué que les troubles du rythme cardiaque de son mari étaient en train de disparaître et que le pronostic devenait bien meilleur. Bien sûr, le pasteur doit se reposer avant de reprendre son activité. La meilleure solution serait maintenant qu'il aille passer un mois dans une maison de repos. Ensuite, il pourra revenir chez lui et continuer son ministère, en faisant attention à ne pas trop forcer.

Cette bonne nouvelle retentit sur le moral de ses deux

compagnes qui deviennent plus enjouées. Edith va même chercher une bouteille de porto pour fêter ça.

Pendant le dîner, Margaret se montre intéressée par son activité au sein du *bomber command* et lui demande :

— John, quel est votre rôle exactement à l'*ORS*. Sur quoi travaillez-vous toute la journée?

— C'est malheureusement difficile pour moi de vous répondre avec précision car mes activités rentrent dans le cadre du « secret défense ». Mais sans donner trop de détails, je peux vous dire que l'on m'a demandé de comparer les pertes en hommes et en bombardiers des différentes bases aériennes pour essayer de comprendre pourquoi certaines disparités existent. S'agit-il d'un simple hasard ou y-a-t' il des causes sur lesquelles on pourrait agir. Vous comprenez ? Je ne sais pas si je suis clair ou complètement obscur ?

— Je comprends ce que vous dîtes. Mais que connaissez-vous au bombardement ? Vous êtes restés dans vos livres et vos recherches en Mathématiques jusqu'à maintenant.

John, piqué au vif par la réflexion de Margaret, ne peut s'empêcher de dévoiler son passé :

— Là, vous vous trompez ! Je suis resté discret jusqu'à maintenant sur cette période que j'ai trouvée très dure ; je n'aime pas trop y revenir, mais pendant deux ans, j'ai été pilote de bombardier lourd à la tête d'un équipage de sept personnes. J'ai fait trente missions dont une vingtaine, de nuit sur l'Allemagne. J'ai même été décoré. On m'a remis la *Distinguished Flying Cross,* une des principales décorations pour les aviateurs et j'en suis fier, même si je ne suis pas sûr de la mériter. C'est cette expérience, alliée à ma formation en mathématiques qui a poussé l'*Air Marshal* Hudson, le grand chef du *bomber command,* à me proposer ce poste. J'ai été démobilisé avant de venir ici pour prendre ce poste de chercheur civil.

Edith est frappée par ce qu'elle vient d'entendre :

— Oh John, félicitations ! Je vous avais sous-estimé ! Vous auriez dû nous le dire plus tôt. Quelle modestie ! Vous attendez plusieurs mois avant de nous révéler que vous êtes un héros de l'aviation de guerre. Vous étiez donc officier dans la *Royal Air Force* ?

— Oui, je suis lieutenant. Maintenant je suis redevenu civil mais dans quelques mois je reprendrai sans doute mes fonctions de pilote de bombardier, une fois ma mission de recherche à l'*ORS* terminée.

Après un certain nombre de missions, nous appelons cela un tour d'opérations, nous sommes mis au vert pendant plusieurs mois car nerveusement, nous n'en pouvons plus. C'est extrêmement difficile à supporter. Généralement après un tour d'opérations, nous devenons instructeur. Il y a de nombreux morts, environ trois pour cent à chaque mission ce qui veut dire qu'il nous faut former de nouveaux équipages en continu. Certains vols mobilisent plus de mille bombardiers. Nous perdons alors une trentaine d'avions. A raison de sept personnes dans chaque avion, cela fait plus de deux cents morts ou blessés qu'il faut ensuite remplacer. Les anglais ne suffisent pas. Nos alliés du *Commonwealth* participent beaucoup. Ils sont admirables car ils ne sont pas directement en guerre contre l'Allemagne et leur capitale n'a pas été bombardée comme Londres.

— Je suis vraiment très impressionnée ; vous devez avoir des souvenirs grandioses de toute cette période ? demande Edith.

— Grandiose n'est pas le bon mot ! Cette période a été horrible ; j'ai vu trop de mes camarades ne pas revenir. Mais parlons d'autre chose. Je suis heureux que l'état de santé du pasteur s'améliore. Va-t-il vraiment pouvoir revenir bientôt ?

— Il doit d'abord aller passer un mois dans une maison de repos. Il pourra revenir ensuite ici si tout se passe bien et reprendre son ministère.

Malgré la tristesse de la situation et l'inquiétude qui en résultait, c'est un équilibre plutôt harmonieux qui s'était mis en place entre Edith, Margaret et John. Elles se sont vite mises à apprécier d'avoir pour elles, ce jeune homme, plutôt beau garçon, un peu taciturne mais très gentil.

Tous les trois prennent alors conscience qu'ils ont encore un mois à partager cette intimité, mais qu'ensuite l'atmosphère sera peut-être différente.

Après le dîner, John n'est pas très content de lui. Il ne souhaitait pas parler de sa période passée dans l'armée comme pilote. En général, il préfère la passer sous silence afin de ne pas avoir à répondre aux questions de son auditoire. Chaque fois qu'il en reparle, il est sûr de faire des cauchemars la nuit suivante et d'être envahi par des angoisses dans la journée. Margaret l'a déstabilisé avec des sous-entendus peu élogieux.

John regagne sa chambre sans attendre. Pour penser à autre chose, il se plonge dans des calculs compliqués, commencés dans la journée et les poursuit jusque vers minuit. Puis le sommeil le gagne et il ne tarde pas alors à s'endormir.

A trois heures du matin, le sommeil de John est perturbé par des rêves de guerre. Il est dans son avion, au retour d'une mission. Un chasseur allemand les a surpris et vient de leur tirer dessus. Le cockpit a été touché, aux trois quart détruit. Pilote et navigateur sont presque à l'air libre. Le navigateur va être emporté par le vent. Il s'accroche à John. Celui-ci, malgré ses attaches, sent qu'il va lâcher prise. Le grand saut dans le vide est imminent à quatre mille mètres d'altitude. Combien de secondes avant de s'écraser sur le sol ? John sent une autre présence à côté de lui et quelqu'un lui dire :

— Je suis avec vous, tout va aller mieux, John, détendez-vous.

John commence à sortir de son cauchemar. Edith est à côté de lui, assise sur son lit :

— Vous avez fait un cauchemar, John. Vous avez crié très fort et je suis venu voir ce qui se passait.

John ouvre les yeux. Il est encore bouleversé par son rêve et regarde Edith en chemise de nuit. Il n'y a pas beaucoup de lumière dans la pièce, juste ce qui filtre de l'escalier où elle a allumé une applique en montant. Elle cherche, maternelle, à le réconforter et lui tapote l'épaule. Il éprouve le besoin d'être bercé, se tourne vers elle, pose sa tête sur son cœur et l'enlace comme le ferait un petit enfant. Il murmure à Edith :

— C'est gentil d'être monté me voir. J'en avais besoin. C'était horrible ce cauchemar. Je fais le même genre de rêve fréquemment !

Involontairement, John pause sa main sur le sein d'Edith. Il trouve la sensation apaisante à travers la fine étoffe de la chemise de nuit. Il se met à l'effleurer de manière répétitive, très délicatement, et sent un désir intense monter en lui. Plus d'un an qu'il n'a pas caressé le corps d'une femme ! Pendant une fraction de seconde, John se dit qu'il en train de faire une grosse bêtise mais le désir l'emporte sur la raison. Elle n'est pas réticente et le serre plus fort. Dans la pénombre, John part à la découverte du corps onctueux de son hôtesse. Sa poitrine est généreuse, un peu lourde mais tellement agréable à enchâsser dans la paume de sa main. Edith adore ces caresses inattendues et ne reste pas inactive, jouant très excitée avec le sexe de son protégé. Ils s'attardent dans leurs gâteries. Elle écarte légèrement les cuisses quand la main de John descend jusqu'à sa toison et vient avec son majeur la caresser plus bas, tout doucement dans des zones chaudes et bien humides. Haletante, elle ne proteste aucunement quand il veut la pénétrer. Elle a du mal à étouffer ses gémissements qui témoignent d'un plaisir que, peut-être, elle n'a encore jamais connu. Ils ne se parlent pas.

Edith encore étourdie par leurs amours aussi osées et excitantes qu'inattendues, quitte John sans un mot. Celui-ci se rendort jusqu'à sept heures. Elle lui a préparé un bon *breakfast* et l'accueille avec un joli sourire sur le visage. John pense qu'Edith est une drôle de femme de pasteur. Il n'est pas en avance, ne s'attarde pas, prend son petit déjeuner et part à vélo travailler.

Pendant la matinée, John a un travail à terminer avec son jeune collaborateur William pour en discuter ensuite avec Malcolm. Il est obligé de se concentrer sur cette tâche. Mais dans l'après-midi, il ne peut s'empêcher de repenser à Edith. Ses interrogations reviennent. Ni l'un, ni l'autre n'avait prévu ce qui s'est passé entre eux. L'émotion du moment a été forte. Mais que faire maintenant ? Que doit-il lui dire ? Doit-il quitter la maison ou bien rester mais revenir au statut quo antérieur ? Peut-il pendant un mois continuer une liaison très sensuelle avec Edith en attendant que le pasteur ne revienne? Cela est-il risqué vis à vis de Margaret ? Que vont devenir leurs dîners à trois ? Margaret va-t-elle se douter de quelque chose ? Et quelle va être l'ambiance quand le pasteur sera revenu ?

John ne sait pas répondre à ces questions. Edith doit avoir les mêmes interrogations. Ce n'est qu'à deux qu'ils trouveront des réponses. John envisage de lui parler un peu longuement. Il ne sait pas quels sentiments l'animent. Tout est arrivé si vite, sans préméditation. Jamais il ne s'était posé la question de savoir s'il pourrait y avoir quelque chose entre eux deux. Avec Margaret cela l'avait effleuré mais avec sa mère, avec la femme d'un pasteur, c'est vraiment la surprise ! En plus, avec une femme, dont le mari, ecclésiastique est hospitalisé !

John rentre le soir un peu anxieux. Quand il arrive à la maison, Edith n'est pas encore rentrée car elle est allée à l'hôpital voir son mari, comme elle le fait si souvent. Margaret est en train d'étudier dans le salon. Elle appelle John quand elle entend du bruit. Celui-ci n'est pas très à son aise. Elle lui demande de l'aider pour un exercice de géométrie. Il le résout en trente secondes, ne s'attarde pas et laisse Margaret terminer ses devoirs.

Edith arrive alors, donne des nouvelles d'Antony à sa fille. Il continue à bien aller et son transfert vers une maison de repos est imminent. Edith semble de très bonne humeur et prépare le dîner avec entrain. L'ambiance pendant le repas est gaie et Edith tout à fait naturelle. C'est elle, ce soir, qui pose quelques questions à John sur son travail actuel. Elle s'intéresse aux locaux dans lesquels il travaille, aux différents personnels impliqués et est très surprise quand John lui explique que les femmes sont nombreuses à travailler avec eux et pas forcément pour des tâches subalternes. Edith est peut-être un peu inquiète de la promiscuité avec ces jeunes femmes ?

John monte ensuite dans sa chambre et lit avant de s'endormir. Après une heure de sommeil, il se réveille et repense à Edith. C'est lui qui a fait le premier pas. Cela n'a pas déplu à Edith et c'est ainsi que tout a commencé. Mais John regrette tout de même ce qui s'est passé. Même si Edith fait bonne figure, elle doit être affreusement gênée. Tout de même ! Tromper son mari, pasteur, pendant qu'il est hospitalisé pour un problème cardiaque grave avec un homme beaucoup plus jeune et ceci à proximité de sa fille ! C'était osé !

John est vraiment convaincu qu'il doit s'expliquer avec Edith. Il lui dira qu'il était encore dans un demi-sommeil après un cauchemar et qu'il a perdu la tête. Il s'excusera et jurera de ne plus recommencer. Il espère qu'elle ne va pas le mettre à la porte, ni se plaindre à ses supérieurs hiérarchiques.

John est en train de se demander comment aborder la question avec elle quand il entend un peu de bruit derrière la porte. Il se lève, ouvre doucement et voit Edith qui avec l'index lui fait signe de se taire. Elle entre. John se dit qu'il va pouvoir s'excuser. Tout bas, il murmure :

— C'est bien que vous soyez montée me voir. Je voulais vous demander pardon pour hier. J'ai perdu la tête. Vraiment, je sortais d'un cauchemar et...

Elle l'interrompt en lui mettant un doigt sur la bouche et fait habilement tomber sa chemise de nuit, seul vêtement dissimulant sa nudité. John est stupéfait mais ne peut s'empêcher d'admirer le corps d'Edith. Il n'en avait pas eu le temps la veille car ils étaient restés enfouis dans les draps. Elle n'est pas maigre. Sa poitrine est généreuse. Ses cuisses sont rondes sans être grosses. Elle s'approche tout contre John, délace le cordon de son bas de pyjama qui tombe à terre, déboutonne sa chemise et caresse son torse.

John ne s'attendait pas à cela. Il essaie tout de même de parler à Edith :

— Je ne sais pas si c'est très bien ce que nous sommes en train...

Mais Edith ne le laisse pas terminer et applique ses lèvres sur les siennes en caressant son sexe qui ne tarde pas à se dresser, conquérant.

John s'expliquera une autre fois. Ils ne parlent pas mais se donnent encore beaucoup de plaisir. Edith redescend ensuite dans la pénombre jusqu'à sa chambre. John est surpris de ses ardeurs et de ses initiatives. Cette fois-ci, c'est incontestable, il y a eu préméditation de sa part à elle !

John est de plus en plus perplexe. Il n'a aucun sentiment amoureux pour Edith et a l'impression désagréable de n'être qu'un simple objet de plaisir soumis à l'autorité d'une belle femme de plus de quinze ans son ainée ! Il n'avait pas imaginé que cela puisse lui arriver. C'est la faute de la guerre ! C'est celle-ci qui est à l'origine de cette situation tellement inattendue. John se demande comment les choses vont évoluer. Doit-il faire quelque chose pour revenir à l'état antérieur ? Ou simplement se taire pour l'instant et prendre le temps comme il vient ?

Quand il arrive à l'*ORS*, il apprend de son supérieur que le grand boss veut faire le point avec lui en fin d'après-midi, le jour même. On ne lui communique pas d'ordre du jour précis. John est intrigué et quelque peu anxieux car il aurait aimé avoir quelques jours de plus pour mener à bien les analyses statistiques en cours, disposant maintenant de la majorité de ses données. Pour ne pas avoir l'air stupide, il passe sa journée à élaborer une synthèse écrite du recueil des informations effectué, de la méthodologie d'analyse en cours et des résultats préliminaires obtenus qui ont tous été négatifs. Il n'a trouvé aucune différence statistiquement significative entre les pertes des différentes bases, ce qui l'a beaucoup étonné.

L'*Air Marshal* le reçoit à dix-sept heures et lui demande où il en est de son travail. Il a l'air plutôt anxieux et n'écoute qu'à moitié le début de l'exposé de John qui lui a préalablement remis dix feuilles manuscrites, rédigées avec soin. Le *Marshal* l'interrompt :

— John, nous avons un sérieux problème. Nos pertes sont loin d'être négligeable. Fin juin, il y a eu vingt appareils descendus lors du bombardement de Blainville, pour deux cents appareils engagés. Dix pour cent de pertes ! Alors qu'on en prévoit trois pour cent !

Vous vous rendez compte ?

— Mais mon général, il y a sans doute eu des missions avec des pertes très faibles qui doivent compenser celles dont vous venez de parler ?

— John, je reçois des courriers des commandants de nos bases de bombardement m'indiquant que le remplacement des aviateurs disparus ne se fait pas assez rapidement. Nous n'arrivons pas à former suffisamment de nouveaux aviateurs. Le nombre d'équipages disponibles décroît. Bientôt, nous allons être obligés de diminuer le nombre de bombardiers engagés dans chaque mission. Or ça, ce n'est pas admissible ! Quand nous examinons les photographies aériennes prises après nos opérations, nous nous rendons souvent compte que nos objectifs ne sont que partiellement détruits. Il faudrait plutôt accroître le nombre d'appareils. Sans compter que nos espions nous transmettent des messages inquiétants sur la mise au point en cours par les allemands de nouveaux chasseurs particulièrement performants. Vous connaissez notre manière de faire, en termes de nombre de missions à assurer par les équipages ?

— Oui mon général, j'ai fini mon tour d'opérations, il n'y a pas si longtemps que cela.

— Oui bien sûr ! j'oubliais que vous avez été pilote ! Actuellement nos équipages doivent faire trente missions. Je sais que ces bombardements sont très anxiogènes pour les équipages, qu'on ne peut pas leur en demander trop, mais peut-être serait-il possible de mettre au point un autre système de comptabilité des missions qui permettrait de mettre au vert nos aviateurs d'une manière différente. Vous voyez ce que je veux dire ?

— Mon général, pouvez-vous m'expliquer préalablement, comment ce chiffre de trente missions a été choisi ?

L'*Air Marshal* parait un peu gêné, l'espace d'un instant puis répond :

— Cela n'a pas été facile. On s'est basé sur le fait qu'au vu des pertes observées, un aviateur quelle que soit sa fonction, pilote, bombardier ou mitrailleur par exemple, avait de l'ordre d'une chance sur deux d'être encore vivant après avoir effectué ces trente missions. Une chance sur deux, c'est rude, très rude mais on est en guerre. Je ne suis pas sûr que notre système actuel soit totalement juste. Je sais que certains finissent leur tour d'opérations avec beaucoup plus qu'une chance sur deux de s'en tirer !

John se rend compte brusquement que la hiérarchie militaire, très cynique, a défini en toute connaissance de cause ce chiffre de trente missions. Pas sur des critères de résistance physique ou mentale. On ne donne aux équipages qu'une chance sur deux de s'en sortir. Ce n'est pas beaucoup. L'*Air Marshal* continue :

— Je vous demande maintenant de nous aider à réfléchir à une meilleure définition du nombre de missions que chaque aviateur doit assurer. Peut-être aurez-vous des idées ? Suspendez temporairement vos travaux en cours et concentrez-vous sur ce nouveau problème. C'est très important. Nous ferons le point dans une semaine.

John quitte l'*Air Marshal* quelque peu désappointé. D'abord, il n'a pas envie d'arrêter ses travaux en cours, au moment où il va avoir des réponses à la série de questions qu'on lui avait soumis. Ensuite, le nouveau problème posé est flou et concerne, non plus les bases aériennes, mais les individus. Mais il n'a pas le choix. Il va y réfléchir même si travailler sur ce sujet l'angoisse déjà.

John ne perd pas de temps. Le nouveau problème qu'on lui a posé, met tout de suite son cerveau en ébullition. Il repart dans sa famille d'accueil très concentré pour trouver des réponses à cette nouvelle question.

Il dîne agréablement avec ses deux compagnes. Edith est très gaie et Margaret, un peu étonnée, met cette bonne humeur sur le compte de l'amélioration de l'état de santé de son père. Après le dîner, John redoute de voir Edith remonter dans sa chambre, en pleine nuit, et lui demander de s'exécuter ! Il prend soin de fermer à clef la porte de sa chambre. Il s'endort vers une heure du matin et se réveille reposé, un peu plus tard que d'habitude. Il n'a pas entendu venir Edith cette nuit gratter à sa porte. Il se rend compte qu'elle est déjà partie et lui a préparé un *breakfast* avec deux *toasts* qu'il n'a plus qu'à se faire griller.

A l'*ORS*, John se concentre sur sa nouvelle tâche. Il voit tout de suite comment avancer. Le problème ne lui semble finalement pas si compliqué, presque trivial. En effet après chaque mission, le *bomber command* comptabilise les pertes. On sait ainsi, au bout de quelques jours, combien de pilotes, de navigateurs, de bombardiers, de mécaniciens, de mitrailleurs ont trouvé la mort. On peut ainsi affecter à chaque mission et à chaque aviateur la probabilité qu'il avait d'y rester, en participant à une opération donnée. Tout de suite

John pense qu'il faut faire des calculs séparés pour chaque type d'aviateur car souvent, en cas d'évacuation en vol, c'est le navigateur et le pilote qui sautent les derniers. De ce fait les risques de chaque catégorie de personnel ne sont pas exactement superposables. C'est une hypothèse à vérifier ! Pour savoir quel a été le risque encouru par un aviateur après n missions, il suffit de multiplier toutes les probabilités de rester en vie après chaque mission. Très simple !

John se dit qu'il doit se procurer les données individuelles de chaque aviateur, les missions qu'ils ont déjà réalisées et pour chacune d'elles, les pourcentages de tués pour chaque catégorie d'aviateurs. Très facile !

Quand il aura toutes ces données et fait ses calculs, John ira exposer ses résultats au *Marshal Hudson*.

Avec ce système on devrait mettre au vert un aviateur quand il atteint ce seuil fatidique de 0.5. Pas avant et surtout pas après ! Une chance sur deux de mourir ! John est persuadé que cette méthode va conduire à des tours d'opérations plus courts pour beaucoup d'aviateurs. Ils pourront le remercier de ce qu'il aura fait pour eux avec quelques calculs simples de probabilité.

8
GAITFORD, CAMBRIDGESHIRE, ROYAUME UNI, MAI-JUIN 1944

Les membres des vingt-quatre équipages du groupe Aquitaine arrivent d'Ecosse le 24 Mai, pour se fixer sur la base de Gaitford. Le groupe Aquitaine s'appelle maintenant le *squadron 502*. Un deuxième groupe français de bombardement, le groupe Mayenne, doit les rejoindre dans deux semaines. La base est sous le commandement du colonel Maillard qui coordonne les navigants et les personnels au sol et fait le lien avec le haut commandement Anglais. Les pilotes ont eu un mois pour prendre en main les Halifax qui leur ont été attribués. Des gros monstres de trente mètres d'envergure, avec un rayon d'action de deux mille kilomètres. Ils peuvent voler jusqu'à une altitude de sept mille mètres et atteindre plus de quatre cents kilomètres à l'heure en vitesse de croisière. Ils sont équipés de quatre moteurs Bristol Hercules de 1600 chevaux avec quatorze cylindres chacun. De sacrés dragons qui crachent le feu, pas très faciles à piloter, mais plutôt fiables !

Tous les équipages sont logés sur la base dans des baraques en tôle. Mais grosse déception pour beaucoup à l'arrivée, car ici pas de personnel auxiliaire féminin. Rien que des hommes ! Les distractions seront ailleurs. La réputation de séducteur des français a sans doute poussé l'état-major anglais à n'envoyer que du personnel masculin pour assurer les tâches d'administration, d'intendance et de logistique.

Chacun s'est vu attribuer une bicyclette car les logements des équipages, le mess pour prendre les repas, les salons pour se détendre, et les hangars pour les avions sont distants de près de deux kilomètres. Ces vélos vont leur donner un peu de liberté et leur permettre d'aller jusqu'à Peterborough, une grande ville qui se situe à moins de cinq kilomètres. Un aumônier et un médecin logent sur la base.

Phil écrit tous les mois à ses enfants et à sa mère depuis qu'il a quitté le Maroc. Il leur parle le moins possible de la guerre afin de ne pas les inquiéter et trouve des sujets plus divertissants.

Lettre de Philippe Destivel adressée de la base aérienne de Gaitford à sa fille Claire et à son fils Paul le 13 mai 1944 :

Ma chère petite Claire
D'abord félicitations pour tes progrès en danse. La valse est assez difficile mais je ne doute pas que tu y réussisses parfaitement. Je viens de m'installer dans cette base de Gaitford où j'espère rester un peu longtemps maintenant. Je suis favorisé étant donné mon grade et mes fonctions. Ainsi, j'ai pour moi seul une baraque en tôle en forme de tonneau, séparée en deux pièces (chambre et salon) avec bain, lavabo et eau courante chaude et froide. C'est assez rudimentaire mais la saison n'est plus froide et nous sommes au milieu des prés, au grand air. J'ai donc pour la première fois défait tous mes bagages qui se sont accrus de deux grandes valises depuis que je suis en Grande Bretagne. Les autres officiers sont plus à l'étroit. Ils doivent se contenter d'un quart de tonneau pour les capitaines et d'un demi pour les commandants. Mais tout le monde s'arrange pour faire son trou. Bien content d'en avoir fini avec les déplacements perpétuels. Je te quitte pour écrire à Paul. Bons baisers Papa

Mon cher petit Paul,
A toi qui est un homme, j'annonce que j'ai survolé la France pour la première fois depuis bientôt quatre ans, le 10 mai dernier. C'est bien dommage d'y être reçu par des coups de canon mais ne désespérons pas car bientôt on nous recevra avec des fleurs, quand ces sales boches auront été chassés…

Aujourd'hui 1er juin 1944, le lieutenant-colonel Philippe Destivel est particulièrement occupé. Son groupe de bombardement Aquitaine doit participer pour la première fois à une véritable mission de guerre à partir de la Grande Bretagne. La période de formation est terminée. L'objectif est une station de télécommunications près de Cherbourg. On lui a demandé de tenir prêt douze avions emportant chacun cinq tonnes de bombes. Phil est étonné de l'objectif choisi. Pourquoi la Normandie alors qu'il y a tant d'objectifs militaires et industriels à aller détruire en Allemagne, particulièrement dans la Ruhr ? Phil ne comprend pas très bien.
Lui-même avait très envie de participer à cette mission mais

comme chef de groupe, il doit rester sur place lors du premier bombardement afin de veiller à ce que tout se passe normalement. Il s'agit en quelque sorte d'un rodage de l'organisation précise et efficace mise en place par le *bomber command*. Il a dû sélectionner les douze équipages et les mettre en alerte. Les pilotes, navigateurs, bombardiers et autres aviateurs ont eu droit à un briefing d'une heure, chaque spécialité dans une salle différente.

Phil est dans la tour de contrôle. Il y est arrivé une demi-heure avant le départ prévu des avions. Il pense à la période qu'il vient de vivre en Angleterre. En fait de vraies vacances jusqu'à maintenant ! Des vacances avec des activités ludiques de pilotage, organisées par les anglais, pimentées par des soirées avec les WAAF et un séjour près du Loch Ness qu'il n'est pas près d'oublier !

Comme il a changé plusieurs fois de lieu en six mois, il n'a pas trouvé la compagne qui lui aurait permis de renouer avec la gente féminine. C'est dommage, c'est même un peu triste. Sept ans maintenant qu'il est veuf ! La vie est difficile ! Phil positive cependant. Il a échappé à son dragon de mère et les lettres qu'il reçoit de ses enfants indiquent qu'ils apprécient la vie à Meknès avec leur grand-mère.

La période qui s'annonce maintenant va être différente. L'espoir est sérieux de voir s'effondrer l'Allemagne nazie, Hitler et tutti quanti ! Il ne s'agit plus de s'entraîner mais de faire la guerre, ce qui est nettement plus dangereux. Le bruit court qu'en moyenne trois pour cent des bombardiers ne reviennent pas après chaque mission sur l'Allemagne. Trois pour cent ce n'est pas énorme. Pas de quoi être terrorisé !

On est maintenant à quelques secondes du départ. Phil aperçoit le premier Halifax qui pointe le bout de son nez. Ordre lui est donné de décoller. Le pilote fait un signe avec son pouce, derrière le cockpit, indiquant que tout va bien. Ses quatre moteurs tournent rond, à la bonne vitesse. Leur bruit est assourdissant. Phil est ému. Cela fait six mois qu'ils ont commencé un entraînement intensif. Aujourd'hui, c'est le jour J. Les choses sérieuses commencent. L'appareil s'élance sur la piste. On l'aperçoit quitter le sol quarante secondes plus tard. Un autre appareil le suit, décalé d'une minute. En moins d'un quart d'heure, les douze bombardiers ont décollé. Phil prie le ciel pour qu'ils rentrent tous indemnes, ce soir.

Cinq heures plus tard, Phil est comme un père qui attend le

retour de ses enfants. Il voit le premier bombardier revenir, suivi par les onze autres. Ils sont tous au rendez-vous ! Aucun ne semble avoir été accidenté. Phil se rend dans une des salles de briefing. Chaque commandant d'avion fait, au retour, un rapport précis sur sa mission. Ils rapportent des photos prises juste après le largage des bombes pour évaluer les destructions opérées.

Les pilotes sont plutôt enthousiastes. Il n'y a pas eu de chasseurs venus les attaquer. Juste des tirs de DCA, mais pas très nourris et qui n'ont pas atteint leur but. Les destructions semblent avoir été importantes. Ils ont été guidés par des fusées éclairantes de couleur, des *"skymarkers"* que des pilotes anglais sont venus larguer, de manière à indiquer l'endroit exact sur lequel les bombes devaient tomber. Cette technique, introduite pendant cette guerre, permet de rendre infiniment plus précis le bombardement de masse. Mais il y a une contrepartie car effectuer ce signalement des cibles est très dangereux et nombre d'avions *"pathfinders"* qui viennent déposer ces feux lumineux sont descendus par les chasseurs ennemis.

Phil se sélectionne lui-même pour un bombardement, quelques jours plus tard.

Extraits du journal de Philippe Destivel :

5-6 juin 1944
Ma première mission de guerre depuis mon arrivée en Grande Bretagne ! Nous avons participé dans la nuit avec 9 avions de mon groupe au bombardement d'une batterie côtière à Isigny qui contrôle la baie de Grand Vey. Au total une centaine d'appareils ont largué 600 tonnes de bombes pour tenter de détruire le blockhaus et ses dix canons. Nous avons ainsi aidé à préparer le DEBARQUEMENT ALLIE qui a commencé quelques heures après ! Je comprends maintenant pourquoi nous avions été bombarder la station de télécommunications près de Cherbourg. Enfin le débarquement en Normandie ! Quel bonheur ! A quand Paris libéré ?
25-26 juin 1944
J'écris à Paul mais je suis interrompu par un coup de téléphone de l'Air Commodore Walton me demandant 4 avions Halifax, demain, pour aller bombarder sur Montorgueil les magasins et plateformes de départ des avions sans pilote qui viennent bombarder Londres, les fameux V1. Je fais ce bombardement avec deux autres équipages. Au-dessus de l'objectif, je vois l'explosion d'un bombardier anglais vraisemblablement touché par une bombe

d'un avion de la RAF qui volait plus haut. Mourir touché par l'un des siens, drôle de destin ! Je n'ai pas vu de chasse. Il n'y avait pas non plus de DCA.

   28 juin 1944

Bombardement de Blainville près de Lunéville avec 5 avions de notre groupe. Tous ceux de Gaitford rentrent sans encombre alors qu'il y avait 200 avions dans le stream. Dans les autres bases, 20 bombardiers ont été descendus dont 5 à Pocklington et 1 à Full Sutton (10% de perte, c'est beaucoup trop !). Vingt avions abattus soit près de cent quarante aviateurs décédés. Pour l'instant notre groupe a de la chance. Aucune perte. Pourvu que ça dure.

   6 juillet 1944

Je fais le bombardement de Marquise (Pas de Calais), Encore sur une plateforme de lancement des bombes volantes. Au retour plafond bas sur la base de Gaitford. Je suis envoyé à Driffield. J'y atterris avec la bombe que je n'ai pas pu larguer en mer malgré tous nos efforts. Cette bombe déchargée par les manœuvriers anglais est laissée sur place juste sous le lance bombes. Quand je remets en route les moteurs pour repartir, au moment d'essayer le 4ème moteur, j'aperçois 2 mécaniciens au sol qui courent à fond de train vers un abri situé à 200 m de là. L'un y est déjà arrivé. L'autre fait des signaux désespérés puis suit son camarade. Je donne l'ordre de couper et d'évacuer l'avion en vitesse. Quand je sors, j'aperçois mon équipage réuni autour de la bombe dont l'empennage a été emporté par le souffle des hélices au moment de l'essai des moteurs. Nos deux mécaniciens anglais en avaient déduit que la bombe était sur le point d'éclater !

Pendant tout le mois de juillet, Phil est très occupé. Il effectue plusieurs missions, essentiellement pour aider à la progression des troupes alliées en détruisant des gares de triages et des sites de V1. Il participe aussi au bombardement de Stuttgart, qui nécessite de voler près de neuf heures.

Quand il ne vole pas, il veille à la préparation des missions de ses équipages, organise le remplacement des personnels malades, tente de gérer au mieux avec les mécaniciens l'organisation des réparations des appareils, accueille souvent les équipages à leur retour et assiste à certains *debriefing*.

Le 18 juillet, au cours d'un bombardement de blindés allemands sur Falaise près de Caen, le groupe Aquitaine perd son premier avion descendu par la DCA. Aucun membre de l'équipage n'a pu sauter en parachute. Sept hommes ont disparu. Le pilote, le capitaine Guillonnet était un bon ami de Phil. Celui-ci se rend vraiment compte maintenant que la période d'entraînement est terminée. On est passé à des choses sérieuses qui laissent Phil pensif. S'il lui arrive quelque chose, que deviendront Paul et Claire ses enfants ? Il n'ose pas trop y penser et pour se donner le change se redit ce qu'on lui a dit c'est-à-dire qu'il n'y a que trois pour cent de chances d'y rester à chaque mission. Mais Phil a vraiment besoin de penser à autre chose. Trop de tension depuis six semaines. Trop de stress, de responsabilité. Quatre des sept membres de l'équipage perdu étaient mariés et pères de famille. Six orphelins de père d'un seul coup !

Heureusement, il a deux jours de repos à la fin de la semaine et le samedi 22 juillet, Phil ne se presse pas car il ne travaille pas. Il fait même la grasse matinée, se prélasse dans son lit malgré le vacarme des avions qui décollent. Il va même jusqu'à se rendormir et rêve de Lily et de ses moutons. Elle l'a invité de nouveau à déjeuner et a préparé un énorme brochet. Mais un avion qui passe en rase motte le réveille pour de bon. Il est onze heures du matin et Phil se demande comment il va occuper sa journée. Il décide d'aller déjeuner en ville, à Peterborough. On lui a parlé d'un hôtel restaurant situé à côté de la cathédrale où, paraît-il, la cuisine est très correcte malgré les restrictions et où les aviateurs français de la base de Gaitford sont particulièrement bien accueillis.

Phil prend son temps pour faire sa toilette, enfiler une tenue civile décontractée. Il n'est pas fâché de quitter l'habit militaire pendant deux jours et les responsabilités qui vont avec. Quand il est en permission, c'est son adjoint, le capitaine Jopet qui le remplace. Celui-ci est particulièrement compétent et Phil peut quitter momentanément son commandement sans arrières pensées.

Il prend son vélo pour parcourir les kilomètres qui le séparent de la ville. Il pédale en prenant son temps, hume l'air de l'été qui sent si bon quand les blés viennent d'être coupés. Des nuées de moineaux sont à la recherche de grains perdus. Comme en France, il y a des coquelicots, petites pointes rouges dans les champs encore intacts. La route est sinueuse, et oblige à quelques efforts pour franchir les collines qui entourent la grande ville.

Il est treize heures quand il arrive à l'hôtel du Lion. Il n'a pas eu de mal à le trouver car la cathédrale, située à côté, est un bon point de repère visible dès l'arrivée dans la cité. Il y rencontre son alter ego en charge de l'autre groupe de bombardement de la base, le commandant Vigard. Ils sont plutôt copains et décident de déjeuner ensemble à la simple condition de ne pas parler de la base de Gaitford.

Ils ne sont pas très loin de la mer. Celle-ci représente pour les Anglais un réservoir de nourriture de choix alors que, du fait du manque de main d'œuvre, la viande se fait plus rare. Ils commandent ce qu'ils supposent être du lieu car ils ne sont pas sûrs de leur traduction, ainsi qu'une bouteille de Muscadet sur lie. Phil est inquiet car la bouteille est de 1937, presque sept ans d'âge. Mais le précieux liquide a parfaitement supporté toutes ces années et n'est pas du tout madérisé.

Ils parlent de ce qu'ils feront après la guerre quand les allemands auront définitivement quitté leur pays. Optimistes au moins en façade, ils n'envisagent nullement l'hypothèse d'être tués avant la victoire finale. Vigard ne souhaite pas rester dans l'armée de l'air et voudrait monter une compagnie d'aviation. Il espère pouvoir emprunter suffisamment d'argent et acheter deux ou trois appareils. Il cherche de potentiels associés et fait des offres à Phil. Celui-ci ne dit pas non et dit qu'il y réfléchira. Ils resteront en contact une fois de retour en France.

Quand ils en arrivent au dessert, un petit orchestre se met en place pour égayer l'atmosphère. Le chef prend d'abord la parole pour présenter les cinq musiciens puis évoque, avec émotion et respect, la progression des alliés en Normandie, confrontés à une très dure résistance allemande. Enfin il invite tous ces messieurs, clients du restaurant, à ne pas hésiter à inviter les dames à danser. Elles n'attendent que cela !

Phil se retourne afin d'observer les différentes tables en se demandant qui ils vont pouvoir inviter ? Vigard ne veut pas se donner en spectacle car il danse très mal mais il incite Phil à aller inviter la dame ou demoiselle de son choix. A la table d'à-côté, sont attablées une dame d'une cinquantaine d'année avec son mari du même âge et une jeune femme d'environ vingt-deux ans, toute rousse et un peu rondelette, sans doute leur fille. Phil se lève, s'approche de cette table et dit en s'adressant aux trois à la fois:

— Puis-je inviter Mademoiselle à danser ? Mon nom est Philippe et je suis pilote sur la base de Gaitford.

C'est la mère qui répond :

— Ma fille Anna est très flattée et accepte volontiers votre invitation. Montre à Philippe tes talents de danseuse, Anna.

La fille en question rougit, n'a pas l'air particulièrement contente mais se lève visiblement contrainte par l'acceptation rapide de sa mère qui a répondu à sa place. Pas un sourire sur son visage !

L'orchestre entame une valse. Phil sait danser la valse mais Anna a seulement des rudiments ! Phil donne l'impression de conduire un gros camion plutôt indocile. Il aperçoit son collègue qui les regarde amusé et a visiblement du mal à réprimer le fou-rire qui commence à l'envahir. En faisant tournoyer sa partenaire, Phil aperçoit dans un coin un peu sombre du restaurant, une femme en train de terminer son dessert. Elle est seule à une table, n'a l'air ni vieille, ni laide. Il ne la voit pas très bien mais se dit qu'il ira l'inviter à la prochaine danse, l'expérience avec Anna n'étant pas totalement concluante !

A la fin de cette magnifique valse, Phil retourne s'asseoir un moment ! Vigard le félicite pour sa prestation, toujours mort de rire. Phil ne voit plus la dame seule à sa table, car elle n'est plus dans son champ de vision ce qu'il trouve dommage car il a envie de la détailler un peu. Il laisse passer une seconde valse et à la fin de celle-ci se lève prestement pour aller l'inviter.

Il marche jusqu'à elle, l'air enjoué. Elle est en train de fumer une cigarette, le visage plutôt sombre. Sur sa table un livre lui tient compagnie pendant son déjeuner. Phil lui dit :

— Mademoiselle, puis-je vous inviter pour la prochaine danse. Je suis officier, pilote sur la base de Gaitford à quelques kilomètre d'ici.

La demoiselle lève la tête de son livre, une traduction en Anglais du « Rouge et le Noir » de Stendhal et répond à Phil :

— Je vous remercie pour cette invitation. Je regrette mais je ne peux pas accepter.

Puis elle se replonge dans son livre sans autre explication. Phil est déçu car cette personne ne manque pas de charme. Elle semble avoir une trentaine d'années, un peu plus que Phil ne l'avait cru de loin.

Phil respectueux n'insiste pas mais se demande ce qu'elle a voulu dire. Pourquoi ne peut-elle accepter ? Plusieurs possibilités face à une telle réponse. Elle ne veut pas car elle n'a pas envie de danser ou bien elle ne peut pas ayant du mal à marcher ou bien encore elle n'accepte pas par ce qu'elle attend quelqu'un. Phil se dit qu'il ne saura jamais et va tenter sa chance à une autre table où trois jeunes femmes sont en train de déjeuner ensemble. Pour ne vexer aucune, il demande :

— Mesdemoiselles, l'une d'entre vous accepterait-elle de danser avec un pauvre pilote français de la base de Gaitford qui s'appelle Philippe, aime danser et qui vient de se faire refuser une invitation par une dame très séduisante qui lui fait douter de ses charmes ?

Les trois sourient, se concertent à voix basse et l'une répond en souriant :

— Oui volontiers mais à la condition que vous fassiez danser successivement chacune d'entre nous. Etes-vous d'accord ?

— Mais bien sûr, une seule demande et trois acceptations, je suis comblé ! Qui veut bien commencer ?

Là encore, elles discutent quelques instants à voix basse. Il y a deux brunes et une blonde et c'est la blonde qui se lève. Elles doivent avoir une vingtaine d'années. Phil a un peu de mal à les comprendre car elles ont un accent de leur campagne, qui n'est pas celui d'Oxford. C'est l'anniversaire de la blonde et elles sont venues le fêter au restaurant. Phil passe un moment agréable à danser avec elles. Après ces trois danses, il quitte la piste et constate que Vigard est parti mais lui a laissé un petit mot « *Bye, Bye Phil, je vais faire une balade à vélo, j'ai réglé l'addition, tu m'inviteras la prochaine fois quand tu m'auras donné quelques leçons de danse !!! ».* Phil apprécie ce collègue et se dit qu'il devra garder contact avec lui quand ils seront revenus en France. Peut-être auront-ils l'occasion de monter une société ensemble. Une compagnie d'aviation, ce serait grandiose !

Il quitte ensuite le restaurant et va baguenauder à vélo dans la campagne très fleurie en ce mois de juillet. Partout on rencontre nombre de rosiers avec des fleurs rouges, jaunes ou roses. Les zinnias sont nombreux dans les jardins et apportent d'autres touches colorées. Phil rentre en fin d'après-midi dans son *sweet home* de la base et fait sa correspondance.

Le lendemain dimanche, après une grasse matinée, il a envie de taquiner le goujon. Il n'a pas encore utilisé la canne à pêche achetée en Ecosse, depuis son arrivée à Gaitford. On lui a indiqué comment aller à une rivière située dans la campagne à trois kilomètres de la base. Il se fait préparer un pique-nique au mess des officiers, met de l'eau dans une gourde et emporte un sac en toile pour les éventuels poissons. Il enfourne tout cela dans un sac à dos, arrime sa canne à pêche à son vélo et part vers midi, direction la Dheune un affluent de la rivière Ile.

Phil pédale sur de très petites routes. Il est surpris d'apercevoir des romanichels avec roulottes et chevaux, à l'arrêt dans un pré. Les femmes portent de longues jupes colorées. Ils ont tous le teint foncé. Phil n'avait pas imaginé que ces populations avaient franchi la mer pour venir stationner dans une île comme l'Angleterre. Peut-être des gens du cirque ? Que peuvent-ils faire d'autre dans un pays en guerre. Quelle est leur nationalité ? Sont-ils anglais ? Etrange !

Il trouve la rivière qui coule sous un pont vétuste sur lequel passe la petite route où il pédale gaiement. Elle est bordée d'un sentier pédestre. Il descend de son vélo et choisit au hasard de remonter la rivière plutôt que de la descendre. L'environnement est joli. Beaucoup de fleurs blanches sauvages. Des libellules et une eau plutôt limpide. Après deux cents mètres, la rivière infléchit sa trajectoire et vire sur la droite. Il marche en poussant son vélo jusqu'à ce virage, n'ayant pas envie d'être vu de la route, et cherche un coin à l'écart pour être tranquille. Effectivement, le décor qu'il trouve alors, lui convient bien. A cet endroit plusieurs arbres ont été plantés près du bord et ont déployé leurs branches au-dessus de l'eau. Les feuilles d'un saule pleureur effleurent la rivière.

Il pose son vélo par terre et installe son matériel à un endroit où le cours d'eau est plus large. Sa canne à pêche est simple, sans moulinet. Il a emporté de la mie de pain comme appât.

L'endroit est désert. Phil peut se concentrer sur le bouchon de sa ligne dont il scrute les mouvements, attendant de le voir s'enfoncer, tracté par un poisson accroché à son hameçon. Après dix minutes il n'a toujours pas vu le bouchon subir le début d'un tremblement mais cela ne le gêne pas franchement. Cette pêche le détend et lui évite de revenir à son quotidien. Il pense tour à tour à ses proches, ses deux enfants, sa maman qui est très bien là où elle est à Meknès et qui de fait, lui laisse un peu de répit depuis qu'il est en Angleterre. Il pense à son épouse défunte mais aussi à son avenir qu'il doit construire et qui lui apparaît totalement flou avec toutes les incertitudes liées à la guerre.

Phil est toujours en train de rêvasser quand il entend un peu de bruit. Il ne voit d'abord rien, à cause du coude de la rivière. Ensuite, dans le soleil, il aperçoit une silhouette sur une bicyclette. Quelqu'un qui n'a pas peur de crever son pneu sur ce petit sentier longeant l'eau. Il s'agit d'une dame très alerte, en train de pédaler précautionneusement. Elle a un chapeau de pêcheur sur la tête et arrive bientôt à son niveau. Il la salue et lui dit :

— Vous n'avez pas peur de crever vos pneus sur ce chemin ?

— Non, ce sont des pneus pleins, increvables. Pas très confortables mais commodes. Vous avez pris du poisson, quelque chose ? Je ne vous ai jamais vu ici. Je viens souvent pêcher dans cette rivière. Il y a des coins très poissonneux. Je ne crois pas que vous soyez au meilleur endroit.

— Non je n'ai rien pris mais ce n'est pas grave. Ça me détend de pêcher, j'en ai besoin en ce moment.

Phil est un peu troublé car il a l'impression de connaître la dame qu'il pense identifier.

— Mais c'est vous qui déjeuniez hier à l'hôtel du Lion à Peterborough. Je vous reconnais, Je vous ai invitée à danser et vous avez refusé. Vous lisiez une traduction en Anglais de Stendhal "Le Rouge et le Noir". Vous avez l'air plus aimable aujourd'hui ! J'ai eu un peu de mal à vous reconnaître à cause de la tenue de pêcheur que vous portez. Pantalon, chapeau de pêche, bottes. Hier vous étiez très différente, beaucoup plus féminine !

— Moi je vous ai tout de suite reconnu. Je me souviens que vous êtes pilote sur la base aérienne à côté d'ici. Et à votre accent, on peut penser que vous êtes français. Je ne savais pas qu'il y avait des pilotes français dans la RAF. J'ai plutôt confiance dans les militaires. C'est pour cela que je vous parle aujourd'hui plus librement qu'hier. Hier, je ne pouvais pas. Je vous expliquerai peut-être.

Phil est amusé par le changement de physionomie de la dame. Il aime le timbre doux de sa voix. Elle est grande. Hier il ne l'avait vue qu'assise. Elle a presque sa taille. Son chapeau de pêcheur la grandit encore. Les cheveux qui en dépassent sont blonds. Elle doit avoir près de trente-cinq ans. Phil se présente :

— Mon prénom est Philippe mais mes amis m'appellent Phil. Philippe Destivel. Avant de venir en Angleterre, j'étais en poste au Maroc. Le climat était différent mais l'été est plutôt beau ici cette année. En France, on pense qu'il pleut tout le temps dans votre pays. Je vois que ce n'est pas forcément vrai.

— Moi, je m'appelle Victoria, Victoria Miller . J'habite à deux kilomètres d'ici en lisière du village de Gaitford. Je pêche pour améliorer mon ordinaire. Si vous voulez, je peux vous montrer de meilleurs coins, pas loin d'ici pour attraper des poissons.

Phil n'est pas mécontent d'avoir une compagne de pêche. Il

prend ses affaires, et tous les deux, à pied, poussent leurs vélos sur le sentier, le long du cours d'eau. Victoria lui fait remarquer la présence de multiples oiseaux comme dans les régions marécageuses. Elle a l'air calée en ornithologie et emploie des mots anglais que Phil ne connaît pas et ne sait pas traduire pour dénommer ces animaux. Ils marchent ainsi près de trois cents mètres le long de la rivière, sinueuse à cet endroit.

— Ici on trouve beaucoup de poissons. Arrêtons-nous. Vous allez voir.

Victoria prépare son matériel. Elle pêche avec des vers de terre comme appât, qu'elle a trouvés dans son jardin. Phil sait que les pêcheurs ont besoin de calme.

— Je ne veux pas vous déranger. Je vais aller un peu plus loin.

— Mais vous ne me dérangez pas. Je n'ai pas souvent l'occasion de parler avec des pilotes. Racontez-moi ce que vous faites ici.

Phil lui explique la stratégie actuelle, soutenir les troupes alliées qui ont débarqué en Normandie et rencontrent une résistance allemande forcenée et détruire les bases de V1 le long de la côte française près de l'Angleterre. Victoria est très attentive et pose des questions sur ce que ressentent les équipages face aux dangers encourus. Phil lui dit :

— Vous savez, les pertes sont en moyenne de trois pour cent à chaque mission. Le risque n'est pas élevé heureusement. Nous avons tous envie de revoir la France. Nous partons toujours en pensant que la chute de l'Allemagne est pour bientôt. Nous ne nous sentons pas trop en danger mais il y en a tout de même certains qui sont terrorisés. Moi je suis d'un naturel calme et j'ai toujours eu de la chance. J'ai eu plusieurs pépins mais je m'en suis toujours sorti indemne. La « baraka » comme on dit au Maroc.

Phil examine Victoria. Sa peau est blanche. Ses pommettes sont hautes et saillantes. Peut-être des ascendances slaves. Elles a quelques taches de rousseur sur les deux joues. Elle a du charme, elle est même belle. Ses deux grands yeux verts semblent passionnés par les histoires de guerre de Phil. Son regard est intense. Phil n'a pas envie de parler trop longtemps de ce qu'il fait. Leur conversation est interrompue par les poissons. Victoria a senti une touche et remonte très progressivement sa ligne. Un goujon de bonne taille a mordu son hameçon. Victoria semble expérimentée et le ramène avec aisance jusqu'au bord.

— Vous voyez, il n'y a pas dix minutes que nous sommes ici. Essayez, vous n'allez pas être déçu.

Phil n'a pas encore installé sa ligne. Il s'y emploie. Victoria lui donne un ver de terre, lui en en vantant les mérites comme appât, comparé à la mie de pain.

Elle aussi observe Phil. Il est assez grand comme elle. Elle le trouve bel homme. Ses yeux bleus lui plaisent. Son visage est souriant, son regard calme mais volontaire. Il est rassurant. On a envie de lui faire confiance. Son accent est très français quand il parle anglais, ce qui signe ses origines. Il est agréable à entendre.

— Vous parlez très bien notre langue lui dit-elle.

Ce compliment lui fait plaisir. Plus de six mois qu'il vit dans ce pays. Il a effectivement fait de gros progrès et n'a plus besoin de préparer ses phrases pour s'exprimer. Presque quotidiennement, il a de longues conversations téléphoniques, très techniques, avec le général d'aviation anglais en charge d'un ensemble de bases aériennes dont celles de Gaitford. Cette pratique le fait progresser.

Phil est moins chanceux que sa compagne du dimanche après-midi. Dans la demi-heure qui suit, il ne remonte aucun poisson alors qu'elle en sort deux autres. Un peu espiègle, elle éclate de rire :

— Alors qu'attendez-vous ? Vous faites peur aux poissons !

Lui aussi se met à rire, nullement vexé, heureux de la rendre joyeuse. Phil ne sait presque rien de cette belle femme, hormis le fait qu'elle pêche et habite Gaitford ; mais il ne veut lui poser aucune question et souhaite découvrir progressivement son caractère, ses goûts. Ils ont une conversation sur le quotidien, font des remarques sur la chaleur, les odeurs de la campagne, les oiseaux, les bruits. Elle ne lui pose aucune question non plus, sur lui, son passé, sa position sociale, son grade, ses études, sa famille. Tous les deux ont l'impression d'être de connivence lors de cette première rencontre pour ne pas se livrer d'emblée.

Phil a emporté un petit casse-croute. Pas grand-chose, juste des biscuits, un peu de confiture d'orange, une bouteille d'eau, deux barres de chocolat. Ce pas grand-chose est pourtant précieux en ces temps de guerre où l'on ne trouve plus rien ! Il offre à Victoria de le partager et elle ne se fait pas prier pour accepter. Elle-même sort un morceau d'un gâteau qu'elle a confectionné. Ils se partagent le tout .

Phil aimerait revoir Victoria. Il le lui dit et elle lui sourit. Il n'a pas beaucoup de liberté mais pense qu'il pourra se libérer quelques heures, le samedi qui suit dans six jours. Victoria ne sait pas si elle sera libre ; elle ne sait jamais bien à l'avance quand elle est disponible mais elle fera tout son possible pour venir au même endroit pêcher ce samedi prochain vers quinze heures. C'est elle qui, ayant regardé l'heure à sa montre, part la première précipitamment et lui fait un simple signe d'au revoir de la main, très gracieux, une fois qu'elle a enfourché sa bicyclette. Phil trouve la séparation trop rapide. Il aurait aimé lui dire quelques mots ambigus et charmeurs pour orienter leur relation vers un registre plus personnel, mais Victoria ne lui en a pas laissé le temps. Il voudrait déjà être samedi prochain.

9

BUCKINGHAMSHIRE, ROYAUME UNI, JUIN 1944

John ne va pas très bien. Ses nuits sont peuplées de cauchemars et ses crises d'angoisse deviennent quotidiennes. En ce début d'été 44, John devrait profiter de la nature toute fleurie, du soleil qui vient réchauffer l'atmosphère, des parfums sucrés de rose, émanant des jardins. Mais il se lève fatigué, se sent coupable et ne sait pas très bien pourquoi. Le pasteur Antony, revenu de convalescence, a repris sa place au sein de sa famille et de sa paroisse.

Ce ne sont pourtant pas les relations que John a eues avec Edith qui le tourmentent. Heureusement, il a tenu bon quand elle est venue de nouveau lui faire une visite nocturne après cinq jours d'abstinence, sans doute liés à des conditions physiologiques quelque peu gênantes. Il a su, sans la blesser, trouver des mots pas trop cassants mais fermes pour lui expliquer avec diplomatie que, faire l'amour avec une si belle femme, avait été une grande source de plaisir, mais que la situation était trop scabreuse. Ils devaient arrêter de se voir la nuit. Margaret pourrait tout découvrir et le pasteur ne mérite pas de retrouver, après sa maladie, une femme adultère qui s'est déchainée pendant qu'il se soignait et un pensionnaire qui faisait très régulièrement jouir son épouse.

Au début, Edith l'avait mal pris et avait insisté, très autoritaire. Même si ce n'était pas vrai, John lui avait expliqué que c'était triste aussi pour lui mais que la situation le perturbait et qu'il se sentait trop mal vis à vis de son mari. Edith avait fini par se faire une raison.

Ce qui perturbe John en ce moment, c'est son propre équilibre mental. Il sent qu'il se détériore alors qu'il devrait oublier ces derniers moments de guerre difficiles et son accident, quand lui et son équipage ont dû quitter l'avion en feu en train de se disloquer. Mais il y a eu des morts et en tant que commandant d'avion, il se sent en partie responsable même s'il pense qu'il a eu le comportement adéquat.

À l'ORS John a bien avancé sur le travail qu'on lui a demandé. Il a eu du mal à obtenir les données dont il avait besoin pour quantifier les risques vitaux encourus par chaque aviateur. Mais ses résultats sont maintenant intéressants et montrent des disparités entre navigants ; il doit en parler aujourd'hui au *Marshal* Hudson qui n'a qu'un souci, évaluer l'impact potentiel de l'utilisation du score de risque mis au point par John sur la mise au repos des aviateurs. Va-t-il avoir plus ou moins d'équipages disponibles ?

La réunion a lieu à seize heures. John est étonné lorsque le *Marshal* lui demande de venir lui faire son exposé dans son bureau. Il pensait que l'auditoire serait plus conséquent.

John lui explique qu'il a travaillé sur les données de cent équipages ayant terminé leur trente missions, et choisis au hasard. C'est à dire qu'il dispose d'informations sur sept cent aviateurs de toutes les catégories, allant des pilotes aux mitrailleurs. Le *Marshal*, quelque peu fébrile l'interrompt :

— John, avez-vous trouvé des aviateurs qui ont fini leur tour d'opérations avec un score supérieur à 0.5 c'est-à-dire par exemple 0.6 ce qui correspond si j'ai bien compris à 6 chances sur 10 de s'en sortir ?

— Oui, un certain nombre. Il me sera facile de les compter, si vous souhaitez un dénombrement exact. Globalement les scores de risque se situent entre 0.65 et 0.30. Vous voyez, on trouve pas mal de disparités. Certains ont arrêté alors que leurs missions leur ont donné 65 chances sur cent d'être encore vivant. Alors que d'autres ont encouru des risques bien plus importants. Seulement 30 chances sur cent de s'en sortir.

Le *Marshal* a écouté John très attentivement Il semble content de l'approche développée et des résultats obtenus :

— Vos résultats semblent très intéressants. Bravo ! Il me faut réfléchir à l'utilisation que nous pouvons en faire. C'est délicat. Fournissez-moi un tableau avec les scores de risques de chaque aviateur, rangés par ordre alphabétique. Quand pouvez-vous nous fournir ce tableau, dans quarante-huit heures ?

— Oui, je pense que c'est possible Marshal.

— Alors au revoir, mettez-vous au travail sans perdre de temps. Au fait avant de vous quitter, une remarque ! Vous avez une barbe d'au moins trois jours. Rasez-vous ! Même si en ce moment vous n'avez pas de statut militaire, vous travaillez sur un site de l'armée et votre tenue doit être correcte !

Le *Marshal* lui serre la main :

— On se revoit dans deux jours, même heure dans mon bureau.

Dès le lendemain, John met de l'ordre dans ses résultats et commence à constituer le tableau demandé par Hudson. Il doit travailler une partie de la nuit car il lui faut vérifier les calculs, les mettre en ordre et en faire une présentation correcte avec les fonctions et coordonnées des sept cents aviateurs, les missions effectuées, les risques de chaque mission, les détails pour les calculs des scores de risque de chacun. John reste dormir à l'ORS après avoir fait prévenir sa famille d'accueil. Il est prêt à temps pour sa nouvelle entrevue avec Hudson.

Celui-ci ne le fait pas attendre. Il se fait décrire les modalités de présentation des résultats. Son cerveau est rapide et n'a pas besoin de longues explications pour comprendre. John a fait quelques tests statistiques supplémentaires et lui en parle :

— J'ai aussi effectué plusieurs analyses pour comparer notamment les scores de risque des pilotes avec ceux des mitrailleurs. J'arrive à la conclusion que les pilotes en moyenne, terminent leur tour d'opérations avec un score de risque nettement plus élevé que les mitrailleurs. Certains pilotes terminent alors qu'ils ont eu vingt pour cent de plus de chance d'y rester que les mitrailleurs. Beaucoup de pilotes n'auraient dû faire que vingt-cinq missions, pas trente, alors que les mitrailleurs auraient pu continuer plus longtemps.

Ces remarques font froncer les sourcils du *Marshal* qui ne fait aucun commentaire sur cet aspect du travail mais se met à regarder John de travers :

— John, vous commencez à avoir l'air d'un clochard. Je vous ai demandé de vous raser.

— Oui, *Marshal* mais j'ai dû travailler toute la nuit dans mon bureau. Je suis resté à l'ORS sans aucune affaire de toilette.

— D'accord, mais ce soir n'oubliez pas

John est étonné que *l'air chief Marshal* Hudson s'intéresse autant à son système pileux. Il a tout de même d'autres soucis mais bon ! Si ça le distrait de se focaliser sur la tenue des scientifiques de l'ORS, pourquoi pas ? Sûrement une obsession de militaire de carrière. Mais d'accord ! John se dit qu'il se rasera ce soir.

John est fatigué mais plutôt gai quand il arrive chez le pasteur en fin de soirée, après s'être arrêté au pub où il a ingurgité deux pintes de bière. La tête lui tourne un peu mais l'alcool calme ses angoisses et il se sent mieux.

Au cours du dîner, il explique qu'il a mis au point un système qui va permettre à certains aviateurs qui en avaient trop fait, d'être mis au vert plus précocement. Ses hôtes sont très impressionnés et le félicitent. Ils ne savaient pas que les mathématiques pouvaient venir directement influer sur la vie des hommes. Il omet de parler de ceux qui vont devoir exécuter un plus grand nombre de missions.

Après le dîner, John va se coucher, n'ayant quasiment pas dormi depuis trente-six heures. Il est très fatigué, mais agité ne trouve pas le sommeil, se demandant où il a mis les pieds. Avec un peu de recul, il regrette d'avoir proposé un système risquant de prolonger les tours d'opérations de certains aviateurs. Si on leur demande d'effectuer quelques missions supplémentaires, ce sera comme un arrêt de mort pour eux !

Son réveil sonne au moment où il commence à s'endormir vraiment. Quand il arrive à l'ORS, un message de Hudson est sur son bureau, lui demandant de mettre en place un calcul systématique des scores de risque de tous les aviateurs du *bomber command,* avec une mise à jour tous les quinze jours. On va mettre à sa disposition deux assistantes, deux WAAF pour mener à bien cette tâche. Mais aucune information sur la manière dont l'état-major a décidé d'utiliser son travail.

Ceci fâche John qui va voir la secrétaire personnelle du grand chef et lui demande s'il peut voir Hudson. Mais le *Marshal* est à Londres pendant deux jours, pour des réunions au plus haut niveau. Sans doute des décisions à prendre avec Churchill sur les bombardements des grandes villes allemandes ou autres cibles d'actualité. Elle lui propose un rendez-vous en fin de soirée, dans trois jours. John n'est pas content mais il n'a pas le choix.

John passe ces trois jours à refaire plusieurs fois l'ensemble de ses calculs. Il a vraiment peur d'avoir fait des erreurs et veut être sûr qu'il n'y en a pas. Il ne range plus ses papiers et son bureau devient un vrai capharnaüm. Il dort peu et mal, se réveillant en sueur plusieurs fois chaque nuit. Dans ses cauchemars, des équipages partent pour leur dernière mission. Leurs avions sont hachés menu par la DCA allemande. John assiste impuissant à leurs obsèques. A chaque fois, sept cercueils sont alignés. Les veuves sont présentes, accompagnées de leurs enfants et viennent le harceler, hurlant qu'il est la cause de leurs malheurs.

John, malgré sa dette de sommeil, se lève tôt pour aller travailler. Il prend café sur café pour rester vigilant. Ses mains commencent à trembler légèrement.

Quand arrive le moment de son rendez-vous, la secrétaire est effarée de son air et de sa tenue :

— Vous ne pouvez pas aller voir le général dans cette tenue. Qu'est-ce qui vous arrive ? Vous êtes hirsute, toujours pas rasé. Votre pan de chemise sort de votre pantalon. Regardez vos mains. Elles sont pleines de cambouis.

Effectivement, le jour précédent John a eu un problème avec son vélo, la chaine ayant déraillé. Il s'est sali en réparant mais n'a pas passé assez de temps à se laver les mains.

— Non je dois voir le *Marshal*, c'est très important !

La secrétaire le fait patienter, inquiète car John prend des documents sur son bureau. Il les regarde fébrilement, passant d'une feuille à l'autre, comme s'il recherchait quelque chose de précis. Enfin, on le fait entrer dans le bureau de Hudson qui vient le saluer mais s'arrête à un mètre de lui, l'air sévère et interrogateur.

— Que venez-vous faire ici dans cette tenue ? Dehors ! Vous êtes devenu complètement fou !

John ne s'en va pas et se met à soliloquer, très véhément. Il parle de la méthode employée, des limites de sa validité, des calculs qu'il a refaits trois fois ou plus pendant ces derniers jours, des nuits où il n'a pas dormi, des morts dont il va être responsable. Il invective son supérieur en exigeant de lui qu'il lui explique sur le champ comment sa méthode va être utilisée, en hurlant qu'il ne travaillera plus sur le sujet tant qu'il ne saura pas si on raccourcira bien les missions des pilotes qui ont atteint le seuil fatidique de « une chance sur deux » d'y rester !

Au début, Hudson est prêt à demander de l'aide pour faire sortir John manu militari de son bureau. Puis il réfléchit et dit à John très aimablement :

— Ne vous énervez pas. Tout va bien ! Nous n'avons pas encore décidé des modalités d'utilisation de votre score de risque. Je vous préviendrai. Ne travaillez-plus sur le sujet. Revenez à votre travail antérieur, celui que je vous ai fait interrompre. Vous me semblez très fatigué, à cran. Reposez-vous. Vous devriez consulter un docteur. Allez voir dès ce soir, notre médecin au centre. Si vous avez des problèmes de sommeil, il vous aidera. Prenez des jours de repos si vous en avez besoin.

Le *Marshal* demande à sa secrétaire de joindre le Dr Blake, le généraliste en poste à l'*ORS,* pour que son mathématicien surmené puisse avoir une consultation. Un quart d'heure plus tard, John est dans une salle de l'infirmerie, avec ce praticien qui l'examine, lui prend sa tension, l'ausculte avec un stéthoscope, puis se met à discuter calmement avec lui.

Il fait parler son patient pendant près d'une heure, de sa guerre, de son travail actuel, de ses angoisses, de ses insomnies. A la fin de l'entretien, le médecin lui propose une prise en charge :

— La première chose importante que vous devez faire, c'est dormir. Je ne suis pas forcément pour l'utilisation des somnifères mais dans votre cas, il me semble important que vous trouviez le sommeil au moins trois nuits de suite. Je vais vous donner quelques comprimés. Après, je vous propose d'aller consulter un neurologue de l'armée. Il s'occupe des aviateurs qui ont vécu des moments pénibles, comme vous. Il a mis au point des techniques thérapeutiques efficaces. Nous nous connaissons bien. Je vais joindre ce confrère qui travaille dans un hôpital pas très loin d'ici. Ça vous fera du bien de changer d'air. Vous êtes d'accord ?

John quitte l'ORS assez tard et arrive dans sa famille d'accueil alors que ses hôtes ont déjà commencé leur dîner. Le pasteur et Edith sont quelque peu décontenancés par son aspect inhabituel. Il s'en aperçoit et s'explique :

— Excusez ma tenue ! J'ai eu énormément de travail pendant ces derniers jours, jour et nuit. Demain matin, je vais me raser. J'ai trois jours de repos. Il faut que je dorme, sinon je vais craquer.

Après le dîner, John ne s'attarde pas et prend un des comprimés qu'on lui a donnés ; il se met au lit sans se déshabiller. Sa discussion avec le médecin du centre lui a fait du bien. Il s'endort presque instantanément et fait une nuit de douze heures. Trois jours maintenant pour se détendre, se promener dans les bois autour de Richmart et récupérer.

Les somnifères font merveille et lui procurent un profond sommeil ; pas de rêves donc pas de cauchemars. Bien sûr, le matin, il est un peu pâteux jusqu'au déjeuner mais ensuite c'est presque la grande forme. Après une balade à vélo dans les bois, il fait la tournée des pubs locaux où sa consommation de bière dépasse largement ce qui est indiqué en de telles circonstances. John évite d'évoquer son passé. Le soir il se plonge avec délectation dans la lecture d'une thèse de doctorat de statistique qu'un de ses collègues d'Oxford lui a transmise. Il écrit aussi à ses parents, leur raconte ses premiers mois à l'*ORS*, la nature de ses recherches. Il sait que ses parents sont soulagés depuis qu'il a cessé de voler, même s'ils ont été très fiers quand ils ont appris qu'on lui avait remis une décoration prestigieuse.

Après quatre jours de repos, John retourne consulter le docteur Blake qui lui a organisé un séjour au *Princess Mary's Hospital*, à Halton dans le comté du Buckinghamshire, pas très loin de l'ORS. C'est un centre de soins de la RAF où il doit être suivi par le Dr Peterson.

— Le week-end, vous pourrez aller vous promener à Londres s'il n'y a pas trop de bombes volantes envoyées sur notre capitale par les nazis.

Le médecin lui explique la prise en charge médicale prévue :

— Vous verrez le Dr Peterson. Il pratique l'hypnose, fait beaucoup parler ses patients et a une grande écoute. Je connais plusieurs aviateurs qui, après deux ou trois semaines, ont été transformés et ont retrouvé leur sérénité Vous pouvez avoir confiance en lui. Il est très humain. Je sais qu'il obtient de bons résultats.

John est plutôt intrigué. L'hypnose, pour lui, ce n'est pas très sérieux. Ces gens qui s'endorment par ce qu'on leur dit "Dormez", il n'y croit pas beaucoup, pas du tout même ! D'un autre côté, ils ne font pas n'importe quoi dans les hôpitaux de la RAF. Il respecte et admire les médecins militaires très dévoués en ces temps de guerre et si peu intéressés par l'argent.

Deux jours plus tard, le matin, John prend un bus qui l'emmène jusqu'à Halton. L'hôpital est vaste, très propre. On lui donne une chambre individuelle, petite, spartiate mais avec une vue dégagée sur les prés avoisinant. Il a rendez-vous le lendemain avec le Dr Peterson.

Après une nuit encore agitée, John se prépare mentalement à son entrevue avec le neurologue. Que va-t-il lui dire quant à son état actuel ? John ne sait pas très bien s'il doit noircir le tableau ou au contraire minimiser l'intensité et le retentissement de ses angoisses.

Le Dr Peterson est un homme de petite taille avec une grosse moustache. Il lui propose de prendre un thé avant de commencer la consultation :

— Non merci docteur, c'est très gentil mais je viens d'en prendre un, il y a dix minutes.

— Très bien, alors nous allons tout de suite faire connaissance. Je connais bien le Docteur Blake qui m'envoie souvent des patients. Il m'a parlé de vos problèmes. Mais je souhaite faire comme si je ne savais rien. Pouvez-vous me parler de vous, de ce que vous avez fait, de ce que vous faîtes en ce moment, de votre enfance et de vos souffrances actuelles ou récentes ? Je suis là d'abord pour vous écouter.

John lui parle de ses études de Mathématiques et de sa thèse réalisée à Oxford, de la guerre, de sa formation de pilote de bombardier puis de ses trente missions, de la dernière, qui lui donne des cauchemars, de son nouveau métier dans le *bomber command* au sein de l'ORS.

John lui parle longtemps. Le Docteur Peterson, très attentif, prend des notes ne montrant aucun désir d'interrompre son patient. A la fin John lui signifie qu'il a raconté l'essentiel mais le praticien souhaite en savoir plus sur ses plaintes :

— Pouvez-vous me donner des détails sur votre problème actuel ?

— Oui docteur, c'est facile à décrire. Ce qui touche de près à la guerre me fait mal. J'évite d'en parler. J'ai des crises d'angoisse très pénibles, je fais souvent des cauchemars la nuit qui me semblent liés à ma dernière mission au cours de laquelle plusieurs membres de mon équipage ont donné leur vie. A la fin de ces rêves douloureux, je vois des veuves qui viennent me faire des reproches ce que j'ai du mal à supporter. Je me sens coupable de quelque chose mais je ne vois pas vraiment de quoi. J'ai aussi du mal à faire mon travail à l'*ORS*. Je culpabilise. J'ai la triste impression qu'à cause de moi, de jeunes navigants vont aller droit à la mort. Ces derniers temps, je me sens agité. J'ai eu beaucoup de travail que j'ai dû poursuivre la nuit. Je suis fatigué mais je n'arrive pas à m'endormir. Voilà ! c'est mon état actuel. Qu'en pensez-vous ?

— Je ne conclus pas si rapidement, John. Mais si cela peut vous rassurer, vous n'êtes pas le premier pilote à terminer ses missions, un peu perturbé. Aujourd'hui nous allons en rester là. Nous continuerons demain matin. Allez dans la campagne cet après-midi. N'hésitez pas à vous fatiguer physiquement, à marcher longtemps, à pédaler à vive allure. On va vous procurer une bicyclette. Je vous revois donc demain, à la même heure.

Le lendemain arrive vite. Le docteur Peterson fait allonger John sur un divan et se tient assis dans un fauteuil à côté de lui :

— Je voudrais que vous me reparliez de cette dernière mission qui visiblement a été très dure à supporter pour vous, commandant de l'avion. Racontez la moi de nouveau, mais plus en détail, prenez votre temps.

John déteste repenser à cette dernière mission. Généralement il évite d'en parler. Cependant il n'a pas le choix. Il doit être le plus précis possible. Fébrile, il raconte :

— C'était en 42, non en 43, fin octobre. Une mission sur Leipzig ; destruction d'usines d'essences synthétiques. De nombreuses heures de vol pour aller là-bas. C'était pas tout près. Six cents bombardiers engagés ! On était les uns contre les autres. Les feux allumés d'abord et passé l'Angleterre, on a éteint tous nos feux de position. Une nuit noire ! Des lueurs sinistres quand deux avions se sont percutés. L'horreur ! Des tirs de DCA très groupés. Grosse peur. On s'est fait prendre dans la lueur d'un projecteur. Mais j'ai réussi à nous en sortir. Quels salauds ! A l'heure sur l'objectif. Marquages colorés bien visibles. Largage de deux tonnes de bombes. Photos vingt secondes après pour constater les dégâts et en route pour l'Angleterre. Tout va bien jusqu'à la Belgique. Mais un connard de chasseur de la *Luftwaffe*, un *Junkers* s'est infiltré dans le *stream*. Invisible, rien vu, personne ! Le chasseur tire plusieurs fois. Il nous dégomme. Le mécanicien et le mitrailleur arrière blessés, hurlant puis plus rien, morts ! Des trous partout dans l'avion, mais j'arrive encore à le piloter. J'essaie de rentrer jusqu'en Angleterre. Pas question de sauter en zone ennemie ! Ils nous tirent dessus comme des chiens à l'arrivée. On atteint l'Angleterre mais l'appareil commence à piquer du nez, ingouvernable. Ordre d'évacuation en urgence. Le mitrailleur supérieur, le radio, le bombardier sautent. Restait plus que le navigateur et moi. Je perds connaissance ! Je me retrouve accroché à mon parachute, quelques secondes avant d'atteindre le sol. On m'a dit que très vite l'appareil s'est cassé en trois morceaux. J'ai un trou. Je ne me souviens pas du moment où j'ai évacué. Le trou noir !

— Il y a donc eu deux morts ?

— Non trois, on a retrouvé le corps du navigateur dans les débris de l'avion, carbonisé. Son parachute a dû se coincer quand il a sauté. Il a été entrainé par un des morceaux de l'appareil. Oh c'est horrible, quand j'y repense je me sens très mal. C'était atroce !

John est effectivement blême, en sueurs, angoissé par l'évocation de ces souvenirs.

— Qu'est-ce qu'a conclu la commission d'enquête ? Il y a toujours une commission d'enquête, je crois ? demande le médecin.

— Oui il y en a eu une. Ce sont eux qui sont arrivés à conclure que le parachute du navigateur a dû s'accrocher à une partie de l'avion et l'entrainer jusqu'au sol. Moi, comme je vous l'ai dit, je ne me souviens plus de rien.

— Merci John, votre récit est très riche. Je comprends. J'en sais assez, je crois, pour vous proposer un traitement original avec lequel j'ai de bons résultats. Je pratique l'hypnose sur les aviateurs qui ont subi des traumatismes psychiques. J'ai travaillé les techniques d'hypnose pendant un an à Paris avant la guerre. J'imagine que vous voulez savoir comment cela se passe ?

— Oui bien sûr ! Mais je dois vous dire que j'ai du mal à y croire.

— C'est tout simple. Vous êtes allongé. Je vous parle doucement, vous demande de vous détendre, de ne plus penser à rien. J'essaie de vous conduire à un état de conscience intermédiaire entre le sommeil et la vigilance normale. Quand vous serez dans cet état, si vous y arrivez, vous perdez la notion du temps. Je vous pose des questions sur votre passé récent et plus lointain. J'arrive ainsi à mieux comprendre ce qui se passe dans la tête de mes patients et eux, ça les soulage de parler, plutôt que de laisser certains refoulements faire des dégâts. Le plus souvent, ils ne se souviennent pas de ce qu'ils m'ont raconté. Vous acceptez ma proposition ? Vous aurez toujours le droit d'arrêter si cela ne vous convient pas ou vous fait peur. Si vous acceptez, on commence demain. D'accord John ?

— Oui Ok, j'ai très envie de voir si vous arrivez à m'hypnotiser.

10
GAITFORD, CAMBRIDGESHIRE, ROYAUME UNI, JUILLET 1944

Les Anglais en ont assez de voir Londres, leur belle capitale, pilonnée cruellement par des centaines de bombes volantes qui, chaque jour, font des victimes innocentes et des destructions ravageuses. Les alliés ont pu être informés par leurs espions de la prochaine mise en service d'une grande base de V1 près de Calais. Phil fait partie de l'armada de bombardiers qui tente, fin juillet, de mettre hors d'usage cette nouvelle rampe de lancement.

Extraits du journal de Philippe Destivel :
28 juillet 1944
Je bombarde de nuit un centre de lancement de flyingbombs à côté de Hazebrouck entre Lille et Calais. Tous les avions de notre groupe rentrent sains et saufs. Au retour le spectacle des défenses anglaises s'opposant au franchissement de la côte par les robots est féérique. Des tirs de DCA très denses viennent éclairer la nuit. Une fois au-dessus des côtes anglaises, nous rallumons nos feux et sommes plus détendus. Je ne peux m'empêcher de penser à Victoria que j'espère revoir demain.

Phil se couche tard, après être rentré de mission. Il dort bien et se réveille guilleret, ce samedi matin. Il a quartier libre et peut aller se détendre, en attendant sa partie de pêche. Son adjoint le remplace jusqu'au lendemain.

Extraits du journal de Philippe Destivel
29 juillet 1944
J'écris ce matin aux enfants et à Maman. Elle ne se rend pas compte que les allemands sont toujours en France, même si les alliés ont débarqué en Normandie. Dire que dans sa dernière lettre, elle me demande de lui indiquer la date de mon retour à Meknès. Bientôt j'espère, écrit-elle, puisque les alliés ont repris possession

du sol français...

Phil n'a pas une garde-robe très fournie mais il s'habille de manière décontractée. Une chemisette bleue ciel, un pull beige en coton léger, un pantalon clair en toile. Vers midi, il prend sa canne à pêche et part à vélo, avec un pique-nique dans son sac à dos, un cahier, un crayon pour écrire s'il en éprouve le besoin et "Vol de nuit" un livre de Saint Exupéry qu'il n'a jamais pris le temps de terminer. Phil ne se presse pas, pédale d'abord jusqu'à Peterborough avec l'envie de passer un peu de temps dans la cathédrale, particulièrement belle sur une de ses façades. Il y reste une demi-heure assis.

Phil a été élevé dans la religion catholique par ses parents qui pratiquaient, sans se poser beaucoup de questions métaphysiques. Lui-même ne se considère pas comme croyant même si l'existence du monde, sa propre existence, l'étonne énormément. Il ne comprend pas et sait qu'il ne comprendra jamais ce qu'il est et pourquoi il est là. Mais qu'importe, il peut vivre comme cela. D'ailleurs, il n'a pas le choix.

Aujourd'hui il ne peut s'empêcher de prier pour ses enfants et demande aux puissances divines de veiller sur eux afin qu'il ne leur arrive rien de fâcheux. Ils sont si éloignés, ces petits ! Pour ses proches, il a toujours des craintes alors que lui-même pense peu à sa propre mort. C'est comme si la guerre ne pouvait pas avoir de prise sur lui !

Phil retrouve facilement l'endroit où il avait pêché. Une heure à attendre avant de revoir la Victoria de la semaine dernière ! Il s'assied dans l'herbe, mange son pique-nique puis laisse son esprit voguer tandis que le soleil le réchauffe et vient lui rappeler que l'été est vraiment là.

Il se demande s'il a envie de continuer sur le même registre avec Victoria. Leurs échanges ne leur ont pas permis d'appréhender qui ils sont dans la vie. Pendant ces six derniers jours, il s'est souvent posé des questions sur cette femme. Est-elle mariée ? A-t-elle des enfants, un métier ? Mais d'un autre côté, ses réponses vont peut-être le décevoir. Pour l'instant, il ne sait rien de sa vie privée et tout est possible entre eux car elle lui apparaît parfaitement libre. Pour passer le temps, Phil s'amuse à jouer avec une pièce de monnaie. Pile, elle est mariée ! C'est pile qui sort. Zut ! Mais ce n'est qu'un jeu ! Pile elle a des enfants, c'est pile qui sort encore. Rezut elle a des enfants !

Il prend son cahier car il a envie d'écrire un poème, une ode à

Victoria. Il ne se considère pas comme un grand littéraire mais adore écrire des poèmes de « quatre sous » qui font sourire ceux ou celles auxquels ces lignes sont adressées. Phil inspiré, écrit d'une traite ces vers de mirliton :

> *Bonjour Madame la reine de la pêche*
> *dont j'ai envie de revoir les jolies mèches,*
> *les yeux au regard intense et les lèvres rieuses.*
> *Grâce à vous ma semaine a été bien heureuse.*
> *J'ai peur d'être déçu si je ne vous vois pas venir,*
> *alors que mon corps à votre vue est prêt à frémir.*

Phil relit à voix haute son poème, le trouve nul et en rit. Il passe ensuite à son livre "Vol de nuit".

Quand Phil regarde sa montre d'aviateur, il est 15h30. Victoria n'est pas là. Trente minutes après l'heure dite ! Elle n'a pas pu se libérer ou n'en avait pas envie. Grosse déception ! Une présence féminine n'est pas à dédaigner en ces lieux où il ne fréquente que des hommes. Il a envie d'en savoir plus sur cette Victoria ! Il se replonge dans son livre. L'auteur parle de ce qu'il ressent quand la nuit, on vole seul dans l'obscurité ou la pénombre. C'était pareil pendant ses entrainements de Lossiemouth. Ils n'avaient pas comme maintenant ces risques de collision qui font froid dans le dos et oblige le pilote à un extrême degré de concentration.

— Alors ? Ce n'est pas comme ça que vous allez attraper des poissons !

Phil lève la tête et voit une Victoria tout sourire à quelques mètres de lui. Il ne l'avait pas vue s'approcher.

— J'avais peur que vous n'arriviez pas. J'étais déçu. Vous m'intéressez plus que les poissons, vous savez ! J'étais plongé dans un livre écrit par un aviateur français, Saint Exupéry. Je ne sais pas si sa réputation a été jusqu'à traverser la Manche. Vous en avez entendu parler ?

— Oui, mais pas dans le domaine de l'aviation. J'ai un exemplaire en Anglais d'un livre qu'il a publié à New York, l'année dernière, le "Petit Prince". Ce livre contient de très jolies aquarelles de son auteur.

— Là vous êtes très forte ! J'ai eu l'occasion de rencontrer l'écrivain mais pas le "Petit Prince". De quoi parle ce livre ?

— C'est l'histoire d'un enfant, qui découvre le monde avec son œil d'enfant, étonné de ce que disent et pensent les adultes. Très émouvant. Il découvre que l'amour peut être rempli d'épines ! Si vous voulez, je vous l'apporterai. C'est un aviateur américain qui me l'a donné il y a quelques mois. Vous pourrez le regarder pendant que je pêche des poissons. D'ailleurs, cela me fait penser que je vais installer ma ligne. Pas vous ?

— Non, je crois que je vais rester à côté de vous, si vous voulez bien. J'aime quand nous bavardons ensemble à voix basse pour ne pas effrayer les requins prêts à avaler votre hameçon.

— Oui d'accord, restez à côté de moi. Je vous donnerai une leçon de pêche. Racontez-moi ce que vous avez fait cette semaine.

— Cette semaine ? Oh ! Un bombardement massif pour empêcher les bombes volantes des nazis d'aller sur Londres. Elles sont envoyées du Nord de la France. Ce n'est pas si mal comme occupation. Vous ne trouvez pas ? Le spectacle de retour était fabuleux. Aussi beau qu'un feu d'artifice et dix fois plus important. Les DCA anglaises qui tirent sur ces robots volants. Le bruit, les crépitations. Certains robots qui explosent en plein ciel. D'autres qui prennent feu et plongent vers le sol avant d'avoir atteint leur cible. Des gerbes de feu qui arrivent au sol. C'est bizarre, c'est la guerre et j'arrive à trouver une forme de beauté à certaines scènes. Ça vous choque ? Même sur l'Allemagne, de nuit, les villes en feu, les tirs de DCA, les avions qui flambent, les faisceaux des projecteurs très puissants, c'est beau ! Le problème, c'est qu'on peut se faire descendre. Quand on arrive sur l'objectif, c'est délicat, il y a des chasseurs allemands partout. Il faut rester concentré.

— Mais vous n'êtes pas terrorisé par ces brasiers ?

— Pas trop, j'ai de l'appréhension à certains moments mais comme pilote je reste très concentré. Pas trop de place pour la peur ! Heureusement, nous n'avons pas encore eu beaucoup de pertes. On a eu de la chance. Depuis que les alliés ont débarqué, nous pensons que les allemands vont reculer, que nous allons les poursuivre, les anéantir à l'intérieur de l'Allemagne mais nous n'en sommes pas là, loin s'en faut. Leur résistance est acharnée. Ça risque de prendre plus de temps que je ne pensais. On est fin juillet. Vers octobre ils devraient avoir quitté la France. Nous verrons, ça serait tellement bien ! Vous ne savez pas ce que c'est d'avoir son pays envahi. Imaginez Peterborough avec une *Kommandantur*, des croix gammées partout et un premier ministre anglais qui collabore avec le Reich. Ça vous ferait bizarre, non ?

— Oui, je n'arrive même pas à l'imaginer. Nous sommes des insulaires, très protégés par notre géographie. Votre empereur, votre grand Napoléon a réussi à conquérir une bonne partie de l'Europe mais il n'a même pas essayé de nous envahir, même s'il en avait très envie.

Il fait chaud en cette fin juillet. Phil retire son pull et reste en bras de chemise. Victoria a toujours son chapeau de pêche sur la tête mais sa tenue est beaucoup plus féminine : une robe à fleurs avec des sandalettes en cuir qui contrastent avec ses bottes de la semaine précédente. Elle s'est discrètement maquillée les yeux et ses lèvres sont soulignées par un rouge éclatant. Phil, la dernière fois, la devinait belle. Aujourd'hui sa beauté saute aux yeux de qui la regarde et Phil ne s'en prive pas. Elle lui parle comme s'ils étaient amis depuis longtemps ; cela le trouble.

Victoria continue à pêcher. Ils parlent de Londres de nouveau bombardée, de Churchill, des grands écrivains anglais et français comme Trollope et Balzac, en évoquant leurs meilleures œuvres.

Victoria remonte une ablette trop petite pour être gardée puis ferre une truite qui s'échappe ce qui la fait rire :

— Vous lui avez fait peur Phil. Elle préfère retourner dans les ondes !

— Si je ne fais peur qu'aux poissons, tout va bien !

La phrase est ambigüe mais Victoria ne la commente pas. Ils parlent ainsi plus d'une heure. Phil, l'air songeur, lui dit en souriant :

— C'est étonnant, nous parlons agréablement sur des sujets divers sans chercher à en savoir plus l'un sur l'autre. Vous croyez que nous le faisons exprès ?

— Sûrement. Ce n'est pas un hasard. C'est très rare, je crois. Les gens qui bavardent sans se connaître, se posent des questions sur leurs vies, leurs familles, leurs métiers. Nous, nous avons choisi un autre chemin. Je sais juste que vous être français et pilote sur la base de Gaitford et vous, que savez-vous sur moi ?

— Que vous avez une certaine expérience de la pêche, que vous pouvez avoir l'air campagnarde ou habillée avec une élégance plus citadine et sans doute que vous aimez la littérature.

— Si nous ne nous posons pas de question, c'est parce que nous avons peur que les réponses nous déçoivent, Vous ne croyez pas ? Ou bien nous craignons que certaines réponses entraînent de nouvelles questions auxquelles nous n'avons pas forcément envie de répondre. Enfin, pas maintenant !

C'est elle qui est ambigüe dans ses propos ! Il lui demande :

— Vous avez vraiment des choses à cacher, Victoria ? Des choses graves qui me feraient prendre mes jambes à mon cou !

— Qui sait ? Je n'ai sûrement pas envie de vous faire fuir. C'est rare, un bel aviateur français dans notre royaume par les temps qui courent.

Victoria a prononcé ces derniers mots sur le ton de la plaisanterie mais en regardant Phil d'un air attendri. Elle regarde l'heure à sa montre et dit :

— Phil, je ne vais pas pouvoir rester plus longtemps aujourd'hui. Mais avant de partir, je vous propose de jouer à un jeu. Nous nous donnons le droit de nous poser mutuellement une question, une seule. Nous écrivons la question sur un bout de papier si vous en avez un et nous tirons au sort à la courte-paille celui qui répondra en premier ?

— Il est singulier votre jeu. D'accord, j'arrache deux feuilles de papier du cahier que j'ai emporté et nous nous donnons cinq minutes pour réfléchir à la question que nous voulons poser.

Victoria range ses affaires de pêche qu'elle arrime sur son vélo. Tous les deux se mettent à réfléchir en se regardant et souriant de temps en temps. Phil se dit qu'il aimerait savoir si Victoria est libre ou mariée mais il a trop peur de la réponse pour poser la question. Il sait que cela romprait le charme de leurs rendez-vous de pêche. Ce qu'il aimerait bien savoir aussi c'est si Victoria a un certain penchant pour lui. Il ne demande pas grand-chose pour l'instant, juste évaluer l'intérêt qu'il peut susciter dans la tête de Victoria.

Ils tirent à la courte paille. C'est Victoria qui doit poser sa question la première.

— Voici ce que j'ai écrit. C'est simple et court. Ma question est : Phil, aimez-vous la peinture ? Vous devez répondre.

Phil est amusé. Il ne s'attendait pas à cela et réfléchit quelques secondes avant de répondre :

— En matière de peinture, je ne suis pas très connaisseur. Cependant, je trouve que c'est un art qui ne demande pas une grande culture pour pouvoir être apprécié. Quand j'étais enfant mon initiation au dessin s'est cantonnée aux cours que j'avais au lycée. Mes parents n'y connaissaient rien et ne m'ont donné aucune éducation artistique. Plus tard, étudiant, j'ai eu l'occasion d'aller plusieurs fois au

Louvre. J'ai aimé. Disons que je suis perméable à la peinture. Mais pourquoi me posez-vous cette question ?

— Phil une seule question chacun, une seule réponse. Pour le reste, on verra plus tard. Votre question maintenant. C'est à vous ?

— Ma question est très simple : Avez-vous quelque chose contre les militaires ?

Victoria semble elle-aussi amusée. Elle lui répond :

— Je n'ai rien contre les militaires. J'ai eu l'occasion d'en rencontrer beaucoup, de diverses armes. Je les ai trouvés différents. Les fantassins dans l'armée de terre m'ont semblé plutôt ancrés dans leurs traditions. Les marins ont une fascination pour la mer, l'exotisme. Les aviateurs sont d'une autre nature. Il s'agit d'une espèce récente qui n'a qu'une trentaine d'années ; eux n'ont pas encore de traditions, très peu de références au passé ; ils doivent s'inventer. Ce que j'aime chez les militaires, c'est leur désintéressement, un idéal, et ce que je n'aime pas c'est le goût de certains pour la hiérarchie, l'ordre et l'obéissance. Vous voyez, j'ai des sentiments contrastés !

Phil ne peut s'empêcher d'ajouter :

— C'est pertinent ce que vous venez de dire. Mais vous en avez vraiment rencontré beaucoup ?

— On a dit une seule question ! Il faut que j'y aille maintenant. Vous auriez un peu de temps libre dans les jours à venir ? J'ai quelque chose à vous montrer.

Phil est carrément intrigué :

— Samedi prochain vers 14 heures. Je pense pouvoir me faire remplacer sur la base. Toujours au bord de la rivière ? Vous avez une nouvelle canne à pêche et vous voulez m'en montrer le maniement ?

— Non, j'ai envie de vous montrer autre chose. Passez chez moi. Je vis avec une dame âgée et malade dans une maison un peu isolée à la sortie Nord de Gaitford, sur la route de Yale, trois cents *yards* après la fin du village. Il y a une maison et un petit bâtiment annexe qui donne sur un chemin de terre à droite de l'entrée principale. Entrez avec votre vélo discrètement et frappez doucement à la porte de cette annexe. D'accord ?

Comme la semaine précédente, Victoria enfourche prestement sa bicyclette. Elle lui envoie un baiser de la main gauche et Phil est comblé comme un adolescent.

Les jours suivants, le lieutenant-colonel Destivel participe à plusieurs missions :

Extraits du journal de Philippe Destivel :

3 août 1944
Je bombarde le bois de Cassan près de l'Isle Adam. Un dépôt de munitions,
de pièces détachées pour les bombes volantes et un lieu de stockage de V1. Nous
étions plus de mille avions. Cette forêt est maintenant hachée menu. C'est triste.
J'y suis souvent allé cueillir le muguet il y a 25 ans. Sur le chemin du retour j'ai
très bien vu la région rouennaise. Suis rentré fatigué. La DCA allemande était
très active. Le Halifax du lieutenant Desportes a été atteint et son avion s'est
écrasé. Certains ont pu évacuer. Nous avons été suivis par un chasseur agressif qui
a fini par rebrousser chemin. Notre mitrailleur arrière l'a touché.

Le 4 août, Phil apprend la disparition de Saint Exupéry. Il l'a
rencontré un peu longuement à Tunis, en mai 1943, après la reprise
de la ville. Saint Exupéry était déjà connu dans de nombreux pays
comme écrivain. Sa réputation dépassait déjà largement la France.
Comme pilote, il n'était plus très jeune et aurait pu attendre sagement
la fin de la guerre en continuant à écrire de beaux livres. Mais St
Exupéry était revenu d'Amérique pour participer au combat avec la
prémonition qu'il y laisserait sa vie. Dans « Pilotes de guerre », il avait
écrit deux ans auparavant « J'ai engagé ma chair dans l'aventure, toute
ma chair. Et je l'ai engagée perdante ». On dit qu'il a été obligé de se
faire pistonner pour être autorisé à effectuer des missions de guerre, à
cause de son âge, la quarantaine. Quel destin ! Maintenant il a disparu,
il n'est pas revenu d'une mission d'observation sur la France.
Personne ne sait ce qui s'est passé. Panne de moteur ou bien chasseur
allemand adroit qui l'a envoyé au tapis ? Tous les aviateurs savent qui
est Saint Exupéry mais tous ne l'aiment pas. Sa gloire littéraire l'a fait
ranger dans le camp des écrivains plus que dans celui des pilotes. On
aime bien reconnaître à quelqu'un ses talents dans un domaine
donné, pas dans plusieurs. Certains, un peu étroits d'esprit ou jaloux,
pensent qu'on doit choisir son camp. Saint Exupéry était un pilote
très courageux, à qui le risque ne faisait pas peur mais c'était un pilote
distrait capable d'oublier de sortir son train d'atterrissage !

11
MEKNÈS, MAROC, JUILLET 1944

Maggy doit passer ce matin à la base aérienne de Meknès car elle a des affaires financières à régler. Le compte bancaire de son fils doit être alimenté ; or il ne l'est pas ! La solde de Phil n'a pas été versée depuis deux mois et Maggy, qui a procuration sur ce compte, commence à être dans la gêne. C'est probablement un simple problème administratif mais il faut trouver une solution. Avant son départ pour l'Angleterre, Phil a fait en sorte qu'elle puisse se servir de ce compte pour pouvoir vivre au quotidien avec les enfants. Lui-même touche une partie de sa solde directement en livres sterling à Gaitford, mais le reste arrive au Maroc.

Maggy a pu téléphoner à l'adjudant Fieschi qui s'occupe de ce type de problème et une jeep de l'armée doit venir la prendre à dix heures. Maggy s'est faite belle. A soixante-dix ans, elle n'a pas encore les cheveux blancs, juste des reflets poivre et sel. Elle s'est mise un peu de rouge à lèvres et a souligné ses yeux d'un trait de khôl trouvé facilement sur le marché berbère. En tant que mère d'un lieutenant-colonel, elle veut être à la hauteur.

La jeep est à l'heure et Maggy monte fièrement à côté du conducteur. C'est la première fois de sa vie qu'elle se retrouve dans un véhicule militaire avec un chauffeur rien que pour elle. Elle ne peut s'empêcher de sourire de plaisir quand elle sent le vent lui caresser le visage. Prévoyante, elle a mis un fichu autour de sa tête afin de ne pas arriver totalement échevelée. Il fait chaud en ce mois de juillet à Meknès, près de trente-cinq degrés hier à trois heures de l'après-midi.

En voiture la distance est courte. Mais certaines rues sont totalement obstruées par une foule hétéroclite, dense, composée d'êtres humains en djellaba et de nombreux moutons. En vingt minutes, ils sont à pied d'œuvre et la jeep franchit la barrière d'entrée de la base aérienne. Celle-ci n'est plus très animée car la plupart des aviateurs sont partis pour l'Angleterre, grossir les rangs de la *Royal Air*

Force. Les opérations militaires en Tunisie sont terminées, les troupes de Rommel ayant été vaincues il y a quelques mois. La base sert pour l'accueil et l'entrainement des aviateurs qui souhaitent encore rejoindre l'Angleterre.

Le bureau de l'adjudant Fieschi se trouve dans un baraquement en bois où il fait particulièrement chaud. Une secrétaire conduit Maggy à une salle d'attente où trois chaises, identiques à celles habituellement présentes dans les salles de classe des lycées, permettent aux visiteurs de s'asseoir. Une dame est déjà là, une femme assez jeune qui ne manque pas d'allure avec un chignon qu'elle porte haut sur la tête. Elle est mince comme beaucoup en cette période de guerre où la nourriture n'est pas facile à trouver tous les jours. Maggy engage la conversation comme elle sait le faire quand elle est plus de trois minutes en présence de quelqu'un qu'elle ne connaît pas :

— J'ai rendez-vous avec l'adjudant Fieschi pour régler des problèmes administratifs. Vous aussi Madame ?

— Oui je poirote depuis déjà près d'une heure. On m'a dit que l'adjudant allait revenir. Il était là mais il s'est absenté, convoqué sur le champ par le colonel qui commande cette base. Je commence à me lasser. Il fait vraiment chaud ici. Peut-être pourrions-nous ouvrir la fenêtre pour avoir un peu plus d'air si cela ne vous dérange pas ?

Cette dame est très polie, ce qui plaît à Maggy qui n'aime pas être traitée par-dessus la jambe.

— Oui c'est une très bonne idée. Ouvrons cette fenêtre. C'est une vraie fournaise dans cette salle d'attente.

Maggy se demande qui est cette personne et a envie d'en savoir plus. Elle la trouve franchement jolie. Beaucoup de classe même ! Elle ne l'a jamais rencontrée auparavant. Maggy s'explique :

— Moi je viens pour essayer de régler des problèmes de gros sous. Mon fils est parti en Angleterre. Deux mois que sa solde n'est pas arrivée. C'est la pagaille ! Tout est désorganisé en ce moment. La faute à la guerre ! Et vous ?

— Je viens d'Alger. J'habite près d'Alger avec mes enfants que j'ai pu faire garder. J'ai aussi des soucis financiers et je voudrais rentrer en France quand cela sera possible. On m'a dit que l'administration était centralisée à Meknès pour les aviateurs d'Afrique du Nord et je suis venu en avion militaire hier. Je repars demain. Je loge à l'hôtel de l'Oasis près de la Medina, aux frais de l'armée. Je ne connais personne ici.

Cette femme, à l'air un peu perdu, intrigue Maggy. Les distractions sont moins nombreuses depuis le départ des aviateurs. Elle lui propose d'emblée de venir dîner chez elle, le soir même :

— C'est très gentil de votre part. Je ne veux vraiment pas vous déranger. Vous habitez loin d'ici ?

— Pas vraiment loin. Je vais demander à un ami de venir vous chercher en voiture vers 19h30. Il ne peut rien me refuser. Mon prénom c'est Marguerite mais tout le monde m'appelle Maggy. Appelez-moi Maggy vous aussi. Et vous, quel est votre prénom ?

— Françoise.

A ce moment, l'adjudant Fieschi pointe le bout de son nez, s'excuse pour son retard indépendant de sa volonté. Il salue ces dames et demande à Françoise de le suivre dans son bureau. Maggy n'a que le temps de lui dire :

— Le chauffeur viendra à 19h30 vous prendre à l'entrée de votre hôtel. A ce soir, chère Madame. Je vais vous préparer un bon manger.

Françoise trouve singulière la dernière phrase de Maggy. Plutôt une expression de la campagne « Un bon manger » ! Cette dame, pas toute jeune, lui semble un peu étrange. Que fait-elle à Meknès ? Pourquoi s'occupe-t-elle des problèmes financiers de son fils. Celui-ci doit être assez grand pour s'en occuper tout seul ! Elle saura sans doute ce soir de quoi il en retourne.

L'adjudant Fieschi est très poli avec Françoise qui apparaît accablée. Elle voudrait revenir en France dès que le territoire sera libéré. Bien sûr elle sait que ce n'est pas encore possible. Mais elle n'en peut plus d'être isolée en Algérie avec ses enfants. Elle a aussi des problèmes financiers. Il comprend ses questions et trouve qu'effectivement sa vie n'est pas facile. Il s'engage à lui fournir très vite des réponses par courrier postal. Les liaisons Meknès-Alger sont rétablies. Les lettres ne mettent qu'une semaine à arriver. D'ici dix jours, elle recevra, à son domicile près d'Alger, un courrier officiel lui permettant de recevoir une somme d'argent directement de l'armée de l'air en attendant une régularisation définitive et des règlements mensuels. Pour son retour, c'est trop précoce pour en parler. Il faut au moins attendre que Paris soit libéré.

Françoise sort rassurée pour le court terme. Elle ne revoit pas Maggy car elle ne repasse pas par la salle d'attente. Pour son retour en France, il est sûr que sa demande est absurde. Les alliés ont débarqué en Normandie il y a trois semaines et sont toujours en train de s'y battre.

Ensuite c'est au tour de Maggy de rentrer dans le bureau de l'adjudant et de venir exposer ses problèmes. Pas de solde depuis deux mois :

— Madame, nous sommes vraiment désolés mais la gestion financière des soldes des officiers qui sont partis combattre en Angleterre est un vrai casse-tête car leurs familles sont restées ici ; elles ont besoin d'argent et les officiers aussi. Ils doivent pouvoir faire face en Angleterre à un ensemble de dépenses pour leurs habits civils, leurs distractions et déplacements quand ils sont en permission. Je vous propose de vous faire une avance correspondant à un mois et demi de solde. Je régulariserai le tout le mois prochain. Cela vous convient-il ?

L'adjudant s'absente dix minutes puis revient avec des billets de banque mis dans une grosse enveloppe. Maggy est ravie. Elle aime avoir de l'argent liquide et n'a pas forcément confiance dans les banquiers. Mais il faudra trouver une cachette pour ce petit magot !

Maintenant, il lui faut se concentrer sur la préparation de son dîner. Elle se rend compte qu'elle connaît le prénom de son invitée, mais a oublié de lui demander son nom. Elle se demande s'il est opportun que Paul et Claire dînent avec eux. Non, juste l'apéritif et ensuite un dîner en tête à tête avec Françoise. ! Ce sera plus facile pour discuter. Elle est un peu mystérieuse, la Françoise !

Rentrée chez elle en jeep, Maggy marche jusqu'à la petite maison du cantonnier, un marocain qui a fait la guerre de 14 dans les tranchées et avec qui elle entretient des relations amicales. C'est lui qui a une voiture en état de rouler ou presque, une Renault Celtaquatre 1934.

Ils ont fait connaissance quand il était en train de nettoyer les bordures de route en face de chez elle. Ils ont discuté. Elle l'a trouvé sympathique et l'a beaucoup aidé pour mener à bien les démarches administratives qu'il devait faire pour recouvrer la part d'héritage de son grand-père. Effectivement Slimane ne peut rien lui refuser et accepte d'aller chercher Françoise comme convenu à l'hôtel de l'Oasis. Ils iront ensemble. Elle veut veiller sur la sécurité de Françoise même si elle a confiance en son ami marocain.

Elle s'en va ensuite au marché berbère faire les courses pour son dîner. Son ami Slimane lui a appris à faire le couscous mais elle ne sait pas si son invitée apprécie la cuisine typique d'Afrique du Nord.

Comme viande sur le marché, on ne trouve que du mouton et de la volaille. Le mouton, par forcément de l'agneau, peut être très fort en goût et tout le monde n'apprécie pas. Le moins risqué pour elle est d'acheter un poulet qu'elle se propose de préparer à la basquaise. Elle trouve les ingrédients nécessaires. Des poivrons, quelques tomates, des oignons de l'ail et un piment. Des oranges pour le dessert que Slimane lui a appris à préparer, parfumées à la fleur d'oranger. Une bouteille de vin gris de *Boulaouane* au cas où sa nouvelle amie Françoise aurait envie de s'alcooliser un peu. Maggy aime bien le vin. Avant de se marier, elle était vigneronne avec son père, dans la région d'Orléans.

Maggy part en voiture avec Slimane à 19h. Celui-ci sait où se trouve l'hôtel de l'Oasis et à l'heure dite, Maggy rentre dans le hall de l'hôtel où Françoise l'attend, assise sur un canapé. Toutes les deux ont fait des efforts pour la circonstance. Maggy a mis sa plus belle robe en coton achetée à Meknès. Françoise s'est très discrètement maquillée.

Arrivée à sa maison, Maggy commence par présenter ses petits enfants à Françoise. Elle en est aussi fière que si c'était elle la maman :

— Françoise, je vous présente Paul, l'aîné qui a quinze ans et Claire sa petite sœur qui en aura bientôt quatorze. Leur père, c'est-à-dire mon fils, est parti en Angleterre. Il commande un groupe de bombardement à Gaitford dans la Royal Air Force. Et moi pendant ce temps-là, je m'occupe des petits. Mon fils est veuf et nous n'avons pas été autorisés à le suivre malheureusement. J'ai eu beau insister. Les familles ne font pas partie du voyage. C'est vraiment dommage. Je me demande combien de temps nous allons rester ici. D'un autre côté, nous ne sommes pas malheureux en Afrique du Nord, comparé à bien d'autres. Nous avons de quoi nous nourrir. Ici je peux avoir une bonne, une locale, pour nous aider. Ça ne coute pas grand-chose. Et vous Françoise, que faîtes-vous près d'Alger ?

— Mon mari était officier d'aviation. Il est resté en Algérie quand ses camarades sont partis, eux aussi, pour l'Angleterre. Malheureusement il a eu un accident d'avion sur Léo 45. Il a été tué sur le coup. Je suis veuve depuis un an avec trois enfants dont un tout petit qui n'a connu son père que quinze jours. Moi aussi je me demande combien de temps je vais rester en Algérie. Je n'ai qu'une hâte c'est de rentrer en France. Je sais que ce n'est pas possible en ce moment. Vivement qu'on en finisse avec cette horrible guerre !

— Votre vie ne doit pas être facile, toute seule avec trois enfants. Vous avez de la famille en France, j'imagine, qui pourrait vous aider ? Mais au fait, jusqu'à maintenant nous ne connaissons que nos prénoms. Il faut que nous complétions les présentations. Mon nom est Destivel et mon fils est lieutenant-colonel.

— Oh mais je connais votre fils ! Enfin, un peu ! Mon mari, le capitaine Dumaine, l'avait invité à dîner un soir. J'avais trouvé votre fils très sympathique. Un homme de grande classe. Nous avions passé une bonne soirée. Il m'a écrit d'Angleterre une lettre de condoléances quand il a appris mes malheurs. Une lettre sensible qui m'a beaucoup touchée. J'aurais plaisir à le revoir.

— C'est incroyable ce hasard. Vous connaissez donc mon fils. Il vous a écrit d'Angleterre. Je suis juste étonnée qu'il ne m'ait pas parlé de vous et de votre mari. Quel cachotier !

Cette dernière remarque fait sourire Françoise. Son lieutenant-colonel de fils ne devait pas avoir la vie toujours drôle en Afrique du Nord avec une mère comme Maggy qu'elle sent prête à vouloir tout régenter. Maggy continue :

— Vous voyez comment votre vie, quand vous allez rentrer en France ?

— A vrai dire je ne la vois pas très bien, ma vie en France ! Mes deux parents sont décédés. Mon périple a commencé avec l'exode. Nous étions en juin 40 dans ma maison de bourgogne. Quand les allemands ont envahi la France, mon mari est venu en avion survoler notre propriété et m'a lancé un message écrit. Nous avons pu le récupérer. Une scène digne d'un roman ! Dans le message, il m'a dit de prendre notre Hotchkiss de toute urgence pour fuir les allemands et d'aller à Pau où nous avons des cousins. C'est ce que j'ai fait. Et vous Maggy vous avez connu l'exode ?

— Non, je suis resté à Paris jusqu'à l'armistice. J'ai veillé sur Paul et Claire. Après l'armistice, mon fils s'est retrouvé à Vichy à l'état-major pendant un an. J'ai pu venir le retrouver avec les enfants. Nous avons tous été logés dans des chambres d'hôtel. Ensuite, Phil a été muté au Maroc à Meknès. Mais dites-moi, vous avez une maison en Bourgogne assez grande pour vous et vos enfants ?

— Oui c'est une belle maison ancienne avec onze pièces, près des vignobles du Montrachet. C'est mon grand-père de Belloy qui en avait fait l'acquisition. Il y a un grand jardin, près de deux hectares. Je pense y retourner au moins temporairement après la guerre. Mais je ne me vois pas y passer ma vie. Ce serait un enterrement de première classe ! C'est parfait comme maison de campagne. Mais où aller ensuite ? Peut-être à Paris. Je suis encore jeune. Je peux songer à me remarier. Tout ceci n'est pas simple. Je suis née à Troyes. J'ai habité Verdun avec mon mari. Je n'ai jamais habité Paris. Au moins il y a de la vie dans cette grande ville.

Maggy est émue par Françoise qui décrit sa situation avec le plus grand réalisme mais sans se plaindre. Elle devine qu'elles ne sont pas du même milieu social. Dans la conversation elle a noté l'existence d'une vaste maison de campagne, ainsi que celle d'un grand-père à particule et d'une belle voiture. Elle se dit qu'elle au moins ne doit pas manquer d'argent. Elle a envie de le vérifier :

— Financièrement vous avez de quoi élever vos enfants ? Ou vous allez être obligée de travailler ?

— Heureusement, sans être fortunée, j'ai des revenus suffisants pour pouvoir élever les enfants. C'est grâce à l'héritage de mon père qui est mort en 1915. J'ai placé mon argent chez un notaire mais je n'ai pas de nouvelles depuis quatre ans. J'imagine que je toucherai aussi une pension de veuve d'officier après la guerre tant que mes enfants seront à charge.

Françoise admire Maggy qui, à son âge, vient en aide à son fils en train de faire la guerre en Angleterre et prend en charge ses enfants depuis plusieurs années. Son impression est que Maggy doit être d'origine paysanne. Sa façon de tenir ses couverts à table n'est pas celle de la bonne société ! Mais cela n'ôte rien à la chaleur humaine qu'elle dégage. C'était vraiment gentil de l'inviter à dîner sans la connaître.

Françoise apprécie le poulet à la basquaise et complimente Maggy sur ses talents de cuisinière. Le dîner se continue agréablement. Maggy, très curieuse, lui pose des questions qui font rire Françoise, sur ses premières amours avant de se marier, sur sa vie à Verdun où il y avait probablement de beaux et jeune officiers.

Maggy demande à Françoise son adresse en Bourgogne et lui donne la sienne à Paris, rue Lecourbe. Slimane, resté dans sa voiture pendant tout le dîner, la raccompagne à son hôtel à la fin de la soirée. Le lendemain Maggy ne peut s'empêcher d'écrire à son fils pour lui parler de sa rencontre avec Françoise Dumaine.

12
BUCKINGHAMSHIRE, ROYAUME UNI, JUILLET 1944

John se réveille, intrigué par son premier jour d'hypnose. C'est aujourd'hui que le docteur Peterson doit le faire dormir sur commande, mais il n'y croit toujours pas. Comment ce médecin réussirait-il en un tour de main à le plonger dans un état second ? John est un être rationnel. Les mathématiques l'ont rendu imperméable à ce genre de pratiques proches pour lui de la magie. Il est sceptique mais serein. Ce n'est pas lui qui sera en cause si la séance échoue mais son thérapeute.

Il arrive à l'heure à son rendez-vous ; le médecin ne le fait pas attendre et lui demande d'entrer dans une pièce seulement meublée d'un fauteuil confortable et d'une chaise en arrière de celui-ci. Il fait asseoir son patient et se tient debout derrière lui.

— John, aujourd'hui je vais surtout essayer de vous détendre. Je ne pense pas vous endormir. Les choses vont se passer de la manière suivante. Nous allons parler pendant une heure et faire en sorte que vous soyez le plus décrispé possible. Vous allez devoir exécuter plusieurs exercices de décontraction. Il est important que vous soyez très coopérant. Vous avez des questions ?

John répond gaiement :

— Non docteur, allez-y, je me sens prêt. Le fauteuil sur lequel je suis assis est vraiment moelleux. Je crains de m'endormir rapidement !

— Alors commençons. Ne fermez pas les yeux. Fixez la feuille de papier qui est sur le mur en face de vous. Vous voyez le cercle tracé avec un point en son milieu. Regardez le bien. Continuez à contempler ce cercle. Décontractez progressivement tous les muscles de votre corps. Nous allons commencer par vos pieds. Concentrez-vous sur vos pieds. Relâchez progressivement tous les muscles de vos pieds. Vous y arrivez ?

— Oui, j'y arrive sans problème.

— Maintenant, concentrez-vous sur les muscles de vos deux jambes. Fixez toujours le cercle et détendez complètement vos mollets puis vos cuisses.

Le neurologue continue, demandant à John de décontracter le plus possible les muscles de son ventre et de son dos. Il s'attarde ensuite sur le cou et le visage de John.

Celui-ci est réveillé mais effectivement de plus en plus détendu ; il se sent presque engourdi. Cet exercice dure près de trente minutes. Le médecin poursuit alors d'une voix claire et ferme :

— Continuez à vous relaxer. Nous allons parler de votre première mission de guerre. Vous vous souvenez John de votre première mission de guerre ? Repensez-y ; vous montez dans l'avion avec votre équipage. Vous vous en souvenez John ?

— Oui très bien, une mission facile.

— Repensez-à votre décollage, au moment où vous tirez sur le manche et où votre avion décolle. Vous vous en souvenez bien ?

— Oui, j'ai contemplé le sol qui s'éloignait. Nous sommes arrivés ensuite au-dessus d'une mer de nuage, splendide ; je me disais « Aujourd'hui c'est du sérieux, je dois me concentrer, ne pas faire d'erreurs ».

— Vous aviez peur ?

— Non pas peur du tout. J'étais concentré. Mon navigateur me donnait les caps à suivre. Je réglais ma vitesse au mieux. La mission sur l'Allemagne s'est très bien passée. Peu de DCA. Nous sommes arrivés parfaitement à l'heure sur l'objectif. Largage des bombes, photographies et retour sans encombre jusqu'à la base.

— C'est très bien. Maintenant fermez vos paupières. Pensez à la fin de cette première mission. Reposez-vous quelques instants. Détendez-vous bien.

John ferme les yeux et continue à penser à son arrivée sur le terrain. Descente dans la couche nuageuse. Longue descente. John y repense longtemps. Enorme bien être. Première mission réussie. Aucun problème. John est tellement détendu qu'il s'endort. Le docteur Peterson est satisfait, laisse dormir John une dizaine de minutes puis lui dit doucement :

— C'est très bien John, vous vous êtes vraiment décrispé. Je n'en veux pas plus aujourd'hui. Notre première séance est terminée.

John ouvre les yeux et pendant quelques secondes ne sait plus très bien où il est.

— J'étais tellement détendu que j'allais m'endormir !

Le docteur Peterson sourit et ne lui dit pas que pendant dix minutes il a dormi profondément.

— Aujourd'hui, je voulais que vous vous relaxiez. Je crois que nous avons réussi. C'est très important pour la suite que vous arriviez à vous décrisper complètement. Nous continuerons demain matin. Je vous dis au revoir John. Allez faire du sport cet après-midi. Une grande balade à vélo. N'hésitez pas à vous fatiguer.

— D'accord docteur. A demain matin.

John s'extrait de son fauteuil, tout ensommeillé, très étonné d'avoir eu envie de faire un petit somme. Il baille en se levant ce qui fait encore sourire son médecin.

John suit à la lettre les conseils du docteur. L'après-midi, il fait un grand tour avec sa bicyclette, un engin sans dérailleur qui l'oblige à des gros efforts dans les côtes. Une seule halte dans un *pub* pour se désaltérer d'une pinte de bière brune et il repart. Le soir il est fourbu après les soixante kilomètres qu'il a parcourus à bonne allure. Il dort d'une traite jusqu'à trois heures du matin et là, les angoisses reviennent. Il se couvre de sueur avec des images cataclysmiques d'accident d'avion dans la tête. John finit par se rendormir jusqu'à huit heures. Puis il va retrouver comme prévu le docteur Peterson pour sa deuxième séance d'hypnose et son confortable fauteuil de la veille.

— Aujourd'hui John nous allons commencer par réitérer l'exercice de relaxation musculaire d'hier. N'oubliez pas de continuer à fixer le cercle qui est sur le mur en face de vous. Cette fois-ci vous allez vous décrisper en commençant par les muscles de la face, puis descendre et terminer par vos membres inférieurs jusqu'à vos pieds. Commencez par vous concentrer sur les muscles de votre front. Vous avez l'air soucieux, le front plissé, vous avez des soucis John. Votre front doit être lisse. Détendez-le. Oui très bien !

Cet exercice de détente musculaire est effectué plus rapidement que le jour précédent. Une fois, celui-ci terminé, le médecin dit à John :

— Vous allez penser à votre dernière mission de guerre. Imaginez que vous êtes de nouveau en train de décoller pour cette dernière mission. Vous étiez détendu ce jour-là ?

— Oui tout l'équipage était content de finir son tour d'opérations.

C'était notre trentième mission. Nous avions des projets pour les jours de permission que nous allions avoir, avant d'être mutés à un autre endroit sans avoir à voler, sans avoir la trouille de nous faire descendre.

— John vous allez repenser à ce qui s'est passé quand un chasseur allemand a commencé à vous tirer dessus sur le chemin du retour. Vous vous souvenez de ce chasseur allemand ?

— Oui je m'en souviens très bien. Il nous a balancé des rafales par l'arrière. Le mitrailleur de queue n'avait rien vu à cause de l'obscurité. C'est lui qui m'a alerté par l'interphone. Il m'a hurlé que lui et le mécanicien avaient été touchés. Il criait tellement fort que j'avais du mal à le comprendre. Ensuite sa voix a faibli. Il a dû perdre beaucoup de sang. Quand le navigateur s'est déplacé pour aller les voir, il les a trouvés tous les deux morts. Il m'a raconté ce qu'il avait vu. Moi, je ne pouvais pas bouger, je pilotais. Le mécanicien avait sans doute été tué sur le coup ; un éclat d'obus dans la tête. Il avait un trou dans le crâne. Le mitrailleur arrière avait été blessé à la gorge. La jugulaire droite. Il s'est vidé de son sang.

— Qu'avez-vous fait ensuite ? Vous avez donné l'ordre d'évacuation ?

— Non, le pilotage était devenu difficile mais j'arrivais à maintenir l'avion. Je ne voulais pas que nous sautions en parachute au-dessus du territoire ennemi. J'ai ramené l'avion jusqu'à nos côtes pour atterrir sur une de nos pistes de détresse. Mais l'appareil était de plus en plus difficile à piloter.

Le docteur Peterson se rend compte que John est en train de changer d'attitude. Jusqu'à maintenant, il était resté calme. Depuis qu'il a commencé à évoquer la fin de sa mission, l'arrivée au-dessus de l'Angleterre, John n'est pas à son aise. Il change de position toutes les dix secondes et commence à transpirer. Sa diction, claire jusqu'à maintenant, devient difficile à comprendre. John n'est pas en état d'hypnose. Il est parfaitement éveillé, mais très agité.

Le médecin lui dit :

— Vous avez l'air nerveux, essayez de détendre les muscles de votre visage. Regardez le cercle en face de vous. Vous êtes angoissé ?

— Oui docteur, je ne me sens pas bien. Je voudrais arrêter la séance.

— D'accord John, mais nous allons arrêter progressivement.

Le médecin demande encore à son patient de respirer

profondément, de se relaxer pendant quelques minutes. John semble s'être repris et apparaît de nouveau souriant.

— Ce sera tout pour ce matin John. Nous allons continuer à parler ensemble la prochaine fois. Ne vous faites pas de soucis. Pour l'instant vous réagissez comme la plupart des pilotes traumatisés que j'ai eus à prendre en charge. Rien d'anormal. Vous êtes sur la bonne voie. Nous allons nous revoir après le déjeuner. Deux séances aujourd'hui. Il faut que nous avancions.

John revient donc tout de suite après son déjeuner. Cette fois-ci, le thérapeute s'assied sur une chaise derrière lui après avoir installé John dans son fauteuil.

— Décontractez-vous progressivement comme lors de nos deux premières séances mais vous allez fermer les yeux dès maintenant. Vous les garderez fermés pendant toute la séance.

Le médecin demande de nouveau à son patient de détendre tous les muscles de son corps. Après une quinzaine de minutes, John est paisible, tellement paisible qu'il donne l'impression de dormir. Le praticien lui demande de bouger sa main droite puis son bras droit. John s'exécute. Le docteur Peterson a un air de satisfaction sur le visage :

— Nous allons reparler de votre dernière mission de guerre, une mission sur Leipzig. Votre avion a été touché mais vous réussissez à le ramener jusqu'en Angleterre. A un moment vous sentez qu'il devient ingouvernable. Vous donnez l'ordre d'évacuation. Vous vous souvenez ?

— Oui je me souviens, c'était la panique !

— Qui a sauté en premier ?

— Le mitrailleur supérieur, le radio puis le bombardier

John impassible répond à toutes les questions. Plus de signes d'angoisse. Le docteur Peterson continue :

— C'est maintenant au navigateur de sauter. Il saute John, vous le voyez sauter ?

— Non il ne saute pas, je me rappelle bien, il hésite. Je ne sais pas pourquoi. Il ne saute pas malgré mes ordres. Il a peur de sauter dans le vide et reste comme figé.

— Alors que faites-vous John ?

— Je sens que l'appareil va se disloquer. J'ai très peur moi aussi. Je veux quitter l'avion illico ! Il faut que je saute le plus vite possible. Mais le navigateur obstrue le passage qui mène à la trappe d'évacuation, alors je le bouscule, je le pousse. Il tombe par terre. Moi je saute. Mon parachute s'ouvre au bout de quelques secondes. Je ne vois pas d'autres parachutes. Le navigateur reste dans l'avion et lappareil se casse en trois morceaux qui vont s'écraser à terre.

Le docteur Peterson a atteint son objectif. Il a tout compris. John se sent atrocement coupable d'avoir bousculé son navigateur et d'avoir sauté avant lui. C'est le pilote qui doit sauter en dernier. John à la fin, dans la panique, l'a même fait tomber. Cet épisode est insupportable pour lui. Son esprit a préféré remplacer cette séquence par un grand blanc, une période d'amnésie. C'est ce qui trouble John et génère chez lui ces crises d'angoisses et des cauchemars même s'il ne s'en souvient plus. Le médecin reprend la parole :

— Vous allez maintenant ouvrir les yeux. Oui, c'est bien, vous me voyez ? Vous vous rappelez de ce que vous venez de me raconter, sur la fin de votre dernière mission ?

— Oui je me souviens de tout maintenant. Je revois ce qui s'est passé. C'est horrible, j'ai bousculé le navigateur ; j'ai quitté l'avion avant lui ; j'aurais dû sauter le dernier. Je suis bouleversé, je n'ai pas fait mon devoir de pilote. C'est grave ce que j'ai fait ! Je suis responsable de sa mort. Je suis un assassin !

— Non John ! Vous avez paniqué. Votre navigateur aussi était trop affolé pour sauter en parachute. Vous avez accompli de grandes choses pendant ces deux dernières années. Lors de votre dernière mission, c'est l'instinct de conservation qui a été le plus fort. Nous sommes programmés comme ça ; nous n'y pouvons pas grand-chose. Si votre navigateur avait réussi à sauter par la trappe, c'est vous qui auriez sauté le dernier. Ne vous culpabilisez pas ! Ayez seulement des regrets. John tout ceci va rester entre vous et moi. Vous allez probablement vous sentir mieux maintenant, beaucoup mieux. Je pense que vous n'aurez plus d'angoisses, plus de cauchemars. Vous pouvez vous lever maintenant. Je veux vous revoir demain matin pour conclure. Aujourd'hui j'ai réussi à vous hypnotiser et vous avez pu retrouver la mémoire. Les séances d'hypnose sont terminées, vous n'en n'avez plus besoin. Vous avez pu vous libérer de ce « non-dit » qui allait continuer à vous gâcher la vie.

John remercie le docteur Peterson et retourne dans sa chambre. Il s'allonge sur son lit, exténué. John n'est plus angoissé mais triste car il a compris pourquoi il ne se souvenait plus de la fin de cette dernière mission. Il s'endort et ne se réveille qu'à l'heure du déjeuner. L'après-midi il éprouve le besoin de se fatiguer, prend son vélo et pédale sans s'arrêter à vive allure pendant quatre heures. Fatigué, il ne va même pas dîner et fait une nuit paisible, sans réveil.

John revoit le docteur Peterson comme convenu. Celui-ci lui demande si ses angoisses sont revenues. John lui explique qu'il se sent seulement fatigué et triste. Le médecin lui confirme que ses angoisses ne reviendront pas. Il doit simplement apprendre à gérer correctement ce qu'il a appris sur lui-même.

Le docteur Peterson pense qu'il est préférable pour John de ne pas retourner travailler à l'*ORS*. Il a pu en parler au téléphone avec *l'air chief Marshal*. On va lui proposer d'être réintégré dans l'armée et de devenir officier, formateur de pilote de bombardier jusqu'à la fin de la guerre. Auparavant il a droit à quelques semaines de convalescence.

Le lendemain, John quitte l'hôpital, trouve un bus qui le ramène jusqu'à Richmart et retrouve sa famille d'accueil. Le pasteur va bien et n'a pas récidivé. Margaret lui dit qu'elle a trouvé le temps long. Edith semble joyeuse de son retour. Ils sont tous contents de le revoir. John trouve l'accueil sympathique même s'il ne le mérite pas. Il a envie d'être gentil avec tout le monde en ce moment.

John voit Edith d'un autre œil maintenant. Elle l'énervait avec son air souvent autoritaire. Il la regarde en lui souriant pendant le dîner. A la fin du repas, John se retrouve un instant seul avec elle dans la cuisine pendant qu'il aide à desservir la table. Il lui dit en chuchotant :

— Je pense partir demain. Je ne suis pas sûr de revenir. J'aimerais vous dire au revoir correctement. Si vous pouvez, passez me voir cette nuit. Montez jusqu'à ma chambre. Je voudrais vous parler.

Edith ne répond pas mais lui sourit.

John passe du temps dans son lit à revivre ce qu'il a découvert sur lui-même. Il aimerait pouvoir demander pardon à son navigateur mais celui-ci n'est plus là pour l'écouter. C'est tellement dommage ! Quelques secondes de panique et il a gâché deux ans de courage et d'intrépidité. Son médecin l'a dissuadé de raconter ce qu'il a fait à qui que ce soit. Or il aimerait en parler à quelqu'un qui pourrait lui pardonner mais il ne voit pas à qui il pourrait se confier. Que faire ?

Si Edith vient lui rendre une visite comme il lui a demandé, il la remerciera pour son accueil pendant plusieurs mois, lui dira au revoir, l'assurera qu'il a eu de la chance de la rencontrer. Pas la peine de revenir sur leurs tendresses un peu scabreuses quand le pasteur était à l'hôpital. !

John finit par s'endormir. Il a laissé entrouverte la porte de sa chambre. Il dort et n'entend pas Edith qui monte l'escalier à pas feutrés. Il n'entend pas Edith qui enlève sa robe de chambre et sa chemise de nuit. Entièrement nue, elle se glisse à côté de lui, délicatement, sans l'effleurer. John n'entend rien d'abord puis sent une présence et une main affectueuse venir lui caresser le torse. Malgré l'obscurité de la chambre, il peut deviner les traits de son hôtesse qui, cette fois-ci, veut bien l'écouter :

— Edith, je voulais vous dire au revoir un peu longuement et dans l'intimité. J'ai une permission prolongée, au moins jusqu'à la fin du mois. Ensuite, je vais devenir instructeur dans un centre de formation des aviateurs. Demain je vous quitte pour aller voir mes parents quelques jours près de Londres. Après je verrai. Je veux vous remercier pour votre accueil, vos attentions. Sans vous, mon séjour aurait été beaucoup plus triste.

John met son bras autour de l'épaule d'Edith pour l'embrasser doucement sur la joue droite mais Edith tourne la tête et ce sont leurs lèvres qui se rencontrent. Il se rapproche d'elle pour la serrer contre lui. Ses mains découvrent sa nudité. Il prend beaucoup de plaisir encore à parcourir les douceurs des reliefs qui font sa féminité. Edith a vraiment un corps moelleux. Il adore palper ses seins. Elle répond à ses caresses et quitte John satisfaite après un dernier quart d'heure de plaisir. Elle ne comptait plus sur ces moments d'amour depuis qu'il l'avait convaincue que c'était plus sage de cesser leur relation, quand le pasteur est revenu.

13
GAITFORD, CAMBRIDGESHIRE, ROYAUME UNI, AOÛT 1944

Phil a eu du mal à se rendre disponible ce samedi 5 août, pour pouvoir rejoindre Victoria chez elle. Il a dû expliquer au colonel, son supérieur hiérarchique direct, qu'il avait vraiment besoin de se requinquer. Un avion a été touché lors de la dernière mission. Une partie de l'équipage n'a pas pu sauter en parachute. Encore quatre morts. Les autres sont en Allemagne, prisonniers dans le meilleur des cas. Le colonel ne vole pas et ne comprend pas la tension nerveuse, la fatigue causée à certains par le stress. Il a fini par accepter et l'adjoint de Phil, le capitaine Jopet, assure le commandement du groupe pendant sa courte absence

Ce samedi, malgré le vacarme causé par les décollages des Halifax, Phil fait la grasse matinée et dort jusqu'à dix heures. Il se réveille paisible, mais intrigué car aujourd'hui, il devrait en savoir un peu plus sur Victoria, connaître sa maison, découvrir une partie de son empire et son jardin secret.

Phil trouve sa propre existence bien étrange car il mène deux vies parallèles. D'abord celle de guerrier où il a des missions à assurer. Son travail, c'est partir de Gaitford, aller déverser sa cargaison sur un objectif en Allemagne ou ailleurs et revenir. Presque identique à celui d'un livreur qui a des affaires à emmener jusqu'à une adresse, à décharger quand il est arrivé et qui revient ensuite à son point de départ. Le livreur emporte des objets comme des meubles, de la nourriture, des habits. Lui ce sont des bombes. Il est livreur de bombes et c'est plus dangereux. Les destinataires ne sont pas des clients mais des ennemis. S'il revient sain et sauf, après quelques livraisons, il a droit à du temps libre et peut vivre sa deuxième vie. Il a un logement, un vélo, peut se promener, dormir à l'hôtel, prendre des repas au restaurant, boire des bières dans les *pubs*, tisser des liens, pêcher, bref, mener une vie quasi normale. Le tout c'est de revenir vivant de ces livraisons !

C'est unique comme mode de combat. Les fantassins eux, lancent des assauts, ne savent pas exactement ce qui va en résulter, quelle va être la suite des opérations quand ils partent pour annihiler les forces ennemies. Pareil pour les marins. Leur route dépend des forces rencontrées. Les navires changent de cap en fonction des autres bateaux et avions ennemis, présents dans la zone. Les hommes, sur un croiseur ou un destroyer, restent longtemps dans cet environnement artificiel. Ils ne peuvent pas, eux les marins, sortir dehors quand ils ont une permission et se retrouver dans la vie civile. Très étrange, le mode de vie de l'aviation de bombardement. On a un point fixe. On en part et il faut arriver à y revenir.

Phil, en ce moment, est absorbé par sa vie en dehors de la base aérienne. Il oublie la guerre quand il a une permission. Victoria l'intéresse beaucoup et prend de plus en plus d'importance. Il pense aussi à sa famille de Meknès, mais sans angoisse car il la sait en sécurité. Cela lui permet de la mettre momentanément entre parenthèses. Victoria est la première femme qui lui plaît vraiment depuis qu'il est en Angleterre. Elle est belle et mystérieuse. Il a envie de mieux la connaître.

Les deux jours précédents ont été pluvieux à Gaitford mais ce samedi est plutôt beau. Quelques cumulus épars rendent le ciel moins monotone sans pour autant trop l'obscurcir. Phil part vers midi à vélo avec un sandwich, une pomme et une gourde remplie d'eau. Il s'arrête en lisière d'un petit bois à deux *miles* de la base, cache son vélo derrière un buisson de ronces et marche au milieu de sapins et de chênes, jusqu'à découvrir une clairière improbable, bien ensoleillée. Le sol est sec, herbu, idéal pour un pique-nique. L'endroit est isolé et convient bien aux « rêveries d'un promeneur solitaire ».

Phil se pose plusieurs questions. Victoria va-t-elle lui en dire un peu plus sur elle-même ? Elle lui a raconté qu'elle vivait avec une vieille dame. Est-ce une parente ? Ou bien en est-elle la domestique, la garde malade ? Il n'arrive pas à situer Victoria socialement. L'anglais n'est pas sa langue maternelle de Phil. Il le possède bien maintenant car il le parle tous les jours depuis huit mois mais il n'est pas capable de distinguer un accent local d'intonations plus rustiques, signatures d'humbles origines. Cette maison où il doit discrètement se rendre lui appartient elle ? Et que fait Victoria toute la journée dans cette campagne anglaise quand elle ne pêche pas ? La première fois qu'il l'a rencontrée, pourquoi n'a-t-elle pas accepté son invitation à danser ? Alors que le lendemain elle a semblé d'emblée prête à engager la conversation ?

Ces questions, actuellement sans réponses, entretiennent le mystère autour de l'héroïne actuelle de l'univers de Phil. Il reprend son vélo vers deux heures et n'a qu'un quart d'heure à pédaler pour rejoindre Gaitford. Il suit la route de Yale qui part vers le Nord et attentif, scrute les maisons en sortie de village, mais aucune ne correspond au descriptif sommaire que Victoria lui en a fait. Phil continue à pédaler et trois cents mètres après un virage aperçoit une imposante demeure en briques, probablement du siècle dernier, entourée de hêtres arrondis mais de grande taille. L'endroit est désert. On trouve effectivement un petit chemin de terre sur la droite de la maison. Phil le prend, aperçoit tout de suite un portail étroit qui permet d'aller à une petite bâtisse sans passer par l'entrée principale ; probablement une annexe pour loger un gardien.

Phil rentre sans difficulté dans la cour et le cœur battant frappe discrètement à la porte. Il entend des pas. Victoria lui ouvre :

— Bonjour Phil, vous êtes très ponctuel. Pas de problème pour venir ?

— Votre maison est facile à trouver. Vous êtes au calme ici.

Phil lui fait un baiser sur la joue. Il est étonné par sa tenue car elle porte un pantalon sans forme, maculé de tâches de peinture de différentes couleurs. Son corsage bleu clair est lui aussi souillé de multiples projections colorées. Phil la regarde amusé :

— Vous êtes en train de repeindre votre maison ? Vous voulez de l'aide ?

— Non, vous allez vite comprendre. Suivez-moi.

Phil marche derrière elle dans un couloir au fond duquel se trouve une vaste pièce très encombrée.

— Vous êtes dans mon royaume ici, dans mon atelier. Je m'occupe en peignant. Je vais vous montrer mes dernières œuvres.

La pièce est claire grâce aux fenêtres qui donnent sur le jardin. Victoria a accroché quatre toiles aux couleurs vives sur un des murs. Phil regarde attentivement les tableaux et a du mal à reconnaître ce qui est peint :

— Il faut que vous m'expliquiez. Je ne vois pas ce que vous avez voulu rendre.

— J'aime l'abstraction. On dessine des formes sans signification, faites pour être belles en elles-mêmes. On en assemble plusieurs. Elles doivent être en harmonie. On les peint pour faire apparaître de grandes tâches colorées. Il ne faut pas y chercher la représentation du réel. Juste de belles formes, de jolies couleurs.

— J'ai un peu de mal à saisir mais vous allez continuer à m'expliquer. Je serai un élève docile.

Phil comprend maintenant pourquoi elle lui a demandé s'il aimait la peinture. Elle a l'air passionnée. Elle avait envie de lui montrer ses toiles et lui, voudrait en savoir plus.

— Racontez-moi comment vous êtes venue à la peinture et à ce style. Ce n'est pas commun, surtout à la campagne.

— Je vais tout vous expliquer autour d'une tasse de thé.

Victoria lui fait d'abord visiter sa petite maison. Après l'atelier, on trouve une cuisine de bonne taille avec une table où l'on peut tenir à cinq. Elle lui montre une porte, celle de sa chambre quand elle veut se reposer mais elle ne l'ouvre pas. Sa vraie chambre est dans la maison principale. Phil se retrouve assis dans la cuisine autour d'une tasse de thé. Ils sont l'un en face de l'autre. Elle lui offre des biscuits sucrés délicieux qui viennent d'Ecosse.

Par la fenêtre, Phil aperçoit l'arrière de la maison principale. Quatre fenêtres hautes à petits carreaux à chaque niveau. Huit en tout sur la façade qui compte deux étages. Pas de rez de chaussée, on accède au domicile par un perron. Une bâtisse géorgienne des années 1840. La maison de gardien est plus récente, bâtie juste avant la première guerre mondiale. Phil lui pose quelques questions :

— Vous peignez depuis longtemps ? Toujours le même style ou vous avez évolué ?

— Je ne vous l'ai pas dit, mais j'ai passé deux ans aux Indes et ensuite deux ans à Paris. Je parle français même si j'ai un peu oublié.

Phil est surpris et lui dit en français :

— Vous êtes une cachotière. C'est la quatrième fois que nous nous voyons et vous ne m'avez pas dit que vous parliez le français. Mais c'est bien, nous allons pouvoir alterner les langues.

Elle lui répond en français avec un léger accent *british* qu'il trouve charmant :

— A Paris j'ai fréquenté des peintres de Montparnasse comme André Lanskoy. Ils m'ont initiée à l'abstraction. Avant, j'avais suivi des cours de dessin et de peinture à Londres. Depuis que je suis petite, j'ai envie de devenir peintre.

Elle se lève et revient avec une aquarelle représentant un intérieur d'appartement, un salon, une cheminée, deux fauteuils et une femme brodant assise.

— Voici ce que je peignais avant de m'intéresser à l'abstrait Vous voyez c'était très classique.

Phil aime cette toile et se rend compte que Victoria maîtrise bien le dessin et la peinture. L'abstraction n'est pas pour elle le choix par défaut de quelqu'un qui ne saurait pas tenir un crayon ou un pinceau.

— Vous avez déjà exposé ?

— Non, je préparais une exposition quand la guerre est survenue. Depuis je vis ici. Je peins beaucoup. C'est ma seule distraction. J'en ai besoin. La vie n'est pas toujours drôle ! Mais je n'ai pas envie de parler de moi aujourd'hui. Racontez-moi d'abord votre semaine. Où avez-vous été larguer vos bombes ?

— En France avant hier, toujours sur un dépôt de bombes volantes, pas très loin de Paris, sur l'Isle Adam. Une forêt où j'allais cueillir du muguet pour le 1er mai, autrefois avec mes parents. Je doute que les petites clochettes blanches, si délicatement parfumées, soient au rendez-vous l'année prochaine. Le bombardement a été massif. Plus de mille avions. Vous imaginez le feu d'artifices ? J'ai aussi eu beaucoup de travail d'organisation : on a eu des pannes à réparer, des dommages créés par des chasseurs. Deux nouveaux bombardiers nous ont été livrés. Il a fallu faire des vols techniques pour tout contrôler. Des malades aussi qu'il faut remplacer. Les hommes commencent à être fatigués. Nos avions ne sont pas confortables. On vole souvent en altitude, à 5000 m, et on a froid. Moi je me mets toujours une couche de vieux journaux sous mon blouson ; ça tient chaud. C'est douillet ! Mais donc, vous connaissez bien Paris et le quartier de Montparnasse. Je n'habitais pas très loin avant la guerre : au début de la rue Lecourbe, près du métro aérien, vous voyez ?

— Oui très bien, j'avais un ami peintre qui avait son atelier par là. Je me souviens d'un café au coin de la rue de Vaugirard et du boulevard Pasteur. On allait y manger des huitres. Les français m'ont appris à les apprécier.

Victoria et Phil continuent à parler ainsi de Paris, des cafés, tavernes et restaurants qu'ils pouvaient connaître tous les deux. Elle continue à ne rien livrer d'elle-même. Pourquoi était-elle à Paris ? Quelles étaient ses ressources ? Toujours le mystère ? Phil ne peut s'empêcher d'en faire la remarque l'air narquois :

— J'en sais un peu plus sur vous aujourd'hui mais rien de très personnel. Vous aimez vous enrober de mystère Victoria ?

— Vous non plus Phil, vous ne vous racontez pas. Cela ne m'empêche pas de vous apprécier, bien au contraire. D'ailleurs maintenant, vous en savez plus sur moi que moi sur vous. Je vous ai montré mes toiles, c'est une partie de ma vie. De vous, je connais votre vie actuelle d'aviateur. Mais c'est tout. Vous devez avoir une quarantaine d'années donc vous avez tout un passé ; moi j'ai trente-cinq ans et un passé aussi. Vous voudriez savoir ce que je fais à Gaitford en ce moment ? Ça je peux vous l'expliquer.

— Oui, expliquez-moi !

— Je m'occupe d'une parente, une vieille dame qui a eu une attaque cérébrale il y a quatre ans. Elle n'a pas beaucoup de famille. Elle est paralysée d'un côté et ne peut plus parler. Je lui fais sa toilette, lui donne à manger et lui tiens compagnie une partie de la journée. Heureusement elle dort beaucoup. En ce moment elle fait la sieste comme tous les jours. Quand je n'en peux plus, je demande à une femme du village de venir la garder quelques heures. Pas folichonne ma vie en ce moment !

— Je comprends, ce n'est pas très gai. Moi, j'ai vécu trois ans à Meknès au Maroc avant de venir ici. J'étais content de partir même si j'ai dû laisser mes enfants.

Victoria est vivement intéressée et veut en savoir plus :

— Vous avez donc des enfants?

— Deux, un garçon l'ainé Paul et une fille Claire, 15 et 13 ans.

— Et vous avez été content de quitter le Maroc pour l'Angleterre ?

— Oui et non ! Je n'avais aucune envie d'être séparé de mes enfants. Mais c'était ma mère le problème. Quand mon père est mort avant la guerre, j'ai été obligé de m'occuper d'elle. Je suis fils unique. Ma mère est venue au Maroc avec nous. Elle veille sur mes enfants mais elle est devenue trop envahissante et me pourrissait la vie. J'étais redevenu son petit garçon ! C'est un bol d'oxygène pour moi cette mutation dans votre pays.

— Et votre femme ?

— Je suis veuf depuis sept ans. Mon père est décédé, laissant ma mère sans ressources et j'avais besoin de quelqu'un au quotidien pour s'occuper des enfants.

— Oh désolé Phil, je ne veux pas raviver des souvenirs pénibles.

— Ne vous excusez pas. Depuis que je suis en Angleterre, j'ai l'impression de longues vacances, passionnantes. C'est paradoxal. J'ai adoré notre période de formation. Plusieurs mois avec beaucoup d'heures de vol et la découverte de l'Ecosse. Des *parties* avec les WAAF. Maintenant c'est beaucoup moins tranquille. Depuis deux mois, on participe aux missions du *bomber command*. Il y a eu un peu de pertes mais pas encore trop. J'ai l'impression que ce n'est pas si dangereux que ça. On doit faire approximativement trente sorties. Ensuite on est relevé. Mais je suis encore loin de la relève.

Victoria ne peut s'empêcher de lui poser une question un peu plus personnelle :

— Et en Angleterre, vous n'avez pas rencontré de jolies dames à votre goût, impressionnées par un bel officier français ?

— Uniquement une petite bergère dans la montagne près du Loch Ness. Mais elle était trop jeune, presque une enfant à côté de moi. Je me suis comporté correctement avec quelques regrets car elle était toute fraîche, drôle, pleine de charme. J'avais l'impression de lui plaire. Mais elle ne méritait pas une aventure sans lendemain.

— Vous savez donc vous maitriser ?

— Trop peut-être !

— C'est une grande qualité, pas si fréquente. Souvent les hommes ne songent qu'à leur plaisir immédiat et font beaucoup de mal !

— Moi j'ai des difficultés à me remettre de mon veuvage. Mais j'ai l'impression de commencer à m'en sortir. Ce n'est pas trop tôt.

Victoria regarde l'heure. Elle est toujours pressée :

— Nous allons devoir nous séparer ; il faut que j'aille faire la garde malade mais j'aimerais vous revoir. Vous croyez pouvoir revenir le week-end prochain ? Pour un autre thé ? Je serai plus loquace sur moi la prochaine fois.

— Je ne suis pas sûr de pouvoir me libérer la semaine prochaine. Je me suis fait remplacer jusqu'à demain soir. Vous n'avez pas un autre moment de libre demain ?

— Revenez vers 14 heures comme aujourd'hui. *For another cup of tea* ! Sortez discrètement, je ne veux pas que l'on me voit recevoir des hommes !

Victoria a ajouté cette précision sur le ton de la plaisanterie. Il ne s'y attendait pas. Peut-être que cette belle femme s'intéresse à lui autrement que comme ami. !

Il attend cinq minutes, absorbé par la contemplation des toiles de Victoria puis quitte discrètement la maison, sans rencontrer âme qui vive. Il a du temps pour repenser à la jolie peintre et décide d'aller se promener à vélo au gré de son inspiration. Il continue sur la route de Yale, une petite ville au Nord à une dizaine de *miles*. Phil a maintenant quelques réponses à ses questions mais trop peu encore. Il sait que Victoria n'est pas une domestique, qu'elle a du talent, même s'il ne comprend pas vraiment l'essence de la peinture abstraite. Il sait aussi qu'elle a voyagé, qu'elle est restée aux Indes, en France, mais dans quelles conditions, mystère ! Victoria ne se livre que progressivement. Pourquoi ? Pudeur de caractère ? Des choses à cacher sur sa vie ? Peut-être en saura-t-il plus demain ? Ce qui est certain, c'est que son charme opère et qu'elle lui occupe l'esprit, de plus en plus.

Phil ne va pas jusqu'à Yale. Après trois *miles*, il prend une route sur sa gauche et décide de se laisser guider par le soleil afin de décrire une boucle qui le ramènera à son point de départ. La route en question se transforme vite en un chemin de terre de plus en plus étroit. Le calme de la campagne est périodiquement troublé par le raffut d'avions militaires, Halifax et Lancaster, qui écument le ciel. Dans cette région de l'Angleterre, les bases sont nombreuses et les avions ne sont pas tous issus de la base de Gaitford.

Le chemin s'arrête devant une très grande prairie où paissent des vaches, toutes rassemblées autour d'un superbe noyer. Phil décide de continuer à travers champ, poussant sa bicyclette et priant le ciel que des taureaux ne fassent pas partie du lot. Pendant son enfance il a passé des vacances chez des cousins éleveurs et sait qu'il faut se montrer vigilant en de telles circonstances. Il n'y a pas que la DCA allemande à éviter ! Avec les taureaux, si l'on se déplace doucement, si l'on ne porte pas sur soi d'habits de couleur vive, les accidents sont rares mais pas totalement impossibles. Phil n'a aucune envie de finir sa vie dans une prairie anglaise. Il fait en sorte de passer à distance des animaux. Aucun ne semble s'intéresser à lui ; rassuré il atteint un champ de blé qu'il longe afin de ne pas abimer la future moisson, toujours direction plein Ouest. Il retrouve un autre chemin de terre puis une route sur sa gauche, sinueuse qui le ramène à Gaitford.

De retour à sa base, Phil se repose dans son petit chez lui, pas très cosy mais où personne ne vient le déranger. Il dîne au mess des officiers, joue au bridge pendant une heure et va se coucher.

Phil est ponctuel le lendemain. Les environs sont toujours déserts quand il arrive à la petite maison de Victoria. La porte d'entrée de la maison est entrouverte ; il entre sans frapper, ne trouve personne et se dit que son hôtesse va revenir.

Effectivement Victoria arrive après quelques minutes ; c'est une autre femme comparée à celle d'hier. Elle n'est plus en habit de peintre mais porte une robe à pois, très élégante, avec des manches courtes qui montrent de jolis bras charnus. Elle s'est fait un chignon particulièrement soigné et s'est maquillé les yeux. Elle porte de belles boucles d'oreille, de grands anneaux tout simples en or. Son cou est entouré de deux rangs de perles. Phil l'admire avant même de lui dire bonjour :

— Quelle élégance aujourd'hui, c'est pour me recevoir ?

— Bien sûr que c'est pour vous ! Je n'ai pas d'autre rendez-vous cet après-midi, lui répond-elle très enjouée.

— J'espère bien que vous allez me consacrer votre temps libre. Vous êtes toujours pressée quand nous nous voyons. Au bout d'une heure, tout d'un coup, c'est le signal du départ. Je réclame plus de vous ! Nous avons tellement de choses à nous raconter. Il nous faut du temps pour bien nous connaître ajoute-Phil en souriant.

— Une tasse de thé, maintenant ?

Phil la suit dans la cuisine. Il admire la cambrure de ses reins que laisse deviner sa robe très ajustée. Quand ils sont de nouveau assis l'un en face de l'autre, c'est Victoria qui reprend la parole :

— Si j'ai bien compris, c'est à moi de me livrer un peu plus aujourd'hui. J'ai tardé car ma situation n'est pas évidente à gérer. Il y a neuf ans, je me suis mariée avec un officier de l'armée de terre. J'avais vingt-six ans. Malcolm en avait quarante-deux. Je le trouvais très séduisant. Seize ans d'écart ! C'est beaucoup pour certains mais cela ne nous a pas gênés. Il a été nommé en poste à Bombay. Nous avons découvert les Indes. J'ai trouvé l'ambiance de ce pays fascinante et la vie facile. Beaucoup de réceptions. Nous avons pu voyager ensemble à travers le pays. Après, Malcolm a été nommé attaché militaire à Paris. De nouveau la belle vie ; je peignais un peu aux Indes. A Paris, j'ai mis les bouchés doubles et j'ai fréquenté un milieu d'artistes très créatifs. Ils étaient tous insouciants, drôles. Ils buvaient beaucoup. Malcolm et moi nous nous sommes retrouvés sur deux planètes différentes. Nous n'avions pas d'enfant. Je rentrais souvent très tard, après des soirées arrosées à la Coupole ou à la Closerie des lilas. Certains soirs, je ne rentrais même pas ! Malcolm était malheureux et ne comprenait pas. Il voulait que je change de vie ; moi j'ai refusé. Je progressais en peinture. Nous en sommes arrivés à parler divorce au moment où la guerre a éclaté. Nous sommes rentrés en Angleterre. Malcolm avait été nommé colonel. Il est parti combattre en France et en mai 40, il a été fait prisonnier dans la poche de Dunkerque. Depuis quatre ans, il est retenu dans un *oflag* en Poméranie.

Tout ceci laisse Phil pantois.

— Et la dame dont vous vous occupez, c'est qui ?

— En juin 40, sa mère, c'est-à-dire ma belle-mère a fait un accident vasculaire cérébral. Elle est veuve. Il n'y avait personne pour s'en occuper car Malcolm est fils unique. Cette propriété appartient à ma belle-mère. Nous y sommes venues toutes les deux et je fais la garde malade. D'autant plus difficile qu'elle ne m'aime pas beaucoup ! Malcolm lui avait fait part de nos difficultés de couple. Voilà, vous savez beaucoup plus de choses sur moi maintenant. Je n'avais pas envie de vous en parler tout de suite.

Phil comprend mieux la situation maintenant, mais il est quelque peu douché par ce qu'il vient d'entendre. Victoria a un mari, un officier de Sa Majesté, prisonnier en Allemagne de surcroît. C'est malheureux, mais il ne sent pas autorisé à séduire la femme d'un collègue anglais, en souffrance en Allemagne depuis quatre ans :

— J'aurais préféré vous savoir célibataire. Vous avez toujours des contacts avec votre mari ?

— Oui je lui écris une fois par mois. Je lui envoie des colis par la Croix-Rouge. Sa vie est très difficile là-bas. Pas assez de nourriture. Le typhus qui en tue certains. Des représailles très dures quand il y a des tentatives d'évasion. Malcolm est en première ligne car c'est lui le plus haut gradé. Je pense même que c'est encore plus difficile qu'il me le dit dans ses lettres.

— C'est à cause de votre situation que vous avez refusé de danser avec moi quand nous nous sommes rencontrés au restaurant la première fois ? Vous ne vouliez pas vous afficher en train de danser avec un autre officier pendant que votre mari est prisonnier ?

— Vous êtes perspicace ! Depuis quatre ans je vis ici et beaucoup de gens me connaissent à Gaitford. Par respect pour Malcolm et sa mère je fais attention. Les gens sont vite médisants, vous savez !

— C'est vrai, votre vie n'est pas facile, pas très drôle. Vous avez conquis une fausse liberté. Vous ne méritez sans doute pas cela, votre mari non plus. J'ai beaucoup de plaisir à être avec vous Victoria.

Nous sommes deux infirmes de la vie tous les deux. Nous pouvons être amis, si vous le voulez bien. J'ai compris que je ne pouvais pas aller plus loin. C'est dommage, je vous trouve tellement charmante. Mais non, ce n'est malheureusement pas possible de vous conter fleurette ! Je n'oserais plus me regarder dans une glace. J'aurais honte. Vous voulez bien que nous restions amis ?

Victoria lui répond, sibylline :

— J'ai beaucoup de plaisir à vous voir moi aussi ; nous verrons ce que l'avenir nous réserve. Nous nous sommes rencontrés deux fois au bord de la rivière, deux fois dans mon atelier. Où croyez-vous que nous allons nous rencontrer la prochaine fois ?

— Je ne sais pas, il faudrait que nous puissions correspondre de temps en temps, discrètement. J'ai vu que vous avez une boite à lettre sur votre petit portail. L'endroit est peu fréquenté. Vous pouvez peut-être y mettre des lettres à mon intention et moi je ferai de même. Je pourrai passer voir le courrier sans vous déranger tous les deux ou trois jours. Qu'en pensez-vous ?

— Du bien, c'est très romantique ! Vous croyez que nous pourrons nous voir le week-end prochain ou à un autre moment ?

— Je crains que non ; je vais être très occupé, je crois, pendant deux semaines. Mais j'ai une idée à vous soumettre. Il y a une autre base française sous commandement de la RAF à Badvington, environ 110 km de Peterborough, à l'Est de Sheffield. Ils préparent une très grande «*party*», 500 personnes pour fêter la progression des alliés. Ils ont invité tous les officiers de ma base à partir du rang de lieutenant-colonel. Nous sommes quatre à y aller et chacun peut venir avec une cavalière. J'aimerais que vous m'accompagniez. Vous croyez que vous pourriez-vous absenter quelque heures ? Nous voyagerons avec un petit car de l'armée en partant vers six heures du soir et nous rentrerons dans la nuit, vers deux heures du matin, je pense. Je ne connais pas la date exacte pour l'instant ; j'en saurai plus dans une dizaine de jours ?

— Vous me faites rêver ! J'adorerais vous accompagner, boire, danser avec vous ! Pour l'instant je ne vois pas comment me faire remplacer auprès de ma belle-mère pendant mon absence et sous quel prétexte mais je vais y réfléchir. Au moins des réjouissances en perspective ! Il y a tellement longtemps que tout est triste autour de moi. Et là-bas au moins personne ne me connaîtra !

Victoria et Phil bavardent encore pendant une petite heure. Elle lui raconte plus en détails sa vie aux Indes et ses voyages dans ce pays. Ils se quittent ensuite car elle a cru entendre du bruit venant de la grande maison ; leurs regards mélancoliques et tendres se croisent avant leur séparation.

14

AU-DESSUS DE LA MER DU NORD ET DE L'ALLEMAGNE, AOÛT 1944

Phil est de bonne humeur ce 7 août, car il vient d'apprendre la libération de Rennes, peu de jours auparavant. C'est la première grande ville reprise aux allemands et sûrement pas la dernière. Quel bonheur si Paris pouvait être vidé de ses envahisseurs et de leur idéologie nauséabonde ! Encore quelques jours ou semaines ! Il faut être optimiste.

Phil se rend compte qu'il ne cesse de penser à Victoria. Il la trouve intéressante et cultivée. Elle aime lire et peindre. Il ne comprend pas forcément sa peinture très abstraite mais trouve harmonieuses les toiles affichées dans son atelier. De plus, elle est vraiment jolie ! Quand on la regarde, il est difficile de rester de marbre. Elle est grande et bien faite, tellement féminine dans ses formes. Mais elle est mariée. Son mari, prisonnier dans un *oflag* va revenir en Angleterre, une fois la guerre terminée. Impossible de ne pas en tenir compte ! On ne doit pas chercher à séduire la femme d'un officier allié prisonnier !

Il se sent néanmoins autorisé à cultiver leur amitié. Phil ne voit pas pourquoi ils devraient cesser toute relation à partir du moment où ils respectent les limites qu'ils se donnent.

Pour continuer à se voir, il faut pouvoir se donner des rendez-vous. Phil veut tester le système de communication qu'ils ont élaboré. Il lui écrit sur un papier à lettres qui, replié, sert aussi d'enveloppe.

Chère Victoria

Si nous voulons cultiver notre amitié, il nous faut arriver à communiquer facilement pour nous fixer des rendez-vous. Je dépose donc cette missive à votre intention aujourd'hui. Dites-moi si vous l'avez trouvée. Je viendrai à la pêche d'une réponse dans trois jours !

Portez-vous bien. Je suis heureux d'avoir une amie anglaise qui parle ma langue et sait si bien manier les couleurs. Affectueusement Phil.

119

C'est jeudi que Phil doit venir chercher une réponse. Un jeu en perspective, ces discrets échanges de lettre !

Le mercredi, Phil et son équipage sont en alerte. Ils doivent participer à une mission de nuit si les conditions météorologiques le permettent. Le temps est moins beau ce 9 août. Le ciel s'est couvert d'épais cumulus ; il fait gris et triste et il pleut de manière sporadique. Phil pense que la mission va être annulée mais, vers vingt heures, les hauts parleurs disséminés dans la base retentissent et demandent aux équipages concernés de se rendre aux salles de briefing.

Les visages de beaucoup des aviateurs sollicités se ferment. Ils savent qu'ils vont risquer leur vie, mourir ou peut-être revenir blessés. La plupart cessent de parler. Ils mettent leurs combinaisons de vol et sortent de leurs logements en tôle. Ils prennent leurs bicyclettes et vont d'abord chercher au magasin les parachutes et gilets gonflables qu'ils devront enfiler s'ils sont obligés de quitter leur avion en plein vol

Après des réunions séparées pour chaque catégorie d'aviateur, ils se retrouvent tous ensemble, très concentrés, pour le briefing final vers vingt et une heures. Une grande carte est déployée par l'officier de renseignements. On lit une certaine stupeur sur les visages quand ils découvrent que la cible est Berlin. Phil fronce les yeux. La mission ne sera pas de tout repos ! Les défenses anti-aériennes doivent être particulièrement importantes aux abords de la capitale du Reich. Mais, même si certains sont très angoissés, tous les aviateurs présents sont fiers de faire partie de cette aventure. C'est la première fois que des avions de Gaitford sont demandés pour aller saper le moral des allemands qui se croient invincibles et bien à l'abri dans leur capitale. Sept avions de la base dont trois du groupe Aquitaine ont été sollicités. Quarante-neuf aviateurs qui vont risquer leur vie. Ils sont au total deux cent trente-deux bombardiers issus de Gaitford et d'autres bases aériennes voisines à aller sur Berlin. Un bombardement de masse destiné à atteindre des usines chimiques mais aussi des bâtiments administratifs dont la destruction retentira sur la confiance qu'ont les troupes et les habitants en leurs dirigeants.

Phil est très attentif lorsqu'on leur explique la situation probable des DCA et quand on leur montre des cartes détaillées avec leurs objectifs. Chacun reçoit le matériel qui peut les aider s'ils se font descendre, une carte de l'Allemagne, de la nourriture, une boussole, quelques médicaments. Phil n'aime pas ce qui évoque les dangers qu'ils vont courir mais il a une grande capacité à filtrer les informations qui pourraient le déstabiliser. Comme les autres, il a apporté des documents et des effets les plus personnels. Il doit les trier et les mettre dans deux grandes enveloppes, une qui sera détruite s'il ne revient pas, et la seconde, destinée à sa famille. Ce cérémonial est le même à chaque départ et fait croître la frayeur ressentie par beaucoup des aviateurs en début de mission. Phil, lui, reste serein mais pense, l'espace d'un instant, à sa mère et à ses enfants mais aussi à Victoria, chez qui il doit aller chercher son courrier dans un ou deux jours.

Ils vont ensuite rejoindre leurs avions préparés par les mécaniciens qui ne volent pas. Leur chargement de bombes dont certaines pèsent cinq cents kilos, est imposant. Beaucoup d'essence bien sûr, pour rejoindre cette cible lointaine. Plus de dix heures de vol, aller et retour. Des balles aussi, des cartouches pour les mitrailleurs qui doivent tirer sur les chasseurs allemands quand ils se rapprochent pour les attaquer. Plus de vingt-quatre tonnes quand ils sont à pleine charge.

Les moteurs sont mis en marche à l'heure prévue. Le vacarme est assourdissant. Les avions, majestueusement, commencent à avancer et se dirigent vers la piste de décollage en passant d'abord à proximité de la tour de contrôle qui note leur identification. Phil fait un signe avec son pouce pour signaler que tout va bien. C'est leur manière à tous d'affirmer leur détermination.

A vingt-trois heures et quatre minutes, les sept appareils commencent à décoller et se regroupent dans la nuit au-dessus de la base en respectant exactement le *timing*.

Le navigateur indique à Phil le cap qu'il doit suivre afin de retrouver les bombardiers venant d'autres bases et de constituer un flux impressionnant d'appareils. On commence par voler à très basse altitude dans la nuit, tous feux éteints, pendant deux heures pour échapper aux radars allemands. Parfois le navigateur aperçoit un peu de lumière qui sort du moteur d'un avion voisin. Il indique à Phil la proximité de cet autre appareil avec lequel il ne faut pas rentrer en collision.

A une heure et treize minutes, Phil voit le ciel s'éclairer pendant quelques secondes et aperçoit la mer. Deux appareils viennent de se percuter et ont explosé. Quatorze aviateurs qui viennent de perdre la vie !

C'est à proximité de l'île de Düne que Phil doit prendre de l'altitude et monter progressivement jusqu'à sept mille mètres. Tout l'équipage s'équipe de masques à oxygène indispensables quand on vole si haut. Phil aperçoit, près de Hambourg, des projecteurs très puissants qui cherchent à les détecter. Pas grand-chose à faire ! Ils sont vite repérés et les défenses anti aériennes s'activent presque instantanément. La nuit est troublée par l'explosion des obus tirés par les DCA et leurs lumières scintillantes. Phil se dit qu'heureusement, ils sont maintenant très hauts et que les tirs de DCA sont peu précis. Hambourg dépassé, ils ont ordre de changer de cap et d'aller plein Sud pendant une centaine de kilomètres pour faire diversion et masquer leur véritable objectif. Puis ils remettent le cap vers le Nord-Est.

Ils arrivent à une centaine de kilomètres de Berlin. Le ciel est malheureusement dégagé. Aucun nuage pour les dissimuler. Les faisceaux lumineux des projecteurs allemands éclairent le ciel à la recherche des bombardiers. Phil aperçoit devant lui deux avions en feu, touchés par la DCA, en train de piquer vers le sol. De nouveau les chasseurs allemands ne vont pas tarder à intervenir.

Berlin commence à être en vue. Un véritable feu d'artifices, sonorisé par le crépitement des obus qui explosent en plein ciel. Des immeubles en feux. Les faisceaux des projecteurs cherchent frénétiquement les appareils ennemis. Phil aperçoit plusieurs lumières vertes au sol, sortes de feux de Bengale très lumineux que les pilotes Anglais, les *pathfinders* viennent de larguer pour marquer les objectifs. Encore deux minutes et ce sera le chemin du retour. Ces minutes sont longues.

— Bombes larguées crie victorieusement dans l'interphone l'aviateur en charge de cette opération.

— Bravo ! Les photos maintenant répond Phil heureux du succès de cette première partie de la mission.

Une fois les photographies d'usage prises, l'équipage est plus serein. Ils doivent encore rester en altitude sur le chemin du retour pendant une heure avant de voler plus bas.

Phil prend le cap indiqué par le navigateur. Il pense une fraction de seconde à la petite promenade prévue le lendemain soir pour aller chercher son courrier chez Victoria. Puis il se concentre de nouveau sur son pilotage. Le temps passe lentement.

— Arrivons près de Brême dans deux minutes et demi indique le navigateur.

A ce moment, ils ressentent tous une énorme secousse provoquée par l'explosion d'un obus. Mais plus de peur que de mal ! L'avion ne semble pas avoir été touché. Immédiatement après, l'obscurité du ciel laisse la place à la lumière intense d'une fusée éclairante. Ils sont repérés. Deux minutes après, Phil voit clairement un Halifax en feu se désintégrer en deux morceaux

Le mitrailleur supérieur signale deux JU ennemis à trois cents mètres au-dessus d'eux et se met à les canarder. Ces bombardiers légers, utilisés comme chasseurs, exécutent une manœuvre pour venir se placer derrière leur avion et les avoir en plein dans leur ligne de mire. Le mitrailleur arrière comprend leurs intentions et par l'interphone les signale à Phil qui exécute alors une trajectoire spéciale en tire-bouchon, répétée maintes fois pendant sa période de formation. Phil réussit ainsi à échapper aux chasseurs.

Vingt minutes plus tard, ils quittent l'Allemagne près de Cuxhaven et volent plein Ouest au-dessus de la mer. Ils commencent tous à souffler. Les dangers majeurs sont derrière eux. Phil n'a pas eu vraiment peur malgré la densité des défenses antiaériennes autour de Berlin.

Quatre minutes plus tard, le bruit des moteurs est tout d'un coup masqué par ceux d'innombrables projectiles tirés derrière eux. Un chasseur allemand a réussi à s'immiscer dans le flot des avions et à les dégommer. Phil aperçoit de la lumière du côté de son aile droite. Son moteur externe est en feu ! Il donne l'ordre au mécanicien de s'en occuper. Celui-ci coupe les arrivées d'essence et actionne les commandes des extincteurs. Il cherche aussi à modifier la prise au vent des pales et tente de mettre l'hélice en drapeau. Le feu diminue mais ne s'arrête pas.

Phil pense pouvoir continuer à voler dans ces conditions mais par sécurité il ordonne à ses hommes de mettre leurs parachutes, au cas où il faudrait évacuer. Le risque est que, chauffée à blanc par le feu, une partie de l'aile se détache.

Ils volent à deux mille mètres. Phil scrute le moteur externe sur lequel on voit encore de petites flammes sortir par le pot d'échappement. L'avion devrait pouvoir tenir jusqu'à une piste de secours installée très près de la côte anglaise. Mais il y a encore trois quart d'heures de vol !

De nouveau, un vacarme assourdissant, des crépitements ; c'est le moteur externe gauche, cette fois-ci, qui est en feu. Un autre chasseur est venu finir le travail du premier. Pas de chance. Phil se dit qu'il lui reste deux moteurs de valide. On peut encore maintenir l'avion en vol si l'incendie est maitrisé. Mais les flammes deviennent de plus en plus grandes. Impressionnantes, elles s'étendent jusqu'à l'empennage arrière.

La situation est critique. Phil n'a plus le choix. Il n'a pas le droit d'exposer ses hommes à une mort probable et donne l'ordre d'évacuation, navigateur compris.

Le navigateur signale par radio la position.

— Avion A for Able, Il est trois heures cinquante-neuf, deux moteurs touchés en feu. Feu non maitrisé. Sommes à 152 *miles* de la côte. Nous évacuons.

Les hommes ne se font pas prier et sautent par des trappes situées à l'arrière, au centre et près de la cabine de pilotage.

Au moment de sauter, le navigateur hurle à Phil :

— C'est à vous maintenant mon colonel. Sautez immédiatement ! Dépêchez-vous !

Phil voudrait continuer à voler tant bien que mal vers les côtes anglaises mais il juge nulle ses chances d'y arriver. S'il veut rester en vie c'est maintenant ou jamais. Phil finit par se décider. Il saute par la trappe d'évacuation avant et déclenche l'ouverture de son parachute après dix secondes d'attente interminable, comme il doit le faire. Au moment où la voilure se déploie, il ressent un énorme choc dans les épaules et perd connaissance.

Dans le ciel étoilé, éclairé par une lune presque pleine, un parachute descend lentement, menant à la mer un lieutenant-colonel français combattant pour la liberté de son pays. Celui-ci aime la vie ; encore plus depuis qu'il a rencontré une anglaise bien séduisante. Cet officier a très envie de connaître la suite de sa propre histoire. Il ne serait pas juste qu'elle s'arrête brutalement en cette fin de nuit d'août 1944. Le parachute descend à 8m/s. Il doit franchir 1500 m. La descente de Phil dure près de trois minutes.

Phil reprend connaissance, voit le ciel étoilé et la mer éclairée par la lune. Il aperçoit au-dessus de lui le voile rassurant du parachute qui va le conduire jusqu'à la mer. Il sait ce qu'il doit faire en pareil cas. Il actionne la poignée de gonflage de sa *Mae West*, son gilet de survie qui se remplit de gaz instantanément lui bombant avantageusement le torse et va lui permettre de flotter sans effort. Phil va devoir barboter un peu longtemps mais il a l'espoir d'être pris en charge rapidement par le service de sauvetage en mer « *l'air sea rescue* ». Il regarde sa montre d'aviateur. Il est quatre heures huit du matin. On est en août. Les premières lueurs de l'aube ne vont pas tarder. Phil estime qu'il devrait pouvoir être récupéré vers huit heures. Il pense à tous les membres de son équipage qui sont sans doute déjà dans l'eau et se livre à un rapide calcul. On est à 200 km des côtes anglaises. Environ cinq heures de trajet pour la vedette rapide qui va le ramener. Ensuite il doit trouver un moyen de rentrer à Gaitford. Il pourrait y être en fin de soirée et avoir le temps de passer voir chez Victoria s'il a du courrier !

L'eau se rapproche. C'est dommage, car il apprécie cette descente paisible avec le seul murmure de l'air dans le parachute. Encore cinquante mètres. Plus que quelques secondes. Phil amerrit doucement. Il ne s'enfonce pas dans l'eau, sa veste très efficace le faisant facilement flotter. L'eau n'est pas froide et il est suffisamment habillé pour ne pas sentir grand-chose, tout du moins au début. Il se libère de son parachute mais le garde près de lui de manière à former une tâche blanche qui pourrait faciliter les recherches du service de sauvetage.

Phil attend dans l'eau depuis une heure. Il fait presque jour. Il n'entend rien et ne voit personne.

Six heures du matin. Il barbotte toujours. Il aperçoit un avion à haute altitude qu'il ne peut identifier. Celui-ci passe au-dessus de lui, puis s'éloigne. Toujours aucun bruit en dehors de celui de la mer, plutôt calme.

Sept-heures trente. Phil commence à trouver le temps long. Il a l'impression d'entendre dans le lointain un ronronnement qui pourrait être celui d'une vedette. Le bruit dure deux minutes, puis s'estompe. Il n'a rien vu à l'horizon.

Neuf heures, Phil commence à être soucieux. Dans l'une de ses poches, il a une bouteille d'eau et se désaltère. Il mange un peu de la nourriture qui fait partie de son « *escape box* ». Vers neuf heures et demie, son moral repasse au beau. Il aperçoit dans le lointain, un bateau qui se rapproche. Phil pense qu'il a touché la mer pas très loin de là où son avion s'est écrasé. Les appareils sont munis d'un dispositif signalant leur position quand ils amerrissent.

Après quelques minutes, Phil se rend compte qu'il s'agit bien d'une vedette de sauvetage qui vient jusqu'à lui. Il est hissé à bord. On lui fait passer des vêtements secs et il retrouve cinq des membres de son équipage. Phil est soulagé mais les aviateurs n'ont pas l'air gai. C'est Duclos le mécanicien qui prend la parole le premier :

— Mon colonel, il y a eu un drame. Vincenot, le mitrailleur arrière. Ils l'ont retrouvé. Mais une sangle de son parachute était autour de son cou. Il l'a peut-être déclenché trop tôt. Au moment de l'ouverture, le choc a sans doute été violent. Les sauveteurs l'ont retrouvé mort. Rupture probable des vertèbres cervicales. Son corps est à l'arrière du bateau.

Phil est atterré. Depuis l'évacuation de l'avion, il ne lui était pas passé par la tête que la situation pouvait mal tourner. Vincenot est père de trois jeunes enfants. Sa femme vit en Bourgogne près de Chalon-sur-Saône. Quelle tristesse !

Phil se déplace jusqu'à l'endroit où repose l'adjudant Vincenot. Il se rend compte qu'il a lui-même un peu de mal à marcher ; il ressent une douleur vive dans la fesse irradiant dans la cuisse et la face postérieure de la jambe. Il trouve Vincenot allongé sur une civière, toujours en tenue de vol. Phil se recueille longuement sur sa dépouille.

Il prend conscience que la mort pourrait être au rendez-vous de ses prochaines missions. Bizarrement, jusqu'à ce jour, les risques encourus ne l'atteignaient pas. Il était attristé par la mort des autres mais ne se sentait pas vraiment concerné. Aujourd'hui, il a en face de lui le corps sans vie d'un de ses hommes. Ils auraient pu tous y passer si un obus tiré par la DCA avait explosé à proximité de leur avion ou si les balles du chasseur avaient atteint la carlingue plutôt que les moteurs.

Mais Phil se reprend et refuse de se laisser aller à ces pensées lugubres. La vedette a pris la direction des côtes anglaises. Il se renseigne et le commandant du navire lui indique que le bateau pourrait arriver vers deux heures de l'après-midi. Un infirmier passe voir tous les rescapés pour s'informer de leur état de santé et de leur moral. Phil passe sous silence sa douleur de la jambe qui va en augmentant.

Sur la coque, bien en évidence, figure à destination des chasseurs allemands, l'emblème du « *rescue service* » qui fait de la vedette une sorte de « bateau ambulance ». Malgré des protestations transmises à la Croix-Rouge internationale, de telles vedettes ont plusieurs fois été mitraillées. Après une heure de traversée, une escadrille allemande de JU 88 passe au-dessus d'eux mais ne leur cherche pas noise. Le retour se termine sans problème. Vers quatorze heures quinze, ils accostent à Grimsby à 80 *miles* au Nord de Peterborough, un port spécialisé dans la recherche des mines en mer du Nord, durement bombardé par la *Luftwaffe* en 1943. Ils doivent ensuite patienter jusqu'à six heures pour qu'un car les rapatrie sur leur base.

A Gaitford, l'accueil est chaleureux. L'équipage a été déclaré « *missing* » ; tout le monde était pessimiste sur leurs chances de survie. La tristesse reprend cependant le dessus quand le décès de l'adjudant Vincenot est connu. Ils vont tous dans une salle de *debriefing* pendant près d'une heure, afin que chacun raconte les circonstances de leur accident.

Ils sont ensuite conduits à l'infirmerie pour être examinés par le médecin de la base. Phil commence à s'énerver ; il est près de neuf heures du soir et il veut absolument prendre son vélo pour passer le bout de son nez près du portail de Victoria et recueillir le courrier qui doit l'attendre.

Phil insiste pour être examiné sur le champ. Le médecin ne le fait pas attendre et lui fait un examen clinique approfondi. Quand celui-ci mobilise sa jambe, il ne peut s'empêcher de pousser un cri de douleur car le médecin lui fait mal. Celui-ci suspecte un problème aux vertèbres lombaires et souhaite le garder en observation pendant deux jours. Phil est écœuré mais il doit montrer l'exemple et obtempère.

15
BADOCK AU NORD DE LONDRES, ROYAUME UNI, AOÛT 1944

John a tout son mois d'août de libre avant de prendre un poste d'instructeur à Lossiemouth dans le nord de l'Ecosse. Il décide d'aller d'abord passer quelques jours chez ses parents ; ensuite il verra.

Ses parents habitent Badock, une petite ville de quatre mille habitants à une cinquantaine de kilomètres au Nord de Londres. C'est là qu'il a grandi. Son père y est pasteur depuis trente-deux ans.

Il n'a pu prévenir ses parents de son arrivée car les moyens de communication sont déficients. Ceux-ci sont très émus le 4 août, quand il sonne à leur porte. Ils l'accueillent avec beaucoup de fierté et le félicitent longuement pour sa décoration, la *Distinguished Flying Cross*. John retrouve sa chambre d'écolier et de lycéen, restée intacte depuis qu'il l'a quittée pour aller étudier à Oxford.

Une sensation de vide l'envahit le lendemain de son arrivée ; il s'est éloigné de ses parents depuis plusieurs années maintenant et a l'impression qu'ils ne le comprennent pas. Ses amis d'enfance sont partis de Badock et ont eu des destins variés : émigration aux Etats-Unis, captivité en Allemagne, service actif dans l'armée comme lui, service de santé comme chirurgien pour un autre. Heureusement, il a une petite sœur Mary qui a vingt-deux ans. Elle est mariée, vit à Badock et est maman d'un petit garçon de onze mois qui commence à marcher. Jusqu'à maintenant, ils n'ont jamais été très proches mais John sent que sa petite sœur a évolué.

Elle l'invite à déjeuner deux jours après son arrivée. Elle explique à son frère que son mari est temporairement absent. Ingénieur dans une entreprise fabriquant du matériel nautique, il a été enrôlé dans les services techniques de l'armée qui sont en train d'affiner les défenses anti bombes volantes dans le Sud et l'Est de Londres. La capitale est bombardée tous les jours. On ne se sait pas combien de temps cela va durer. Les V1 sont lancés au hasard en direction de la grande ville depuis la France ou la Belgique, sans objectif précis. Il s'agit de semer la panique en tuant le plus grand nombre possible de civils. Pour lutter contre ces engins de mort, les anglais mettent en place des défenses très particulières à l'aide de filins en acier soutenus verticalement par des ballons gonflés à l'hélium. Ces explications donnent à John l'envie de voir à quoi cela ressemble et ce qui se passe quand une bombe volante accroche un de ces câbles. Il essaiera d'aller là-bas avant de partir.

John est attendri par Arthur, son neveu, un petit rouquin énergique qui agrippe les chaises pour se dresser tout seul sur ses jambes et retomber ensuite assis par terre quand l'effort commence à le fatiguer.

Mary demande à son frère de lui parler de son séjour dans la *Royal Air Force*. Il est gêné qu'elle le considère comme un héros. Mais Mary insiste et veut savoir pourquoi il a été décoré de la DFC.

Pour ne pas la décevoir il lui raconte avec beaucoup de simplicité ce qui lui est arrivé :

— C'était à la fin mois de mai 42. Notre objectif était Cologne en Allemagne. Un bombardement de nuit. Nous étions plus de mille avions. Je volais sur un bombardier Lancaster, un quadrimoteur. Un chasseur allemand a réussi à m'allumer à deux cents kilomètres de la ville. Un moteur a été touché et a pris feu. J'ai décidé de continuer jusqu'à l'objectif, une gare ferroviaire. L'avion a tenu le coup. Nous avons pu assurer notre mission. Le retour a été difficile. La carlingue avait été abimée par des éclats d'obus. Nous avons atterri en catastrophe sur le ventre. Pas sur la piste de notre base mais sur une piste de secours tout près des côtes anglaises. L'avion a commencé à prendre feu mais les pompiers ont pu éteindre l'incendie. Le mitrailleur arrière a été légèrement brûlé mais rien de très grave. Voilà c'est tout ! Je n'ai même pas eu le temps d'avoir peur. Trop occupé à piloter, à maintenir l'avion dans la bonne direction. Sur trois moteurs ce n'était pas très facile. Le mécanicien de bord a été remarquable. C'est lui qui a réglé les régimes des moteurs valides « au petit poil ». Tu vois Mary, il n'y a pas de quoi en faire un plat !

— Je m'imagine à ta place ! J'aurais été morte de peur, paralysée, incapable de faire quoi que ce soit ! Je suis fière de toi, mon grand-frère.

— Et bien moi, je suis fier de mon neveu. Un futur athlète ! J'en suis sûr !

Le fait de jouer avec son neveu occupe et apaise John, l'empêche de penser à ce qui le culpabilise tant. Il reste chez sa sœur toute l'après-midi ; il parle avec elle de leurs parents, de leur enfance. Ils sont d'accord tous les deux pour trouver qu'ils ont eu de bons parents, aimants, affectueux, mais limités dans leurs échanges avec leurs enfants. Toujours une obsession en tête, en faire de bons chrétiens. Du bourrage de crâne, tous les jours avec des prières aux repas et le soir, avant d'aller se coucher. Tous les deux ont perdu progressivement la foi à l'adolescence mais ils n'ont jamais osé le leur dire. Mary va toujours aux offices le dimanche pour ne pas les heurter. John a pu y échapper quand il est parti pour Oxford.

Le lendemain John accompagne son père à l'église pour le seconder. Il ne s'agit pas de religion ce jour-là mais d'aider des gens qui viennent de tout perdre dans les bombardements de Londres. Le pasteur a organisé une collecte de vêtements et de vivres pour ces familles relogées temporairement dans des habitations vacantes sur la commune ou à proximité.

John passe sa journée à trier et emballer des vêtements, à faire des lots adaptés à la taille de la famille et au nombre d'enfants qui la composent. Son père lui est reconnaissant de ses efforts et le lui dit. John est heureux de faire plaisir à son père.

A la fin de la première semaine d'août, sa sœur l'invite à venir prendre le thé et un goûter. Tous les deux vont ensuite chez leurs parents vers dix-neuf heures pour y dîner.

La porte de la maison du pasteur est entrouverte ce qui n'est pas habituel. John appelle ses parents mais aucun ne lui répond. Mary ne dit rien. La porte du salon, qui donne sur l'entrée, est fermée. John est inquiet. La maison ne lui semble pas dans son état ordinaire. Il ouvre la porte du salon et éberlué aperçoit une vingtaine de personnes, de tous âges, qui se mettent à lui crier des bravos, le féliciter et entonner le « God save the King ». Ses parents sont là, le sourire aux lèvres. Ils lui ont organisé une petite fête.

John est contrarié. Il reconnaît des familiers de la paroisse et comprend tout. C'est par ce qu'il a reçu une décoration prestigieuse que tous ces gens sont là pour le fêter. John ne peut s'empêcher de se dire à lui-même : S'ils savaient qui je suis vraiment et de quoi j'ai été capable, ils ne seraient peut-être pas là !

Mais John se sent obligé de rentrer dans le jeu par égard pour ses parents. De nouveau, il doit raconter dans le détail les raisons pour lesquelles il a reçu cette décoration. Il le fait presque à voix basse et doit répéter plusieurs phrases à la demande de son auditoire. Après sa narration, les invités portent un toast à sa bravoure alors qu'il n'a qu'une envie, sortir de la pièce et partir très loin, dans un endroit où personne ne le connaîtrait.

Heureusement le cocktail se poursuit différemment ; des amis de ses parents sont venus avec leurs filles dont certaines sont de la même génération que John, leurs maris étant ailleurs du fait de la guerre. John retrouve Lisbeth Mac Erlean, qui fréquentait la chorale animée par sa mère quand il avait une douzaine d'années. Elle a deux ans de moins que lui mais elle est déjà veuve, son mari ayant été tué en France pendant la percée allemande de juin 40. Elle n'a pas eu le temps d'avoir des enfants. Elle enseigne les mathématiques dans les classes secondaires de l'école locale ce qui leur fait un sujet de conversation tout trouvé.

Le cocktail dure une heure et demie. Les invités s'en vont ensuite les uns après les autres non sans avoir pris le temps de féliciter le héros une seconde fois. John est soulagé quand les derniers invités quittent les lieux. Il remercie néanmoins ses parents pour l'organisation de cette fête qui n'a fait que l'énerver et lui faire honte !

Les jours passent. John continue à aider son père. Il ressent un besoin de rédemption, s'il veut de nouveau être en paix avec lui-même, et pouvoir se regarder en face dans une glace. C'est important l'estime de soi et John l'a perdue.

Un jour, une idée lui vient, qu'il trouve grandiose. Quand il aura terminé sa période à Lossiemouth et si la guerre continue, il se portera candidat pour devenir pilote dans le corps des *pathfinders*. Il ira larguer des signaux lumineux sur les objectifs de manière à indiquer avec précision aux bombardiers où déverser leurs bombes. C'est dangereux mais ô combien utile ! Il risquera sa vie à chaque sortie mais sait que l'enjeu en vaudra la chandelle. Ce sera comme une thérapie pour lui. Il faudra qu'il s'en occupe dès son arrivée en Ecosse !

16
GAITFORD, ROYAUME-UNI, AOÛT 1944

Chaque jour, en fin d'après-midi, Victoria vérifie sa boite à lettres, nourrissant l'espoir que sa missive, rédigée la veille, aura été emportée par son destinataire. Elle a écrit les mots suivants :

Phil,
Moi aussi je suis heureuse de vous avoir trouvé sur mon chemin. J'aime nos rencontres et vos visites. Nous avons beaucoup à nous dire. Si votre invitation tient toujours pour la « party » de Badvington, je pense pouvoir me faire remplacer auprès de ma belle-mère. Je serai très heureuse de danser avec vous cette fois. Tenez-moi au courant. Je vous embrasse si vous le permettez. Victoria

Chaque soir, elle est très déçue quand elle aperçoit, intacte, la lettre qu'elle a écrite. Son ami Phil ne vient plus. Victoria est inquiète et triste. Elle craint pour sa vie. Toute la journée, elle entend des bruits d'avion qui lui rappellent la guerre et les dangers encourus par les pilotes. A certains moments, d'autres suppositions l'envahissent. Elle en vient à se demander si le fait de la savoir mariée, ne l'a pas complètement refroidi. Mais elle ne peut rien faire, si ce n'est attendre.

Le temps s'écoule lentement. Rien le 13 ni le 14 août ! Le 15, elle fait le guet et va plusieurs fois jusqu'à sa boite pendant l'après-midi. Mais c'est difficile pour elle de laisser trop longtemps sa belle-mère toute seule.

Vers dix-neuf heures, elle y retourne une dernière fois. Rien ne l'attend, toujours pas de réponse ! Elle s'en retourne lentement, dépitée. Elle a envie de revoir Phil et la perspective d'aller à une soirée dansante sur une base française, éloignée de Gaitford, la rend aussi impatiente qu'une jeune fille qui va à son premier bal. Victoria croit entendre le crissement d'un frein de vélo, revient sur ses pas et aperçoit Phil, l'air radieux, avec un large sourire sur le visage.

— Je suis tellement contente de vous revoir. Je me faisais beaucoup de souci. Vous avez quelques minutes ? Entrez, je vous en prie, dit-elle.

— Il m'est arrivé des aventures ; je vais vous raconter.

Victoria lui ouvre la porte de son atelier et ne peut s'empêcher de le serrer contre elle, chastement :

— Phil vous êtes là ! J'avais peur que vous soyez mort. J'avais des idées noires.

Phil la regarde ému qu'elle se soit souciée de lui à ce point :

— Vous aviez presque raison. J'aurais pu y rester. On s'est fait descendre en rentrant d'une mission sur Berlin. Tout l'équipage a dû sauter en parachute. Au-dessus de la mer du Nord. On a tous pris le bouillon. Heureusement vos services de sauvetage ont été efficaces. J'ai passé quelques heures dans l'eau mais en cette saison ce n'est pas un vrai problème ! Malheureusement, un membre de l'équipage a été tué. Tragique ! Un gars très sympathique. Un bourguignon qui a trois jeunes enfants ! Moi je me suis fait un peu mal au dos mais rien de grave finalement. C'est pour cela que je n'ai pas pu quitter la base plus tôt. Je peux revoler dès demain.

— Vous avez été touché par un chasseur, si je comprends bien, obligé de sauter en parachute au-dessus de la mer et vous parlez de revoler dès demain. Vous n'êtes pas trop effrayé ?

— Parlons d'autres choses. Comme on dit, ce sont les risques du métier ! Nous aurons plus de chances la prochaine fois. Je vais lire votre lettre.

Phil ouvre l'enveloppe et voit avec plaisir que Victoria semble pouvoir l'accompagner à la « *party* ». Depuis peu, il en sait plus sur ce projet de fête sur la base de Badvington :

— C'est bien que vous puissiez venir. Je serai très fier de vous avoir à mes côtés. Vous avez une robe de bal ? Même si vous n'en avez pas cela n'a pas d'importance du moment que vous êtes là et me donnez le bras !

— Je n'ai pas de robe de bal mais j'ai l'intention de m'en fabriquer une. Je sais coudre, vous savez ! J'ai dû apprendre quand j'ai séjourné en Inde. Cela m'a été utile.

— Parfait. J'ai une date probable pour cette soirée. Le 27 août. Ça vous irait ? On est le 15. Vous avez douze jours pour coudre ! Je vous confirmerai la date et l'heure à laquelle nous viendrons vous cueillir ici. D'accord ? Malheureusement, aujourd'hui je ne peux pas rester longtemps. Je dois vous quitter. Je me suis juste absenté une demi-heure. Je suis en service.

— Veillez bien sur vous ! Maintenant que j'ai un bal en perspective, j'ai besoin d'un cavalier en forme ! ajoute Victoria en plaisantant pour détendre l'atmosphère mais le cœur serré.

Victoria regarde avec nostalgie Phil enfourcher sa bicyclette et prie le ciel pour qu'il ne lui arrive rien de grave.

Phil rejoint la base aérienne, heureux de la perspective d'avoir une jolie compagne pour cette fête. Il a aimé l'air effrayé de Victoria quand il lui a raconté ses dernières aventures. Peut-être tient-elle à lui plus qu'il ne l'imaginait !

Arrivé dans sa chambre, Phil trouve deux lettres. Dans la première enveloppe, il y a la réponse de Madame Dumaine à la lettre de condoléances qu'il lui avait envoyée.

Lettre de Françoise Dumaine au lieutenant-colonel Philippe Destivel :

Colonel,
Je vous remercie vivement d'avoir pris la peine de m'envoyer vos condoléances. J'ai tardé à vous répondre et je vous prie de m'en excuser. Je dois dire que j'ai eu beaucoup de mal à tenir le coup après l'accident de mon mari. Mais il faut vivre et j'ai mes trois enfants à élever.
J'espère ne pas devoir attendre trop longtemps mon retour en France car je me sens bien seule ici. J'aurais grand plaisir à vous revoir si l'occasion se présente.
Veuillez agréer....

La seconde lettre est Maggy et n'est pas sans lien avec la première :

Lettre de Marguerite Destivel à son fils Philippe :

Mon cher Phil, tu vas être étonné. Tu ne devineras pas qui je viens de quitter. J'ai invité à dîner quelqu'un de très agréable qui vit en Algérie et que j'ai rencontré par hasard sur la base aérienne. Il s'agit de Françoise Dumaine, la veuve du capitaine Dumaine. Nous avons passé une excellente soirée. Elle m'a dit que vous vous étiez déjà vus et que tu lui avais écrit une lettre de condoléances d'Angleterre. Petit cachotier ! Elle est courageuse et ne se plaint de rien. Je l'ai trouvée très sympathique et j'espère la revoir en France quand nous serons revenus. Je l'inviterai un Dimanche à déjeuner pour qu'elle nous présente ses enfants si elle vient dans la région parisienne. Les problèmes financiers ont été réglés…

Phil sourit à la vue de ces deux lettres arrivées simultanément et des initiatives de sa mère qui réussit, même à distance, à interférer avec sa vie privée. Il pense aussi quelques instants à cette jeune veuve dont les enfants sont encore petits et qui n'a pas sa mère à sa disposition pour s'en occuper. Que va-t-elle faire quand elle sera rentrée en France ? Pas facile de retrouver un mari quand on a trois jeunes enfants.

De son côté Victoria rayonne, trop contente que Phil ne soit pas mort comme elle le craignait et ravie de la perspective de cette prochaine escapade avec lui. Elle n'a pas connu cela depuis le début de la guerre.

Elle confectionne laborieusement sa robe de bal. En fouillant dans les affaires de sa belle-mère, elle a repéré une robe de soirée en organdi, totalement démodée, mais dont le tissu, couleur lilas, a gardé toute sa fraicheur. Elle s'attelle sans attendre à la transformation de ce vêtement et y travaille d'arrache-pied chaque fois qu'elle a quelques instants de liberté.

17

LONDRES, ROYAUME UNI, AOÛT 1944

John passe par des hauts et des bas. Son moral n'est pas d'acier. Il se réveille souvent triste, avec une mauvaise opinion de lui-même. Son père lui a donné une éducation centrée sur la morale, le sacrifice, le don de soi-même, ce qui l'a marqué pour le restant de ses jours et vient exacerber le sentiment de culpabilité dont il est imprégné. L'accueil enthousiaste de ses parents et de leurs amis n'a fait qu'accentuer son impression d'avoir usurpé le titre de héros. C'est seulement pour leur faire plaisir qu'il a consenti à leur raconter les circonstances exactes de l'attribution de sa DFC. Les journées sont longues chez ses parents et John éprouve le besoin de changer d'air, au moins pour quelques heures.

Il est très intrigué par les défenses anti V1 qui ont été installées dans le Sud et l'Est de Londres et décide d'aller les visiter en passant d'abord par le centre de la capitale. Des bombes volantes sont envoyées chaque jour et font de nombreuses victimes, même si l'on dit que nombre de V1 sont détruits maintenant avant leur arrivée sur la ville.

Le 20 août, un mercredi, John annonce tôt le matin à ses parents qu'il doit aller à Londres pour finaliser son affectation prévue en septembre au nord de l'Ecosse. Il a trouvé ce prétexte afin qu'ils ne cherchent pas à le dissuader de prendre des risques inutiles en fréquentant des lieux régulièrement bombardés.

Il rejoint la gare à 8 heures et trouve un train qui l'emmène dans le centre de Londres. Le train s'arrête souvent. Trois heures de voyage sont nécessaires pour franchir les 50 km qui le mènent jusqu'à la gare de *King's cross*.

John est étonné car les rues grouillent de monde. Il descend d'abord *Farringdon road* en direction du Sud Est. De temps à autre, il entend le bruit, encore haut dans le ciel, de ce qui pourrait être une bombe volante. Il arrive devant la cathédrale St Paul et éprouve le besoin d'y entrer. De nombreux chrétiens sont en prière dans ce bel édifice heureusement épargné par les bombardements survenus depuis le début de la guerre.

John regrette d'avoir perdu la foi. Il aurait aimé pouvoir s'adresser directement à Dieu et lui demander pardon pour sa responsabilité dans la mort de son navigateur, qui l'obsède. Mais comment s'adresser directement à Dieu quand on a cessé d'y croire depuis plusieurs années ?

John sort de l'église et marche au hasard dans la direction de l'Ouest. Il ne voit pas ce qui l'entoure et déambule comme un automate pendant une demi-heure. A la hauteur de *Trafalgar square* il revient à la réalité quand il passe devant l'église « *St Martin in the fields* ». John entre, attiré par l'ambiance de calme et de recueillement qui l'avait séduit dans St Paul. Il déambule lentement, regardant les lieux et les gens. Beaucoup de ferveur chez ces paroissiens. Au fond de l'église, sur la gauche, dans une petite pièce sombre, il aperçoit un jeune homme assis à côté d'un pasteur qui l'écoute parler. Une sorte de confession peut être ! John reste un moment à contempler le couple. Il attend près de dix minutes jusqu'à ce que le jeune homme se lève et quitte les lieux, l'air apaisé, après avoir été béni par le prêtre.

John aperçoit le pasteur en train de quitter les lieux. Celui-ci n'est plus tout jeune et semble fatigué. John se dépêche de le rejoindre et fébrile lui demande :

— Mon père, je voudrais parler avec vous, pouvez-vous me consacrer quelques minutes ?

— Oui venez, c'est moi qui reçois ce matin les personnes qui souhaitent avoir un contact avec un pasteur.

Ils sont assis tous les deux, l'un à côté de l'autre :

— Je vous écoute.

— Mon père, je suis rongé par les remords. Il y a quelques mois j'ai commis un acte terrible, un acte qui s'apparente à un meurtre. Je regrette tellement. Je ne pense plus qu'à cela et voudrais me confier.

Le prêtre le regarde étonné :

— Libérez-vous mon fils, parlez !

John lui raconte sa vie de pilote, sa dernière mission, sa période d'amnésie et sa mémoire retrouvée. Il raconte son histoire comme s'il s'adressait à un médecin plutôt qu'à un ecclésiastique et conclut :

— Mon navigateur devrait être à l'heure actuelle auprès de sa femme et de ses enfants. C'est au pilote de rester dans l'avion le dernier. Je suis terriblement fautif.

— Oui, mais vous avez paniqué, vous n'avez jamais voulu délibérément le tuer. Vous pouvez regretter, mais vous ne devez pas vous considérer comme coupable. On n'est pas forcément maître de son comportement en de pareilles circonstances. Votre navigateur lui aussi, n'était pas maître de lui-même. Il n'aurait pas dû vous boucher le passage. Dieu saura reconnaître vos mérites. Vous avez bien fait de venir raconter ce terrible épisode de votre vie à un pasteur. Moi je vois plutôt en vous un soldat courageux, pas un assassin. Allez en paix mon fils.

John se lève, remercie le pasteur et va s'asseoir quelques minutes à côté d'autres paroissiens en prière. Il repense aux paroles bienveillantes du prêtre, un homme comme son père. John se sent plus léger ; la chape de plomb qu'il a sur les épaules est en train de disparaître. John sort ensuite de l'église.

Il marche en regardant la foule autour de lui jusqu'à *Picadilly Circus* et aperçoit l'entrée de l'hôtel Trocadéro au coin d'une rue. Il n'a pas bu depuis le petit matin et décide d'aller se désaltérer dans ce bel endroit dont il a déjà entendu parler par d'autres aviateurs.

Il entre, rejoint le bar, s'assied sur un tabouret et commande une pinte de bière blonde et un sandwich car il n'a pas déjeuné. L'endroit est fréquenté par d'autres membres de la *Royal Air Force* dont il reconnaît les uniformes. Lui est en civil, n'ayant pas encore été réintégré dans l'armée. John pense à la suite de sa journée. Il veut absolument aller voir à quoi ressemblent ces défenses anti V1 dans le sud de la capitale et va devoir trouver un moyen de locomotion pour s'y rendre. Le trajet pourrait être long.

Un officier vient s'asseoir à côté de lui, vêtu d'un uniforme d'une autre nation qu'il n'arrive pas à identifier. L'homme est arrivé un calot sur la tête. Lui-aussi commande une bière. Son accent n'est pas facile à reconnaître. John est intrigué et entame la conversation :

— Vous n'êtes pas britannique, je crois ? De quel pays du Commonwealth venez-vous ? Je n'arrive pas à deviner !

— Pas d'un pays du Commonwealth ! Je vais vous mettre sur la voie. Un pays en train d'être libéré grâce aux forces alliées. Vous voyez ?

— Belgique ? Non ? Vous êtes français alors ?

— Oui français ! Je m'appelle Philippe Destivel. Je suis pilote de bombardier sur la base de Gaitford.

— Oh français ! Très bien, je ne savais pas qu'il y avait des militaires français dans la RAF. Moi je m'appelle John Luxley, pilote aussi. J'ai fait le même job que vous. Mais j'ai terminé mon tour d'opérations. En ce moment je suis en vacances. Trinquons à la libération de la France et à la défaite de l'Allemagne !

John est heureux d'avoir à côté de lui quelqu'un avec qui discuter.

Phil s'explique :

— Je suis venu une journée à Londres. Des affaires à régler à l'état-major des forces françaises libres. Des histoires d'avancement, de décorations, de soldes non perçues. Par lettre ça devenait trop compliqué. J'ai trouvé plus simple de venir discuter avec le général concerné par nos problèmes. J'en sors. Ça s'est plutôt bien passé.

Phil et John sympathisent et s'appellent par leurs prénoms. John pose des tas de questions à Phil sur ses origines, sa famille, la vie en France, son séjour au Maroc. Il apparaît plus intéressé par la vie civile de Phil que par son activité actuelle. Phil lui demande s'il est militaire de carrière et il est surpris d'apprendre qu'il est en train de discuter avec un mathématicien de haut vol. John regarde l'heure. Il est 13h. Il va devoir se presser, mais une idée lui passe par la tête :

— Phil, vous ne voulez pas m'accompagner au sud de Londres pour observer les défenses anti V1 ? Il paraît que c'est spectaculaire.

— Je voulais passer un peu de temps à visiter votre capitale que je connais mal. J'y suis venu une seule fois faire une présentation d'un avion Bloch à la RAF en 1935. Mais je ne suis pas pressé ; je reste jusqu'à demain. D'accord, ça m'intéresse de vous accompagner. Comment fait-on pour aller là-bas ?

— Je me suis renseigné. On peut prendre un train de grande banlieue à la gare Victoria tout près d'ici et aller jusqu'à *Oxted* dans le *Surrey*. Il paraît qu'il y a des barrages de ballons anti V1 dans le coin.

— Tout à fait d'accord, allons-y !

Ils marchent d'un pas rapide jusqu'à *Victoria station* et trouvent un train qui doit partir dans vingt minutes. Ils s'asseyent sur un banc dans la gare en attendant. Phil a envie d'en savoir un peu plus sur le passé de pilote de John :

— Vous venez juste de terminer votre tour d'opérations ?

— Non j'ai terminé il y a quelques mois.

— Et vous avez eu des ennuis pendant vos missions ?

— Oui plusieurs fois, surtout pendant la dernière qui m'a laissé complètement traumatisé.

John regarde Phil dans les yeux :

— Je vais vous raconter. Cela va me faire du bien mais ne me jugez pas !

John raconte alors avec précision ce qui s'est passé, la fin avec le navigateur qui ne voulait pas sauter, sa période d'amnésie, ses cauchemars, sa thérapie par l'hypnose. A la fin de son récit, il reste silencieux comme s'il attendait que Phil énonce une sentence. Mais son collègue français reste muet tant et si bien que John ne peut s'empêcher de lui demander :

— Vous me méprisez maintenant, n'est-ce-pas ?

Phil garde encore le silence un instant puis lui dit doucement :

— Cette guerre nous met dans des situations extrêmes. Ce qui compte ce sont nos engagements sur le long terme. Sur le moment, nous faisons comme nous pouvons. Nous sommes soumis à notre instinct de conservation qui est très fort. Nous n'y pouvons rien. Vous êtes encore très jeune, et vous n'avez pas hésité à mettre votre vie en péril pour une cause que vous avez trouvée juste. Je ne vois pas pourquoi je devrais vous mépriser. J'admire simplement votre engagement. Moi je suis un militaire de carrière, c'est mon métier. C'est normal que je fasse la guerre. Vous c'est moins normal. Au fait, où la RAF vous a-t-elle envoyé depuis la fin de vos missions ?

— J'ai travaillé comme mathématicien au centre de recherche du « *bomber command* ».

— Quel genre de travail pour un mathématicien ?

— Plusieurs sujets. Mais c'est confidentiel. Je suis un spécialiste des probabilités et on m'a demandé notamment de réfléchir à un système plus juste pour mieux déterminer la fin d'un tour d'opérations. Vous savez, les trente missions.

— Ah très intéressant ! Je me suis rendu compte qu'autour de moi, personne ne savait très bien apprécier le danger encouru. On n'en parle pas trop d'ailleurs ! On dit qu'en moyenne il y a trois pour cent de perte à chaque mission. Ça reste un risque faible. Comment fait-on pour calculer le risque global pour trente missions ?

— Vous voulez savoir ? Réellement ?

— Oui, ça m'intéresse vraiment. N'ayez crainte, je suis d'un naturel plutôt optimiste. Si vous m'expliquez lentement, j'arriverai peut être à comprendre ! Vous savez, j'ai peur pour les autres mais pas tellement pour moi. De l'inconscience probablement !

— Je vais vous expliquer. Le calcul est simple. Si vous faites une mission, la probabilité d'en revenir vivant est de 0.97. D'accord ?

— Jusqu'à maintenant, je comprends. Continuez.

— Après deux missions cette probabilité devient 0.97 multiplié par 0.97. Pour trente missions, vous multipliez vingt-neuf fois 0.97 par lui-même. On peut noter ça : 0.97 puissance 30. Vous comprenez ?

— Oui c'est clair. Mais ça fait combien au bout du compte 0.97 puissance 30 ?

— 0.4

— Ça veut dire quoi exactement ce 0.4 ?

— Ça veut dire qu'on a seulement 4 chances sur 10 d'être en vie à la fin d'un tour d'opérations.

— 4 chances sur 10 de s'en sortir, mais ça fait moins d'une chance sur 2 d'en sortir vivant ! C'est comme si je mettais 6 balles dans un pistolet à barillet où l'on peut en mettre 10 et jouais à la roulette russe. C'est si dangereux ? Pourquoi ne demande-t-on pas moins de missions aux équipages ?

— Pas assez de personnel formé. Vous savez, quand il y a plus de mille avions sur un objectif, ça fait 7000 aviateurs en vols et environ 200 morts ou disparus pendant la mission. Il faut déjà pouvoir les remplacer ces deux cents gars !

John n'a pas mis une once de sadisme en exposant ses calculs en détail. Phil lui a demandé des explications ; il les a données le plus clairement possible sans prendre en considération les dégâts potentiels sur le moral de son collègue français.

Pour Phil c'est comme s'il venait de recevoir un « uppercut » en plein milieu du visage ! En quelques secondes, il a réalisé l'ampleur du risque auquel il est soumis et dont sa hiérarchie a tout à fait conscience mais ne veut pas parler. Il s'imagine malade ; un médecin vient de lui dire qu'il est atteint d'une grave maladie et qu'il a moins d'une chance sur deux de s'en sortir ! Blême, il perd son phlegme habituel et se met à transpirer, très mal à son aise.

— Vous allez bien, Phil ? Vous faîtes une drôle de tête ? C'est à cause de ce que je viens de vous dire ? Vous ne saviez pas du tout ?

— Non je ne savais pas ! C'est difficile à encaisser ! Vous, vous avez terminé. Moi je suis encore dans le premier tiers de mon tour d'opérations et j'ai deux enfants qui n'ont plus leur mère.

— J'ai fini mon tour d'opérations, c'est vrai, et pendant quelques mois je vais devenir instructeur. Mais après je suis volontaire pour être pilote de *pathfinders*.

— Mais c'est encore plus dangereux ! Vous êtes tout jeune ! Vous avez déjà donné !

— J'ai besoin de m'exposer. Je veux me racheter. C'est comme ça, je n'y peux rien. Mais maintenant, venez, il faut que nous montions dans notre train.

Le train part à l'heure et quitte progressivement le centre de Londres pour atteindre la banlieue au sud-est de la ville. Sur le trajet, environ tous les kilomètres, on aperçoit des maisons éventrées, des gravats et quelquefois des ruines encore fumantes. Certains magasins n'ont plus de vitrine et les commerçants mettent alors un assemblage de planches à la place. Des sirènes retentissent pour signaler l'arrivée des robots. A un moment, quatre bombes volantes, encore hautes dans le ciel, passent au-dessus de la voie ferrée. Une trainée de feu sort de leur arrière. Le vacarme qu'elles font, semblable à celui des avions de chasse, n'est même pas couvert par celui du train. Ces V1 iront plus loin finir leur course meurtrière.

Le train s'arrête à la gare d'*Oxted* où ils descendent. On leur indique dans quelle direction aller pour apercevoir les barrages de ballons. Ils marchent un demi *mile* et s'arrêtent au sommet d'une petite colline d'où le spectacle est saisissant.

Ils aperçoivent plus d'une centaine de ballons gonflés à l'hydrogène, situés à près de deux mille mètres d'altitude. Ces ballons sont reliés au sol par des filins en acier qui constituent une ligne de défense formant barrage aux bombes volantes. Quand l'aile ou le corps d'un V1 heurte un de ces câbles, il explose ou bien sa trajectoire est considérablement déviée vers des zones moins peuplées que Londres. Quand des nuages passent, les ballons disparaissent et on n'aperçoit plus que le réseau de câbles. Le spectacle de ces fils qui semblent se dresser tout seul en l'air, comme par magie, est surréaliste.

John dit à Phil :

— Approchons-nous plus près, on verra encore mieux.

Ils marchent dans la campagne en direction des ballons. Ils sont encore à cinq cents mètres du dispositif quand des sirènes retentissent de nouveau.

John est enthousiaste :

— On a de la chance, il va y avoir du spectacle !

Deux minutes après, ils entendent le grondement croissant de bombes volantes et en aperçoivent plusieurs qui vont bientôt atteindre le barrage. Deux V1 heurtent des filins mais sont simplement déviés et continuent leur course dans une autre direction. Un autre arrive à plus basse altitude. Il passe sans encombre au niveau du barrage et vole dans leur direction. On entend subitement son moteur s'arrêter, signe que le robot va infléchir sa trajectoire vers le bas et exploser au sol. Phil comprend le danger et crie à John :

— C'est très dangereux, venez courons !

Phil court à grandes enjambées dans un champ. John ne le suit pas et continue à regarder la scène, fasciné, les bras le long du corps comme s'il s'exposait à une force rédemptrice. Une formidable explosion se produit. Phil est projeté au sol par le souffle et reçoit sur lui des gravas soulevés dans l'air par le robot qui vient d'exploser à proximité. Il reste sonné, allongé sur le sol quelques instants puis reprend sa pleine conscience et crie à tue-tête :

— John, John ! Ou êtes-vous ? Parlez !

Une épaisse fumée se dégage des débris brûlants, là où la bombe a percuté le sol. Phil s'approche prudemment et aperçoit un corps ensanglanté, immobile, allongé par terre. Il reconnaît son compagnon qui ne lui répond pas et ne donne plus aucun signe de vie. Phil lui prend le pouls, d'abord au poignet puis au niveau des jugulaires. Il ne sent rien. Le cœur de John ne bat plus. John est mort sur le coup.

Phil est bouleversé. Si John l'avait suivi, il serait toujours en vie. Pourquoi est-il resté immobile à contempler la scène ? C'est comme si John s'était volontairement exposé et avait voulu mourir !

Phil retourne à *Oxted* faire part de l'accident qui vient de se produire. Tout en marchant, il aperçoit dans le ciel un groupe de cinq bombes volantes au-dessus de lui, deux minutes après le bruit des sirènes. Arrivé dans le village, il rencontre des *WAAF* en uniforme à qui il raconte ce qui vient de se passer. Il faut aller chercher le corps et essayer de l'identifier. Phil ne se souvient que du prénom de l'aviateur. Les deux *WAAF* ne font pas partie du service de santé. Il n'y a pas d'infirmière disponible. Elles vont chercher une ambulance que la plus âgée conduit elle-même. Phil les accompagne pour leur préciser l'endroit du drame. Le diagnostic de Phil n'est pas remis en question. Devant le corps inanimé de John, Phil s'imagine lui-même dans un cercueil. La plus jeune *WAAF* explore les poches du mort et y trouve sa plaque de pilote de la RAF. L'identification du corps ne posera donc pas de problème.

Retourné à *Oxted*, Phil va à la mairie pour aider à l'écriture d'un procès-verbal décrivant les circonstances de l'accident. Il le signe après avoir donné tous les renseignements nécessaires sur son identité, sa fonction et son adresse.

En fin d'après-midi, il trouve un train qui le ramène à *Victoria Station*. Phil est sonné par sa journée qui l'a pris au dépourvu. La mort était doublement au rendez-vous. Son nouvel ami a été tué sous ses yeux. Lui-même a l'impression que ses jours sont comptés. Combien de temps lui reste-t-il à vivre ? Quelques mois ou plus vraisemblablement quelques jours. Drôle de journée, ce 20 août 44 ! Elle lui ouvre les yeux. Il connaissait les risques de chaque opération mais jamais, jusqu'à ce jour il n'a réalisé que, considérées dans leur globalité, ces trente missions conduisaient les aviateurs à un tel niveau de risque ! Aucun de ses collègues ne le sait !

Du coup, sa guerre n'est plus du tout une expérience passionnante, comme l'ont été ses mois de formation en Ecosse. Saura-t-il encore jouir de la beauté des mers de nuage sous la lumière d'un soleil couchant, quelques minutes après un décollage ?

Il se sent tel un condamné à mort attendant le jour de son exécution. Dans sa chambre d'hôtel, Phil repense longuement à ses enfants. Que feront-ils après sa mort ? Quelle sera leur vie avec leur grand-mère ? Où habiteront-ils en France ? Cette guerre est horrible. Elle ne devrait plus durer longtemps. Mais sera-t-il encore là pour fêter la victoire ? Probablement non !

Phil finit par s'endormir. Sa nuit est ponctuée de rêves de guerre. Mais sur le petit matin, ses rêves se font plus doux. Il est chez lui à Paris. Il entend teinter la sonnette de son appartement, ouvre et reconnaît Victoria. Ils se jettent dans les bras l'un de l'autre et s'étreignent longuement. Phil se réveille et songe au bal auquel il doit aller avec elle. Au moins une perspective agréable à court terme !

Mais Phil n'est plus le même homme. Il a désormais envie de vivre intensément les jours qui lui restent. Chaque jour compte et aucun ne doit être raté. Vivre vraiment, voilà le plus important pour lui !

18

GAITFORD ET BADVINGTON, ROYAUME UNI, AOÛT 1944

La base aérienne de Gaitford est en effervescence ce 23 août. La BBC a annoncé la libération de Paris mais n'a donné que peu de détails. Le 25 août, la BBC confirme que le gouverneur militaire allemand de Paris, von Choltitz a signé sa reddition. De Gaulle est à Paris ! Phil est fou de joie. La fête prévue sur la base française de Badvington va être magnifique !

Il passe à l'improviste voir Victoria dans son atelier. Phil n'est pas venu la voir depuis son séjour à Londres. Elle l'entend arriver et le fait entrer :

— J'ai entendu la grande nouvelle. Paris est libéré. Vous devez être ému ?

— Oui ! C'est extraordinaire ! Quatre ans que Paris est occupé par les nazis. Il faut que je vous embrasse. Maintenant je peux mourir !

Phil s'approche de Victoria, la serre contre lui et l'embrasse sur chaque joue.

— Non Phil ! Vous ne devez pas mourir ! Quelle idée ! Vous avez des idées noires ?

— Je suis allé à Londres pendant deux jours. Je vous raconterai. Mais j'ai compris qu'en faisant toutes ces missions, j'avais peu de chance de m'en sortir. Depuis j'ai l'impression d'être un mort vivant. Je vois la vie différemment. Je suis dans l'instant présent. J'ai envie d'en profiter !

— Vous voulez m'en dire plus ?

— Non pas maintenant. J'ai des choses plus importantes à vous dire ! Notre bal aura bien lieu. Au départ, je pensais que nous irions à *Badvington* avec mes deux collègues, dans un petit car de l'armée avec un chauffeur. Finalement, je me suis arrangé autrement. J'ai des amis anglais qui me reçoivent souvent pendant les week-ends. Ils font partie d'une association qui cherche à soutenir le moral des aviateurs étrangers. Ces amis m'ont proposé de me prêter une voiture et j'ai accepté. Je serai votre chauffeur si vous êtes toujours d'accord. Ce sera plus intime. On aura du temps pour bavarder. Ça vous irait, si je venais vous prendre ici vers 18h le 27 août ? On a un peu moins de deux heures de route. On repartira vers 23h. Vous devriez être de retour vers une heure du matin. C'est d'accord ? Au fait vous avez une robe de bal ?

— J'ai fait beaucoup de couture, ces temps-ci, pour vous faire honneur ! D'accord pour 18h. Même un peu avant si vous voulez. La dame qui vient s'occuper de ma belle-mère doit arriver à 17h. Je me mettrai en tenue ordinaire au départ et enfilerai ma robe de bal en arrivant. Je suis très excitée. J'adore danser ! Cela fait si longtemps que je n'ai pas dansé !

Phil s'apprête à quitter Victoria peu après. Avant de partir, elle lui demande s'il a des bombardements à effectuer avant leur escapade. Heureusement, il n'en a pas, ce qui la rassure. Elle n'a pas aimé ses paroles pessimistes quand il a parlé de ses chances d'être tué.

Le lendemain, veille de leur ballade, Victoria pense beaucoup à Phil et se demande ce qu'elle représente pour lui. Jusqu'à maintenant, il a eu l'air de bien l'aimer mais s'est toujours montré réservé ou respectueux. Elle se demande si le fait de la savoir mariée avec un mari colonel prisonnier en Allemagne représente pour lui un obstacle insurmontable, qui l'empêche de la considérer comme une femme avec qui il pourrait avoir des relations plus intimes. Elle pense aussi au veuvage de Phil. A-t-il eu d'autres femmes dans sa vie depuis qu'il a perdu sa femme ? Leur voyage va leur permettre de s'en dire beaucoup plus.

Le 27 août arrive vite. Victoria se fait belle. Elle se parfume avec un reste de « Vol de nuit » de Guerlain. Un clin d'œil à Phil, le nom de ce parfum si parisien. Elle trouve une grande valise pour mettre sa robe de bal, et fait attention à ne pas la froisser. La journée est ensoleillée, la température agréable, chaude sans excès. Victoria a trouvé des sandales à talons en beau cuir. Pour le voyage, elle a mis une robe droite à fleurs qui souligne ses formes. Elle n'oublie pas de prendre un cardigan en laine pour la soirée qui pourrait être plus fraîche. Son chignon lui donne beaucoup d'allure.

Phil arrive à 17h45. Il est en uniforme de lieutenant-colonel et porte ses décorations, la légion d'honneur attribuée l'année dernière après la campagne de Tunisie, et la croix de guerre qu'il vient de recevoir après sa mission sur Berlin. Phil a le souffle coupé par la beauté de Victoria quand elle vient à sa rencontre. Victoria est émue par l'allure de Phil quand elle le voit sortir d'une superbe *Triumph Dolomite*. Ils se trouvent tous les deux très beaux et se le disent.

Ils partent ensuite, après mis à bien à plat, la valise de Victoria sur la banquette arrière. Ils pourraient être mari et femme partant en voyage ! Cent-dix kilomètres à faire, un peu moins de deux heures de trajet à cause des villages à traverser. Ils se sentent bien dans cette voiture de grand luxe. C'est Phil le premier qui lance la conversation :

— Enfin un moment de détente comme je n'en ai pas eu depuis si longtemps ; plusieurs années. Des instants à déguster. C'est très gentil de m'accompagner. Il devrait y avoir une chaude ambiance sur cette base française. Il paraît qu'ils ont fait de superbes décorations pour l'occasion. Paris est libéré. C'est tout un symbole. La guerre ne devrait plus durer longtemps. Les allemands n'ont aucune chance de l'emporter maintenant. J'espère tellement voir leur défaite complète, mais j'en doute !

— Pourquoi en douter, vous êtes devenu pessimiste pour vous-même, on dirait ?

Phil lui raconte sa journée à Londres, sa rencontre avec John, son calcul très simple du risque encouru par les équipages de bombardier, leur balade près des barrages de ballons et la mort de John.

— Vous savez Phil, vous êtes peut-être né sous une bonne étoile et vous serez protégé. Près d'une chance sur deux de vous en sortir pour trente missions, vous m'avez dit et vous avez déjà fait combien de missions ?

— Neuf

— Alors, il ne vous en reste plus qu'une vingtaine. Vos chances de continuer à vivre doivent être plus grandes maintenant. Imaginez votre dernière mission. Vous n'aurez plus que trois pour cent de chance d'y rester. Soyez plus optimiste !

— Oui, vous avez raison, je vais penser à autre chose. Parlez-moi de vos parents, de votre enfance, de votre famille. J'ai envie d'en savoir plus sur vous.

Victoria lui raconte sa naissance et son enfance en Cornouailles, ses parents, commerçants aisés, leur décès accidentel en mer quand elle avait douze ans. Fille unique elle aussi. Son adolescence chez une tante à Londres, une sœur de sa mère, gentille mais austère. Son mariage, sans doute trop précoce, avec un bel officier.

La route est dégagée, à peu près en bon état. Peu de monde, surtout des paysans finissant leurs moissons. Arrivant à un carrefour, Phil est obligé de piler car une charrette de foin tirée par un cheval s'engage sans avoir la priorité. Instinctivement, Il tend son bras gauche devant Victoria pour l'empêcher d'aller se cogner dans le pare-brise. Elle lui prend alors la main, la serre et y dépose un délicat baiser tout en le remerciant. Ils se regardent en souriant.

Phil lui raconte ensuite ses démêlés avec sa mère, depuis qu'elle vit avec lui et s'occupe de ses enfants. Il y met beaucoup d'humour et Victoria rit.

— Vous avez de la chance d'avoir des enfants. Nous n'en avons pas eu avec mon mari. Cela n'a pas arrangé nos relations. Peut-être que si nous en avions eu, les choses auraient été différentes. Le médecin que nous avons consulté m'a dit que je ne pouvais pas en avoir. Mais avec la guerre, cela aurait été encore plus compliqué !

Phil se sent très bien dans l'intimité de cette voiture. Le temps passe vite. A 19h30, ils sont à proximité de la base de *Badvington*. Plus que cinq *miles* lui dit Phil. Victoria lui répond :

— Il y a des bois ici. Pourriez-vous vous arrêter pour que je me change, ni vue ni connue ?

Phil prend un petit chemin de terre désert en sous-bois et s'arrête sur un terre-plein. Un endroit idéal comme vestiaire. Il aide Victoria à prendre ses affaires dans sa valise et va marcher plus loin pour ne pas la gêner. Quand il revient, il voit une princesse. Sa robe en organdi, couleur lilas, est parfaitement coupée ; elle porte un petit diadème sur la tête qui lui donne un air quasi royal.

— J'ai l'impression d'aller au bal avec une reine ! J'essaierai d'être à la hauteur.

Ils repartent et dix minutes plus tard pénètrent sur la base aérienne de Badvington. Du monde arrive de partout. On leur indique où se garer. Ils se rendent au mess des officiers, là où est organisée la fête. De nombreux uniformes. Surtout des français mais aussi quelques anglais et canadiens. La gente féminine est bien représentée. Des *WAAF* et des invitées comme Victoria, dont certaines sont venues de Londres. Victoria ne connaît personne et cela lui va très bien. Elle est belle. Tout le monde la regarde. Tellement d'allure ! Et Phil aussi ! Son arrivée en voiture n'est pas passée inaperçue.

Elle donne son bras à Phil quand ils rentrent dans le demi-tonneau en tôle qui sert de mess. Le colonel commandant la base et les chefs des deux groupes de bombardement les accueillent. Phil les connaît bien ; ce sont des collègues qu'il a fréquentés en France puis en Afrique du Nord. Victoria leur parle en français et leur dit combien elle est heureuse d'être là pour cette fête alors que Paris vient d'être libéré. Eux-aussi donnent l'impression d'être sous le charme !

Dans le mess, une décoration raffinée, avec des tentures, les étonnent. On passe d'abord dans un bar, réplique d'une popote d'aviateurs pendant la guerre 14-18. Plusieurs caricatures d'officiers y sont affichées. On reconnaît facilement les plus hauts gradés de la base. Ils n'ont pas été épargnés ! Sous ces dessins une phrase humoristique « Ne pas confondre grade et compétence ».

La salle suivante tient lieu de buffet avec des peintures sur le thème du Maroc : la ville de Meknès, une oasis avec des palmiers qui rendent nostalgiques certains venus d'Afrique du Nord. Au centre, un gigantesque buffet. Plus de cinq mille sandwichs, paraît-il, pour nourrir les invités ! Des petits fours à la crème et pour couronner le tout une énorme pièce montée reproduction de la Kasbah de Marrakech. Des merveilles en ces temps de guerre où les rations sont limitées. Et pour se désaltérer, vingt-cinq tonneaux de bière, du whisky à profusion, du gin et des vins français.

Après le buffet, une autre salle a été transformée en jardin d'hiver avec des haies bien taillées, des jets d'eau colorés et des jeux de lumière.

Enfin, deux salles de danse, décorées de tableaux. Dans la première, c'est Paris qui est évoqué. Un véritable artiste a représenté la place du Tertre avec le restaurant de la mère Catherine. Sur un autre tableau, on découvre Paris la nuit, vu du Sacré-Cœur. Victoria est enthousiasmée. Ces toiles réalisées par un des pilotes de la base lui rappellent son séjour parisien et elle en vante les qualités picturales. L'autre salle de danse est ornée de peintures qui résument l'histoire du vêtement à travers les âges depuis Adam et Eve. On y voit les hommes des cavernes, les hommes à perruques sous Louis XIV, et pour terminer, un équipage de bombardier avec tout son équipement.

Cette fête réunit près de cinq cents personnes. Des aviateurs musiciens ont constitué un orchestre pour l'une des salles de danse. Dans l'autre, un tourne disque connecté à un système amplificateur et à des hauts parleurs a été installé.

A 20h tapante, le colonel commandant la base donne le signal du début de la fête. Il commence par chaudement remercier le général anglais dont il dépend, *l'air commodore* Walton qui est présent. Il annonce ensuite qu'il ne fera pas de discours et entonne la « Marseillaise ». Tous les militaires et civils présents se mettent à chanter avec un enthousiasme indicible, animés par le formidable espoir né de la libération si symbolique de la capitale de la France. Les casquettes et calots volent dans l'assistance. A la fin de l'hymne national, tous hurlent des bravos, des « Vive la France ». Le vacarme dure cinq bonnes minutes jusqu'à ce que l'orchestre entame « La Java Bleue », une valse que tout le monde connaît. L'accordéon donne à tous l'envie de danser. La piste se remplit et Phil demande à Victoria :

— Vous voulez bien danser avec moi cette fois-ci Madame ?

— Oui cette fois-ci je veux bien Colonel ! En fait je n'attends que ça. J'adore valser.

Ils se lancent et se découvrent en tant que danseurs. Phil se défend très bien à ce jeu-là et Victoria prend du plaisir à se laisser conduire, ses yeux complices regardant ceux de Phil. Ils dansent ainsi plusieurs valses et vont ensuite se désaltérer au bar. Tous les deux boivent de la bière. Phil présente Victoria à son vieux copain le lieutenant-colonel Viénot qui commande le groupe de bombardement Gascogne, sur cette base. Victoria observe avec intérêt cet homme pas très grand, souriant, très gentil, à moitié chauve, avec des yeux bleus perçants et beaucoup de charme quand il parle. Ils bavardent quelques minutes puis se quittent pour retourner danser :

— Votre ami n'est pas un Apollon mais il a un charme fou. On retournera lui parler ? dit Victoria moqueuse.

Phil ne semble pas très content et ne répond pas.

— C'était juste une blague ! Vous avez encore plus de charme, Colonel !

Il la regarde attendri. Ils marchent main dans la main jusqu'à la deuxième salle de danse où le style est différent, plus jazzy.

— C'est un boogie woogie, Phil. Je parie que vous ne savez pas le danser ?

— Détrompez-vous, j'ai appris au Maroc, venez !

Et effectivement, ils dansent très bien tous les deux sur ces rythmes nord-américains, alternant des morceaux rapides et lents pendant lesquels ils évoluent serrés l'un contre.

Plusieurs morceaux plutôt « *blues* » comme *"There will never be another you"* et *"You Don't Know What Love Is"* se succèdent et les rapprochent encore.

La soirée se poursuit endiablée et chaleureuse. Les plus chanceux ont pu faire venir leurs « *girl friends* ». D'autres restent à boire entre copains. Les verres de whisky et de gin ne cessent de se remplir.

Mais on est sur une base militaire, la guerre est toujours présente. Beaucoup iront encore au combat, le lendemain ou les jours suivants et à 23 heures précises, le colonel annonce la fin de la fête. Orchestre et pick-up s'arrêtent. Phil salue nombre de ses collègues français. Il rejoint sa voiture avec Victoria à son bras et entame le chemin du retour. La température est encore douce et le ciel est dégagé ; on pourrait conduire sans les phares, avec la pleine lune pour seul éclairage.

— Je n'ai jamais vu de fête avec une telle ambiance. Merci de m'avoir proposé de vous accompagner. Un bol d'oxygène dans ma vie un peu austère. Je n'ai pas envie que ça s'arrête, dit Victoria.

— Moi j'ai été très fier d'avoir à mon bras une si belle compagne. J'ai eu plusieurs remarques flatteuses de mes copains. On m'a dit que vous étiez encore plus belle que cette voiture ! Certains m'ont dit être un peu jaloux et voulaient savoir si nous étions amants !

— Et que leur avez-vous répondu ?

— Nous sommes tous restés longtemps au Maroc. Je leur ai dit « Inch Allah » !

Victoria ne comprend pas bien le sens de cette dernière phrase mais préfère rester dans le doute. Après quelques minutes dans la voiture, ses paupières deviennent lourdes et elle baille plusieurs fois :

— Phil toutes ces danses m'ont épuisée. Vous ne serez pas fâché si je fais un tout petit somme ?

— Bien sûr que non ! Appuyez votre tête contre mon épaule, vous serez mieux.

Victoria s'endort presque instantanément, blottie contre son chauffeur qui heureusement n'a pas du tout sommeil et profite de cet instant d'intimité avec sa belle amie.

En fait de petit somme, Victoria dort profondément et longtemps. Elle ne se réveille qu'en arrivant dans le village de Gaitford.

— Oh, nous arrivons ! je n'ai vu le temps passer. Vous avez été un si bon oreiller !

Phil arrive devant la maison de Victoria puis se gare dans un champ, à proximité de l'entrée de son atelier. Il prend la valise de sa cavalière et va lui ouvrir la porte. Elle sort de la voiture, toujours magnifique dans sa robe de bal et prend la main de son chauffeur.

C'est Phil qui entre le premier. Il n'allume pas la lumière, pose la valise par terre, se retourne et se retrouve en face de Victoria. Il met ses bras autour de son cou, la regardant dans la pénombre. Ils se rapprochent doucement l'un de l'autre et se donnent leurs premiers vrais baisers. Passionnément, ils unissent leurs lèvres, leurs langues se rencontrent, se parlent et se répondent. Ces baisers les transportent et leur donnent envie à tous les deux de découvrir leurs corps. Phil dégrafe délicatement la robe de bal de son amie. Elle, lentement, lui enlève sa cravate et ouvre les boutons de sa chemise pour découvrir la peau de son torse.

Victoria n'a plus sa robe et Phil est en pantalon. Ils sont toujours debout l'un contre l'autre, s'embrassant et se caressant. Phil effleure la poitrine généreuse et ferme de sa compagne, puis dégrafe son soutien-gorge. Passé derrière elle, il enrobe chacun de ses seins avec ses mains, caresse ses tétons tout durs, l'embrasse dans le cou là où les artères battent. Il descend très doucement sa main sur son ventre jusqu'à sentir sa toison.

De nouveau en face à face, Victoria effleure plusieurs fois le pantalon de Phil, l'ouvre et délicatement enrobe de sa main droite son sexe dressé. Phil enlève son pantalon. Ils se retrouvent nus, l'un contre l'autre. Elle l'emmène jusqu'à la chambre où un grand lit les attend.

Ils sont allongés, chacun sur le côté, se découvrant plus avant avec leurs mains et continuent leurs baisers. Phil fait en sorte d'allonger sa compagne sur le ventre, découvre et caresse ses fesses toutes rondes. Puis la faisant glisser sur le dos, il découvre son petit bouton de rose qu'il presse doucement. Phil est à genoux, tout près d'elle dont le corps se cambre, se raidit, ondule. Elle est haletante et n'en peut plus de l'attendre venir en elle. Il le devine et lentement la pénètre tout en effleurant ses petites lèvres. Il n'a aucun mal tant elle est excitée, presque en transe, et toute humide.

Phil reste en elle longtemps, couvrant son amante, sortant d'elle pour mieux s'y enfouir ensuite. Il vient flatter son clitoris devenu bien ferme. Victoria explose alors, animée de spasmes de plaisir qui n'en finissent plus. Alors Phil se répand, tout en chuchotant des mots qui expriment sa jouissance.

Ils ont recouvert leurs corps avec les draps. La tête de Victoria est sur l'épaule de Phil. Ils se disent combien ils ont aimé. La tension décroît. La quiétude les baigne. Ils s'endorment ensemble, tout l'un contre l'autre, jusqu'au petit matin.

C'est Victoria qui se réveille la première. Le jour éclaire discrètement la chambre et lui permet de regarder Phil encore endormi. Elle le trouve très beau et soulève les draps pour contempler son corps. Elle ne sait pas s'il va la quitter pour aller jusqu'à ses avions ou s'ils vont pouvoir encore profiter de leurs amours. Elle se lève doucement pour aller se désaltérer, rafraîchir son visage et brosser ses cheveux. Elle enfile une robe de chambre, va jusqu'à son atelier et revient avec une feuille de dessin et un fusain. Habilement, elle croque son amoureux dénudé pendant qu'il voyage dans ses rêves sans savoir que des yeux bienveillants l'observent et l'admirent.

Plus tard, Phil ouvre un œil puis deux et voit son amante avec un plateau, deux tasses de thé fumantes et des *scones*. Il se tient assis dans le lit, souriant, écarquillant les yeux à la vue d'une Victoria ravissante et attentionnée.

— Pendant quelques secondes, je ne savais plus où j'étais et j'avais oublié que la vie était si belle. Vous ne me mettez pas encore dehors. Nous avons un peu de temps ?

— Moi oui jusqu'à ce soir et vous ?

— Jusqu'à ce soir aussi. Incroyable !

Chacun prend son thé. Mais vite, ils posent leurs tasses pour mieux s'allonger et retrouver leurs caresses. Leur désir revient au galop et de nouveau, ils font l'amour tellement heureux de retrouver leur chaleur, les courbes et sensations de leurs corps.

Victoria fait couler un bain bien chaud. Nus, sans pudeur, ils sont dans la baignoire, en vis-à-vis, jouant avec l'eau et s'éclaboussant comme des petits enfants. Phil se penche pour mieux caresser dans l'eau les seins, les cuisses de sa compagne jusqu'à sa toison. Il est excité et son sexe se dresse. Ils se mettent debout et se lavent mutuellement, d'abord avec de l'eau puis se savonnent, se frottent l'un contre l'autre. Victoria caresse le sexe de Phil qu'elle a recouvert de mousse et le frotte dans sa paume. Elle s'accroupit, chasse la mousse avec de l'eau puis le met très goulument dans sa bouche.

Tous les deux sont restés si longtemps sans amour que leur désir peine à s'émousser. Le lit les accueille à nouveau. Dénudés ils aiment se regarder, leurs mains continuant à découvrir et flatter leurs corps. Ensuite, recouverts d'un simple drap, ils se parlent d'amour et s'embrassent.

Vers 11 heures, ils se demandent où aller se promener. Phil a toujours sa voiture et propose un déjeuner à une quinzaine de *miles* dans une auberge de campagne où ses amis anglais l'ont déjà emmené Victoria acquiesce. L'endroit doit être peu fréquenté par les habitants de Gaitford, surtout un lundi. Ils y vont ; la maison est ouverte. Ils sont bien reçus et déjeunent dans le jardin à l'ombre d'un saule pleureur.

Ils s'en disent plus sur leur enfance, leur toute jeunesse. Victoria n'évoque jamais son mari qui semble rayé de la carte. Phil ne parle pas de sa famille. Tous les deux se vivent comme des célibataires sans contraintes.

Après le déjeuner, ils ne reprennent pas la voiture tout de suite mais vont, main dans la main, en balade dans la forêt attenante. Ils marchent longtemps puis s'allongent dans l'herbe sous un tilleul, un peu à l'écart. La tête de Victoria est sur le ventre de Phil. Celui-ci parle le premier :

— Je suis si bien avec vous ; j'avais oublié ce bonheur là ; je ne veux pas que cela cesse. Et l'avenir, que va-t-il nous apporter ?

— Moi aussi, j'ai envie de rester avec vous le plus longtemps possible ; vous me plaisez beaucoup, Colonel ! Profitons du court terme ! Dans un pays en guerre, c'est difficile d'anticiper. Il peut se passer tellement de choses d'un jour à l'autre !

Longtemps ensuite, les deux amants restent blottis, sans se parler, soucieux des lendemains inconnus. Vers 17 h, il est temps pour eux de rentrer à Gaitford ; ils se lèvent et reviennent jusqu'à leur voiture. Tous les deux désirent savoir quand ils pourront se revoir. Phil ne pense pas avoir de liberté avant le Dimanche suivant. Six jours ! Cela leur semble déjà bien long. Arrivés chez Victoria, ils se quittent après un long baiser.

Victoria est heureuse d'avoir rencontré Phil qu'elle trouve tellement charmant, souvent drôle et bel homme. Elle se sent amoureuse, même si leur histoire ne fait que commencer. Il lui semble très droit ce qui il la rassure dans sa vie perturbée. Mais la guerre complique tout. Si les allemands sont battus et cela ne devrait pas tellement tarder maintenant, son mari va être libéré et revenir ! Victoria n'a rien à reprocher à son mari mais elle ne souhaite plus vivre avec lui. Elle se sent encore jeune, éprise de liberté. Ils n'ont pas eu d'enfants et elle a envie de le quitter depuis plusieurs années ; mais pour l'instant c'est impossible ; elle ne peut pas faire ça à quelqu'un qui va revenir très affaibli après quatre années de camp dans des conditions difficiles ! Les mois à venir vont être pénibles car elle va devoir s'occuper d'un homme qu'elle n'aime plus alors qu'elle a envie d'être disponible pour son amant, libre lui, même s'il a des charges de famille importantes.

Pour l'heure, il lui faut profiter des instants avec son amoureux qui risque sa vie chaque jour. C'est beaucoup mieux que de ne pas avoir d'amoureux, mais c'est infiniment stressant de savoir que la personne qui compte le plus pour vous, peut partir un soir en forme et ne pas revenir le lendemain parce que la mort était au rendez-vous. Curieusement, elle n'a pas envie que la guerre s'arrête trop vite ce qui hâterait le retour de son mari et le départ probable de Phil !

Elle va rejoindre sa belle-mère dans la grande maison et libérer la dame qui s'occupe d'elle depuis vingt-quatre heures.

Sur le chemin du retour, Phil trouve que la vie est belle avec Victoria. Peu importe le reste ! Phil fait le *black-out* sur le mari, officier supérieur, prisonnier en Allemagne. Il n'est pas très enthousiaste quand il retrouve la base aérienne après avoir rendu la voiture à ses amis. L'endroit est angoissant ; l'antichambre de la mort ! Ah si cette guerre pouvait s'arrêter maintenant ! Pourquoi les allemands ne capitulent-t-ils pas ? Ils voient bien qu'ils reculent sur tous les fronts. En Russie, ils ont échoué. La Grande Bretagne, ils n'ont pas pu l'envahir. Les Italiens, leurs seuls alliés en Europe, sont battus. Ils ont été chassés d'Afrique du Nord et depuis que les alliés ont débarqué en Normandie, ils ne font que refluer vers l'Est ; ils ont perdu Paris !

Phil se couche tôt et dort d'un trait, sans être réveillé par les avions qui vont rejoindre *le stream*, direction la Ruhr. Le lendemain le remet dans l'ambiance. Le commandement anglais lui demande de tenir prêt dix équipages pour le 30 août et six autres pour le 31. Il s'auto désigne pour la mission du dernier jour du mois

19
MEKNÈS, MAROC, FIN AOÛT 1944

Maggy apprend avec un plaisir extrême la nouvelle de la libération de Paris. Elle y a vécu jusqu'à la percée allemande de juin 40 et ses affaires personnelles sont toujours dans l'appartement de la rue Lecourbe. Elle a dû le quitter précipitamment avec les enfants pour aller d'abord à Bordeaux puis à Vichy où elle s'est retrouvée coincée pendant toute une année dans ce trou perdu. Très pénible de vivre pendant douze mois dans trois chambres d'hôtel ! Mais le départ pour l'Afrique du Nord a été excitant car elle n'avait jamais eu l'occasion de quitter la France.

Maintenant, il est temps pour elle de revenir dans son pays natal. On est fin août. A la mi-septembre ce retour devrait pouvoir se faire. Elle est pressée et ne voit aucune raison de moisir plus longtemps dans ce pays où il fait si chaud. Elle doit en parler à ses amies, tout du moins à celles qui vivaient en France avant la guerre. Elles aussi doivent souhaiter rentrer au bercail. Maggy décide d'aller, dès le lendemain matin, consulter celles qu'elle connaît le mieux. Avant de se coucher, elle prend un crayon et une feuille de papier ; elle se met en ordre de bataille et dresse une liste des personnes qu'elle va contacter : des épouses d'officiers supérieurs. Leur argumentaire n'en aura que plus de poids.

Maggy se lève tôt. Elle a demandé à son ami Slimane de lui servir de chauffeur. Paul et Claire finissent leur camp scout. Elle est libre de ses mouvements et pour commencer, elle se fait conduire chez Germaine, la femme du commandant Vigard qui est lui aussi parti sur la base de Gaitford. Celle-ci est un peu surprise, à 8h30 du matin, de voir arriver Maggy qui lui dit d'emblée :

— Bonjour Germaine, je viens vous voir de bon matin car je voudrais que nous organisions notre retour en France maintenant que Paris a été libéré. J'ai peur que le commandement ici se fasse tirer l'oreille. Si nous sommes plusieurs à insister, ça devrait accélérer les choses. Qu'est-ce que vous en pensez ?

C'est sans doute un peu trop direct mais Maggy est dans l'action et n'est pas femme à s'entourer de circonvolutions oratoires.

— Maggy vous me prenez au dépourvu. Je n'ai pas réfléchi à ça. Comme vous, j'ai habité Paris jusqu'en 40, jusqu'à la débâcle. Mais je ne sais pas ce qu'est devenu notre appartement. Je ne me vois pas rentrer sans mon mari. La guerre n'est pas finie. Ici, l'armée prend soin de nous, l'argent arrive. Nos enfants vont à l'école. Je crois que vous allez trop vite. Je vais écrire à mon mari pour savoir ce qu'il en pense.

Maggy est déçue. Germaine lui dit qu'elle va écrire à son mari. Le courrier met trois semaines au moins pour aller du Maroc en Angleterre. Un mois et demi pour avoir une réponse. Une plaisanterie ! Pas question d'attendre si longtemps !

— Pourquoi écrire à votre mari ? C'est vous qui êtes concernée ! Moi je ne compte pas attendre un aller et retour de courrier avec mon fils pour entreprendre des démarches. Ça me regarde plus que mon fils. Enfin, réfléchissez ! Si vous continuez à ne rien faire, vous serez encore là dans un an. Dites le moi aujourd'hui si vous changez d'avis. Après il sera trop tard. S'il y a de la place pour dix personnes dans un avion, il n'y en y aura pas forcément pour douze ou treize. Je vous dis au revoir. Il faut que je continue mon tour.

Maggy trouve que ça commence mal mais finalement, ça ne l'étonne pas car elle a toujours trouvé que cette femme manquait de caractère. Après Germaine, elle va chez Thérèse, la femme du capitaine Jopet, l'adjoint de Phil à Gaitford. Même discours de Maggy, et réponse encore plus pessimiste, presque moralisatrice.

— Mais Maggy, la guerre n'est pas finie, les allemands ne sont pas battus. Il y a même des rumeurs comme quoi ils auraient des armes secrètes. On est en sécurité ici. Vous ne pouvez pas faire courir des risques à Paul et Claire, vos petits-enfants. Votre fils ne serait pas d'accord ! C'est un homme raisonnable.

Maggy repart furieuse mais toujours déterminée. Elle comprend qu'une démarche collective est vouée à l'échec. Il est préférable qu'elle se débrouille toute seule, mais comment faire ? Elle réfléchit pendant le reste de la journée et élabore une stratégie. Pourquoi ne pas quitter Meknès avec les enfants, se faire conduire au nord du pays jusqu'à un port comme Tanger, et trouver un bateau qui ira jusqu'en Espagne. La traversée est courte. Ensuite ça serait probablement facile, avec un peu d'argent, de revenir en France et de rejoindre Paris. Il suffirait d'avoir suffisamment d'argent liquide sur soi pendant cette petite épopée. Le principal problème qui soucie Maggy, ce sont les contrôles sur les routes du Maroc. On ne peut pas faire vingt kilomètres sans rencontrer des militaires en patrouille qui arrêtent les voitures, demandent les papiers. La solution serait de se faire transporter jusqu'à la Méditerranée dans un petit car de l'armée, pour éviter les contrôles.

Maggy a une idée. Elle a apprécié l'adjudant Fieschi qui l'a aidée à résoudre ses problèmes financiers, la solde de Phil n'arrivant plus. Elle va retourner le voir et le mettre au courant de son plan. Il ne refusera pas de l'aider si elle sait plaider sa cause et lui glisser quelques billets très diplomatiquement !

Le lendemain, elle demande à Slimane de la conduire à la base aérienne. A l'entrée, elle parlemente un peu longtemps, arguant de sa condition de mère de lieutenant-colonel, ce qui finit être efficace. On la laisse entrer en voiture après que l'adjudant Fieschi ait accepté de la recevoir impromptu.

L'adjudant se souvient d'elle ; il avait été attendri quand elle lui avait dit que son fils était parti pour l'Angleterre et que c'était elle qui veillait sur ses deux petits-enfants.

— Adjudant, maintenant que Paris est libéré, je voudrais rentrer en France. J'ai toute ma famille à Paris et en banlieue. Je ne vais pas moisir ici encore des mois. Je ne supporte plus. Je viens vous voir pour que vous m'aidiez. J'ai besoin de me faire conduire jusqu'à un port de la Méditerranée dans un véhicule militaire avec mes petits-enfants. Il faudrait que vous m'arrangiez ça.

Effrontément, Maggy sort une liasse de billets qu'elle pose sur le bureau de l'adjudant qui écarquille les yeux :

— Pour vous et vos collègues qui feront partie de l'expédition. Si, si, c'est normal !

L'adjudant est effaré mais prend la liasse qu'il glisse dans une enveloppe. Il dit à Maggy :

— Revenez demain matin vers 10h, je vais voir ce que je peux faire.

Il raccompagne Maggy, prétextant un monceau de tâches administratives en attente.

Maggy jubile. Elle connaît bien la nature humaine et sait qu'on ne peut pas résister longtemps à son charme et à celui de ses billets ! Elle rentre chez elle. Pas mal de chose à faire car ses petits-enfants rentrent tout à l'heure de leur camp scout avec du linge à trier et à faire laver.

Pendant la nuit, elle rêve de Paris qu'elle va revoir bientôt, de Bois-Colombes, de ses amies, de ses cousins. Tout cela est très excitant et son fils ne pourra que la féliciter pour son esprit de décision. Le lendemain, elle est sur le pied de guerre de bon matin pour retourner voir l'adjudant.

Fieschi la fait patienter dans un bureau pendant près d'une heure, ce qui l'énerve. On ne fait pas attendre si longtemps la mère d'un des plus hauts gradés de l'aviation ! Elle le lui dira. L'adjudant vient enfin la chercher, un peu crispé.

Maggy est déstabilisée quand elle voit, accompagnant Fieschi, le colonel commandant la base qui lui dit :

— Madame Destivel, l'adjudant m'a raconté à votre sujet une drôle d'histoire. J'espère qu'il vous a mal comprise. Vous voudriez quitter le Maroc, incognito, de votre propre chef, avec vos petits-enfants, pour revenir à Paris. Vous auriez besoin d'un véhicule militaire. Je suis très gêné. Par égard pour votre fils que j'estime au plus haut point, je ne vous ferai pas de longues remontrances. Mais sachez que votre démarche est incongrue. Vous devez rester ici avec les enfants de votre fils jusqu'à nouvel ordre. La guerre n'est malheureusement pas terminée. Soyez patiente et suivez les instructions de votre fils quand vous en aurez. Pas de démarche personnelle. Vous m'avez bien compris ?

Maggy n'apprécie pas de subir les remontrances d'un officier à peine plus âgé que son fils. Il lui faut trouver une porte de sortie honorable.

— Oui Colonel, je me suis, peut-être, emballée un peu vite Mais j'ai une sœur qui a des problèmes de santé en France et je voudrais l'aider. Cependant je comprends ce que vous dîtes. J'en tiendrai compte. Merci Colonel.

Celui-ci lui tend la main :

— Au revoir chère Madame, revenez me voir si vous avez des difficultés et n'oubliez pas ceci.

Le colonel lui tend l'enveloppe qui contient les billets qu'elle a donnés à l'adjudant, la veille. Maggy rougit jusqu'aux oreilles et quitte le bureau accompagnée de Fieschi qu'elle fusille du regard. Lui ne peut s'empêcher d'avoir un sourire moqueur quand il lui dit :

— Je crois que c'est mieux ainsi. C'est votre sécurité et celles de vos petits-enfants qui étaient en jeu. Veillez bien sur eux. Au revoir Madame Destivel.

20
GAITFORD, ROYAUME-UNI, FIN AOÛT 1944

Phil se rend compte que s'il lui arrivait quelque chose pendant une mission, Victoria n'en saurait rien. Le dernier week-end les a liés. Il se sent très épris. Elle est devenue son amante. Ce n'est pas raisonnable de s'en remettre au hasard. Il lui faut un confident discret, à qui donner quelques instructions au cas où !

Le colonel ne serait pas un bon confident ; ce n'est pas un homme à qui l'on a envie de parler de ses affaires privées, même si, présent à la fête de Badvington, il a bavardé quelques instants avec Victoria. Il n'est pas très jovial et beaucoup d'aviateurs le détestent.

Phil a l'idée d'en parler à son adjoint, le capitaine Jopet. Ils ne volent jamais simultanément puisque c'est lui qui doit remplacer Phil en cas d'indisponibilité ou de disparition. Il n'a pas rencontré Victoria et c'est mieux ainsi.

Ce mercredi 30 août, Phil entre dans le mess des officiers à l'heure du déjeuner. Ils sont plusieurs à écouter le lieutenant Perrin qui joue au piano le concerto de Varsovie. Cette œuvre courte mais grandiose d'Addinsel est devenue familière, presque une rengaine, aux oreilles de beaucoup car Perrin la joue fréquemment. Phil aperçoit Jopet et lui demande de passer le voir dans son appartement, après le café.

Le capitaine est ponctuel et frappe à sa porte à 14h30. Très direct, Phil lui explique ses soucis :

— Merci d'être venu. C'est d'affaires privées dont je veux te parler. J'ai une amie charmante, une anglaise que j'ai rencontrée ici par hasard. S'il m'arrivait quelque chose de fâcheux, il faudrait qu'elle soit prévenue et qu'on lui dise si je suis mort, porté disparu, prisonnier ou blessé. Enfin tu vois ? J'ai pensé que tu pourrais être l'homme de la situation. Tu serais d'accord ? Bien sûr, je te demande d'être discret.

— J'accepte bien sûr. Je te comprends. Je ne dirai rien à personne. Il faut juste m'expliquer comment la joindre, son nom, son adresse.

— Elle s'appelle Victoria Miller. Elle habite une grande maison, trois cents mètres sur la droite, après la sortie Nord de Gaitford, en direction de Yale. A droite de la maison quand on est en face d'elle, il y a une annexe. Il faut prendre un petit chemin de terre sur la droite, le long de l'annexe. Tout de suite, il y a un portail et une boite à lettres. On peut y laisser du courrier. On peut aussi ouvrir le portail, frapper à la porte de l'annexe. Victoria y est souvent. Elle est peintre. C'est son atelier. Mais j'espère que tu n'auras pas à aller là-bas.

— J'ai mémorisé ce que tu m'as dit et je vais l'écrire pour plus de sûreté. Cette femme, c'est celle qui t'a accompagnée à la party de Badvington ? On m'a dit qu'elle était vraiment splendide et avait l'air d'une reine à ce bal. Comment l'as-tu rencontrée ?

— Les hasards de la pêche. J'étais allé taquiner le goujon et elle aussi.

— Mais elle est libre ton amie ?

— Pas vraiment. Je vais te faire une confidence. Elle a un vieux mari, colonel, prisonnier en Allemagne. Pour moi c'était un obstacle insurmontable mais très récemment j'ai pris conscience du niveau de danger que nous courons et du peu de chance que nous avons de nous en tirer. Alors je me suis mis à voir ma vie d'un autre œil. Je me suis rendu compte que depuis la mort de ma femme, sept ans déjà, je ne vis qu'à moitié. Et ça c'est fini ! Victoria m'a fait sortir de ma torpeur et les moments que je passe avec elle sont fabuleux. Pas d'avenir, pas de projets, juste l'instant présent. Ça me suffit ! Voilà, tu sais tout !

Phil remercie son adjoint qui retourne à ses occupations. Tranquillisé par cette démarche faite au bon moment, il peut participer à un nouveau bombardement le lendemain sans arrières pensées.

Le jeudi 31, ils sont 13 avions du groupe Aquitaine à aller détruire des sites de stockage pour V2 dans le nord de la France. Phil est de la partie. Cette fois-ci l'opération se fait de jour. La couverture nuageuse est importante. On voit très mal les cibles. Seuls trois avions réussissent à lâcher leurs bombes après plusieurs passages, profitant de trouées qui leurs permettent de voir le sol et de savoir où ils sont exactement. Phil n'a pas cette chance. Le *master bomber* demande à ceux qui ont encore leur cargaison de renoncer et de rentrer. Ils doivent larguer leurs bombes restantes au-dessus de la mer du Nord. La DCA allemande est active et plusieurs avions sont touchés par des éclats d'obus. Heureusement rien de très grave. Tous les aviateurs du groupe réussissent à rentrer sains et saufs.

Au retour, après le débriefing, Phil compte ses missions. Dix, il en a fait dix ! Plus qu'une vingtaine si les règles ne changent pas. Phil ne le sait pas mais il est en progrès. Il a maintenant plus d'une chance sur deux d'être indemne! Un cap de franchi !

En fin d'après-midi, le vendredi, il pédale jusqu'à l'atelier de Victoria pour déposer un courrier dans sa boite, lui demandant à quelle heure il peut venir le Dimanche et lui précise qu'il n'est pas en opération pendant les jours qui suivent. Elle n'est pas chez elle ; il revient le lendemain soir chercher une réponse. Il trouve effective ment une courte lettre à son intention, écrite en français :

Mon chéri, j'ai tellement envie de te revoir. C'est dur d'attendre toute une semaine en craignant pour ta vie. Viens vers 18 heures, je serai dans mon atelier et si je n'y suis pas, patiente quelques minutes. Je nous préparerai un dîner. J'espère que tu pourras rester longtemps. J'ai hâte de te voir. Victoria.

Ces mots très doux, des mots d'amour qu'il n'a pas reçus depuis ses fiançailles avec Anne, comblent Phil. Il est heureux de voir qu'ayant écrit en français, elle est passée au tutoiement. Lui-même fera de même quand ils se verront.

Phil fait la grasse matinée, le dimanche matin et reste longtemps dans un demi-sommeil à penser à son amoureuse, à revivre leurs moments tendres et intenses du précédent week-end, pendant et après la *party* de Badvington où elle était comme sa princesse.

Le temps s'est gâté et il pleut l'après-midi. Mais le ciel se dégage vers cinq heures et des rayons de soleil viennent se réfléchir sur les ailes des avions qui scintillent à la sortie des hangars.

Phil arrive ponctuel à 18h et frappe discrètement à la porte de l'atelier. Personne ne vient lui ouvrir. Il entre et trouve la petite maison déserte. Sur la table de l'atelier un paquet et un mot :

« Ouvre ce paquet, c'est pour toi, un cadeau d'une admiratrice ! J'arrive le plus vite possible»

Il enlève le papier et découvre une petite toile représentant un homme endormi dans un grand lit. Un drap le recouvre partiellement. Ses épaules sont dénudées. Son visage est de profil. Ses yeux sont fermés. Il n'a aucune peine à se reconnaître.

— Ce tableau me console de ton absence quand tu n'es pas là.

Il n'a pas entendu Victoria arriver.

— J'avais fait une esquisse au fusain pendant que tu dormais au petit matin, lundi dernier. J'ai mis de la couleur pendant la semaine. Tu t'aimes ?

— Non c'est toi que j'aime !

Ils sont vite debout, enlacés. Leurs lèvres se retrouvent. Les langues pimentent leurs baisers. Leurs corps ont envie d'étreintes. Phil emmène son amie jusqu'à la chambre. Pour l'heure, elle ne demande rien d'autre. Il dégrafe son corsage, bouton après bouton et sa paume vient soutenir et cajoler ses seins si troublants. Ils sont vite dénudés, allongés, avides l'un de l'autre. Elle caresse son sexe et le met dans sa bouche pendant que sa main à lui retrouve sa toison et le bijou qu'elle contient. Ils savent prendre leur temps et infléchir leur rythme pour que durent leurs plaisirs. Mais leur excitation devenant insoutenable les conduit à des spasmes de plaisir qui n'en finissent plus, leur arrache des gémissements et des mots d'amour. Ils restent blottis de longues minutes sans parler. C'est Phil qui se lève le premier et revient avec le tableau le représentant en train de dormir.

— J'aime ce que tu as fait. Heureusement, ce n'est pas de l'art abstrait. Je pourrais l'emporter ?

— C'est mon premier cadeau. Les amants doivent se surprendre et se faire des présents de temps en temps. Tu ne trouves pas ?

— J'ai compris, je te couvrirai de cadeaux ! Je veux te dire aussi que j'aime quand on se parle en français pour pouvoir se dire « tu ». C'est dommage qu'il n'y ait pas cette distinction entre le « tu » et le « vous » dans ta langue pour la conversation courante.

Ensuite, c'est Victoria qui se lève, nue, sans pudeur. Phil admire sa féminité, sa taille menue, les fossettes si mignonnes dans le bas de son dos, sa toison abondante, ses fesses toute en chair, bien fermes. Victoria finit par s'enrober d'un drap et ressemble vite à une romaine des temps anciens. Elle dit à Phil de se reposer pendant qu'elle prépare le dîner. Il reste à somnoler quelques minutes, va prendre une douche et arrive lui aussi drapé d'une toge.

— J'ai pu trouver un saumon. Tu aimes bien ? lui dit-elle

Le saumon rappelle à Phil son déjeuner avec Lily, sa petite bergère. Il en a déjà dit quelques mots à Victoria mais là, il lui raconte cet épisode avec plus de détails.

— Mais tu n'as pas eu envie de lui sauter dessus quand vous étiez allongés sous la verdure, l'un à côté de l'autre ?

— Si, j'en ai eu très envie, mais je me suis retenu. C'était presque une enfant, elle était toute seule dans la montagne et je devais la quitter une heure après ! Nous les hommes, ne sommes pas tous des bêtes !

— Moi je croyais que vous étiez tous de gros bestiaux dit-elle en éclatant de rire.

— Oui tous sauf moi !

— Je t'aime encore plus pour ça, mon ange !

Tous les deux dînent en toge, enrobés de leurs draps. Ils ont ouvert une bouteille de bon vin blanc :

— Une bouteille de Corton-Charlemagne 1939 que j'ai volée dans la cave de ma belle-mère. Tu crois qu'il sera encore bon ?

— Probablement, c'est un des plus grands vins blancs français.

Effectivement, il est merveilleux et se marie très bien avec le saumon de Victoria. Leur dîner est gai. Ils continuent à se raconter leur enfance et adolescence mais évitent de parler des périodes de leurs mariages. Phil ne souhaite pas évoquer des souvenirs qui risquent de l'attrister et Victoria cherche à occulter sa situation ambigüe de femme de colonel, prisonnier en Allemagne. Leurs lendemains à tous les deux se comptent peut-être en minutes ou en heures. Ils ne savent pas de ce que l'avenir leur réserve et ne peuvent rien en deviner.

Au moment de déguster l'*apple pie* qu'elle a cuisinée, Phil se lève et taquin ne peut s'empêcher de tirer peu à peu sur le drap qui enrobe son amante. Celle-ci, amusé, n'oppose pas de résistance, et une fois totalement nue dans sa cuisine, elle fait de même avec la toge de Phil.

— Viens ! On retourne pour une petite pause dans la chambre. La tarte peut attendre !

— On est comme Adam et Eve. Mais il n'y a pas de fruit défendu dans ta tarte ?

— Tu verras bien.

Ils sont comme deux fiancés rieurs, impatients de retrouver des plaisirs qui leur ont manqués si longtemps.

Le désir reprend le dessus. Ils commencent à mieux connaître leurs corps et leurs réactions ; leurs caresses n'en sont que plus troublantes. Phil conduit son amie sous la douche où ils se savonnent mutuellement, pour profiter de leurs rondeurs, de leurs muscles tout en continuant à se donner force baisers. La dégustation de l'*apple pie* fait suite à leurs délices aquatiques. Puis ils s'endorment dans les bras l'un de l'autre. A minuit, Victoria réveille Phil.

— Il faut que j'aille veiller ma belle-mère. C'est trop triste mais je n'ai pas le choix. Nous allons nous revoir bientôt ? Phil, n'oublie pas de rester vivant ! Je ne peux plus me passer de toi maintenant ! Notre histoire, tu crois qu'elle va continuer ?

Phil ne répond pas car il ne connaît pas la suite. Ils se serrent très fort. Au moment de la quitter, Phil lui dit très ému :

— Je crois que je vous aime, Madame !

Victoria sort de la pièce, émue, les yeux humides.

21
GAITFORD, ROYAUME-UNI, SEPTEMBRE 1944

Le lieutenant-colonel Destivel est pressé d'en avoir fini avec les opérations en cours, ce samedi 9 septembre. Il a été très occupé par l'organisation de trois missions cette semaine, mais son amie n'est pas sortie de son esprit. Elle l'accompagne dans sa vie, même quand il est en train de piloter. Victoria s'est arrangée le lendemain pour se libérer à l'heure du déjeuner et pendant les heures qui suivent.

Treize avions du groupe Aquitaine doivent partir détruire des positions allemandes cet après-midi. Phil fait partie du voyage qui doit l'emmener au-dessus du Havre où la résistance allemande est encore farouche. Le débarquement allié en Normandie a eu lieu, il y a plus de deux mois maintenant, mais la ville du Havre est toujours aux mains des allemands. Le commandement allié veut en finir et multiplie les bombardements des positions ennemies. Près de trois cents avions doivent converger sur la ville.

Après les habituels briefings, le départ a lieu vers 13h30. La mission est programmée en plein jour. Le temps n'est pas formidable. Quelques gouttes d'eau tombent de temps à autre. Le vent est fort. Mais la couverture nuageuse a aussi ses avantages car elle devrait les dissimuler longtemps. Phil pensait que la mission serait annulée mais les prévisions météo sur le site doivent être meilleures qu'à Gaitford. Il décolle le dernier.

Une heure et demie pour atteindre l'objectif. Pas de chasseurs allemands au-dessus de la Manche. Dans quelques minutes, Phil doit commander le largage des bombes de son appareil. On voit très mal le sol, quasiment pas. Pourvu qu'il n'y ait pas de civils français au milieu des positions ennemies !

Par radio, le *master bomber* envoie le message suivant :

— Mission annulée, tous les bombardiers rentrent à leurs bases. Trop de nuages. Largage des bombes en mer sur le chemin du retour.

Les aviateurs sont déçus. Ils n'aiment pas interrompre leurs bombardements. Ils y étaient presque ! Un véritable gâchis !

Un quart d'heure plus tard, ils sont au-dessus de la mer. Phil demande à son bombardier de larguer les bombes contenues dans les soutes. Il sent tout de suite l'avion beaucoup plus léger. Cinq tonnes de moins. Encore une heure et ils seront à la maison. Ils n'ont pas rencontré de chasseurs. La DCA n'était pas au rendez-vous.

Pour la première fois, ils sont en opérations avec des cocardes « bleu, blanc, rouge » sur le fuselage et les ailes. C'est seulement avant-hier qu'ils ont reçu des Anglais la permission de peindre sur la carlingue les couleurs de la France. Les autorités ont mis le temps !

Phil aperçoit la base de Gaitford. Son navigateur l'a parfaitement orienté. Il reçoit l'autorisation d'atterrir sur la piste principale. Très concentré, il tient à ce que ses atterrissages soient parfaits car il n'est pas chef de groupe pour rien et doit montrer l'exemple.

Il réduit l'allure et aborde satisfait le début de la piste à quelques mètres du sol. Il descend encore et cabre légèrement l'appareil. Le train frôle le sol et Phil réduit encore les gaz. Subitement, une gigantesque explosion vient lui percuter les oreilles ; il ne comprend pas ce qui se passe. L'avion ne répond plus !

Il perd connaissance quelques instants. Quand il se réveille groggy, il voit le feu commencer à lécher l'habitacle avant, tout près de lui. Pas un bruit dans le téléphone intérieur. Il comprend le danger, se rend compte que l'avant est défoncé, béant. Il veut se lever mais n'y parvient pas. Il essaie une deuxième fois. Impossible ! Est-il paralysé ? Il réalise qu'il a toujours sa ceinture de sécurité. Il la déclippe, se lève de son siège et voit qu'il n'est qu'à deux mètres du sol. Il peut sauter mais tout flambe autour de lui et par terre aussi. Qu'importe, il n'a pas le choix et se lance dans le brasier ! Il n'a pas vu qu'il lui manque un gant et que sa main est blessée.

Arrivé au sol, il se reçoit sans encombre et se met à courir dans les flammes pour aller le plus loin possible de l'avion. Il entend le bruit sec et percutant des cartouches des mitrailleuses, déclenchées par le feu. La sirène des ambulances signale l'arrivée des secours. Phil est recueilli par des ambulanciers qui le transportent sur un brancard jusqu'à leur véhicule. Désorienté, il n'a pas conscience du temps qui s'écoule et se retrouve à l'hôpital de Peterborough.

Il est pris en charge immédiatement. Pas de fractures, ni, semble-t-il, de plaies internes mais il est gravement brûlé. Le médecin lui annonce qu'il va être transféré à l'hôpital de Rauceby spécialisé dans le traitement des brûlures des aviateurs de la RAF.

Rauceby est à une soixantaine de kilomètres. Il y arrive au bout d'une heure et demie et demande des nouvelles de son équipage. On lui dit qu'ils vont bientôt arriver eux-aussi. Phil est déshabillé. Sa main droite a une drôle d'allure. Des chairs noircies, pas belles à voir ! Certains endroits de son visage le picotent, son dos, ses jambes aussi. Un photographe arrive et prend des clichés des zones atteintes. Il est ensuite pansé et mis dans un lit. On lui injecte des sédatifs ; il s'endort tout de suite.

Phil reste inconscient jusqu'au lendemain matin. Il se réveille péniblement et demande ce qui lui est arrivé. On lui explique qu'une bombe était restée coincée dans la soute sous l'aile droite et qu'elle a explosé à l'atterrissage.

Il est effondré quand il apprend être le seul survivant de l'accident. Tout son équipage a été tué sur le coup, déchiqueté par les éclats de cette bombe de 500 kg. Lui a été protégé par le blindage situé à l'arrière de son siège de pilote. Il n'y a pas de copilote dans le Halifax et c'est pour cette raison que l'on protège le pilote par une belle épaisseur de métal. Phil est en larmes. Il volait avec le même équipage depuis plusieurs mois. Ils étaient soudés, se connaissaient bien, plaisantaient volontiers. Pas de tensions. Presque un groupe de copains, même si la plupart avaient dix ou quinze ans de moins que lui. Six morts !

Il reste prostré dans son lit toute la matinée, indifférent à ses brûlures et ne demande rien sur son état de santé. Il est installé dans une chambre à quatre. Deux lits sont vides. L'autre lit est occupé par un aviateur anglais, dans le coma, qui décède en fin de matinée. Surface brûlée au troisième degré trop étendue ! Soixante-dix pour cent de surface corporelle détruite. Il n'avait aucune chance de s'en sortir !

Un médecin vient le voir pour lui annoncer qu'il va avoir droit à son premier bain de grand brûlé et qu'il devra être courageux. On le transporte jusqu'à une salle de soins où une baignoire est installée au milieu de la pièce, remplie d'eau tiède et d'antiseptiques. L'infirmière commence à lui enlever ses bandages. D'abord le front et la tête, puis ceux de la jambe droite qui n'est pas belle à voir. Ensuite, doucement, on met à nu sa main droite. Ce n'est pas une partie de plaisir mais Phil serre les dents et supporte sans broncher. La vue de cette main grillée sur les deux cotés le dégoute. Il demande un récipient pour vomir. Il a aussi des brûlures étendues sur une partie de son dos.

Quand il est dans le bain, on lui enlève méticuleusement les morceaux de peau et de chair déjà morte. Quand ces opérations sont terminées, la *nurse* appelle le chirurgien, le docteur Archibald Mc Indoe et dit à Phil :

— Le docteur Mc Indoe est encore jeune mais c'est notre grand spécialiste des brûlures, notre vedette néo-zélandaise. Il fait des merveilles. Vous pouvez avoir confiance.

Le chirurgien arrive sur ces entrefaites, examine longuement Phil.

— Colonel, il y a du travail mais vous ne vous en tirez pas trop mal. Sur le visage, le crâne, le dos, les surfaces brlées sont importantes mais c'est du premier et du second degré. Bien pansées, ces brûlures vont guérir tout seul en quelques semaines. Pour votre main droite, c'est plus embêtant mais on va y arriver. Peut-être en deux temps. Vous avez des questions ?

— Combien de jours avant de sortir d'ici, doc ?

— Sans doute deux à trois mois. Les journées vont être longues mais vous ne souffrirez pas. Ce qui est possible, si votre main droite est trop moche et vous gêne, c'est qu'on vous fasse une greffe sur la main mais pas tout de suite, dans quelques mois. On vous prendra un morceau de peau sur la cuisse.

Ce qu'il vient d'entendre n'est pas très gai mais il a vu dans les couloirs des gars tellement amochés, défigurés, qu'il ne se sent pas autorisé à s'apitoyer sur son sort.

Le plus déprimant, c'est de penser à Victoria qui doit l'attendre ce jour-là. On est dimanche. Ils devaient se rencontrer. Jopet a dû aller la prévenir. Elle doit être déçue, comme lui. Comment correspondre maintenant ? Elle peut lui envoyer des lettres mais lui pas, à moins de se trouver un scribe parmi les blessés pris en charge dans l'hôpital. Elle n'a pas le téléphone. Deux mois sans la voir ! Trop long ! Dans quel état sera-t-il dans deux mois ? Présentable ? Ou répugnant avec le visage abimée et une main cicatrisée mais horrible ?

Il est six heures du soir à Gaitford. Le capitaine Jopet revient d'une mission sur Octeville en Normandie, une mission sans problème. Bonne visibilité, largage des bombes précis, pas de DCA, pas de chasseurs. Les allemands commencent à faiblir dans la région. Le Havre est en train de tomber. On parle de reddition des derniers acharnés de la Wehrmacht encore dans la place. Mais la ville est presque entièrement détruite. Le capitaine a pris la direction du groupe Aquitaine maintenant que le lieutenant-colonel Destivel est hospitalisé.

Jopet pense à son ex chef de groupe. Vraiment pas de chance pour ce pauvre Phil ! Mais il s'en sortira. Et pour lui les missions c'est terminé. Pour un bon bout de temps au moins. Il est hors de danger, lui ! Pas nous !

Le capitaine se souvient subitement de ce que lui a demandé Phil : aller prévenir Victoria Miller en cas de problème. Il ira à vélo après le débriefing qui ne sera pas trop long car aucun avion n'a été touché. Tout le monde est rentré indemne. Heureusement ! On a déjà eu six morts hier, ceux de l'équipage Destivel à qui l'on va devoir rendre les honneurs militaires au cimetière d'*Harrogate* dans trois jours. Ce sera pénible. Tout le monde les aimait ces gars-là. Ils formaient une sacrée équipe.

Après le débriefing, il part se changer et pédale jusqu'au village. Il trouve facilement une maison correspondant à la description de Phil et aperçoit un petit bâtiment qui doit être l'atelier de la dame. Il suit les consignes, ouvre le portail et frappe à la porte de la petite maison. Il entend une voix de femme qui lui dit :

— Entre mon chéri, viens dans la cuisine. Tu es en retard. Une heure de retard. Tu as eu des problèmes ? J'étais morte d'inquiétude.

Le Capitaine entre dans la maison et dit en Anglais :

— Excusez-moi, je suis un collègue du colonel Destivel.

Victoria arrive livide, prête à entendre le pire :

— Capitaine Jopet, je suis l'adjoint de Philippe. Il m'a demandé de venir vous prévenir s'il lui arrivait quelque chose.

Victoria prend sa tête dans ses mains et redoute ce qu'elle va entendre :

— Non rassurez-vous ! Philippe est vivant ; mais il a eu un grave accident hier au retour d'une mission. Ses jours ne sont pas en danger. Il est à l'hôpital de Rauceby, un hôpital pour la RAF. Il a eu surtout une main bien brûlée mais on nous a dit qu'il allait guérir.

Il continue en lui racontant, l'explosion de la bombe, la mort de tout son équipage. Un miracle qu'il en ait réchappé.

— Oh, j'ai eu trop peur ! dit-elle haletante, profondément émue par ce qu'elle vient d'entendre. J'ai vraiment cru qu'il était mort. Mais asseyez-vous un instant. Je peux vous servir un verre de whisky ? J'en prendrai aussi. J'en ai besoin ! Exceptionnellement !

Ils sont assis tous les deux dans la cuisine. Victoria est contente d'avoir en face d'elle quelqu'un qui connaît Phil, avec qui elle peut en parler.

— Vous croyez qu'il va pouvoir revoler ? lui demande-t-elle Combien de temps va-t-il séjourner dans cet hôpital ?

— Revoler, je ne sais pas. Il va devoir rester deux ou trois mois hospitalisé, m'a-t-on dit.

— Si longtemps ! mais c'est vraiment grave alors ?

Le capitaine la rassure et lui explique qu'il faut attendre que la peau repousse, ce qui est lent. Il conclut en disant :

— Au moins il est hors de danger. Il ne va pas se faire descendre par un Messerschmitt lui ! C'est le bon côté des choses. Tout le monde ne peut pas en dire autant !

Le capitaine remercie Victoria et la quitte :

— Vous pouvez envoyer une lettre à Phil par le courrier postal. Je suis sûr qu'il sera content. Ses journées vont être longues. Vous trouverez facilement l'adresse de l'hôpital.

Victoria se retrouve seule et triste. Dans un premier temps, elle a été rassurée de savoir son amoureux en vie et pas trop gravement atteint. Maintenant, elle est déçue de ne pas l'avoir près d'elle et ce pour longtemps. Trois mois avant de le revoir, c'est vraiment long ! Elle ne voit pas comment s'absenter, ne sait pas s'il aura envie de la voir là-bas. Elle va lui écrire bientôt.

22
GAITFORD ET RAUCEBY, ROYAUME-UNI, SEPTEMBRE ET OCTOBRE 1944

Lettre de Victoria Miller , envoyée au lieutenant-colonel Destivel à l'hôpital de Rauceby le 17 septembre 1944 :

Darling Philippe,

J'espère que cette lettre te parviendra. J'ai été morte de peur quand le capitaine, ton adjoint, est venu m'annoncer ton accident mais il m'a vite rassurée quand il m'a dit que tes jours n'étaient pas en danger. Je t'imagine dans une chambre d'hôpital avec des bandages partout. J'espère que les soins ne sont pas trop douloureux. Mais je suis sûre que tu fais partie des courageux qui supportent la douleur sans se plaindre.

Trois mois d'hôpital m'a-t-on dit ? C'est bien long ! Pour toi bien sûr mais aussi pour moi qui souffre de ton absence. La vie peut être tellement absurde. Nous sommes si bien dans les bras l'un de l'autre. Aurais-tu envie que je vienne te voir ? Dis le moi franchement. Je ne sais pas si je pourrai m'absenter mais je ferai les plus grands efforts pour y arriver.

J'essaie de me consoler de notre séparation en me disant que tu n'as plus à effectuer ces sinistres missions de guerre où à chaque fois tu risques de perdre la vie. Tu sais, j'y tiens beaucoup à ta vie mon chéri !

Ton amie anglaise qui t'aime tant. Victoria Miller, Route de Yale, Gaitford,…

Le lundi 25 septembre, Phil reçoit cette lettre, la première depuis son accident. L'état de sa main droite l'empêche d'écrire pour l'instant. Cela fait maintenant près de deux semaines qu'il est hospitalisé à Rauceby. Le temps passe lentement mais, lucide, il s'est vite rendu compte que cet accident le tenait éloigné des dangers de la guerre pour plusieurs mois. Il est passé de l'imminence d'un accident fatal à une vie plus normale où l'on peut faire des projets d'avenir, même si l'on a des pansements partout ! Il a pu dicter une lettre pour sa mère et ses enfants, leur annonçant son accident, son hospitalisation mais aussi le bon pronostic de ses brûlures. Au moins, eux aussi n'auront plus à craindre pour sa vie. Claire lui a écrit récemment, qu'à chaque fois qu'on vient leur distribuer le courrier qui vient d'Angleterre, elle est terrorisée à l'idée d'apprendre sa mort.

La lettre de Victoria le comble de bonheur. Il la reçoit quelques minutes avant un bain, moment toujours très pénible mais pour lequel, ce jour-là, il n'a plus la moindre appréhension, son moral étant au plus haut après la lecture de ce message. Il trouve beaucoup de chaleur dans les mots de son amoureuse et souhaite évidemment la voir quand il se trouvera plus présentable. Il a des pansements sur le visage, le dos, les jambes et la main. D'après son chirurgien, la cicatrisation de ses brûlures du premier et second degré est en bonne voie et dans deux semaines, seule sa main restera pansée. Il peut ainsi proposer à Victoria de venir le voir dans trois semaines.

Phil est maintenant dans une chambre à trois. Il cohabite avec deux jeunes officiers de la RAF qui, comme lui, n'ont pas été brûlés de façon trop dramatique. Il discute beaucoup avec eux s'exprimant ainsi en anglais une partie de la journée ce qui lui permet de parfaire sa connaissance de la langue. L'un des deux a sa main droite valide et écrit la lettre que Phil lui dicte le 27 septembre :

Très chère Victoria,

J'ai bien reçu ta lettre qui a mis huit jours à me parvenir. Je regrette tellement que cet accident nous ait éloigné l'un de l'autre. Etre la victime de ses propres bombes ! Quelle stupidité ! J'ai des bandages sur la main droite et c'est Winston, un de mes deux camarades de chambre, qui tient le stylo.

Bien sûr, j'aimerais que tu viennes me voir ! Pour l'instant je ne me trouve pas encore présentable. Si cela t'était possible, tu pourrais venir d'ici deux à trois semaines. Mon chirurgien m'a dit que je n'aurai alors que la main bandée et mon visage devrait être cicatrisé. Rien ne me fera plus plaisir que de revoir celle à qui je ne cesse de penser. J'ai tellement de mots très doux à te dire et je voudrais pouvoir te serrer contre moi tout tendrement.

Notre histoire est si belle. Je n'ai aucune envie qu'elle se termine. Comme je ne risque plus de mourir à chaque mission, peut-être pourrons nous commencer à penser à notre futur ? Réponds-moi vite. Je suis déjà impatient d'avoir de tes nouvelles.

Phil qui te couvre de baisers

La poste fonctionne un peu mieux maintenant. Si cette lettre met quatre ou cinq jours pour arriver, Phil se dit qu'il pourra avoir une réponse d'ici une dizaine de jours. C'est long, mais il prendra son mal en patience.

Les jours continuent à passer lentement. Phil lit beaucoup, joue aux cartes avec d'autres blessés, fréquente le cinéma de l'hôpital qui passe un nouveau film toutes les quarante-huit heures. Au bout de six jours, Phil est aux anges quand on distribue le courrier et qu'on lui tend une enveloppe sur laquelle il reconnaît l'écriture de Victoria. C'est l'heure du déjeuner et pour faire durer le plaisir, il met la lettre dans sa poche pour l'ouvrir un peu plus tard, au calme. Il se demande quand il va avoir la visite de sa chérie et ne peut s'empêcher d'en dire quelques mots à son camarade Winston :

— C'est mon amie qui m'a répondu. Je n'ai pas encore ouvert sa lettre mais je pense qu'elle va venir me voir bientôt.

Il réussit à patienter jusqu'à la fin de son repas et va dans le jardin de l'hôpital s'asseoir seul sur un banc pour découvrir la prose de Victoria.

Lettre de Victoria Miller envoyée au lieutenant-colonel Destivel à l'hôpital de Rauceby le 27 septembre 1944 :

Si cher Philippe,

J'ai été informée par l'armée de terre que le colonel Miller avait réussi à s'échapper de l'oflag où il était emprisonné et avait pu passer la ligne de front. Il est maintenant en route pour l'Angleterre. Tant mieux pour lui mais drôle de nouvelle pour moi !

Je vais être obligée de m'occuper de lui, au moins pendant un temps, et ne pourrai venir te voir. Je suis affreusement triste et déconcertée par la tournure des évènements mais tout ceci ne m'empêche pas de continuer à t'aimer.

Je ne veux pas te perdre. Victoria Miller

Lettre du lieutenant-colonel Philippe Destivel envoyée à Madame Victoria Miller à Gaitford le 2 octobre 1944 :

Victoria

Ta lettre du 27 septembre me rend bien sombre. J'avais tellement envie de te retrouver. Je ne vois plus de place pour moi, près de toi maintenant. Quelle déception ! Tiens-moi au courant de l'évolution de ta situation. Il faut que nous puissions continuer à échanger des lettres. Quand je sortirai de l'hôpital, je pense aller voir mes enfants et ma mère au Maroc pendant deux semaines. Ensuite tout dépendra de l'état de ma main. Si je récupère suffisamment de mobilité et si la guerre n'est pas terminée, je reprendrai ma place à la tête du groupe de bombardement Aquitaine sur la base de Gaitford. Mais je n'y crois pas. Je serai sans doute muté à Paris à l'état-major et nous devrons encore attendre pour nous retrouver à moins que ta situation ne se modifie. J'attends avec impatience de tes nouvelles...

Lettre de Victoria Miller envoyée au lieutenant-colonel Destivel à l'hôpital de Rauceby le 30 octobre 1944 :

Très cher Phil
Ma belle-mère a été victime d'un nouvel accident vasculaire cérébral il y a quinze jours et est décédée la semaine dernière. Elle a heureusement eu le temps de revoir son fils, le colonel Miller qui est arrivé à Gaitford pour se reposer après ses années de captivité. Il est d'une maigreur effrayante, tousse et crache du sang. La tuberculose sans doute.
Nous allons quitter Gaitford pour aller vivre à Londres afin qu'il puisse se faire soigner le mieux possible dans un hôpital militaire. J'ai peur que nous ayons du mal à correspondre maintenant. Continue à m'écrire à Gaitford. Nous ferons suivre le courrier. Donne-moi des nouvelles de ta santé. Je te ferai parvenir mon adresse postale londonienne dès que j'en aurai une. Je suis heureuse pour toi que tu puisses aller voir tes enfants. Je te couvre de baisers. Ne m'oublie pas mon chéri. Victoria

Phil reçoit cette lettre le 10 novembre. Il regrette que Victoria s'éloigne de Gaitford avec son mari. Leur communication était déjà difficile mais maintenant les choses vont surement empirer. Cependant les nouvelles qu'elle lui donne de la santé du Colonel Miller ne sont pas bonnes. Vivra-t-il très longtemps ? Nul ne le sait. Phil a honte de ces pensées et cherche à les chasser mais n'y parvient pas. Son décès pourrait tout changer !

La vie est monotone à Rauceby. Les jours se ressemblent. C'est le plein automne. Le temps est souvent gris et pluvieux. Phil a envie de répondre à Victoria mais ne sait que lui écrire. Il se sent bloqué par la présence de son mari. Tous les jours, il guette le courrier dans l'attente de nouvelles de sa bien-aimée. A la fin du mois de novembre, il se décide à dicter à Winston une lettre pour Victoria afin de lui confier son désarroi. Pourquoi ne lui a-t-elle pas communiqué son adresse à Londres ? C'est très angoissant d'aimer quelqu'un dont on est sans nouvelles.

Lettre du lieutenant-colonel Philippe Destivel envoyée à Madame Victoria Miller à Gaitford le 29 novembre 1944 :

Très chère Victoria, je suis inquiet et triste de ne pas avoir de lettre me donnant de tes nouvelles et ton adresse à Londres. Ma vie sans l'espoir de te revoir manque de sens. J'espère qu'il ne t'est rien arrivé de grave. Mes brûlures du visage, du dos, des jambes sont cicatrisées. L'état de ma main droite s'améliore. Les jours s'écoulent lentement et j'ai hâte de sortir d'ici. Il est toujours question que j'aille à Meknès pour Noël. Je t'embrasse. Phil qui t'aime tant

Tous les jours, Phil guette le courrier et chaque matin il est déçu de ne pas avoir de lettre. Il mange peu, maigrit ce qui inquiète ses médecins qui craignent une infection. Néanmoins ses brûlures cicatrisent et il sort de l'hôpital de Rauceby, le 13 décembre 1944, miné par le silence de Victoria. Le résultat esthétique et fonctionnel de la cicatrisation de sa main droite n'est pas très bon et il porte un gant pour la soustraire aux regards. Des rétractions tendineuses gênent sa mobilité. Pour l'instant, il n'est plus question pour lui de piloter.

23
MEKNÈS, MAROC, DÉCEMBRE 1944

Phil rejoint d'abord sa base de Gaitford où ses collègues lui font un accueil chaleureux. Ses camarades les plus proches lui ont préparé une petite fête au mess des officiers. A Rauceby, les alcools, la bière et le vin ne faisaient pas partie de son ordinaire. Les verres de whisky qu'il déguste ici, lui font voir la vie sous un angle plus gai. Pendant la fête, il s'étonne auprès de Jopet, devenu commandant et chef du groupe Aquitaine à sa place, de ne pas voir certains familiers

— Où sont les capitaines Aramis et Trinchot, je ne les vois pas ? Ils sont en opérations ?

— Non hélas ! Ils sont morts ! Tous les deux descendus par la DCA boche pendant la même mission sur la Ruhr, il y a un mois, et ce ne sont pas les seuls malheureusement.

Suit alors l'énoncé de beaucoup de noms : pour la plupart des jeunes autour de vingt-cinq ans qui ont fait le sacrifice de leur vie

Phil avait souvent joué au bridge avec les deux capitaines décédés. Ils étaient déjà ensemble sur la base de Chartres avant la guerre. Eux sont morts, lui est blessé, mais bien vivant et probablement hors de danger. Phil, dans son hôpital, avait oublié que la guerre continuait sans lui.

Il lui faut maintenant essayer de rejoindre Meknès. Le lendemain, il prend un Halifax qui emmène les permissionnaires passer quelques jours à Paris. L'émotion est forte quand l'avion atterrit sur la base militaire de Villacoublay, remise en état depuis peu. Occupée par les allemands, elle avait été très abimée par plusieurs bombardements alliés. Quatre ans et demi qu'il a quitté l'Ile de France et n'est pas revenu dans la capitale ! Une odeur de liberté retrouvée !

Mais sa destination finale est le Maroc ; son périple ne fait que commencer. Il a de la chance et le jour même, on lui propose une place dans un avion de transport militaire qui va à Marseille. Il y arrive dans l'après-midi, passe la nuit dans une caserne et séjourne deux jours au même endroit avant de trouver un siège dans un avion qui l'emmène jusqu'à Alger. Encore un jour d'attente et c'est le trajet final qui le conduit à Meknès. Cinq jours de voyage pour aller du Royaume-Uni jusqu'au Maroc, ce n'est pas si mal dans des pays encore en guerre !

Le colonel commandant la base aérienne de Meknès qui le connaît bien, est surpris de le voir sortir du chasseur biplace Lockheed P-38 dans lequel il a fait le voyage en passager. Phil lui raconte sa vie en Angleterre, les bombardements répétitifs, son accident, son séjour à l'hôpital. Il évite de mentionner le nom des aviateurs morts au combat. Le colonel lui trouve une jeep avec chauffeur pour l'emmener chez lui. Sa famille n'est pas prévenue de son arrivée. Il est dix-sept heures quand il sonne à la porte de sa maison.

La petite Claire, qui n'est plus si petite, vient ouvrir la porte et manque de s'évanouir quand elle se rend compte que c'est son père qui est en face d'elle. Elle se reprend et se jette dans ses bras en criant :

— C'est papa, c'est papa ! Il est de retour ! Vite, venez lui dire bonjour !

Elle va sur ses quatorze ans. A l'adolescence, on grandit vite et Phil a presque du mal à la reconnaître. Elle est toute jolie avec ses yeux bleus. Ce n'est plus une enfant. Elle a pris près de huit centimètres en une année.

Maggy arrive et n'en croit pas ses yeux :

— Mon Phil, quel plaisir, quelle surprise ! Tu aurais dû nous prévenir !

Phil est ému de tous les retrouver. Plus d'une année s'est écoulée depuis qu'il les a quittés. Paul est en pleine puberté et Claire aussi. Maggy est fière de son grand fils. Pour le dîner, elle réussit à improviser un repas de fête avec vin rosé local, sauté d'agneau, pommes de terre rissolées et salade d'oranges. Es enfants lui recontents leurs vacances et assaillent leur père de questions sur la vie à Gaitford, les missions, les techniques de bombardements, les dangers. Paul semble manifester un intérêt particulier pour le pilotage alors qu'il n'en parlait jamais auparavant. Claire lui demande en plaisantant s'il a rencontré de jolies anglaises. C'est Maggy qui répond la première :

— Ton papa avait tellement de responsabilités qu'il n'a pas eu le temps, de rencontrer qui que ce soit !

Phil profite d'un séjour de Maggy dans la cuisine, pour dire à sa fille dans le creux de l'oreille :

— Je te raconterai quand on sera tous les deux.

Claire est ravie de la complicité avec son papa.

Noël arrive et, ils le fêtent en famille. Cet intermède rappelle à Phil ses responsabilités de père. Ses enfants prennent plaisir à lui raconter ce qui s'est passé pendant son année d'absence. Lui, épluche leurs résultats scolaires qui sont plutôt bons. Paul avait fléchi un temps en mathématiques et semble s'être repris. Phil le teste en lui posant nombre de problèmes d'algèbre.

Un soir, quand les enfants ont diné et sont allés se coucher, Maggy sert un verre de vin à son fils et vient discuter avec lui. Elle aborde la perspective de leur retour à Paris :

— La guerre semble presque terminée. Il est sans doute temps de rentrer à Paris maintenant. Qu'est-ce que tu en penses ?

Phil, diplomate, laisse la porte ouverte :

— Si je suis nommé à Paris, oui on va pouvoir l'envisager, mais je ne sais pas encore où je vais être affecté. A l'état-major parisien, c'est possible. Avec ma main je ne peux plus piloter. Mais peut-être en Angleterre. J'en saurai plus courant janvier.

Maggy n'en dit pas plus et Phil est étonné de son manque de pugnacité. Il n'a pas encore été mis au courant de sa tentative d'escapade !

Elle aborde ensuite un autre sujet :

— Ce dîner avec Françoise Dumaine était chaleureux. Tu te souviens ? Je t'en ai parlé dans une lettre. Très sympathique cette jeune femme !

— Je la connais bien mal, tu sais. Juste un dîner avec elle et son mari. Il n'a pas eu de chance le pauvre et elle non plus. Veuve avec trois enfants !

— Elle est encore jeune. Elle est jolie. Elle ne va pas avoir de mal à se retrouver un compagnon, tu ne crois pas ?

— J'en doute un peu. Trois enfants à charge. Qui voudrait d'une femme avec trois enfants à charge ?

— Mais peut-être quelqu'un qui aurait lui-même des enfants à élever, qui pourrait comprendre ? Tu devrais la revoir quand on sera à Paris.

Phil ne peut s'empêcher de sourire. Il retrouve la Maggy qui ne peut s'empêcher de vouloir organiser la vie de son fils à sa place. Il ne veut pas la contredire et conclut en disant :

— Je chercherai à la joindre quand on sera rentré, si je ne suis pas tombé amoureux d'une anglaise d'ici là !

Cette dernière remarque ne fait pas sourire Maggy :

— Pourquoi dis-tu cela ? Avec les Anglaises, j'espère que tu t'es comporté correctement depuis un an !

Phil ne cherche pas l'affrontement mais narquois, le sourire aux lèvres la rassure :

— J'ai été très occupé, tu sais !

Phil repart pour l'Angleterre le 2 janvier 1945. De nouveau, il fait de l'avion-stop dans les aéroports militaires. Le premier avion le fait retourner à Alger où il est très étonné de trouver la ville blanche encore plus blanche que d'habitude du fait de fortes chutes de neige très inhabituelles. Ensuite retour à Marseille puis à Paris dans la même journée. Il a un peu de temps, reste deux jours dans la capitale et en profite pour aller visiter son appartement de la rue Lecourbe où il n'a pas mis les pieds depuis plus de quatre ans. Tout est en ordre mais la poussière s'est accumulée. Il va aussi visiter sa famille. Il a des cousins à Saint-Maur qui sont ébahis de le voir arriver et lui font un accueil chaleureux. Puis, il retrouve, à l'aéroport de Villacoublay, un Halifax de sa base qui le ramène directement jusqu'à Gaitford.

24
RAUCEBY ET GAITFORD, ROYAUME UNI, JANVIER-FÉVRIER 1945

Arrivé en Angleterre, Phil retourne d'abord à l'hôpital de Rauceby pour une visite de contrôle. Toujours aucune lettre de Victoria au courrier ! Il est terriblement déçu mais a pris un peu de recul.

Le docteur Mac Indoe l'examine et lui propose, comme il lui avait déjà annoncé, de le réopérer dans quelques mois. Il lui promet un résultat fonctionnel et esthétique de premier ordre. Phil est rassuré pour l'avenir mais n'apprécie que moyennement de devoir revenir passer encore trois mois à Rauceby.

Il retourne sur la base de Gaitford car sa hiérarchie lui a demandé d'y attendre une affectation qui ne devrait pas tarder. Il ne peut plus piloter à cause de l'état actuel de sa main droite. A la mi-janvier, il est nommé commandant de cette base en remplacement du colonel Maillard muté à l'état-major. C'est une responsabilité importante mais pas de tout repos car la base aérienne rassemble près de deux mille personnes. Y travaillent à la fois les aviateurs des deux groupes de bombardement français et le personnel au sol, surtout anglais, pour l'entretien, la réparation des avions et la logistique. Ses collègues apprécient cette nomination car lui au moins sait ce qu'on ressent pendant un bombardement en zone ennemie.

En même temps que cette promotion, il reçoit un courrier lui annonçant qu'il est fait officier de la légion d'honneur. Le texte joint, emphatique, fait sourire Phil :

« Commandant de groupe de bombardement lourd d'une valeur exceptionnelle, possède les vertus les plus nobles et les plus efficaces qui caractérisent un chef ; exécutant brillant, organisateur et administrateur hors de pair. A la tête de son unité depuis plus de deux ans, en a obtenu les plus magnifiques résultats. A conduit personnellement son groupe au combat pendant la campagne de Tunisie (1943) puis s'est vu confier la mission d'amener ce groupe en Grande Bretagne

pour combattre sur matériel quadrimoteur. Le lieutenant-Colonel Destivel a personnellement effectué comme pilote de nombreuses missions sur les territoires occupés et l'Allemagne, de jour et de nuit….. A été gravement blessé au cours d'une mission de guerre. »

Phil apprécie cette nomination à la tête de la base, qui lui permet de rester au cœur de l'effort de guerre mais sur un plan plus personnel le silence de Victoria l'attriste. Il ne comprend pas pourquoi elle le laisse sans nouvelles et ne voit pas comment la joindre. Les lettres envoyées à son retour du Maroc restent sans réponse. Soucieux et mélancolique, il raconte la situation à son ancien adjoint Jopet, sans rien lui cacher et lui demande conseil ; c'est le seul à être dans la confidence.

— Tu n'as pas une idée géniale par hasard à me suggérer pour que je puisse avoir des nouvelles de Victoria Miller ?

— Avoir de ses nouvelles à elle c'est difficile, mais peut-être pourrais-tu savoir ce qu'est devenu son mari, le colonel, en faisant intervenir nos amis anglais.

— Tu as raison ! C'est effectivement une bonne idée. Merci, je vais en parler à Walton que je vois au moins deux fois par semaine en ce moment.

Phil en tant que commandant de Gaitford dépend directement du jeune général Walton qui coordonne plusieurs bases. Il est agréable, toujours encourageant avec les aviateurs qu'il appelle souvent par leurs prénoms. Phil ne perd pas de temps et lui explique son souhait d'avoir des nouvelles du colonel Miller qu'il dit avoir bien connu autrefois et qui parait-il a réussi à s'évader d'Allemagne. Walton lui assure qu'il va faire le nécessaire pour savoir ce qu'il est devenu..

Phil se demande dans combien de jours il va recevoir des informations par son supérieur Anglais. Le temps passe lentement.

Le 30 janvier 1945, l'*Air Commodore* Walton lui annonce le décès du colonel Miller survenu une semaine auparavant. Phil est soulagé. Il ne connaissait pas le mari de Victoria mais son existence compliquait beaucoup sa relation avec elle. Au moins, maintenant, elle est libre et il s'attend à recevoir de ses nouvelles prochainement, à moins qu'elle-même n'ait eu des ennuis. Phil attend les courriers avec impatience mais les jours passent sans aucune lettre de sa bien-aimée.

Le 2 février, l'*Air Commodore* Walton demande à Phil de mobiliser douze Halifax. Les appareils décollent vers 18h30 pour une opération qui doit les emmener, de nuit, détruire une usine d'essence synthétique près de Dortmund.

Une fois les appareils partis, Phil peut s'absenter et prévient qu'il sera à l'extérieur pendant deux heures. Il a envie de faire de l'exercice, de se fatiguer et part à vélo se promener à bonne allure dans la campagne anglaise. Il pédale d'abord jusqu'au village de Gaitford, pris du désir irrésistible de retourner à proximité de la maison de Victoria. Sur la route de Yale, en sortie de village, il est submergé par ses émotions, revivant ses amours intenses dans l'atelier de la peintre. Il contemple la grande maison Georgienne, imposante mais austère dans la lumière de fin d'après-midi, triste avec tous ses volets fermés. Il pose son vélo, marche en direction de l'atelier, voit avec mélancolie la boite à lettres qui servait à échanger leurs messages et à organiser leurs rencontres.

Phil ouvre le portail, colle son oreille à la porte de l'atelier et croit percevoir les bruits d'une présence humaine. Il frappe à la porte, entend effectivement des bruits de pas. Quelqu'un est à l'intérieur. La porte s'ouvre. Phil est stupéfait de se retrouver en face de Victoria, vêtue d'une blouse trop grande pour elle, constellée de tâches de peinture :

— Tu es là ! Je suis venu ici par hasard ! J'étais sans nouvelles. J'ai appris que ton mari était décédé récemment.

— Entre, je suis arrivée en début d'après-midi. Il faut que nous parlions. Tu as un peu de temps ?

Victoria laisse passer Phil et lui dit d'aller dans la cuisine. Ils restent silencieux un instant, se regardant très émus. C'est Victoria qui rompt le silence :

— On ne voit rien ; pas de cicatrices sur ton visage. Tu es toujours aussi bel homme. Juste ta main droite ; tu portes un gant ? Tu pilotes toujours ?

— Non j'ai du mal à me servir de ma main. Je dois être réopéré dans quelques mois. Je ne peux plus piloter ; c'est moi qui commande la base de Gaitford maintenant et ce n'est pas de tout repos. C'est une grosse responsabilité. Il y a plus de deux mille personnes dans la station. Mais toi, tu vas comment ? Pourquoi m'as-tu laissé sans nouvelle ?

— Le retour de mon mari a été vraiment pénible. Il était très malade. Il avait peu de chances de s'en sortir et le savait. Je crois que je me suis bien occupée de lui. Je ne pouvais pas mener de front sa fin de vie et cultiver d'autres liens très forts. C'était compliqué. Je me suis sentie coupable. Maintenant je commence à retrouver un peu de quiétude !

— J'ai été triste et inquiet. Je me demandais si tu étais morte ou vivante ? Je ne comprenais pas ? Et là, tu allais chercher à me joindre ?

— Probablement ! Je voulais y réfléchir. Mais raconte-moi ta fin de séjour à l'hôpital. Tu as pu revoir tes enfants à Noël ?

Phil lui décrit son voyage à Meknès, son arrivée surprise, sa fille qui a grandi, son fils aussi et Maggy qui n'a pas changé. Phil se lève alors, fait le tour de la table, arrive derrière Victoria, soulève ses cheveux et l'embrasse tendrement dans le cou. Elle se laisse faire et dit simplement :

— Oh Phil ! tu m'as trop manqué toi aussi !

Puis Victoria se met debout pour se retrouver en face de lui. Des regards d'une infinie tendresse. Des baisers si troublants de retrouvailles imprévues.

— Viens, il y a toujours nos draps dans le lit. Il fait un peu froid. Pas de chauffage dans la maison. Mais j'ai des couvertures en réserve.

Deux corps qui ne tardent pas à se dénuder dans la chambre dont les volets sont clos. Des habits qui s'envolent très vite. Deux peaux qui se cherchent et se trouvent. Et deux désirs de l'autre, des soupirs d'amour, des muscles des cuisses et du ventre qui se tendent. Victoria qui se lève pour aller un instant jusqu'au lavabo. Phil distingue à peine sa silhouette dans la pénombre. Peut-être a-t-elle des formes plus accentuées qu'auparavant. Elle lui demande en français :

— Tu me trouves plus ronde qu'en septembre ?

— Peut-être, mais j'aime !

Ils se retrouvent dans leurs draps. Phil cherche et trouve les douceurs annoncées de son amante. Victoria est plus tendre que sensuelle mais le reçoit en elle avec ardeur. C'est ensemble que des spasmes de plaisir les envahissent et les apaisent. Victoria repose sur l'épaule de Phil plusieurs minutes jusqu'à ce qu'il l'entende sangloter doucement et sente ses larmes couler sur lui. Il la regarde interrogateur :

— Tu pleures ! Pourquoi *sweet love* ?

— C'est très difficile pour moi mais je dois te dire quelque chose. Je ne sais pas comment tu vas le prendre. Je ne voulais pas t'en parler mais je ne veux plus te le cacher. Je suis enceinte de toi Phil, de cinq mois. J'ai vu un gynécologue à Londres qui me l'a confirmé. Je croyais que je ne pouvais pas avoir d'enfant. C'était mon mari qui devait être stérile. J'ai été très surprise mais tellement heureuse. J'ai toujours rêvé d'avoir un fils. Si c'est une petite fille, je serai comblée aussi.

Phil est abasourdi. Jusqu'à maintenant, il n'avait pas envisagé que leur relation amoureuse puisse conduire à un *baby*. Devenir père d'un petit anglais, lui qui a déjà deux grands enfants au Maroc et une situation familiale compliquée ! D'un autre côté, il est tellement ému de revoir son grand amour, de sentir qu'elle l'aime toujours, que c'est le présent qui lui importe le plus :

— Je suis tellement heureux de te revoir. Sans toi dans ma vie, je me sens très seul. Il faut simplement que je m'habitue à l'idée de devenir père d'une famille nombreuse !

— Je suis à Gaitford pour une semaine ou deux. Je n'ai pas vraiment de date limite pour retourner à Londres. J'espère que nous allons pouvoir nous revoir vite. Tu vas avoir du temps pour réfléchir et moi aussi. C'est difficile. Je ne veux pas que ce petit enfant à venir soit considéré comme le fruit d'une liaison hors mariage pendant que son père était prisonnier. Pour l'instant, c'est lui l'héritier du Colonel Miller, qui était loin d'être sans ressources.

— Oui je comprends ce que tu dis. Il faut me laisser réaliser et envisager des solutions. Mais je vois l'heure à ma montre. Je ne peux pas rester longtemps ce soir. Il faut que je rentre à la base. Je vais avoir un jour de permission, mercredi prochain. Nous reparlerons de tout cela, de notre avenir ?

— Oui bien sûr. Moi j'ai la grande maison à trier. Reste discret quand tu viens ici. Je suis veuve depuis peu ! Pas encore une veuve joyeuse !

Elle s'en va quelques instants et revient avec la toile représentant Phil dans son sommeil, qu'elle avait peinte après la fête de Badvington.

— Tu t'en souviens ? Prend cette toile, si tu veux ?

— Oui ! Merci. C'est un beau souvenir !

Phil remet ses vêtements, embrasse longuement Victoria et s'en va un peu soucieux mais tellement heureux. Le soir dans son lit, il a du mal à trouver le sommeil. La situation est compliquée mais il n'est nullement catastrophé que Victoria ait un petit bébé de lui dans son ventre. Cet enfant va les lier pour toujours. Il a conscience de la place qu'elle a dans sa vie. La revoir aujourd'hui était inespéré. Il ne s'y attendait pas. Mais il ne se voit pas revenir dans sa famille en annonçant qu'il a eu un troisième enfant pendant son séjour en Angleterre. De son côté, Victoria n'a pas envie que son fils soit considéré comme un bâtard et elle comme une trainée alors que son mari était prisonnier en Allemagne. Il en arrive vite à imaginer que Victoria pourrait venir avec son fils ou sa fille en France, une fois la guerre terminée. Elle reprendrait à Paris son activité d'artiste-peintre. Ils simuleraient une première rencontre, se marieraient ensuite ; alors Phil pourrait adopter l'enfant. C'est un peu alambiqué comme scénario mais réaliste. Il se promet d'en parler à Victoria mercredi et finit par s'endormir.

Vers trois heures du matin, il est réveillé par le vacarme du premier Halifax de retour de mission. Une minute après, le capitaine Jopet arrive affolé :

— Viens-vite ! Il y a un problème ! De nombreux chasseurs allemands se sont introduits dans le *stream,* des *intruders,* sur le chemin du retour. On vient de nous alerter par radio. Nos avions vont être maintenant détournés pour aller atterrir dans d'autres bases. Les services secrets étaient au courant d'une opération baptisée Gazela mais ils n'ont pas réussi à savoir exactement de quoi il s'agissait. Maintenant on sait :

— D'accord, je m'habille très vite et j'arrive. On se retrouve à la tour de contrôle.

Phil comprend le danger et réfléchit tout en enfilant son uniforme. Des chasseurs allemands s'introduisent dans le flux des avions qui rentrent tous feux éteints de leur mission. Ces avions restent ainsi invisibles dans l'obscurité. Ils suivent les bombardiers jusqu'à leurs aérodromes et vont les mitrailler quand ils atterrissent. Ce qu'il faut faire, c'est éteindre toutes les lumières de la base. L'obscurité sera la meilleure protection.

Quand il arrive à la tour de contrôle, ilaperçoit un Halifax qui se prépare à atterrir. Au moment où il touche le sol, il est immédiatement prit comme cible par un JU boche qui le suivait de peu. L'avion est touché et commence à flamber, à l'arrêt au milieu de la piste. L'équipage quitte précipitamment l'appareil. Les flammes éclairent le terrain et constituent un point de repère pour l'ennemi. Ce sont maintenant deux autres chasseurs qui font des passages à très basse altitude mitraillant l'équipage et des appareils au sol, ainsi que des hangars où sont stockés des appareils. Phil a donné l'ordre aux voitures de pompiers d'éteindre l'incendie du Halifax sur la piste le plus vite possible mais après les nouveaux passages des chasseurs, d'autres foyers ont pris naissance et constituent des cibles supplémentaires faciles à repérer.

Un des chasseurs revient encore. On a vraiment l'impression que le pilote met sa vie en péril en faisant pratiquement du rase-motte de nuit pour mitrailler avec plus de précision. Trente secondes après son passage, on voit une grande lueur éclairer la campagne anglaise à quelques kilomètres de la base. Peut-être le chasseur s'est-il scratché à proximité ?

La situation redevient calme. Les chasseurs allemands dont l'autonomie est limitée ont dû rebrousser chemin. Mais le bilan est lourd. Trois bombardiers sont hors d'usage. Cinq aviateurs ont été tués et trois mécaniciens au sol. On déplore aussi une vingtaine de blessés.

Vers six heures du matin, on vient prévenir Phil, qu'un des chasseurs allemands a été accidenté. Volant sans doute trop bas, il a heurté les branches d'un arbre, a été déséquilibré et a fini sa trajectoire sur le toit d'une maison de Gaitford qui s'est effondrée. Phil se fait accompagner en jeep pour constater lui-même.

Quand ils arrivent dans le centre-ville, on leur indique que l'accident s'est produit en lisière de la ville sur la route de Yale. Phil commence à être angoissé par ce qu'il pourrait découvrir. On leur indique le chemin à prendre, exactement celui qui mène chez Victoria. Ils sont guidés par un halo de fumée noire qui monte vers le ciel. Phil a l'impression que son cœur va exploser quand ils sortent de Gaitford. Il n'y a plus qu'une seule maison à la sortie de la ville. Son cœur bat très vite quand il arrive à la hauteur de la maison de Victoria et voit que c'est effectivement là que l'avion allemand s'est abattu :

— Regardez mon colonel, un des arbres devant la grande maison est à moitié déraciné. Le Junkers a dû le percuter puis heurter la petite maison à coté et la défoncer.

Phil descend de la jeep et s'approche des débris de l'atelier de sa bien-aimée. Il n'y a plus qu'un amoncellement de gravats, de poutres à moitié calcinées encore fumantes. A proximité, l'air est difficile à respirer. On aperçoit cinquante mètres plus loin les débris de l'avion qui a été finir sa course sur le chemin et le fossé qui longe cette construction. Si Victoria était dans son atelier, elle a inévitablement été tuée sur le coup. Il n'y a aucun signe de vie à proximité.

Phil atterré court jusqu'à la grande maison. La porte est entrouverte. Il entre, se retrouve dans un vestibule sombre au bout duquel on aperçoit un escalier qui dessert les étages. Il appelle à tue-tête :

— Victoria, Victoria, tu es là ? Tu vas bien ?

Personne ne répond. En montant l'escalier, il voit des tâches de sang sur les marches et redoute le pire. Les marques rouges cessent dans le couloir qui dessert les pièces du premier étage. Cette maison, il ne la connaît pas et ne sait pas où poursuivre ses recherches. De plus en plus anxieux, il continue son ascension, monte au second étage et aperçoit une nouvelle trace sur le palier devant une porte dont la poignée est maculée de rouge. Il ouvre, entre dans la pièce et aperçoit Victoria, étendue sur un lit, en sanglots, la main droite enrobée d'un linge blanc, souillé de marques écarlates. En chemise de nuit, transie de froid, elle grelotte, en état de choc.

Phil est un peu rassuré. Elle est vivante et ne semble pas trop abimée. Il s'assied à côté d'elle, pose sa main sur son épaule et lui parle doucement :

— Tu es blessée ?

Victoria en le voyant sort de sa torpeur !

— Oh ! C'est bien que tu sois là. J'ai cru devenir folle. Ç'était horrible, un vacarme, une énorme explosion, comme un tremblement de terre. Je venais de quitter l'atelier où je m'étais d'abord endormie. Mais il y faisait trop froid et j'ai décidé d'aller finir ma nuit dans ma chambre de la grande maison. J'ai failli y passer. A quelques secondes près ! J'y suis retournée après l'accident. C'est là que je me suis coupée. L'atelier est complètement détruit. Toutes mes toiles ! Toutes celles que j'avais peintes ici depuis que je m'occupais de ma belle-mère. Parties en fumée. Plus rien ! Je suis désespérée ! Ma main, ce n'est pas grand-chose, une blessure légère, mais ça a beaucoup saigné.

Phil regarde sa main et voit qu'effectivement sa paume est éraflée mais rien de grave. Il se rend compte que sa bien-aimée a eu très peur et ressent comme une catastrophe la perte de ses tableaux. Tout son travail des quatre dernières années ! Phil cherche à l'apaiser et l'enlace. Entre deux sanglots, elle murmure :

— Je suis à bout Je ne veux plus rester ici. J'ai peur de faire une fausse couche. Je vais rentrer à Londres !

— Ma prochaine permission est dans une semaine, je vais venir te voir.

— Oui viens le plus tôt possible. Je n'ai plus que toi dans ma vie Phil et je t'aime.

Victoria est comme une enfant sans défense, dépassée par des évènements qui viennent ébranler sa vie.

— J'ai pensé que tu pourrais venir vivre à Paris après ton accouchement, quand la guerre sera terminée. Tu reprendras ta vie de peintre. Tu as surement encore quelques amis là-bas. Pour nous ensuite, on verra. Tout ce que je veux, c'est ne pas te perdre.

— Aujourd'hui, j'ai du mal à faire des projets mais oui, venir à Paris, être près de toi et continuer à peindre. Je n'ai plus de liens ici. Pourquoi ne pas repartir à zéro ou presque, juste avec un petit bébé de toi ?

Elle lui sourit. Sur ces entrefaites, le chauffeur qui avait emmené Phil entre dans la maison et monte les étages :

— Mon colonel, vous ne croyez pas que nous devrions rentrer à la base ?

— J'arrive dans quelques minutes, je vous rejoins à la voiture.

Phil ne veut pas quitter Victoria de manière trop abrupte:

— Nettoie bien ta plaie avec un désinfectant. Il ne faut pas que ça s'infecte. Tu vas vraiment t'en aller aujourd'hui ?

— Oui si je trouve un train ou un bus. Je ne veux pas rester dans cette maison sinistre. J'ai besoin de me reposer. Il faut que je te donne mon adresse. Je t'écrirai à Gaitford. Maintenant, on ne se perd plus !

—Je vais devoir m'en aller. Notre base a été attaquée cette nuit par des chasseurs ennemis qui ont fait des dégâts au sol. On a des morts et des blessés. Les allemands ne sont pas encore vaincus. Je ne peux pas rester plus longtemps. Ça me fend le cœur de te laisser !

Victoria s'en va quelques instants et revient avec ses coordonnées londoniennes écrites sur une feuille de papier.

Ils descendent ensuite jusqu'à la porte d'entrée. Victoria a des larmes et s'agrippe à Phil qu'elle serre contre elle. Un baiser et une étreinte si tendre. Ses derniers mots sont comme une musique pour Phil.

— Viens vite me voir ! Il n'y a plus d'obstacle à nos amours maintenant !

25
GAITFORD, ROYAUME UNI, 7 MAI 1945

Le matin du 7 Mai, Phil commence par écrire une lettre à Victoria qui doit accoucher dans trois semaines. Début avril, il a pu prendre deux jours de congés et aller la voir à Londres. Phil l'a trouvée très épanouie, tellement heureuse à la perspective d'avoir un bébé de lui, elle qui depuis longtemps, se croyait stérile. Malgré son ventre bien arrondi, elle a recommencé à peindre, ayant pu trouver le matériel minimum nécessaire : une palette, un chevalet, des tubes de peintures et quelques pinceaux. Toujours des toiles très abstraites dans la lignée de celles qu'elle avait montrées à Phil dans son atelier de Gaitford. De belles formes élégantes, colorées mauves et lilas. Phil l'a sentie toujours passionnée par son art. Dans sa lettre, ce matin, il lui donne des nouvelles rassurantes sur l'avancée des alliés et s'enquiert de sa santé. Deux fois par semaine ils échangent des courriers, se redisant sans se lasser combien ils ont hâte de pouvoir se retrouver.

Sa lettre terminée, Phil va dans son bureau où une tâche fastidieuse l'attend. Chaque mois, il doit dresser un bilan des incidents techniques, pannes et accidents survenus pendant les trente derniers jours pour les faire remonter à sa hiérarchie. Il s'agit de voir si des correctifs doivent être appliqués afin de fiabiliser au maximum les avions de la base. Sa secrétaire, Mary, entre dans son bureau quand il est plongé dans ce pensum :

— Colonel, la sécurité vient de me téléphoner ; un lieutenant, pilote anglais, qui n'a pas rendez-vous, souhaite vous parler quelques instants. Il ne veut décliner son identité qu'à vous-même. On m'a dit qu'il insistait beaucoup. Que dois-je répondre ?

— Dites-leur de le laisser rentrer. Je le verrai dans une demi-heure ; j'ai un travail à finir. Vous le ferez patienter dans la petite salle d'attente. J'irai le chercher.

Phil continue ses dénombrements. Les missions ont été moins meurtrières pendant ce mois d'avril. Mars avait été un mois terrible avec cinq avions de perdus et 35 aviateurs disparus. Les défenses allemandes semblent moins efficaces maintenant. Peut-être la fin du Reich qui approche ? Si seulement ! Phil met près de trois quarts d'heure à terminer son rapport puis va à la rencontre de son visiteur.

— Bonjour lieutenant. Venez dans mon bureau.

Celui-ci le suit, marchant un peu laborieusement et devant s'aider d'une canne.

— Asseyez-vous. Racontez-moi ce qui vous amène. Je crois que nous ne sommes jamais rencontrés. Vous ne vous êtes pas présenté ?

Le lieutenant le regarde quelques instants en souriant avant de répondre :

— Mon colonel, vous ne me reconnaissez pas ? Nous avons passé une journée ensemble, il y a plusieurs mois. Nous avons d'abord longuement bavardé dans un pub à Londres. Ensuite, nous sommes allés visiter des défenses anti-V1. Mon visage ne vous dit vraiment rien ?

Phil le regarde attentivement, soudainement très mal à son aise :

— Vous m'évoquez quelqu'un qui est mort devant moi. Ce n'est pas possible, vous n'êtes pas ressuscité ? Dites-moi que je me trompe ! Vous n'êtes pas le mathématicien anglais qui a été atteint par un robot volant ? Vous n'êtes pas John ? John celui qui m'a appris et démontré mathématiquement que j'avais moins d'une chance sur deux de me sortir vivant de cette guerre ?

— Si Colonel, je suis bien John Luxley. Mais rassurez-vous, je ne reviens pas d'entre les morts. Quand on a transporté mon corps à l'hôpital, un médecin légiste m'a examiné avant d'établir le permis d'inhumer et a constaté que je respirais encore. Faiblement, mais je respirais ! Je suis resté dans le coma plus d'une semaine. Miraculeusement, je m'en suis sorti. Plusieurs opérations, des fractures au fémur et au bassin et une plaie interne au niveau du foie, dus à des éclats de bombe et au souffle de l'explosion. Pendant que j'étais alité, j'ai souvent pensé à vous et à notre conversation du matin. Mais je me souviens mal de ce que nous avons dit et fait pendant l'après-midi, c'est devenu très flou. Plusieurs jours de coma, ce n'est pas bon pour la mémoire. Je ne me souvenais que de votre prénom, Phil, pas de votre nom et à l'époque vous n'étiez pas encore le commandant de cette base. Après avoir quitté l'hôpital, j'ai eu du mal à vous localiser, mais j'ai finalement réussi à retrouver votre trace il y a deux mois. Je voulais vous revoir et vous remercier. Si vous n'aviez pas été là, vous n'auriez pas donné l'alerte et je serais mort.

— Je suis stupéfait, John. Un vrai miracle ! Votre histoire est ahurissante ! Mais dites-moi, il y quelque chose qui m'a toujours intrigué, j'y ai repensé plusieurs fois. Quand nous avons vu une bombe volante arriver dans notre direction, vous ne vous êtes pas déplacé. C'est comme si vous vous étiez volontairement exposé, comme un suicide. Pourquoi n'avez-vous pas couru comme moi ?

— Je ne me souviens pas du tout de ce qui s'est passé au moment de l'explosion. Vous m'apprenez quelque chose. Je ne savais pas. Mais j'étais un peu perturbé à cette époque. Je vais bien mieux maintenant. Toutes ces missions sur l'Allemagne, tous ces morts m'avaient traumatisé ! On ne savait pas si l'on allait revenir vivant. J'étais déboussolé. Je vais vous raconter si vous avez le temps.

A ce moment, le téléphone sonne chez la secrétaire. L'*air commodore* Walton cherche à joindre d'urgence le lieutenant-colonel Destivel. Il est 11h02 exactement quand Phil le prend au téléphone. Walton lui dit :

— Bonjour Colonel Destivel. Ecoutez-bien ! Une très grande nouvelle ce matin ! Celle que nous attendions depuis plusieurs mois. Les Allemands sont vaincus ! La *Wehrmacht* a signé une reddition sans condition aujourd'hui à Reims chez vous en France vers trois heures du matin. Jodl était présent, Eisenhower aussi. C'est la fin des hostilités en Europe. J'ai eu *l'air marshal* en personne au téléphone, il y a quelques minutes. Il m'a demandé de prévenir un certain nombre de commandants de bases dont vous. Les bombardements sont suspendus. Le cesser le feu doit entrer en vigueur demain soir vers 21h. Vous pouvez diffuser la nouvelle. Il y a peu de chance maintenant que je vous demande des équipages pour une mission ! A bientôt. Je continue mes appels. Vous aurez d'autres informations par le *bomber command*.

Phil, de plus en plus troublé par cette matinée, reste quelques instants silencieux, perdu dans ses pensées. L'émotion est immense. La guerre est terminée en Europe. Presque cinq années depuis que l'armistice de 1940 a été signée. Des années terribles ! La France a été envahie, a collaboré avec l'occupant. Des millions de morts et de blessés dans toute l'Europe. Beaucoup d'aviateurs français de Gaitford y ont laissé leur vie. D'autres ont été blessés, mutilés, brulés. Des jeunes ont fait le sacrifice suprême pour faire cesser les horreurs de la barbarie nazie. Cette reddition allemande donne tout son sens à leur dévouement.

Phil regarde de nouveau son visiteur.

— John, quelle matinée ! Vous revenez d'entre les morts et puis l'on vient de m'apprendre que les allemands ont officiellement capitulé. Ils ont signé cette nuit une reddition. Pas un armistice. Une reddition sans condition Les boches sont écrasés ; toute l'Allemagne est occupée par les alliés. La guerre est terminée en Europe. Une victoire totale. Vous êtes vivant et moi aussi. Incroyable !

John est sous le choc ; sa propre réaction le surprend. Il devrait être heureux, soulagé. Il se sent déstabilisé car il voulait devenir pilote de *pathfinders,* quand il irait mieux. Aller déposer des marqueurs lumineux sur les endroits cibles au milieu des chasseurs allemands, à basse altitude, c'est grandiose et le risque de se faire descendre est majeur. Peu s'en sortent mais pour John, c'était le prix à payer pour effacer ses restes de culpabilité toujours présents malgré ses longs mois d'hôpital.

— John, vous faîtes une drôle de tête. Vous êtes heureux non ? La guerre est terminée. Vous avez bien compris ? Vous allez pouvoir reprendre vos recherches en Mathématiques. Vous êtes vivant. C'est un miracle. Vous êtes jeune, au seuil d'une nouvelle vie.

— Je ne peux m'empêcher de repenser à tous ceux qui sont morts et ne reviendront plus. Je crois que ça me ferait du bien de quitter l'Angleterre, d'aller travailler dans un autre pays. J'ai besoin d'oublier.

Phil le trouve étrange et se rend avec lui au mess des officiers qu'il trouve bien rempli. Ses deux principaux collaborateurs Jopet et Vigard sont assis, un verre de bière à la main. Il se fait servir le même breuvage et se met à parler d'une voix forte pour que tout le monde l'entende :

— Messieurs, votre attention, s'il vous plaît ! Je lève mon verre et vous ne savez pas encore à quoi ? Et bien les boches ont capitulé. Une reddition sans conditions signée à Reims, cette nuit ! Messieurs, la guerre en Europe est terminée.

Beaucoup de joie, celle de la victoire et d'émotions sur les visages de ces officiers. Ils se mettent à clamer des « Hourrah », des « Vive les alliés » et des « Vive la France ». Les aviateurs entament la Marseillaise. Jamais, ils ne l'ont chantée avec pareil enthousiasme. Phil reprend ensuite la parole :

— Messieurs une minute de silence maintenant pour tous nos disparus, pour ces jeunes qui ne sont pas revenus. Ils ont laissé leur vie dans l'enfer des bombardements et des combats aériens. Plus de la moitié des aviateurs, présents en mai 1944 à notre arrivée à Gaitford sont morts. Ce sont des héros ! Ne les oublions jamais !

Cette minute de silence est terrible. Tous pensent aux camarades qu'ils aimaient, avec qui ils discutaient, jouaient au bridge, allaient boire des bières dans les pubs de Gaitford jusqu'au jour où ces aviateurs ne revenaient pas et étaient déclarés *missing*. Leurs yeux se remplissent de larmes. Cette minute est longue, pesante. Le bonheur revient quand cesse cet instant de recueillement. La joie de la victoire reprend le dessus. Ils portent un toast à ce succès dont ils ont été acteurs. Phil leur donne, pour terminer, quelques détails supplémentaires sur la reddition.

La nouvelle se répand comme une trainée de poudre sur la base aérienne. On vient trinquer joyeusement dans les mess. Ces hommes, depuis plusieurs mois, risquaient quotidiennement leur vie. La fin des hostilités est enfin arrivée et maintenant, c'est pour tous le retour en France en ligne de mire, l'assurance de s'en sortir vivant et leur vie à reconstruire.

Deuxième Volume

NOS VIES D'ABORD

26

PRES DE TORGAU, ALLEMAGNE, 7 MAI 1945

Wilhelm Steimer est épuisé. Il marche péniblement, à petits pas, et n'a rien mangé depuis deux jours. Les Russes sont à ses trousses ou plus exactement à celles des restes de la 12ème armée allemande. La troupe est commandée par le général Wenck qui devait d'abord aller combattre à Berlin. Mais les Russes étaient en force et les Allemands ont dû rebrousser chemin près de Potsdam. En ce moment, ils battent en retraite direction plein Ouest. Tout sauf devenir captifs des bolchéviques ! On dit que les soldats russes violent les femmes, emmènent les soldats en Sibérie et pillent campagnes et villes. Wilhelm est déjà venu dans cette région et sait que l'Elbe, ce fleuve qui se jette quelques centaines de kilomètres plus loin dans la mer du Nord, est proche. L'Elbe, c'est leur planche de salut. De l'autre côté du cours d'eau, les armées américaines qui en général traitent bien leurs prisonniers, sont présentes, en train de les attendre.

Wilhelm est sergent dans la Wehrmacht. Il porte un sac à dos, qui, malgré sa fatigue, ne le quitte pas. Depuis trois jours, même quand il s'arrête pour se reposer, il le garde sur lui et refuse de s'en séparer. Au fond de ce sac se trouve un bien précieux qui pourrait changer son destin s'il sait l'utiliser à bon escient.

Il n'est pas le seul à marcher. Le désordre est immense. Des dizaines de milliers de réfugiés civils de tous âges, des militaires de la Wehrmacht de tous grades fuient les Russes. Ces militaires ne croient absolument plus à une victoire allemande. Le mieux pour eux serait de tomber aux mains des américains, quitte à rester captifs quelques temps car ils pensent que leurs conditions de détention seront supportables. Wilhelm, lui, a d'autres ambitions. Voici près de cinq ans qu'il a été obligé de rejoindre l'armée allemande. Jusqu'à la mi 42, il a fait partie des petits vernis qui coulaient des jours heureux à occuper la France. Quels souvenirs merveilleux, cette période d'occupation dans un village français ! Il ne fait qu'y repenser depuis deux ans. S'il pouvait y retourner ! L'horreur est ensuite arrivée, la mutation en Russie, le front russe, la bataille de Stalingrad, les rats partout, les morts par milliers chaque jour, le froid ensuite, toujours terrible. Puis un miracle s'est produit, grâce à sa connaissance des langues. Wilhelm a 29 ans. Il parle l'allemand, la langue de son père, l'anglais comme sa mère née à New-York, de nationalité américaine, et le français qu'il a appris à l'école et à l'Université, puis cultivé pendant ses années d'occupation. Heureusement, fin 43, il a été muté dans le renseignement, en Allemagne, pour aider au décodage des messages américains interceptés par son unité.

La route où marche Wilhelm longe un bois de sapins au feuillage dense. Les arbres sont plantés près les uns des autres. On voit mal l'intérieur du bois. Le sergent sort de sa poche quelques feuilles de papier journal, quitte la route précipitamment comme pour satisfaire à un besoin impérieux et s'enfonce dans la verdure. Dans l'armée, ils sont nombreux à souffrir de dysenterie ; la nourriture étant souvent avariée, les intoxications alimentaires sont fréquentes. Wilhelm se juge suffisamment à l'abri des regards et extirpe de son sac à dos un rasoir, une paire de ciseaux, un miroir de poche, un peu de savon et une bouteille d'eau. Il ne veut pas qu'on le reconnaisse et pour cela sacrifie sa moustache qu'il taille presque à ras avec les ciseaux, sans utiliser finalement le coupe-chou. Ce serait louche un individu rasé de près par les temps qui courent, alors que tous les civils allemands en train de fuir sont sur les routes, dorment dehors et ne se lavent plus. Il quitte son uniforme et sort de son sac des habits civils. Une chemise bleue, un costume correctement coupé, des chaussures de ville noires, une casquette avec des oreillettes, un imperméable tâché un peu vaste qui masque le reste de son habillement Il se salit le visage avec de la terre. Métamorphosé, il coupe une branche de sapin pour se faire une canne de fortune et reprend son sac. Il dissimule son uniforme, sous des branchages. Wilhelm retourne alors dans le flot des réfugiés et marche en boitant, s'aidant de sa canne. Certains pourraient s'étonner de la présence d'un homme jeune, habillé en civil dans cette foule et le soupçonner de désertion. Mais avec son accoutrement, on ne sait pas s'il a trente ou cinquante ans. Les gens à côté de qui il marche sont trop épuisés pour s'étonner de sa présence. Certains gémissent, perclus de douleurs liées aux kilomètres déjà parcourus, d'autres sont haletant, à bout de forces.

Ils sont debout depuis l'aube, après seulement quelques heures de sommeil. Wilhelm est sûr que l'Elbe n'est plus très loin. Il se demande ce qu'il découvrira quand il arrivera à proximité du fleuve. Surtout ne pas se faire repérer comme soldat de la Wehrmacht, mais ne pas non plus se trouver englué au milieu des réfugiés civils ! Ses projets sont tout autres.

Wilhelm se sent de plus en plus faible. Il est nauséeux et terriblement assoiffé. Il économise ses réserves en eau depuis la veille mais, à ce stade, il sent qu'il doit boire un peu pour ne pas défaillir. Il pompe dans ses réserves. Après quelques gorgées, il ne lui reste plus qu'un quart de litre d'eau. Il continue à marcher, boitant de plus en plus. On perçoit, crescendo au fur et à mesure de la marche, un bruit de voix qui vient de l'avant. La végétation change. La route n'est plus entourée de bois mais de champs mal cultivés où pousse partout une herbe vert tendre. Les pommiers sont en fleurs, des mésanges chantent et les moineaux sont nombreux dans le ciel. Mais dans le convoi, les gens sont trop angoissés pour pouvoir profiter de ces douceurs colorées du printemps. Les réfugiés marchent de plus en plus lentement puis le convoi s'arrête.

Wilhelm veut savoir ce qu'il se passe. Il quitte la route sur la droite, enjambe une clôture, et continue son chemin à travers champs en décrivant une grande boucle, espérant gagner du temps pour arriver au fleuve. Plusieurs autres réfugiés le suivent. Mais Wilhelm n'engage pas la conversation et essaie de les semer afin de rester seul. Il a dissimulé dans ses sous-vêtements les papiers d'identité sur lesquels il compte, le moment venu, pour s'inventer une nouvelle vie. Il aperçoit maintenant ce qui doit être la rive de l'Elbe mais il est encore trop loin pour discerner si des soldats américains sont présents et les attendent. Encore cinq minutes de marche à petite allure et il sera renseigné. Ces minutes sont longues et angoissantes. La partie difficile va bientôt commencer. Il aimerait tant arriver à réaliser son projet. Pour cela, il lui faudra dans un premier temps trouver une barque.

Wilhelm est maintenant au bord de l'Elbe. Le fleuve est déjà large à cet endroit. Sur la droite, un pont a été endommagé par des bombardements récents et deux arches manquent. Dans les champs, on distingue plusieurs carcasses de blindés légers allemands qui ont dû être touchés quelques semaines auparavant. Pas une embarcation en vue qui lui permettrait de franchir le fleuve. Il longe la rive droite vers le sud, là où l'Elbe fait un coude l'empêchant de distinguer ce qui se trouve plus loin. Wilhelm s'approche prudemment jusqu'à l'endroit où le fleuve commence à incurver sa trajectoire. Quelques centaines de mètres plus loin, il aperçoit une foule, soldats et réfugiés mélangés. Sur le fleuve, plusieurs barques font la navette entre les deux rives. Wilhelm rejoint un groupe surtout composé de civils comme lui. Il se fait tout petit, enfonce sa casquette et fait la queue. Chaque barque ne convoie qu'une dizaine de personnes. Un batelier remonte alors le fleuve avec sa barque puis traverse de nouveau l'Elbe pour continuer son transport. Aucun GI sur la rive droite mais une forte concentration de troupes et de véhicules blindés sur la rive gauche. On aperçoit aussi des tentes de bonne taille vers lesquelles les nouveaux arrivants sont emmenés.

Il est près de midi quand Wilhelm peut monter dans une embarcation. Dans peu de temps, il sera interrogé sur son identité, ses activités et va devoir jouer serré. Quand il arrive sur la berge, lui et ses compagnons de traversée sont tout de suite pris en charge par deux soldats américains, un blanc et un noir, armés d'un fusil. Ils leur demandent de les suivre, après avoir mis de côté deux soldats de la Wehrmacht qui étaient montés dans la même barque. Ils marchent pendant quelques minutes et arrivent à une tente dressée au bord d'une clôture. On leur ordonne de faire la queue, assis par terre en attendant d'être interrogés. Ils peuvent, s'ils le veulent, utiliser les latrines à proximité. De l'eau et du pain sont distribués aux nouveaux arrivants qui se jettent littéralement sur ce repas frugal. Wilhelm est affolé par le nombre de personnes qui attendent. Les civils sortent ensuite au compte-gouttes et sont accompagnés vers une destination inconnue.

Au bout d'un quart d'heure, Wilhelm entend du bruit, comme des murmures, des éclats de voix qui viennent d'un attroupement. Il est trop loin pour savoir de quoi il s'agit. Un civil allemand sort de la tente très excité et dit quelques mots à d'autres personnes assises près de l'entrée. Une rumeur se propage. Certains visages se ferment et d'autres au contraire deviennent plus détendus, comme s'ils étaient soulagés.

La rumeur arrive jusqu'à Wilhelm. Dans la nuit, une reddition sans conditions a été signée par le général allemand Jodl en présence d'Eisenhower. C'est une grande nouvelle. C'en est fini du régime nazi. L'Allemagne est totalement occupée. Wilhelm est allemand. Il a durement combattu pendant ces dernières années. Mais il est serein. Il n'appréciait pas les nazis même s'il était violemment anticommuniste. Soldat de la Wehrmacht, il a dû faire son devoir comme tous les jeunes allemands mais sans enthousiasme, d'autant plus que sa mère est américaine, donc du camp adverse. Il pense à ses parents. Il est sans nouvelles d'eux et ne sait pas s'ils sont morts ou vivants depuis le bombardement de Dresde.

La nouvelle change l'atmosphère dans le camp des réfugiés. Des soldats américains se mettent à crier et courir dans tous les sens, se congratulant et s'étreignant les uns les autres, cessant de s'occuper des civils qui attendent. Wilhelm est aux aguets et analyse la situation. Peut-être est-ce le moment pour lui de mettre son plan à exécution ?

Il en est à la phase numéro deux de son plan et n'a pas le choix, c'est maintenant ou jamais. Une chance sur dix de réussir mais il faut la tenter. Wilhelm a peur mais se ressaisit. Il regarde autour de lui, à la recherche d'un coin discret mais n'en voit pas. Il se déplace pour faire le tour de la tente. Personne ne songe à l'en empêcher. La tente a été montée contre un massif d'arbustes. S'il entre sans être vu dans ce massif, il va pouvoir être tranquille quelques instants. C'est ce qu'il fait, terrorisé à la pensée d'être découvert. Il a toujours son précieux sac à dos avec lui.

Wilhelm abandonne son imperméable, récupère des papiers d'identité cachés dans ses sous-vêtements, humidifie un chiffon avec son reste d'eau, s'essuie le visage et les mains pour paraître à peu près propre. Il enfile un brassard sur lequel est inscrit le mot « PRESS » et attrape ensuite l'appareil photographique au fond de son sac. Il sort des arbustes et se dirige vers un groupe de soldats américains en train de boire et chanter à quelques dizaines de mètres.

Quand il arrive près d'eux, son appareil à la main, il les apostrophe gaiement en américain avec un accent très typique :

— *Hey guys, how's about I take a picture of you? A souvenir of the day of victory. I'll develop the photo straight away.*

— (Eh les gars ! Vous voulez que je vous photographie, une photo mémorable le jour de la victoire ? Je vais développer ma pellicule tout de suite après !)

Les soldats le prennent pour un reporter envoyé par un journal américain. Wilhelm est parfaitement bilingue et n'a pas une pointe d'accent allemand. Les GIs sont ravis et posent pour Wilhelm une bouteille à la main.

Il les quitte les assurant de son retour d'ici une demi-heure ; il marche vers un autre groupe et réitère la même opération.

Progressivement, il s'oriente vers des groupes d'américains de plus en plus proches de la sortie du camp, tout près de l'Elbe. Il s'attarde à l'intérieur, près de la barrière d'entrée, multipliant les prises d'images de militaires US et allemands. Très poliment, il sollicite les GIs postés à l'entrée du camp, toujours son appareil photographique autour du cou :

— *Hey guys, I'd like to take a few shots of people arriving in the boats. Will you let me back in in few minutes?*

— (Eh les amis, si je vais prendre quelques photos des gars en train d'arriver en barque, vous me laisserez rentrer dans quelques minutes ?)

— *We're letting all the Germans in, we're hardly likely to turn away one of our own journalists ! See you in a jiffy.*

— (On laisse bien rentrer tous les allemands ! On ne va pas chasser un journaliste de chez nous. A tout de suite.)

La phase 2 du plan de Wilhelm, sans doute la plus délicate, a bien fonctionné. Il est dehors, en habits civils. Et on le prend pour un journaliste américain ! Mais il n'est pas au bout de ses peines. Près de mille kilomètres à parcourir pour arriver à destination. Des frontières bien gardées à traverser, avec des militaires qui font la chasse aux officiers SS affolés par l'idée de se retrouver en prison.

Pour l'instant, il n'a qu'une demi-tablette de chocolat offerte par un sergent, heureux d'avoir été pris en photo, et quelques marks et dollars en poche. Mais il a échappé aux Russes, à la hiérarchie militaire américaine et aucun soldat de la Wehrmacht ne l'a reconnu. Il éprouve maintenant le besoin de s'isoler pour bâtir la suite de son aventure. Aujourd'hui les bois lui servent de refuge.

Wilhelm fait le point dans un sous-bois de hêtres et vérifie ses papiers d'identité. Il n'est plus allemand mais est devenu journaliste américain travaillant pour le Washington Post. Correspondant de guerre ! Il y a quelques jours, il a entendu des gémissements alors qu'il était seul, en train de marcher dans un bois. Il s'est approché et a découvert un américain en civil qui avait sauté en parachute d'un avion en flammes et avait eu une mauvaise réception à son arrivée au sol. L'homme souffrait beaucoup avec une blessure très hémorragique du flanc droit. Wilhelm s'est d'abord adressé à lui en allemand puis il a compris qu'il s'agissait d'un américain et a continué dans sa langue. L'homme lui a péniblement expliqué qu'il était journaliste, chargé d'un reportage sur la chute de Berlin et l'invasion russe. Il avait perdu trop de sang et devait décéder moins d'une demi-heure après l'arrivée de Wilhelm. Ce dernier, sans vergogne, a récupéré ses papiers d'identité, les a méticuleusement maquillés rajoutant sa propre photo et imitant les impressions d'un tampon officiel. Il a aussi récupéré une partie de ses habits. Le résultat tout à fait correct a permis à Wilhelm Steimer de devenir William Clark, âgé de 32 ans.

27
MEKNES, MAROC, 7 MAI 1945

— J'en ai assez ! J'en ai marre ! Mais qu'est-ce que j'en ai marre !

Maggy ne peut s'empêcher de vociférer à voix haute, bien qu'elle n'ait aucun interlocuteur en face d'elle. Hier elle a reçu de son fils une lettre qui l'a mise hors d'elle. Il lui explique encore une fois que la guerre n'est pas terminée, que même si elle se termine bientôt, il ne va pas rentrer immédiatement et que eux à Meknès vont devoir attendre encore un peu avant de revenir en France. Alors que Paris est libéré depuis plus de neuf mois et qu'il n'y a plus un allemand en France depuis belle lurette, à part des prisonniers !

Voilà quatre ans qu'elle est arrivée dans ce bled avec ses petits-enfants, Paul et Claire. Au début, ça allait. Phil était présent, même s'il y avait à redire sur son comportement ! Mais depuis qu'il est parti fin 1943 pour l'Angleterre, la vie est devenue infernale. Beaucoup d'autres d'aviateurs ont quitté eux-aussi le Maroc. Parmi les européens, il n'y a plus que des épouses et des enfants. Ils sont tous plus jeunes qu'elle qui va sur ses 71 ans. La moitié du temps, il fait une chaleur horrible. Et côté nourriture, même si on ne meurt pas de faim, ce n'est pas formidable. Maggy rêve de charcuterie, telle que jambon, saucisson à l'ail, boudin noir et de côtes de porc bien grasses pour remplacer les poulets faméliques et le mouton quotidien. Certains jours, les enfants la fatiguent. Ils sont adolescents maintenant, la contredisent fréquemment. Même s'ils sont plutôt gentils, ils ne sont pas très faciles à élever, surtout Claire, la seconde, qui a tendance à n'en faire qu'à sa tête.

Maggy est nostalgique de sa famille de Bois-Colombes, d'Asnières et autres banlieues proches de Paris. Bien sûr, elle a continué à correspondre avec eux mais le courrier est lent, si lent ! Maggy est vraiment de mauvaise humeur et ce d'autant plus qu'elle a faim. Elle s'est réveillée tôt ce matin, 5 heures et demie, s'est levée pour prendre un bol de café avec un peu de pain beurré. Elle éprouve maintenant le besoin de parler à quelqu'un et décide de faire une visite à sa copine Ginette qui tient un magasin de vêtements pas très loin de chez elle. Maggy fait très attention à sa tenue ; elle n'est pas mère de lieutenant-colonel pour rien et a un rang à tenir. Elle se maquille discrètement, enfile une jolie robe à fleurs roses, en coton. Les enfants sont à l'école et elle a un peu de temps libre devant elle. Elle s'apprête à fermer la porte de sa petite maison quand soudain des sirènes retentissent comme si l'on prévenait les habitants de l'imminence d'un danger. Mais que peut-il se passer ? Il n'y a plus d'allemands ni d'italiens depuis longtemps en Afrique du Nord. Les sirènes se font entendre déjà depuis près d'une minute quand les cloches de l'église voisine viennent ajouter leur touche plus mélodique.

Maggy réalise que ce moment béni, attendu depuis si longtemps, est peut-être arrivé ? Elle doit se renseigner et dans la rue se met à courir plus qu'à marcher, malgré son âge. Elle arrive à une plus grande artère et voit que marocains et français sont tous en train de sortir dehors, de crier l'air joyeux. Elle rencontre la femme d'un officier qui lui dit, très excitée, presque en hurlant :

— Maggy, c'est l'armistice ! les boches ont signé cette nuit. La guerre est finie. On va bientôt pouvoir rentrer au bercail ! Contente, non ?

Maggy n'y croyait plus et cette nouvelle est un choc pour elle. Elle n'arrive pas à répondre à son interlocutrice et marche jusqu'à un banc pour se reposer quelques minutes, essoufflée. Elle a envie de parler à quelqu'un mais ne sait pas à qui. Puis un nom lui vient vite à l'esprit, ou plutôt un prénom, Slimane, son seul ami marocain, si différent d'elle. Tout les oppose, leur nationalité, leur culture, leur vie. Mais Maggy aime rester à discuter avec Slimane et, lui aussi, semble l'apprécier même si elle est notablement plus âgée que lui. Comment trouver Slimane ? Il n'est surement pas chez lui en pleine matinée. Transmission de pensée ou pur hasard, Maggy entend une voix derrière elle :

— Bonjour Madame Colonel ! Ça va bien ? Alors c'est l'armistice. Tu dois être contente ? Quatre ans n'est-ce pas que tu es chez nous ?

Slimane c'est tout un poème. Il est grand avec une belle moustache grise. Décoré en 1917 de la croix de guerre, il la tutoie. Les Marocains n'ont pas l'habitude du vouvoiement qui n'existe pas dans leur langue, mais cela ne gêne pas Maggy qui n'est pas née de la cuisse de Jupiter. Qu'importe qu'il lui dise tu ou vous. Slimane l'appelle souvent Madame Colonel d'une manière respectueuse et affectueuse. Il utilise aussi Madame Maggy et Madame Destivel, comme bon lui chante.

— Ah Slimane ! je pensais justement à toi. Je suis toute retournée. Quel bonheur de te voir ! Six ans que cette guerre a été déclarée ! Que de monde dans la rue ! Je crois que je vais bientôt pouvoir rentrer chez moi. Tu ne veux pas passer à ma maison dans une heure pour fêter ça ? J'ai fait un gâteau pour les enfants hier et il en reste. Je te ferai un café ou un thé.

— D'accord Madame Maggy, dans une heure je serai chez toi.

Slimane s'en va et Maggy reste quelques minutes sur son banc à réfléchir. Ce qui lui importe, surtout maintenant, c'est son retour à Paris. Pour cela, elle est dépendante de l'armée qui doit lui offrir un moyen de locomotion pour revenir en France. Avion ? Bateau ? Elle ne sait pas mais qu'importe du moment qu'elle quitte ce pays au plus vite.

Pendant ce temps, Paul et Claire ses petits-enfants de 15 et 14 ans sont sortis précipitamment de leur école avec leurs camarades pour défiler dans Meknès, chacun de leur côté. Paul a retrouvé ses copains scouts. Ils ont été chercher le fanion de leur troupe qu'ils portent fièrement comme s'il s'agissait du drapeau national. Claire, elle, défile dans les rues avec ses amies. Depuis plusieurs jours, ils entendaient dire que les armées allemandes étaient très mal en point et que leur défaite était proche.

Maggy, rentrée chez elle, prépare une petite collation pour son ami de l'atlas, Slimane, qui est cantonnier. Lorsqu'elle était petite, dans sa campagne près d'Orléans, ses parents offraient toujours un coup à boire au cantonnier quand il était dans les parages et il ne disait jamais non. Elle perpétue ici cette tradition. Elle a été contente de l'avoir rencontré. Un brin d'exotisme dans cette relation. Ils sont très amis, se rendent des services et aiment discuter ensemble. Maggy le fait parler de son enfance quand il habitait avec ses parents dans un village du Haut Atlas. Slimane lui pose de nombreuses questions sur sa jeunesse, sur ses parents vignerons, sur son mari venu habiter près de Paris, et décédé il y a quelques années.

Le temps passe vite et Slimane sonne à la porte. Sans attendre d'être accueilli, en habitué de la maison, il rentre dans la petite maison Destivel de Meknès et trouve Maggy dans sa cuisine.

— Alors Madame Colonel, les Allemands sont vaincus ! Tu vas

rentrer ou bien tu aimes tellement le Maroc que tu vas rester avec nous toute ta vie ?

Maggy ne veut en rien le vexer. Elle lui répond avec diplomatie.

— Le Maroc c'est un très beau pays mais j'ai toute ma famille qui m'attend en France. Je vais bientôt devoir rentrer mais sûrement pas tout de suite. Je dois voir ça avec mon fils.

— Et qu'est-ce que tu vas faire en France, Madame Maggy ? Tu as une maison à toi ? Ou bien tu vas vivre chez ton fils et continuer à t'occuper de tes petits enfants ?

— C'est une bonne question. Je ne connais pas encore la réponse. Je ne sais pas ce qui est le mieux.

— Madame Colonel, tu n'as pas envie de te remarier ? Les petits enfants ont grandi.

— Me remarier ! Mais tu es fou, je suis une vieille femme. Ce n'est plus de mon âge !

— Tu es encore une belle femme, élégante. Je suis sûr que tu pourrais trouver un veuf, heureux d'avoir quelqu'un qui veillera sur lui. Moi ça me manque. Tu ne veux pas rester et te marier avec moi ?

— Slimane tu te moques de moi, ce n'est pas gentil !

Ce n'est pas la première fois que Slimane lui fait cette demande, un grand sourire tendre sur le visage.

Maggy commence à préparer du thé, pas un thé à la menthe très sucré comme ici, plutôt un thé à la française. Mais subitement, elle change d'avis, débouche une bouteille de vin gris de Guerrouane et remplit les deux bols préparés pour le thé. Elle coupe plusieurs parts de la tarte aux prunes, cuite le jour précédent et retourne avec Slimane dans son salon. Elle ne lui dit pas qu'il y a du vin dans les deux bols. Ils trinquent à la victoire et commencent à boire. Slimane est surpris. Jamais de sa vie, en bon musulman, il n'a bu de boisson alcoolisée. Maggy voit sa surprise :

— Slimane, un événement comme aujourd'hui ça se fête avec du vin. Tu es obligé d'y goûter. Tu aimes ?

Slimane déguste le vin par petites lampées, avec l'air d'apprécier. Plusieurs fois Maggy lui remplit son verre et le sien et ils trinquent à la France, au Maroc, à la fin de la guerre. L'alcool a vite fait de les rendre plus gais que de coutume. Ils s'asseyent par terre, de part et d'autre d'un plateau en cuivre récemment acheté par Maggy :

— Madame Colonel, j'ai la tête bizarre. Ton plafond, il tourne au-dessus de moi !

Tous les deux rient. Maggy se rapproche de lui et lui donne un baiser sur le front. Slimane, l'attire tout près d'elle. Maggy, surprise rit de plus belle. Elle est un peu interloquée quand elle sent son ami marocain commencer à la déshabiller. Mais elle ne proteste pas. Elle est trop pompette pour rester raisonnable et se dit un instant que c'est probablement son dernier armistice ! Doucement, elle murmure à Slimane que ce serait mieux pour eux d'aller dans sa chambre. Ils se retrouvent sur son lit sans attendre. Avant de décéder son mari était resté malade plusieurs années, insuffisant cardiaque et affaibli. Ses derniers transports amoureux remontent à plusieurs années. Maggy ne croyait plus retrouver ces plaisirs si forts.

Maggy subitement entend du bruit. C'est la porte du jardin que quelqu'un ouvre. Puis c'est la porte de sa maison qui fait son crissement caractéristique. Quelqu'un est entré. Slimane lui fait signe de rester très silencieuse. Chut ! Chut ! Maggy est angoissée. Que dira-t-elle si l'un de ses petits-enfants rentre dans sa chambre, ce qu'ils font habituellement sans se gêner. Maggy retient sa respiration. Trois très longues minutes qui la font transpirer. Des minutes qui n'en finissent plus. Elle qui dans la vie ne manque pas d'aplomb est désemparée. Elle ferait mieux de se rhabiller mais cela risque de faire du bruit. La porte de la chambre n'a pas de serrure. Impossible, de fermer à clef. Maggy se sent comme prise dans une souricière. De nouveau, la porte de la maison grince et le silence revient. L'alerte est terminée. Ouf ! Maggy a cru sa dernière heure arrivée ! Elle l'a échappé belle !

Slimane en profite pour redoubler d'ardeur et Maggy ne le rejette pas. Elle prend plaisir à tenir son sexe dans sa main et à le caresser. Après leurs ébats, elle n'en revient pas de ce qui est arrivé ! Ils se quittent ensuite, tout sourire, une demi-heure après. Maggy reste chez elle, heureuse de plaire encore à un homme gentil, tout à fait bien de sa personne et qui doit avoir dix ou quinze ans de moins qu'elle.

Les paroles de Slimane lui donnent à réfléchir sur son retour en France. Que va-t-elle faire de sa vie, maintenant ? C'est vrai que dans le journal qu'elle lit régulièrement, « Le chasseur français », il y a des annonces matrimoniales. Elle voit régulièrement des femmes de son âge qui cherchent à se remarier. Se remarier, c'est sans doute ce qui va arriver à son fils ? Ce serait normal, il est dans la force de l'âge et a besoin d'une compagne. Mais ne va-t-il pas tomber sur une petite grue qui lui fera faire n'importe quoi ? Il faut qu'elle veille au grain !

Maggy finit par s'endormir sur son lit. Elle n'est pas dérangée car ses petits-enfants restent à défiler longtemps dans Meknès.

Le soir quand Claire rentre chez elle avec son frère Paul, il est tard mais, vu les circonstances, Maggy ne les engueule pas. Claire n'a pas sommeil. Elle sait qu'elle vient de vivre une journée historique dont elle se souviendra.

C'est pour elle l'occasion de débuter un journal intime qui ne la quittera plus pendant des années. Une façon pour elle d'immortaliser les grands moments de sa vie et de réfléchir à ses joies et ses peines. Elle sent qu'écrire un journal lui fera du bien. Une de ses grandes copines en a commencé un, il y a trois mois et se voit déjà écrivaine reconnue, candidate à un fauteuil de l'Académie Française !

Début du journal de Claire Destivel, 14 ans[1] :

Lundi 7 mai 1945

Enfin, enfin, enfin !!! L'armistice. Depuis six ans, j'attends ce jour béni. Le monde s'est transformé. Quelle atmosphère de joie et même de rêve. J'ai vu les gens s'embrasser et, prodige, les Meknassi (habitants de Meknès) courir ce qui n'est pourtant pas dans leurs habitudes. Qu'est-ce que cela doit être à Paris. Je ne peux pas m'empêcher de penser à Bon-Papa et Papa que j'aime tant et que je vais revoir bientôt je l'espère.

Mais je m'éloigne, revenons-en aux faits de ce jour mémorable. Depuis vendredi tout le lycée est sens dessus dessous et évidemment on ne fait rien ; tous attendent les sirènes avec impatience ; au moindre bruit, on tressaille. Je me rappellerai toujours lorsque les sirènes ont marché, la malheureuse cloche de l'église s'est mise à sonner et le pauvre canon archi centenaire, le seul de Meknès s'est mis à tonner ; tout le lycée s'est précipité dehors en trombe sous les yeux sévères du censeur qui était débordé. Nous avons fait un monôme dans toute la ville en chantant et hurlant.

En rentrant à la base aérienne, je vais faire mes adieux à ma copine Ginette, ma chère amie qui s'en va. Cela me fait de la peine. Il y a trois ans que je la connais et c'est une chic fille malgré son esprit enfantin. Heureusement que c'est aujourd'hui l'armistice car j'en serais quitte pour une crise de cafard. Je suis très sensible, trop même et sentimentale à l'extrême ; ce que j'ai pu changer moi qui était détachée et si gaie jadis. Ça doit être la guerre qui fait cela.

Le soir après le dîner, je suis descendue en ville avec des amis et nous nous

---

[1] *Texte fortement inspiré d'un journal intime authentique*

sommes énormément amusés. Yvette était d'une humeur charmante et nous avons fait plus de cent fois l'avenue. On s'est fait plusieurs fois accrocher. Nous sommes rentrés vers minuit déguster du pain et du beurre chez les Benoist. Et aussi une mousse au chocolat que nous dégustons dans le jardin au clair de lune. Nous dansons « La Bohême » dite danse macabre lorsqu'elle est dansée à minuit et qu'on est environné de revenants !

Et une confidence à ce journal, dans le jardin, il y avait Etienne, le frère d'Yvette qui m'a fait les yeux doux et a essayé de m'embrasser dans la pénombre juste au moment où Yvette est arrivée. J'étais toute émue et le suis encore mais chut, personne ne doit le savoir !

28
BOUGIE, ALGERIE, 7 ET 8 MAI 1945

Il fait déjà chaud en ce milieu d'après-midi du 7 mai dans le domaine agricole dirigé par Jacques Canot, baptisé « ferme Saint Jacques ». On est à sept kilomètres de Bougie, à 230 km à l'est d'Alger, tout près de la mer. Françoise Dumaine a été invitée à venir passer trois jours dans ce havre de paix. La famille Canot l'a prise en affection et lui vient en aide depuis que son mari est décédé il y a un peu moins de deux ans. Conduite en voiture par Jacques, elle est venue avec ses trois enfants, Agnès onze ans, Michel sept ans et Romain bientôt deux. Tous les trois adorent venir dans cette campagne.

Jacques Canot partage son temps entre Bougie où il vient surveiller la gestion du domaine et Alger pour la commercialisation de ses produits : beaucoup de fruits, surtout des oranges, du raisin, des dattes. Des céréales aussi, blé, seigle, orge, avoine qui font souvent défaut en Algérie. Ici le rendement est correct car on est en Kabylie une région assez pluvieuse en automne et hiver.

La ferme est constituée de plusieurs corps de bâtiments répartis autour d'une cour intérieure très verte grâce aux arbustes et plantes qui y poussent. Plusieurs arômes sont perceptibles. Des lilas sont en fleurs. Des buissons de romarin remplissent l'atmosphère de leur senteurs provençales. Deux magnifiques figuiers aux larges feuilles compliquées se dressent de part et d'autre d'un caroubier bien taillé. Sur le côté est de la cour, on a aménagé un vaste bassin d'irrigation particulièrement utile au printemps et en été lorsqu'il ne pleut plus et qu'il faut de l'eau pour les cultures. Des bruits de fontaine donnent envie au promeneur de s'y baigner. Côté Ouest, la cour intérieure se poursuit par un verger et un potager. Ils fournissent oranges et citrons, raisin noir, carottes, pommes de terre et choux fleurs. Jacques a essayé d'acclimater le mieux possible des fruits et légumes tels qu'on les trouve dans le nord de la vallée du Rhône dont il est originaire.

Jacques Canot a cinquante ans. Sa femme, Henriette, devait venir avec eux mais est finalement restée à Alger avec l'un de ses deux enfants car elle supporte de moins en moins la voiture et vomit régulièrement pendant les trajets. Son fils ainé, Georges, douze ans fait partie du voyage. Jacques n'est pas mécontent de se retrouver avec Françoise et tous les enfants. Il leur a promis une visite du domaine à cheval et à dos d'âne comme des cow-boys dans les plaines du Far West. Romain, trop petit pour être de la balade doit rester dans la ferme à jouer avec une nounou locale et d'autres enfants du personnel. Françoise apprécie le côté protecteur de son hôte et ami, très attentionné et veillant constamment à leur bien-être. Le décor intérieur de la maison est raffiné. On y trouve de nombreux objets de l'artisanat local. Des poteries peintes décorées de motifs géométriques en couleur, des bijoux en argent finement ciselés, sertis de pierres à dominante rouge avec des incrustations variées.

Tous sont majestueux quand ils partent sur leurs montures. Le mari de Françoise, initialement dans la cavalerie avant d'être aviateur, lui a appris à monter à cheval. Elle a apporté un pantalon pour la circonstance. Le régisseur du domaine, Pierre Hernandez, d'origine espagnole, les accompagne. Agnès, Georges et Michel ont une petite badine pour activer leur âne. Le domaine est vaste. Il faut plus d'une heure pour en faire le tour. Le régisseur signale à son patron les problèmes survenus récemment comme les obstructions de plusieurs canaux d'irrigation, les maladies de certains arbres. A mi-parcours, ils font une pause pour se désaltérer avec de l'eau restée fraîche dans une poterie poreuse et mangent quelques figues et pâtisseries bien sucrées. Françoise apprécie cette promenade tranquille. Les kabyles rencontrés, la plupart étant des ouvriers agricoles travaillant dans le domaine, échangent des amabilités avec Jacques Canot, très cordial avec eux. Hernandez est plus autoritaire et souvent méprisant.

Les cavaliers sont fourbus quand ils rentrent à sept heures du soir. Peu après leur retour, un ami de Jacques, qui tient un domaine agricole à trois kilomètres de chez lui, arrive très excité :

— Jacques ! Jacques ! Je reviens de Bougie ! Tu sais la nouvelle ? Les Allemands ont capitulé ! Ils ont signé un acte de reddition en France dans la nuit ! On savait que ça allait venir mais ça y est ! Cette putain\ de guerre est terminée en Europe. Tu te rends compte ? Terminée ! Mon fils est vivant ! Il va rentrer d'Allemagne !

Tous les adultes présents sont sous le choc de la nouvelle, même si en Afrique du Nord, les alliés tiennent le terrain depuis plus de deux ans. La plus concernée est sûrement Françoise Dumaine qui va pouvoir rentrer en France. La nouvelle la réjouit mais la déconcerte aussi. Sa vie est à reconstruire totalement. Elle a quitté la France, mariée à un homme séduisant qu'elle aimait. Maintenant, à 32 ans, elle est veuve avec trois enfants à élever, son petit dernier n'ayant même pas deux ans. Elle ne travaille pas, comme la plupart des femmes de la bourgeoisie. Ses deux parents sont décédés, ses grands-parents aussi. Le seul endroit où elle peut aller, c'est dans le village de Morleau en Bourgogne où elle possède une maison. Mais dans quel état va-t-elle la retrouver après cinq ans d'absence alors que le village a été occupé par les allemands jusqu'en 44 ? Elle souhaite rentrer mais son retour l'angoisse. En Algérie, elle est bien aidée par Zora, sa bonne algérienne, douce et souvent drôle. Le retour, c'est vraiment l'inconnu.

La soirée se poursuit dans la bonne humeur. Pour la circonstance, Jacques ouvre deux bouteilles de Champagne qu'il a fait venir de France ; il a invité son régisseur et sa femme Jeanne à se joindre à eux. Exceptionnellement les enfants dinent avec les adultes. L'ambiance est joyeuse.

Mais la nuit de Françoise est agitée. Vers deux heures du matin, elle se réveille. Elle sait qu'elle doit rentrer au bercail en France, mais se rend compte qu'elle s'est attachée à l'Algérie, un beau pays où la vie est facile pour elle malgré les privations liées à la guerre. Pourquoi ne pas rester une année de plus ? Sa fille ainée Agnès pourrait aller à Alger dans un pensionnat tenu par des sœurs. Michel continuerait à aller à l'école primaire locale et Romain a sa nounou qu'il aime bien. Ici elle peut s'offrir une bonne à temps plein ce qui lui facilite grandement la vie. Elle s'est fait quelques amis parmi les colons. En fait, elle a peur de se sentir cloîtrée quand elle va retourner dans son village de Bourgogne. Elle finit par se rendormir en se disant qu'il est trop tôt pour prendre une décision.

Le lendemain matin, les enfants jouent dans la cour intérieure pendant que Françoise prépare un repas à la française. Côté nourriture, la guerre a fait des dégâts. Dans les villes, même en Afrique du Nord, c'est plutôt la disette mais dans une ferme la situation est bien meilleure. Seul le café est devenu rare ; on a dû trouver un substitut avec de l'orge torréfié. Un cochon a été tué la veille et du boudin a été préparé, peu de temps après la mise à mort de la bête. Pour l'accompagner, des pommes revenues dans de l'huile font l'affaire. Avec de la farine de maïs, Jacques prépare des pains qu'il cuit dans un four en terre ancestral, aidé par les enfants. Il ouvre une bouteille de Volnay 1938 pour fêter encore une fois la victoire.

Après le déjeuner, les enfants font une petite sieste ou restent tranquilles dans leur chambre. Françoise en profite pour lire au calme ; on lui a conseillé « L'étranger » d'Albert Camus, un écrivain qui vit à Alger. On lui en a dit du bien. Françoise vient juste de commencer le livre. Vers les 16 heures, Jacques propose une promenade avec en prévision une partie de cache-cache dans un bois de caroubiers à un kilomètre de la ferme. Les enfants sont très excités. Même Romain est de la partie, installé dans une vieille carriole trainée à toute vitesse par les autres enfants.

Après une demi-heure de jeu, ils voient débouler, l'air hagard, Farid, un jeune ouvrier qui leur demande, affolé, avec des gestes désordonnés, de ne pas faire de bruit et de rester caché. Il explique à voix basse qu'un groupe de manifestants algériens est arrivé à la ferme et demande à voir le patron :

— Ils sont armés, très agressifs ! Le régisseur Hernandez leur a dit que vous vous étiez absentés pour plusieurs heures et qu'ils ne devaient pas rester. Ils ont frappé Monsieur Hernandez quand il leur a dit qu'ils n'avaient rien à faire ici ! C'est à ce moment-là que j'ai quitté la ferme. Je savais que je vous trouverai dans ce bois. Msieur Hernandez, il leur a hurlé dessus ! N'y allez pas, patron ! Ils ont l'air complètement fous. Ils ont un drapeau algérien ; ce sont des membres du PPA ![2]

— Farid, on va attendre ici une heure. Va voir ce qui se passe et reviens discrètement me le dire. Nous, on va aller dans la caverne. D'accord ?

Farid s'en va. Françoise se met à trembler de peur, pas pour elle mais pour les enfants. Jacques essaie de l'apaiser mais ne réussit pas.

— Jacques, je veux m'en aller d'ici tout de suite ! Je veux retourner à Alger. Ces gens-là peuvent être terribles ! Ils sont capables du pire !

— Mais non ! Vous allez voir, tout va s'arranger. En attendant, on va aller un peu plus loin dans le bois. Il y a une petite caverne cachée dans la verdure.

Jacques a très peur, lui aussi, mais tente de faire bonne figure. Tous marchent jusqu'à la caverne, une anfractuosité dans des rochers

---

[2] *Parti du Peuple Algérien*

difficile à détecter où ils se tiennent silencieux, assis par terre. Ils ont compris qu'ils ne devaient pas parler. Romain s'est endormi dans les bras de sa maman. Au bout d'un quart d'heure, ils entendent des vociférations qui se rapprochent. Visiblement, un groupe d'hommes est parti à leur recherche. Jacques jette un œil à l'extérieur, bien dissimulé par un buisson et aperçoit cinq hommes dont deux portent des fusils, les trois autres étant simplement armés de poignards. Ils ne vont pas exactement dans leur direction et s'ils continuent en ligne droite, ils devraient passer à 80 mètres à gauche de l'entrée de la caverne. Mais ils s'arrêtent, car un autre homme les a rattrapés en courant et semble leur dire de rebrousser chemin. Tous repartent d'où ils venaient en courant. Jacques choisit de rester encore un quart d'heure dans la caverne. Puis ils rentrent tous ensemble en faisant le moins de bruit possible. Quand ils sont à trois cents mètres de la ferme, Jacques dit à Françoise :

— Restez ici derrière ce petit monticule avec les enfants. Je vais voir ce qu'il en est et je reviens vous chercher.

Jacques fait un détour, décrit un arc de cercle de manière à rejoindre la ferme par le potager et le jardin, ce qui lui permet une arrivée plus discrète. Il aperçoit Farid à coté de plusieurs autres ouvriers agricoles. L'ambiance semble tendue. Il marche jusqu'à Farid et lui demande :

—Alors, ils sont partis ?

—Oui, ils sont partis, mais venez, il y a un problème !

Farid emmène Jacques jusqu'à la maison Hernandez et le fait entrer dans une pièce donnant au rez-de-chaussée, sur le derrière de la maison. La pièce est un peu obscure. L'odeur y est nauséabonde. Jacques a besoin d'un temps d'accommodation avant de pouvoir discerner quelque chose. Il est horrifié par ce qu'il voit. A l'endroit où l'on pend les cochons pour les tuer, il voit son régisseur sans vie pendu par les jambes.

—Ils ont égorgé Msieur Hernandez avant de le mettre là ! Ils se sont énervés quand il leur a crié de partir. Ce sont des monstres ceux-là ! Ils ont dit qu'ils reviendraient vous chercher. Vous devez partir. Mdame Hernandez, elle n'est pas au courant. Elle est allée déjeuner dans la ferme voisine à deux kilomètres d'ici. Elle n'est pas encore revenue.

Jacques reste sans bouger quelques instants, complètement choqué. Il n'y a eu aucune violence près de la ferme depuis au moins vingt ans. Il revient à lui et ordonne aux ouvriers de détacher le cadavre, de le transporter dans la maison et de le mettre sur la grande table de leur salle à manger. A Farid, il demande d'aller chercher Madame Dumaine et les enfants sans leur raconter ce qu'il s'est passé. Il se précipite ensuite dans sa maison et récupère dans un coffre, situé dans une pièce attenante à sa chambre, deux fusils de guerre, deux revolvers et des munitions. Il se fait ouvrir le garage, charge dans son coffre deux jerricans d'essence qu'il a eu la sagesse d'entreposer malgré les pénuries.

Quand Françoise et les enfants arrivent, Jacques les fait monter directement dans sa voiture sans rien leur expliquer, sans leur laisser le temps d'aller chercher leurs affaires et demande à Françoise, qui sait conduire, de prendre le volant. Lui-même s'assied à l'avant droit, ses fusils et pistolets à côté de lui. Ils partent alors en direction du sud pour aller rejoindre la route nationale qu'ils doivent prendre pour revenir vers Alger. Il ordonne à Françoise de ne s'arrêter sous aucun prétexte, qu'il en va de leur vie à tous. Françoise est terrorisée mais se concentre sur sa conduite

Ils roulent ainsi pendant cinq kilomètres, mais sont obligés de ralentir quand six kabyles armés, qui se tiennent sur le côté droit de la route, leur font des signes pour qu'ils s'arrêtent.

— Françoise, ralentissez ! Faîtes comme si vous alliez vous arrêter mais dès que vous êtes près d'eux accélérez à fond, même s'il y en a un au milieu de la route !

Jacques baisse sa vitre, arme son revolver qu'il tient dans sa main droite. Il ordonne aux enfants de s'allonger sur les sièges.

Françoise fait exactement ce qui lui a été demandé. Arrivée à une vingtaine de mètres du groupe, elle se dirige vers la droite en direction du bas-côté, puis subitement appuie à fond sur l'accélérateur et klaxonne de manière continue. Les insurgés sont surpris. L'un d'eux essaie de se mettre devant la voiture qui le heurte de plein fouet. Un autre veut tirer avec son fusil. Mais il n'en a pas le temps car Jacques décharge son révolver, braqué dans sa direction, et le voit s'affaler. Françoise a pu passer. Un des assaillants essaie de les atteindre avec des coups de fusil mais sans succès. Françoise, affolée, roule à 90 kilomètres à l'heure sur cette petite route de campagne à moitié défoncée au passage de certains oueds. Les fuyards arrivent enfin sains et saufs sur la route nationale et croisent trois camions de tirailleurs sénégalais, sans doute appelés en renfort pour faire face aux émeutiers.

Françoise est tremblante et laisse Jacques reprendre le volant. Il lui explique à mots couverts pour ne pas effrayer les enfants ce qui est arrivé à son régisseur. Ils mettent trois heures pour regagner la région d'Alger. Personne ne parle dans la voiture. Les enfants n'ont rien compris à ce qui s'est passé. Mais l'air sombre et anxieux de Jacques et Françoise les inquiète.

Sur cette grande route, l'atmosphère devient progressivement plus calme et Françoise retrouve un peu de sérénité. Mais pour elle, l'Algérie, c'est fini. Plus question de rester une année de plus !

On apprend plus tard qu'à Sétif, pendant un défilé en l'honneur de la reddition allemande, un commissaire de police a tiré sur un chef scout arabe qui défilait avec un drapeau algérien et l'a tué sans autre forme de procès. C'est ce qui a déclenché une émeute. Plus d'une centaine d'européens ont été tués dans la région, certains de manière totalement sauvage. Un maire a eu les deux mains coupées. La réponse ne s'est pas fait attendre. Militaires, policiers et colons ont lancé une répression démesurée, atroce. Des milliers d'algériens ont été abattus sauvagement, la plupart du temps sans procès et tout cela au cours d'un défilé pour fêter la défaite des nazis et la fin des barbaries !

29
LONDRES, ROYAUME UNI, 7 MAI 1945

Quelqu'un sonne à la porte d'entrée de l'appartement de Victoria à Londres dans le quartier de Kensington où elle a pu trouver temporairement une location meublée, spacieuse, avec trois chambres. C'est là qu'elle a choisi d'attendre la fin de sa grossesse. Il est midi en ce 7 mai 1945.

Victoria se lève lentement et va ouvrir la porte. Une jeune femme d'environ vingt-cinq ans, une valise à la main, entre tout sourire.

— Bonjour Peggy ! lui dit Victoria en l'embrassant. C'est vraiment bien que tu puisses venir habiter avec moi quelque temps. As-tu fait un bon voyage ? Pas trop de retard avec ton train ? En ce moment, j'ai l'impression qu'on ne peut pas trop se fier aux horaires annoncés.

— Aucun problème depuis Reading. Je suis très contente de venir habiter avec toi, tu sais ! Ma pauvre, tu es veuve maintenant ! Je ne t'ai pas revue depuis la mort de ton mari. C'est terrible ce qui lui est arrivé ! Sortir vivant des griffes des nazis après plusieurs années de captivité et tomber très malade au moment où il rejoint son pays ! Triste destin ! Juste le temps de te faire un enfant, que tu vas devoir élever seule maintenant ! Ce que j'ai pu penser à toi tu sais depuis que j'ai reçu ta lettre ! Tu n'es pas trop fatiguée par ta grossesse ?

— Ça va plutôt bien. Viens, je vais te faire visiter l'appartement et te montrer ta chambre. Nous parlerons de nos vies plus tard.

Peggy est une jeune cousine de Victoria qui habite à Reading dans le Berkshire. Une dizaine d'années les sépare mais elles s'entendent à merveille. Peggy est célibataire. Elle avait un amoureux, un jeune officier de marine, mais celui-ci est décédé deux ans auparavant dans le naufrage de son sous-marin pilonné par l'aviation allemande dans l'Atlantique près des côtes irlandaises. Pendant que Victoria était à Gaitford, Peggy a pu venir une fois lui rendre visite à Noël, fin 44. Victoria lui a récemment écrit qu'elle était enceinte et Peggy, qui ne travaille pas en ce moment, lui a proposé de venir l'aider pendant sa fin de grossesse et le premier mois de son futur *baby*. Victoria ne s'est pas fait prier. Elle se demandait bien comment elle s'en sortirait seule. Toutes les deux aiment rire et oublier leurs soucis et leurs peines.

L'appartement a été refait à neuf avant le début de la guerre, et meublé. Les propriétaires ont été tués pendant le *Blitz*. Leurs héritiers ont cherché à le louer temporairement et c'est ainsi que Victoria est arrivée là. Une aubaine car il est très difficile de trouver à Londres un logement vacant.

— Quel luxe ! Je ne m'attendais pas à cela ! Deux salles de bains ! Tout est refait à neuf ! Il n'y a que la chambre de ton futur bébé qu'il faut décorer. Je sens que je vais me plaire ici. Je n'ai jamais eu une si belle chambre avec ma propre salle de bains. Tu as fait fortune ?

— Presque ! Je ne travaille pas, mais j'ai hérité de mes parents et de Malcolm qui venait lui-même d'hériter de sa mère. Je suis à l'abri du besoin On va pouvoir faire la fête ! dit-elle en plaisantant.

Peggy voit vite que sa cousine n'a rien perdu de son énergie, ni de sa bonne humeur. Elle admire la vaste chambre de Victoria qui lui sert aussi d'atelier. La pièce est lumineuse avec un grand chevalet et des toiles posées à même le sol. Certaines sont terminées et d'autres attendent de l'être.

— Tu sais que tous les tableaux que j'ai peints à Gaitford ont été détruits par le chasseur allemand qui s'est écrasé sur l'atelier. Un vrai désastre ! J'en ai pleuré pendant des heures. Mais depuis que je suis à Londres, je m'y suis remise avec enthousiasme. Je te montrerai mes dernières toiles ; toujours de l'abstraction. Mais viens dans la salle à manger, je t'ai préparé un déjeuner.

Effectivement, Victoria a dressé une jolie table sur une nappe blanche brodée et a sorti son argenterie. Avant de s'asseoir, Victoria montre à Peggy un imposant poste de radio :

— Il est flambant neuf ! Ecoute la qualité du son. Je n'en ai jamais eu un pareil avant !

Victoria allume la TSF qui met un peu de temps à chauffer. Le son arrive progressivement. Il est l'heure des nouvelles. Elles entendent le speaker :

— Cette nuit à 3h du matin les troupes allemandes ont capitulé. Le général allemand Alfred Jodl a signé une reddition sans condition à Reims, en France, en présence du général Eisenhower…

Victoria et Peggy n'en reviennent pas, même si cette reddition était attendue depuis plusieurs jours. La guerre a été tellement longue. Elles avaient l'impression que les hostilités ne finiraient jamais. Cette nouvelle les transporte de joie ; elles applaudissent très émues et tombent dans les bras l'une de l'autre. Pour elles deux, c'est l'espoir de reprendre une vraie vie, une vie où l'on peut se projeter dans l'avenir. Elles n'ont pas le même âge, mais toutes deux ont vu leur quotidien chamboulé par la guerre. Peggy a perdu son amoureux et le mari de Victoria est décédé.

— Peggy, nous allons fêter cela dignement ce soir ! On va essayer de se faire un bon petit dîner toutes les deux. J'ai quelques bouteilles de vin, un peu de viande. Il manque juste un dessert.

Pendant l'après-midi, Victoria s'adonne à sa passion. Pour ne pas trop se fatiguer, elle peint assise sur une chaise au dossier bien droit. Elle se concentre sur une nouvelle toile commencée le matin même. Des formes et des couleurs rappellent un bord de mer avec des nuances de bleu et de gris, peut-être inspirées d'une eau agitée sous un ciel où des nuages nombreux laissent un peu de place au soleil. L'ensemble reste très abstrait. C'est ce que Victoria explique à sa cousine qui a du mal à comprendre et apprécier ce style de peinture.

Peggy s'installe, range ses affaires et réfléchit à ce qui peut encore manquer pour accueillir le bébé à venir. Elle n'a pas d'enfant mais a donné du temps pendant ces derniers mois à une association caritative de Reading qui vient en aide aux réfugiés londoniens ayant quitté la capitale avec leur famille et de tout jeunes bébés. Elle a ainsi acquis une expérience des nouveaux nés qu'elle souhaiterait mettre à profit pour sa cousine.

Victoria prépare leur repas de fête en fin d'après-midi. Elle dépose sur une nappe qu'elle tient de sa belle-mère de Gaitford, un petit drapeau anglais pour donner une touche patriotique à cette table. Des roses rouges, qui faisaient partie d'un bouquet de fleurs dans sa chambre, complètent le décor.

Victoria sert en apéritif une bouteille de vin blanc de Loire. Elle dit qu' exceptionnellement son bébé doit aussi fêter la victoire et elles sont rapidement gaies toutes les deux. C'est Peggy qui lance la conversation sur ce que va être leur vie de l'après-guerre :

— Je me demande ce que je vais faire dans deux mois. Il faut que je me trouve un travail. J'aimerais bien enseigner mais je n'ai pas les qualifications suffisantes. Il me faudrait aussi un mari qui me ferait des enfants et me donnerait du plaisir ! Tu sais, j'avais commencé à y goûter avec mon amoureux quand il venait en permission. Heureusement que je ne suis pas tombée enceinte !

— Pour moi c'est arrivé quand je ne m'y attendais plus ! Je croyais que j'étais stérile ! C'est ce que les médecins m'avaient dit. Et un miracle est arrivé ! ajoute Victoria avec un grand sourire sur le visage. J'ai été tellement contente quand j'ai appris que j'étais enceinte !

— Ton mari est rentré d'un séjour de plusieurs années pendant lesquelles il est resté prisonnier en Allemagne, dans des conditions surement difficiles, et c'est en revenant qu'il te fait un bébé ! Quelle chance ! Mais excuse-moi, je suis indélicate de parler de ça avec toi, maintenant qu'il n'est plus là.. Que vas-tu faire dès que ton bébé ne sera plus un nourrisson ? Tu vas te chercher un nouveau mari ?

— J'ai envie de peindre. C'est devenu une passion. Le reste est plutôt flou et compliqué.

— Flou je comprends mais compliqué, pourquoi compliqué ?

Victoria n'a pas envie de s'expliquer et se cantonne à énoncer des généralités :

— Je trouve la vie compliquée ! Mon art, un enfant à élever ! Je ne vais pas pouvoir rester dans cet appartement pendant des années. C'est une location provisoire.

Pendant le dîner, les deux cousines parlent de leur famille, de leurs parents, de leurs souvenirs communs, des lieux qu'elles ont fréquentés, tout en continuant à siroter leur vin blanc. Elles sont de plus en plus gaies et bavardes mais vont se coucher quand la bouteille est terminée.

Pendant la nuit, Victoria se réveille et se demande ce qu'elle doit dire à Peggy de ses relations avec Phil. Elle a trois solutions : tout lui raconter, ou bien faire débuter ses relations avec Phil après le décès de son mari ou bien enfin ne rien lui dire du tout. Elle n'arrive pas à trancher vraiment même si elle a une nette préférence pour la deuxième possibilité. Elle se rendort ensuite, fatiguée par la fin de sa grossesse.

Le lendemain matin, elles prennent leur petit déjeuner ensemble. Peggy mène la conversation et se met à parler du futur bébé de Victoria :

— Si c'est un garçon, comment vas-tu l'appeler ? Malcolm en hommage à son papa ? Il sera fier d'avoir un père qui a réussi à échapper aux griffes des nazis et à revenir tout seul jusqu'en Angleterre. Quel courage !

Victoria semble réfléchir un instant et fond en larmes, sans donner d'explications. Peggy vient près d'elle, pour la réconforter :

— Excuse-moi ! je comprends que mes questions stupides te rendent triste. Je suis sotte, je vais faire plus attention à ce que je dis. Je vois bien que je manque de délicatesse.

— Non Peggy, tu n'y es pour rien. C'est compliqué à expliquer. J'hésite à me livrer.

Peggy sent que sa cousine a quelque chose d'important à lui dire. Elle est d'un naturel plutôt curieux et a très envie d'en savoir plus.

— Si cela peut te faire du bien, confie toi à moi.

— Je vais tout te raconter mais sous le sceau du secret ! Tu me promets de garder ce que je vais te dire pour toi seule ? Tu ne dois en parler à personne. C'est un secret !

Peggy sent qu'elle a atteint son but et vaincu la résistance de sa cousine.

— Promis. Je sais garder les secrets pour moi. Tu peux avoir confiance.

— Tu vas sûrement être horrifiée par ce que je vais te raconter ! Ne me juge pas !

Peggy se demande ce que sa cousine va lui confier.

— Ce bébé à venir n'est pas de Malcolm !

— Quoi ! Ton bébé n'est pas de Malcolm ?

— Non, avec Malcolm nous n'avons jamais pu avoir d'enfant. Ce n'était pas faute d'avoir essayé avant la guerre. Mon gynécologue et d'autres médecins m'ont dit que j'étais stérile. Ça m'a déprimée pendant un temps. Ensuite je me suis concentrée sur la peinture, qui a pris de plus en plus de place dans ma vie. De toute manière, quand il est rentré d'Allemagne, Malcolm était faible, très malade ! Il a dû être hospitalisé. Il crachait beaucoup de sang. C'était horrible ! Et puis, tu sais ou bien tu ne sais pas, mais déjà avant la guerre, nous ne nous entendions plus bien. Nos relations s'étaient détériorées pendant notre séjour en France. Nous parlions de divorcer ! Il ne supportait pas que je passe beaucoup de temps le soir, la nuit, avec mes amis artistes de Montparnasse. Nous ne nous comprenions plus.

— Ben ça alors ! Je me faisais une tout autre idée de votre couple. Je suis stupéfaite !

— On a tous nos secrets, tu ne crois pas ? Moi je n'avais pas imaginé que tu couchais avec ton amoureux !

Peggy réfléchit quelques instants et évidemment une question lui vient à l'esprit, qu'elle ne peut s'empêcher de poser à Victoria.

— Alors tu as eu un amant ?

— Oui !

— Je te croyais recluse à Gaitford, exemplaire, à t'occuper toute la journée de ta belle-mère malade. Alors que tu avais une idylle, que tu faisais la java et des galipettes dans la campagne ! Raconte-moi tout. J'ai envie de savoir.

— D'accord, je vais t'en dire plus. J'ai rencontré un officier français à Gaitford alors que j'étais en train de pêcher dans une rivière. Il s'appelle Philippe, Phil pour ses proches. Il a quarante et un an.

— C'était avant le décès de ton mari ?

— Oui, Malcolm était encore prisonnier en Allemagne.

— Et il est marié, je suis sûre ?

— Non, il est veuf depuis plusieurs années. Il a deux grands enfants, un garçon et une fille qui sont au Maroc. Il est beau, charmant. Je n'ai eu aucune envie de résister. C'est lui qui avait des scrupules à cause de Malcolm.

— Mais qu'est ce qui l'a décidé ? Tu lui as sauté dessus ? ajoute Peggy dans un grand fou rire.

— Il commandait un groupe de bombardement. C'était vraiment dangereux. Quelqu'un lui a fait prendre conscience qu'il avait peu de chance de s'en sortir. Ça l'a troublé et il a eu envie de profiter de la vie au maximum.

— Raconte-moi comment ça a vraiment commencé entre vous !

— On s'est d'abord vu plusieurs fois, sagement. Un jour, au mois d'août, il m'a emmenée à une grande *party* sur une base aérienne française sous commandement de la RAF. Près de 500 invités. On a dansé ensemble, on a bu et puis on est rentré chez moi dans mon atelier et on en a profité. On a pu ensuite se revoir mais il a été blessé et s'est retrouvé plusieurs mois dans un hôpital à Rauceby. Il va bien maintenant et commande la base de Gaitford. Quand je me suis rendu compte que j'étais enceinte, au début je ne voulais pas y croire. Je me croyais vraiment stérile. En fait c'était plutôt Malcolm qui devait avoir des problèmes.

— Tu lui as dit à ton ami français que tu étais enceinte ?

— Oui, je lui ai dit. Au début je ne suis pas sûre que cela lui ait fait particulièrement plaisir. Après, il a évoqué l'éventualité de ma venue à Paris, après la fin de la guerre. Il doit venir me voir après la naissance. Tu feras sa connaissance.

— Mais alors, ton avenir est simple ! Tu vas aller vivre en France et te remarier avec lui. Qu'est ce qui reste flou ?

— J'ai peur de moi, de mon désir d'indépendance. Sa mère, qui n'a pas l'air commode, vit avec lui. Il a deux enfants. Pour moi ce n'est pas évident !

— Ton bébé va avoir besoin d'un homme auprès de lui. Ton amoureux, ce sera peut-être un bon père s'il t'aime ?

— Oui, mais avec la guerre, son hospitalisation, ma grossesse, mon séjour à Londres, on ne s'est pas vus très souvent. On ne se connaît pas si bien que ça. Je n'ai pas envie de le perdre mais je ne veux pas m'engager trop vite. La peinture a de l'importance dans ma vie. Bref, pour l'instant je suis sur du court terme. On verra après, quand le bébé sera né.

Peggy a adoré ces confidences inattendues. Jamais, elle n'aurait imaginer que Victoria pouvait avoir une vie un peu aventurière et là, avec un enfant attribué au colonel Miller mais qui est de son amant, la situation est incroyable. Elle est heureuse pour sa cousine mais la trouve compliquée. Si elle se retrouvait dans la même situation, elle serait tellement contente d'avoir dans sa vie un bel officier français qui a envie de vivre avec elle. Tant pis, s'il a une mère un peu autoritaire ! Il suffirait de faire en sorte qu'elle aille vivre ailleurs après le mariage !

30
GAITFORD ET RIEVAULX, ROYAUME UNI, MAI 1945

Après l'annonce de la reddition allemande, l'ambiance est à la fête sur la base de Gaitford. Un tournoi de football est organisé où s'affrontent les équipes des bases de bombardiers de la RAF situées dans la même région. L'équipe de Gaitford arrive en finale et c'est Phil qui préside le match. Des aviateurs russes en visite assistent à la partie. Ils ne parlent pas anglais et personne ne parle russe. Mais ils sont sympathiques et montrent beaucoup d'enthousiasme quand un but est marqué. Ce sont les français de Gaitford qui remportent la finale et Phil a le grand plaisir de leur remettre la coupe destinée à l'équipe gagnante. L'alcool coule à flot pendant le dîner et les russes qui sont restés dormir à Gaitford ne tiennent plus debout en fin de soirée. Pendant la semaine, les *party* se succèdent. Les anglaises qui organisent ces fêtes et reçoivent ces aviateurs français sont peu farouches. Ceux-ci savent en profiter.

Le jeudi 17 mai, Phil est prévenu par sa hiérarchie qu'une grande chanteuse française va venir de Paris, donner sur la base un spectacle de chant et de danse pour distraire les personnels. On ne lui dit pas de qui il s'agit mais on lui affirme que personne ne sera déçu.

Il faut installer une salle de spectacle. Le mieux est de vider un hangar de ses avions et de préparer une estrade, une zone avec des sièges avec derrière, une aire où l'auditoire se tiendra debout. La représentation débutera à 19h et doit durer une heure.

Phil annonce la nouvelle sans attendre pour que le plus grand nombre ne prenne pas d'engagement ou puisse se libérer. On prévoit plus de deux mille participants. Certains regrettent de ne pas savoir qui vient les distraire et redoutent que ce soit une chanteuse d'opéra ou une danseuse venue interpréter le Lac des Cygnes ou Casse-Noisette !

La chanteuse doit arriver par avion et atterrir à Gaitford, ce lundi vers 14h. Phil attend sa visiteuse dans la tour de contrôle, impatient de savoir qui a la gentillesse de venir leur rendre visite. Un DC3 de l'armée de l'air française, ponctuel, atterrit à 14h05. Phil aperçoit une femme en uniforme militaire qui descend de l'appareil.

Incroyable, cette femme est noire. Il la reconnaît immédiatement. Oui c'est elle, c'est bien elle, c'est Joséphine Baker qui vient donner un spectacle ! Elle est très connue, Joséphine Baker, elle, ses chansons et ses tenues de scène dénudées. Elle ne craint pas de montrer ses seins, ses cuisses à peine masquées par des jupes burlesques, comme son célèbre pagne tout en bananes. Ses déhanchements sont provocants. Tout le monde connait l'air de « J'ai deux amours ».

Phil est flatté. En tant que commandant de la base, c'est à lui de l'accueillir personnellement et de prendre soin d'elle. Elle est venue avec quatre malles, contenant ses différents costumes de scène. Souriante, elle sort de l'avion accompagnée d'un petit orchestre de six personnes, tous des noirs. Son spectacle le plus classique « La revue nègre » ne porte pas ce nom pour rien !

Phil vient à sa rencontre et se présente. Un photographe est là pour les immortaliser. Phil l'accompagne en voiture jusqu'à sa loge, improvisée pour elle près du hangar où aura lieu le spectacle. Ils restent ensemble à bavarder quelques minutes. Joséphine ignorait que plusieurs centaines d'aviateurs français étaient en Angleterre depuis dix-huit mois et combattaient sous commandement de la RAF. Phil prend congé après lui avoir présenté le capitaine Vulpillat qui s'est porté volontaire pour veiller sur elle pendant son séjour à Gaitford. Ils étaient plus de dix, très émoustillés, à être candidats à ce poste de haute responsabilité quand ils ont su qui était là et Phil a dû tirer au sort le nom du gagnant.

A 19h, le hangar fait salle comble et l'ambiance est chaude. Tous les spectateurs frappent dans leurs mains puis crient pour appeler « Joséphine, Joséphine » de manière répétitive. La chanteuse arrive enfin, vêtue d'une robe longue en soie blanche très décolletée. Elle sait que tous ces hommes sont pour la plupart loin de leurs épouses, fiancées ou amies depuis plusieurs mois, et qu'ils seront d'autant plus sensibles à sa féminité.

Elle chante plusieurs de ses succès, s'éclipse quelques instants pour changer de tenue, revient plus dénudée, jupe courte et haut jaune à manches très courtes, des bagues à tous les doigts et plusieurs bracelets de couleur or à chaque poignet. Sa nouvelle tenue est accueillie par des « Hourra » qui l'encouragent peut-être à aller encore plus loin. Elle chante avec plaisir, fait reprendre des refrains à l'assistance qui ne demande que cela. A la fin de son spectacle, seins nus et vêtue de ses simples bananes elle interprète une danse endiablée, avec des déhanchements qui ne laissent pas de bois tous ces jeunes mâles. Elle disparaît encore et revient cette fois-ci dans son uniforme de l'armée de l'air. C'est la fin de son spectacle. Elle a quelques mots très émouvants pour tous ceux qui sont tombés et ne reviendront plus. Acclamée sans fin, elle accepte de faire un bis et rechante « J'ai deux amours ».

Phil va sur scène la féliciter et la remercier. Facétieuse, elle lui fait un baiser appuyé sur la joue droite, le marquant sans ambiguïté de la forme de ses lèvres bien dessinées et pulpeuses, recouvertes de rouge à lèvres. On applaudit et Phil garde cette empreinte pendant toute la durée du cocktail donné ensuite pour leur visiteuse. Les aviateurs boivent plus qu'il ne faudrait mais la fête se termine sans encombre, dans la plus grande gaité.

Joséphine repart le lendemain matin, laissant le personnel de la base à ses interrogations quant à la suite des opérations. La guerre est finie mais on ne parle toujours pas de retour en France. Phil continue à imposer des vols d'entraînement tous les jours, ce qui ne déplaît pas aux équipages maintenant que les allemands ont cessé les hostilités.

Phil et Victoria se parlent au téléphone une fois par semaine à heure fixe car elle n'a pas réussi à faire installer de ligne chez elle et doit aller dans une poste pour téléphoner. Phil a pleinement conscience que Victoria va accoucher bientôt. Lors de leurs échanges, il sent combien elle est contente de la perspective de devenir maman. Il ne se cache pas à lui-même qu'il aurait vraiment préféré retrouver une amante sans enfant et continuer à vivre une histoire d'amour. Se retrouver père dans des conditions un peu scabreuses ne le ravit pas franchement. Enfin, dans cette ambiance de paix retrouvée et de fête continue, il n'est pas totalement insensible au charme de ces Anglaises qui l'invitent et lui font comprendre qu'elles le trouvent bien à leur goût.

Pour le samedi 26 mai, Phil a accepté l'invitation d'Emma Simons qui lui a proposé une excursion de deux jours à Rievaulx dans le Yorkshire pour y visiter les ruines d'une célèbre abbaye cistercienne. Il faut rouler près de 250 km à partir de Peterborough pour atteindre l'abbaye. Au moins quatre heures de route. Un couple d'amis d'Emma doit être de la partie. Ils s'appellent Lucy et David. Lui, une cinquantaine d'années, est professeur d'histoire à Peterborough. Il a travaillé sur l'abbaye et son passé. Lucy est plus jeune et donne des leçons de piano quand elle a des élèves. Ce sont eux qui ont la disponibilité d'une voiture. Emma tient un salon de thé à Peterborough, où Phil a fait sa connaissance récemment. Il a eu l'occasion de la revoir deux soirs de suite à des soirées dansantes organisées pour fêter la fin des hostilités. Elle est très drôle et l'a fait beaucoup rire. Elle vient d'avoir quarante ans, elle est brune, avec des cheveux courts, des yeux verts et une allure sportive. Elle n'est pas mariée et la rumeur dit qu'elle n'aime pas trop les hommes. Phil a deux jours de permission mais doit rester dans la région. Il se fait une joie de ce week-end dans ce lieu très réputé.

Tous ont rendez-vous à 10h, chez Emma, ce samedi matin. Phil arrive en vélo très à l'heure. Lucy les rejoint un quart d'heure plus tard au volant de sa voiture, une Austin 12. David a eu des problèmes digestifs pendant la nuit et ne souhaite finalement pas se joindre à eux. Rien de grave mais il n'a pas dormi, accumulant vomissements et diarrhée. Il va mieux ce matin mais veut récupérer. Lucy n'a pas l'air trop fâchée de se retrouver sans son compagnon.

Le temps de charger la voiture et ils partent hardiment tous les trois. En voiture ils font plus ample connaissance. Emma a ouvert son bar, salon de thé (*Emma's bar*) juste avant le début de la guerre et paradoxalement a profité de celle-ci. Les 2500 personnes de la base de Gaitford ont adopté son établissement comme lieu très stratégique pour leurs divertissements et lui fournissent une clientèle masculine pléthorique. Elle a dû embaucher quatre serveuses et deux personnes en cuisine pour l'aider. Des bruits ont couru selon lesquels, certains soirs, des filles réconfortaient les aviateurs qui en avaient les moyens, dans deux petites chambres situées au-dessus du salon de thé ; mais Phil n'a jamais su si la chose était réelle ou s'il s'agissait de simples rêves d'aviateurs en manque de sexe et de tendresse. De cela, il n'est pas question dans la conversation.

Lucy et Emma semblent bien se connaître et ponctuent de temps à autre leur conversation de « ma petite chérie », « mon ange » ou encore « mon petit oiseau ». Emma, quand elle parle à son amie ou à Phil, met sa main sur leurs bras en les serrant amicalement. Visiblement Emma a besoin de toucher les gens auxquels elle parle.

Phil trouve cela très chaleureux. Avec lui, Emma reste très respectueuse et dit toujours « Colonel » quand elle lui parle, même s'il lui a dit, en partant, de l'appeler Phil. En fait, elle est très flattée de partir en week-end avec un officier supérieur et souhaite que celui-ci conserve les attributs qui témoignent de son importance. Elle a insisté pour que Phil vienne en uniforme, disant que cela faciliterait sans doute la recherche de chambres d'hôtel pour passer la nuit.

Lucy conduit pendant la première partie du voyage. Au bout d'une heure et demie, elle passe le volant à Phil. Il a toujours sa main droite gantée, suite à ses brûlures, mais il peut conduire une voiture sans problème. Le revêtement de la route est très abimé et la voiture ne peut guère dépasser les soixante kilomètres à l'heure. Il faut être attentif aux nids de poules qui se sont formés un peu partout. A un moment, Phil sent le volant devenir bizarre. La voiture a tendance à se déporter sur la droite. Il s'arrête sur le bas-côté et constate que le pneu avant droit est dégonflé, sûrement crevé. Il y a heureusement une roue de secours. Phil ne met pas plus de vingt minutes à changer la roue. Les trois compagnes et compagnon peuvent repartir mais doivent trouver un garagiste pour réparer le pneu abimé et la chambre à air.

A Doncaster, dans le sud du Yorkshire, près de Sheffield, ils trouvent un garagiste qui accepte de réparer la roue un samedi. Pendant la réparation, ils déjeunent dans une vieille auberge à coté de St George's Church et repartent vers 15 heures, plutôt gais, après quelques bières. C'est un clou, le responsable de leur crevaison. La chambre à air était déchirée mais a pu être réparée avec une simple rustine et une colle spéciale. Emma tient à garder le clou en souvenir. Il leur faut encore près de trois heures pour arriver à proximité de Rievaulx.

Emma insiste pour chercher une chambre d'hôtel près de l'abbaye. Quelqu'un à qui ils demandent conseil leur indique le bourg de Helmsley à 5 km de Rievaulx où ils trouveront plusieurs établissements. Il y a effectivement quatre hôtels dans cette petite ville mais les trois premiers sont complets. Un grand marché doit se tenir le lendemain et a attiré du monde. Au quatrième, l'hôtel du « Cygne rouge », ils demandent deux chambres, une pour Emma et Lucy et la seconde pour Phil. Mais l'hôtelier n'a plus qu'une seule chambre de libre avec un lit double. Il leur propose, avec un sourire sur le visage, d'y ajouter un lit d'appoint. La situation amuse beaucoup ces dames, qui s'éloignent de quelques mètres et font un petit aparté. Emma revient vers Phil l'air mutin et lui dit :

— Colonel, on n'a pas vraiment le choix. Tous les hôtels sont pleins dans la région. Il n'y a plus que cette chambre. Il ne faut pas qu'elle nous échappe. Si ça continue, on va finir par dormir tous les trois dans la voiture ! Lucy et moi, nous occuperons le grand lit et vous le petit. Aucun problème ! Lucy aussi est d'accord. Qu'en pensez-vous ?

— J'ai vraiment peur de vous déranger ! Je vais aller dormir dans la voiture. On est en mai. Il ne fait plus froid.

— Dormir dans la voiture ! Mais vous n'y pensez pas, alors que vous aurez deux gentilles femmes qui veilleront sur vous affectueusement. Vous ne ronflez pas, Colonel ?

— Non je ne ronfle pas. Pour vos réputations à toutes les deux, c'est plus correct. Que vont penser les gens ?

— Mais on ne connaît personne ici ! On est au bout du monde. Vous avez peur de nous ?

— Si vous le prenez comme ça, d'accord. J'accepte votre hospitalité. C'est très gentil de votre part.

Phil trouve la situation cocasse. Si David était venu, il leur aurait fallu trois chambres. Maintenant, ils vont arriver à se débrouiller avec une seule.

Heureusement, la chambre est vaste, équipée d'une salle de bains et de toilettes séparées. Il y a en fait un lit double et un lit pliant installé par l'hôtelier au ras du sol.

L'heure du dîner arrive vite. Emma et Lucy se pomponnent pendant que Phil, resté en uniforme, les attend au bar de l'hôtel. Elles le rejoignent et tous commencent la soirée par un verre de whisky écossais des *Highlands*.

Déjà un peu gais, ils vont ensuite à table et ne passent pas inaperçus. Phil a belle allure dans son uniforme de l'armée de l'air et certains à proximité l'envient d'être si bien accompagné. On leur propose un unique menu, pas très copieux. Une salade de betteraves pour commencer, puis des morceaux d'épaule d'agneau bouillis comme savent les cuisiner les anglais ! Heureusement, la cave est plus fournie et le dîner est agrémenté d'un Bourgogne rouge. L'ambiance est joyeuse, égayée par le bon vin. Phil n'hésite pas à les resservir quand leurs verres sont vides et aucune ne refuse.

Elles sont loquaces et espiègles, ces filles, et voudraient en savoir plus sur Phil. Elles savent juste qu'il est veuf et a deux enfants restés au Maroc. C'est Emma qui commence à lui poser quelques questions plutôt personnelles et directes :

— Alors Colonel, vous avez quitté le Maroc il y a un an et demi. Avez-vous rencontré de belles anglaises sensibles à votre charme ?

Phil réfléchit quelques un instant, sur ses gardes, hésitant à se livrer.

— Oui, finalement ! Je dis finalement car, au début, nous changions d'endroit tous les mois ; puis nous sommes restés six mois en Ecosse pour enfin nous fixer. Difficile de rencontrer quelqu'un dans ces conditions. Mais à Gaitford, j'ai fait une belle rencontre pendant une partie de pêche.

Phil n'a pas envie d'en dire plus alors que ses deux compagnes attendent la suite avec impatience. Devant son silence, Lucy ne peut s'empêcher de le questionner plus avant :

— Et cette belle rencontre, elle est toujours à Gaitford ?

— Non, elle est repartie à Londres.

— Et vous, vous allez bientôt repartir en France ? C'est dommage, c'est triste non ?

Phil trouve qu'il en a assez dit et n'a aucune envie d'expliquer que sa belle rencontre est enceinte et va bientôt accoucher. Il se contente de faire quelques commentaires et de poser une question pour faire diversion :

— Non, je pense que c'est très bien comme cela. Mais puisque vous m'avez interrogé, maintenant c'est à mon tour de vous poser des questions indiscrètes. Lucy, vous êtes mariée mais vous, Emma, qui êtes célibataire, quelle est votre vie ? Vous avez un coquin ?

Emma éclate de rire :

— Un seul ? C'est trop peu ! Moi j'aime la variété vous savez !

Phil ne peut s'empêcher d'être ambigu :

— Oui, c'est ce qu'on m'a dit !

Emma ne répond pas, énigmatique mais toujours souriante. Lucy, éméchée, leur parle de sa vie avant son mariage, de ses amours avec un professeur de piano entreprenant, alors qu'elle n'était même pas majeure.

Pendant le dîner un orchestre local se met en place et le pianiste, visiblement le chef d'orchestre, incite les clients à se lever pour danser et fêter encore une fois la victoire et la fin de la guerre. Phil invite successivement ses deux amies à danser des boogie-woogie rapides Les affres des missions de guerre ne sont plus qu'un mauvais souvenir. Tous trois quittent la salle de restaurant vers 23 h et commencent à monter jusqu'à leur chambre mais Phil se ravise et leur dit :

— Je vous laisse un peu de tranquillité et je reviens dans une demi-heure pour admirer vos chemises de nuit. A tout à l'heure.

— Non, restez Phil. Nous avons une surprise pour vous. Vous verrez, un jeu très drôle, précise Emma.

Phil regarde Lucy d'un air interrogateur :

— Mais Lucy est au courant ?

— Oui, soyez sans crainte, un jeu de société très amusant. Je suis sûre que vous allez aimer. On ne va pas aller au dodo tout de suite, à moins que vous ne soyez trop fatigué ?

Phil est surpris mais ses deux amies ont aiguisé sa curiosité et il obtempère de bon cœur.

— D'accord, je vous suis. J'ai hâte de voir à quoi vous avez envie de jouer à pareille heure !

Quand ils sont dans leur chambre, c'est Lucy qui semble prendre la tête des opérations et commence à donner des explications à Phil.

— Toutes les deux nous appartenons à la « British Sun Bathing Society ». Vous avez déjà entendu parler de ce club ?

— Non, jamais, c'est un club de natation ?

— Pas exactement, c'est plutôt un club naturiste. Les membres du club aiment passer des moments nus au soleil quand il fait assez chaud. Ils adorent aussi se baigner nus dans la mer ou dans les rivières. C'est une sorte de retour à la nature. Rien de pervers là-dedans, juste la recherche de moments de grande détente, de bien-être.

Phil ne s'attendait pas à pareille proposition mais très rationnel ne voit plus où se situe le jeu de société dont elles avaient parlé :

— Et votre jeu de société très amusant ?

C'est Emma qui reprend la parole :

— C'est pour mettre un peu de piquant dans la phase de déshabillage. C'est un jeu très simple que nous avons inventé. Chacun joue avec un dé et jette son dé trois fois à son tour. Pair on ne fait rien, impair on enlève un vêtement. Cela permet de ne pas passer directement des habits à la totale nudité. Vous voulez bien y jouer avec nous ?

Phil n'est pas particulièrement pudique. Il a même envie, un peu alcoolisé, de se montrer direct.

— Oui apprenez-moi votre jeu. Moi, je garderai juste un gant à ma main droite. Vous savez à cause de mes brûlures il y a quelques mois quand mon avion a explosé.

— Colonel, si vous ne gardez qu'un gant aucun problème ! répond Emma en riant.

Phil voit Lucy ouvrir une armoire et en sortir un drap. Elle précise :

— C'est pour nous asseoir sur le plancher. Ce sera plus propre et confortable en jetant notre dé. Colonel, nous n'avons plus rien à boire. Vous ne voulez pas aller chercher une bouteille de vin blanc ou rouge pour continuer la soirée agréablement ?

Phil revient avec une bouteille de vin de Bordeaux et trois verres. Emma et Lucy ont préparé le terrain. La lumière est tamisée et le drap est posé par terre. On entend un bain en train de couler dans la salle d'eau ce qui intrigue Phil. Ils n'ont plus qu'à commencer leur jeu.

Ils sont assis par terre, chacun a un dé et un verre de vin. Pour décider de qui commence, ils jettent simultanément leur dé une fois. Phil obtient un 6 et doit débuter suivi de Lucy puis Emma. Trois fois de suite Phil tire des chiffres pairs alors que ses compagnes n'obtiennent que des chiffres impairs et doivent quitter trois vêtements. Toutes deux enlèvent leurs deux chaussures et une socquette. Rien de bien gênant pour l'instant. Puis c'est au tour de Phil de collectionner les chiffres impairs 5, 3, 3. Phil enlève sa veste d'uniforme et ses chaussures alors que ses amies en tirent un seul et se séparent de leur socquette restante. Emma se lève un instant pour aller arrêter l'eau du bain et revient s'asseoir sans que personne ne lui pose aucune question. C'est maintenant que le jeu commence vraiment, ce que Phil s'amuse à souligner :

— Mesdames, je crois que nous rentrons dans le vif du sujet. Voulez-vous que nous trinquions encore une fois ?

Il remplit de nouveau chacun des trois verres et tous trinquent en se regardant droit dans les yeux. Phil tire deux chiffres impairs et se sépare de ses deux chaussettes. Emma tire un 3 et enlève lentement, très lascive son corsage. Phil est légèrement troublé quand il voit se dessiner le soutien-gorge en soie blanche de son amie, ses bras charnus, le début de sa gorge et un peu plus quand elle se penche pour ramasser son dé. Lucy tire aussi un chiffre impair et choisit de quitter sa jupe. Mais elle porte un jupon qui continue à la maintenir passagèrement habillée.

Phil obtient maintenant 4, 5, 3 et au bonheur de ces dames enlève cravate et pantalon. Il préfère se tenir à genoux, craignant d'être ridicule, assis par terre, en caleçon. Emma sort 2, 6, 1. Elle hésite puis commence à dégrafer son soutien-gorge. Elle en fait délicatement passer les bretelles par ses épaules et le tend à Phil comme si elle lui offrait un cadeau de grand prix. Phil la remercie tout en contemplant sa poitrine très blanche et généreuse. Phil est excité et son sexe commence à venir modifier les formes de son caleçon ; ses compagnes s'en rendent compte et sourient. Lucy obtient 1, 1, 3 ce qui fait applaudir ses amis. Elle se met debout, quitte jupon, puis effrontément sa culote qu'elle donne aussi à Phil. Elle fait une pause avant de continuer et se tourne progressivement comme si elle voulait ne rien cacher à ses amis et se faire admirer sous diverses incidences. Emma, au passage, donne une claque sur la fesse de son amie. Phil ne peut qu'admirer les courbes de Lucy, sa taille fine, ses fossettes dans le bas de son dos et sa toison abondante blonde comme ses cheveux. Elle se sépare aussi de son chemisier et leur fait admirer son soutien-gorge en soie rouge

De nouveau chacun lance trois fois de suite son dé. Phil obtient 1, 3, 4. Ses amies disent « Hourrah ». Il se met debout, enlève sa chemise d'abord, qu'il donne à Lucy et son caleçon qu'il tend à Emma. Phil est complètement nu hormis le gant qui protège sa main et n'a plus rien à enlever. Il est plutôt mince et athlétique et ses amies le complimentent sur sa prestance.

Il est temps de terminer le jeu et lors du tirage, Emma obtient deux chiffres impairs. Il lui reste encore sa jupe et sa culotte, deux vêtements qu'elle n'a plus qu'à ôter, ce qu'elle fait prestement. Toute nue, elle fait ensuite quelques pas dans leur chambre tel un mannequin présentant les habits d'une collection de prestige. Coquine, elle s'approche de Phil assis sur le sol jusqu'à venir appliquer son ventre et sa toison sur le nez et la bouche du colonel qui lui fait une gentille caresse sur la fesse. Enfin c'est au tour de Lucy de jeter trois fois son dé. Deux chiffres pairs. Un seul était suffisant pour la faire se départir de son soutien-gorge qu'elle quitte, dévoilant une gorge menue avec des bouts de sein tout pointus.

Ils continuent à se servir du vin, à le déguster et rient en se regardant. Emma se lève, prend Lucy et Phil par la main et les conduit jusqu'à la salle de bain.

— Puisque nous ne sommes pas au bord de la mer, je vous propose de prendre chacun un bain. Regardez, la baignoire est grande, on peut y tenir à deux ; l'eau est encore bien chaude. Lucy, tu viens ? Nous commençons toutes les deux ? S'il le veut bien, le colonel va nous aider.

Phil donne d'abord le bras à Emma qui rentre dans l'eau la première puis à Lucy. Celle-ci ne fait pas face à Emma mais vient lui tourner le dos, câline, venant appuyer sa tête sur la poitrine de son amie. Phil est à la fois spectateur de ce drôle de jeu de société pour adeptes du naturisme et acteur de ce ballet à trois. Il a bien bu, n'a plus vraiment d'inhibition et prend le savon qu'il a aperçu à côté du lavabo. Il se met en tête d'aider ces dames à se laver. Il commence par bien humidifier leurs poitrines et leur cou, puis savonne leurs seins et délicatement commence à les laver ou plutôt les caresser, le savon venant transformer cette opération en une séance de doux massage que ses amies semblent apprécier particulièrement. Phil ne s'arrête pas là et plongeant sa main gauche dans l'eau va à la découverte de leur intimité sans qu'elles y trouvent à redire, écartant même leurs jambes pour lui faciliter la tâche. Emma se redresse légèrement et vient se coller à son amie. Dans l'eau, elle guide la main de Phil et la conduit d'abord jusqu'à la toison de Lucy puis plus bas mêlant ses doigts à ceux de Phil. Lucy est vite aux anges et ne peut s'empêcher de jouir. Phil s'occupe ensuite d'apaiser Emma, lui massant cuisses et bas ventre. Lucy se retourne et vient comme Emma l'a fait, guider la main de Phil jusqu'à ce que celle-ci n'en puisse plus de se retenir et soit animée de spasmes libérateurs qui la laissent satisfaite et détendue.

— C'est à nous maintenant de vous toiletter, Colonel. Deux femmes pour vous détendre ! C'est votre jour de chance !

Phil va dans la baignoire. Elles prennent leur temps, le caressent doucement, le savonnent affectueusement. Phil est très excité. Elles prennent plaisir à venir simultanément mettre leurs mains autour de son sexe et à le frictionner vigoureusement. Phil qui n'a pas eu de relation amoureuse depuis plusieurs mois est sous pression et ne met pas longtemps à se vider de sa semence.

Ils se sèchent ensuite mutuellement avec les trois serviettes de bain qu'ils ont à leur disposition et vont s'étendre sur le grand lit où ils s'endorment très vite.

Vers six heures du matin, Phil se réveille. Ses compagnes sont dans leurs rêves, enlacées. Sans les déranger, doucement, sans faire de bruit, il se lève, regagne son lit d'appoint et se rendort. Tous les trois se réveillent vers 7h30 et se préparent pour aller prendre leur *breakfast* dans la salle à manger de l'hôtel sans reparler de leur soirée. Plusieurs fois, ils se sourient, complices mais ne reviennent pas sur leurs aventures de la veille.

Phil ne se sent pas coupable vis-à-vis de Victoria. Il est heureux de cette nouvelle expérience qui l'a conduit à des plaisirs subtils avec deux belles femmes à ses côtés. Aucune préméditation de sa part dans ce qui est arrivé. Un simple jeu bien agréable avec ses deux amies qui semblent se connaître et s'apprécier intimement. Une façon originale de fêter de nouveau la victoire des alliés !

Une fois prêts, les amis partent jusqu'à l'abbaye de Rievaulx. Ils sont vite sous le charme des immenses ruines qu'ils découvrent dans une vallée encaissée, entourée de collines. L'endroit est romantique, fleuri. Le sol est très vert car l'herbe a poussé au milieu des ruines de l'église et des nombreux bâtiments qui faisaient la grandeur de ce site. Peu sérieux, ils jouent à cache-cache, qui les fait mourir de rire. Après un pique-nique, ils repartent vers Gaitford en milieu d'après-midi.

Phil est sur la base aérienne dans son bureau, le lendemain matin 28 mai, quand sa secrétaire lui transmet un appel de Londres :

— Bonjour Colonel, je suis Peggy, la cousine de Madame Miller. Victoria a accouché hier et tout s'est bien passé. Elle se porte à merveille, le bébé aussi. Elle m'a demandé de vous prévenir.

— Mais c'est une fille ou un garçon ?

— Victoria veut vous faire la surprise quand vous allez venir la voir. Elle aimerait d'ailleurs savoir quand vous pourrez vous libérer ?

— Je vais m'arranger et me faire remplacer le week-end prochain. Rappelez-moi pendant la semaine, un matin, je vous donnerai confirmation. Félicitez Victoria de ma part ! Au revoir Madame.

Phil ignore si Peggy sait qu'il est le père de ce bébé. Au téléphone, il s'est plutôt comporté comme un ami.

31
DE TORGAU A WURZBURG, ALLEMAGNE , MAI 1945

Le 7 mai 1945, Wilhelm Steimer, alias William Clark, décide de ne pas se cacher mais de rentrer dans la peau du journaliste américain dont il a pris l'identité et il y va au culot ! Après avoir passé l'Elbe et changé de vêtements, il aborde les GIs qu'il croise, engage la conversation et les photographie. Personne ne met en doute sa nouvelle identité. Les officiers sont très occupés et ont du mal à gérer la situation avec tous ces malheureux qu'il faut nourrir et abriter.

Wilhelm a besoin de plus de matériel pour son travail de reporter. Il possède un appareil photo et de nombreuses pellicules vierges mais il lui faudrait aussi du papier, des crayons, des stylos et des enveloppes. Sans vergogne, après avoir expliqué sa situation, il demande à un sous-officier qui a l'air de servir de secrétaire à un haut gradé, s'il pourrait lui procurer ce type de fourniture. Quelques minutes plus tard, le sous-officier qui l'a trouvé sympathique, revient avec un bloc de papier à en-tête de l'armée de terre US, deux crayons et une gomme. Wilhelm le remercie vivement, le photographie et discute avec lui, tant et si bien que pour le dîner il est invité dans la tente où cet homme prend ses repas. Il fait la connaissance d'autres militaires américains en partance pour Erfurt le lendemain matin, une ville plus au sud-est dans le Thuringe. C'est à près de 200 km, exactement dans la direction où il veut aller. Erfurt n'est pas très loin en camion mais les routes sont abimées, les convois militaires obstruent souvent la chaussée et les flux de prisonniers allemands aussi.

Son voisin de table s'appelle Richard et doit y partir. C'est lui, le plus haut gradé dans le camion. Wilhelm saisit l'occasion :

— Erfurt, c'est exactement ma direction ! Je voudrais pousser plus loin ensuite, jusqu'à Würzburg, pour y faire un reportage. Les habitants doivent y apprécier la fin des hostilités. Mais il paraît que les conditions de vie sont horribles dans cette ville. Je voudrais comprendre pourquoi. Vous n'auriez pas une place pour moi dans votre camion ? Ce serait formidable !

— Vous avez de la chance, on était complet jusqu'à hier mais un soldat est tombé très malade et a été évacué d'urgence. D'accord, vous pouvez venir avec nous. Pas de problème ! Départ à 8h. Rendez-vous ici. Ok ?

— Merci c'est parfait ! Je me demandais bien comment faire ? Vous êtes mon sauveur. Je parlerai de vous dans mon article. C'est pour le Washington Post !

Wilhelm a aussi besoin d'habits supplémentaires, au moins une tenue de rechange, mais il n'a que dix dollars en poche. Il a besoin de beaucoup plus pour pouvoir subsister quelques jours avant de trouver un travail. Comment faire pour dénicher de l'argent ? Wilhelm n'a pas froid aux yeux, mais il ne peut tout de même pas voler une arme et braquer des allemands ou des américains pour leur extorquer de l'argent !

Wilhelm veut aller à jusqu'à Würzburg, car il a échafaudé un plan. Il a vécu deux ans dans cette ville quand il était adolescent et y a été scolarisé. Il se souvient bien de l'appartement de ses parents dans le centre-ville et pense pouvoir retrouver des commerçants qu'il a connus autrefois. Ceux-ci ne refuseraient sans doute pas de lui prêter un peu d'argent pour le dépanner. Toute la difficulté sera de quitter temporairement sa tenue de journaliste américain et de se transformer en sous-officier allemand peu désireux de se retrouver dans un camp de prisonnier. Wilhelm est plutôt optimiste et se sent de taille à jouer ce rôle.

Le lendemain, la route est longue et fatigante jusqu'à Erfurt. Plus de douze heures de route, balloté à l'arrière d'un camion sur des routes défoncées. De multiples arrêts mais pas grand-chose à manger. Le soir, son ami Richard lui trouve une place dans un dortoir de la caserne où ils sont arrivés. Epuisé, il s'endort jusqu'au lendemain matin mais se réveille tôt et réfléchit à la suite de son périple. Dans cette caserne, lui civil risque d'être questionné par des officiers et d'avoir à justifier de son identité. Il trouve plus prudent de quitter l'endroit, prétextant un travail photographique sur le centre d'Erfurt et sur les dégâts infligés par les bombardements. Avec son brassard de presse et son appareil photo bien en évidence, personne ne lui demande rien. Son principal problème maintenant est de trouver quelqu'un qui veuille bien l'emmener jusqu'à Würzburg sans lui poser de questions indiscrètes.

Quand il passe devant la cathédrale Notre-Dame, une idée lui vient à l'esprit. Il rentre dans l'église après avoir enlevé son brassard de presse et remis son appareil photo dans son sac à dos. Il s'agenouille sur un prie-Dieu, croisant les mains comme s'il était confit en dévotion. Un vieux prêtre vient vers lui et lui dit en allemand :

— Avez-vous besoin de quelque chose, mon fils ? Je suis prêt à vous écouter et à vous aider si vous le souhaitez.

— Pourrais-je vous parler un peu longuement mon père ? en tête à tête ?

— Oui, allons dans la sacristie.

Quand ils sont assis, l'un en face de l'autre, Wilhelm invente un énorme bateau !

— Mon père, je suis à la recherche de mes parents qui sont peut-être à Würzburg. Je suis sans nouvelle d'eux depuis cinq mois. Ils sont malades tous les deux et ont besoin de moi. Je suis leur seul fils. J'étais dans la Wehrmacht jusqu'à avant-hier. J'ai pu traverser l'Elbe et échapper aux Russes et maintenant je voudrais aller à Würzburg pour essayer de les retrouver. S'ils sont encore vivants, je pense savoir où les rencontrer. Mais il ne faut pas que je tombe sur des américains qui vont me mettre en rétention, même si je sais qu'ils traitent bien les allemands quand ce ne sont pas d'anciens SS.

— Je vais voir ce que je peux faire. Les prêtres sont peu nombreux à Würzburg. Beaucoup sont morts ! Il y a deux abbés d'Erfurt qui doivent y partir demain avec une vieille voiture, s'ils ont assez d'essence. Ils sont un peu plus jeunes que moi mais pas tellement. Les américains ne devraient pas leur chercher noise. Restez ici, j'ai un peu de pain à vous donner et de l'eau. Je devrais en savoir plus à l'heure du déjeuner.

Wilhelm remercie le prêtre et reste dans la sacristie en attendant son retour. Pour se donner une contenance, il trouve une bible et fait semblant de se plonger dans sa lecture. Le prêtre revient au bout de deux heures :

— Ça a l'air de s'arranger pour vous. Mes deux collègues vont partir tôt demain. Je leur ai parlé de vous et ils veulent bien vous prendre en passager mais vous devrez être discret. Il faudrait que vous soyez dans la sacristie vers 6h du matin. Avez-vous un endroit pour dormir ici à Erfurt ? Sinon vous pouvez rester dans cette pièce, sur ce fauteuil. Je n'ai rien de mieux à vous proposer. Pauvre Allemagne !

Le prêtre semble accablé par ce qu'il vit actuellement. Il quitte son protégé non sans lui avoir laissé de nouveau un peu de pain et de l'eau. Wilhelm reste confiné dans la cathédrale où quelques dames âgées viennent chercher le réconfort dans la prière.

Le lendemain matin, les deux prêtres en soutane sont ponctuels et le font monter dans une voiture qui date de bien avant la guerre. Ils lui demandent de s'allonger sur le siège arrière et le recouvrent d'un drap, ne laissant passer que sa tête ; l'un deux lui explique :

— Si on nous arrête, nous dirons que vous êtes malade et que l'on doit vous déposer chez un vieil oncle médecin à Würzburg. Ne parlez que très peu. On va probablement rouler toute la journée.

La route est longue là encore, avec des arrêts répétitifs pour laisser passer camions militaires, automitrailleuses et chars légers. Comme partout, les routes sont défoncées mais, heureusement, il n'a pas plu pendant ces derniers jours. Les voyageurs arrivent en fin d'après-midi à proximité de Würzburg après dix heures de route, fatigués mais sans avoir eu de réel ennui. Seul le pot d'échappement du véhicule a commencé à se déboiter et un GI, mécanicien dans le civil, est venu aider les deux ecclésiastiques à le réparer.

Wilhelm se fait déposer à l'entrée de la ville et continue à pied avec son sac à dos. Il remet son brassard de journaliste et sort son appareil photo. Le voilà de nouveau américain. Il lui faut maintenant retrouver la trace de personnes qu'il connaît. Dès les premiers mètres, il est frappé par le nombre de maisons abimées ou partiellement détruites. Cette impression ne fait que s'accentuer au fur et à mesure qu'il se rapproche du centre-ville. Pourtant à sa connaissance, Würzburg n'est pas une ville stratégique et n'a pas dû être bombardée de façon massive par les Anglais ou les Américains. Dans le centre, Wilhelm ne reconnaît plus les lieux qu'il a fréquentés il y a une quinzaine d'années. Les toitures sont carbonisées, des maisons entières sont abattues. Des tonnes de gravats obstruent les rues, vides de toute présence humaine. Pourtant elles étaient si belles ces maisons à colombage ! Pourquoi s'être acharné sur cette ville historique ? Par simple vengeance ?

Un GI surgi de nulle part lui demande ce qu'il fait là. Dans le plus pur américain, il lui explique qu'il est journaliste et qu'il veut faire des photos de cette ville et interroger quelques habitants. Un reportage pour le Washington Post.

— Ok Sir, bon courage. Faites bien attention, c'est dangereux. Toute cette partie a été évacuée. Il n'y a plus personne. Des maisons s'effondrent encore tous les jours.

— Merci Sergent. Pouvez-vous me dire de quand date le dernier bombardement ? Vous le savez ?

— Oui, il y a deux mois, le 16 mars. Ce sont les Anglais qui ont bombardé. Ils n'y sont pas allés de main morte. Près de 3000 morts en moins d'une heure. Ils n'avaient pas d'objectifs militaires et ont systématiquement détruit la vieille ville, quartier par quartier. On m'a dit que c'était pour saper le moral des populations et essayer de hâter la fin de la guerre.

— Merci Sergent, je vais faire très attention.

Wilhelm s'enfonce vers les quartiers les plus centraux, totalement détruits. Son plan est à l'eau. Il n'a maintenant plus aucune chance de rencontrer des gens qu'il aurait connus autrefois et qui pourraient l'aider. C'est le soir et le soleil n'est pas loin de se coucher. Il risque de se retrouver seul dans cette zone détruite sans savoir où aller et son moral est en berne. Un instant plus tard, il aperçoit un homme et une femme d'environ quarante ans avec un grand cabas. Le couple entre dans une maison en ruines. Wilhelm se rapproche prudemment d'eux. Sans se faire voir, il réussit à les observer. L'homme est venu avec une tige en fer pour écarter les pierres dans les ruines. Ils fouillent et récupèrent des objets. Sans doute, des choses qui leur appartenaient, à moins que ce ne soient des voleurs. Ces deux-là lui donnent une idée lumineuse. Et s'il avait de la chance ?

Il regarde les maisons alentour ou plus exactement ce qu'il en reste et avise un édifice aux trois quarts détruits mais qui d'après le pan de façade restant devait appartenir à des gens riches. Près de l'entrée, un escalier subsiste, miraculeusement préservé. A l'étage, il ouvre la première porte devant lui. Une chambre à coucher éventrée ! Il n'y a plus de mur à la tête du lit sur lequel repose des tonnes de pierres, morceaux de plâtre et poutres calcinées. Plus de plafond non plus. Wilhelm est effrayé quand il aperçoit un pied sous le lit et un autre pied plus petit à côté. Le spectacle est horrible car les chairs sont à moitié décomposées et plutôt que des pieds c'est un mélange d'os et de tendons qu'il aperçoit. Probablement, un couple qui n'a pas eu le temps de quitter les lieux et a essayé de se mettre à l'abri sous le lit avant qu'une partie de la maison ne s'écroule. Ils ont dû périr, écrasés par les pierres venues s'amonceler dans la chambre.

Wilhelm quitte la pièce, prêt à vomir de dégoût, mais il se ravise, revient sur ses pas et retourne dans la chambre des horreurs. Il dégage progressivement tout ce qui se trouve sur le lit de manière à pouvoir accéder aux deux corps.

Pendant près d'une heure, alors qu'il fait de moins en moins clair, Wilhelm pousse les gravats, enlève les pierres en s'aidant d'un morceau de poutre qui lui sert de bras de levier. A moitié épuisé, il parvient enfin à soulever le lit et voit les corps, écrasés lors du bombardement, partiellement décomposés. Wilhelm réussit à aller au-delà de ses dégoûts et fouille dans leurs poches. Il sent des objets durs, métalliques et en extirpe plusieurs bagues en or, des broches et des bracelets qu'il s'empresse de mettre dans sa poche. Ce qu'il avait suspecté s'est bien produit. Quand le bombardement a commencé, ces habitants ont essayé de sauver leurs bijoux plutôt que de fuir immédiatement.

Wilhelm ressort les poches pleines et marche vers la périphérie de la ville. Les prêtres qui l'ont amené, lui ont indiqué le nom de la paroisse où ils se rendaient et il entreprend de les retrouver pour la nuit.

Il n'a pas de mal à trouver cette église car le quartier où elle se trouve, beaucoup moins central, n'a pas été touché par les bombardements. Il se souvient plutôt bien de cette partie de la ville où il venait prendre des leçons de piano quand il était adolescent. Quand il arrive à l'église, il trouve la porte fermée et va jusqu'au presbytère, à cinquante mètres de là, au fond d'une impasse très calme. Il frappe à la porte et on vient lui ouvrir. Il demande à voir les deux prêtres qui sont arrivés aujourd'hui d'Erfurt. L'un d'eux arrive sans tarder. Wilhelm lui demande d'emblée :

— Mon père, c'est encore moi ! Pouvez-vous m'accueillir ici pour la nuit ? Tout le centre-ville est détruit. Mes parents doivent être morts. Je ne sais pas où aller. Je n'ai plus d'argent mais j'ai des bijoux qui me viennent de mes parents et que je voudrais vendre. Si j'arrivais à en tirer de l'argent, je vous en laisserais une partie. Vous en avez sûrement besoin pour secourir tous les malheureux dont vous vous occupez.

La proposition ne laisse pas le prêtre indifférent :

— Vous êtes généreux. Vous pouvez passer la nuit dans ce presbytère, il y a des chambres libres. Montrez-moi ces bijoux pour que je puisse en parler si je trouve quelqu'un qui a de l'argent pour les acheter. Ce n'est pas facile en ce moment, mais pas impossible. Il y a du trafic partout. Les objets précieux se vendent à dix pour cent de leur valeur mais pour ce prix on obtient des dollars.

Wilhelm sort les bijoux de ses poches. Le prêtre est surpris de la qualité de ces joyaux : deux bagues avec des diamants de bonne taille, un collier orné de rubis et diamants, un autre collier en or, très lourd, un bracelet avec des nombreux saphirs, deux broches avec des diamants. Le prêtre inspecte attentivement chaque bijou.

— Mon père était bijoutier à Berlin et m'a initié à la joaillerie. Je peux vous dire que votre mère avait de très beaux bijoux, notamment les diamants de ces bagues et broches. Plusieurs carats chacun et des pierres de qualité. En temps de paix vous pourriez en tirer des sommes rondelettes, sans doute 25 000 dollars[3]. Maintenant, ici vu les circonstances, vous pourrez en avoir 2500, pas plus !

— Mon père, si vous me trouvez un acheteur, je pourrais vous laisser 800 dollars.

— Oh ! 800 dollars ! Pour nous c'est énorme et ça serait tellement utile à notre communauté. Laissez-moi vos bijoux. Ce sera plus facile pour moi de négocier ces objets si vous n'êtes pas là. Je vais m'en occuper demain. Pour l'instant je vais vous trouver de la nourriture.

Wilhelm a du mal à se séparer de ces joyaux mais il voit mal le vieux prêtre se faire la malle avec son butin !

— C'est gentil de votre part de vous occuper de tout cela. Soyez un bon négociateur !

Le prêtre part avec les bijoux pour les mettre en lieu sûr. Un quart d'heure s'écoule pendant lesquels Wilhelm se demande tout de même si sa décision n'a pas été un peu rapide et s'il n'est pas en train de se faire escroquer. Jamais il ne saura quelle somme le prêtre aura tiré de la vente de ces objets ! Mais il n'a guère le choix ! Et que faire sans un minimum d'argent pour terminer son voyage ? S'il cherchait à vendre lui-même ces bijoux, il pourrait s'attirer de sérieux ennuis et se retrouver en prison. Le prêtre revient avec de la nourriture, du vin et montre sa chambre à Wilhelm. Celui-ci se restaure et, épuisé, s'endort.

---

[3] *25 000 dollars en 1945 correspondent à environ 375 000 dollars en 2018*

32
GAITFORD ET LONDRES, ROYAUME UNI, MAI 1945

Phil a hâte d'aller voir Victoria et son bébé, garçon ou fille. Certes, cette naissance risque de lui compliquer la vie, mais comment ne pas être attendri par un tel évènement ? Ce mardi matin 27 mai, il a demandé au capitaine Jopet, qui commande le *squadron* depuis l'explosion de son avion, de passer le voir. Jopet et lui sont amis et c'est le seul à savoir que Phil a une liaison avec la belle Victoria Miller. Quand ils sont ensemble dans son bureau, Phil ne lui dit qu'une partie de la vérité :

— J'ai un service personnel à te demander. Je voudrais aller à Londres le week-end end prochain pour revoir mon amie Victoria Miller. Elle est de passage et m'a téléphoné. Pourrais-tu me remplacer ? Il faudrait que tu restes sur la base à partir de vendredi jusqu'à dimanche soir. Je sais, c'est un peu long, mais il n'y a plus grand-chose à faire maintenant que la guerre est terminée.

— Je vois, sacré Phil ! Tu es toujours mordu ! Quelle chance tu as ! Moi je n'ai que des passades ici. Je veux bien annuler ce que j'avais prévu et te remplacer mais, à une condition, tu me raconteras ton week-end et vos projets pour que je puisse rêver !

— D'accord, c'est très sympathique de ta part. Je te revaudrai ça à l'occasion.

Phil est heureux d'avoir une sorte de confident à qui parler de Victoria, même s'il ne lui raconte pas tout. Il sait qu'il peut compter sur la discrétion du capitaine Jopet qu'il connaît depuis très longtemps.

Phil a hâte d'être à vendredi pour retrouver sa tendre amie et passer deux jours à ses côtés. Il a tout de même du mal à réaliser qu'il est père d'un nouvel enfant. Les choses ont été trop vite et la situation est bien compliquée avec Maggy, sa mère, qui n'est pas toujours commode et ses deux enfants Claire et Paul. Comme il lui est impossible de tout résoudre maintenant, il trouve sage de profiter du temps présent sans trop se soucier de l'avenir. L'essentiel pour lui est de retrouver sa Victoria, son grand amour de guerre. Et côté bébé, quel suspense ! Il ne sait pas s'il a eu une fille ou un fils et ne le saura pas avant quelques jours.

Après le départ du capitaine, la secrétaire de Phil frappe et entre dans son bureau :

— Colonel, un télégramme du ministère de l'air à Paris vient d'arriver à votre intention. Le voici.

Phil ouvre le télégramme sans attendre. Il a peur d'une mauvaise nouvelle liée à ses enfants mais le contenu le concerne directement « Nomination au grade de colonel rétroactivement au 1er mai 1945 ; Félicitations ; Pour le ministre de l'air Charles Tillon… ». Phil avait été nommé au grade de lieutenant-colonel au moment de son départ en Angleterre, il y a un an et demi. Son avancement a été rapide. Il est colonel plein maintenant ! Un bonheur, plus d'argent et une suite de carrière qui s'annonce sous de bons augures. Lui, le fils de petits commerçants de Bois-Colombes, devient colonel d'aviation à 41 ans ! Maintenant, devenu colonel, volera-t-il encore régulièrement en tant que pilote ? Probablement pas. Mais les hautes sphères de l'armée de l'air lui deviendront proches.

Le soir, au mess des officiers, Phil offre une tournée générale pour célébrer son nouveau galon. On le félicite sans arrières pensées. Sa manière courtoise mais ferme de gérer la base aérienne et l'énergie qu'il a déployée pour que soient décorés plusieurs aviateurs ont été appréciées de tous. Pendant la semaine, il écrit à sa mère et à ses enfants pour leur faire part de sa nomination. Lui-même est flatté de cet avancement mais sans que cela ne lui monte à la tête. Il a d'autres préoccupations en ce moment mais il est sûr que Maggy, très attentive à son ascension professionnelle, appréciera. Pourquoi ne pas lui faire plaisir ?

Phil prend le train pour Londres à Peterborough, en début d'après-midi, ce vendredi 30 mai. Il est séduisant dans son uniforme bleu marine, sur lequel il a fait coudre les cinq galons or auxquels a droit un colonel, le grade le plus élevé dans la catégorie des officiers supérieurs. A la main, il tient une valise qui contient ses habits civils, des affaires de toilette et deux cadeaux, un pour Victoria et l'autre pour son nouvel enfant. Peggy, la cousine de Victoria, qu'il a eue de nouveau au téléphone dans la semaine pour lui confirmer sa venue, lui a demandé de ne pas retenir d'hôtel car Madame Miller allait lui faire préparer un lit dans son propre appartement.

Son train est censé mettre trois heures pour parcourir les 160 km qui séparent Peterborough de Londres. Phil pense à ce qu'il va dire à Victoria à propos d'eux-mêmes et de la suite de leurs amours. Phil sait que, comme la paix est maintenant rétablie en Europe, les aviateurs de Gaitford vont bientôt devoir rentrer en France, mais la date de ce retour au bercail n'est pas encore fixée. Pour lui, les perspectives sont différentes car il doit de nouveau être admis à l'hôpital militaire de Rauceby pour y être réopéré. Ses brûlures ont mal cicatrisé sur sa main droite et le docteur Mac Indoe qui l'avait pris en charge après son accident, lui a proposé de lui faire une greffe de peau en juillet et de le garder jusqu'à la fin du mois de septembre. Trois mois encore à ne rien faire ! Ce sera très long mais le médecin l'a prévenu des séquelles fonctionnelles et esthétiques pour sa main s'il en restait là. Phil ne veut pas rester infirme et a donc accepté. Il sera autorisé à recevoir des visites mais ne pourra pas quitter l'hôpital. Si tout se passe bien, il rejoindra Paris en octobre avec une nouvelle affectation, vraisemblablement à l'Etat-major de l'armée de l'air, boulevard Victor dans le 15ème arrondissement. Il retrouvera son appartement de la rue Lecourbe, ses enfants Paul et Claire et sa mère ! Pas très facile à gérer comme situation !

Il est dix-sept heures trente. Victoria est impatiente de voir arriver le colonel Destivel. Elle a demandé à sa cousine de rester discrète et de s'éclipser après son arrivée même s'il est convenu qu'ils dinent tous ensemble. Les deux cousines ont préparé un repas tout simple mais de qualité avec un poulet rôti aux herbes en plat principal.

Victoria s'est faite belle mais elle est soucieuse de ce qu'elle a à dire à Phil. Doit-elle le lui dire d'emblée ou parler d'abord un peu longuement avec lui ? Pas facile de conclure. Elle verra bien sur le moment.

La sonnette retentit. Peggy a très hâte de voir à quoi ressemble le colonel. Elle se presse d'aller ouvrir pendant que Victoria attend sagement dans le salon. Mais ce n'est qu'une fausse alerte car c'est seulement le concierge qui apporte des journaux. Un quart d'heure plus tard, la sonnette fait de nouveau sursauter les cousines. Peggy se précipite de nouveau et cette fois-ci c'est bien Phil qui a trouvé facilement son chemin dans Kensington. Peggy se présente, le conduit dans le salon et disparaît.

Victoria et Phil sont enfin ensemble. Phil la serre dans ses bras, longuement puis ils se regardent, se sourient, tous deux très émus, sans parler. Victoria pose sa tête quelques instants sur son épaule avec une infinie tendresse puis lui dit :

— J'ai tellement attendu ce moment ! J'étais impatiente depuis quelques jours. Que c'est bon quand tu me serres dans tes bras !

— Oh, ma chérie, je suis si heureux de te retrouver !

— J'ai vraiment regretté que tu ne puisses être à Londres près de moi quand j'ai accouché. Mais viens, je ne veux pas te faire languir. On va d'abord aller tous les deux dans la chambre d'enfant.

Phil suit sa belle amie et entre dans la chambre sur la pointe des pieds. Il découvre une grande pièce peinte en blanc avec déjà un ours en peluche et une poupée en chiffon, bien en évidence. Phil regarde autour de lui et ne comprend pas :

— Je vois deux berceaux. Dans lequel est mon fils ou ma fille, que je fasse sa connaissance ?

Victoria prend un air un peu soucieux tout en continuant à sourire :

— Voilà la surprise, j'ai eu des jumeaux ! Une fille et un garçon ! Ce n'était pas prévu. Le médecin qui m'a accouchée s'en est aperçu une fois le premier bébé dehors. Je vais te les présenter. Ils sont très beaux.

Victoria commence par prendre délicatement sa fille et la fait admirer à son papa.

— Elle, c'est Helen. Helen, je te présente un charmant colonel français. Il s'appelle Phil et c'est ton papa. Tu vois comme elle est mignonne. Elle a un petit nez et des traits fins réguliers. Elle est déjà très féminine. Et ses cheveux sont tout blonds.

Helen esquisse un sourire quand son papa la tient un instant dans ses bras. Phil y est sensible. Victoria sort ensuite de son berceau son bébé garçon et reproduit le même cérémonial de présentation.

— Lui c'est George comme le roi. J'ai choisi des prénoms qui existent à la fois en Angleterre et en France. George a des traits plus marqués. C'est déjà un costaud. Tu vois, pour une femme qui ne pouvait pas avoir d'enfants, je suis comblée. Une fille et un garçon à la fois ! Mais toi j'imagine que tu dois être effaré ? Tu viens de doubler le nombre de tes enfants. Quatre Destivel maintenant ! Une vraie famille nombreuse !

Victoria a fait les présentations sur un ton presque badin, l'air très à l'aise mais, au fond d'elle-même, elle est angoissée car elle ne sait pas quelle va être la réaction de Phil qui ne s'attendait sûrement pas à devenir d'un seul coup le père de deux enfants nés en Angleterre, Helen et George Miller ! Elle-même, en tant que mère, est très heureuse de ces deux naissances mais elle a peur que celles-ci fragilisent leur amour !

— Viens mon chéri, ces chérubins vont continuer à dormir. Ils ont pris un biberon, il n'y a pas longtemps. Nous reviendrons les voir un peu plus tard. J'avais demandé à Peggy de ne rien dire. J'ai préféré t'annoncer ces deux naissances moi-même. Tu sais, j'ai été la première surprise ! Je comprends que tu aies besoin d'un peu de temps pour digérer la nouvelle.

Après avoir remis dans leurs berceaux les deux bébés, Victoria s'approche de Phil, le regarde longuement en souriant et lui dépose délicatement un baiser sur les lèvres :

— Nous avons tellement de choses à nous dire pour mieux nous connaître. Viens ! Retournons dans le salon.

Phil est resté muet pendant ces présentations, stupéfait à l'annonce de ces deux naissances. Il continue à se taire, envahi par un flot de pensées contradictoires. Victoria le prend par la main, l'emmène dans le salon et l'invite à s'asseoir à côté d'elle, pour parler.

33

ALLEMAGNE ET FRANCE, MAI 1945

En allant de Torgau jusqu'à Würzburg, Wilhelm a déjà franchi près de 400 km. Il lui en reste encore 600 à parcourir pour arriver au terme de son voyage et retrouver la personne de son cœur. Tous les jours il y pense, depuis le moment où il a dû quitter la France et rejoindre l'abominable front russe et ses horreurs indescriptibles. Quand par bonheur il a été muté dans le Renseignement, il n'a pas cessé de l'avoir en image dans sa tête le jour et la nuit. Quand il a pu passer dans la zone occupée par les Américains après la signature de l'armistice, le souvenir de sa douceur et de sa tendresse sont venues lui donner l'envie irrésistible de retrouver son corps et son âme. Il lui est devenu impératif de revenir là où ils se sont rencontrés, avec l'espoir fou de retrouver leurs amours. Mais avec la guerre, depuis trois ans qu'ils sont séparés, qu'en sera-t-il ? Peu importe, Wilhelm est prêt à tout pour aller à sa rencontre !

Quand il a quitté le prêtre à qui il avait demandé de vendre les bijoux, il s'est mis à douter. Allait-il se faire berner, voler ? Mais en fait, tout s'est déroulé comme il l'espérait. Le prêtre a réussi à négocier les bijoux et à revenir avec une épaisse liasse de dollars. Wilhelm l'a chaleureusement remercié et lui en a donné le tiers. Il a maintenant 2000 dollars[4] en poche, un peu plus que ce que l'abbé lui avait annoncé. Pour l'instant sa situation est bonne, s'il ne se fait pas voler. Wilhelm, prévoyant, divise son magot. Il met plusieurs liasses dans ses poches de pantalon et dissimule le reste à l'intérieur de la doublure de sa veste en deux endroits différents. La veste est un peu ample pour lui et n'est pas vraiment déformée par les billets.

Maintenant, il doit quitter Würzburg, direction Heilbronn. Une centaine de kilomètres à parcourir. Wilhelm a choisi cette étape car la ville a subi de nombreux bombardements alliés dont un très meurtrier en décembre 1944. Très bon pour son reportage factice ! Tout le

---

[4] *Environ 30 000 dollars en 2015*

centre-ville a, paraît-il, été détruit. Peut-être va-t-il là aussi retrouver des bijoux de prix dans les décombres ! Mais ce bombardement de décembre date maintenant de six mois. D'autres ont déjà dû y effectuer de fructueuses recherches !

De nouveau, Wilhelm n'hésite pas. Il rentre dans une caserne occupée par des américains, se présente comme reporter du Washington Post et explique qu'il veut aller à Heilbronn continuer un reportage sur les villes bombardées. Les dieux sont encore avec lui et le lendemain il se retrouve avec des GIs dans un convoi qui doit passer à proximité de Heilbronn. Il ne tient pas trop à engager la conversation avec les soldats américains et fait mine d'avoir sommeil. Il fait semblant de dormir, assis à l'arrière du camion, bringuebalé quand le véhicule roule sur une voie défoncée par les chars et les bombardements. Il rouvre les yeux au moment d'une distribution de nourriture et accueille avec plaisir ce qu'on lui tend. Son voisin en profite pour engager la conversation :

— Alors mon gars, tu es journaliste au Washington Post et tu fais un reportage sur Heilbronn. Pourquoi cette ville ? C'est une drôle d'idée. Personne ne la connait aux US ?

— C'est un reportage sur les bombardements alliés, pas sur une ville en particulier, mais sur l'Allemagne en ce moment après notre euh..

Wilhelm va dire « notre reddition » et ravale à temps sa phrase qu'il termine heureusement par « victoire » tout en se disant qu'il doit être très vigilant. Le GI continue :

— Tu es d'où aux US, mon gars ? Moi je suis du Wyoming près de Cheyenne. C'est bien loin d'ici.

Wilhelm improvise encore :

— Washington DC. J'ai toujours habité là-bas et c'est comme ça que j'ai été embauché par le Washington Post.

Wilhelm ne veux pas être soumis à une batterie de questions et le mieux, dans ce cas, est d'être celui qui en pose. Il demande alors à son voisin comment est la vie à Cheyenne, si c'est beau le Wyoming, quel est son métier. Comme celui-ci semble ravi de parler de lui-même et de sa région, Wilhelm continue ses interrogations jusqu'à Heilbronn sans avoir à livrer quoique ce soit de précis sur lui-même. Le camion n'entre pas dans la ville et Wilhelm descend du véhicule à cinq kilomètres du centre. L'officier, assis à côté du chauffeur, lui fait des recommandations :

— Faites tout de même attention de ne pas vous faire agresser si vous marchez tout seul. Les routes ne sont pas très sûres en ce moment !

Wilhelm le remercie pour ses conseils et se retrouve sur une route déserte. Il ne porte aucun signe distinctif et pourra se faire passer pour allemand ou américain, selon les personnes qu'il rencontrera. Wilhelm est cependant un peu soucieux. Depuis la veille, il ressent un douleur dans l'abdomen, lancinante, pas très intense mais toujours présente. Il se sent fatigué.

Après quelques minutes de marche solitaire, il aperçoit un vélo qui vient vers lui et voit un vieux monsieur qui le croise en faisant un salut. Pas vraiment stressant comme rencontre. Il continue son chemin, perdu dans ses pensées. La France n'est plus très loin. C'est dans ce pays qu'il veut aller. Il lui faudra traverser le Rhin clandestinement. Et ensuite direction la Côte d'Or. C'est le passage du Rhin qui le préoccupe. Il ne veut surtout pas passer par un pont et se retrouver à un poste frontière où l'on épluchera ses faux-papiers ! Mais il paraît que tous les ponts ont été détruits sur le Rhin.

— Bonjour Monsieur, est-ce que vous auriez un peu d'argent ? Je n'ai plus rien et j'ai quatre enfants à nourrir.

Wilhelm n'a pas entendu arriver cet allemand en haillons qui marchait derrière lui. Pour avoir la paix, il met sa main dans sa poche pour sortir un peu d'argent. Il n'a que des coupures de cinq dollars et maladroitement sort une liasse qui fait s'écarquiller les yeux du quémandeur. Wilhelm lui tend un billet mais le vagabond devient subitement menaçant et lui dit en allemand :

— Donne-moi tout ton fric ou je te défonce la gueule !

Wilhelm est sportif, entraîné au combat en corps à corps et ne se laisse pas faire. Son adversaire cherche à lui donner des coups de poing qu'il arrive à éviter, puis sort un long couteau de la poche de son imperméable. Wilhelm recule et jette des coups d'œil alentour à la recherche d'objets qui pourraient lui servir à se défendre. A deux mètres de lui, il repère une pierre contondante qu'il ramasse avec sa main droite. Il crie à son adversaire :

— Va-t'en ou tu vas le regretter !

Mais l'autre ne renonce pas et approche de plus en plus de Wilhelm, le couteau à la main. Wilhelm lance alors de toutes ses forces la pierre en direction du front de son agresseur qui n'a pas le temps d'esquiver et tombe immédiatement raide évanoui en plein milieu de la route. Wilhelm le traîne jusqu'au fossé qui borde celle-ci. Le front du vagabond saigne abondamment, son corps est animé de plusieurs soubresauts puis plus rien, plus un mouvement. Wilhelm l'examine précautionneusement et constate qu'il ne respire plus et que son cœur ne bat plus. Il camoufle le corps au fond du fossé en le recouvrant de branches et d'herbe puis, en sueur, reprend son chemin vers la ville, traumatisé par cette agression. Il ne sait pas si l'homme est vraiment mort mais peu importe, c'était de la légitime défense. Heureusement, la route était déserte et personne ne les a vus. Il croise encore plusieurs hommes à pied ou sur des vélos mais aucun ne l'accoste pour lui parler. Les passants se font plus nombreux quand il se rapproche du centre de Heilbronn.

Wilhelm est désemparé et ne sait plus que faire. Le centre de Heilbronn est, comme celui de Würzburg, un immense champ de ruines. Où aller maintenant ? De nouveau chez des curés ? Dans une caserne d'américains ? Il se reprend conscient des bons côtés de sa situation. Il a eu de la chance, il s'en est sorti indemne ! Cela aurait pu mal se terminer au moins pour lui. Si le gars avait réussi à lui flanquer un ou plusieurs coups de couteau, il ne serait sans doute pas là ? Le problème maintenant est que son ventre lui fait de plus en plus mal et il aimerait bien consulter un médecin.

Le fait de penser à des médecins lui donne subitement une idée ! Il demande à un GI où se trouve le campement des américains dans cette ville. Celui-ci lui indique le chemin. Tout droit vers le nord, un petit kilomètre à parcourir. Wilhelm lui demande aussi :

— Vous savez s'il y a des médecins et des chirurgiens présents dans le campement ?

— Je ne suis pas sûr mais j'ai l'impression qu'on transfère tous les cas un peu graves. C'est une petite caserne. Vous avez un problème ?

Wilhelm ne répond pas à sa question mais le remercie pour les renseignements sur le chemin à suivre. A l'entrée du campement il se présente comme journaliste américain et demande s'il pourrait consulter un médecin. On l'oriente vers un praticien militaire qui l'examine sans tarder :

— Ainsi vous vous plaignez d'une douleur dans l'abdomen, à droite depuis à peu près 24 heures et vous n'avez jamais été opéré de l'appendicite ?

Le médecin l'examine longuement, lui presse l'abdomen à droite puis à gauche, lui fait lever la jambe droite plusieurs fois ce qui exacerbe la douleur. Quand il lui appuie sur le ventre fortement à droite, Wilhelm sursaute et fait la grimace.

— Je suspecte fortement une appendicite. Le problème est qu'il n'y a pas de chirurgien sur place. Il faut vous transférer ailleurs, c'est plus prudent, dans un endroit où l'on vous opérera si nécessaire. Il ne faudrait pas que ça tourne en péritonite. Vous pourriez y passer ! On a une ambulance qui fait le chemin demain matin avec un patient, vous pourriez y aller avec lui. C'est dans la zone d'occupation française à Fribourg où il y a une grosse garnison. On a passé des accords temporaires avec les médecins militaires français. Pour l'instant on n'a pas assez de médecins par ici. Si vous êtes d'accord, je vais vous faire une lettre à donner à l'hôpital là-bas. Pour ce soir on va vous trouver un lit dans un dortoir.

— D'accord docteur, merci beaucoup.

Wilhelm est rassuré d'être pris en charge, d'autant plus que ce voyage à Fribourg en Brisgau va le rapprocher de la France. Dans cette ville, il sera même tout près du Rhin.

Le lendemain, il arrive en ambulance à Fribourg en fin de matinée. Il est examiné par un chirurgien français qui confirme le diagnostic d'appendicite et lui annonce qu'il va l'opérer dans la journée. Les dialogues ont lieu dans un mélange d'anglais et de français. Wilhelm a l'impression que l'on s'occupe bien de lui mais à la réflexion quelque chose l'angoisse. Que vont devenir ses habits dans lesquels il a son argent, des sommes vraiment importantes ? S'il se fait tout voler, c'est retour à la case de départ. Il a eu la chance inouïe de tomber fortuitement sur des bijoux de valeur, un magot ! Il n'aura pas deux fois la même chance, c'est sûr !

Il fait venir la surveillante générale du service de chirurgie dans lequel on l'hospitalise et lui fait part de ses soucis. A voix basse, il lui dit:

— Madame, j'ai un problème. Je suis journaliste américain, ici en Allemagne pour faire un reportage dans plusieurs villes bombardées par les alliés. Je vais être opéré. Je ne voudrais pas me faire voler ce que j'ai, un appareil photo qui coûte cher, des pellicules vierges et usagées et de l'argent liquide que m'a donné mon journal pour pouvoir subsister pendant un mois dans le pays.

— Je vous comprends, donnez-moi vos affaires, je vais les mettre en lieu sûr.

La surveillante place les effets personnels du malade dans un container en carton qu'elle ferme ensuite à l'aide d'un ruban adhésif. Wilhelm est rassuré et se sent prêt à être opéré. Il a droit à une prise de sang et, une heure plus tard, est amené en salle d'opération sur un brancard.

En fin d'après-midi, nauséeux, après avoir vomi plusieurs fois, il reprend progressivement conscience. Le chirurgien qui l'a opéré vient le voir :

— Vous avez effectivement fait une crise d'appendicite. On a eu raison de ne pas tarder. Mais vous avez eu un drôle de réveil. Vous ne vouliez plus parler anglais mais allemand. D'ailleurs vous avez un accent impeccable. Ou avez-vous appris à parler cette langue ?

Wilhelm est suffisamment réveillé pour sentir le danger et après une hésitation répond :

— Au lycée à Washington. Mes parents m'avait offert un répétiteur allemand. Il m'a fait travailler mon accent. C'est pour cela que mon journal m'a choisi pour venir faire ce reportage en Allemagne.

Le chirurgien repart visiblement convaincu par la dernière réplique de son patient. Les suites opératoires sont ensuite très bonnes et après sept jours de repos, Wilhelm annonce au chirurgien qu'il se sent très en forme et souhaite sortir de l'hôpital. Le praticien est d'accord mais lui demande seulement de revenir dans quelques jours pour vérifier la cicatrisation et se faire enlever les fils résiduels. Wilhelm n'a aucunement l'intention de s'éterniser à Fribourg mais il promet au chirurgien de revenir en consultation au jour dit. On lui ramène ses habits. Soulagé, il retrouve l'argent liquide qui était dans les poches de son pantalon et sent les deux liasses de billets dissimulées dans la doublure de sa veste.

A Fribourg, Wilhelm est tout près du Rhin et de la France. Il lui reste à franchir incognito le fleuve et à prendre la direction de Dijon, son avant dernière étape. Pendant son hospitalisation il a pu consulter une carte de la région qu'il a gardée et a décidé de tenter le passage du Rhin un peu au nord de Neuf Brisach.

Pour y aller, il doit d'abord atteindre la petite ville de Gottenheim et aller ensuite vers l'est. Il décide de faire l'acquisition d'une bicyclette et offre un bon prix à un allemand qui en pousse une à la main, apparemment en bon état. Subjugué par les dollars que Wilhelm lui montre, celui-ci ne se fait pas prier se disant que, sans doute, il pourra facilement en racheter une pour beaucoup moins cher.

Après avoir réussi à acheter de la nourriture pour deux jours, Wilhelm enfourche son vélo vers six heures du soir, son sac à dos bien arrimé sur lui. Il pédale jusqu'à Gottenheim puis Ihringen. Une route plus sinueuse et pentue l'emmène alors à Vieux-Brisach qu'il contourne par le Nord. Un peu fourbu, il atteint le Rhin vers 20h30.

Wilhelm marche le long du fleuve. Il n'y a évidemment aucun pont intact. Ils ont tous été bombardés. Le seul moyen de rejoindre la rive française est de trouver une barque. La route est déserte. L'endroit est boisé et les collines avoisinantes sont très feuillues. Après vingt minutes de marche, Wilhelm voit une barque hissée sur la rive. Elle n'est pas jeune mais semble dans un état à peu près correct.

Il attend qu'il fasse presque nuit pour rapprocher la barque du fleuve. Il a trouvé une corde pour la maintenir immobile, amarrée à un arbre une fois l'embarcation dans l'eau. C'est indispensable pour que son véhicule ne soit pas emporté par le courant. Les deux rames devraient lui permettre de naviguer vers la rive opposée tout en se laissant entrainer par le courant. Cette attente lui permet de récupérer un maximum de forces pour le trajet en bateau.

Vers 11 heures du soir, Wilhelm se lance. Il réussit à mettre sa bicyclette sur la barque. L'embarcation ne prend pas l'eau. C'était son principal souci. Il rame de toutes ses forces et se rapproche progressivement de la rive française. Il accoste sans encombre un kilomètre plus bas.

Wilhelm est euphorique. Dans son périple compliqué jusqu'à la France, le plus difficile était la traversée du Rhin et il a réussi ! Quel bonheur ! Il lui faut maintenant rejoindre Dijon, prélude aux retrouvailles qu'il veut préparer. Il a de l'argent et un moyen de locomotion. Le reste du voyage ne devrait pas être trop compliqué, s'il sait rester discret et dissimuler ses origines germaniques.

Avant de reprendre sa bicyclette, Wilhelm, épuisé, se repose pour reprendre des forces. Il s'assied dans l'herbe et s'installe confortablement. Affamé, il mange une partie des victuailles qu'il a dans son sac à dos. Il déguste le morceau de saucisse restant, accompagné d'une tranche de pain et boit un peu d'eau. Mais concentré sur son frugal repas, il n'entend pas s'approcher par derrière, l'homme qui, comme une panthère, se jette sur lui et l'assomme d'un violent coup de matraque.

34
OXFORD, ROYAUME-UNI, JUIN 1945

John Luxley n'a pas un moral d'acier quand il se lève ce vendredi 22 juin. Depuis une semaine il est à l'université d'Oxford. Il a obtenu sa réintégration dans le département de Mathématiques où il travaillait avant la guerre. Ses fonctions de pilote de bombardier lourd puis de mathématicien au centre de recherches du *bomber command* et son accident l'ont durement éprouvé. Il a repris ses recherches dans le domaine des probabilités mais la guerre l'a perturbé. Il n'est pas totalement remis de ses blessures et marche encore avec une canne, même s'il sent que son état s'améliore de jour en jour et qu'il va pouvoir bientôt s'en passer.

Il se surprend à penser souvent à Edith, la femme du pasteur chez qui il était hébergé à Richmart, pas très loin du *bomber command* où il allait chaque matin en vélo. Ses relations avec Edith ont été singulières. Une femme d'au moins quinze ans son ainée mais une belle femme ! Il aimerait pouvoir se blottir contre elle ce matin. Cela le sécuriserait et peut-être chasserait son *spleen* qui ne le quitte plus depuis l'armistice. Déçu par son retour à Oxford, il a envie de découvrir d'autres horizons, de côtoyer de nouvelles têtes et surtout de se trouver une noble cause à défendre à laquelle il se consacrerait, un idéal en quelque sorte. Il y a deux jours, il a écrit à l'université de Princeton aux Etats-Unis pour solliciter un poste d'enseignant et de chercheur pour deux ans, histoire de changer d'air. L'université est réputée et accueille d'éminents scientifiques comme Albert Einstein et Kurt Godel. La réponse ne viendra pas avant un mois ou deux.

John a deux jours de liberté pendant le week-end à venir et n'a pas envie de rester sur place ni d'aller saluer ses parents Il décide de prendre le train et de retourner à Richmart pour flâner et éventuellement aller frapper chez le pasteur, dire bonjour et prendre des nouvelles. Il les a quittés il y a presque un an et aimerait savoir ce que la fin de la guerre leur a réservé. Revoir Edith ne lui déplairait pas !

Le samedi, après un voyage en train sans histoire, il arrive à Richmart en début d'après-midi. La ville est calme. Elle n'a pas été bombardée et rien ne semble avoir changé. Il entre dans le pub où il avait ses habitudes. Puis il se rend à la maison du pasteur et sonne à la porte mais personne ne répond. John sonne de nouveau plusieurs fois sans résultat. Une voisine sortant de sa maison en poussant un vélo, vient vers lui :

— Si vous cherchez le pasteur ou son épouse, vous avez des chances de les trouver à l'église. Le samedi, ils vont souvent y préparer le culte du lendemain.

John connaît le chemin et s'y rend à pied, s'aidant toujours d'une canne. A son arrivée, il entrouvre doucement la porte et aperçoit Edith en train d'arranger des fleurs dans un vase afin de rendre l'endroit moins austère. Un beau bouquet de fleurs d'été où John reconnaît les arum blancs qu'elle fait pousser dans son jardin. Il regarde avec plaisir cette femme qui paraît si vertueuse au premier abord, dans cette maison consacrée à Dieu. John pousse doucement la porte et entre sans faire de bruit. Ce n'est que quand il est près de son ancienne hôtesse qu'il lui dit doucement :

— Bonjour Edith ! Quel beau bouquet d'arum !

— Oh quelle surprise ! John, notre John de l'année dernière ! Je ne vous ai pas entendu arriver ! Quel bonheur de vous revoir !

Edith pose sa paire de ciseaux, enlève ses gants de jardinage et vient serrer John contre elle, comme une mère qui retrouve son grand fils après une longue absence. Elle se rend compte qu'il a une canne à la main :

— Vous avez besoin d'une canne pour marcher. Vous avez été blessé ? Rien de trop grave j'espère ?

— J'ai failli y rester après l'explosion d'un V1 près de Londres ! Je suis resté plusieurs mois hospitalisé mais maintenant je vais de mieux en mieux.

— Oh ! Pauvre John ! Vous me raconterez vos malheurs plus en détail, je suis désolée pour vous ; en tout cas c'est gentil de nous faire une visite. Robert est parti voir un paroissien bien malade mais il ne va pas tarder à revenir.

— Et Margaret comment va-t-elle ?

— Notre fille est partie passer le week-end chez son oncle voir une cousine avec qui elle s'entend très bien. Elle doit rentrer demain soir.

Robert arrive sur ces entrefaites, étonné et heureux de revoir son ancien pensionnaire. Le couple offre à John de le loger pendant le week-end, ce qu'il accepte d'emblée.

Edith et John retournent ensemble à la maison, le pasteur ayant encore besoin d'une bonne heure pour préparer son office du dimanche. John lui raconte son accident, ses blessures, son long séjour à l'hôpital, sa convalescence laborieuse. Edith, elle, a continué sa vie tranquille de femme de pasteur et n'évoque rien de leurs relations passées.

John retrouve sa chambre, identique à celle qu'il avait quittée. Sans perdre de temps, Edith va chercher des draps et une couverture. Ensemble, ils font le lit, muets ; tous les deux sont troublés de se retrouver seuls dans cette grande maison, devant ce matelas recouvert d'un drap blanc sans pli, offrant une belle surface lisse qui les invite à l'indécence !

— Je suis rentré. Ohé ! Vous êtes là ? Ou êtes-vous ?

C'est la voix du pasteur qui a terminé la préparation de l'office plus tôt que prévu. Le son de sa voix les fait immédiatement redescendre sur terre.

— John, vous pouvez terminer votre lit ? Je vais aller nous préparer une tasse de thé.

Edith laisse John, consciente que la chaleur qui a envahi le bas de son ventre comme une onde il y a deux minutes, pourrait encore la conduire dans les bras de son ancien jeune amant. Elle n'aurait ni l'envie ni la force de résister !

John a regardé longuement Edith se baisser devant lui quand ils bordaient les draps. Son corsage plutôt ample lui a offert la vision de ses seins généreux qu'il a tant aimé palper et caresser, il y a quelque mois. Lui aussi était prêt à l'amour quand le pasteur est arrivé.

Pendant le thé, John discute avec le pasteur. Courtois, il s'enquiert du thème de son sermon du lendemain.

— Je vais avoir un discours presque politique demain ! Notre pays est à reconstruire. En Angleterre, il y a des gens riches et beaucoup de gens très pauvres. Il est plus que jamais nécessaire de partager. J'ai relu à cette occasion des textes du Nouveau Testament. Les béatitudes et aussi des passages des actes des apôtres. Clairement, Jésus a toujours été du côté des pauvres et a prôné le partage. Je vais donner du grain à moudre à mes paroissiens sur ce thème. Ce serait formidable d'arriver à une société où tout le monde serait adepte du partage. Il n'y aurait plus de pauvres ! Vous ne trouvez pas ? Une belle cause à défendre !

— Vous êtes un vrai communiste, Pasteur ! ajoute John en plaisantant

— Peut-être ! Il n'y a pas que de mauvaises choses chez les communistes. Le principal problème, c'est qu'ils sont contre la religion mais sur un plan moral nous sommes assez proches.

John vient de découvrir, amusé, le côté progressiste de son hôte qu'il pensait jusqu'à maintenant essentiellement concentré sur les pratiques religieuses. Lui n'aime pas les communistes, symbolisés essentiellement par les Russes, mais il reconnaît que ceux-ci ont été de vaillants alliés pendant le terrible conflit qui vient de se terminer en Europe. Sa réflexion en politique est embryonnaire. Absorbé par les Mathématiques avant la guerre, il n'a pas été sensible au prosélytisme de certains collègues d'Oxford qui voulaient l'embrigader. Maintenant John a envie de réfléchir plus en profondeur au système social anglais et plus généralement à ce qui pourrait devenir un nouvel ordre mondial.

La journée de John à Richmart se continue ensuite par de la lecture. John a apporté un livre de HG Wells, *Ono-Bungay* dans lequel il se plonge pendant que ses hôtes sont occupés. La description par l'auteur de nouvelles armes basées sur la radioactivité l'inquiète même s'il ne s'agit que de science-fiction. S'il y avait moins d'inégalités entre les personnes et les peuples, il y aurait moins de guerres ou même plus du tout et donc pas besoin de courir après de nouvelles armes qui risquent de devenir de plus en plus terrifiantes, pense John pendant sa lecture.

Edith a préparé un excellent dîner et le pasteur a ouvert une de ses bonnes bouteilles de Bordeaux, offerte par l'un de ses paroissiens. Les sujets de conversation ne manquent pas. La reconstruction de leur pays, l'avenir politique de Churchill, les projets de John à Princeton et les études de médecine que Margaret voudrait entamer quand elle aura terminé le lycée. John se sent bien dans cette famille et il le leur dit.

Quand le dîner est terminé, John insiste pour aider à débarrasser la table malgré ses difficultés résiduelles à marcher. Il se passe momentanément de sa canne pour avoir ses deux mains libres et être ainsi plus efficace. Arrivé dans la cuisine, il pose les verres qu'il portait à côté de l'évier. Le carrelage est humide et il manque de glisser sur le sol mouillé. Instinctivement il se rattrape en agrippant Edith par la taille ce qui lui évite de tomber par terre :

— Excusez-moi Edith, j'ai failli tomber ! Heureusement que vous étiez là ! Je ne veux pas me fracturer de nouveau le fémur !

Edith le regarde sans rien dire avec un sourire affectueux sur le visage. John se souvient de son hôtesse lui souriant pareillement il y a quelques mois ! Ce soir il aimerait beaucoup qu'elle vienne le retrouver dans sa chambre comme elle a déjà su si bien le faire. Mais c'était quand le pasteur était hospitalisé ! Il doute qu'Edith soit en mesure cette nuit de quitter le lit conjugal pour venir le retrouver en haut dans sa chambre.

Plus tard, quand il monte se coucher, John ne résiste pas et laisse entrouverte la porte de sa chambre. Ses échanges avec le pasteur ont été intéressants et il a bien l'intention demain matin d'aller écouter son sermon. Les aspects sociaux du discours du pasteur lui font prendre conscience de l'insuffisance de sa réflexion politique. Passionné par les Sciences, il n'a jusqu'à maintenant manifesté aucun intérêt pour les différents types d'organisation possibles dans une société. Conscient de ses lacunes, il souhaite commencer à les combler.

La journée a été fatigante et John s'endort sur le champ. Au milieu de la nuit, il se réveille et entend comme des pas dans l'escalier qui conduit à sa chambre, puis très doucement des grattements sur sa porte. Il chuchote :

— Entrez Edith, je vous attendais !

La porte s'ouvre lentement et dans la pénombre une voix lui dit :

— Heureusement que vous êtes réveillé, John. Je me suis permis de monter chez vous. Il y a une fenêtre qui bat et fait du bruit. On n'arrive pas à dormir. Ne vous dérangez pas, je vais arranger ça.

Le pasteur ferme le volet qui était resté ouvert.

— Bonne nuit John. Reposez-vous bien !

35
GAITFORD ET LONDRES, ROYAUME UNI, JUILLET 1945

Mardi 3 juillet 1945 : Phil a organisé un pot d'adieu sur la base de Gaitford. Il a obtenu de sa hiérarchie l'autorisation d'aller se faire réopérer de sa main droite à l'hôpital de Rauceby par le docteur Mac Indoe, ce chirurgien néozélandais si talentueux qui l'a déjà pris en charge lors de son premier séjour. Mais quel ennui de passer tout l'été à l'hôpital, alors que les hostilités sont terminées ! Encore au moins trois mois avant de rentrer en France !

Phil a invité ses plus proches subordonnés français, les deux commandants de groupe, les quatre chefs d'escadrille, mais aussi les officiers britanniques qui s'occupent sur la base de la logistique au sol et enfin le personnel féminin avec qui il travaille. Tout le monde est triste de son départ. Cette base de Gaitford est comme une grande famille qui commence à se déliter, même si la date de retour au bercail des aviateurs français n'est pas encore connue près de sept semaines après la reddition allemande. L'entente était harmonieuse entre ces gens de nationalités différentes et il n'y a eu que très peu d'altercations, juste quelques-unes de la part de jeunes recrues qui avaient abusé du whisky et s'intéressaient aux mêmes WAAF[5] !

Ce soir le cuisinier a mis les petits plats dans les grands et le menu est vraiment sympathique :

Hors d'œuvres variés
Langouste à la Mornay
Poulet Rôti
Fromages
Framboises glacées

Vins

---

[5] *Women Auxiliary Air Force*

Sauternes 1934
Calon Ségur 1912
Champagne 1921

Phil se demande comment le cuisinier a réussi à disposer de vins aussi anciens. Le Saint Estèphe, Calon Ségur, de 1912, vieux de 33 ans, n'a rien perdu de sa superbe et ravit les invités un peu connaisseurs. Phil fait venir le chef de cuisine pour lui demander d'où vient cette bouteille, mais celui-ci se contente de répondre en souriant : « A tout seigneur, tout honneur ». Phil ne connaîtra jamais son secret. A la fin du repas une carte circule et chacun y va de son petit mot doux, les dames surtout :

- *With the best of my heart,*
- *To colonel Destivel in happy anticipation of being your future « chauffeuse » in Paris,*
- *When you are Air Attaché in London, may we have as much fun as at Gaitford,*
- *I should like to place on record the fact that never before have I met a large number of RAF types, absolutely happy and proud to serve under an officer of a different nationality. Thank you !*

- *Au colonel Destivel, dont le calme souverain dans les circonstances les plus périlleuses nous a toujours inspirés*
- *…*
   - *Avec le meilleur de mon cœur,*
- *Pour le colonel Destivel en anticipant le bonheur de devenir votre «chauffeuse» à Paris,*
- *Lorsque vous serez attaché de l'air à Londres, souhaitons nous autant de plaisir qu'à Gaitford,*
- *Je voudrais consigner le fait que jamais auparavant, je n'avais rencontré un grand nombre de types de la RAF, absolument heureux et fiers de servir sous le commandement d'un officier d'une nationalité différente. Merci !*

Le lendemain, c'est le départ. Phil s'est organisé deux jours à Londres avec Victoria avant de rejoindre l'hôpital où il doit se faire opérer. Avant de se faire conduire à la gare, Phil fait une marche d'adieu et passe dans les principaux bâtiments de la base, la tour de contrôle, le mess des officiers, les hangars aux avions, les dépôts de munition. Plusieurs fois ses émotions le submergent ; il revoit les visages de certains disparus, tous plus jeunes les uns que les autres. Dans sa tête, il dit longuement au revoir à son équipage, à ses six camarades tués lors de son accident ! Ses yeux se remplissent alors de larmes. Ces mois passés à Gaitford auront peut-être été les plus intenses et surprenants de sa vie. Il y a eu tous ces bombardements mais aussi la rencontre de Victoria, son amoureuse, dont il est si épris et qui lui a donné deux enfants qu'il n'attendait pas !

Phil a effectivement été abasourdi quand il a fait la connaissance non pas d'un, mais des deux bébés dont il est le père. Il lui a fallu un peu de temps pour s'y habituer. Mais après avoir passé deux jours avec Victoria, sa douceur, sa beauté, et son humour ont eu raison de son embarras. Il s'est dit qu'il verrait plus tard comment gérer la situation lors de son retour en France en octobre.

Dans le train qui l'emmène vers Londres, Phil a du temps pour réfléchir. Il dresse la liste des problèmes qu'il aura à résoudre dès sa sortie d'hôpital dans trois ou quatre mois. Lieu de vie ? la France sans doute mais pourquoi pas Londres ? Il pourrait peut-être s'y faire nommer attaché militaire ? Maggy, sa mère, va-t-elle continuer à vivre avec lui et l'aider pour l'éducation de Paul et Claire ? Et Victoria, va-t-il lui demander de l'épouser et faire en sorte que ses enfants prennent son nom et quittent celui de Miller ? Dans ce cas, ce serait plus simple que Maggy retrouve son indépendance et aille vivre ailleurs. Mais comment Maggy va-t-elle réagir à un tel changement ? Il ne peut tout de même pas laisser sa mère dans la détresse, si elle prend mal les choses ! Phil n'ose pas imaginer la réaction de sa mère quand il lui racontera qu'il revient d'Angleterre avec une femme et deux bébés à lui dans ses bagages. Paul et Claire devraient s'habituer à la situation mais pas Maggy avec son foutu caractère

Victoria attend son Phil avec impatience. Mais elle est soucieuse aussi car elle sait qu'il va être de nouveau opéré et elle craint pour sa santé. L'accident d'avion de Phil l'a traumatisée. Elle ne s'y attendait vraiment pas. Elle essaie maintenant de conjurer le mauvais sort en envisageant le pire. Peggy, sa cousine, donnera des biberons de lait maternisé aux jumeaux durant les nuits. Victoria va ainsi être très disponible pour Phil. Aujourd'hui elle a choisi sa plus belle robe d'été, une robe en coton léger, ajustée près du corps avec des fleurs rouges et roses. Elle a déjà presque retrouvé sa ligne et son poids d'avant sa grossesse. Depuis une semaine, elle s'est remise à peindre et vient de terminer un tableau, figuratif cette fois-ci, représentant ses deux bébés allongés sur des coussins et souriant aux anges.

Phil sonne à sa porte vers 18 heures, un bouquet de pivoines rouges à la main.

— Que tu es belle dans cette robe ! Ces fleurs sont pour toi. Regarde, elles sont assorties à ta tenue.

Elle aussi le trouve très bel homme, en civil cette fois-ci, avec un pantalon en toile claire et une chemisette bleu-ciel. Elle se jette dans ses bras et l'enlace :

— Je suis tellement contente que tu sois là. Depuis ton accident, j'ai peur de te perdre.

Les jumeaux sont en train de dormir et Victoria emmène Phil dans sa chambre pour lui montrer son nouveau tableau. Il trouve la composition charmante et le lui dit. Elle lui sert ensuite un thé et quelques *scones* dans son salon. Elle lui explique que c'est Peggy qui va s'occuper des jumeaux cette nuit :

— Ce soir nous allons pouvoir sortir. J'ai retenu dans un restaurant. Je t'invite. Ce n'est pas très loin d'ici. Nous pourrons même y aller à pied.

La fin d'après-midi se passe rapidement. Phil trouve les jumeaux très changés depuis sa première visite. Il les prend dans ses bras tous les deux et repense à Paul et Claire quand ils étaient bébés. Phil trouve sa vie étrange avec son lot d'aventures inimaginables, certaines tragiques mais d'autres tellement douces et exaltantes. Victoria a l'impression que les bébés l'intéressent maintenant et que, dans sa tête, il a dû faire du chemin depuis qu'il les a vus pour la première fois, il y a un mois.

Vers sept heures et demi, ils sortent, laissant les enfants à Peggy. Le ciel est clair et il fait une douce chaleur à Londres en ce début juillet. Victoria a réservé deux couverts dans un restaurant avec patio. Il fait suffisamment bon pour dîner dehors. Victoria est détendue, heureuse de sortir de chez elle, même si elle a plaisir à s'occuper de ses bébés.

Ils sont devenus amants il y a près d'un an, ont eu deux enfants mais se sont très peu vus pendant ces derniers mois. Leurs rencontres se comptent sur les doigts d'une main. Mais maintenant, ils vont pouvoir vivre leur idylle.

Ils prennent d'abord un long apéritif, dégustant du vin blanc de Meursault. Ils se regardent, étonnés d'être assis l'un en face de l'autre, avec du temps devant eux et pour eux. Ils se parlent beaucoup, alternant le français et l'anglais mais ils évitent d'évoquer leur avenir

A la fin du dîner, Victoria prend la main de Phil, la caresse et la serre, puis elle ébauche un baiser sensuel avec ses lèvres en le regardant l'œil coquin. Phil est troublé. Elle règle l'addition malgré les protestations de Phil. Sur le trajet du retour, ils s'arrêtent plusieurs fois, échangent des baisers, heureux de pouvoir se serrer l'un contre l'autre mais impatients de rejoindre leur nid.

Quand ils arrivent chez elle, tout est calme ; pas de pleurs de jumeaux et Peggy, discrète, est dans sa chambre. Ils se retrouvent sur le lit moelleux de Victoria, aux draps doux et parfumés, un petit paradis qui va les abriter toute la nuit.

Ils sont heureux de redécouvrir leurs corps, de se caresser, attentifs à faire durer leur plaisir. Leurs lèvres murmurent des mots d'amour qui les ravissent. Une fois apaisés, Victoria et Phil s'endorment enlacés et se réveillent au petit matin étonnés et charmés de se retrouver l'un contre l'autre.

Le dimanche, les jumeaux sont aussi pris en charge. Victoria et Phil restent longtemps, le matin, allongés dans l'herbe de Hyde Park. A l'heure du déjeuner, ils entrent dans un pub pour y boire des bières et se nourrir de bons sandwichs fabriqués avec du pain de mie, du poulet grillé et de la moutarde.

Phil doit partir le lundi matin pour l'hôpital de Rauceby et c'est le dimanche soir, après un dîner préparé par Victoria, qu'il parle de l'avenir:

— Je suis tellement bien avec toi, ma chérie, je ne veux pas te perdre. Et toi ? Tu vois les choses comment après ma sortie de l'hôpital ? Tu veux rester à Londres ?

— Moi non plus je ne veux pas te perdre. Tu as été très difficile à trouver, tu sais ! Il me semble que la solution serait que je quitte Londres pour Paris. Mais il faut que j'y réfléchisse. Je t'écrirai à Rauceby et je t'en dirai plus.

Tous les deux ont le cœur gros, le lundi matin au moment de se séparer. Depuis qu'ils se sont rencontrés, leur vie est faite de séparations qu'ils ont, chacun, de plus en plus de mal à supporter.

36
MORLEAU EN BOURGOGNE, FRANCE, JUILLET 1945

Le 1ᵉʳ juillet, Françoise Dumaine arrive vers six heures du soir en gare de Chagny, accompagnée de ses trois enfants, Agnès, Michel et Romain.

En tant que veuve d'officier d'aviation décédé en service commandé deux ans auparavant, elle a été prioritaire pour avoir des places sur l'Atlantide, un bateau spécialement affrété pour rapatrier des familles françaises que la guerre avait contraintes à rester vivre en Afrique du Nord. La traversée a été agréable jusqu'à Marseille ; peu de houle et de l'animation le soir, avec un bal organisé après le premier dîner. Le commandant l'a même invitée à danser deux fois de suite et lui a susurré à l'oreille quelques compliments galants sur sa tenue.

Françoise n'avait plus qu'une idée en tête après les violences qu'elle avait vécues près de Bougie le 8 mai dernier : quitter l'Algérie le plus vite possible pour rentrer en France et retrouver sa maison. A 31 ans, elle se sent maintenant pleine d'énergie pour reconstruire sa vie.

Ce soir, après un voyage en train qui a duré toute la journée, elle arrive en Bourgogne, fatiguée mais joyeuse. Quatre kilomètres en taxi et elle sera chez elle dans son village de Morleau. C'est son grand-père qui a fait l'acquisition de cette maison de vacances dans les années 20. Elle a quitté précipitamment cette demeure il y a cinq ans quand les allemands arrivaient. L'exode l'a d'abord conduite à Pau chez des cousins puis en Algérie où elle a pu retrouver son mari.

Il y a trois semaines, elle a écrit au maire du village pour lui annoncer son retour ainsi qu'à Marie Gerbot, la dame qui depuis dix ans fait office de gardienne quand la maison est vide. Une femme bien, cette Marie ! Elle habite tout près, à cent mètres et peut facilement surveiller la propriété. Elle a un jeu de clefs et vient y faire du ménage régulièrement. Françoise a perdu ses propres clefs pendant l'exode mais va passer chez la Marie récupérer un jeu.

Dans le taxi qui la ramène, Françoise trouve la lumière du soir féérique. Le soleil est encore loin d'être couché mais ses rayons obliques, tout dorés, ravivent la couleur des champs de blé, mûrs pour la moisson. Les rangs de vigne, omniprésents quand on s'approche de la côte de Beaune, rappellent que la région est surtout celle du vin ; les villages du Montrachet sont à proximité.

Le taxi arrive à Morleau. Le chauffeur tourne à gauche dans la rue de la Colline et les conduit d'abord jusqu'à la maison de Marie Gerbot.

— Attendez moi une seconde les enfants, je vais récupérer les clefs de la maison.

Françoise descend du taxi et va actionner la cloche plusieurs fois. Personne ne vient lui ouvrir. Comme si la Marie n'était pas là ! La grille d'entrée est fermée, les volets de la maison sont clos. Peut-être est-elle dans son potager derrière la maison dont Françoise fait le tour, mais personne ! Elle va alors sonner chez la voisine de Marie. Elle entend des bruits de pas et la porte s'ouvre :

— Oh ! Madame Dumaine, quelle surprise ! Tout le monde dans le village se demande ce que vous êtes devenue. On vous a pas vue depuis le début de la guerre !

— Bonjour Eliane, j'arrive de Marseille avec mes enfants. Je suis pressée. Je cherche Marie Gerbot, notre gardienne. C'est elle qui a mes clefs, mais personne ne répond.

— Vous cherchez la Marie. Mais vous n'êtes pas au courant de ce qui lui est arrivé ? C'est vraiment triste ! Elle est morte il y a un an, quand le train de munitions a explosé sur la voie ferrée.

Cette nouvelle frappe Françoise de plein fouet car elle aimait bien sa gardienne. Morte la Marie ! A cause de la guerre ! Mais pourquoi elle ?

Et maintenant comment va-t-elle faire pour rentrer chez elle ? La voisine à qui elle fait part de son désarroi la rassure.

— Pour ce qui est de rentrer chez vous, ça ne devrait pas être compliqué. Allez y voir !

Françoise la quitte très choquée, retourne à son taxi et demande au chauffeur d'aller jusqu'à sa maison. Il s'arrête dix mètres avant le portail et sort les valises de son coffre. Françoise le remercie et le règle. Elle attend qu'il soit reparti pour s'avancer jusqu'à la grille avec les enfants. La serrure n'est pas fermée ; elle pousse le portail, impatiente de revoir sa demeure. Elle la contemple un instant cette belle vieille maison construite du temps de Louis XV, avec son perron aux courbes élégantes et ses balustrades en fer forgé, sa forme typiquement bourguignonne : un premier niveau où sont les pièces principales, un second mansardé avec fenêtres et œil de bœuf. Sur le côté droit de la maison, une tour a été adjointe au début du vingtième siècle, qui s'intègre bien dans le bâtiment originel et donne à l'ensemble un air de petit château. Elle est étonnée quand elle voit que des volets sont ouverts. En examinant les fenêtres, elle est très énervée en constatant que plusieurs carreaux sont cassés. Elle est surprise quand elle a l'impression d'entendre des voix qui viennent de l'intérieur. Elle marche jusqu'à la porte principale et frappe avec le heurtoir. Elle perçoit des bruits de pas. La porte s'ouvre et un grand gaillard d'une quarantaine d'année, pas très propre, pas rasé, sentant la vinasse lui dit pas aimable :

— Qu'est-ce-que c'est ? Qu'est-ce-que vous voulez ?

— Ce que je veux, c'est entrer. C'est chez moi ici, c'est ma maison. Qu'est-ce-que vous faîtes chez moi ? Qui êtes-vous d'abord ?

— C'est chez vous ici ? Ça elle est bien bonne ! C'est chez nous, allez-vous en ! Allez-voir le maire. Y vous expliquera.

La porte se referme et Françoise entend le bruit d'une serrure que l'on verrouille à double tour. Abasourdie, elle s'assied quelques instants sur les marches du perron de la maison et, épuisée, se met à pleurer. Ses enfants, à côté d'elle, ne comprennent pas. Ils ont souvent vu leur maman sangloter mais depuis la reddition allemande ses larmes s'étaient taries. Agnès vient près d'elle affectueuse et lui dit :

— Ne pleurez pas maman ! Qu'est-ce qu'il y a ? C'est qui le Monsieur ?

Françoise fait un effort et cesse de sangloter.

— Je ne sais pas. La maison est occupée. Il faut aller voir le maire mais il commence à être tard ! Venez, on va tout de même marcher jusqu'à la mairie

Romain se met à réclamer quelque chose à manger avec ses mots de petit enfant en précisant qu'il est trop fatigué pour marcher. Françoise ne sait plus que faire. Ses pensées se bousculent. Il faut se dépêcher d'aller trouver le maire. Romain est bien sûr trop petit pour qu'on le laisse seul. Il faudrait le porter ! Et puis il y a les trois valises ? On ne peut ni les laisser dehors dans la rue, ni les emmener car elles sont trop lourdes, ni les laisser dans la cour devant la maison de peur qu'un de ces olibrius ne les vole !

— Vous êtes Madame Dumaine ? Je vous ai vue arriver. Je m'appelle Georges Guérin. Vous ne me connaissez sans doute pas mais je vous ai aperçue avant la guerre. J'occupe en ce moment la maison à côté de la vôtre. Venez chez moi avec vos enfants, j'ai de la place. Vous irez voir le maire ensuite ou demain. Venez je vais vous faire visiter ma maison.

Françoise regarde cet homme les yeux écarquillés. Ce Monsieur dit qu'il est son voisin donc ce n'est pas anormal qu'il veuille lui venir en aide. Sa femme doit être à la maison. Pourquoi ne pas aller voir ?

— Bonjour Monsieur, effectivement je n'ai pas souvenir de vous avoir rencontré. Donc vous êtes mon voisin ! Je suis enchantée de faire votre connaissance. Il n'y avait personne dans votre maison avant-guerre. Merci de nous proposer de nous accueillir. Nous arrivons d'Algérie. Je vais vous raconter notre histoire.

Monsieur Guérin s'empare de deux valises, dit qu'il va venir rechercher la troisième et ouvre le portail de sa maison.

— C'est une ancienne ferme. Dans le bas, il y avait une écurie et une étable avec de la place pour plusieurs vaches ; je l'ai faite transformer en local d'habitation avant la guerre mais la maison est restée inhabitée jusqu'à la libération de cette région. Moi j'occupe le premier étage depuis octobre dernier mais c'est temporaire. Vous pouvez vous installer au rez-de-chaussée avec vos enfants. Il y a une salle à manger, un salon et trois chambres et bien sûr une cuisine et une salle de bain. Vous serez bien en attendant que votre maison soit vidée de ses occupants.

Il fait visiter à Françoise l'ensemble de la maison.

— Asseyez-vous autour de la table de la salle à manger, je vais vous servir une petite collation.

Georges Guérin monte chez lui, prépare un thé et des jus de fruit, met le tout sur un plateau avec du pain, du chocolat et quelques tranches de gâteau et redescend.

— Monsieur Guérin vous êtes notre sauveur. Les enfants ont faim et moi aussi.

Georges porte une alliance et Françoise lui dit:

— Il faut nous présenter votre épouse. J'espère que notre présence ne va pas trop la déranger ?

— Hélas Madame, je vis seul en ce moment. Ces salopards de nazis ont envoyé ma femme dans un camp, à Ravensbrück, près de Berlin, un camp de concentration pour les femmes. Ce camp a été libéré par les Russes fin avril mais je n'ai toujours pas de nouvelles d'elle !

— Oh ! je suis désolée pour vous et pour elle. Mais pourquoi l'ont-ils arrêtée, elle et pas vous ?

— J'étais dans la résistance et avec des collègues nous avons fait sauter un train. J'ai dû être dénoncé. Des gens de la Gestapo sont venus jusqu'à ma petite usine à côté d'ici et l'ont incendiée. C'était il y a un an ! Ma femme est venue voir. Moi je n'étais pas là et ils l'ont prise en otage. J'attends désespérément son retour. Mais j'ai peu d'espoir qu'elle soit vivante.

Pendant que les enfants et Françoise se restaurent, Georges lui raconte qu'il a monté une usine où étaient fabriquées des cuisinières qui se vendaient bien dans la région, aussi bien que celles de Lacanche.

— On coulait nous-mêmes nos pièces de fonte car on avait des machines-outils. Nos cuisinières avaient un système de ramonage automatique très performant que j'avais inventé. Je suis ingénieur mécanicien de formation.

Effectivement Françoise avait entendu parler de cette petite usine installée à quelques maisons de chez elle dans une bâtisse qui ressemblait à une maison d'habitation et ne gâchait nullement le paysage. Certains souvenirs lui reviennent à l'évocation de ces locaux.

— Je me rappelle maintenant. C'est vous qui aviez une superbe voiture de sport. Une Bugatti je crois ? Mon mari aimait aussi les belles voitures, il m'en avait parlé.

— Oui, c'est bien ça. Avant la guerre, j'avais une passion pour les voitures de sport. J'ai même fait des courses. Et côté mécanique, pas de problème, quand il fallait changer des pièces, je les fabriquais moi-même sur nos machines-outils.

Françoise est contente de voir que son voisin n'est pas n'importe qui mais un industriel ingénieux et probablement fortuné. Elle lui donne une cinquantaine d'années ; il est encore bien de sa personne avec des cheveux et des sourcils très noirs, une belle prestance. On sent que cet homme est un battant. Pas étonnant qu'il ait été actif dans la résistance.

Françoise lui raconte ensuite son histoire, le départ précipité de sa maison de vacances en juin 40 quand les allemands arrivaient, son exode puis l'Afrique du Nord, la naissance de son petit dernier en juillet 43 et la mort de son mari, pilote dans l'armée de l'air, quelques jours après. Ensuite, elle lui demande s'il sait qui occupe sa maison. Il lui répond :

— Votre maison est belle mais aussi très vaste ; un vrai petit château. Quand la Wehrmacht a demandé au maire, en 42, de loger une quarantaine de soldats, il a du s'exécuter sans attendre. Vingt-cinq ont été logés d'office chez des gens du village ; il en restait une quinzaine ; votre maison ne pouvait pas rester vide et elle a été occupée par des sous-officiers et soldats. Ils ne sont pas restés longtemps. Moins de deux mois.

— Des allemands dans ma maison. Quelle horreur ! Je ne savais pas ! J'espère qu'ils n'ont pas fait de dégâts ?

— Attendez ! Ce n'est pas fini. En février 44, le maire a reçu l'ordre de loger une quarantaine de réfugiés français. En effet, les allemands ont fait évacuer toutes les villes côtières du Nord de la France pour peaufiner leur défense contre un éventuel débarquement allié. Et pareil, plusieurs de ces réfugiés ont été logés dans votre maison. Certains y sont encore car ils n'ont plus de maison dans leur village ; elles ont été entièrement détruites. Celui qui vous a ouvert est un peu demeuré et s'imagine qu'il va habiter là longtemps. Mais je suis sûr que le maire va trouver une autre solution. Je ne crois pas qu'il y ait beaucoup de dégât, juste du ménage à faire.

Pour Françoise les choses deviennent plus claires. Elle ira voir le maire dès demain matin. En attendant, elle range dans des armoires le contenu des valises, puis fait le dîner de ses enfants avec la nourriture fournie par son hôte. Après le dîner, tout le monde est au lit très tôt. Françoise, exténuée, s'endort quasi instantanément.

Le lendemain matin elle se prépare pour aller jusqu'à la mairie, ses enfants restant dans la maison Guérin sous la garde d'Agnès. La mairie est à trois cents mètres de chez elle, le long de la nationale 74. La nouvelle secrétaire de mairie, une dame qui n'était pas là avant la guerre, lui dit que le maire est chez lui ce matin. Françoise le connaît bien le maire. Il s'appelle Henri Joly ; elle et lui sont tous les deux nés en 1913. Presque des amis ! Il est vigneron mais aussi poète à ses heures et manie la langue française avec élégance. Ils aimaient bavarder ensemble de tout et de rien quand ils se rencontraient dans le village. La perspective de le revoir réchauffe le cœur de Françoise qui en oublie presque que sa maison est occupée. Elle marche jusqu'à chez lui à l'autre bout du village et le trouve en train de partir cultiver ses vignes. Henri est très étonné de la voir :

— Oh ! mais qui je vois là ! Quelle surprise ! Françoise qui vient chez moi ! Pas de nouvelles depuis cinq ans. Je sais juste que ton mari est décédé en 43. J'ai bien pensé à toi quand j'ai appris cette nouvelle. Te voilà veuve avec deux enfants ! Qu'est-ce que je peux faire pour toi ma belle ?

— Tu n'as pas reçu ma lettre d'Algérie annonçant mon retour ? Je te l'ai envoyée il y a un peu moins d'un mois et j'ai été surprise de ne pas avoir de réponse.

— Je n'ai rien reçu mais tu sais, je ne suis plus le maire de Morleau. J'ai quitté mes fonctions le 14 mai avec un grand soulagement après ces années d'occupation qui ont été dures. Le nouveau maire s'appelle Roger Dubois. Il travaille à la SNCF à Chagny. C'est pour ça que je n'ai pas eu ta lettre. Tu es arrivée quand ?

— Hier soir. Mon bateau est arrivé d'Alger le matin et, tous les quatre, nous avons fait le voyage en train de Marseille. Oui, on est quatre maintenant, j'ai un petit dernier qui s'appelle Romain et qui va avoir deux ans ! Je suis arrivée exténuée et j'ai trouvé ma maison occupée par des réfugiés qui m'ont claqué la porte au nez. Et en plus, j'avais perdu mes clefs pendant l'exode et on m'a appris que Marie Gerbot qui nous servait de gardienne était morte. Quelle horreur ! Heureusement mon nouveau voisin nous a hébergés et expliqué la situation. Mais je veux réintégrer ma maison. Elle est à moi cette maison. On est pas encore chez les soviets à ma connaissance !

Dans son for intérieur Henri se félicite de ne plus être maire et de ne pas avoir à s'occuper de cette situation délicate.

— Va voir le nouveau maire, il habite à cent mètres d'ici. Je vais t'indiquer le chemin. Passe me voir quand tu veux, on a tellement de choses à se raconter.

Françoise marche vers la maison du nouveau maire pendant que son ami Henri rentre chez lui pour dire quelques mots à ses parents qui vivent sous son toit :

— Je viens de rencontrer Françoise Dumaine. Elle est arrivée hier avec ses enfants en provenance d'Alger et ne savait pas qu'il y avait encore des réfugiés dans sa maison. Son voisin, Georges Guérin, lui a offert de la loger temporairement. Je n'ai pas voulu l'inquiéter. Je ne lui ai encore rien raconté sur le personnage mais il faudra lui dire de se méfier !

Françoise de son côté atteint vite la maison du maire qui heureusement est chez lui. Elle lui explique qui elle est et lui demande d'expulser les occupants dès aujourd'hui afin qu'elle puisse réintégrer son domicile car elle désire s'installer maintenant à temps plein à Morleau avec ses enfants. Après l'avoir écouté, le maire prend l'air soucieux et lui répond :

— Je comprends votre désarroi Madame. Nous avons une réunion du conseil municipal en soirée et je vais en parler pour trouver une solution rapide. Mais je ne peux pas les expulser aujourd'hui. Quand ils sont arrivés dans le village, c'est le maire précédent qui les a installés dans votre maison avec l'accord du conseil municipal, bien sûr ! Ils ne sont pas chez vous illégalement. Il faut que nous leur proposions une autre maison. Restez chez Monsieur Guérin en attendant. Je viendrai demain matin vers 10 heures pour vous tenir informée de nos décisions.

Françoise repart déçue mais se raisonne car elle voit bien qu'elle doit patienter. La France n'est pas encore dans une situation normale. L'armistice a été signé il y a moins de deux mois. Dans l'après-midi, elle fait le tour du village avec ses enfants. Il n' y a pas encore l'eau courante à Morleau. Les habitants viennent se ravitailler aux puits communaux. Il y en a quatre pour trois cents habitants. Certains récoltent l'eau de pluie à partir de leurs chêneaux et la stockent dans des citernes. Ils ont alors des pompes à main pour faire venir l'eau dans leur cuisine. C'est le cas de la maison de Françoise si rien n'a été endommagé.

La vie n'est pas si simple dans ce village. Pour rincer le linge une fois bouilli, les femmes vont au lavoir communal sur la route de Chassagne. Personne n'a de salle de bains moderne. Pour prendre un bain, il faut faire chauffer de l'eau et se servir de petites baignoires en zinc ou de tubs. Les chambres sont souvent équipées de meubles de toilette. On se sert d'un broc à eau pour remplir le lavabo. Le fait de ne pas avoir l'eau courante complique la vie des habitants mais contribue à favoriser les échanges car ils se rencontrent aux puits et au lavoir. C'est l'occasion pour eux de discuter et de cancaner sur les gens et le village. De ce fait, le retour de Françoise avec ses enfants est vite connu de tous et nombreux sont ceux qui viennent la saluer pendant sa promenade.

Le lendemain matin, le maire est ponctuel et vient la tenir au courant :

— Nous avons trouvé une solution pour reloger les réfugiés. Nous allons réquisitionner une maison inoccupée près du passage à niveau. Mais il faut que vous patientiez encore une semaine. Il nous faut faire arranger certains éléments sanitaires pour qu'elle soit habitable ; une fois que les réfugiés auront quitté votre maison, la mairie va s'occuper du ménage et nous ferons un inventaire d'éventuels dégâts avec un huissier pour une demande de dommages de guerre. On est le 3 juillet aujourd'hui ; vous devriez pouvoir récupérer votre maison vers le 10, sûrement avant la fête nationale le 14. Voilà, chère Madame, c'est ce que nous pouvons faire de mieux.

Françoise n'a pas le choix et remercie le maire. Elle s'occupe alors de ce qui peut être organisé. Elle va voir l'instituteur et inscrit ses deux plus grands à l'école communale pour la rentrée d'octobre. Pour Romain qui n'a que deux ans, elle se met en quête d'une personne qui pourrait le garder chez elle tous les matins et, quand elle en a besoin, l'après-midi. Elle trouve facilement une dénommée Yvonne Guérinot qui a elle-même une fille de trois ans, habite la même rue et apprécie la perspective de ressources supplémentaires.

Pendant ce temps son voisin Georges Guérin est aux petits soins pour elle et les enfants. Tous les matins, il passe voir Françoise pour lui demander si tout va bien, si elle a besoin de quelque chose de particulier. Il lui a dit qu'il se sent comme un père pour elle et lui fait une bise sur chaque joue quand il la rencontre pour la première fois dans la journée. Elle le trouve gentil et drôle. Une chose étonne cependant Françoise : plusieurs fois elle a évoqué avec des habitants de Morleau son séjour temporaire chez son voisin et elle a senti comme une gêne chez ses interlocuteurs. Une dame lui a dit une fois : « Ah ! vous habitez chez le Georges Guérin, celui qui a eu des problèmes après le décès de sa première femme ! » Mais elle n'a pas pu en savoir plus.

Le 11 juillet, les réfugiés quittent sa maison dans la matinée et pendant l'après-midi elle visite les lieux avec le maire. Il n'y a pas de dégâts majeurs juste quelques carreaux cassés remplacés temporairement par des plaques de carton, des verres et assiettes brisées et deux matelas éventrés ; tout est sale et un immense ménage est à faire. Elle insiste auprès du maire pour le faire elle-même. Elle passe toute la journée du 12 et la matinée du 13 à jeter des ordures, nettoyer sols et meubles.

Son voisin l'invite chez lui à dîner le 13 au soir en toute simplicité en lui disant qu'il a aussi convié sa mère, une vieille dame paraît-il très drôle, qu'il aura plaisir à lui présenter. Son emménagement est prévu pour le 14 juillet au matin, premier jour de Fête Nationale depuis la fin de la guerre en mai. Elle aura juste le contenu de ses trois valises à transporter. Des malles doivent arriver incessamment, en provenance d'Algérie.

Françoise, malgré la fatigue, passe un peu de temps à se faire belle pour ce dîner. Heureusement, on est en été et il fait plutôt chaud et beau. Elle se maquille discrètement avec du Kol acheté en Algérie, souligne ses lèvres avec un rouge à lèvres, passe une robe légère à manches courtes et laisse ouverts les deux premiers bouton de son corsage blanc. Elle ne met pas de bas, enfile des chaussures rouge à talons qui se marient bien avec ses lèvres, Après avoir laissé ses enfants sous la garde d'Agnès son ainée, elle monte l'escalier extérieur qui mène chez son voisin au premier étage et sonne à sa porte.

Il est 20h. Quand Georges lui ouvre, elle constate que lui aussi s'est fait chic avec un costume en toile marron clair, une chemise à manches longues, une pochette blanche et des souliers très bien cirés. Georges la fait asseoir dans son salon et lui propose un whisky. Elle n'a pas l'habitude de boire de l'alcool mais se souvient d'avoir apprécié ce breuvage les deux ou trois fois où elle a eu l'occasion d'en boire. Sa première lampée la fait grimacer ce qui fait sourire son hôte. Françoise se sent plus détendue et directe, elle lui pose quelques questions qui la tarabustent à propos de sa première femme.

— Georges, vous avez été marié une première fois, je crois, et votre femme est décédée ?

— Ce sont les habitants du village qui vous ont parlé de ma première épouse ?

Françoise est gênée par cette demande aussi directe que sa question et ne sait d'abord que répondre puis décide de dire la vérité :

— Une femme m'a effectivement dit que vous aviez eu des problèmes après son décès, quel genre de problèmes ?

— C'est simple je vais vous dire les choses crûment ; certains m'ont accusé d'avoir tué mon épouse. Rien de moins que cela et vous savez pourquoi ? Et bien parce que j'ai décidé de me remarier sans attendre et que j'ai eu le malheur de le dire.

— Qu'est-ce-que vous entendez par sans attendre ?

— Oh ! Dans la semaine qui a suivi son décès. Après quelques mois en 43, son corps a été exhumé et autopsié et évidemment on n'a rien trouvé. En fait ma femme n'était pas malade et la pauvre a dû être asphyxiée par un poêle à bois qui avait une mauvaise combustion.

Françoise se dit qu'il a l'air franc mais qu'il devait avoir une maitresse depuis longtemps pour annoncer si vite son remariage ! Elle ne voit pas comment en savoir plus sans risquer d'être indélicate.

— Passons à table si vous le voulez bien, ajoute Georges.

Dans la salle à manger, elle ne voit que deux couverts sur la table :

— Et votre maman, elle ne dîne pas avec nous ?

— Non, finalement car elle est souffrante.

Et il ajoute :

— Vous avez peur de moi ?

Cette dernière remarque est ponctuée d'un rire étrange qui ne dit rien qui vaille à Françoise !

A l'extérieur de la maison, un homme ouvre discrètement le portail de la maison de Georges Guérin. Il se dirige vers un petit appentis sur la droite, à l'intérieur duquel il fait sombre. Il s'assied sur une chaise et attend.

37

LONDRES, ROYAUME UNI, JUILLET 1945

La sonnette retentit à 19 heures chez Victoria le 12 juillet. Peggy va ouvrir et voit un monsieur d'une quarantaine d'année, de taille moyenne, pas rasé, un peu hirsute, volubile, qui lui dit dans un mauvais anglais :

— Je suis bien chez Madame Victoria Miller ? Je suis un des vieux amis à Paris. Mon nom est Serge Andropov. Dites-lui que je veux bien lui parler.

Peggy laisse Serge sur le palier et part informer Victoria de cette visite. Celle-ci n'en croit pas ses oreilles :

— Serge Andropov ici ! Quelle surprise ! Oui, c'est un ami de Paris, fais le entrer dans le salon, je vais me recoiffer et j'arrive.

Serge entre dans l'appartement et regarde, étonné, les pièces luxueuses qu'il traverse. Quand Victoria arrive, il lui dit en français:

— Bonjour mon petit canard, plus de cinq ans notre dernier contact ! Mais dis-moi, tu as fait fortune, c'est très cossu ici. Et toi tu es de plus en plus belle, ma chérie. Les années n'ont pas encore de prise sur toi ! J'ai bien reçu ta lettre mais je ne t'ai pas répondu comme je venais justement à Londres.

— Serge, ça me fait si plaisir de te revoir. Tu n'as pas changé ! Toujours la vie de Bohême ?

— Toujours ! Et encore plus depuis la libération de Paris. Cette ville renaît. C'est incroyable l'ambiance en ce moment. On peut danser tous les soirs dans des boites de jazz, sur la musique de Sydney Bechet, de Lionel Hampton et de plein d'autres. C'est fabuleux. Tout le monde a envie de s'amuser. Maintenant c'est plutôt à Saint-Germain-des-Prés que ça chauffe. Et toi, tu peins toujours ?

Victoria et Serge ont cinq années de leur vie à se raconter. Elle le garde à dîner. Peggy, qui ne veut pas les déranger, prend son repas dans la cuisine. Victoria lui raconte ses années austères avec sa belle-mère malade à Gaitford, ses tableaux tous détruits par un chasseur allemand qui s'est écrasé sur son atelier, son mari prisonnier qui a réussi à s'échapper mais décède peu après son retour et pour terminer la naissance de ses jumeaux. Sa rencontre avec Phil est passée sous silence.

Serge, lui, a quitté Paris pour la Côte d'Azur. Il a dû prendre une fausse identité pour cacher ses origines juives et a travaillé dans les champs. Il a pu reprendre la peinture depuis près d'une année.

Ce qui intéresse le plus Victoria maintenant, c'est de parler peinture avec Serge. C'est dans le milieu des peintres de Montparnasse qu'ils se sont rencontrés. Elle le questionne :

— J'aime toujours l'abstraction. Est-ce qu'il y a toujours un courant abstrait actif en ce moment à Paris ou bien est ce que la mode est passée, emportée par la guerre ?

— Bien sûr qu'il y a toujours à Paris des peintres de l'abstraction actifs. Je suis sûr que tu en as rencontré certains. Tu te souviens de Poliakoff, Staël, Masson ? Tu les avais rencontrés ?

— Oui avec Poliakoff, on avait bien sympathisés. J'en avais rencontré beaucoup d'autres dans les galeries. Mais j'ai un peu oublié leurs noms. Rien que d'en parler, ça me donne envie de revenir en France

— Viens vivre à Paris ! Viens vivre chez moi ma chérie ! On fera de beaux tableaux et on fera l'amour tout le temps. Tu te souviens de la nuit que nous avons passée ensemble. J'avais adoré caresser ton corps, ta peau douce. Tu avais montré du tempérament, ma chérie !

— Tais-toi Serge. Tu me fais honte ! J'avais trop bu, je n'avais pas prévenu mon mari. Il était très inquiet et furieux quand je suis rentrée le matin. Mais tu sais, je ne regrette rien, c'était un très bon moment. Une découverte pour moi qui avais eu une vie très conventionnelle. Maintenant je suis libre et je n'ai pas envie de perdre cette liberté. Tu crois que tu pourrais me trouver un appartement à louer à Paris ? Je viendrais avec ma cousine Peggy si elle est toujours d'accord. Elle m'aiderait à m'occuper des jumeaux et elle apprendrait le français ; ça pourrait lui être utile ensuite.

— Tu voudrais un appartement avec combien de chambres et dans quel quartier ?

— Un séjour, quatre chambres. Un appartement lumineux en haut d'un immeuble, un endroit où je serai à l'aise pour peindre. J'ai pas mal d'argent. Des héritages. Pour le loyer, ça ne devrait pas poser de problème ! Pour le quartier, je ne sais pas. Un quartier vivant. Tu parlais de Saint-Germain-des-Prés. Ou près des jardins du Luxembourg, ce n'est pas loin de Saint-Germain. Qu'est-ce que tu en penses ?

— Près du Luxembourg, c'est une bonne idée. Tu pourras y promener tes chérubins. Il y a de beaux immeubles le long des jardins.

En fin de soirée, quand ils se quittent, Victoria lui demande de la tenir au courant pour un appartement. Sa décision est quasi prise. Elle va aller habiter à Paris. Peggy est d'accord pour venir. Serge adore Victoria et s'engage à lui trouver une location. Elle va lui envoyer de l'argent pour trois mois de loyer. Victoria se voit déjà parisienne au mois de septembre, prête à consacrer une bonne partie de son temps à son art.

Quand Victoria se met au lit, elle a beaucoup de mal à s'endormir. Des images de sa future vie parisienne viennent spontanément se former devant ses yeux : Phil qui vient la voir certains soirs, sa première exposition dans une galerie, ses dîners avec ses amis peintres, ses jumeaux qui fréquentent un lycée français, ses promenades au Luxembourg.

38

DE CASABLANCA A PARIS, JUILLET 1945

Maggy a enfin obtenu ce qu'elle désirait depuis tant de mois, son rapatriement en France avec les enfants, sur un bateau de la Marine Nationale. Elle n'a pas chômé pendant ces deux dernières semaines, occupée à trier toutes les affaires qui s'étaient entassées depuis quatre ans dans sa maison de Meknès. L'embarquement est prévu le 6 juillet dans le port de Casablanca. La traversée va durer plusieurs jours.

Extraits du journal de Claire Destivel :

Vendredi 6 juillet 1945

On doit venir nous chercher dans la matinée vers les huit heures. Pour une fois nous sommes prêts à l'heure. Mais à 11h1/2 nous ne sommes pas encore partis. C'est à vous dégouter d'être à l'heure jusqu'à la fin de vos jours. Vers les 12h nous embarquons. Nous avons de la chance d'avoir une cabine, une vraie veine car la plupart couchent en dortoir et c'est autrement ennuyeux !

Je vois s'éloigner la côte marocaine sans regret et avec la ferme résolution de ne plus y remettre les pieds. J'envoie un dernier adieu silencieux à mes amis de Meknès et en route pour la France. Arrivée en pleine mer je suis obligée d'aller me coucher car j'ai mal au cœur à cause du roulis et du tangage. En plus de cela ma couchette est placée pas loin des machines. On est soumis à une berceuse mécanique. Ma grand-mère tient bien le coup et part dîner. Nous sommes sur un bateau sanitaire militaire et tout marche à la trompette. Pas le droit de rouspéter, ni de broncher. Si vous arrivez cinq minutes en retard à la salle à manger, vous n'êtes pas servi. C'est tout de même exagéré !

C'est la deuxième fois de sa vie que Maggy prend le bateau pour un voyage un peu long. La mer est agitée, le bateau tangue et beaucoup de passagers sont malades. Ce n'est pas le cas de Maggy, très excitée par son retour au pays. Il est dix-neuf heures et c'est le moment d'aller dîner. Elle a vraiment faim et pas l'ombre d'une nausée. Les enfants, sujets au mal de mer, sont restés dans leur cabine. La plupart des passagers en ont fait de même. Maggy descend jusqu'à la salle à manger. En arrivant, elle aperçoit un militaire avec beaucoup de galons, sûrement le commandant du bateau qui fait asseoir à sa droite une dame âgée très élégante, avec une robe noire agrémentée d'une broche en or ; elle porte un chapeau noir qu'elle n'enlève pas pendant le repas. De nombreuses places sont encore inoccupées et un serveur indique à Maggy qu'elle peut se mettre où elle le désire. Cette vieille dame l'intrigue et Maggy choisit une place pas trop éloignée d'elle pour pouvoir l'observer. Mais trop curieuse pour rester en place, elle se lève et va parler au serveur :

— Excusez-moi Monsieur, pouvez-vous me dire qui est cette vieille dame en noire ?

— Bien sûr ! Vous ne l'avez pas reconnue ? C'est la Maréchale Lyautey. Elle fait des séjours répétitifs au Maroc et voyage sur des navires de l'armée. C'est la troisième fois que je la vois. Elle est formidable pour son âge !

Maggy en est baba ! La Maréchale ! Une forte personnalité paraît-il. Elle en a entendu parler mais ne l'a jamais rencontrée. Et elles sont toutes les deux sur le même bateau, dans la même salle à manger ! Quelle chance ! Une histoire à raconter à sa famille quand elle va revenir à Paris. Elle sait qu'à plus de quatre-vingt ans, Madame Lyautey est toujours active, impliquée dans des tas de bonnes œuvres au Maroc. Il faudrait qu'elle fasse sa connaissance, qu'elle lui parle. Indispensable, si elle veut épater la galerie ! Et ça pourrait être utile à Phil pour sa carrière ! Maggy dévore littéralement ce qu'on lui sert pour le dîner. Elle ne dédaigne pas non plus le vin qui lui est proposé. Après le dessert elle s'attarde à table, scrutant le moment où la Maréchale va se lever pour retourner dans sa cabine. Ça y est, c'est le moment, la Maréchale plie sa serviette ! Maggy quitte sa chaise et très naturellement marche jusqu'à Madame Lyautey en train de se lever. Elle lui tend la main et lui dit respectueusement :

— Madame la Maréchale, je suis très honorée de vous rencontrer. Permettez-moi de me présenter. Je suis Marguerite Destivel, la femme du colonel Philippe Destivel qui commande la base aérienne de Gaitford en Angleterre après être resté plusieurs années au Maroc. Moi je suis restée à Meknès pour m'occuper des enfants.

Maggy sans doute émue de la rencontre s'est trompée et s'est présentée comme la femme du colonel Destivel et pas comme sa mère. La Maréchale est surprise et lui dit un peu narquoise :

— Je suis heureuse de vous saluer, mais votre mari est colonel d'aviation si je comprends bien. Alors vous avez épousé un petit jeune, chère Madame ! Félicitations !

Maggy se rend compte de son lapsus, rougit et précise :

— Non excusez-moi, je me suis trompée. Le colonel Destivel est mon fils, pas mon mari. Mon fils est veuf et moi aussi je suis veuve. Il lui fallait quelqu'un pour s'occuper de ses deux enfants, avec la guerre et toutes les responsabilités qui sont les siennes.

— Je comprends mieux ! Vous avez eu la chance de rester plusieurs années dans ce merveilleux pays qu'est le Maroc. Vous n'êtes pas trop triste de le quitter ?

Maggy n'est pas du tout triste de quitter une terre où l'on ne mange que des poulets et du mouton et où l'on crève de chaud la moitié du temps. Mais ça, elle sait qu'elle doit le garder pour elle et ajoute :

— Oui Madame la Maréchale, c'est un déchirement mais je n'ai pas le choix. J'espère y revenir bientôt.

C'est sur ces mots que se termine cette première conversation. Maggy regrette son lapsus qui l'a rendue un peu ridicule. Elle espère que personne ne l'a entendue. Elle a hâte de pouvoir de nouveau engager la conversation avec la Maréchale.

Le Samedi matin tôt, un matelot frappe à la porte de la cabine de Paul et Claire. Il se présente comme le matelot « Pierre » et les informe qu'il va venir faire le ménage et qu'il faudrait qu'ils libèrent la chambre pendant une vingtaine de minutes. Ils sont encore en pyjama et chemise de nuit et se dépêchent de se préparer sans avoir trop le temps de remettre leurs affaires dans leur valise puis ils vont prendre leur petit-déjeuner. A leur retour, c'est comme si un magicien était passé par là ! Tous les vêtements qu'ils avaient laissés par terre en boule, sont pliés et posés sur leur couchette. Tout est nickel. Leur bonne, à Meknès, n'en faisait pas autant pour eux. Dans la journée, Claire rencontre Pierre, le matelot venu nettoyer leur cabine :

— Merci Monsieur d'avoir si bien fait le ménage dans notre cabine, remercie Claire très gentiment.

— Oh ! mais de rien, Mademoiselle. Je suis là pour ça. Je vous félicite pour vos écritures. Vous aviez laissé ouvert un cahier sur le petit bureau. Votre journal sans doute. J'ai juste lu quelques lignes sans tourner les pages. C'est très bien écrit. Vous avez quel âge ?

Claire est furieuse et a l'impression que son intimité, son monde intérieur a été visité sans permission par un étranger. Rouge de colère, elle se met à fulminer :

— Mais, un journal c'est personnel, vous n'aviez pas le droit d'en lire une seule ligne. Ne recommencez jamais ça ! Compris ? ou je me plaindrai au commandant !

Sur ces mots, elle le quitte très en colère. Plus jamais, elle ne laissera ouvert son journal intime quand elle s'absentera. Mais quel goujat ce Pierre même s'il est plutôt mignon !

Extraits du journal de Claire Destivel :

Samedi 7 juillet 1945
Nous apercevons Gibraltar et suivons les côtes espagnoles avec en arrière-plan la Cordillère Bétique. Les montagnes se jettent à pic sur la mer et sont très ravinées, coupées de gorges profondes formant des caps pointus et des baies. Le paysage est magnifique comme toutes les côtes d'Espagne du reste. La vie à bord est plutôt monotone, aucune distraction à bord évidemment puisque c'est militaire et nous nous contentons de faire cent fois le tour du pont en contemplant les côtes qui défilent très lentement. Nous arpentons le bateau qui a cinq étages sans compter les cales. Les repas ne sont pas mauvais. Nous les prenons tous à la même table. C'est inouï ce qu'il y a comme commérage.

Le soir, les matelots se divertissent. Ils ne trouvent rien de mieux à faire que de jouer à saute-mouton. La nuit venue, un bal est organisé. Claire aperçoit le matelot Pierre, celui qui s'est permis de lire son journal. Elle descend près de la piste de danse et Pierre vient lui présenter ses excuses. Elle lui dit qu'il est pardonné mais qu'il ne doit pas recommencer. Pierre l'invite à danser une valse et la serre contre lui pendant la danse. Claire savoure cet instant.

Extraits du journal de Claire Destivel :

Dimanche 8 juillet 1945
Il y a la messe à bord dite par l'aumônier. Elle est très bien chantée par les infirmières et quelques officiers. Je suis plutôt distraite. Nous sommes archi serrés mais cela me fait plaisir d'avoir la messe en pleine mer.
Aujourd'hui nous suivons les Iles Baléares toute la journée. On voit des rochers affleurer au milieu des flots bleus. Le soir, il y a encore bal. Je suis enfouie

dans mes réflexions, transportées dans un monde irréel, le bateau fendant la mer, la musique, les montagnes teintées de rayons pourpres à droite et l'horizon noyé dans l'ombre à gauche. Tout cela est si romantique ! Pierre était là. Il m'a emmenée sur le pont dans un coin sombre et m'a embrassée avec sa langue. C'était la première fois et c'était bon. J'aimerais que ce voyage ne s'arrête pas.

Le Lundi 9 juillet 1945, le bateau est en pleine mer. Les passagers sont excités car le commandant a averti tout le monde que l'on devrait commencer à apercevoir la France vers neuf heures. Mais il y a du brouillard et il leur faut attendre midi, près de la rade de Toulon, pour apercevoir enfin leur pays. Quelle émotion après six ans d'exil ! Mais le port est dans un piteux état. La jetée, le fort, les quais sont détruits. Des bateaux sont au fond de l'eau. On n'aperçoit que leurs cheminées et quelques débris. Les passagers doivent rester sur le bateau jusqu'au lendemain après-midi.

Claire continue d'écrire son journal :

J'ai revu Pierre qui m'a emmenée dans sa cabine. Nous sommes restés quelques instant allongés l'un contre l'autre. Quel trouble quand il m'a fait des caresses! Malheureusement il y a eu du bruit ; nous sommes vite sortis et il m'a dit adieu.

Le Mardi 10 juillet, après sept longues heures d'attente, les passagers peuvent débarquer. Des prisonniers allemands viennent les aider à porter leurs bagages. Maggy, Paul et Claire s'installent dans des cars complètement disloqués qui les conduisent jusqu'à la gare de Toulon. Paul trouve péniblement trois places dans un compartiment du dernier wagon. Ils voient passer successivement Bandol, La Ciotat et trouvent la Côte d'Azur magnifique. Ils arrivent à Marseille vers les 11 heures du soir et ont droit à un accueil chaleureux dans la gare. La Marseillaise retentit ; on leur distribue du thé et des petits gâteaux. Le train repart et ils arrivent à 7 heures du matin à Lyon où le petit déjeuner leur est servi; puis ils continuent leur route en passant par Dijon, Sens pour atteindre Paris vers 6 heures du soir.

Dans son journal, Claire raconte ses impressions quand ils retrouvent l'appartement de la rue Lecourbe :

Nous sommes chez nous vers les 8 heures du soir, sales et dégoutants ; on nous prendrait sûrement pour des boueux, c'est lamentable ; je n'ai encore jamais été si sale de ma vie. Je suis tellement fatiguée que je n'ai même plus le courage de penser. Pourtant j'ai un serrement de cœur de revenir dans cette ville où jadis j'ai été si heureuse.

Le 12 juillet, Paul et Claire se lèvent allègrement pour aller retrouver leurs grands-parents d'Asnières qui ne sont pas prévenus de leur retour et vont être émus de retrouver leurs petits-enfants. Ils se perdent dans le métro mais finissent par arriver en fin de matinée chez les grands-parents qui ont du mal à les reconnaître tant ils ont changé en six ans. Leur cousin germain, Philippe, que Claire aime beaucoup, est présent. Il porte maintenant des lorgnons, la moustache et a un air de gentleman important. Ils déjeunent tous ensemble et l'atmosphère est chaleureuse.

Le 13 juillet, Paul et Claire décident d'aller voir le défilé du 14 juillet, le lendemain. Ils réussissent à convaincre Maggy de les laisser y aller sans adulte pour les y accompagner.

Samedi 14 juillet : 7 heures du matin, nous avons rendez-vous avec mon cousin Philippe à la gare Saint Lazare pour voir le défilé. Dans la famille, on nous a dit qu'il allait y avoir foule et que nous allions revenir en bouillie ; c'est tout juste si on ne nous propose pas une ambulance. Nous arrivons sur le théâtre des opérations ; il y a déjà 5 à 6 rangs de personnes sur le bord des trottoirs ; nous nous regardons d'un air piteux et nous arpentons les Champs-Elysées ; nous finissons par dégoter chacun une place sur le rebord d'une devanture ; en montant nous voyons très bien, évidemment il faut de l'équilibre, ce n'est pas rien et nous attendons patiemment dix heures. Nous ne nous ennuyons pas ; les gens arrivent avec des escabeaux, des échelles doubles et triples, des petits tabourets, les autres avec des glaces, d'autres font de l'escalade sur les stores, les arbres, les poteaux d'autobus ; on assiste à des matchs de boxe ; les gens commencent à se trouver mal, enfin il y a de tout. Nous voyons très bien le défilé et même les grosses huiles : de Gaulle, de Lattre de Tassigny, Leclerc ; cela dure trois heures ;

Maggy passe alors beaucoup de temps dans l'appartement de la rue Lecourbe à tout nettoyer et à faire des courses avec Paul et Claire. Mais elle n'a pas que des activités purement manuelles, elle réfléchit aussi à son avenir et enrage de ne pouvoir en parler avec son fils de nouveau hospitalisé en Angleterre. Il ne sait pas encore où il va être muté. Maggy n'a aucune envie de quitter la région parisienne maintenant qu'elle l'a retrouvée et l'aurait vraiment mauvaise s'il lui fallait retourner en Algérie ou dans d'autres colonies. Il lui faut prendre son mal en patience.

39
MORLEAU EN BOURGOGNE, FRANCE, JUILLET1945

— C'est moi le cuisinier, alors soyez indulgente !

C'est ainsi que commence le dîner de Françoise chez Georges Guérin. Elle n'est pas à son aise depuis qu'elle a appris que certains le soupçonnent du meurtre de sa première femme. Jamais elle ne s'est trouvée devant une telle situation. Les meurtres entre mari et femme, on les rencontre dans les romans policiers ou les tragédies antiques, mais pas dans son quotidien ! Georges sent sa gêne et essaie de l'apaiser :

— C'est la première fois que vous dînez en tête à tête avec un meurtrier ? Non, je plaisante. En réalité, je suis très choqué par cette histoire. Dans ce village, les gens restent aimables mais j'imagine les cancans quand ils parlent de Georges Guérin ! Et ce d'autant plus que mes affaires marchaient très bien avant la guerre et il y avait beaucoup de jaloux ! Je ne sais pas si je vais rester longtemps ici. Les choses auraient été plus simples si après l'autopsie de mon épouse, le médecin légiste avait pu conclure à une intoxication par de l'oxyde de carbone. C'est dur pour moi, vous savez, en ce moment, la mort de ma femme, l'incendie de mon usine et ma deuxième épouse en camp de concentration, probablement décédée elle aussi !

Le discours de Georges, simple et prononcé sans gêne, émeut cependant Françoise :

— Oui, je vous comprends, tout cela n'est pas facile, et les incertitudes c'est ce qu'il y a de pire.

Ensuite, le repas se poursuit plutôt agréablement. Georges parle de littérature, des auteurs d'avant-guerre qu'il apprécie mais il choque la sensibilité de son invitée quand il vante les mérites de Robert Brasillach, fusillé pendant l'épuration quelques mois auparavant.

— Vous, un résistant, vous regrettez cet homme, ce fasciste collabo tellement antisémite ?

— C'est plus compliqué que cela. C'était un grand écrivain. Je ne partage pas du tout ses idées mais il n'a tué personne ; ce sont ses écrits qu'on lui reproche ! Le condamner à mort au terme d'un procès de quelques heures et d'une délibération bâclée ! Ce n'est pas à l'honneur de la France. De nombreux écrivains et artistes très connus comme Paul Valéry, Colette ou Jean Cocteau, des académiciens qui n'étaient pas de son bord ont sollicité sa grâce auprès de de Gaulle mais les cocos voulaient sa peau et l'ont emporté.

Cette conversation pousse Françoise à en savoir plus sur les opinions politiques de Georges et sur ce qu'il a fait pendant la guerre :

— Vous êtes rentré dans la résistance dès le début de la guerre ?

— Jusqu'au début de la guerre, j'ai été séduit par le parti populaire français, le PPF. Ensuite je n'ai pas aimé son évolution, son antisémitisme, la collaboration appuyée avec les Allemands. Mais il m'a fallu un peu de temps pour prendre mes distances. J'ai commencé avec la Résistance au milieu de 1943. J'ai tout de suite effectué des missions dangereuses. Je suis devenu expert en fabrication et maniement d'explosifs. Je m'y connaissais déjà un peu avant la guerre. J'avais un ami qui m'avait initié. Il travaillait dans les carrières de marbre de Chassagne.

— Vous n'avez pas eu d'ennuis lors de l'épuration, pour votre engagement au sein du PPF ?

— Si, d'autant plus qu'au début de l'occupation j'ai eu de très bonnes relations avec les Allemands. J'ai rencontré des militaires sympathiques dans les rangs de la Wehrmacht. Heureusement, ensuite, quand j'ai dû me justifier, plusieurs résistants qui m'avaient vu à l'œuvre ont témoigné en ma faveur. Maintenant, j'ai hâte que l'on cesse de parler de la guerre. J'ai envie de remonter une usine mais je ne sais pas encore exactement ce que je voudrais y produire. J'ai plusieurs idées, de nouvelles cuisinières ou des poêles pour se chauffer ou encore des pièces pour les voitures. J'attends de recevoir des dommages de guerre pour rebondir.

Georges répond aux questions directes de Françoise avec sincérité. Elle se forge une opinion plutôt positive sur le personnage.

Au moment de se quitter, Georges lui dit :

— Demain c'est la fête nationale, il y a un bal à Morleau pour le 14 juillet. Vous irez y faire un tour ?

— Oui c'est vrai, j'avais oublié ! Ça serait bien que je m'y montre, maintenant que je vais vivre à temps plein dans le village. Il ne faut pas que j'aie l'air trop distante vis-à-vis des habitants !

— Alors à demain Françoise. J'aurai plaisir à vous inviter à danser et à vous serrer contre moi !

Ces derniers mots, prononcés avec le sourire, amusent Françoise qui trouve son hôte plutôt bel homme. Françoise va se coucher, méditant quelques instants sur le curieux personnage qu'est son voisin. De son côté, Georges a trouvé sa voisine, jolie, intelligente et distinguée aussi bien dans sa mise que dans sa façon de s'exprimer. Il aimerait en savoir plus sur elle et a très envie de visiter sa maison dont il apprécie particulièrement le perron et la tour extérieure.

Georges, une fois la table débarrassée, va dans sa chambre. Il commence à se déshabiller quand des bruits de grattements sur sa porte d'entrée attirent son attention. Il tend l'oreille et perçoit des sons, comme si quelqu'un frappait doucement pour se faire ouvrir la porte sans se faire remarquer. Il enfile une robe de chambre en soie pour aller voir de quoi il en retourne. Pour éventuellement se défendre, il prend un revolver dans le tiroir de sa table de nuit et le met dans une de ses poches après l'avoir armé. Georges est courageux et en a vu d'autres ; il entrouvre lentement sa porte d'entrée puis se penche sur le palier extérieur. Dans la lumière de la lune une silhouette chuchote :

— Georges, fais-moi entrer, je veux te parler.

Georges ne reconnaît pas dans la pénombre la personne qui lui parle avec un accent. Il sort son révolver :

— Qui êtes-vous ? Je ne sais pas qui vous êtes. Entrez le premier mais attention, je suis armé et je n'hésiterai pas à tirer !

Georges marche derrière l'individu barbu qui l'a appelé. Il allume le plafonnier de la pièce pour le découvrir :

— Georges tu ne me reconnais pas ? Je n'avais pas de barbe il y a trois ans. Tu te souviens ?

Sa voix, son accent, lui sont familiers. Georges identifie alors son visiteur. C'est sa barbe qui l'a empêché de le reconnaître d'emblée.

— Wilhelm, ça alors ! Tu es vivant et tu es revenu ! Tu as été de parole ! C'est incroyable. J'étais persuadé que tu étais mort sur le front russe ! Tiens, voilà une chaise. Tu as faim ou soif ? Je vais te préparer quelque chose. Tu vas me raconter. Ça alors !

Georges sort deux verres, une bouteille de vin blanc de Blagny, du jambon persillé et un reste de la tarte aux quetsches servie à Françoise.

Ils trinquent d'abord, se regardant droit dans les yeux. Wilhelm lui fait un rapide résumé de ses trois dernières années en détaillant son périple en Allemagne, la fuite devant les armées russes, la traversée de l'Elbe, son déguisement en journaliste, le passage du Rhin puis la France.

— Quand j'ai réussi à aborder sur la rive française du Rhin, quelqu'un que je n'ai pas vu arriver m'a assommé pour me voler. Je suis resté inconscient pendant plusieurs heures. Quand je me suis réveillé, tout l'argent que j'avais dans mes poches m'avait été dérobé. Heureusement, deux liasses de billets dissimulées à l'intérieur de la doublure de mon imperméable étaient encore là. Ensuite, je suis allé à Dijon pour essayer de me faire faire de faux papiers avec la nationalité américaine. Tu te souviens, je suis de père allemand mais ma mère est née aux Etats-Unis. Malheureusement même en payant cher, je n'ai trouvé personne capable de me faire ces documents. Je me suis dissimulé un temps dans les hautes côtes au-dessus de Pommard. A Beaune non plus je n'ai pas réussi à trouver quelqu'un pour mes papiers. Je voulais venir te voir plus tôt et à peu près en règle mais c'est raté ; j'étais impatient de te retrouver. Je me demandais si tu étais toujours dans ce village. Quels souvenirs ! Tu n'as pas eu d'ennuis quand les troupes allemandes ont dû quitter la France ?

— Un peu mais ça s'est arrangé. J'ai senti le vent tourner. Je suis rentré dans la Résistance en 1943. Heureusement ! Je suis devenu un expert en explosifs. J'ai fait sauter des voies ferrées, des trains de marchandises, des lignes électriques. Pour certains, je suis presque un héros ! Mais on m'a dénoncé et, en 44, la Gestapo a fait sauter mon usine en représailles. Moi j'étais caché.

Georges et Wilhelm reparlent ensuite de leur rencontre quand Wilhelm logeait avec d'autres officiers dans la maison d'à côté, celle de Françoise Dumaine.

— Mais qu'est-ce que je suis content de te revoir ! Tu loges où en ce moment ?

— Nulle part, dans les bois sur l'arrière côte. J'ai encore de l'argent mais j'ai peur qu'on découvre que je suis allemand. Je ne veux pas me retrouver en prison.

— Reste chez moi. Il y a un appartement de libre au rez-de-chaussée. Je peux t'aider aussi pour tes papiers. J'ai encore des relations !

Tous deux continuent à parler pendant quelques minutes. Georges voit Wilhelm bailler plusieurs fois. Il éteint la lumière, le prend par la main et l'emmène jusqu'à une chambre inoccupée.

— Dors ici ce soir. Je vais mettre de l'eau dans le broc.

Son ami allemand fait un brin de toilette puis tombe sur le divan et s'endort quasi instantanément.

Le lendemain, Françoise et ses enfants sont prêts de bonne heure. Leur maison a été libérée de ses occupants et ils peuvent emménager. Ils n'ont pour l'instant que trois valises à déplacer de quelques mètres. Plusieurs malles, chargées sur un autre bateau, doivent leur être livrées bientôt. Vers neuf heures du matin, Françoise monte frapper chez Georges mais personne ne répond. Elle n'insiste pas et griffonne un mot de chaleureux remerciements se terminant par « A bientôt pour le bal de ce soir ». Elle passe le message sous sa porte.

A midi, Françoise est installée chez elle. Son lit et ceux de ses enfants sont faits. Les vêtements sont rangés. Elle a retrouvé dans les placards suffisamment de vaisselle pour dresser une table et tous les quatre prennent ensemble leur premier déjeuner d'après-guerre dans cette maison bien grande pour eux maintenant. La pompe à eau située dans la cuisine fonctionne et permet d'amener l'eau de pluie de la citerne.

Ils font ensuite un tour dans le grand jardin situé derrière la maison. Plusieurs pommiers encore jeunes ont un air penché. Il paraît que les Allemands y attachaient leurs chevaux. L'herbe est haute et doit être fauchée. Sur les arbres fruitiers du verger ils découvrent avec plaisir de nombreux fruits, des abricots tout dorés bientôt mûrs, des pêches de vigne aux reflets rouges, des pommes reinettes bien fermes et des poires très juteuses. Les enfants adorent.

Françoise a envie de moderniser l'ameublement et la décoration de la maison. Elle a commencé à faire une liste de ce qu'il lui faudrait acheter et projette d'aller chez le notaire de Chagny pour retirer de l'argent. C'est chez lui, Maître Buisson, qu'elle a placé l'argent hérité de ses parents. C'était, il y a sept ans ! Depuis, elle est restée sans nouvelles de ses richesses. Ce sera la grande surprise !

Pendant l'après-midi, elle se promène dans le village et salue plusieurs personnes qui viennent à sa rencontre. Ses enfants font la connaissance d'autres garçons et filles de Morleau qui, comme eux, vont fréquenter l'école communale à la rentrée. Les jeux de quilles et de boules installés pour la Fête Nationale les amusent beaucoup.

Agnès et Michel essaient de monter en haut d'un mât de cocagne mais sans succès. Françoise les emmène goûter et boire une limonade au café Préteau, là où a été installé un parquet de danse pour le bal du soir. Le premier bal de fête nationale depuis l'armistice !

Les couleurs bleu, blanc, rouge sont partout. Le café a été décoré avec de multiples petits drapeaux français et une longue guirlande tricolore. Françoise s'est habillée avec sobriété. Une robe gris clair près du corps, une fine chaîne en or autour du cou et un discret maquillage sur ses paupières.

Elle arrive au bal vers vingt heures. Sur la piste il y a déjà du monde. Les hommes sont en costume et cravate, probablement celui de leur mariage. Plusieurs ont un béret ou un chapeau sur la tête. Des femmes dansent entre elles comme souvent dans les campagnes. Les restrictions alimentaires ne les ont pas toutes amaigries. Certaines apparaissent vraiment engoncées dans leur robe du dimanche. Les sourires sont sur tous les visages et on sent que les circonstances sont exceptionnelles.

Le maire vient demander à Françoise des nouvelles de son emménagement et l'invite ensuite à danser sur l'air du « Beau Danube bleu » que l'accordéoniste interprète avec brio. Puis c'est son ami Henri Joly, l'ancien maire qui lui apporte un verre de vin blanc. C'est la première fois qu'ils se retrouvent à un bal. Avant la guerre, Françoise et son mari n'y venaient jamais. Trop de distance sociale à l'époque avec les gens de Morleau où elle ne séjournait que pour des vacances !

Henri et elle s'asseyent à une table pour bavarder à l'aise. Henri lui fait le point sur le village, sur les élections municipales qui ont eu lieu en avril et mai. Elle-même lui raconte une partie de sa vie en Algérie, un pays où personne dans le village n'a eu l'occasion d'aller. Après quelques minutes de conversation, Henri aborde le sujet de Georges Guérin :

— Ça s'est bien passé ton séjour chez Georges ? Tu sais c'est un drôle d'homme, très intelligent, d'abord collabo puis résistant. Il t'a fait quelle impression ?

— J'ai appris que certains le soupçonnent d'avoir tué sa première femme. Il m'en a parlé sans détour. Il nous a bien dépannés en nous logeant. Je ne le crois pas coupable de meurtre. Il n'a pas été jugé ?

— Si ! il a été acquitté. Les analyses n'ont rien donné après l'exhumation du cadavre de sa femme. Aucune preuve, juste des soupçons.

— Quant à son coté collabo, je crois qu'il n'est pas le seul dans ce cas pendant les premières années de la guerre. Il m'a raconté qu'ensuite, il avait été très actif dans la résistance. C'est vrai ?

— Oui tout à fait, il s'est mis à manier les explosifs avec une grande habileté. Il a fait sauter des lignes de communication allemandes, des trains de marchandises qui partaient chez les boches. Ensuite il a sans doute été dénoncé et a eu la Gestapo sur le dos.

— C'était tendu à Morleau quand les Allemands occupaient le village ?

— Non, jusqu'à la mi 43 pas vraiment, la plupart des soldats allemands étaient courtois. Ce qui était dur et créait des tensions, c'étaient les réquisitions, l'obligation périodique de leur livrer des produits de nos cultures, des pommes de terre, du blé, même du vin et des chevaux. C'était la même chose dans tous les villages. Moi comme maire, je suis toujours resté aimable avec les gars de la Wehrmacht. Un petit coup de blanc et ils acceptaient de diminuer les quotas qui étaient requis. Ensuite avec le Service du Travail Obligatoire, le STO ça s'est gâté. Plusieurs jeunes du village ont dû partir ou se cacher.

De temps en temps, Françoise jette un coup d'œil autour d'elle à la recherche de Georges Guérin :

— Il a l'habitude de venir aux bals du village, Georges Guérin ? il m'a dit qu'il me ferait danser

— Oui, d'habitude, il vient mais il ne reste jamais longtemps. Il vient plutôt discuter. Je ne l'ai jamais vu valser !. Mais je peux me tromper. Viens, on va danser !

Après plusieurs polkas et valses, les deux amis reviennent s'asseoir. Françoise pose à Henri quelques questions plus personnelles :

— Tu es toujours célibataire à 32 ans ? Tu n'as pas envie de te marier ?

— Envie, Oui ! Mais il faut encore que je rencontre la perle rare !

Françoise trouve étonnant que son ami ne soit pas encore marié. Il est bel homme, grand et costaud, mais aussi cultivé, poète et a beaucoup de charme.

Vers les dix heures, Françoise décide de rentrer chez elle. Elle quitte le bal, déçue que son voisin lui ait posé un lapin, en espérant que rien ne lui soit arrivé de fâcheux.

40
RAUCEBY, ROYAUME-UNI, AOÛT 1945

Un trèfle, un cœur, deux sans atout…Ils sont quatre dans la même chambre à passer chaque jour une bonne partie de leurs après-midi à jouer au bridge. Trois jeunes officiers anglais avec des séquelles de brûlures à réparer et un moins jeune et plus gradé, le colonel Destivel qui piaffe d'impatience et ne songe qu'à sa sortie de l'hôpital. Un seul dispose de sa main droite pour écrire et sert de scribe à ses camarades dès qu'ils veulent envoyer une lettre.

Presque un mois depuis que Phil a été greffé. Le docteur Mac Indoe, qui s'était occupé de lui après son accident de septembre 44, lui a prélevé sur sa cuisse de la peau qu'il a cousue sur le dos de sa main droite. L'opération s'est bien passée et le chirurgien lui fait miroiter un résultat esthétique et fonctionnel de qualité. Mais il faut que Phil soit patient. Fin août seulement, il verra vraiment de quoi il en retourne. Sa sortie de l'hôpital est prévue pour fin septembre

Pour l'instant, sa main droite est enrobée dans un gros pansement et sa cuisse aussi. Dans trois jours, ses bandages doivent être remplacés par d'autres plus fins de manière à ce qu'il puisse commencer sa rééducation.

Phil pense beaucoup à Victoria qui lui écrit une fois par semaine. Ses lettres lui apportent des mots d'amour qui ne cessent de l'émouvoir. A chaque fois, il les lit et les relit plusieurs jours de suite. La plupart sont écrites en français car Victoria veut réactiver sa pratique de cette langue qu'elle va devoir utiliser au quotidien si elle vient vivre à Paris. Elle lui donne de ses nouvelles, lui décrit joliment ses nouveaux tableaux et lui raconte les progrès des deux bébés.

Phil s'occupe aussi, par correspondance, de ses grands enfants. Paul et Claire sont revenus du Maroc et il essaie d'organiser leur nouvelle vie parisienne. Il envoie régulièrement des instructions à Maggy :

- Inscrire Paul à Buffon et Claire à Victor Duruy, de bons lycées parisiens pas très loin de chez eux, pour leur rentrée scolaire d'octobre,

- Acheter des habits car la Normandie, où ils doivent aller passer la fin du mois d'août chez leur grands-parents maternels, est moins tropicale et nettement plus verte que le Maroc en plein été,
- Les inscrire aussi dans des troupes de scouts et de guides pour leur assurer des distractions régulières et pas trop onéreuses à la rentrée.

En fin de matinée, les infirmières doivent donner un bain à Phil. Il faut pour cela lui enlever délicatement ses pansements. Le processus est moins douloureux que dans les premières semaines qui ont suivi la greffe mais la vision de ses plaies dénudées est toujours éprouvante. Les odeurs d'éther, auxquelles il n'a pu s'habituer, lui donnent des hauts le cœur.

Quand Phil contemple sa main et sa cuisse, il fait part de ses réflexions à l'infirmière.

— Une seule bombe de 500 kg, restée dans la soute, a explosé dans mon avion, à dix mètres de moi, à l'atterrissage. Les six autres membres de mon équipage ont été tués sur le coup ! J'ai survécu grâce au blindage de mon siège ! J'ai eu une chance inouïe mais que cette guérison est longue ! Quatre mois d'abord pour ma première hospitalisation et sans doute trois mois pour la seconde ! Sept mois, pour guérir correctement de mes brulures. C'est terrifiant ! Je n'ose pas imaginer les dégâts humains que nos avions ont pu infliger quand nous étions mille bombardiers sur la même cible. Heureusement, nous les français, on nous a surtout donné des objectifs militaires. Mais il y a eu de multiples villes allemandes bombardées par les autres groupes de la RAF.

Le chirurgien passe jeter un coup d'œil sur la zone greffée et repart satisfait. La cicatrisation est en bonne voie. Pas d'infection en vue ! Phil retourne s'étendre sur son lit quelques instants. Jim, un de ses camarades de chambre, revient très excité :

— Venez vite écouter la radio, la BBC dans la salle de détente. Il y a une nouvelle incroyable.

Tous les quatre, se dépêchent d'y aller et entendent le speaker à la radio :

« Hier tôt dans la matinée, les Américains ont bombardé la ville japonaise d'Hiroshima avec une arme terrifiante d'un nouveau type, une bombe nucléaire. Une seule bombe, lancée par un bombardier, a détruit la majeure partie de cette grande ville

faisant plus de cent mille morts en quelques secondes. Les Américains espèrent que les japonais découragés, et sous la menace d'une deuxième bombe atomique, vont immédiatement accepter une reddition alors que le conflit continue à faire chaque jour de nombreuses victimes dans cette région du Pacifique. »

Les trois aviateurs anglais ont eux-mêmes participé au bombardement destructif de villes allemandes, sans objectifs stratégiques particuliers. Ils ont obéi aux ordres mais se sont sentis coupables au retour de ces missions, même si les boches ne s'étaient pas gênés pour bombarder le centre de Londres et d'autres villes anglaises avec leurs avions et leurs fameux V1 et V2. Cependant l'échelle n'était pas la même. Aujourd'hui des images hallucinantes leur passent sous les yeux. Ils s'imaginent eux-mêmes aux commandes du bombardier qui, pour la première fois dans l'histoire de l'humanité, a largué une bombe, de petite taille, capable de faire en quelques secondes, le travail de mille bombardiers lourds quadriréacteurs !

Le plus jeune des aviateurs est remué :

— Tu te rends compte Jim, on appuie sur le bouton pour ouvrir la trappe de lancement et quelques secondes plus tard, des dizaines de milliers de morts, grillés, carbonisés, asphyxiés, blessés à mort ! Toute la population d'une ville qui y passe ! Nous, pendant nos missions sur l'Allemagne, nous étions comme une armada, 500 ou 1000 bombardiers. On a eu des objectifs précis, les bases de lancement de V1, les usines de la Ruhr. Maintenant, c'est un seul avion qui fait le travail avec une bombe qui détruit tout, sans précision sur un objectif stratégique. C'est horrible ! Je vais démissionner de l'armée en sortant de cet hôpital, je ne supporte pas ça, c'est apocalyptique !

— Mais si au bout du compte tu fais moins de morts avec une bombe comme celle-là. L'ennemi capitule tout de suite, alors que si la guerre continue avec des moyens conventionnels, il y a bien plus de victimes. Finalement, ça économise des vies.

— Oui peut-être, mais les bombes atomiques vont se développer ! Les pays où il y a des scientifiques vont en fabriquer à gogo. On va assister au feu d'artifice final de toute la planète. Le bouquet final ! Imagine Hitler ou d'autres dictateurs fous avec de telles armes. Heureusement que les Allemands n'ont pas été assez rapides. Non, moi je ne veux pas participer à ça. Je vais aller militer avec des pacifistes ! L'armée pour moi, c'est terminé !

Phil est lui aussi déstabilisé par cette nouvelle et ne sait que penser :

— C'est trop tôt pour conclure ! On va voir maintenant si le Japon capitule.

Le Japon ne veut pas capituler ; le 9 août les américains lancent une nouvelle bombe nucléaire sur Nagasaki. Encore des milliers de morts en une seconde ! Le 17 août, l'empereur Hirohito ordonne aux militaires de déposer les armes, prélude à la fin de la deuxième guerre mondiale. Les aviateurs hospitalisés à Rauceby fêtent dignement la nouvelle. Ceux qui sont autorisés à boire un peu d'alcool en profitent au maximum. L'ère de la reconstruction peut vraiment commencer.

Phil n'a toujours pas reçu de nouvelles de Victoria et cela l'inquiète. Il a du mal à se concentrer sur ses parties de bridge. Ses camarades de chambre le trouvent morose. Ils finissent par le questionner mais il ne veut rien dire.

Lors de la visite du chirurgien, le 20 août, c'est le docteur Mac Indoe qui apparaît soucieux. Phil a de la fièvre. Une infection commence à se développer sur le dos de sa main greffée qui devient douloureuse. On lui prescrit à nouveau de la pénicilline. Phil se plaint le lendemain de maux de tête et a du mal à avaler les aliments. Il présente des contractures musculaires du bras droit, qui lui font très mal. Son faciès est figé. Le 24 août, il est transféré dans le service où sont soignés les patients atteints de maladies infectieuses. On l'installe seul dans une chambre où il faut faire le moins de bruit possible. Le diagnostic est redoutable. On ne comprend pas comment, mais le colonel Destivel a contracté le tétanos.

41
MORLEAU EN BOURGOGNE, FRANCE, AOÛT 1945

Georges, le voisin de Françoise, lui a posé un lapin le 14 juillet dernier. Il n'est pas venu au bal du village alors qu'il lui avait donné rendez-vous. Depuis un mois, aucune nouvelle, il a disparu de Morleau. Pas un bruit dans sa maison et le courrier s'accumule dans sa boite à lettres. Le facteur frappe régulièrement à sa porte, sans succès. Etrange tout de même. Françoise en dit quelques mots à son ami Henri, l'ancien maire qui lui donne quelques informations :

— Tu sais, je me demande si je ne l'ai pas vu le soir du bal au volant d'une voiture avec un passager à l'avant. Juste avant que tu n'arrives. La voiture roulait vers le sud en direction de Chagny ou Chalon-sur-Saône. Mais je ne suis pas sûr de moi. De toute manière, c'est dans ses habitudes de s'absenter. Pendant toute la guerre, je l'ai vu quitter le village par périodes de plusieurs jours. Il va revenir un de ces jours, j'en suis sûr. Il te manque ?

— Je l'ai trouvé sympathique. Tu sais, je commence à m'ennuyer ici. Ça me déprime de penser que je vais devoir rester à Morleau toute l'année. En plus, j'ai été voir mon notaire hier. J'avais placé mon argent chez lui et le résultat n'est pas fameux. Avec mes sous, il a acheté des actions de sociétés qui ont pâti de la guerre. Je n'ai plus grand-chose maintenant. Je vais devoir vivre sur ma pension de veuve de guerre en attendant que la bourse remonte si elle veut bien remonter un jour ! Avec mes trois enfants à élever, ça va être un peu dur de boucler les fins de mois ! Il faudrait que je me trouve un travail mais pour l'instant, je ne vois pas quoi ? A part être maman, je ne sais rien faire !

— Tu devrais plutôt te remarier ! Trouve-toi un riche vigneron sur Puligny ou Chassagne. Les ventes de vins vont repartir. Les Montrachet sont prestigieux !

— Mais je ne suis pas à vendre ! Je sais que tu plaisantes. Je veux bien épouser quelqu'un de riche mais pas pour son argent ! Et toi, ton mariage, c'est pour quand ?

— Je vais te faire une confidence. J'ai rencontré récemment Emilie, une fille de vigneron de Puligny. Elle me plaît bien. Nous pensons même nous fiancer bientôt.

Cette nouvelle ne fait pas spécialement plaisir à Françoise qui apprécie le célibat de son ami Henri. Le fait d'être veuve l'a rapprochée de lui. Ils ont beaucoup de points communs : même âge, pas d'attachement, habitant du même village. Elle craint maintenant qu'il ne s'intéresse plus à elle, s'il est épris d'une jeune femme avec qui il songe à se marier.

Un autre évènement attriste Françoise, c'est le rapatriement d'Algérie du corps de son mari, le 13 août, un lundi. La cérémonie est sobre, elle assiste à l'inhumation, dans le cimetière de Morleau, avec ses enfants. Agnès qui adorait son papa est en larmes. Cette nouvelle inhumation replonge Françoise deux ans en arrière quand elle a vécu le drame de son veuvage, quinze jours après son accouchement. La période qui a suivi a été horrible. Elle a été heureuse de quitter l'Algérie mais maintenant elle trouve que sa vie de veuve était plus simple et gaie là-bas. Elle a vraiment du mal à s'habituer à Morleau où elle se sent isolée.

Le jour du 15 août, il y a beaucoup de monde dans l'église du village pour la fête de l'Assomption. Tous les habitants ne pratiquent pourtant pas la religion. Certains préfèrent aller au café pendant que leurs femmes, plus dévotes, vont chanter pendant l'office. Et puis, il y a les communistes de plus en plus nombreux ici. Nombre d'habitants ne sont pas vignerons mais ouvriers à la Tuilerie de Chagny ou dans les minoteries du côté de la plaine de la Saône. Ceux-ci sont ouvertement anticléricaux. Mais cette fête religieuse est l'une de celles qui, avec Pâques, attire le plus de monde.

Françoise arrive à la messe cinq minutes avant le début de la cérémonie. Avec ses enfants, elle se place au deuxième rang à droite. Les habitants du village ont des places attitrées. Ce n'est pas officiel mais consacré par l'usage. Pendant le sermon, elle n'est pas concentrée et son esprit se met à voguer ; elle n'écoute pas grand-chose du discours du prêtre et se demande qui elle va rencontrer à la sortie de l'église car après la fin de la messe, les paroissiens se saluent et continuent à discuter souvent un bon quart d'heure.

Elle reste absorbée dans ses pensées jusqu'à la communion. Ses deux garçons trouvent le temps long et commencent à chahuter ; elle leur fait les gros yeux, puis les réprimande. Après le « *Ite missa est* » de conclusion, le prêtre, au lieu de retourner directement à la sacristie, vient la voir pour lui dire des mots de réconfort, suite à l'inhumation de son mari. Elle est touchée de cette attention mais le prêtre est bavard et elle craint de manquer des personnes avec qui elle aurait aimé discuter sur le parvis de l'église. La conversation finit par se tarir et elle peut enfin sortir. Grosse déception, il n'y a plus personne ! Le trajet du retour avec ses enfants les fait passer devant le cimetière :

— Venez, on va entrer pour faire une petite prière sur la tombe de votre papa.

Françoise en profite pour leur parler de leur père qui est au ciel et veille sur eux. Quand ils sortent du cimetière, une voix se fait entendre :

— Bonjour Françoise, comment ça va ? et les enfants en forme ?

— Oh ! Georges ! Vous aviez disparu ! Ça me fait plaisir de vous voir !

— Oui je suis désolé, j'ai dû aller à Paris précipitamment pour diverses affaires. Ce n'était pas prévu. J'ai reçu un télégramme. Je n'ai pas pu vous prévenir. Je vous présente mes excuses. J'ai eu la confirmation officielle du décès de mon épouse à Ravensbrück en mars dernier. Je m'y attendais mais ce n'est pas pareil d'en être sûr.

Françoise lui présente ses condoléances et l'embrasse sur les deux joues. Ils marchent ensemble en direction de leurs demeures respectives. Au moment de se quitter, Françoise dit à Georges :

— Venez déjeuner samedi prochain, si vous êtes libre. Je vous montrerai ma maison. J'aimerais avoir votre avis sur certains agencements.

— Oui très bien. Ça me fait plaisir, je viendrai. Mais ne vous dérangez pas trop pour le repas, je ne suis pas un ogre ! J'apporterai du vin rouge.

Le samedi arrive vite. Il est toujours difficile de trouver de la nourriture. Françoise a pu avoir un poulet et des pommes de terre. Dans son jardin, elle cueille des fruits pour en faire une salade. Quelques ronds de saucisson cuits à l'ail font une entrée. Un habitant du village lui a fait cadeau d'un fromage blanc avec un peu de crème fraîche.

Il fait beau et chaud en ce jour d'été à Morleau. Françoise s'habille légèrement mais avec sobriété, un corsage blanc et une jupe grise. Un collier berbère incrusté de pierres rouges et jaunes qu'elle a ramené d'Algérie. Un peu de rouge à lèvres tirant sur le carmin aussi. Un chignon haut sur la tête. De la sobriété mais beaucoup de distinction dans sa tenue.

Georges est ponctuel et fait sonner la cloche de la maison de sa voisine à 12h30 précises. Lui aussi s'est habillé avec simplicité. Il est svelte et sa chemise bleue lui va bien. Il a rasé sa moustache et paraît plus jeune qu'avant. On lui donne 45 ans, pas plus ! Les enfants ont promis d'être sages et les deux ainés déjeunent à table avec eux mais ils n'ont pas le droit de parler. Romain, le plus jeune, fait la sieste. Agnès qui a douze ans a tenu à mettre sa plus jolie robe.

Pendant le déjeuner, la conversation porte beaucoup sur la reconstruction de la France, les prochaines élections législatives qui vont avoir lieu dans deux mois. Ce sont les premières élections nationales depuis la reddition allemande. Les femmes et les militaires ont le droit de voter. Françoise n'a encore jamais voté. Elle n'a pas de mari pour lui dicter sa conduite et entend bien se faire une opinion par elle-même.

Après le repas, Françoise fait visiter sa maison à Georges qui semble très intéressé. Il fait des suggestions de réagencement de certaines pièces comme s'il allait y vivre bientôt. A l'étage, elle lui montre toutes les chambres y compris la sienne qui a une double vue, sur la plaine de la Saône au sud et vers la côte et les carrières de Chassagne au nord.

— Vous devez être très bien dans cette grande chambre lumineuse ? lui dit Georges

— La chambre est belle. Mais je m'y sens un peu seule, répond-elle en soupirant

Georges lui sourit, compréhensif. La visite se termine par celle du bureau-bibliothèque installé dans la tour d'angle.

— J'aimerais beaucoup avoir un bureau comme celui-ci, ajoute Georges.

Ils sont seuls et Georges continue :

— Nous devrions peut-être songer à joindre nos solitudes. Je pourrais être un nouveau père pour vos enfants ? Nous sommes tous les deux veufs. Je suis plus âgé que vous mais peut-être pas trop ? Vous croyez que j'aurais mes chances ?

Françoise n'en revient pas de ce qu'elle vient d'entendre, d'autant plus qu'elle trouve du charme à son voisin, Georges, même s'il a pas loin de vingt ans de plus qu'elle. Mais elle sait qu'elle ne doit pas se jeter dans les bras de quelqu'un qu'elle connaît mal et dont la passé est quelque peu sulfureux. Elle lui fait cependant une réponse plutôt encourageante :

— Apprenons à nous connaître, nous verrons ce qu'il en ressortira.

Georges quitte ensuite Françoise, assez gaillard, lui proposant dans trois jours une promenade à Verdun sur le Doubs avec la perspective de se baigner dans la Saône, avec les enfants, si le temps s'y prête.

Revenu chez lui, Georges se met à rêver. Il se voit déjà quasi châtelain dans la maison de Françoise qu'il trouve belle femme et très distinguée. Bien sûr, il a quelques secrets à cacher, mais ils ne devraient pas être trop difficiles à dissimuler. De son côté les avances discrètes et respectueuses de Georges ouvrent de nouvelles perspectives à Françoise qui commence à voir Morleau d'un autre œil.

C'est avec un pique-nique qu'ils partent tous les cinq en voiture jusqu'à Verdun, le jour dit. Une trentaine de kilomètres qui sont vite franchis avec la 202 Peugeot de Georges. Tout le monde chante dans la voiture. Les enfants adorent se baigner. Le bord de mer était très agréable en Algérie et la mer chaude. A Verdun, le Doubs se jette dans la Saône où une petite plage a été aménagée. Un toboggan en bois, assez haut, permet aux audacieux de glisser vers l'eau à toute vitesse sur un charriot à roulette. Agnès et Michel n'ont pas peur et font plusieurs descentes. Françoise et Georges se sont mis en maillot de bain dans une des petites cabines en bois réservées aux baigneurs. Tous les deux se regardent discrètement et analysent du coin de l'œil leurs anatomies respectives. Ils se trouvent bien faits. Georges est musclé, presque athlétique. Les formes de Françoise sont harmonieuses. Son maillot noir une pièce, mouillé après un premier bain, lui colle à la peau et laisse deviner une poitrine encore ferme dont les tétons pointent sous le tissu. Georges ne peut s'empêcher de lui dire :

— Vous avez suggéré que nous apprenions à nous connaître. Je crois que nous sommes sur la bonne voie ! Votre maillot vous va très bien, vous êtes charmante !

Françoise ne répond pas mais sourit tout en pensant que ce Georges n'est pas désagréable lui non plus à regarder dans son maillot bleu marine. Après le déjeuner, les enfants jouent ensemble pendant que les adultes profitent du soleil. Il doivent attendre au moins deux heures après avoir déjeuné avant de retourner dans l'eau pour ne pas troubler la digestion. Vers cinq heures, ils vont tous prendre un dernier bain puis un goûter dans une pâtisserie de Verdun.

Deux jours plus tard, Georges invite Françoise et ses enfants à une grande marche jusqu'à la Roche Dumay en partant de Morleau. Près de six kilomètres. Romain est resté au village gardé par une voisine, étant encore trop petit pour une telle promenade. Ils passent d'abord par Puligny puis montent jusqu'au hameau de Blagny. Leur route continue ensuite en direction de Gamay ; ils obliquent sur la droite pour monter vers une caverne creusée dans la colline. Georges a pris des victuailles dans un sac à dos. En chemin, il joue à cache-cache avec Agnès et son frère dans les vignes qu'ils traversent. Françoise apprécie de voir ses enfants heureux de se divertir avec ce monsieur très à l'aise avec eux.

Georges raconte à Françoise qu'à la fin de la guerre il est resté caché plusieurs semaines près de la caverne, avec une réserve d'explosifs que les allemands n'ont jamais trouvée. Il lui fait même une confidence :

— J'ai toujours une planque tout près d'ici. J'y ai caché beaucoup d'argent. De l'or ! Mais ne le dîtes à personne !

Quand ils se quittent, Georges serre fort Françoise et lui fait sur la joue un baiser d'au revoir en murmurant « j'ai beaucoup de chance de vous avoir sur mon chemin ». Françoise est sous le charme et se demande où ceci va la mener.

Le lendemain matin, Françoise a des soucis. La pompe qui amène l'eau dans sa cuisine est désamorcée. Plus d'eau dans la maison, c'est la catastrophe ! Elle ne sait que faire et décide d'aller demander de l'aide à son voisin Georges qui lui semble tout à fait au fait des problèmes techniques. La porte de la maison est entrouverte. Elle se permet d'entrer. Il n'y a personne dans la grande pièce à vivre mais elle entend des voix qui doivent venir de la chambre de Georges et de la musique issue d'un tourne disque. Elle s'avance et entend une voix dire :

— Georges je suis très heureux de t'avoir retrouvé. C'est comme si ces horribles années qui nous avaient séparés n'avaient pas existé.

Françoise, curieuse, va jusqu'à une porte mi close. Elle y aperçoit un grand lit sur lequel reposent deux hommes. Elle reconnaît

Georges, entièrement nu. A côté de lui est allongé un homme plus jeune, nu lui aussi, dont le visage est dissimulé par les draps. Elle n'en croit pas ses yeux quand elle les voit s'embrasser sur la bouche, s'étreindre, certains détails de leur anatomie ne laissant pas planer le doute quant à leur excitation mutuelle. Françoise, horrifiée, s'en va , très mal à son aise. Sa conclusion est sans appel, Georges a peut-être été marié deux fois, mais il aime aussi les hommes. Elle est tombée sur un charmant voisin qui lui a quasiment proposé le mariage mais ce monsieur aime aller au lit avec des hommes. C'est inouï ! Quelle déception ! Et qui est ce monsieur si tendre avec lui ? Elle retourne chez elle consternée, ne sachant pas si son voisin s'est rendu compte de sa présence quand elle a ébauché un cri de stupéfaction.

42
PARIS, FRANCE, SEPTEMBRE 1945

Victoria a fait le grand saut dans l'inconnu. Elle s'est décidée à louer un appartement à Paris pour venir y habiter. Elle vient juste d'emménager avec ses deux jumeaux et Peggy, sa cousine, qui va continuer à s'occuper d'eux. Son ami Serge a été de parole. Il lui a trouvé un appartement à louer en face des jardins du Luxembourg.

Victoria n'a pas pu recevoir de courrier de Phil car après son arrivée à la fin du mois d'août, elle a séjourné plusieurs jours à l'hôtel et n'a pas eu le temps de transmettre son adresse temporaire. Ce matin, elle écrit cette lettre pour lui faire la surprise de son installation :

Si cher Phil,
Une grande nouvelle ! J'ai changé d'adresse. Ma nouvelle rue porte le nom d'un des plus célèbres aviateurs français. J'habite maintenant au 14 bis rue Guynemer. Oui je suis à Paris, domiciliée dans le 6ème arrondissement ! C'est Serge, un vieil ami d'origine russe qui m'a trouvé cette location au 5ème étage d'un bel immeuble haussmannien, comme vous dîtes. La vue sur les jardins du Luxembourg est superbe. J'ai aussi au 6ème étage une grande pièce sous les toits, très lumineuse, qui va me servir d'atelier pour mon travail de peinture. Peggy est venue avec moi et va continuer à m'aider pour les jumeaux qui vont très bien et saluent chaleureusement le colonel Destivel. Maintenant, il ne me manque plus que toi. J'ai hâte de te retrouver dans ta belle capitale...

Victoria aurait aimé être en face de Phil au moment de la lecture de cette lettre. Mais, bien sûr, ce n'est pas possible ! Il lui semble très épris et son envie apparaît grande de trouver une solution pour qu'ils puissent continuer à vivre leurs amours si perturbées par la guerre depuis leurs débuts.

Certaines inconnues de taille viennent compliquer leur situation. A sa sortie de l'hôpital de Rauceby, Phil va rentrer en France. A ce moment-là, quelle affectation va-t-on lui proposer ? Victoria a été mariée au colonel Miller et elle est bien placée pour savoir que les officiers peuvent être envoyés dans les quatre coins du monde surtout par les grandes puissances coloniales comme la France et l'Angleterre. Peut-être a-t-elle pris trop rapidement sa décision de quitter Londres. Une décision plus affective que raisonnée.

Heureusement pour Victoria, sa vie parisienne est bien remplie. Peu de temps pour ruminer sur les incertitudes de son avenir. Son ami Serge est très présent et l'aide à renouer avec le milieu des peintres de l'abstraction dont la production est maintenant stimulée par la fin de la guerre. Dans trois jours, elle est invitée au vernissage d'une exposition à la galerie Jean-Louis, avenue de Messine. Des tableaux de plusieurs artistes, jeunes et moins jeunes, y seront exposés ; elle espère y rencontrer leurs auteurs, de même que Jean-Louis Raqué, le galeriste.

Le jour du vernissage, son ami Serge vient la chercher chez elle pour l'accompagner. Il connaît beaucoup d'artistes et a promis à Victoria de la présenter à des personnes qui pourraient l'aider. Ce vernissage a attiré beaucoup de monde. Le champagne est servi sans limites. Les gens se parlent devant les tableaux. Victoria remarque plusieurs toiles qui lui plaisent beaucoup notamment une, signée Poliakoff, un peintre qu'elle a connue à Paris avant la guerre. Ils avaient longuement bavardé d'art abstrait. Poliakoff lui avait donné force conseils qu'elle avait suivis à l'époque pour ses propres créations.

— Nicolaï, viens ici ! Je te présente Victoria, une grande amie, une artiste britannique qui vient d'arriver à Paris. Elle ne supportait plus que nous soyons séparés ! Je l'adore ! Victoria, je te présente le baron Nicolaï Vladimirovitch Staël von Holstein[6]. Tu as vu son tableau là-bas ? Un peu sombre peut-être, mais fantastique.

Nicolaï vient saluer Victoria qui lui demande de lui commenter son tableau. Elle trouve cet artiste d'une trentaine d'année très à son goût, vraiment bel homme, encore plus beau que ses peintures ! Ils passent une demi-heure à bavarder ensemble. Elle lui donne son adresse et lui suggère de venir la voir quand il aura un instant. Elle aura plaisir à lui montrer les quelques tableaux qu'elle a peints récemment.

Serge la présente aussi au propriétaire de la galerie, Jean-Louis, un

---

[6] *Le peintre Nicolas de Staël.*

homme sérieux, coiffé en brosse, une cinquantaine d'années ou un peu plus. Spontanément, celui-ci demande à Victoria son adresse à Paris. Il aimerait voir ce qu'elle crée, étant toujours à la recherche de nouveaux talents pour l'exposition qu'il prépare et qui doit avoir lieu en novembre prochain. Victoria l'invite à passer la voir quand il le souhaitera, plutôt à l'heure du déjeuner.

Ensuite Serge propose à Victoria d'aller dîner à Montparnasse avec plusieurs peintres d'origine russes et leurs compagnes. Elle ne se fait pas prier pour accepter et remercie Serge :

— Tu es merveilleux de me faire connaître tout ce monde. Ils sont si gais. Paris est comme avant la guerre. Je ne regrette pas ma décision d'être venue habiter ici.

— Tu vas voir, j'ai entendu quelques commentaires dans la galerie. Beaucoup t'ont trouvée très attirante. Tu ne vas pas t'ennuyer maintenant que tu es veuve et libre ! Je vais être jaloux quand ils vont tous te tourner autour !

Quand elle rentre chez elle à pied, après ce dîner avec des artistes, le moral de Victoria est au plus haut. Grâce à son ami Serge, elle a déjà des contacts avec le directeur d'une galerie qui expose les créations de peintres peu conventionnels. Sa cousine Peggy n'est pas encore couchée quand elle ouvre la porte de son appartement. Elles se mettent à papoter en Anglais et à se raconter leur journée. Victoria lui fait part de ses nouveaux contacts avec beaucoup d'enthousiasme :

— Je pense que Jean-Louis, le directeur de la galerie où j'étais cet après-midi, va venir ici un de ces jours pour voir mes tableaux. Tu te rends compte, si une de mes toiles lui plaisait ! Il m'a dit qu'il pourrait la faire figurer dans sa prochaine exposition de novembre. Ce serait formidable ! Je vais me mettre au travail d'arrache-pied pour avoir suffisamment de toiles à lui montrer.

Peggy n'est pas en reste en matière de confidences et lui raconte que pendant l'après-midi, quand elle est allée au Luxembourg avec les jumeaux, un homme plutôt jeune s'est assis sur un banc à côté d'elle et a engagé la conversation.

— Il était vraiment sympathique. Un breton qui parle très bien notre langue. Nous avons discuté en anglais. On doit continuer notre conversation la semaine prochaine, sur le même banc au Luxembourg. J'en saurai plus sur lui, s'il vient à notre rendez-vous.

Deux jours après le vernissage, à quatre heures de l'après-midi, Victoria est dans son atelier, en tenue de travail, équipée d'un grand tablier blanc déjà couvert de tâches de peinture. Elle colorie de jolies formes géométriques préalablement dessinées au fusain pendant que Peggy promène les deux bébés au Luxembourg. Elle entend la sonnette de l'appartement retentir, va ouvrir et reconnait Jean-Louis Raqué :

— Entrez Jean-Louis. Excusez ma tenue, j'étais en train de travailler dans mon atelier. Suivez-moi, je vais vous montrer mes toiles.

Victoria a six toiles à lui présenter. Pour se justifier, elle lui raconte une partie de son histoire, ses œuvres détruites à Gaitford par un chasseur allemand qui s'est écrasé sur son atelier, sa venue à Paris avec ses enfants :

— Ah ! vous avez des enfants, vous êtes mariée. Je vous pensais célibataire.

— Je suis veuve. Mon mari est décédé il y a quelques mois. J'étais enceinte. J'ai eu des jumeaux après sa mort. Ma cousine est venue avec moi à Paris. Elle s'en occupe beaucoup. C'est grâce à elle que je peux continuer à peindre.

Jean-Louis s'attarde devant un de ses tableaux, une composition abstraite terminée la veille, alliant des formes allongées, régulières et colorées avec douceur de plusieurs nuances de vert et de gris. L'ensemble est vraiment harmonieux.

— Vous me laissez emporter celui-ci ? J'aime beaucoup. Si vous êtes d'accord, je l'exposerai lors de l'exposition de novembre. On reparlera d'un prix de vente. Il me faudra aussi quelques éléments biographiques. L'histoire de la destruction de vos tableaux par un avion allemand est touchante. Il ne faudra pas l'omettre. Mais permettez-moi une question : vous avez des ressources suffisantes pour vivre et assez de temps à consacrer à la peinture ?

— Oui je suis à l'aise financièrement et je peux consacrer plus de la moitié de mon temps à la peinture. Vous savez, j'ai envie de rattraper le temps perdu.

Jean-Louis repart, la toile sous le bras, la laissant totalement abasourdie. Exposer avec les grands peintres de l'abstraction, à peine arrivée à Paris ! Un galeriste renommé qui lui fait confiance. Quel bonheur ! Il faut qu'elle mette Phil au courant tout de suite. Elle lui écrit sans attendre, lui racontant ce qui vient de lui arriver.

43
RAUCEBY, ROYAUME UNI, SEPTEMBRE 1945

Phil commence à sortir de sa torpeur et découvre avec étonnement sa chambre d'hôpital et ses bandages. Depuis quelques jours, il n'a pas eu de douleurs. Les médecins ont commencé à diminuer les doses de sédatifs qu'ils lui administrent depuis trois semaines. Ils ont eu peur pour sa vie mais heureusement le tétanos est finalement resté localisé à ses membres. Ses muscles respiratoires n'ont pas été touchés. Péniblement, il demande à l'infirmière qui s'occupe de lui quel jour on est. Elle lui explique :

— On est le 12 septembre ; vous êtes dans cette chambre depuis trois semaines. Je vois que vous allez mieux ce matin. Vous avez attrapé le tétanos mais vous allez guérir. Vous l'avez échappé belle ! Et du côté de votre greffe tout va bien. Regardez, vous n'avez plus qu'un pansement léger et la plaie de votre cuisse qui a servi pour le greffon, est complètement cicatrisée.

Phil fait un grand effort pour rassembler ses idées et demande s'il a eu du courrier pendant cette période. L'infirmière quitte sa chambre et revient avec deux lettres :

— Colonel, on a prévenu votre famille que vous aviez des problèmes de santé qui vous empêchent d'écrire, mais on ne leur a pas dit que vous avez contracté le tétanos.

Phil n'a pas assez de force pour ouvrir les lettres et les lire et il demande à l'infirmière de le faire à sa place. Mais les lettres sont écrites en français et Phil a bien du mal à comprendre ce qu'elle lui lit. La première lettre est de Maggy. Tout semble aller bien à Paris et les enfants vont bientôt reprendre les cours.

Quand il voit que la seconde lettre est de Victoria, son visage s'éclaire. A la première lecture, il ne comprend rien de ce que lui lit l'infirmière. Finalement, il lui demande la lettre et réussit à la lire tout seul. Apprendre qu'elle a fait le grand saut et habite maintenant à Paris lui fait extrêmement plaisir. Il ne peut s'empêcher de trouver stupide la situation actuelle : Lui, Français au milieu de l'Angleterre, confiné dans une chambre d'hôpital et elle, sa chérie, à Paris à l'attendre avec les jumeaux !

L'état physique de Phil s'améliore ce qui lui permet d'enclencher la rééducation de sa main. Son chirurgien lui a donné une balle en mousse pour qu'il la malaxe toute la journée. A la fin de la troisième semaine de septembre on lui enlève ses derniers pansements. La zone greffée a cicatrisé harmonieusement et l'apparence de sa main droite est quasi normale. Il n'en revient pas.

Un jour, on vient lui annoncer de la visite et il a la surprise de voir arriver John Luxley :

— Hello Phil ! j'ai encore eu du mal à vous trouver. J'ai appelé la base de Gaitford pour avoir votre adresse et me voici ! Oh ! mais votre main droite est impeccable ! Ils savent vraiment bien s'occuper des brûlures ici. Je suis content pour vous. Vous allez bientôt rentrer en France ?

— Oui, à la fin de la semaine prochaine, je pense. Sept mois d'hôpital en tout, pour mes deux séjours à Rauceby. Vous ne pouvez pas savoir comme c'est long ! En plus, j'ai attrapé le tétanos. J'ai eu de la chance d'en réchapper. Je suis juste guéri. Maintenant je vais pouvoir retrouver mes enfants, mes amis et reprendre une vie normale. C'est gentil de venir me voir. Et vous, comment allez-vous ? Je vois que vous marchez sans canne maintenant.

— J'ai complètement récupéré de mes fractures. Quelques cicatrices résiduelles ; ce n'est pas grand-chose. J'ai repris mes fonctions à l'université d'Oxford mais j'éprouve le besoin de bouger. J'ai postulé pour aller aux Etats-Unis à Princeton ; je viens de recevoir une réponse négative. Je suis en train de me renseigner pour aller ailleurs.

Phil et John continuent à bavarder de la fin de la guerre, de la bombe atomique. Tous les deux ont fait partie des armada de bombardiers qui partaient en direction de l'Allemagne, chacun avec ses propres armements, contribuant au succès des opérations. Tous les deux sont frappés par la rupture induite par la destruction d'Hiroshima. John résume bien la situation :

— A la limite en ce moment, un seul avion, un seul pilote, une seule bombe suffisent pour gagner une guerre. La suprématie des USA est écrasante tant qu'ils sont seuls à posséder la technologie nucléaire. Que va-t-il se passer quand un autre pays va disposer de ce type de bombe ? J'imagine que les scientifiques russes sont en train de s'activer. Les pressions exercées sur eux doivent être énormes.

Phil est aussi perplexe que John devant cette nouvelle situation.

Phil, devenu le chouchou de l'équipe paramédicale, obtient la permission de garder John à déjeuner dans sa chambre. L'infirmière leur donne même une bouteille de vin rouge pour agrémenter leur repas.

Phil n'a pas bu d'alcool depuis plusieurs semaines et le mélange des sédatifs avec le vin fait vite son effet. Phil perd un peu de sa retenue et se met à faire des confidences à John.

— Savez-vous John, que vous avez bouleversé ma vie, le jour où nous nous sommes rencontrés ? Vous vous souvenez ? Vous avez démontré mathématiquement, avec un simple calcul de probabilité, que j'avais moins d'une chance sur deux de m'en sortir vivant !

— C'était le jour où nous nous sommes rencontrés, le jour de mon accident avec le V1 qui ne m'a pas loupé ! Mes souvenirs sont très flous. En quoi ai-je bouleversé votre vie ? J'ai l'impression que ce jour-là, c'est plutôt moi qui étais bouleversé, haché menu même !

— Non, je vais vous expliquer. J'ai rencontré une belle anglaise, la femme d'un colonel mais son mari était prisonnier en Allemagne. Nous étions attirés l'un par l'autre mais je trouvais que c'était vraiment mal de séduire la femme d'un officier allié, prisonnier en Allemagne de surcroît. Je m'y refusais absolument. Puis éclairé par vos calculs, persuadé que j'allais y rester, j'ai changé d'avis et j'ai décidé de vivre intensément les jours qui me restaient.

— Et ensuite ? Votre vie a vraiment été chamboulée ?

— Oui vraiment car cette femme et moi nous sommes tombés amoureux. Son mari s'est évadé d'Allemagne mais il est mort peu après son retour. Après, on s'est revus.

— Et alors ?

— Je vous raconterai la suite un autre jour si nous nous revoyons.

John est délicat et ne cherche pas à en savoir plus, même s'il meurt d'envie de savoir si Phil continue à voir sa belle conquête.

— Mais vous, John, parlez-moi un peu plus de vous puisqu'on est dans les confidences.

— Moi, je commence à m'intéresser à la politique. Je trouve notre système social très injuste. J'ai envie de militer pour plus d'égalités entre les citoyens. A Oxford, j'ai un ami mathématicien qui m'emmène à des réunions. C'est intéressant. Je suis en train de lire un livre de Karl Marx pour me cultiver. C'est quelquefois plus difficile à comprendre que les mathématiques ! Cette guerre nous a rapprochés des Russes qui ont été nos alliés et des combattants formidables.

Tous les deux restent encore à discuter jusqu'au milieu de l'après-midi. Quand John est sur le départ, Phil lui donne son adresse à Paris pour qu'il lui envoie des nouvelles, s'il a le temps.

Les derniers jours de Phil à Rauceby passent vite. Son séjour à l'hôpital se termine à la fin du mois de septembre. Un Halifax de la base de Gaitford, le ramène à Paris. Il est soulagé d'être arrivé au bout de cette épreuve et content de sa main toute neuve. Il n'a aucune séquelle esthétique ou fonctionnelle de ses brûlures et se sent prêt pour une nouvelle vie.

44

MARSEILLE ET COTE D'AZUR, FRANCE, SEPTEMBRE 1945

— Wilhelm, mets toutes tes affaires dans cette valise, on s'en va dans une heure. Une surprise !

— On s'en va mais pourquoi ? On est bien, ici !

Georges Guérin est aux abois à Morleau ! Il a entendu un cri dans sa maison, et les pas d'une personne qui s'en allait. Une personne rentrée chez lui les a vus ensemble, au lit, tout à leur plaisir. Mais Georges n'a pas pu distinguer qui était l'intrus ou l'intruse qui les a découverts. Si c'est sa voisine Françoise avec qui il a envie de se remarier, c'est catastrophique ! Tous ses plans sont à l'eau. Elle risque de raconter leur histoire et de susciter l'indignation. Si l'intrus est un autre habitant de Morleau, la nouvelle va faire le tour du village et bonjour les railleries, les quolibets et même les injures ! Georges n'a pas beaucoup de temps pour réfléchir. D'abord s'en aller avec Wilhelm ! Ensuite, il avisera.

Georges pense que Françoise est l'intruse ! Il faut lui clouer le bec, afin qu'elle garde pour elle ce qu'elle a peut être vu. Georges prend du papier à lettres et un crayon.

Chère Françoise,

Des évènements imprévus m'obligent à quitter Morleau sur le champ. J'ai appris que d'anciennes relations au courant de mes actions dans la Résistance, veulent ma peau et sont à ma recherche. Ne parlez-pas de nos relations et projets, ni de moi, à qui que ce soit, ils risqueraient de s'en prendre à vous et à vos enfants. Je vous enverrai une lettre plus détaillée avec mon adresse pour que nous puissions correspondre. J'espère que vous comprendrez le sens de cette missive.
Affectueusement Georges

Georges va déposer cette lettre ambigüe dans la boite à lettres de sa voisine, sans être vu.

Une heure plus tard, Georges et Wilhelm sont en voiture,

direction le Sud de la France. Georges explique à son compagnon qu'il préfère quitter le village de Morleau pour un temps, craignant la police française et ne souhaitant pas être interrogé sur ses activités au sein du Parti Populaire Français pendant les premières années de la guerre.

Ils arrivent à Lyon dans la soirée, dorment à l'hôtel dans deux chambres différentes et repartent au petit matin. Georges promet à son ami qu'il ne sera pas déçu ce soir, en arrivant au bout de leur périple. Il précise qu'ils vont séjourner un temps sur la Côte d'Azur sans lui indiquer leur destination exacte et qu'ils vont pouvoir prendre du bon temps. Wilhelm ne connaît pas cette partie de la France, mais il en a entendu parler. Ce sont comme des vacances imprévues qui s'offrent à lui en compagnie de l'ami de son cœur.

Ils parlent peu et restent longtemps sur une route nationale avant d'emprunter de petites routes que Georges semble bien connaître. Jamais il n'a besoin de consulter une carte routière ou de demander son chemin. Wilhelm somnole en début d'après-midi, après leur pique-nique, bercé par le ronronnement du moteur. Georges respecte sa sieste pendant près d'une heure puis lui dit très gentiment :

— Réveille-toi ! On arrive bientôt. Ici, il faut absolument que je t'appelle William et que tu t'y habitues. Le mieux est que nous parlions anglais ensemble. N'oublie pas que tu es américain ! Il ne faut pas que l'on soupçonne ta véritable nationalité. Tu n'oublieras pas ?

— *OK boss* ! lui répond son ami, tout sourire.

Encore, un quart d'heure de voiture. A proximité d'un village, Georges prend un chemin de terre sur la gauche. Il y a beaucoup de pins parasol et quelques jolis villas clairsemées, visiblement délaissées par leurs occupants. Le ciel est tout bleu, il fait une douce chaleur, on entend le bruit des cigales dans les jardins. Georges s'arrête devant un portail et sort de la voiture, un trousseau de clefs à la main. Le portail s'ouvre sans difficulté. Il rentre la voiture et la gare dans un espace où elle ne peut pas être vue de l'extérieur. Tous les deux marchent ensuite jusqu'au bout d'un chemin sinueux qui se rétrécit progressivement. Ils arrivent à une petite maison sans étage que l'on ne distingue pas de la route:

— Surprise ! Je te présente ma maison du Sud de la France ! J'en ai fait l'acquisition, deux ans avant la guerre. L'endroit est très peu fréquenté. On est près d'une ville qui s'appelle Cassis. Tu verras, l'endroit est merveilleux. Ici on est à deux cents mètres de la Méditerranée. La côte est belle. Je n'y suis pas revenu depuis la mi 42, plus de trois ans ! Le jardin est en friche. Viens ! On va voir dans quel état est la maison.

La serrure n'a pas été fracturée. Un miracle ! La végétation exubérante d'un jardin non entretenu a dû décourager d'éventuels visiteurs. L'intérieur de la maison est très simple : des murs blanchis à la chaux, une cuisine, une chambre et une petite pièce avec un divan et deux vélos. Une douche installée à l'extérieur permet de se rafraichir. Une fois les robinets ouverts et le compteur électrique enclenché, l'eau coule et les ampoules veulent bien éclairer. Dans les armoires, Georges retrouve sa vaisselle, des draps et des couvertures pour les lits.

Ils ont vite fait de faire le ménage. Georges s'occupe de récurer la cuisine et William balaie. Ensemble, ils mettent des draps dans le grand lit de la chambre. Tous les deux sont joyeux de se retrouver à l'écart du monde.

— Viens, on va faire une balade autour de la maison. Il y a des beaux sentiers pas loin d'ici.

Ils progressent lentement en direction du Nord, car le sentier n'est plus entretenu. Ils doivent contourner des ronciers qui ont eu le temps de se développer. Georges a pris un bâton dont il se sert pour écarter les branchages qui les gênent.

— Regarde où l'on arrive. Ici c'est cultivé. Des vignes. Il y a du bon vin à Cassis. Du rouge et du blanc. Ces collines sont tellement belles. On reste en retrait car il y a des vignerons en ce moment avec les vendanges qui sont proches.

William admire les collines alentour, toutes plantées de vignes. Ils se font une litière avec de hautes herbes très sèches puis s'allongent l'un à côté de l'autre et se tiennent par la main. William dit à Georges :

— Je ne regrette pas d'avoir pris tant de risques pour te retrouver. On est tellement bien ici tous les deux.

Ils restent ainsi une bonne heure, se parlant tendrement, récitant des poèmes à voix basse en allemand et en français. Ils font aussi des projets pour les jours qui vont suivre.

— Demain matin, nous irons au village. Je te montrerai le bord de mer, le port. Il y a sûrement des restaurants ouverts. Un autre jour, on ira voir les calanques. Tu verras, c'est incroyablement beau.

Leur soirée est chaude. Après un bon dîner pris sur des couvertures, dans un coin du jardin qu'ils ont débroussaillé, ils ont vite fait de se retrouver dans la chambre à l'abri des regards et de manifester leur attirance mutuelle. En fin de matinée le lendemain, Georges et William marchent ensemble jusqu'au village. Il y a du monde dans les rues, beaucoup de travaux. Des ouvriers, torse nu, enlèvent des gravats, sans doute des séquelles de la guerre.

— Au bout de cette rue, on arrive au port. La vue est très belle. Et on pourra acheter du poisson.

Georges aime rejoindre le port par cette rue un peu sombre qui s'éclaircit brusquement quand on atteint la mer. La guerre lui semble déjà loin. Il est heureux de faire découvrir la Côte d'Azur à son ami, jeune et tellement beau.

Quand ils arrivent au bout de la rue, Georges n'en croit pas ses yeux. Deux gros bateaux gisent sur le flanc à l'entrée du port et donnent une atmosphère de désolation à ce lieu si attachant. Georges demande à un passant :

— Excusez-moi, Monsieur, ces bateaux, vous savez quand ils ont été coulés ?

— Ces bateaux ? Le plus gros, c'est le Sampiero Corso. Il fait plus de 100 mètres de long. C'est un bateau récent. Il emmenait les passagers en Corse. Le second, le plus petit, c'est le Président Dal Piaz. Comme les Allemands manquaient de bateaux, ils les ont réquisitionnés et incorporés dans leur flotte. Mais ces navires ont été torpillés en juin 44, le 22 si je me souviens bien.

— Torpillés ou sabordés ? Pourquoi les Allemands ont-ils détruit des bateaux qui leur étaient utiles ?

— Non, c'est un sous-marin allié qui les a torpillés avant le débarquement de Provence, pour affaiblir la flotte des Allemands. C'était justifié mais maintenant ça gâche toute le vue ici et ça gêne les pêcheurs.

Georges est déçu. Il faudra probablement des mois avant que l'on arrive à redonner à ce port son bel aspect d'avant la guerre.

Le lendemain, Georges et William vont jusqu'à Marseille. Il ne s'agit pas de visiter la ville mais de retrouver Giorgio, une relation de Georges, susceptible de faire fabriquer un faux passeport américain pour William. Giorgio tient le café de la Victoire récemment ouvert près de l'Opéra. Georges et lui se sont connus et rendus des services dans le cadre du PPF quand ils étaient au mieux avec les allemands.

Giorgio a su ensuite, comme Georges, opter en 43 pour la résistance. Il a maintenant des contacts avec certains personnels du consulat américain. La demande que lui font Georges et William ne lui paraît pas incongrue. Simplement, il faudra payer et la somme annoncée n'est pas anodine. Les dollars, les pièces d'or sont acceptées, même encouragées mais pas l'argent français. Giorgio emmène William dans sa cave où il le prend plusieurs fois en photo. Ces photos seront utilisées lors de la fabrication du passeport qui devrait être prêt dans une semaine. Il semble habitué à ce type de transaction. Georges conclut l'entretien en lui remettant une enveloppe remplie de billets. La somme est recomptée. L'entretien aura duré une demi-heure.

Georges fait découvrir la Côte d'Azur à son ami. A pied, leurs balades les mènent sur des sentiers côtiers de bord de mer. Ils se baignent souvent, nagent beaucoup et restent à lire et à se dorer sur le sable de longues heures, sans être dérangés. Ils visitent des villes et passent plusieurs jours à Nice. Ils sont logés au monastère bénédictin de Cimiez où Georges a eu le culot de solliciter un moine qu'il avait connu juste avant la guerre. William adore cette ville et veut y rester le plus longtemps possible. Ils découvrent aussi Entrevaux vers l'intérieur, dans les Alpes de Haute Provence, qu'ils rejoignent en train à partir de Nice. Ils escaladent de petits sommets, reviennent fourbus et dorment comme des angelots. Ils ont bien sûr des interrogations sur leur avenir, mais ils savent chacun les mettre de côté pour que le temps passe sans le souci du lendemain. Des périodes comme celle-ci, on a pas l'occasion d'en avoir tant que ça dans une vie !

Au retour, ils repassent par Marseille voir Giorgio et récupèrent le passeport sur lequel William Robins est de nationalité américaine ; il est journaliste de profession. Plusieurs tampons attestent d'un usage de ce document depuis 44. Impossible de détecter un faux, assure Giorgio !

Revenus à Cassis, ils partent, un matin tôt, se promener dans les calanques. Après une heure de marche, ils descendent sur une plage déserte dont l'accès est difficile à cause de murets en béton construits par les allemands pour gêner d'éventuels débarquements de ce côté. Mais ils ont vite fait de franchir à pied ces petites fortifications surtout destinées à empêcher des véhicules à moteur de progresser trop vite.

Ils prennent plaisir à nager nus dans les eaux tièdes et à se sécher mutuellement à l'abri des regards. Leur intimité est cependant troublée par un groupe de huit hommes qui arrivent sur la plage, armés de pics et de pelles. Eux-aussi se déshabillent et commencent par piquer un plongeon. Ils sont très exubérants et crient fort en chahutant. William écoute :

— Tu entends, Georges ? C'est bizarre, ces ouvriers, ils parlent allemand !

— Ça ne m'étonne pas, ce sont des prisonniers de guerre. Il y en a plein en France. Certains ont été pris en Italie par les alliés puis envoyés en France. D'autres viennent d'Allemagne. Ici visiblement, on les emploie à détruire les fortifications construites sur ordre des nazis.

Georges ajoute sarcastique :

— Tu veux aller leur dire bonjour ?

— Tais-toi, ça me fait quelque chose de les voir ici à travailler alors que moi je suis en vacances !

— Ils sont mieux qu'en Allemagne. Je crois qu'ils touchent même un petit salaire. Le soir, ils doivent rentrer dormir dans une sorte de cantonnement mais dans la journée ils sont quasi libres. Ils doivent faire les tâches qui leur sont assignées mais souvent il n'y a personne pour les surveiller.

— Je préfèrerais qu'on s'en aille maintenant si tu veux bien ?

Ils se lèvent, s'habillent et remontent vers les murets. Ils doivent passer là où les prisonniers sont en train de travailler. Une pierre roule sous la chaussure de William qui trébuche et tombe par terre. Il ne peut s'empêcher de jurer et un cri tonitruant sort de sa bouche :

— *Cheise* [7]!

William s'est exprimé en allemand et tout le groupe le regarde étonné. Un des prisonniers le dévisage longuement, détaillant sa physionomie et lui dit en allemand en s'approchant de lui :

— Mais c'est Wilhelm ! C'est incroyable que tu sois là ! Je te reconnais malgré ta barbe. Que fais-tu ici ? Tu es libre toi ?

William le regarde interloqué puis se reprend et dit en anglais :

— Désolé, je ne comprends pas ce que vous dîtes.

Mais l'autre lui répond en mauvais anglais :

— Mais on s'est bien connus, aimés même. A Stalingrad, tu te souviens. Tu ne peux pas avoir oublié. Je reconnais la cicatrice sur

---

[7] *Merde*

ton cou. En plus tu dis des jurons en allemand.

William a effectivement une cicatrice de brûlure, à peu près circulaire, d'environ trois centimètres de diamètre, sur le cou. William ne s'arrête pas, franchit le muret et rejoint Georges qui n'a rien entendu de la conversation. Ils continuent leur promenade dans les calanques. William tarde un peu à raconter ce qui vient de se passer avec les prisonniers allemands puis se décide à parler :

— Tu n'as pas entendu ? Un des prisonniers allemands m'a reconnu ! Un hasard étonnant. Nous étions devenus amis à Stalingrad. Je lui ai répondu en anglais en disant que je ne comprenais pas l'allemand mais il n'a pas été dupe. Il se souvenait de ma cicatrice sur le cou !

Georges réfléchit quelques instants et son visage s'assombrit progressivement :

— Mais c'est catastrophique ce que tu viens de me dire ! On ne peut pas rester à Cassis. Il faut partir d'ici. Il faut même que nous nous séparions. Si la police française t'identifiait, je risquerais de me retrouver en prison pour longtemps et toi aussi !

Ils mettent fin à leur promenade. Georges décide de quitter les lieux après avoir fermé la maison. Au moment de partir, très sec, il donne de l'argent à son ami :

— Tiens voilà pas mal d'argent ! On va à la gare de Marseille. Tu vas prendre un billet pour Paris. On est obligé de se séparer. Désolé ! Maintenant c'est chacun pour soi !

William comprend que c'est la fin de leur idylle et reste sans voix. Arrivé près de la gare, Georges s'arrête.

— C'était bien entre nous mais on se quitte là ! On ne parle jamais de tout ça à personne. Bonne chance !

William se retrouve éberlué, seul sur le trottoir, une valise à la main et voit Georges démarrer en trombe. Il ne lui a laissé aucune adresse, aucune poste restante pour correspondre. William ne se précipite pas dans la gare et s'assied sur un banc. Il ne comprend pas que son ami l'ait laissé tomber brusquement comme une vieille chaussette, lui qui a pris tant de risques, parcouru tant de kilomètres pour venir le retrouver en France. Une rupture incompréhensible alors qu'ils étaient si bien ensemble sur la Côte d'Azur. Georges doit vraiment avoir beaucoup de choses à se reprocher pour avoir si peur d'être trouvé en compagnie d'un Allemand, porteur de faux papiers américains.

William reste longtemps à méditer sur son banc. Au bout d'une heure, il décide de rester encore un peu à Marseille et se trouve une chambre dans un hôtel discret à proximité du café où ils étaient allés voir Giorgio pour ses faux papiers.

Pendant ce temps, Georges conduit très vite sur des petites routes qui le mènent plein nord en direction de Lyon. Il ne regrette pas sa décision de laisser tomber William, même si les deux dernières semaines lui ont apporté beaucoup de plaisir. William était beau et gentil mais c'est tout de même à cause de ce putain d'Allemand que ses projets matrimoniaux risquent fort d'échouer. Il décide de revenir à Morleau parler à Françoise. Peut-être finalement ne l'a-t-elle pas vu au lit avec William ? Il veut s'en assurer avant de renoncer à elle.

Georges ne voit qu'au dernier moment la charrette tirée par un cheval qui obstrue la chaussée après un virage. Il donne un brusque coup de volant à droite pour l'éviter et vient percuter de plein fouet un platane planté en bord de route. Son front heurte violemment le pare-brise. Georges est tué sur le coup !

45
PARIS, FRANCE, OCTOBRE 1945

Le Halifax qui ramène le colonel Destivel en France se pose vers 16h sur l'aérodrome de Villacoublay. Une valise à la main, Phil descend les quelques marches de l'escalier mobile amené près de l'avion. En ce début du mois d'octobre, il fait déjà un peu frais sur la région parisienne. Pour se couvrir, il a enfilé son imperméable de l'armée de l'air. Il a belle allure habillé ainsi, coiffé de sa casquette ornée de galons dorés.

Les formalités sont rapides. Une voiture avec un chauffeur de l'armée l'attend pour l'emmener où il voudra dans Paris. Deux jours de liberté, avant son rendez-vous avec le chef d'état-major de l'armée de l'air.

— Conduisez-moi dans le 15ème arrondissement, au début de la rue Lecourbe, près du métro aérien. Vous connaissez le chemin ?

— Oui, mon colonel. Pas de problème.

Phil n'a prévenu personne de la date exacte de son retour. Quelle surprise à Maggy et à ses enfants quand il frappera à la porte de leur appartement dans moins d'une heure ! Enfin, il va pouvoir mener une vie normale après ces deux années passées en Angleterre. Une vie presque normale plutôt ! Le visage de Victoria lui vient à l'esprit et lui fait réaliser qu'il a encore du chemin à faire avant d'arriver à une harmonie de vie incluant Paul et Claire, ainsi que ses deux jumeaux qui ne portent pas son nom, Victoria qu'il aime, et sa mère qui ne va pas manquer de lui mettre des bâtons dans les roues. La partie va être d'autant plus difficile que depuis deux ans il s'est habitué à être parfaitement libre de ses décisions dans sa vie privée. Il est très impatient de retrouver Victoria, son amie si belle et affectueuse qui lui a fait la surprise de venir habiter à Paris. Il sent qu'il ne peut pas vivre sans elle. Pourquoi ne pas aller la retrouver tout de suite ?

— J'ai changé d'avis. Conduisez-moi rue Guynemer à côté des jardins du Luxembourg. J'irai rue Lecourbe, plus tard.

— A vos ordres mon colonel.

Arrivé à destination, Phil marche quelques instants dans les jardins et contemple l'immeuble où habite son amie. Il lui semble voir de la lumière au 5ème étage mais il n'est pas sûr que les fenêtres soient les bonnes. Dans l'immeuble, le hall est bien décoré avec plusieurs colonnes en marbre rose. Après s'être vu confirmer par le concierge que Madame Miller habitait bien au 5ème, il prend l'ascenseur et sonne à la porte, très ému de la situation. Peggy ouvre et le reconnait tout de suite :

— Oh ! Colonel, c'est une bonne surprise ! Ma cousine était inquiète de ne plus avoir de vos nouvelles. Cela va la rassurer. Mais Victoria n'est pas là pour le moment. Elle est sortie avec un de ses amis, depuis une heure, pour se dégourdir les jambes. Ils ne devraient pas tarder maintenant. Les jumeaux commencent à avoir faim. Il faut que j'aille préparer leurs biberons. Peut-être voulez-vous attendre dans le salon ?

Phil est déçu. Non il n'a pas envie de les attendre dans le salon mais de l'attendre elle et personne d'autre. « Et c'est qui d'abord cet ami ? Victoria vient d'arriver à Paris et elle a déjà des amis qui ne travaillent pas et viennent la voir en plein après-midi ? ».

Phil, pas très content, va rejoindre Peggy dans la chambre des enfants. Helen et George ont beaucoup changé depuis sa dernière visite à Londres. Ils ont bientôt cinq mois. Il donne le biberon à Helen pendant que Peggy s'occupe de George. La poupée sourit sans cesse au colonel Destivel et semble fascinée par ses galons dorés. Phil entend le bruit de la porte de l'entrée qui s'ouvre. Victoria dit à Peggy sans entrer dans la chambre :

— On monte dans l'atelier. A tout à l'heure.

Phil fait signe à Peggy de ne rien dire de sa présence. Il veut en faire la surprise à Victoria quand elle sera seule. Il trouve le temps un peu long, même s'il est occupé par la fin des biberons. George est dans ses bras. Un costaud, bien enrobé ! Peut-être un futur aviateur ! Au bout d'un quart d'heure, de nouveau des voix :

— Au revoir Jean-Louis. Merci encore d'emporter cette toile pour votre exposition. Je suis flattée.

— Vous êtes vraiment charmante. J'aimerais vous inviter à dîner. Vous voulez-bien ?. Nous irions dans un restaurant près des Champs Elysées. Samedi prochain ? Vous seriez d'accord ?

Victoria est étonnée de l'attention que lui porte son galeriste. Elle ne sait rien de sa vie privée. Il n'a pas parlé d'épouse. Mais ce Jean-

Louis qui apprécie ses tableaux, c'est peut-être la chance de sa vie de peintre.

— Oui, samedi prochain, c'est très bien lui répond-elle.

Après avoir accompagné son ami jusqu'à l'ascenseur, Victoria revient vers la chambre des enfants et découvre Phil avec George sur les genoux :

— Ah ! Mon Dieu ! Phil ! Tu es là ! Tu es revenu ! Quelle surprise ! J'étais inquiète d'être sans nouvelles, même si je savais que tes lettres n'arrivaient pas, sans doute à cause de mon déménagement.

Phil donne le petit George à Peggy et vient étreindre Victoria tendrement. Il la maintient serrée contre lui, longuement, lui chuchotant à l'oreille :

— Plus de séparation, c'est fini ! Je veux t'avoir tout le temps avec moi. Ce dernier mois a été trop dur, ma chérie !

Phil lui raconte la fin de son séjour à Rauceby, ses problèmes de santé qui ont failli lui coûter la vie. Il lui montre fièrement sa main droite, quasiment indemne de cicatrice après la greffe. Victoria lui fait ensuite visiter son nouvel appartement et admirer le balcon qui donne sur les jardins du Luxembourg. Comme à Londres, elle dispose de trois belles chambres dont une pour Peggy.

— Viens voir mon atelier. Pour moi c'est une aubaine !

On accède à l'atelier par un petit escalier intérieur. Plusieurs chambres de service ont été réunies et les combles récupérées pour créer un bel espace lumineux qui donne lui aussi sur les jardins. Victoria y a installé son chevalet et ses boites de peinture. Elle a aménagé un coin salon avec une table basse, un sofa et deux poufs. Un réchaud à gaz permet de préparer facilement une collation.

— Ici, je suis merveilleusement bien pour travailler.

Victoria lui raconte avec enthousiasme comment elle a rencontré ce galeriste, Jean-Louis, avec qui elle vient de faire quelques pas au Luxembourg. Jean-Louis va exposer deux de ses toiles lors d'une exposition le mois prochain. Elle, une artiste inconnue, aura des toiles accrochées à coté de tableaux d'artistes célèbres comme Kandinsky !

Elle lui prépare ensuite un thé accompagné de quelques gâteaux qu'elle a pu ramener d'Angleterre. Inévitablement, ils se retrouvent tous les deux assis sur le sofa, l'un contre l'autre, ce qui ne manque pas de troubler Phil dont les lèvres se rapprochent de celles de Victoria. Un long baiser langoureux, la main de Phil qui vient caresser les seins de sa bien-aimée et leurs langues qui se rencontrent. Phil a envie d'aller plus loin dans la redécouverte de son amie :

— Tu veux bien que je te déshabille ? Personne ne va monter ?

— Je voudrais bien mais ce n'est pas une bonne période pour moi. Je suis désolée. Tu es déçu ?

Phil est déçu mais comprend. Il évoque la suite de la soirée :

— Je n'ai pas prévenu ma famille de mon arrivée à Paris. Tu crois que je pourrais rester ici ce soir, cette nuit. Nous aurions toute la soirée pour nous ?

— Ce soir, j'ai un dîner de prévu avec des artistes. Il y aura des peintres et des sculpteurs. Ça m'est difficile d'annuler. Je dois amener le plat principal. Ce n'est pas loin d'ici. Si tu m'avais prévenue, je me serais libérée.

Phil comprend mais il est attristé. Il sent qu'il a raté son retour à Paris. Son amie s'est organisée une vie à laquelle il n'a pas accès. Lui va retrouver très bientôt les contraintes liées à sa famille, la présence de sa mère qui ne va pas manquer d'être inquisitrice et ses grands enfants à qui il va devoir consacrer du temps.

18h30. Il n'a guère le choix et décide d'aller maintenant chez lui, rue Lecourbe.

— Reviens vite me voir. Si tu passes à l'improviste, c'est plutôt à l'heure du déjeuner que tu es sûr de me trouver. Je m'occupe des enfants le matin et Peggy prend le relai l'après-midi. Va maintenant retrouver tes grands enfants. Ils vont être tellement heureux de retrouver enfin leur papa !

Ils se quittent en se disant au revoir tendrement.

La rue Lecourbe n'est pas très loin. Un kilomètre et demi à parcourir. Phil marche songeur, sa valise à la main, dans la rue de Vaugirard. Il réfléchit à sa vie qui va être compliquée à Paris, ou ailleurs, car il ne sait même pas où il va être muté. Heureusement, au fur et à mesure qu'il se rapproche de chez lui, la pensée de revoir ses enfants le remplit de joie et lui fait presser le pas. En arrivant, il ne prend pas l'ascenseur et c'est presque en courant qu'il monte les marches jusqu'à son palier. Cela fait dix mois qu'il a quitté ses enfants à Meknès quand il était venu les voir au Maroc à Noël 44 après sa sortie de l'hôpital de Rauceby.

— Coucou me voilà ! crie Phil après avoir ouvert la porte de son appartement avec ses clefs

C'est Claire, sa fille, qui arrive la première, suivie de son frère Paul et de Maggy qui pousse des cris de joie :

— Oh ! Mon Phil ! Tu nous fais la surprise. Tu es revenu d'Angleterre. On a été inquiet sur ton état de santé mais tu as l'air en forme. Tu restes avec nous maintenant ? Tu ne nous quittes plus ? Et ta main, montre nous ta main opérée ?

La main de Phil est inspectée, palpée sous tous les angles et admirée par ses deux enfants qui ne tarissent pas d'éloges sur les chirurgiens anglais. Ils ont l'impression d'avoir un père remis à neuf, comme s'il sortait de chez le carrossier après un accident.

Phil contemple ses enfants et les trouve grandis. Paul fait vraiment homme maintenant avec ses épaules musclées par la natation et ses poils de barbe, visibles mêmes rasés, qui viennent colorer ses joues et son menton. Claire est maintenant une jolie brune aux yeux bleus, aux traits réguliers et aux cheveux courts avec presque les formes d'une femme.

Il est l'heure du dîner. Phil est pressé de questions sur ses derniers mois passés à Gaitford, l'ambiance après la reddition des allemands, son hospitalisation. Ensuite Paul et Claire racontent leurs vacances en Vendée et leur séjour à la montagne. De temps à autre, Phil est songeur et ne les écoute qu'à moitié. Il se sent mal à l'aise quand il pense à Victoria et à ses deux autres enfants tout petits dont Paul et Claire ne connaissent pas l'existence.

Maggy est plus douce qu'à l'ordinaire et n'exaspère pas son fils sauf quand au moment d'aller dormir, elle lui tend, péremptoire, une liste de tâches à exécuter dans l'appartement, rédigée à son intention il y a quelques semaines. Phil sent comme un carcan venir peser sur lui. Il s'est habitué depuis près de deux ans à ne plus avoir de contraintes.

Malgré la fatigue, Phil peine à trouver le sommeil, perturbé par son retour au bercail. Mais les deux jours qui suivent, un samedi et un dimanche, lui permettent de reprendre sa place auprès de ses enfants, tellement contents de son retour.

Le lundi matin, il a rendez-vous au Ministère avec le général Valin, chef d'état-major de l'armée de l'air, un des premiers aviateurs à avoir rejoint les Forces Françaises Libres du général de Gaulle dès 1940. Phil a eu l'occasion de le rencontrer plusieurs fois à Gaitford et à Londres. Il n'a que six ans de plus que Phil et se trouve déjà à la tête de l'aviation dont l'importance est grandissante.

Le général l'interroge sur son état de santé, sur son opération et constate sa bonne forme physique. Ils évoquent les élections législatives prévues le 21 octobre.

— Vous vous rendez compte, Destivel, que nous les militaires de carrière, nous allons pouvoir voter et participer à l'élection de nos députés et les femmes aussi ! C'est très important pour l'avenir que les militaires aient une conscience politique et ne soient pas de simples exécutants aux ordres du pouvoir en place. Il y aurait eu peut-être plus d'opposants au régime de Vichy, si nous avions eu le droit de vote avant la guerre. Bon ! Mais parlons de vous maintenant. Vous avez accumulé une sacrée expérience à la tête d'un groupe de bombardement puis d'une base de bombardiers lourds avec 2500 personnes. Ce que vous avez appris en Angleterre va être utile à notre aviation même en temps de paix.

— Mon général, dès mon arrivée en Angleterre en 43, j'ai été surpris par le très haut degré d'organisation des bases aériennes. Beaucoup de personnels au sol avec des fonctions très clairement définies ; pareil pour les aviateurs, toute une logistique. Chacun sait ce qu'il doit faire, quand il doit le faire. En France, les navigants sont bien formés mais au quotidien, on a moins de rigueur, on suit moins de procédures. Vous voyez ce que je veux dire ?

— Tout à fait. Même si je ne vole plus depuis quelques années, j'ai entendu parler d'accidents qui auraient pu être évités en Afrique du Nord. Pour votre affectation, vous avez un souhait à formuler ?

Phil est pris au dépourvu car il n'a pas prévu une telle question. Il ne sait pas où il peut y avoir un poste libre et a eu jusqu'à maintenant l'habitude d'être muté, que ça lui plaise ou pas.

— Je ne sais pas, mon général, vous avez quelque chose à me proposer ?

— Oui, nous avons pensé pour vous au commandement de la base d'Oran. La situation politique en Algérie n'est pas si facile et avec le ministre, nous voulons renforcer la présence française et développer cette base qui a beaucoup servi aux Américains ces derniers temps.

Phil n'a pas besoin de réfléchir longtemps. Partir en Algérie conduirait à un véritable cataclysme dans sa vie privée. Il ne se voit pas proposer à Victoria de le suivre et il serait probablement encore séparé de ses enfants.

— Mon général, j'ai déjà été plusieurs années au Maroc, puis en Angleterre. Maintenant, j'aimerais rester en France, à Paris de préférence. Je suis veuf, j'ai deux enfants que je n'ai pas vus pendant deux ans. Non Oran, ça ne m'enchante pas du tout !

— Je vois que je ne suscite pas votre enthousiasme. Réfléchissez-y tout de même. Ce serait très bon pour votre carrière. Revoyons-nous dans une semaine.

Phil ne dit rien à Maggy et à ses enfants du résultat de cette entrevue. Pour lui, c'est tout vu. Il ne veut pas aller à Oran. Mais va-t-il pouvoir s'opposer à sa hiérarchie ? Pour l'instant, on lui a donné une semaine de liberté avant de reprendre ses activités. Il a bien l'intention d'en profiter. Ses enfants sont au lycée, matin et après-midi, ce qui lui laisse beaucoup de temps libre.

Lors de sa première journée de vacances, il déjeune chez lui avec Maggy qui ne semble pas vieillir malgré le temps qui passe et ses 72 ans récemment fêtés. C'est l'occasion pour lui de la sonder afin de déterminer si elle fait des projets pour les années à venir.

— Maman, je te remercie encore de t'être si bien occupée des enfants pendant toute la guerre. Sans toi, je ne sais pas comment j'aurais fait. Maintenant, ils commencent à être grands ; ils sont presque autonomes. Leur bac n'est pas si lointain. Comment vas-tu occuper tes journées ? Tu vas avoir plus de temps. Tu as des projets ?

— Plus de temps ! Tu veux rire ! Qui va faire le ménage, les courses, la cuisine, le lavage ici ? Tant que tu ne t'es pas remarié, je ne me vois pas avec du temps libre.

Phil se dit qu'elle a malheureusement raison. Il évoque l'idée d'avoir une bonne ou une femme de ménage.

— Une bonne ! Mais en as-tu les moyens ? Tu as fait tes comptes ? Et puis c'est de l'argent gâché ! Remarie-toi d'abord ! Ensuite, on verra. Tu as 41 ans. Il te faut une femme, plus jeune mais pas trop jeune, qui ait l'expérience de la vie, de la classe et qui saura tenir son rang de femme de colonel, une femme avec qui tu pourras encore avoir des enfants. Tu es colonel, c'est quoi le grade après colonel, capitaine ?

— Mais non Maman, j'ai déjà été capitaine. Tu n'arrives pas à te mettre les grades de l'armée dans la tête. Après colonel, c'est général de brigade.

— Oh mon Dieu ! général, tu vas devenir général ! Je ne veux pas mourir avant d'avoir vu ça. Mon fils général !

— Si ça arrive, ce n'est pas pour tout de suite. Je viens juste d'être nommé colonel.

Maggy n'hésite pas quand elle dresse le portrait de la future femme idéale. Elle a déjà pensé à tout ça. Elle n'a pas tort quand elle lui demande s'il a fait ses comptes. Il ne les a pas fait. Depuis deux ans, il a quelque peu perdu le sens des réalités. En Angleterre à Gaitford, il n'avait aucun souci d'intendance. Il était nourri, blanchi, conduit *gratis pro deo*. Maintenant, il lui faudrait acheter une voiture, dépenser de l'argent pour les vacances, les vêtements de tous. Ses réserves d'argent, il n'en a pas. La maladie de son épouse défunte lui a couté une fortune. La guerre a tout désorganisé . Il y a aussi les jumeaux, ce serait normal qu'il donne de l'argent pour eux à Victoria. Il devra aborder ce point la prochaine fois qu'ils se verront.

Le lendemain, Phil déjeune avec sa mère et prétexte un rendez-vous avec un collègue pour la quitter, sans même prendre le temps de déguster un café. Phil part habillé en civil, ce qui étonne Maggy :

— Tu as rendez-vous avec un collègue et tu n'y vas pas en uniforme ?

Phil reconnaît bien là sa mère inquisitrice et ne peut s'empêcher de soupirer :

— Ce collègue a aussi quelques jours de liberté. Nous devons nous retrouver dans les jardins du Luxembourg.

Maggy ne semble pas convaincue par ce que lui dit son fils qui trouve infernal de devoir donner des explications à sa mère.

Phil marche d'un pas allègre. Il a vite fait d'arriver à pied rue Guynemer et de monter sonner au 5ème étage chez son amie. Peggy lui ouvre et le fait monter dans l'atelier de Victoria, en train de peindre.

— Oh Phil ! je suis contente que tu viennes me voir !

— Je suis en vacances pour quelques jours. J'étais très impatient de te voir à nouveau. La dernière fois c'était raté ! J'avais peur que tu ne sois pas là aujourd'hui. Tu as un peu de temps ?

— Oui tout le temps que tu veux. Cette toile peut attendre. Veux-tu un café ? Moi j'en prendrais bien un. Après on ira voir les jumeaux.

Assis sur le divan ils bavardent, chacun une tasse à la main. Mais Phil passe sous silence son entrevue avec le général Valin qui lui propose de partir à Oran commander la base aérienne. Victoria lui parle de ses tableaux, de ses amis d'avant la guerre qu'elle a retrouvés à Paris, des dîners et des boites de nuit dans le quartier de Saint-Germain-des-Prés, des trompettistes, saxophonistes et chanteurs de jazz blancs et noirs qui ne cessent d'affluer .

Phil est troublé par la présence physique de son amie et a envie de l'embrasser. Leurs lèvres se rencontrent et leurs doigts délicatement déboutonnent, dégrafent, ouvrent, pour ressentir la chaleur de leur peau, la caresser doucement et se donner les plus beaux des plaisirs.

Ils restent ensuite un moment sans parler, heureux et apaisés. De nouveau vêtus, ils vont se promener dans les jardins du Luxembourg au milieu des arbres déjà dorés par l'automne. Phil annonce à son amie qu'il connaîtra bientôt sa prochaine affectation.

46

MARSEILLE, CASSIS ET MORLEAU, FRANCE, OCTOBRE 1945

William reste plusieurs jours abattu à Marseille dans sa chambre d'hôtel. Alternant entre tristesse et colère, il n'en revient toujours pas que son ami Georges l'ait brusquement laissé tomber et ne peut pas en rester là. Il a besoin de revoir Georges au moins une fois pour s'expliquer avec lui. On ne peut pas avoir pensé à quelqu'un pendant plusieurs années après avoir découvert l'amour, fait des centaines de kilomètres pour le rejoindre, confronté à bien des dangers, puis passer des jours merveilleux avec lui et se séparer sans explications en quelques minutes.

Il ne sait pas où est Georges mais le plus vraisemblable est qu'il soit retourné en Côte d'Or dans sa maison de Bourgogne. William décide de quitter Marseille et d'aller en train jusqu'à Morleau. C'est un peu long mais direct jusqu'à Chagny.

Pendant le voyage, il pense à Georges et réfléchit à ce qu'il va lui dire. Peut-être s'est-il trompé sur le personnage, pourtant si charmant en apparence ? Peut-être Georges a t'il juste voulu séduire un homme plus jeune que lui et en profiter au maximum ? Si c'est seulement cela, quelle déception !

Arrivé à Chagny en milieu d'après-midi une petite valise à la main, il fait à pied les trois kilomètres qui le séparent de Morleau. Dans sa valise, au milieu d'une chemise, il a dissimulé un pistolet acheté clandestinement à Marseille. Sa colère monte au fur et à mesure qu'il se rapproche du domicile de Georges. C'est très violemment qu'il frappe à sa porte. Plusieurs fois il cogne mais personne ne répond. William était pourtant persuadé de le trouver chez lui mais maintenant le voilà décontenancé. Il prend conscience de l'absurdité de son comportement. Georges est peut-être sorti faire un tour ou bien il est loin, ailleurs, et il ne saura jamais où. Abattu, il tombe assis devant sa porte et se met à pleurer à gros sanglots. Il n'entend pas l'homme en train de monter l'escalier extérieur qui mène à la porte d'entrée où il se trouve.

— Vous étiez un ami de Georges, Monsieur ?

William regarde éberlué le visage d'un homme d'une cinquantaine d'années. Il se reprend et dit en français avec un fort accent américain.

— Je cherche Georges Guérin. Savez-vous s'il est à Morleau en ce moment ?

— Monsieur, je suis le maire du village. Je suis désolé mais j'ai une mauvaise nouvelle à vous apprendre. Monsieur Guérin est mort dans un accident de voiture dans le Sud de la France, il y a quatre jours, vers 19h.

— Quoi ! Georges est mort dans un accident de voiture ! Ce n'est pas possible ! C'est très triste ! Je pensais le trouver ici. Comment cela s'est-il passé ?

— Il a heurté un arbre sur une route. C'est tout ce que je sais. Vous êtes de sa famille ? On cherche à joindre sa famille pour organiser des obsèques. Monsieur Guérin avait cette maison depuis plusieurs années mais personne ne sait s'il a de la famille près d'ici.

— Non je suis un ami. Je suis américain, journaliste. Je ne connais pas sa famille.

— C'est bien dommage ! Passez à la mairie s'il vous revenait quelque chose à propos de M Guérin. Maintenant je dois vous quitter, j'ai du travail à terminer.

Le maire quitte les lieux au moment où Françoise arrive. Elle voit combien ce monsieur est troublé. Elle a envie d'être gentille avec lui mais aussi, d'en savoir plus !

— Voulez-vous venir prendre une tasse de thé chez moi ? J'habite dans la maison à côté. Nous pourrons parler de Georges. Je viens, moi aussi, d'apprendre qu'il est décédé dans un accident de voiture.

— Oui merci, je veux bien. Je suis très remué par cette nouvelle !

Pendant que Françoise prépare un thé, William assis dans le salon, pleure, la tête dans ses mains. L'accident de Georges s'est produit il y a quatre jours vers 19h, c'est-à-dire peu après qu'ils se soient quittés. William se dit qu'il ne saura jamais la vérité quant à l'authenticité des sentiments que Georges pouvaient avoir pour lui. Il n'est plus en colère contre son ami, mais seulement triste de sa mort.

Françoise revient dans le salon avec deux tasses de thé et l'envie d'en savoir plus sur William :

— Vous connaissiez Georges depuis longtemps ?

— Oui depuis plusieurs années.

— C'était un homme attachant. Je suis arrivée à Morleau récemment avec beaucoup de problèmes à résoudre. Il m'a vraiment aidée.

— Je suis sûr que tout le monde l'appréciait

— Pas tout le monde. Il y avait des bruits sur lui dans le village

William pense tout de suite à l'homosexualité de son ami :

— Des bruits ?

— Oui, il a été soupçonné d'avoir tué sa première femme. Ce n'est pas banal. Mais on n'a trouvé aucune preuve.

— Quoi, Georges a été marié ?

Françoise voit soudain le regard de l'américain devenir haineux :

— Marié ? Oui bien sûr. Deux fois même ! Mais sa deuxième femme a été envoyé à Ravensbrück par les nazis. Elle y est morte. Il cherchait à se remarier.

William est déstabilisé. Georges ne lui a jamais dit qu'il allait aussi avec des femmes. C'est comme s'il venait de prendre un coup de marteau sur la tête :

— *Was für ein Bastard*[8] !

William n'a pu s'empêcher de jurer en allemand. Comme il a baissé la voix, Françoise a vu qu'il était furieux mais n'a pas entendu ce qu'il disait. William lui demande s'il avait des enfants :

— Non, pas d'enfants. Il m'avait dit qu'il n'avait pas de famille proche. Il était fils unique. Ses deux parents étaient décédés. Il ne doit pas avoir d'héritier direct.

— C'est dommage. Georges avait l'air d'avoir beaucoup d'argent. C'est ce qu'il m'avait encore dit récemment. Que vont devenir ses biens maintenant ? demande William.

— Je sais qu'il avait une cachette pendant la guerre près d'ici. C'est lui qui me l'a dit, mais je ne sais pas s'il y a laissé quelque chose depuis l'armistice ?

— Vous savez où était cette cachette ?

— Je connais le coin où elle se trouve mais je manque de précisions pour pouvoir la localiser.

Françoise réfléchit. Elle pense que c'est ce monsieur qui était au lit avec Georges quand elle a découvert qu'il était homosexuel, en

---

[8] *Quel salaud !*

pleine action. Elle a été frappée par son changement de physionomie quand elle a expliqué qu'il avait été déjà marié deux fois. Si elle est dans le vrai, ils ont un point commun. Ils se sont mis à détester Georges quand ils ont découvert fortuitement certains aspects de sa vie. Elle a envie d'en savoir plus. Peut-être pourraient-ils faire alliance ?

— Monsieur, avez-vous de quoi vous loger ce soir ?

— Non, Georges m'avait invité pour quelques jours. Je vais me trouver un hôtel à Chagny.

— Si cela peut vous arranger, au moins pour une nuit, ma maison est grande. Je suis veuve, j'y vis avec mes trois enfants et il y a plusieurs chambres de libre. Je peux vous loger si vous voulez ?

William n'a aucune envie de se retrouver seul ce soir et accepte volontiers l'invitation. Il n'est pas très bavard pendant le dîner. Françoise se rend compte qu'il a été secoué par le décès de son ami. Elle se demande qui il est vraiment et décide d'attendre le lendemain pour tenter d'en savoir plus.

Le matin suivant, quand ils sont seuls, ses deux grands enfants étant à l'école, Françoise reparle de la cachette :

— La cachette de Georges, vous savez où elle se trouve ?

— Il m'en a parlé mais il ne m'a pas donné assez d'informations pour que je puisse la trouver. J'ai des renseignements précis mais partiels .

Françoise a une intuition et sans vergogne se lance :

— C'est dommage ! Cette cachette, si elle contient de l'argent, celui-ci risque de rester enfoui pendant de longues années, des siècles peut-être ! Nous devrions nous dire chacun ce que nous savons. Si nous réussissons à retrouver son trésor, nous pourrions partager. Il n'a pas d'héritier. Qu'est-ce que vous en pensez ?

— Vous êtes une femme directe. Vous manquez d'argent ?

— Oui, j'en manque et j'ai mes enfants à élever. Ce n'est pas très facile pour moi en ce moment.

— Je comprends. Pour moi aussi, la vie est compliquée et j'ai aussi besoin d'argent.

— Mais si nous trouvons la cachette, qui me dit que vous n'allez pas tout emporter ? Vous avez la force physique pour vous ! Je vous connais à peine. Dîtes-moi des choses sur vous que vous n'aimeriez divulguer à d'autres personnes.

William comprend qu'elle ne dira rien s'il ne lui révèle pas quelque chose d'important sur lui :

— D'accord, je vais vous dire quelque chose que vous garderez pour vous, vous me le jurez ?

— Oui, je vous le jure.

Françoise pense que William est sur le point de lui révéler son homosexualité :

— Je ne suis qu'à moitié américain. Mon père était allemand, mais ma mère, américaine. Je ne sais pas si mes parents sont encore vivants. Ils étaient à Dresde quand la ville a été bombardée. Mes papiers sont faux. C'est Georges qui me les avait procurés à Marseille. Pendant ces dernières années, j'étais dans la *Wehrmacht*. J'ai connu Georges quand notre armée a occupé Morleau. A cette époque, il faisait des affaires avec les Allemands. Nous avons occupé votre maison en 1942. Ensuite, je suis parti sur le front russe. A la fin de la guerre, j'ai pu déserter et revenir jusqu'ici.

— Retrouver Georges ?

— Oui exactement

Françoise pourrait être choquée. Elle l'est un peu mais a vite fait de mettre de côté les petites bouffées d'indignation qui viennent la tarauder :

— C'est bien ! Vous venez de me confier un vrai secret. Je pense que je peux avoir confiance en vous. On se dit ce que l'on sait sur la cachette ? Moi je sais qu'elle se situe sur une colline à trois kilomètres d'ici, près d'une caverne. Et vous que savez-vous ?

— Georges m'a expliqué la chose suivante : A partir d'un endroit que je ne connais pas, on fait deux cents pas vers le Nord puis cent pas vers l'Est. On trouve alors un massif de buis sauvage. La cachette est au milieu du massif. Mais il ne m'a pas dit où se trouve le point de départ, là où l'on commence à compter ses pas?

— A nous deux on va peut-être y arriver. Demain matin, on pourrait aller ensemble à la colline et commencer nos recherches. D'accord ?

Le lendemain, quand les deux grands enfants de Françoise sont à l'école et son junior chez une voisine, ils partent tous les deux en vélo avec une pioche, une bêche et un grand sac. Françoise emmène William à la Roche Dumay. La route monte d'abord vers Blagny au milieu des vignes, puis ensuite redescend vers Gamay. Quand la route commence à redescendre, ils laissent leurs vélos en bordure de route et gravissent à pied la colline jusqu'à la caverne. Françoise pense que ce pourrait être le point de départ qui pourrait les mener jusqu'à la cachette de Georges. Elle a pris une boussole afin de pouvoir déterminer avec précision les directions du nord puis de l'est.

Ensemble, ils font d'abord les deux cents pas vers le nord. Ce n'est pas facile car la pente est forte. Ensuite les cent pas vers l'est sont plus faciles à franchir car le chemin ne monte plus. Au terme de leur trajet, ils regardent autour d'eux pour trouver le massif de buis, mais ils ne voient rien qui ressemble à une telle végétation. Ils ont beau marcher tout autour de leur point d'arrivée. Pas de massif de buis ! Dépités, ils finissent par rentrer à Morleau, bredouilles.

Le lendemain matin, Françoise constate que William ne se réveille pas et continue à dormir alors que ses enfants sont déjà partis à l'école. Vers 11h, elle frappe à sa porte et n'obtient pas de réponse. Elle rentre dans sa chambre. William n'est pas dans son lit ! Ses affaires ne sont plus là ! Elle craint d'avoir été bernée, va dans sa remise et voit qu'un des vélos manque à l'appel. Ce petit salaud est parti sans elle, continuer les recherches ! Probable que les renseignements qu'il lui a donnés n'étaient pas ceux que Georges lui avait transmis. Il y a peu de chance que William revienne la voir s'il a trouvé quelque chose. Comment peut-on être aussi naïve ? Elle s'est laissée berner.

Françoise est de méchante humeur toute la journée et jure de se venger. Elle n'hésitera pas à envoyer ce salopard en prison si elle en a l'occasion ! Vers neuf heures du soir, elle entend frapper à sa porte. Elle ouvre et stupéfaite, voit William, tout sourire, qui lui dit:

— Ça a été difficile mais j'ai trouvé la cachette de Georges ! Cette nuit, j'ai eu des doutes et me suis dit qu'il fallait que je tente quatre cents pas vers le nord et deux cents vers l'est. J'ai essayé au moins vingt fois mais ça a marché ! Une vraie caverne d'Ali Baba !

47
PARIS, FRANCE, FIN OCTOBRE ET DEBUT NOVEMBRE 1945

Samedi 20 octobre, le colonel Destivel est quelque peu perplexe. Demain, ce sont les premières élections législatives depuis la fin de la guerre. Phil va aller voter pour la première fois de sa vie. Ce droit de vote, les militaires l'ont obtenu très récemment, en août 45, après les femmes ! Ils peuvent voter mais ne sont pas autorisés à adhérer à un parti politique. Il a beaucoup réfléchi et c'est le mouvement républicain populaire, le MRP, pour lequel il se sent le plus d'affinités, comme beaucoup de résistants. Il ne se voit pas voter pour des socialistes ou des communistes. Ces élections sont importantes car non seulement on élit des députés mais on demande aussi aux citoyens s'ils sont d'accord pour qu'une nouvelle constitution soit préparée par la nouvelle assemblée.

Paul et Claire accompagnent leur père et Maggy au bureau de vote, près de chez eux, dans le quinzième arrondissement de Paris. Ils s'intéressent à l'actualité depuis leur retour du Maroc et ont envie de voir comment se passe une élection. Paul prend son père en photo au moment où il dépose son bulletin de vote dans l'urne. Maggy est contente car pour elle aussi ce sont les premières élections nationales auxquelles elle peut participer. Rétrospectivement, elle ne comprend pas pourquoi les femmes ont dû attendre si longtemps pour obtenir ce droit. Et ceci d'autant plus, qu'avec un fond de caractère plutôt autoritaire, elle supporte mal que l'on ne tienne pas compte de ses avis et voter c'est donné son avis ! Paul la prend aussi en photo et immortalise sa grand-mère en train de glisser son bulletin du MRP dans l'urne.

Phil espère que le climat politique va s'adoucir. Les Français sont très divisés. Au début de la semaine, l'ancien président du conseil Pierre Laval a été fusillé, quelques jours après Joseph Darnand, le chef de la milice. Les communistes risquent d'être majoritaires au parlement. Ils ont été actifs dans la résistance pendant la deuxième moitié de la guerre et vont surement récolter les fruits de leur engagement. Effectivement ce sont eux qui remportent la mise. Mais le Mouvement Républicain Populaire, le MRP, tout nouveau parti, soutenu par le général de Gaulle, ne s'en tire pas mal car il obtient 150 députés alors que le parti communiste, vainqueur, en obtient 159.

Le mardi, le colonel Destivel a de nouveau rendez-vous avec le chef d'état-major de l'armée de l'air, le général Valin. Phil est inquiet car il a très peur de se faire envoyer à *Pétaouchnok* !

Après quelques mots cordiaux, le général Valin rentre dans le vif du sujet :

— Mon cher Destivel, nous avons bien réfléchi. Nous pensons que vous pouvez être particulièrement utile à l'armée de l'air en allant outre-mer.

Phil en entendant ces mots commence à avoir le vertige, très anxieux de ce qui va suivre. « Que vont ils me proposer, Tahiti, la nouvelle Calédonie, le Viet Nam ? Tout ça est très loin. Autant dire adieu tout de suite à Victoria ! A moins que je démissionne et trouve un autre poste dans le civil ! »

— Oui, nous avons des bases aériennes un peu partout dans le monde, qui ne sont pas forcément très bien organisées, ni très bien nanties. Tout ceci est à revoir et avec votre expérience acquise en Angleterre, vous saurez sûrement les regarder d'un œil nouveau.

— Mais, mon général, où serai-je basé ? Loin ?

— Non, non, rassurez-vous ! On veut vous nommer inspecteur des forces aériennes d'outre-mer. Un beau poste. Vous serez basé à Paris et vous devrez vous déplacer de temps en temps pour des inspections. Plutôt sympathique comme poste en temps de paix ! Pas trop de routine, quelques voyages. Vous êtes content de notre offre ?

— A priori oui, mon général, très satisfait. Cette affectation me semble intéressante. Je vous en remercie.

Phil quitte le ministère le sourire aux lèvres. Instantanément, il a compris le parti qu'il pouvait tirer d'un tel poste sur un plan très personnel, le plus important pour lui étant de rester à Paris.

Quand il annonce la nouvelle à Maggy et à ses enfants, ils sont tous ravis. Paul et Claire savaient que Phil allait recevoir une nouvelle affectation et avaient peur d'être de nouveau séparés de leur papa ou de devoir émigrer en province ou à l'étranger. Phil n'a pas insisté sur les déplacements qu'il aura à effectuer. Chaque chose en son temps !

Phil prend possession de son bureau au Ministère de l'air,

Boulevard Victor, pas très loin de chez lui. Quel changement après toutes ces années de guerre !

Il en informe Victoria en passant chez elle à l'improviste, en semaine, à l'heure du déjeuner. Victoria vient de se lever et prépare pour Phil un breakfast à l'anglaise : du thé, des saucisses, quelques haricots et des toasts avec de la confiture d'orange. Phil admire la beauté de son amie, son teint frais, ses yeux au regard si intense. Il lui donne des nouvelles de son nouveau poste :

— Ça y est ! On m'a donné ma nouvelle affectation. Je reste basé à Paris avec quelques voyages de temps en temps. Nous allons pouvoir continuer à nous voir et même plus facilement qu'avant. J'ai quelques idées pour me libérer !

Victoria est heureuse de cette nouvelle. Après avoir terminé leur collation, Phil entraîne son amante toujours en robe de chambre, à l'étage au-dessus, dans son atelier. Elle est peu vêtue et il est aisé pour le colonel Destivel de venir caresser ses seins, accessibles sous sa robe de nuit. Quel plaisir pour lui de retrouver le velouté et la chaleur de sa peau ! Mais il a peu de temps et doit retourner travailler. Avant de partir, Phil lui fait la proposition suivante :

— Dans quinze jours, je dois aller en Algérie faire une inspection. Je pourrais, en revenant, venir passer deux jours avec toi si tu veux bien me recevoir. Je n'en dirai rien à ma mère et à mes enfants qui me croiront toujours de l'autre côté de la Méditerranée. Tu veux bien ?

— Oh oui ! Très bonne idée ! On sera comme un vrai couple pendant deux jours !

Phil est obligé de repartir au ministère, non sans avoir passé quelques minutes avec les jumeaux.

La base aérienne de Blida, tout près d'Alger, est celle qu'il a choisie pour commencer sa série d'inspections. Il ne s'est pas donné énormément de temps pour le travail préalable de préparation de cette mission et, de ce fait, doit travailler intensément dans les jours précédant son départ. Il lui faut réunir les informations sur les personnels volant et au sol, les avions disponibles, leur maintenance, les pièces détachées, l'organisation au quotidien. Mais il doit aussi anticiper le rôle stratégique de cette base à court et moyen terme, et prévoir les évolutions technologiques nécessaires dans les cinq prochaines années et au-delà.

Phil retrouve avec bonheur l'Algérie, sa douce température en cette période et ce d'autant plus qu'il sait qu'il ne va pas y rester longtemps ! Son inspection, la première qu'il réalise, se passe au mieux. Très organisé, secondé par un adjoint efficace, il réunit l'ensemble des informations dont il a besoin pour établir son rapport.

Il est de retour à Paris le mercredi 5 novembre, ravi de son séjour et impatient de retrouver Victoria. Il arrive directement chez elle, peu avant l'heure du dîner. Phil est surpris de l'atmosphère qui règne dans son appartement. De nombreuses personnes sont là, chez elle, un verre à la main, assis ou debout, des blancs et quelques noirs. Elle lui explique :

— J'ai organisé une soirée musicale en ton honneur, ce soir dans mon atelier avec des musiciens de jazz que je connais depuis peu, des spécialistes du bebop. Tu te souviens, nous avions dansé sur ces rythmes quand tu m'avais emmenée au bal sur la base aérienne de Badvington pour célébrer la libération de Paris. On va faire la fête. J'ai invité tous mes amis peintres. Ça te plaît ?

Phil n'est pas franchement emballé. Il a plutôt envie de se retrouver en tête à tête avec son amie mais ne veut pas faire le rabat-joie.

— De la musique très bien ! Tu crois qu'on pourra danser ?

— Sûrement ! Dans mon atelier on ne peut pas gêner les voisins, il n'y en a pas !

Victoria a pu se procurer de la bière, du vin et même du champagne. Tout le monde boit beaucoup et fume. L'atmosphère est vite embrumée. Les tenues sont décontractées. Certains ont des accoutrements un peu bizarres. Phil essaie de discuter avec un des invités d'environ vingt-cinq ans, qui porte les cheveux longs. Sa veste à carreaux lui descend presque jusqu'aux genoux. Son pantalon informe et court, lui aussi à carreaux, laisse voir des chaussettes blanches immaculées. Il ne se sépare pas d'un parapluie accroché à son bras gauche. C'est un « zazou », un de ces passionnés de jazz qui choquent les bourgeois. Mais Phil ayant quitté la France depuis plusieurs années n'est pas au courant de ce courant Zazou qui a réussi à traverser la guerre en se foutant de tout, aussi bien des Allemands que du gouvernement de Vichy et des résistants ! Lors des lois raciales, certains se sont même mis à porter par dérision une étoile jaune comme les juifs avec « zazou » marqué en son centre. Ils sont plusieurs dans ce style. Phil, naïvement lui demande :

— Vous êtes plusieurs ici avec cette tenue si originale, vous allez nous donner un spectacle de cirque, de clowns ?

Son interlocuteur le regarde l'air étonné et lui dit :

— Vous venez de la planète Mars ou quoi ? Et vous qui êtes-vous ?

— Moi, je suis colonel d'aviation

— Colonel d'aviation ! Mais ça sert à rien l'aviation, conclut le zazou qui lève les yeux au ciel et quitte Phil étonné.

Phil se sent en décalage avec les invités présents. Il ne peut même pas parler avec Victoria, occupée à accueillir ses invités. Parfaitement à l'aise au milieu de cette faune, elle ne voit pas le temps passer et ne se soucie guère de Phil. Heureusement des musiciens arrivent et tous montent dans l'atelier de Victoria pour une *jazz party*. Victoria trouve tout de même le temps de venir voir Phil et lui explique que plusieurs instrumentistes connus doivent venir jouer ce soir.

Quatre musiciens s'installent avec accordéon, contrebasse, guitare et percussions. Leur chef est l'accordéoniste. C'est Joe Privat, surnommé le gitan blanc, qui conjugue bebop et musique manouche. Il est bien en chair, les cheveux gominés avec des pattes qui descendent en dessous de ses oreilles. Il commence par jouer une courte mélodie pour se mettre en forme, après s'être mis une casquette sur la tête et avoir allumé une cigarette qui s'éteint mais qu'il garde au bec. Il commence par remercier Victoria de l'invitation, parlant argot avec un fort accent « parigo ». Puis il présente ses compagnons musiciens et conclut en disant :

— Victoria m'a dit qu'il y avait ici un pote à elle qu'elle voulait fêter ce soir, un colonel qui a commandé une grande base de bombardiers en Angleterre. Ou est-il ce colonel ? Moi j'aime pas les militaires mais j'fait une exception ce soir. Allez, démasque-toi le mirlo ?

Phil est gêné et Victoria vient à la rescousse :

— Voici le colonel Destivel. Il est très modeste et voulait rester dans l'anonymat. Mais c'est trop tard. Joe, qu'allez-vous jouer pour lui ?

L'accordéoniste lui répond

— Du spécial, très swing, qui convient bien au mirlo colonel bombardier. Voici « Atomic swing » Boum, Boum ! composé après l'explosion de la première bombe atomique.

Le morceau est effectivement très swing. Phil découvre que l'accordéon musette convient bien aux rythmes jazzy. Il ne voit pas de lien direct entre la mélodie et l'explosion d'une bombe mais peu importe !

Joe continue ensuite à jouer avec son petit orchestre. Quelques couples se forment pour danser des bebop mais le manque de place décourage les autres.

Au bout de trois quarts d'heure, Joe donne à ses musiciens le signal du départ, remercie Victoria, et le mégot à la main, lui fait un gros « poutou » sur la joue. Après une interruption, deux autres musiciens, fraichement arrivés, se préparent à jouer. Eux aussi ont dans les trente-cinq ans. Le premier est guitariste et doit être d'origine manouche ; il est franchement brun et porte une petite moustache. Ses cheveux sont luisants, impeccablement peignés. Il est en veste avec en dessous une chemise blanche immaculée, sans cravate. Le second, au physique distingué, les cheveux impeccablement coiffés en arrière accorde longuement son violon. Ensuite, le gitan prend la parole :

— Victoria, tu nous as demandé un morceau spécial pour un de tes amis militaires qui doit être ici. Ou est-il ce Monsieur que tu veux gâter ? Là-bas, très bien ! Avec Stéphane, on a passé toute la matinée à répéter pour t'être agréable, ma chérie ! Voici, pour vous tous, une interprétation inédite et plus spécialement pour toi, mon colonel, sans oublier Victoria pour qui, comme vous le savez, j'ai vraiment un faible.

C'est le violoniste qui commence. Il joue doucement, avec beaucoup de sensibilité, les premières notes de la Marseillaise. Le colonel Destivel applaudit, mais s'arrête vite car le morceau ne continue pas comme il le prévoyait. Le guitariste intervient en plaquant quelques accords puis accompagne avec brio, sur un mode jazzy, très swing, le violoniste qui continue à interpréter la suite de la Marseillaise. Phil, choqué une seconde, est fasciné par la dextérité du guitariste qui ne se sert que de deux doigts de sa main gauche pour jouer.

Victoria arrive et prend le colonel Destivel par la main. Phil se laisse faire et tous les deux, joyeux, dansent un Bebop endiablé sur ces sonorités patriotiques. Les musiciens et les deux danseurs sont très applaudis à la fin du morceau.

Victoria explique à Phil que ces deux artistes, Stéphane Grapelli d'origine italienne et Django Reinhardt un pure gitan, commencent à être très connus dans les milieux du jazz à Paris. Phil a aimé mais se dit que sa hiérarchie n'aurait pas apprécié de voir un colonel danser sur la musique de l'hymne national revu et corrigé à la sauce jazzy.

Les musiciens continuent ensuite leur concert très apprécié de l'auditoire. Quand il s'arrêtent un moment pour se rafraîchir et boire un coup, Phil s'approche du gitan :

— Je vois que vous avez eu la main brûlée. Vous avez des cicatrices et vous n'avez plus que deux doigts de mobile, à gauche. C'est à peu près ce qui m'est arrivé en 44. J'ai fait plusieurs mois d'hôpital en Angleterre mais finalement j'ai tout récupéré après une opération sur les tendons et une greffe de peau. Vous n'auriez-pas envie de vous faire opérer ? Je pourrais vous aider, je connais les bons chirurgiens à consulter outre-Manche

— Merci, c'est sympa, mais maintenant je me débrouille vraiment bien avec mes deux doigts. Ça marche au poil ! Pas envie de tomber entre les pattes des toubibs !

Phil n'insiste pas, même s'il pense que ça doit être plus facile de jouer avec quatre doigts plutôt que deux. Stéphane et Django continuent leur concert jusqu'à ce que des bruits de voix venant de l'étage en dessous viennent perturber leur musique. Victoria demande à Phil d'aller voir.

Devant la porte, Phil trouve Peggy parlant difficilement le français avec deux agents de police et un commissaire. Il intervient :

— Colonel Destivel ! Il y a un problème, Monsieur le Commissaire ?

— Colonel ! Hum ! Je voudrais bien voir ça. Vous pouvez me montrer vos papiers ?

Heureusement Phil les a dans la poche arrière de son pantalon. Il tend des papiers civils et militaires au commissaire qui les examine attentivement et s'adoucit :

— Mon colonel, je suis désolé mais des voisins se plaignent du bruit, et on m'a dit que des musiciens avaient caricaturé la Marseillaise ?

— Du bruit ! Désolé, on pensait que de l'étage au-dessus on ne dérangeait pas le voisinage. Je vais leur dire d'arrêter. Quant à la Marseillaise, non je ne vois pas, ils ont dû mal entendre.

— Je veux bien passer l'éponge mais il ne faudrait pas que ça continue. D'accord ?

— Bien sûr, je vais faire le nécessaire.

Les policiers s'en vont et Phil remonte expliquer à Victoria de quoi il en retourne. Il est tard et elle est obligée de demander aux musiciens d'arrêter de jouer. Ceux-ci comprennent car ils rencontrent le même problème partout. C'est dans les caves qu'il faut jouer maintenant pour ne pas être dérangé !

Il est vraiment tard. Victoria emmène Phil dans sa chambre. Elle rangera son atelier demain ou plus tard. Victoria n'en peut plus de fatigue et demande à Phil de la déshabiller. Celui-ci ne se fait pas prier. Il lui retire d'abord ses chaussures et ses bas. Ses cuisses nues et bien en chair le troublent. Il caresse ses genoux et remonte jusqu'à son slip qu'il écarte un peu pour admirer sa toison abondante et blonde. Il l'aide à enlever son cardigan, son corsage et contemple pendant quelques instants son soutien-gorge en soie blanche, qui fait pigeonner ses seins. Doucement, il le dégrafe et vient flatter sa poitrine et ses tétons. La main douce de Phil et ses attentions soutenues dans des zones bien intimes réveillent Victoria qui sent le désir venir réchauffer son bas-ventre et contracter ses fesses. Elle a vite fait de dégager le sexe de Phil qui ne la déçoit pas. Ensuite viennent des plaisirs rapides mais intenses malgré l'heure avancée.

Tard dans la matinée, Phil renonce à ses rêves et redevient conscient quand Victoria, en peignoir blanc, arrive dans la chambre poussant une table roulante avec deux *breakfasts* très anglais dans leur composition et leur variété. Deux petits déjeuners dignes d'un grand hôtel de luxe où se mêlent oranges pressées, thé, scones, œufs sur la plat, toasts bien grillés et confiture d'orange.

Victoria et Phil ont eu beaucoup de mal à se retrouver depuis plus d'un an. Ce matin, ils sont comme deux jouvenceaux rieurs et fringants. Ils finissent par s'habiller et vont retrouver Peggy qui s'est occupée des jumeaux pendant la matinée. Après leurs siestes, leurs parents les emmènent bras dessus, bras dessous, se promener dans les jardins du Luxembourg. Il fait beau et les arbres ont leurs couleurs d'automne. Leurs deux jours de vacances sont magnifiques et se poursuivent jusqu'au lendemain soir, le moment pour Phil de rejoindre ses enfants et sa mère, comme s'il venait de sortir de l'avion qui l'a ramené de son inspection en Algérie.

Il marche jusqu'à chez lui, sa valise à la main, repensant à la soirée musicale organisée en son honneur par Victoria. Elle l'étonne par sa facilité de contact. Celle-ci lui permet d'avoir des amis originaux, des artistes talentueux qu'il n'aurait aucune chance de rencontrer sans elle. La plupart de ses relations à lui sont des officiers d'aviation, d'excellents camarades mais pas vraiment le même genre ! S'il vivait avec Victoria, il évoluerait sûrement dans un monde totalement différent de celui qui est le sien actuellement. Mais ses amis plairaient-ils à son amie ? Ceci est loin d'être évident !

48
MORLEAU, FRANCE, DEBUT NOVEMBRE 1945

Françoise a fait des bonds de joie, le mois dernier, quand William est revenu lui annoncer qu'il avait retrouvé le trésor de Georges. Elle lui a demandé de quoi était composé le magot. William a sorti dix lingots d'or de son sac à dos, en ajoutant que cela n'en représentait qu'une petite partie. Impossible pour lui de tout ramener. C'était trop lourd et volumineux et ils doivent maintenant faire plusieurs voyages.

Le lendemain, ils repartent de bon matin, en bicyclette, avec sacoches et sac à dos, en faisant attention à ne pas monter ensemble jusqu'à la cachette pour ne pas attirer l'attention, bien que l'endroit soit généralement désert. Françoise ouvre de grands yeux quand elle aperçoit tout ce qu'ils ont encore à ramener à bon port : des lingots d'or, des pièces d'or, mais aussi des bijoux. Euphoriques, ils repartent chargés, ayant même du mal à pédaler à cause du poids du précieux métal. Trois voyages sont nécessaires

Le soir, fatigués mais radieux, ils attendent que les enfants soient couchés pour dresser un inventaire de leur butin, lequel s'avère être considérable ! Quatre-vingt-douze lingots d'or de un kg, 1532 pièces de 20 francs or Napoléon et des bijoux, plein de bijoux, avec de gros diamants, des rubis dont ils ne connaissent pas le prix, mais qui fontt baver d'envie Françoise.

Ils cachent l'ensemble dans des cageots en bois qu'ils recouvrent de vieux journaux et mettent à la cave. Le lendemain, William creuse un grand trou dans un endroit reculé du jardin, en ne gardant dans la maison que 100 pièces, quelques lingots et les bijoux.

Pour pouvoir partager le magot en deux parts sensiblement égales, il leur faut faire estimer les bijoux ! Ils divisent l'ensemble en quatre lots et confient chaque lot à un bijoutier différent pour estimation. Cette stratégie les contraint à effectuer quatre voyages en car à Autun, Beaune, Chalon sur Saône et Dijon. Ils ne rencontrent aucun problème particulier pendant ces périples. Leur conclusion est que ce bon vieux Georges a eu beaucoup de goût lors du choix de ces joyaux ! Rien que des pierres très pures et de belle couleur. Beaucoup d'argent en perspective à la revente !

Les élections législatives du 21 octobre ont rendu Françoise perplexe. Trop occupée par le magot, elle n'a pas pris le temps d'y réfléchir et a regretté de ne pas avoir un mari pour la conseiller. Ce n'est pas avec William qu'elle a pu en parler ! Elle avait envie d'en discuter avec son ami Henri, l'ancien maire. Mais finalement, prise par le temps, elle n'a pas été voter. Pourtant cela faisait plusieurs années qu'elle militait pour le droit de vote des femmes !

On est maintenant au début du mois de novembre ; Françoise et William partagent leur trésor, près d'un mois après sa découverte. Pour justifier la présence de William chez elle, Françoise a dû mentir et le présenter comme un cousin américain, blessé pendant la guerre avec le Japon, et venu pour un mois en convalescence apprendre le français en Bourgogne. Leur complicité au cours de ces semaines, les a rendus très amis.

Une fois le partage effectué, Françoise aborde le futur avec William :

— Que vas-tu faire maintenant ? Moi je voudrais bien te garder encore, mais les gens vont finir par cancaner. Tu comprends ?

William ne sait pas quoi répondre. Si quelqu'un découvre en France ou ailleurs que ses papiers sont faux, il risque de se retrouver prisonnier de guerre avec l'angoisse d'être envoyé en Russie.

— Oui, je sais que je ne peux pas rester plus longtemps mais je ne sais pas où aller. Ma situation n'est pas facile. Je crois que je vais essayer de partir pour l'Amérique du Sud et de me refaire une vie là-bas ! Qu'est-ce que tu en penses ?

Françoise réfléchit. Le destin de William n'est pas dissocié du sien. S'il est pris puis interrogé, il risque de parler d'elle et de leur complicité. Les ennuis vont commencer.

— Moi je pense que tu devrais retourner en Allemagne en emportant seulement quelques pièces d'or. Tu viendras récupérer le reste plus tard. Tu n'auras qu'à déclarer là-bas que tu as perdu tes papiers. Tes parents sont peut-être encore vivants ?

— Retourner en Allemagne ! Je n'en ai pas très envie ! Mais c'est vrai que j'aimerais savoir ce que sont devenus mes parents, même si je suis sans illusion !

— Essaie tout de même d'y réfléchir. L'Allemagne n'est pas loin d'ici. J'ai décidé de passer mon permis de conduire et d'acheter une voiture. Je pourrai ensuite t'aider à ramener ton or chez toi. Une fois que tu auras des papiers, je suis sûre que tu pourras trouver facilement un poste de professeur d'anglais ou de français, ou même de journaliste dans ton pays. Vous avez eu tellement de morts. Les professeurs de langue doivent être très recherchés. !

— Je vais réfléchir à tout cela. Je te donnerai ma conclusion demain.

C'est par prudence que Françoise ne veut pas garder William plus longtemps chez elle. Sa présence ne la dérange pas du tout. Les enfants l'apprécient et Agnès a appris quelques mots d'anglais avec lui. William jouer souvent au ballon dans le jardin avec les garçons et enseigne le jeu d'échec au plus grand. Il a trouvé des échasses dans la cave et leur a montré comment s'en servir. Tout le monde rigole bien ! On ne pense plus tellement à Georges qui commence à passer aux oubliettes ! La fortune inattendue, tombée du ciel, a bouleversé la vie de Françoise qui considère maintenant son avenir sous de bien meilleures augures.

Le lendemain, quand ils sont seuls, William annonce à Françoise qu'il s'est rangé à son avis et le surlendemain, il quitte la maison avec ses faux-papiers américains, déguisé en photographe du Washington Post, direction Strasbourg, avec comme objectif, le passage du Rhin. Des pièces d'or, dissimulées dans son sac à dos doivent lui permettre de subsister en Allemagne jusqu'à ce qu'il ait de vrais papiers et un travail. Emus tous les deux, les deux complices se disent à bientôt et jurent, de toujours garder le silence sur ce qui vient de se passer.

Françoise se sent bien esseulée après le départ de son ami. Mais quelques jours plus tard, elle reçoit une lettre qui vient la distraire :

Chère Françoise,

Peut-être vous souvenez-vous de moi ? Nous nous sommes rencontrées sur la base aérienne de Meknès. Vous étiez venue régler des problèmes d'argent et nous avons dîné ensemble chez moi. Vous m'avez donné votre adresse en Bourgogne ce qui me permet de reprendre contact. Je ne sais pas si vous êtes revenue d'Algérie mais je tente le coup. Moi je suis de retour à Paris depuis juillet et j'aurais plaisir à vous revoir. Faites-moi signe si vous venez à Paris. J'habite avec mon fils et mes petits enfants dans le 15ème arrondisssement...

Marguerite Destivel (Maggy pour les intimes)

Cette lettre fait sourire Françoise. Quand Maggy l'avait reçue chez elle à Meknès, elle s'était rendue compte du caractère autoritaire de cette dame qui semblait vouloir continuer à gouverner son fils comme s'il s'agissait d'un adolescent !

49
PARIS, FRANCE, NOVEMBRE 1945

Depuis qu'elle est rentrée du Maroc, Maggy a écrit à toutes les personnes qu'elle a rencontrées là-bas et avec qui, elle a sympathisé. Elle a ainsi rédigé plus de vingt lettres. Une tâche laborieuse car l'écriture n'est pas son fort. Bien occupée pendant quelques temps, elle se sent maintenant libérée.

Aujourd'hui Dimanche, Maggy a invité son cousin Fernand à déjeuner. Elle aime bien ce cousin germain, veuf depuis une dizaine d'années. Enfants, ils ont passé plusieurs fois des vacances ensemble chez les parents de Maggy à côté d'Orléans, puis ils ont continué à se voir régulièrement au fil des années. Seule la guerre a interrompu leurs relations qui ont repris depuis le retour de Maggy du Maroc.

Fernand est une fine gueule. Sa femme était un véritable cordon bleu et Maggy se sent toujours obligée de mettre les petits plats dans les grands quand il vient déjeuner. Fernand est d'un naturel plutôt gai et fait rire tout le monde pendant le repas. Paul et Claire ainsi que Phil passent un bon moment avec lui. Après le café et les digestifs, Maggy et Fernand décident d'aller se promener tous les deux, avenue de Breteuil. Phil s'est toujours demandé si sa mère et lui n'avaient pas eu des relations qui dépassaient le simple cousinage quand ils étaient plus jeunes, mais il n'a jamais osé le demander à Maggy.

En marchant vers les Invalides, ils bavardent, évoquant leur jeunesse. Cependant, après quelques minutes, Fernand prend un air quelque peu mystérieux, baisse la voix comme pour faire une confidence à sa cousine :

— Maggy, il faut que je te pose une question. Pas cette semaine mais la semaine d'avant, le jeudi après-midi, j'ai aperçu Phil au bras d'une charmante jeune femme avec deux bébés, en train de se promener dans les jardins du Luxembourg. Ils avaient l'air de vraiment bien s'entendre si tu vois ce que je veux dire. Alors ton Philippe va se remarier ? Raconte-moi !

Maggy est pour le moins étonnée :

— Tu dois te tromper. Phil était en mission en Algérie à cette date. Il est rentré le vendredi soir.

— Non, je n'ai pas pu me tromper. Phil est passé à deux mètres de moi. J'étais assis sur un banc à lire le Figaro. Il ne m'a pas vu mais moi, je l'ai vu de près. Je suis sûr de moi. Ensuite je les ai suivis. Ils se tenaient par la main et se sont embrassés plusieurs fois. A la fin de leur promenade, ils sont rentrés tous les quatre au 14 bis rue Guynemer, une rue au bord des jardins du Luxembourg.

Maggy est furieuse de ce qu'elle vient d'entendre mais ne veut pas le montrer à son cousin :

— Je ne suis pas au courant. Je lui demanderai ce qu'il en est. Merci de m'avoir prévenue. Même s'il a l'âge de raison, j'aime bien savoir comment il occupe ses journées !

Maggy réussit à se dominer et se met à parler de tout autre chose avec son cousin. Rentrée chez elle, elle réfléchit : « Elle pourrait d'emblée interroger son fils mais il est probable qu'il ne lui dirait pas grand-chose. Or ce qu'elle veut, c'est savoir qui est cette femme, qui sont ces enfants. Certes, son fils doit se remarier mais pas avec n'importe qui ! Il lui faut une vraie compagne qui puisse tenir sa maison mais aussi son rang de femme de colonel et peut-être bientôt de général. Si sa future femme était quelque peu fortunée, cela ne gâcherait rien. Un point très important, c'est que sa future m'aime bien. Si jamais j'avais envie de continuer à vivre avec Phil et les enfants, il ne faudrait pas qu'elle me cherche des noises et veuille m'envoyer vivre dans un hospice ! »

Mentalement Maggy construit ainsi le portrait-robot de la future épouse de Phil et veut savoir si cette femme vue avec son fils correspond à ce qu'elle souhaite non seulement pour lui mais aussi pour elle-même !

Elle a mémorisé l'adresse de la personne : 14 bis rue Guynemer, mais ne sait pas trop comment en savoir plus.

Après deux jours de réflexion, Maggy décide d'utiliser les grands moyens. Elle se pointe à 10 heures du matin au 74 bis rue d'Aboukir dans le 2ème arrondissement de Paris. Elle monte directement au 1er étage et sonne à la porte de l'agence Leduc. Elle a choisi d'utiliser les ressources d'un détective privé pour obtenir des réponses aux questions qu'elle se pose malgré le coût que cela représente.

Elle expose en détail son problème à Monsieur Leduc, un ancien commissaire de police qui a fondé cette agence d'investigations. Elle lui donne une photo de son fils en lui indiquant également l'adresse de l'immeuble dans lequel Phil et cette femme sont rentrés. Le détective réfléchit quelques instants et dit à Maggy :

— Votre problème doit être assez simple à résoudre, si l'adresse que vous me donnez est bien celle de la dame. Revenez me voir dans une semaine. En attendant pouvez-vous me laisser un acompte ? La moitié de ce que je vous facturerai.

Maggy trouve la note salée mais, résignée, sort de son sac à main une enveloppe remplie de billets et laborieusement en extrait la somme demandée.

Une fois sortie de l'agence, Maggy regrette de s'être décidée si vite. « Qu'est-ce que je suis conne ! Puisque j'ai une adresse j'aurais pu essayer d'en savoir plus avant de me précipiter chez un détective et amputer mes petites économies d'une somme rondelette ».

Le lendemain matin, Maggy n'en peut plus, et décide de mener, elle-même, ses propres investigations. A dix heures, elle se tient en face du 14 bis rue Guynemer, persuadée que la dame avec ses deux enfants va sûrement sortir de chez elle pour aller les promener. Elle trouve l'endroit cossu et agréable avec la proximité des jardins du Luxembourg. Au bout d'un quart d'heure, elle aperçoit une jeune femme qui sort de l'immeuble, poussant un grand landau suffisamment vaste pour deux bébés. La dame traverse la rue et entre dans les jardins. Maggy la suit et la voit s'asseoir sur un fauteuil en métal dans une petite allée, avec le landau à côté d'elle.

« Dommage que cette femme ne se soit pas assise sur un banc, j'aurais pu m'asseoir à côté d'elle, engager la conversation et la voir de près » pense Maggy qui la regarde attentivement, quand elle est à sa hauteur.

Maggy est frappée par le jeune âge de la personne. « Une gamine qui doit avoir vingt ans de moins que mon fils ! Phil a perdu la tête ! Cette petite greluche ne ressemble pas du tout à une femme de colonel » pense Maggy.

La greluche sort un paquet de cigarettes de son sac et en allume une avec un briquet.

« En plus, elle fume ! Dans un jardin public ! Comme les hommes ! Je rêve ! C'est vraiment le monde à l'envers » pense Maggy, consternée, qui a vraiment envie d'en savoir plus, mais ne voit pas comment procéder. Résignée, elle décide d'attendre les résultats de l'enquête du détective, car elle ne veut prendre aucun risque.

La semaine est longue. Maggy est exaspérée par son fils qu'elle voit pendant les repas, parfaitement naturel, de bonne humeur, alors qu'il lui cache l'essentiel ! Mais elle arrive à faire comme si de rien était, car elle sait qu'elle sera beaucoup plus forte pour prendre les décisions qui s'imposent si les informations du détective viennent corroborer ce qu'elle-même a découvert.

Deux jours avant la fin de cette semaine d'attente, Phil lui annonce qu'il va probablement partir au Maroc dans quelques jours ou semaines pour aller inspecter la base aérienne d'Agadir. Elle aimerait bien connaître la date exacte de ce déplacement mais l'organisation du voyage reste à finaliser.

C'est aujourd'hui à midi qu'elle a rendez-vous avec son détective. Parfaitement à l'heure, elle se demande ce qu'elle va apprendre de plus que ce qu'elle a découvert elle-même. Monsieur Leduc met toujours un point d'honneur à être ponctuel et à midi pile, il rend compte du résultat de ses démarches :

— Il ne nous a pas été très difficile d'identifier l'amie de votre fils en graissant un peu la patte du concierge. Il s'agit de Madame Victoria Miller. Elle est anglaise, veuve du colonel Miller, qui était prisonnier en Allemagne et a pu s'échapper en 44 de l'oflag où il était retenu. Il a juste eu le temps de faire deux enfants à son épouse, deux jumeaux, un garçon et une fille et il est décédé peu après. Madame Miller est arrivée en France, il y a environ trois mois, et a loué cet appartement de la rue Guynemer.

— Une femme de colonel ! mais quel âge a-t-elle ?

— A peu près 35 ans.

Maggy ne comprend pas. La femme qu'elle a vue est beaucoup plus jeune. Elle ne veut pas parler de ses propres investigations mais souhaite comprendre :

— Mais mon cousin qui les a vus, m'a parlé d'une femme beaucoup plus jeune !

— Madame Miller loge sa cousine, une dénommée Peggy, qui s'occupe des enfants. Celle-ci est effectivement beaucoup plus jeune. Madame Miller est artiste peintre. Elle a besoin de temps pour son art. C'est pour cela qu'elle fait garder ses enfants, d'autant plus que, paraît-il, elle sort souvent dîner en ville et revient très tard.

Maggy comprend sa méprise. Elle a pris la nurse des enfants pour l'amie de son fils. Elle est plutôt rassurée par les 35 ans de Madame Miller mais peu enthousiasmée par son activité artistique :

— Vous savez à quelle genre de peinture s'adonne Madame Miller ?

— Le concierge qui vient faire du ménage chez elle, m'a dit qu'il s'agissait d'art abstrait, des formes colorées sans signification.

— Ah bon ! C'est ridicule. Elle fait ça parce qu'elle ne doit pas savoir vraiment dessiner. Je vois ! Et vous me dites qu'elle rentre tard. Vous pouvez m'en dire plus ?

— Non Madame. Vous nous avez chargé d'identifier l'amie de votre fils, et c'est chose faite. Nous pouvons, si vous le souhaitez, mettre en place une filature. C'est plus cher mais très efficace.

— Encore payer ! Qu'est-ce-que ça peut m'apporter de plus ?

— Beaucoup ! Un compte-rendu précis d'activité de la dame sur 24 h ou 48h, avec éventuellement l'identité des personnes qu'elle rencontre, des photos compromettantes s'il y a lieu. Vous voyez ?

La somme demandée par Monsieur Leduc est élevée Les économies de Maggy ne sont pas gigantesques. Mais s'il s'agit de tirer son fils d'un mauvais pas, il ne faut pas mégotter ! Maggy accepte la proposition du détective qui la préviendra quand les filatures auront été faites.

50

PARIS, FRANCE ET MASSIF DU HOGGAR, ALGERIE, NOVEMBRE ET DECEMBRE 1945

Victoria est fébrile car elle vient d'apprendre que le vernissage de l'exposition à laquelle elle participe, est programmé le samedi 8 décembre à 18 heures. Trois de ses tableaux y seront présentés mais elle n'est pas satisfaite du dernier qu'elle a récemment transmis au directeur de la galerie. Elle veut essayer, dans les quinze jours, de se surpasser afin d'exposer une toile plus percutante. Assise à son chevalet, elle cherche l'inspiration, tente quelques esquisses, et recommence ses essais jusqu'à être satisfaite de son projet. Il s'agit pour elle d'une occasion à ne pas rater.

En début d'après-midi, on sonne à la porte de son atelier. Très peu de personnes connaissent l'existence de cette porte à laquelle on ne peut accéder que par l'escalier de service. C'est son ami Serge Andropov qui vient lui rendre visite :

— Bonjour Serge, pourquoi passes-tu par l'escalier de service ? Et d'abord, comment connais-tu l'existence de cette porte ?

— Tu oublies ma chérie, que c'est moi qui t'ai trouvé cet appartement. Je l'ai visité intégralement avant de te le proposer.

Serge est volubile et appelle les femmes « ma chérie », quand il les trouve à son goût. L'haleine de Serge, comme souvent, n'est pas exempte de toute vapeur d'alcool et Victoria craint, dans ce cas, de se retrouver seule avec lui, redoutant ses avances souvent cavalières.

— Ça fait trois heures que je suis assise. Si on allait faire une promenade au Luxembourg ? Il y a une belle lumière aujourd'hui. Je voudrais parler avec toi d'art abstrait.

— Je vois ! Tu as peur de moi ! Mais d'accord ! De toute manière, je suis resté toute la nuit avec une femme terriblement ardente qui m'a épuisé.

Assise un peu plus tard sur un banc, devant l'Orangerie des jardins du Luxembourg, Victoria discute sérieusement avec Serge des différentes théories qui sous-tendent l'art abstrait et des peintres qui en sont représentatifs comme Kandinsky, Hartung et Miro. Victoria cherche à se trouver une place au sein d'un des mouvements qui ont pris naissance pendant la guerre et qui fleurissent en cette fin 1945. Clairement elle ne s'intéresse pas qu'à la beauté de formes purement géométriques et trouve un espace d'expression riche dans la transcription en couleurs, formes et textures d'émotions individuelles.

Cette conversation conforte Victoria dans son envie de faire évoluer sa peinture vers des représentations plus touchantes. Les idées lui viennent et après ces échanges elle ne songe qu'à retourner à son chevalet. Elle a encore deux heures avant le retour de Peggy partie promener ses enfants. Serge, lui, a envie de rester encore un peu dans le quartier. Ils se lèvent pour se dire au revoir. Victoria veut lui faire un baiser sur la joue quand lui, facétieux retourne son visage et l'embrasse sur la bouche. Elle se dégage mais connaissant son ami, ne se formalise pas et le quitte en riant.

Dans les jours qui suivent, Victoria peint une toile incorporant des formes presque géométriques, mais moins précises. Les plages colorées sont hétérogènes, vives, et lui permettent d'exprimer des émotions, des angoisses, mais aussi le bonheur et la sérénité. Un deuxième tableau vient compléter le premier, de la même veine, mais avec plus de maîtrise de sa nouvelle technique.

Jean-Louis Raqué, le directeur de la galerie, accepte sans sourciller ces deux toiles qui vont se substituer aux précédentes et encourage Victoria à poursuivre dans cette voie :

— C'est vraiment bien, tout à fait dans les courants actuels. Mais c'était moins une, car je dois aller chez l'imprimeur cet après-midi pour finaliser les textes qui seront diffusés aux visiteurs. Il faut me donner un titre pour chaque tableau.

Victoria réfléchit et lui dit :

— Pour le premier, j'ai été inspirée par la destruction de mon atelier en Angleterre par un chasseur allemand qui a fini sa course dans mes murs. J'étais à quelques mètres ! C'était horrible et grandiose à la fois. Comme titre, « Explosion Finale » me convient bien. Le second, je voudrais l'appeler « Renaissance à Paris ». Depuis que je suis ici avec mes enfants, j'ai vraiment l'impression d'avoir commencé une deuxième vie. Je l'ai exprimée dans cette peinture aux couleurs vives et gaies.

Pour le vernissage, début décembre, le directeur de la galerie fait imprimer une biographie courte de Victoria racontant comment toute sa production picturale a été anéantie en un instant par le Junkers allemand venu s'écraser en Angleterre sur son atelier ; les visiteurs sont émus par ce récit ce qui incite un journaliste du Monde à écrire un article sur cette nouvelle peintre. Kandinsky et Nicolas de Staël, présents lors du vernissage, viennent bavarder avec Victoria et l'encouragent à continuer. Le directeur de la galerie a fixé un prix relativement élevé pour les deux tableaux de Victoria. La stratégie est bonne car un visiteur suisse les achète sans discuter, convaincu du potentiel de cette peintre. Stimulée par l'accueil des amateurs d'art moderne à Paris, elle ne songe plus qu'à enrichir sa production.

Que la vie est belle maintenant pour Victoria, après quatre années difficiles passées dans une petite ville d'Angleterre. Sa peinture plaît et on l'encourage à continuer. Ses héritages l'ont mise à l'abri du besoin. Paris est une ville en pleine effervescence culturelle depuis le départ des allemands. Victoria est sous le charme d'un aviateur séduisant grâce à qui les enfants qu'elles n'attendaient plus sont arrivés. Bien sûr, la suite de ses relations avec le colonel Destivel est incertaine mais la vie leur offre un moment de répit dont ils savent profiter.

Phil doit arriver en France le lendemain et séjourner deux jours chez elle après son retour de mission, avant de retourner à son domicile, rue Lecourbe. Victoria se demande s'il ne leur faudrait pas, à elle et Phil, aborder un tant soit peu leur avenir ensemble.

Au même moment, Phil se pose les mêmes questions à 3000 m d'altitude, dans un avion, un Siebel 204 d'origine allemande mais construit en France par la SNCAC[9] en 44. Il a organisé un vol de reconnaissance au-dessus du massif montagneux du Hoggar avec l'idée de développer une vraie base aérienne militaire à Tamanrasset où il n'y a qu'une piste construite pendant la guerre, utilisée ponctuellement. La ville est devenue stratégique dans le sud du Sahara, une sorte de portail vers l'Afrique noire. Phil a fait prendre des photos des massifs montagneux et des plateaux adjacents. L'avion vole vers Tamanrasset-Aguenar pour s'y poser dans une heure. Ils sont quatre dans l'appareil, un pilote, un navigateur, un mécanicien et lui-même en passager.

Phil pense à Victoria qu'il a hâte de retrouver chez elle, le lendemain soir. Il se demande s'il ne devrait pas, au moins une fois, l'inviter à déjeuner chez lui un dimanche pour lui présenter sa famille. Bien sûr, il y a le problème de Maggy qui risque de ne pas être

---

[9] *SNCAC : Société Nationale de Construction Aéronautique du Centre*

aimable. Mais s'il sait être diplomate et lui parler de Victoria préalablement, peut être trouvera t'elle grâce à ses yeux ?

Phil entend le navigateur dire au pilote :

— J'ai un problème ! Le radiocompas ne marche plus, je n'arrive pas à nous localiser, je vais tenter de le dépanner. Essaie d'avoir un vol circulaire pour que nous restions dans la même région.

Le pilote regarde ses instruments :

— Aie ! c'est très emmerdant ce qui nous arrive. La nuit va vite tomber maintenant. J'ai de l'essence pour une heure mais pas plus !

Phil a entendu et comprend vite le problème. S'ils ne se localisent plus par rapport aux balises terrestres, ils risquent de tournicoter autour des massifs montagneux et d'être obligés de se poser n'importe où quand le réservoir sera vide. Et là, dans ces massifs rocheux, à la nuit tombante, ils ont peu de chance d'en réchapper !

Phil est très angoissé. Il ne va tout de même pas finir dans un accident d'avion en temps de paix après avoir survécu à nombre de missions de guerre dangereuses et fait sept mois d'hôpital après son accident ! Que vont devenir ses enfants et Victoria qu'il doit rejoindre demain ? Il trouve plus difficile de garder son calme en passager que lorsqu'on pilote soi-même l'avion.

Phil voit le navigateur s'énerver avec le radiocompas. Mais rien n'y fait ! Le navigateur ne sait plus où ils sont et la nuit est en train de tomber. Le pilote très concentré, met toute son énergie à éviter les massifs montagneux qui, dans cette région du Sud de l'Algérie, culminent à près de 3000 mètres. Il cherche maintenant une zone pas trop accidentée qui leur donnerait plus de chance en cas d'atterrissage forcé.

Le pilote voit que son réservoir est presque vide et annonce qu'il va tenter un atterrissage. L'endroit qu'il vient de repérer est plat mais malheureusement n'est pas indemne de gros rochers.

Le pilote réduit le régime des moteurs. Il veut tenter de se poser sur le ventre et préfère ne pas sortir son train d'atterrissage. L'avion bascule doucement vers l'avant ; la descente est cependant rapide. Phil vérifie nerveusement l'accrochage de sa ceinture de sécurité et attend le choc, haletant . Il se cramponne aux accoudoirs de son siège et bloque ses pieds sur le siège devant lui. Le choc survient, énorme ! L'avion rebondit légèrement puis laboure le sol à 180 km à l'heure. Le bruit est cataclysmique. L'avion n'en finit pas de glisser avec le risque, à tout moment, de finir sa course dans un gros rocher qui viendrait les déchiqueter. Tous sont violemment secoués, à la limite de l'évanouissement. Le siège de Phil arraché est arraché et vient heurter la paroi latérale. Mais Phil n'est pas été sérieusement atteint. L'appareil termine sa trajectoire après un virage inopiné à 180 degrés. Il y a de la poussière partout qui obscurcit l'intérieur de la carlingue, envahie par une odeur d'essence. L'avion immobilisé, les quatre aviateurs groggy sortent tant bien que mal de l'avion pour éviter le feu qui peut survenir à chaque instant. Ils ont de la chance car rien ne se passe et après quelques minutes ils retournent à l'intérieur de l'avion chercher les quelques vivres et bidons d'eau qu'ils ont emportés, ainsi que des couvertures car il fait déjà très frais dehors. Ils n'en reviennent pas d'être vivants mais sont choqués.

Ils restent silencieux quelques instants, reprenant leur souffle avant de pouvoir parler. La radio de l'avion fonctionne toujours et le navigateur émet un message pour dire qu'ils sont sains et saufs mais perdu quelque part dans le massif du Hoggar. L'équipage installe ensuite son bivouac. Ils se contraignent à ne boire qu'un verre d'eau toutes les trois heures, car leurs réserves sont limitées et ils ne savent pas quand ils pourront être secourus.

Leur nuit est chaotique car l'endroit est infesté de scorpions et de tarentules qu'ils doivent chasser quand ils sont assaillis. Au petit matin, ils prennent tous les quatre une collation rudimentaire, espérant voir bientôt un appareil de reconnaissance arriver. Le temps s'écoule lentement. Ils ont peur de mourir de soif, s'ils ne sont pas repérés. Vers midi, ils entendent du bruit, et aperçoivent un avion, encore loin, qui est peut-être à leur recherche. Ils allument un feu avec un peu d'essence et font brûler du bois mort pour dégager de la fumée. Quelques minutes plus tard, un Dakota de l'armée de l'air les localise et vient faire des passages à basse altitude au-dessus de leur campement de fortune. Ils établissent un contact radio. Le pilote de cet avion leur parachute ensuite des vivres et des boissons. C'est la joie pour les quatre occupants de l'appareil. Ils sont sauvés.

Une colonne de secours avec deux camions de la compagnie saharienne de Tamanrasset est envoyée pour les rapatrier. Elle n'arrive jusqu'à eux qu'après deux jours de voyage car le relief est accidenté et les chemins en mauvais état. Phil prend ensuite un avion que le ramène à Paris avec trois jours de retard. Sa famille a pu être prévenue mais pas Victoria.

Phil se fait conduire chez elle, à sa descente d'avion. Il la trouve morte d'inquiétude, persuadée qu'il lui est arrivé de nouveau quelque chose de grave comme à Gaitford. Une fois encore, la chance de son compagnon l'émerveille quand celui-ci lui raconte ce qui est arrivé. Elle ne souhaite pas le voir partir tout de suite et lui demande s'il peut rester avec elle au moins une soirée et une nuit mais Phil se sent des obligations familiales :

— J'aimerais vraiment rester avec toi mais il faut que je m'occupe de mes grands enfants pendant le reste du week-end. Si tu veux bien, je passerai lundi à l'heure du déjeuner. Je voudrais aborder avec toi plusieurs points qui concernent notre avenir et celui des jumeaux.

— Oui, on parlera de tout ça, mon chéri. Je suis tellement contente que tu sois vivant. Encore une fois, c'était moins une !

Phil la quitte sur ces entrefaites. Il marche jusqu'à son domicile, bien décidé à faire avancer les choses avec Victoria. Il ne voit maintenant qu'une seule solution, c'est qu'ils habitent ensemble, elle, les jumeaux, ainsi que Paul et Claire. Reste le problème de Maggy auquel il va devoir réfléchir. Mais elle semble elle-même avoir trouvé la solution.

51
PARIS, FRANCE, DECEMBRE 1945

Ce lundi matin, Maggy va tôt chez son détective, comme il lui a demandé par pli, le samedi précédent, suggérant qu'il disposait de résultats qui allaient l'intéresser. Monsieur Leduc a préparé un dossier à son intention avec deux feuilles dactylographiées contenant un texte résumant les filatures. Sa conclusion est sans appel :

— Madame Miller, l'amie de votre fils, sort souvent le soir et rentre fort tard la nuit ! Quelques fois au petit matin ! Elle fréquente les club de jazz et dîne souvent au restaurant avec des peintres et des sculpteurs. Elle boit beaucoup d'alcool ! Mais elle ne semble pas consommer de drogues, comme la cocaïne, prisée par ces artistes. Elle a un ami russe dont le comportement est ambigüe. Voyez cette photo prise dans les jardins du Luxembourg en pleine après-midi !

Maggy met ses lunettes et voit nettement sur la photo Madame Miller en train d'embrasser un monsieur sur la bouche. Sa conclusion est immédiate. Il n'y a pas à tergiverser, cette femme n'est pas faite pour son fils !

Maggy règle le solde et part avec son dossier, résolue à ne pas laisser dormir la photographie que le détective lui a remise. Arrivée à son domicile, elle décide de passer à l'action. Elle veut envoyer à son fils une lettre anonyme avec la photo de cette femme en train d'embrasser un autre homme que lui. Ce sera peut-être un peu dur mais au moins Phil disposera d'un document montrant la conduite scandaleuse de cette femme ! La rupture ensuite ne devrait pas tarder !

Maggy prépare une grande enveloppe, y insère la photo et découpe des lettres dans un journal de manière à rajouter la date et l'heure de la photo. Pas la peine d'en mettre plus ! Le contenu est suffisamment explicite. Ensuite, elle va dans un bureau de poste d'un autre arrondissement pour faire partir ce courrier qui devrait arriver à destination deux ou trois jours plus tard. Il ne lui vient pas à l'esprit qu'elle pousse peut-être le bouchon un peu loin en s'immisçant à ce point dans la vie privée de son fils !

Pendant ce temps, Phil est dans son bureau, occupé à rédiger un compte rendu de sa mission quand sa secrétaire lui annonce qu'un ancien officier de la Royal Air Force est à l'entrée du ministère et souhaiterait le rencontrer. Il s'agit du capitaine John Luxley. Phil n'en revient pas. John arrive toujours impromptu quand on le pense ailleurs. Très curieux de savoir pourquoi il est à Paris, le colonel Destivel accepte de le recevoir sans attendre. Tous les deux sont heureux de se revoir. John s'exprime en Anglais et lui fait part de sa nouvelle situation :

— Je suis devenu parisien depuis une semaine. J'avais postulé pour Princeton aux Etats-Unis, mais la réponse a été négative. Heureusement j'ai obtenu un poste de mathématicien pour deux ans au Collège de France dans l'équipe du professeur Mandelbrojt. Il était venu à Londres à la fin de la guerre, dans le cadre d'une mission de scientifiques auprès des forces françaises libres. Je crois qu'il a été impressionné par mes années de pilote de bombardier. C'est vraiment une nouvelle vie pour moi ! J'évolue maintenant vers des recherches pluridisciplinaires. Je correspond avec un mathématicien américain qui s'appelle Norbert Wiener, un génie, en train d'inventer une nouvelle discipline !

— Et où habitez-vous ? Vous avez trouvé quelque chose de sympathique ? Ce n'est pas évident en ce moment dans le Paris de l'après-guerre ?

— Je loue un deux pièces sous les toits, rue Mouffetard et je me suis déjà fait des amis dans l'immeuble. J'adore Paris ! Je fais des efforts tous les jours pour mieux parler votre langue mais je ne suis pas encore très performant. La politique aussi est intéressante dans votre pays. Beaucoup de progressistes. Bien plus qu'en Angleterre !

Phil note son adresse et lui promet de l'inviter à déjeuner pour discuter plus longuement et lui présenter sa famille. Peut-être, John pourrait-il donner des cours de conversation anglaise à Paul et Claire ?

Ce même Lundi, Phil se rend disponible à l'heure du déjeuner et vient sonner chez Victoria. Peggy vient lui ouvrir. Immédiatement il voit à son air sombre que quelque chose ne va pas :

— Victoria n'est pas là. Tôt ce matin, elle a eu une douleur intense dans sa jambe et sa cuisse. Le médecin appelé en urgence a vu que sa jambe était enflée et elle a été hospitalisée sur le champ à l'hôpital

Cochin.

Phil marche jusqu'à cet hôpital qu'il connaît bien car son père y avait été soigné pour son cœur. Il trouve facilement Victoria dans le service de médecine du professeur Florian. Malheureusement Victoria est dans une chambre à quatre, ce qui gêne les conversations un tant soit peu personnelles, mais c'est mieux qu'une salle commune Elle a une phlébite et on l'a mise d'emblée sous traitement anticoagulant, avec des piqures d'héparine pour dissoudre le caillot qui obstrue la veine.

Son amante apparaît angoissée et se sent perdue dans cet univers glauque qu'elle ne connaît pas. Elle se demande combien de temps elle va y séjourner et tout d'un coup pessimiste se cramponne à Phil et lui demande de bien veiller sur les jumeaux, s'il lui arrivait quelque chose. Mais elle ne perd pas son sens de l'humour et lui fait une suggestion :

— Si je meurs, tu pourrais épouser Peggy. Elle est jolie et sait très bien s'occuper des enfants !

— Arrête de dire n'importe quoi ! Ta veine va se déboucher et tu vas bientôt être sur pied. Puisque tu penses à l'avenir, je voudrais bientôt t'inviter à déjeuner chez moi, un dimanche, pour te présenter mes enfants et mon dragon de mère. A propos d'elle, j'ai des interrogations. Elle a un cousin qu'elle aime bien depuis longtemps. Il est veuf et elle aussi. Je me demande s'ils n'ont pas envie de se marier même s'ils ne sont plus tout jeunes. Ils en parlaient l'autre jour sans savoir que je les entendais. Ils n'avaient pas l'air de plaisanter. Ma mère lui a dit qu'elle avait encore besoin de six mois pour conclure certaines affaires. Je me demande bien de quelles affaires elle parlait.

— Oui, maintenant ça me ferait plaisir de connaître tes enfants. Et si ta mère veut aller vivre ailleurs, ce n'est pas plus mal après tout ce que tu m'as raconté sur elle !

Au bout de trois quarts d'heure, Phil est obligé de la quitter et lui promet de revenir le surlendemain à l'heure du déjeuner. Phil a beaucoup de travail. Il doit rédiger un double rapport. Le premier sur l'intérêt stratégique de Tamanrasset pour l'aviation française et le second sur les circonstances de l'accident qui a retardé de trois jours son retour et a failli lui coûter la vie. Mais le soir, dans son lit, l'inquiétude le gagne et il aimerait savoir son amie sortie d'affaires.

Quand il arrive deux jours plus tard dans la chambre où séjourne Victoria, la porte est ouverte et plusieurs médecins et étudiants, tous en blouse blanche, sont à l'intérieur de la chambre. Il attend dehors, soucieux, car il a vu qu'ils s'affairaient autour de Victoria. Une infirmière à qui il demande des nouvelles dans le couloir, lui explique que Madame Miller a fait un malaise, qu'elle a des problèmes respiratoires et qu'ils ont appelé le chef de service. Quand le personnel soignant sort de la chambre au bout d'un quart d'heure, le colonel Destivel, en uniforme, se précipite vers le médecin le plus âgé pour avoir des nouvelles. Le chef de service lui explique :

— Madame Miller a fait une embolie pulmonaire. C'est grave, il ne faudrait pas qu'elle en refasse une autre. Nous allons augmenter les doses d'anticoagulants. Elle n'est pas bien en ce moment, vous devriez revenir demain. Il est préférable qu'elle se repose.

Phil quitte l'hôpital soucieux. Il n'a pas la force de se concentrer sur son travail et passe en fin d'après-midi voir Peggy pour lui donner des nouvelles. Elle aimerait aller voir Victoria mais il n'y a qu'elle pour s'occuper des jumeaux.

Le lendemain, quand Phil arrive dans le service de médecine, l'infirmière avec qui il a parlé hier, l'arrête dans le couloir, le fait rentrer dans un bureau et lui annonce sans ménagement que Madame Miller est décédée brutalement il y a une heure, suite à une nouvelle embolie pulmonaire. Son corps a déjà été transporté au funérarium de l'hôpital. Personne ne peut la voir pour l'instant.

Phil prend le choc de plein fouet ; accablé, il est obligé de s'asseoir sur un banc dans le couloir et reste un long moment prostré avant de pouvoir reprendre un tant soit peu ses esprits. L'infirmière vient lui demander s'il est de la famille et sur sa réponse négative lui demande si Victoria a des membres de sa famille à Paris. Il lui explique que Victoria vivait avec sa cousine et ses deux enfants dans un appartement près du Luxembourg et qu'il va contacter cette cousine.

Peggy est effondrée par la nouvelle que lui apporte Phil. Tous les deux sanglotent longuement jusqu'à ce que Peggy lui dise :

— Je vais devoir retourner en Angleterre avec les enfants. Légalement, ce sont les enfants du colonel Miller même si je sais que c'est vous leur père. Victoria m'avait fait des confidences et souhaitait cependant que votre paternité reste secrète. La situation est complexe. Vous, que souhaitez-vous ?

La question est directe et surprend Phil, incapable de répondre.

Le soir au dîner, Maggy voit combien son fils va mal. Il ne dit pas un mot, prétexte des soucis professionnels et quitte la table avant la fin du repas pour aller dans sa chambre. Une heure plus tard Maggy cogne doucement à sa porte et trouve son fils en larmes. Le voyant ainsi, elle s'imagine qu'il a reçu la photographie de son amie en train d'embrasser un homme. Elle vient vers lui, affectueuse :

— Qu'as-tu, tu as des ennuis ?

— Oui, la femme que j'aime est décédée ce matin à l'hôpital Cochin ! Une embolie pulmonaire. Je l'avais rencontrée en Angleterre et elle était venue habiter à Paris récemment. Je voulais te la présenter. Mais laisse moi, j'ai besoin d'être seul.

Maggy ne comprend pas bien et laisse son fils comme il lui demande. Visiblement, il n'a pas reçu la photo qu'elle a envoyée. Pas la peine de faire souffrir son fils encore plus, puisque de toute façon, le danger que représentait cette femme est écarté. Le lendemain matin, Maggy récupère le document dans le courrier arrivé chez le concierge. Elle le détruit sans attendre.

Phil va plusieurs fois voir Peggy occupée à organiser son départ et le rapatriement du corps de Victoria. Il veut absolument être présent à ses obsèques en Angleterre. Une date est facilement trouvée pour le rapatriement du corps mais Peggy n'arrive pas à obtenir du consulat une date pour l'inhumation. On lui dit que les autorités anglaises décideront de la conduite à tenir une fois le corps rapatrié. Le permis d'inhumer sera donné à ce moment-là, sans doute quelques jours après le retour du corps. Phil déprimé, se voit dans l'impossibilité d'organiser sa présence aux obsèques de sa bien-aimée et fait le serment d'aller dès que possible se recueillir sur sa tombe à Reading.

Pour compenser son absence, Phil, aidé par Peggy, organise une cérémonie d'adieu, dans le funérarium de l'hôpital Cochin, avec tous les amis rencontrés à Paris.

Une quinzaine de personnes assistent à la cérémonie, beaucoup d'hommes, probablement sensibles à la beauté et au charme de Victoria, surtout des peintres et des musiciens. Plusieurs prennent la parole et dédient à Madame Miller quelques poèmes de leurs crus, qui font pleurer l'assistance. Jean-Louis Raqué, le galeriste, souligne plusieurs fois son immense talent en passe d'être reconnu. Son ami Serge insiste sur sa beauté et son caractère trempé. Il prononce même le mot tempérament qui fait sourire plusieurs de ses amis. Peggy la remercie pour les derniers mois magnifiques passés avec elle, d'abord à Londres puis à Paris, et lui promet de continuer à veiller sur ses jumeaux qu'elle aime comme s'ils étaient ses propres enfants. Phil prend la parole en dernier. Il revient sur sa rencontre avec Victoria, au bord d'une rivière, avec la pêche comme premier point commun. Il est discret et parle de leur trajet à tous les deux, à mots couverts comme s'il voulait rester énigmatique pour que ses paroles ne puissent être comprises que d'elle. Il termine, la voix cassée, submergé par ses émotions et sa tristesse. Nombreux sont ses amis qui ne peuvent retenir leurs sanglots.

Avant de quitter Paris, Peggy lui laisse l'adresse de ses parents pour qu'ils puissent correspondre. Une fois en Angleterre, elle doit se renseigner auprès d'un homme de loi et écrire à Phil. Lui-même est très ennuyé de cette situation. Il ne se voit ni élever les deux bébés sans leur mère, ni les abandonner à leur sort en Angleterre.

La disparition de Victoria laisse un immense vide dans la vie du colonel Destivel. A 41 ans, le voici de nouveau « veuf » alors que lui-même a réchappé miraculeusement à plusieurs accidents particulièrement graves.

Six mois se sont écoulés depuis le décès de Victoria.

52
MORLEAU EN BOURGOGNE, FRANCE, JUIN 1946

La petite cloche du portail de Françoise vient de sonner. Celle-ci se penche à la fenêtre de sa cuisine pour identifier le visiteur et est bien surprise de reconnaître Maggy, la maman du colonel Destivel, rencontrée au Maroc deux ans auparavant et avec qui elle a eu récemment un échange de lettres. Malgré son âge, Maggy est fringante dans sa robe d'été blanche à pois noirs et ses chaussures à talons. Françoise est surprise de cette visite impromptue. Quand elle va lui ouvrir la porte, Maggy lui donne quelques explications :

— Je suis allée faire une visite à des cousins près de Macon et je me suis dit qu'au retour, j'allais passer vous dire un petit bonjour. Je suis désolée de ne pas vous avoir prévenue. Dites-moi si je vous dérange ?

— Non pas du tout. Je n'ai rien de prévu. J'allais commencer à préparer notre repas. Vous allez rester déjeuner avec nous, bien sûr ?

— C'est gentil et j'accepte volontiers ; j'ai mon train à Chagny à 16h30 pour revenir sur Paris.

— Je vais vous présenter mes enfants et vous faire visiter la maison.

Dans ses lettres, Maggy avait d'abord invité Françoise à venir la voir à Paris. Françoise lui avait répondu que c'était malheureusement compliqué et qu'elle ne pouvait pas facilement laisser ses enfants. Maggy lui avait alors proposé de venir la visiter à Morleau si elle en avait l'occasion, mais sans lui donner de date.

Les enfants de Françoise sont toujours contents quand ils voient du monde arriver et trouvent d'emblée Maggy rigolote. Celle-ci est impressionnée par le fait qu'ils vouvoient leur mère. Elle trouve cela « très classe » comme chez les aristocrates. Elle est aussi favorablement impressionnée par la maison de Françoise quand celle-ci lui fait visiter les lieux :

— Oh ! Mais c'est un château que vous avez là ! Cette tour d'angle est très belle, un vrai donjon !

Françoise a fait repeindre toutes les pièces, moderniser la cuisine et installer une pompe électrique qui amène maintenant l'eau collectée jusque dans la cuisine. Les graviers de la cour devant la maison ont été changés et un jardinier a planté des fleurs dans les massifs. C'est vrai que l'ensemble a de la gueule. Maggy est enthousiaste :

— Mais c'est immense chez vous ! Vous avez combien de chambres ?

— Oui c'est assez grand, il y a neuf chambres. Elles ne sont pas toutes utilisées actuellement. En dehors du salon et de la salle à manger, il y a aussi un grand bureau dans la tour.

Françoise installe Maggy dans le salon et demande à ses enfants de lui tenir compagnie pendant qu'elle prépare le déjeuner. Maggy, restée seule avec les enfants, en profite pour, mine de rien, leur poser des questions assez personnelles sur leur maman :

— Votre maman est courageuse de vivre seule dans cette maison. Je veux dire sans mari. Heureusement qu'elle vous a. Elle n'est pas trop malheureuse depuis la mort de votre papa ?

C'est Agnès l'aînée qui répond :

— Depuis quelques mois, elle est plus gaie. Ce n'est plus comme avant, quand elle pleurait tout le temps !

— Elle a peut-être un ami qui vient la distraire ?

— Avant, il y avait William, son ami et cousin américain qui me donnait des leçons d'anglais mais ça fait plusieurs mois qu'il est reparti dans son pays. Il doit repasser par ici un de ces jours.

— Il habitait dans le village ?

— Non, il est resté chez nous pas mal de temps. Il avait une chambre dans la maison

Agnès a attisé la curiosité de Maggy mais celle-ci ne se voit pas continuer à questionner le jeune fille.

Françoise vient chercher tout le monde pour passer à table. Au passage, Maggy ne perd pas une miette de l'ameublement et de la décoration, Quand elle traverse le salon et l'entrée, elle aperçoit des meubles de style partout, des toiles anciennes accrochées aux murs avec des portraits d'ancêtres. Françoise cite les noms de plusieurq de ses aïeux dont certains étaient comte ou vicomte. Maggy est émerveillée.

— Bravo Françoise ! Vous avez vraiment une belle maison. Quelle classe !

Pendant le repas, Françoise et Maggy se racontent leur retour en

France, Maggy revenant du Maroc et Françoise d'Algérie. Puis Maggy change de sujet et prévient son amie qu'elle va lui faire une confidence :

— Vous allez sans doute sourire, mais je vais bientôt me remarier avec un cousin, veuf comme moi ! On a eu une histoire tous les deux quand on était jeunes, puis on s'est séparés. Fernand a dû aller travailler ailleurs et on a tous les deux rencontré quelqu'un. C'est drôle la vie tout de même ! Me remarier, à mon âge !

— Donc, vous allez devoir quitter votre fils ? Mais comment va-t-il ?

— Il va très bien. Il est colonel maintenant, bientôt général. Ses enfants grandissent. Paul a 17 ans et Claire 16. Mon fils et ses enfants n'ont plus besoin de moi. C'est mieux que j'aille habiter ailleurs. Ce sera plus simple pour lui quand il va se remarier.

— Il va se remarier ?

— Je ne crois pas qu'il ait fait de rencontres depuis son retour d'Angleterre. Mais il ne va pas vivre sans femme toute sa vie ! Il doit être très sollicité. Quand je le vois partir le matin, je trouve qu'il a vraiment belle allure dans son uniforme ! C'est un sacré parti. Et vous-même, vous ne voulez pas vous remarier ?

Françoise esquive la question, montrant discrètement les enfants et signifiant qu'elle n'a pas envie d'aborder la question devant eux.

Quand ils sont en train de prendre le café dans le salon, la clochette de la grille retentit à nouveau. Françoise va voir et revient avec quelqu'un à son bras.

— Les enfants, devinez qui vient nous voir ! Vous allez être ravis !

Françoise entre avec William alias Wilhelm. Les enfants font des bonds de joie. Françoise fait les présentations. Maggy se dit que William doit être son jeune amant, ce qui vient compliquer la situation et entraver ses plans.

William entre et annonce qu'il vient passer quelques jours avec eux sans demander à Françoise si elle peut le loger. Il semble être ici en terrain conquis !

Pour Maggy, il est l'heure de retourner vers Chagny afin de prendre son train pour Paris. Françoise lui propose de l'emmener :

— J'ai une voiture maintenant. Je vais vous raccompagner jusqu'à la gare, ce n'est pas bien loin.

— Vous avez une voiture. Bravo ! A la campagne ça facilite la vie ; vous êtes plus indépendante comme ça.

Maggy ne peut s'empêcher de demander des informations supplémentaires sur la voiture :

— C'est quoi, votre voiture ? Une Citroën ?

— Non c'est une Hotchkiss. On en avait une, avant la guerre avec mon mari.

Maggy n'est pas une grande spécialiste des voitures mais elle sait que la marque est plutôt prestigieuse ce qui ne lui déplaît pas. Elle accepte volontiers la proposition de Françoise de l'emmener à la gare, en se disant qu'elles allaient être tranquilles dans la voiture pour discuter en attendant son train. Effectivement, quand elles arrivent à la gare, elles sont en avance et ont un quart d'heure pour bavarder. Maggy essaie d'en savoir plus sur William. Françoise a peur qu'elle ne s'imagine que William et elle sont amants. Elle met les choses au point :

— William est un cousin américain, venu passer quelques temps en France après une blessure pour se reposer et perfectionner sa connaissance du français. Il va retourner dans son pays dans quelques jours.

Maggy est soulagée mais, directe, elle lui demande si elle a un homme dans sa vie. Françoise lui dit que non et qu'elle ne s'en trouve pas plus mal pour l'instant. Elle lui raconte l'épisode avec Georges, ce qui laisse son amie pantoise quand elle explique :

— Il voulait se marier avec moi quand j'ai découvert qu'il aimait aussi les hommes ! Vous vous rendez compte ! Je l'ai échappé belle !

Maggy lui reparle de son fils, lui vantant ses qualités morales :

— Depuis quelques mois, il passe beaucoup de temps à s'occuper d'une association qui aide les aviateurs blessés ou tués en service aérien ainsi que leur famille.

— C'est intéressant ce que vous me dites, je ne connais pas cette association. Quel est son nom ?

— C'est l'association des « Ailes brisées », je crois. Vous devriez devenir adhérente. Je vous enverrai les coordonnées exactes. Je suis sûre que cela pourra vous être utile.

Au moment de se quitter, Maggy insiste pour que Françoise vienne lui faire une visite à Paris avec ses enfants :

— Venez passer quelques jours. Si vos enfants aiment les animaux, il y a le zoo de Vincennes, le jardin des plantes, l'aquarium du Trocadéro. Et pour voir Paris d'en haut, la tour Eiffel, c'est formidable ; ça intéressera vos enfants.

Françoise trouve que c'est un peu difficile à organiser mais que pendant des vacances, ça serait très instructif pour eux de découvrir la capitale.

Dans le train, Maggy fait le point : Françoise a beaucoup de classe, semble très à l'aise financièrement, possède un quasi château en Bourgogne où elle-même apprécierait de passer des vacances. Elle n'a pas de fiancé, a l'expérience de la vie et ses enfants sont bien éduqués. Elle ferait une sacrée épouse de général si Phil voulait bien s'intéresser à elle. Mais elle sait qu'elle doit se montrer diplomate, ne surtout pas prendre son fils de front et susciter une rencontre entre Françoise et Phil. Là encore, elle va devoir jouer serré. Mais l'association des « Ailes brisées » pourrait peut-être l'y aider.

Une fois Maggy partie, Françoise retourne chez elle, impatiente de savoir ce qu'est devenu William dont elle n'a pas eu de nouvelles depuis plusieurs mois.

William lui raconte son histoire, son retour en Allemagne sans trop de difficultés à la mi-octobre, caché dans un camion qui lui a fait passer le pont de Kehl près de Strasbourg. Un pont en bois, pas très solide et reconstruit provisoirement.

Il s'est d'abord mis à la recherche de ses parents et a appris, comme il le craignait, leur décès lors du bombardement de Dresde. Puis, ayant besoin de papiers, il est allé voir les militaires américains, leur faisant part de sa double nationalité, leur racontant sa guerre dans la Wehrmacht, sa fuite lors de l'avancée des armées russes, tout en leur cachant son séjour en France. Après plusieurs interrogatoires et vérifications diverses, on lui a refait des papiers d'identité. Les américains ont été intéressés par sa connaissance des langues et lui ont proposé de travailler pour eux dans le cadre de la recherche des criminels de guerre nazis ce qu'il a accepté avec enthousiasme.

Basé à Nuremberg, il est actuellement impliqué dans la préparation du procès de médecins nazis soupçonnés d'avoir fait d'horribles expérimentations humaines dans les camps d'extermination, notamment sur des enfants Roms.

Il conclut en disant à Françoise :

— Tu as eu raison de me conseiller de retourner en Allemagne. C'est bien mieux que d'avoir fui en Amérique du sud. Tout ceci m'offre des perspectives pour plus tard, peut-être aux USA. Je verrai dans deux ans. J'ai pu avoir quelques jours de liberté et un passeport officiel pour venir te voir. En fait, je voudrais récupérer quelques lingots. Pas plus de cinq, car je voyage en train. Ça m'aidera en Allemagne où la vie est tellement difficile en ce moment.

William les quitte au bout de deux jours. Il laisse à Françoise son adresse à Nuremberg et leur fait la promesse de revenir bientôt. Françoise lui recommande la prudence lors de ses démarches pour vendre lingots et bijoux. Quelques jours plus tard, Françoise et ses enfants reçoivent une carte postale de Nuremberg confirmant que leur ami allemand est arrivé sans encombre et que le passage de la frontière a été rapide, simplifié par sa carte professionnelle.

53
PARIS, FRANCE, JUIN A OCTOBRE 1946

Phil a été anéanti par le décès brutal de Victoria en décembre. Le coup a été terriblement rude, presque pire que celui causé par la mort de sa première femme.

Le retour rapide de Peggy en Angleterre avec les jumeaux de cinq mois, Helen et George, l'a achevé et mis face à une réalité complexe et déprimante. Légalement, il n'est rien pour ses enfants. Sa qualité de père est difficile voire impossible à prouver. Peggy, lors de leurs dernières conversations, lui a raconté que Victoria ne voulait pas que ses enfants puissent être considérés comme des bâtards et qu'elle ne souhaitait donc pas que la paternité du colonel Miller soit remise en question tant qu'elle et Phil ne vivraient pas ensemble mariés. Comme Peggy est la seule à pouvoir témoigner du fait que Victoria et Phil ont eu une relation qui a conduit à une grossesse, Phil ne voit pas du tout comment il pourrait revendiquer quoi que ce soit.

Il y a trois mois, n'ayant pas de nouvelles de Peggy, il lui a écrit à l'adresse qu'elle lui avait laissée à Reading, mais sa lettre est restée sans réponse. Phil va renvoyer une nouvelle lettre et envisage de partir sur place voir de quoi il en retourne si elle ne lui répond pas.

Aujourd'hui Maggy qui était depuis quelques jours chez des cousins près de Macon revient à Paris. Elle arrive tard après le dîner et remet au lendemain la narration de son arrêt-déjeuner chez Françoise Dumaine dont elle n'a pas parlé à son fils avant de partir. Le lendemain samedi, au déjeuner, elle raconte son histoire à Phil :

— Hier, je ne t'ai pas dit, mais je me suis arrêtée quelques heures chez Françoise Dumaine, près de Chagny, tu sais, une dame que tu connais, une veuve dont j'avais fait la connaissance à Meknès. Je l'avais invitée à dîner.

Phil, étonné, se demande ce que cela cache. « Maggy veut peut-être me marier avec elle ? ». Il lui demande néanmoins des nouvelles, s'attendant à ce que sa mère ne tarisse pas d'éloges sur elle :

— J'ai vu sa maison. Assez modeste comme bâtisse, somme toute, un peu délabrée et pas beaucoup de terrain ! Le mobilier est vieillot et les tableaux pas très gais. Elle vit plutôt en recluse avec ses trois enfants qui m'ont paru difficiles. Sa vie doit être compliquée dans ce petit village où il n'y a même pas l'eau courante. Je pense qu'elle pourrait bénéficier de l'aide de l'association dont tu t'occupes. C'est bien les « Ailes brisées » son nom ? Tu me donneras les coordonnées. Je lui ai dit que je les lui enverrai. Elle n'a pas embelli, la pauvre ! je l'ai trouvée vieillie ! Elle commence à avoir des cheveux blancs et des grosses rides sur le front. Pas étonnant avec tous ses soucis. Elle devrait se faire teindre. Mais j'ai tout de même l'impression qu'elle est en train de refaire sa vie là-bas. Elle m'a parlé d'un voisin, un petit agriculteur qui lui fait du plat. Il ne lui plaît pas tant que ça mais la vie est difficile pour elle !

Phil est étonné. Il s'attendait à une toute autre description de Françoise. C'est dommage car il se souvenait d'une belle femme, intelligente, avec qui il avait aimé discuter en Afrique du Nord.

La stratégie de Maggy est élaborée. Après réflexion, elle est arrivée à la conclusion que si elle dressait un portrait peu avantageux de Françoise Dumaine, Phil n'en serait que plus surpris et charmé s'il la rencontrait. Elle ne veut surtout pas que son fils pense qu'elle le pousse dans les bras de cette femme.

Après la période sombre qui a fait suite à la mort de Victoria, Phil a ressenti le besoin d'être très occupé, un moyen comme un autre de ne pas trop penser et donc de ne pas trop souffrir. Il est devenu Vice-président de cette association, les « Ailes brisées » et n'est pas avare de son temps pour la développer et la faire connaître.

Après la demande de Maggy, il fait envoyer par l'association à Madame Françoise Dumaine, une lettre lui présentant les objectifs de celle-ci et les différentes prestations qu'elle assure. Françoise devient adhérente. Un mois plus tard, les « Ailes brisées » décident de lui verser une contribution financière pour l'éducation de ses trois enfants, pupilles de la nation, d'un montant égal à celui qu'elle aurait pu toucher à l'occasion des fêtes de Noël 1945, si elle avait été connue des « Ailes brisées ». Françoise remercie vivement l'association et se porte volontaire pour du bénévolat si on lui propose des tâches qu'elle pourrait effectuer à distance. Une lettre de remerciements lui parvient peu après.

Françoise, après la découverte du magot qu'elle a partagé avec William, est passée par une phase prolongée d'euphorie. Cet argent a effectivement transformé sa vie. Mais après quelques mois, elle sent qu'elle ne peut pas continuer à vivre toute l'année dans son petit village de Bourgogne où sa vie sociale est trop restreinte.

Au début du mois d'août, elle prend la décision d'aller faire un séjour dans la capitale avec ses enfants. Elle ne connaît pas bien Paris où elle n'a jamais habité et vient y passer quelques jours à l'hôtel au moment des fêtes du 15 août pour préparer son éventuelle venue.

Les enfants apprécient les visites de zoo qu'elle leur fait faire § Plusieurs fois, elle prend des taxis en demandant au chauffeur de passer dans certains quartiers de Paris qu'elle explore ensuite à pied. Elle découvre ainsi le village d'Auteuil, le quartier des Invalides, la Muette, la butte Montmartre mais c'est finalement l'environnement de Saint-Germain-des-Prés qui lui apparaît le plus attractif. Elle trouve un appartement à louer au 6 bis rue Bonaparte dans un bel immeuble du 18ème siècle. Le salon, un peu sombre, donne sur la rue mais il y a trois chambres, très au calme et ensoleillées, qui ont vue sur un petit jardin. Une chambre de service lui permettra de loger une bonne qu'elle a bien l'intention d'embaucher début octobre. Les quais de Seine sont à proximité. Il suffit de marcher cinq minutes pour se retrouver dans l'effervescence du Boulevard Saint Germain. Françoise prolonge d'une semaine son séjour pour faire l'acquisition d'un minimum de meubles et de vaisselle. Son emménagement est prévu pour la mi-septembre.

Le 14 septembre 1946, Françoise arrive à Paris en voiture, avec ses enfants. Elle a mis six lingots d'or dans sa valise ainsi que quelques bijoux qu'il lui sera facile de négocier à Paris où les bijoutiers sont nombreux. Elle écrit une longue lettre à son ami William à Nuremberg pour lui raconter son déménagement et lui donner son adresse à Paris. Elle passe les deux premiers jours à l'hôtel, le temps que son mobilier soit livré.

Françoise a trouvé en Bourgogne une bonne dénommée Suzanne qui a accepté de travailler à Paris. Celle-ci est originaire de Dezize les Maranges, un petit village de Saône et Loire, pas très loin de Morleau. Suzanne loge dans une chambre de service au septième étage. La pièce est assez grande mais plutôt spartiate. On y accède par l'escalier de service ; il n'y a pas l'eau courante, les toilettes sont communes mais Suzanne est bien contente d'avoir son indépendance. Françoise est une patronne plutôt sympathique qui ne cherche pas à l'exploiter. Elle la rémunère très correctement et lui aménage des horaires réguliers qui lui laissent du temps libre.

Deux jours plus tard, l'appartement de Françoise est propre et fonctionnel, même si la décoration reste à affiner. Elle fait préparer un bon dîner par Suzanne, pour fêter leurs nouvelles vies à tous.

Le 18 septembre, Françoise allume, pendant le dîner, le nouveau poste de radio Philips, qu'elle vient d'acheter. Elle prend connaissance du contenu du discours que Winston Churchill, pour qui elle a une grande admiration, a prononcé le jour précédent à l'Université de Zurich. Une exhortation à construire les Etats Unis d'Europe, incluant tous les pays qui le souhaitent, même l'Allemagne ce qui n'est pas facile à accepter après toutes les horreurs commises par les nazis. Mais elle se dit qu'il a sans doute raison, si l'on veut garantir la paix.

Françoise trouve facilement où scolariser ses enfants. Agnès doit aller au collège d'Hulst, rue de Varenne et Michel dans un petit établissement de la rue des Saints Pères. Romain, le plus jeune, est encore trop petit pour aller à l'école et sera gardé régulièrement pour que sa maman puisse avoir un peu de liberté.

Après la rentrée scolaire d'octobre, Françoise qui a plus de temps libre, marche jusqu'au siège de l'association « Les Ailes brisées » avenue Daniel Lesueur dans le 7ème arrondissement de Paris, pour prendre contact et proposer ses services, de manière tout à fait bénévole. Une secrétaire, pas toute jeune, lui demande de remplir un dossier en précisant ses disponibilités et compétences. Quand Françoise a terminé, la secrétaire lui explique qu'on lui écrira, ce qui ne la satisfait qu'à moitié car elle aurait préféré pouvoir discuter d'emblée avec quelqu'un de ce qu'elle pourrait faire. Elle s'apprête à quitter les lieux quand elle entend une voix qui lui dit :

— Madame, si vous avez un peu de temps à nous consacrer, j'ai quelque chose à vous proposer. Je suis le lieutenant Maria, en congé de l'armée de l'air, encore pour quelques semaines, pour raison de santé. Allons dans un bureau, je vais vous expliquer.

La secrétaire, pas très contente, fait remarquer au lieutenant que ce n'est pas la procédure habituelle mais le lieutenant hausse les épaules et conduit Françoise dans une petite pièce au fond de l'appartement qui sert de siège à l'association.

Le lieutenant doit avoir environ vingt-cinq ans. Il est grand, carré, très brun, massif et commence par raconter sa propre histoire :

— Mes problèmes de santé n'ont rien de glorieux. J'ai eu un choc sur la colonne vertébrale lors d'un match de rugby, il y a deux mois et le médecin de notre escadrille m'a mis au repos, mais ça va beaucoup mieux. Pour passer le temps, je fais du bénévolat pour l'association. J'essaie de récolter des fonds auprès des industriels et j'ai besoin d'être aidé. Et vous-même ?

Françoise lui raconte sa situation de veuve de guerre et son déménagement récent à Paris. Ce que lui propose le lieutenant l'intéresse, à savoir identifier des sociétés qui pourraient être sollicitées pour effectuer un don aux « Ailes brisées », se procurer le nom des dirigeants, se renseigner sur eux, rédiger des lettres personnalisées et assurer le suivi de ces contacts. Ils se mettent d'accord pour trois demi-journées par semaine. Le lieutenant Maria conclut l'entretien en disant qu'il va mettre le bureau de l'association au courant mais qu'il n'y aura aucun obstacle. Françoise le quitte, heureuse de cet accueil. Elle doit commencer ce travail dans une semaine. Les tâches qu'on lui a proposées lui plaisent car elles impliquent beaucoup de contacts humains avec des personnes diversifiées, ce dont elle a été plutôt privée à Morleau.

Françoise suit de près, par la radio, le déroulement du procès de Nuremberg. Le 16 octobre, elle apprend avec satisfaction, la pendaison des principaux chefs nazis qui ont fait tant de mal à l'Europe, à la France et à sa famille en particulier.

C'est la première fois de sa vie que Françoise a une activité régulière, quasi professionnelle, même si elle n'est pas rémunérée. Etienne, c'est le prénom du lieutenant Maria, l'a installée avec lui dans son petit bureau. Françoise ne le voit en général qu'une demi-journée par semaine, mais quand Etienne est présent, ils ne cessent de papoter. Etienne est bavard, a beaucoup d'humour et fait rire sa compagne de bureau. On les entend souvent s'esclaffer dans le couloir, même si la porte de leur bureau est close. Cela n'empêche pas Françoise d'avancer dans son travail, surtout quand le lieutenant n'est pas là. Les lettres qu'elle écrit à destination d'éventuels généreux donateurs sont d'abord relues par Etienne puis transmises au bureau de l'association pour dernière relecture et signature. Etienne n'apporte que peu de modifications aux projets que Françoise lui soumet.

Un jour, alors qu'ils sont en train de bavarder, on frappe à la porte. Quelqu'un entre et dit à Etienne

— Bravo lieutenant d'avoir introduit des descriptions concrètes des familles atteintes par le décès d'un aviateur dans les lettres de demandes de subvention. Je crois que ça émeut les industriels et leur donne envie de faire un geste.

— C'est une idée de Madame Dumaine. Je vous présente Françoise qui vient nous aider plusieurs fois par semaine.

Françoise se retourne et reconnaît après quelques hésitations le colonel Destivel qu'elle n'a pas revu depuis quatre ans. Lui-même l'identifie rapidement, surpris de cette rencontre.

—Oh Madame Dumaine ! Quelle surprise ! Je vous croyais toujours en Bourgogne.

Phil est d'autant plus surpris, qu'il a devant lui une femme encore jeune, tout à fait jolie et distinguée, légèrement maquillée. Une allure bien différente du portrait dressé par Maggy, il y a peu de temps.

Françoise et Phil sortent discuter quelques instants dans un des salons de l'appartement. Ils s'informent de leurs situations respectives. Françoise lui apprend son déménagement à Paris et lui dit apprécier ses activités au sein des « Ailes Brisées », notamment du fait du lieutenant Maria, un homme très sympathique. Phil vérifie toutes les lettres qu'elle a rédigées avant de les faire partir. Il la félicite pour la qualité de son travail qui commence déjà à porter ses fruits. Plusieurs industriels, sollicités récemment, viennent déjà de faire des dons importants à l'association.

Phil revient plusieurs fois au siège des « Ailes Brisées » pendant le mois d'octobre. Régulièrement, il entend, à travers la porte, Françoise Dumaine en grande conversation avec le lieutenant. Leurs discussions sont entrecoupées de silences, mais aussi d'éclats de rire qui finissent par l'énerver. Il en arrive à penser que, peut-être, ces deux-là ont une liaison. Il sait que le lieutenant n'est pas marié et que Françoise est veuve. Bizarre tout de même leur relation ! Le lieutenant doit avoir dix ans de moins qu'elle et n'a pas un physique des plus distingués, plutôt celui d'un costaud du Sud-Ouest dont il est d'ailleurs originaire. Phil regrette de ne pas avoir de conversation en tête à tête avec Françoise qui lui plaît bien.

Le hasard fait, qu'au Ministère, Phil reçoit la visite du directeur du personnel de l'armée de l'air, le général de brigade Noiret. Celui-ci lui explique brièvement le but de sa visite :

— Mon cher Destivel, nous devons trouver une affectation pour le lieutenant Maria qui va être promu capitaine. Je sais que tu le connais bien puisqu'il était dans ton groupe à Gaitford et je voudrais savoir ce que tu penses de lui. Où bien, nous le gardons à Paris pendant un temps comme adjoint du major général ; c'est un poste plutôt administratif, ou bien il prend la tête d'une escadrille basée en Algérie, à Blida avec beaucoup de vols d'entrainement. Qu'est-ce que tu en penses ?

Phil ne réfléchit pas longtemps et donne son avis :

— Maria, c'est un excellent pilote et il fera surement un bon chef d'escadrille. Un poste administratif, ce n'est pas pour lui. Il sera très content d'être muté en Algérie. Tu n'as pas à hésiter.

Le général Noiret est surpris par la rapidité de la réponse du colonel Destivel, plus mesuré d'habitude dans ses avis. Mais il se dit qu'effectivement un poste administratif n'est pas bien adapté à un pilote qui a payé de sa personne pendant deux ans en Angleterre, a été décoré de *Distinguished Flying Cross* et a sûrement encore envie de piloter et plus généralement de pratiquer son métier d'aviateur.

Treize mois se sont écoulés depuis le décès de Victoria.

54
PARIS, FRANCE, FEVRIER ET MARS 1947

Début février, Maggy organise un grand repas de famille avec son fils, ses petits-enfants, son cousin Fernand, devenu un habitué de l'appartement de la rue Lecourbe, et tous les cousins et cousines qui habitent dans la région parisienne. Dix-huit invités au total ont été sollicités par Maggy pour renforcer la cohésion familiale et fêter l'élection de Vincent Auriol, le premier président de la 4ème république, nommé il y a trois semaines. Deux tables ont été mises en enfilade pour asseoir tout le monde. Maggy a fait appel à un traiteur qui a cuisiné des colins froids servis avec une macédoine de légumes et une abondante crème mayonnaise. Phil s'est procuré du vin blanc de Meursault pour accompagner le poisson. Au dessert, plusieurs bouteilles de champagne viennent agrémenter un vacherin meringué particulièrement réussi.

Au moment de sabler le champagne, Maggy se lève pour faire un petit discours. Les invités sont étonnés de ce qu'ils entendent sortir de la bouche de leur hôtesse, un peu pompette :

— Je lève mon verre à la santé de notre nouveau président dont je me fiche absolument, vu que l'on m'a dit qu'il n'avait aucun pouvoir ! J'ai surtout quelque chose de très personnel à vous dire. J'ai le plaisir de vous annoncer mon remariage avec Fernand, mon cousin, que vous voyez à ma droite. Rassurez-vous il est au courant ! Nous sommes veufs tous les deux, et avons l'intention de bien profiter des années qu'il nous reste à vivre…

Phil n'est pas vraiment surpris, ayant déjà entendu Maggy en parler, sans que celle-ci ne s'en rende compte. Il est même ravi de la perspective de voir sa mère quitter son appartement.

En revanche, Paul et Claire sont très étonnés, n'imaginant pas que l'on puisse penser au mariage et tout ce qui va avec, après cinquante ans !

Les cousins et cousines viennent féliciter les deux futurs mariés et les bouteilles de Champagne tombent à pic pour fêter l'événement.

Phil se sent obligé de dire quelques mots, après avoir levé son verre à la santé des futurs mariés :

— Je suis très heureux pour vous deux ! Je tiens encore une fois à remercier maman pour tout ce qu'elle a fait pour moi et pour les enfants pendant ces années de guerre. Sans elle, je ne sais pas comment j'aurais pu m'en sortir. Je termine en disant quelques mots qui vont lui faire plaisir. J'ai appris, il y a deux jours, que j'étais nommé général. Je ne t'ai rien dit, Maman, jusqu'à aujourd'hui, pour te faire la surprise. Je sais que ça te tenait à cœur, peut-être encore plus qu'à moi !

Maggy est aux anges ; elle en rêvait depuis plusieurs années, le grade de général représentant pour elle le comble de la réussite sociale. Les invités viennent tour à tour féliciter leur jeune cousin. Ils sont flattés d'avoir un général de 43 ans dans leur famille, la plupart agriculteurs ou techniciens, n'ayant jamais fait d'études supérieures.

Deux semaines plus tard, Phil a invité son ami anglais John, le mathématicien-pilote, à déjeuner. Celui-ci a fait de gros progrès en français depuis leur dernier entretien, même si son accent très prononcé qui fait rire Claire, donne des idées sur sa nationalité. Il est toujours heureux de vivre à Paris et trouve sa position au Collège de France très stimulante. Le déjeuner est animé. Paul est captivé par les récits d'aviation de John et par son travail pendant la guerre quand il était mathématicien au quartier général du bombardement en Angleterre. Claire lui pose une question que Maggy trouve déplacée dans la bouche d'une jeune fille. Elle lui demande s'il trouve les parisiennes jolies et s'il a une petite amie. John lui répond qu'effectivement les parisiennes ont du charme et sont élégantes et que pour cette raison, il a du mal à en choisir une.

Après le déjeuner et le café, Phil et John ont une conversation en aparté. L'Anglais félicite Phil pour sa récente nomination au grade de général et s'enquiert de ses nouvelles fonctions. Phil lui répond que pour l'instant, il est maintenu dans ses occupations d'inspecteur de l'aviation d'outre-mer. Il lui explique que son rôle est non seulement technique, mais aussi stratégique. Il doit en effet anticiper sur l'évolution des relations de la France avec les principaux pays impliqués dans la deuxième guerre mondiale et notamment avec la Russie communiste qui pose de plus en plus de problèmes.

Pour terminer, John lui demande s'il voit toujours son amie anglaise dont il lui avait parlé lors de leur dernier entretien. Phil lui apprend son décès et John lui dit combien il est désolé de cette nouvelle. A la fin de leur entretien Phil lui demande s'il pourrait donner quelques leçons de conversation anglaise à ses enfants le samedi matin ou après-midi. Il ajoute que naturellement, il le rémunérerait. John ne dit pas oui tout de suite car il semble être souvent occupé le samedi et souhaite voir d'abord s'il peut réorganiser sa journée. Ils se quittent sur ces entrefaites.

Aux « Ailes Brisées », les choses ont changé. Le lieutenant Maria a été muté en Algérie, au grand dam de Françoise Dumaine. Elle adorait leurs conversations et leurs blagues. Ils étaient devenus très amis et avaient toujours plaisir à se retrouver. Quand Etienne lui a annoncé son prochain départ, il lui a fait en souriant une confidence qui l'a troublée :

— Tu sais, je crois que c'est mieux que je parte, j'ai l'impression que je suis un peu amoureux de toi malgré les dix ans qui nous séparent. Maintenant, je vais aller faire connaissance avec les « fatma » d'Algérie pour me consoler !

Françoise a pris ses paroles à la rigolade, mais elle a été forcée de reconnaître que le lieutenant, même avec son physique de costaud un peu mastoc, avait du charme, qu'il savait la faire rire et qu'heureusement, il était resté très correct même quand ils étaient tous les deux enfermés à travailler dans leur petit bureau. Elle aurait peut-être eu du mal à résister à ses avances s'il lui en avait faites. Elle est étonnée quand on lui annonce qu'elle travaillera maintenant directement avec le général Destivel, qui passe de temps en temps à l'association.

Pendant trois semaines, elle travaille seule, de plus en plus furieuse que Phil, qu'elle connaît tout de même un peu, ne prenne pas la peine de la contacter et la traite comme quantité négligeable. Quand, il vient la voir à l'improviste, un après-midi, elle a du mal à cacher son énervement :

— Bonjour général, toutes mes félicitations pour votre avancement. Mais je me demande si, du fait de vos nouvelles fonctions, vous aurez assez de temps à me consacrer. Cela fait trois semaines que je travaille seule, j'ai beaucoup de questions à vous poser et des textes à vous faire valider. Je ne suis pas d'accord pour continuer ainsi !

Phil est surpris de l'accueil glacial et lui répond assez froidement :

— C'est vrai que je n'ai pas que ça à faire en ce moment. Le mieux est que je vous appelle au téléphone quand j'aurai un peu de liberté, plutôt que de se fixer un rendez-vous.

Le reste de l'entrevue est tendu car Phil ne peut pas s'éterniser. Il demande à Françoise de sélectionner les questions les plus importantes qu'elle veut lui poser. Pour les lettres à signer, il les relira plus tard ! Il lui donne finalement un rendez-vous pour dans trois semaines, ne pouvant se libérer avant. Françoise est estomaquée par sa désinvolture et se demande quelle sera la suite de son implication dans les activités des « Ailes Brisées ». Elle regrette son ami Etienne et le dit à Phil :

— J'avais une meilleure méthode de travail avec le lieutenant Maria. Il était présent une fois par semaine, à jour régulier. C'était très efficace pour avancer.

Phil sort du bureau l'air un peu pincé sans dire au revoir. En fait, Phil est de très mauvaise humeur car un document confidentiel qu'il a ramené récemment chez lui, a disparu. Il s'agit d'une analyse préliminaire de l'impact potentiel des armes atomiques sur les guerres au sol. Même si les Français ne possèdent pas de bombe atomique pour l'instant, les militaires se rendent compte qu'avec ce type d'armes, rien n'est plus comme avant et qu'il est nécessaire de s'y préparer.

Le Dimanche précédent, John s'était déplacé pour donner une leçon d'anglais à Paul et Claire. Tous les trois, ils s'étaient mis dans la petite pièce qui sert de bureau à Phil. La leçon a duré une heure et demie. Les enfants ont apprécié la façon dont John a réussi à soutenir leur attention pendant toute ces minutes. Le soir, après le dîner, Phil a recherché ce document sur lequel était marqué « confidentiel » mais il lui a été impossible de le retrouver. Les enfants ont juré leurs grands dieux qu'ils n'y avaient pas touché. Personne d'autres que John n'est rentré dans la pièce. L'appartement est resté vide pendant l'après-midi.

Le lendemain matin, Phil s'était senti obligé de déclarer la perte de ce document aux renseignements généraux, sans rien cacher des circonstances de cette disparition. Une enquête sur John Luxley a été diligentée et son appartement discrètement perquisitionné. Le document n'a pas été retrouvé mais un brouillon de lettre, très ambigu, a été saisi, possiblement en rapport avec le rapport qui s'est volatilisé. L'enquête a aussi révélé que John a beaucoup d'amis communistes, et qu'il aide à vendre le journal l'Humanité, le dimanche matin. De plus, il participe régulièrement à des réunions de cellule. Tout ceci a conduit à soupçonner John d'avoir transmis le document recherché à des communistes en cheville avec des Russes. Tout le monde sait que le parti communiste français est en adoration devant Staline. Cependant rien d'illégal dans la vie de John n'a pu être trouvé. Dans ces conditions, Phil a prétexté une accumulation de devoirs et d'examens pour ses enfants et a annulé les leçons d'anglais à venir.

Phil a beaucoup de travail car il part dans quelques jours au Vietnam pour une inspection d'une semaine. Ce voyage l'intéresse particulièrement ; le pays étant apprécié par les nombreux Français qui ont l'occasion d'y séjourner. Lui-même n'y est jamais allé.

Après ce déplacement, son travail l'occupe considérablement et ce n'est qu'un mois après son entrevue avec Françoise, qu'il trouve le temps de venir la voir au siège de l'association. Françoise n'est pas contente et prétexte une obligation qui l'oblige à partir, quand elle le voit arriver. Elle a vraiment envie de le mettre au pas et comprend mal que l'on traite de cette façon une bénévole. Phil l'attend une heure puis se résout à quitter les lieux, se demandant s'il n'aurait pas dû lui téléphoner avant de se pointer, sans prévenir, avec une semaine de retard.

Trois jours plus tard, un après-midi où il a su par la secrétaire que Françoise était présente, il lui téléphone dans son bureau :

— Excusez-moi pour mes goujateries. Je ne me suis pas bien comporté depuis le départ du lieutenant Maria. J'ai eu beaucoup d'ennuis, je vous raconterai.

Phil lui donne un autre rendez-vous à l'association en promettant cette fois-ci de ne pas lui poser de lapin.

Quand ils se voient, Phil renouvelle ses excuses sans rentrer dans les détails et tous les deux se plongent dans le travail qu'ils doivent faire ensemble. On est en hiver mais il fait assez chaud dans l'appartement. Décontractée, Françoise a enlevé la veste de son tailleur et Phil celle de son uniforme. Ils travaillent efficacement pendant deux heures. Phil la complimente sur sa maîtrise du français et la qualité de son style. L'acrimonie de Françoise à l'égard du général retombe et lui-même, la regardant, est frappé par sa classe naturelle et le charme discret qui se dégage de sa personne. Il lui trouve un sourire vraiment agréable. A la fin de leur entrevue, Phil a une idée :

— Pour continuer à me faire pardonner, ça me ferait plaisir de vous inviter au restaurant, un soir, si vous pouviez vous libérer. Vous seriez d'accord ?

Françoise semble hésiter un instant, mais dans son for intérieur, elle est très contente. Le général Destivel ne manque pas de prestance et ne semble pas avoir de femme dans sa vie. Elle aurait bien tort de refuser et accepte l'invitation. Phil lui propose de venir la chercher chez elle à 20 heures le mercredi qui suit. Il a maintenant une voiture de fonction, une Citroën traction 15 ch et un chauffeur, pour son travail mais aussi pour certains de ses déplacements privés.

Phil a réservé à la brasserie « La Coupole », boulevard de Montparnasse, un restaurant, tout à fait à la mode, où il n'est jamais allé auparavant. On y rencontre de nombreux peintres et écrivains qui y passent leur vie. Quand ils arrivent, Françoise est impressionnée car une femme noire, assise en train de dîner à une table en face de la leur, fait un petit bonjour de la main à Phil qui la reconnaît sans peine. Il s'agit de Joséphine Baker, la chanteuse venue donner un récital sur la base de Gaitford en Mai 45 et que Phil avait accueillie en tant que commandant de la base. Il explique cela à Françoise qui trouve étonnant qu'elle le reconnaisse d'emblée, ce qui le vexe un peu. Puis c'est au tour de Stéphane Grapelli, le violoniste de jazz, de lui mettre la main sur l'épaule, en chantonnant la Marseillaise.

Françoise et Phil prennent un whisky en apéritif, ce qui les rend d'emblée bavard.

Françoise demande à Phil s'il n'a pas rencontré une belle Anglaise quand il était à Gaitford. Elle est gênée quand il lui raconte brièvement son histoire :

— Oui j'ai rencontré une femme que j'ai aimée. Une histoire qui s'est mal terminée. Elle est venue habiter à Paris et est décédée d'une embolie pulmonaire quelques mois après son arrivée.

— Oh général, je suis désolé ! Je vous ai posé cette question pour badiner. Excusez-moi !

— Vous êtes toute excusée, vous ne pouviez pas savoir. Et vous-même, si je ne me trompe pas, cela fait bientôt quatre ans que vous êtes veuve. Vous n'aimeriez pas retrouver un compagnon ? Vous en avez peut-être retrouvé un ?

— Non pas vraiment. Dans mon village, il y avait un voisin, un ingénieur qui s'intéressait à moi. J'ai découvert par hasard qu'il était homosexuel, ce que je ne soupçonnais pas du tout. Ensuite il est décédé dans un accident de voiture.

— Beaucoup de morts autour de nous, mais nous n'y sommes pour rien !

Ils parlent ensuite de leurs enfants. Phil ne fait pas allusion aux jumeaux. C'est son secret qui souvent le réveille la nuit. Phil demande à Françoise si, avec ses enfants à élever, elle s'en sort financièrement. Sur ce sujet, elle reste évasive et ne dit rien de l'or et des bijoux qu'elle a trouvés avec William.

Tous les deux se découvrent. Ils ont beaucoup de choses à se dire et sympathisent. A la fin du repas, ils s'appellent par leurs prénoms. Quand ils se quittent dans le taxi qui a ramené Françoise devant chez elle, Phil lui dit au revoir et l'embrasse sur les deux joues.

Ils se revoient alors régulièrement. Ensemble ils vont au cinéma, une distraction qu'ils apprécient tous les deux. Françoise vante le charme et le talent d'un jeune acteur que Phil ne connaît pas et qui s'appelle Gérard Philippe. Phil adore Micheline Presle et a envie d'emmener Françoise voir tous les films où joue cette actrice. Françoise a fait beaucoup de piano avant de se marier. Ravel et Satie font partie des musiciens qu'elle aime particulièrement et qu'elle fait découvrir à Phil à l'occasion de concerts donnés à la salle Pleyel. Elle adore « L'Enfant et les Sortilèges » de Ravel dont le livret a été écrit par la grande Colette.

Tout ceci a lieu à l'insu de Maggy occupée à préparer son mariage. Phil ne veut pas que sa mère cherche à l'influencer dans un sens ou dans un autre. Pour l'instant, ses relations avec Françoise sont amicales.

A la fin du mois d'avril, Françoise invite Phil à venir passer une semaine dans sa maison de Morleau, avec ses enfants, pendant le mois de juillet.

JAMES DE LA BOULLAYE

Troisième Volume

COUPABLES OMISSIONS

55
MORLEAU EN BOURGOGNE, FRANCE, AVRIL 1947

Le Dimanche 6 avril, la messe de Pâques vient de se terminer en l'église de Morleau. Françoise Dumaine, accompagnée de ses enfants, a la surprise d'apercevoir son aimable complice Wilhelm alias William, qui l'attend dans une Opel Olympia. Celui-ci a belle allure au volant, fumant une cigarette, la fenêtre ouverte. Il lui a écrit d'Allemagne pour la prévenir de son arrivée mais Françoise n'a pas reçu la lettre. Heureusement, elle n'a rien prévu de spécial pendant les jours qui suivent et cela lui fait plaisir de recevoir son ami allemand. Ses enfants aussi sont ravis car Wilhelm est très gai et adore jouer avec eux.

Au cours du dîner, ils se racontent leur vie depuis qu'ils se sont quittés. Wilhelm explique en détail à Françoise la nature de ses occupations à Nuremberg où se tient le procès des médecins des camps, qui fait suite à celui des dignitaires nazis :

— J'assiste les juges américains responsables de l'organisation et de la tenue du procès. Quand ils interrogent les accusés, je fais le traducteur. Comme je parle l'anglais aussi bien que l'allemand, c'est facile pour moi. J'ai juste appris du vocabulaire spécialisé notamment en chimie et en pharmacie. Je rédige ensuite les comptes rendus des interrogatoires et les fait taper à la machine par des secrétaires. Le travail n'est pas compliqué, mais je tremble en découvrant les horreurs perpétrées par ces médecins : l'euthanasie des handicapés et des fous, les expériences sur des enfants dans les camps ! Ça m'arrive de faire des cauchemars la nuit, surtout quand on nous montre des photos retrouvées dans les archives ! Heureusement, le juge avec qui je travaille le plus, est devenu un excellent ami !

Wilhelm continue à parler de l'ambiance en Allemagne, deux ans après la fin de la guerre. Tout est détruit, la nourriture très rationnée et on n'y mange pas à sa faim.

Ensuite, quand les enfants sont couchés, il aborde le principal motif de sa visite :

— Ça me fait très plaisir d'être ici avec vous tous, mais comme tu dois bien l'imaginer, je viens aussi pour mes lingots d'or toujours dissimulés dans ton jardin. Je voudrais t'en débarrasser et les mettre en sécurité. Toi, qu'est-ce que tu en as fait de ton or ?

— Il est toujours ici, mais j'ai l'intention de le mettre au coffre dans une banque. Je ne sais pas encore comment je vais procéder. Je ne voudrais pas que le fisc mette son nez dans mes affaires. Et toi, cette fois-ci, tu es venu en voiture ?

— Oui, j'ai une voiture de fonction qui va me permettre de tout emmener et de tout vendre. Mais en Allemagne, c'est trop dangereux ; je risque de me faire repérer. Alors j'ai eu une idée géniale.

— Une idée géniale ! Rien que ça ! Tu m'intrigues, raconte-moi !

— Et bien voilà : je me suis renseigné. Si j'arrive à passer en Suisse avec toute la cargaison, j'irai chez un banquier à Zurich, qui s'occupera de vendre mes lingots et qui m'ouvrira un compte pour mettre mon argent. Il fera ensuite fructifier l'argent avec des placements astucieux. C'est son boulot. Pas mal non ? En plus Zurich, c'est tout près de l'Allemagne, ce sera commode.

— Mais comment vas-tu faire pour passer la frontière ? A la douane, ils vont sans doute regarder le contenu de ton coffre !

— Non, j'ai des papiers officiels indiquant que je travaille pour les Américains. Les papiers de la voiture montrent que c'est une voiture de fonction. Et surtout, j'ai fait bricoler cette voiture. Il y a maintenant un double fond dans le coffre, difficile à détecter. C'est là que je vais mettre les lingots et les bijoux.

— Mais en Allemagne, le fisc ne pourra pas savoir que tu as de l'argent dans une banque étrangère ? Et comment feras-tu pour ramener de l'argent dans ton pays quand tu en auras besoin ?

— Les banquiers suisses ne transmettent pas de renseignements à l'étranger. Ce sont les rois du secret bancaire ! De ce côté-là, aucun danger ! Plus tard, pour ramener de l'argent je verrai ; de toute manière, je vais laisser fructifier la majeure partie de cet argent plusieurs années avant d'y toucher. Tu ne veux pas faire pareil ?

Après un long silence, Françoise s'explique :

— Non, je suis plutôt respectueuse des lois et puis, à la frontière, j'aurais trop peur des douaniers. Ma vie a été suffisamment difficile pendant ces dernières années. J'ai besoin de calme et de sérénité. Je ne veux pas d'ennuis !

Le lendemain matin, Wilhelm se lance dans la préparation de son périple. Il approche l'Opel de l'endroit où est enterré son or, puis agence précautionneusement les lingots dans son coffre à double fond. Satisfait du résultat final, il est convaincu que même une fouille approfondie ne permettrait pas de découvrir cette cachette.

— Qu'est-ce que tu as mis dans ton coffre ? On aurait dit des briques en métal. Tu as des problèmes avec ta voiture ?

C'est Agnès, la fille ainée de Françoise qu'il n'avait pas vue approcher :

— J'ai beaucoup de kilomètres à parcourir demain. Je vérifie le niveau d'huile et l'eau du radiateur. Je bricole ma voiture.

— Pourquoi tu vas dans le fond du jardin pour faire ça ? Maman dit qu'il y a des serpents à cause de la mare.

— Avec l'huile, on fait facilement des taches. Ici c'est pas grave si du liquide coule par terre. Tu comprends ?

Agnès semble à moitié convaincue par les explications et pose une dernière question :

— Tu as vu le grand trou là-bas ?

— C'est moi qui l'ai creusé ! Pour enfouir des ordures.

Agnès se tait et retourne jusqu'à la maison. Elle rencontre sa mère et lui fait part de ses inquiétudes :

— Vous savez maman, Wilhelm est au fond du jardin à bricoler sa voiture. Vous nous avez dit qu'il y avait des vipères. Vous devriez lui dire d'aller ailleurs.

— Oui tu as raison. Je vais le prévenir, ajoute Françoise qui va retrouver Wilhelm :

— Agnès est venue te voir ! Je suis embêtée, je croyais qu'elle lisait dans sa chambre. Elle adore la lecture. Tu crois qu'elle a vu quelque chose ?

— Je ne sais pas mais elle a remarqué le trou où j'avais dissimulé mes affaires.

— Ça c'est pas grave puisqu'il n'y a plus rien dedans.

Après le dîner, ils restent à bavarder un long moment, avec le sentiment d'arriver au terme de leur histoire commune. Wilhelm souhaite en savoir plus sur les projets de son amie. Il se décide à lui poser une question un peu personnelle :

— Excuse-moi de me montrer indiscret ! Ne me réponds pas si tu n'en as pas envie. Est-ce que tu penses te remarier bientôt ?

Françoise est surprise mais cela ne la gêne en rien de lui répondre :

— Wilhelm, pour me remarier, je dois d'abord me trouver un fiancé, un homme qui me plaît et à qui je plais. Pour l'instant je n'ai pas déniché l'oiseau rare, celui qui n'aura pas peur de s'amouracher d'une veuve, mère de trois enfants ! Mais peut-être que cela va se produire bientôt ! On ne sait jamais ! Moi, j'aimerais bien. Tu sais que Georges, notre ami commun, celui grâce à qui nous avons fait connaissance, avait l'air épris de moi, juste avant de disparaître !

— Je n'ai pas envie de parler de Georges. Sa mort brutale m'a traumatisé. J'étais très attaché à lui. Une longue amitié, même s'il m'avait déçu, très peu de temps avant sa mort !

— Je vais moi aussi te poser une question indiscrète, quelque chose que je n'ai jamais osé te demander. Un matin, je suis rentrée dans la maison de Georges pour lui parler. Il ne m'a pas entendu arriver. Je suis allée jusqu'à sa chambre et je l'ai aperçu au lit avec quelqu'un. Pas avec une femme mais avec un homme. C'était toi qui étais avec lui ? Ça ne me dérange pas si tu es homosexuel. Tu peux aussi ne pas me répondre.

— Mais je vais tout de même te répondre. Oui, c'était moi ! J'ai rencontré Georges quand nous avons occupé Morleau au début de la guerre. Nous avons eu de très bons moments avec Georges et la guerre terminée, je n'ai eu qu'une idée en tête, c'est d'aller le retrouver. C'est vrai, je suis homosexuel. Les femmes ne m'attirent pas. Ça te choque ?

— Non pas du tout, je te l'ai dit. Je pense que c'est mieux que nous en parlions au moins une fois. Mais ça ne doit pas toujours être facile. Dans notre société les homosexuels sont très critiqués. Pour moi, le problème avec Georges, c'est qu'il aimait aussi bien les hommes que les femmes. Il était veuf et voulait se remarier avec moi. Un troisième mariage pour lui ! Un second pour moi, mais un mari bisexuel c'est n'est tout de même pas l'idéal ! Tu comprends ?

— Je comprends très bien. Moi aussi, ça m'a fait un choc quand j'ai appris que Georges avait été marié deux fois !

Après cette franche conversation, Françoise et Wilhelm ne tardent pas à donner des signes de fatigue et baillent à plusieurs reprises. Il est temps pour eux d'aller se coucher, mais avant de se quitter, ils se font des recommandations :

— Fais attention demain à la frontière. Ce serait dommage que tu te fasses saisir tes biens !

— Toi aussi, fais attention quand tu vendras des bijoux ou des lingots. Ne va pas toujours chez les mêmes bijoutiers ou dans les mêmes banques !

— Maintenant, je fais mes ventes à Paris et dans la région parisienne. Jamais deux fois au même endroit. Comme ça je ne risque rien.

De nouveau, ils promettent de se donner régulièrement des nouvelles et de ne jamais parler à quiconque de leur aventure. Françoise lui demande de lui envoyer une carte postale de Nuremberg pour lui confirmer qu'il est arrivé à destination sans problème. Wilhelm quitte Morleau, tôt le matin, avant que les enfants ne soient levés.

Plus tard dans la matinée, Françoise va faire ses courses de nourriture à Chagny. Elle fait attention à ne pas oublier ses tickets de rationnement, indispensables pour l'achat d'éléments de base comme le pain, le lait, la viande. Elle prend aussi le *Bien Public*, un journal local qu'elle apprécie et dont les grands titres lui apprennent que le général de Gaulle, dans un discours prononcé à Strasbourg, vient d'annoncer la création d'une sorte de parti politique, le Rassemblement du Peuple Français, le RPF, destiné à supprimer les clivages droite gauche. De Gaulle préside ce rassemblement auquel on peut adhérer sans quitter son parti d'origine. Tout le monde peut y venir sauf les communistes ou ceux qui se sont compromis avec les allemands pendant la guerre.

Quand elle rentre chez elle, heureuse de ce qu'elle a pu acheter en ces périodes de restriction où les rationnements sont encore sévères, Agnès vient lui ouvrir la grille d'entrée, visiblement très excitée. Françoise sort de voiture et sa fille lui explique :

— On a vu une voiture de police s'arrêter devant la maison. Un policier en uniforme est sorti et a tiré la cloche du portail. Je suis allée voir et le monsieur m'a remis une lettre pour vous. Je l'ai mise dans l'entrée. Il a dit qu'il était important que vous répondiez sans attendre. Une histoire d'enquête ! Je n'ai pas compris tout ce qu'a dit le policier.

Françoise, très étonnée, se dépêche d'ouvrir cette lettre en provenance du commissariat de Beaune. Elle y lit le texte suivant :

Madame,
Dans le cadre de l'enquête qui fait suite au décès de Monsieur Georges

Guérin, votre ancien voisin, le commissaire souhaite recueillir votre témoignage. Merci de téléphoner rapidement au numéro joint pour convenir d'un rendez-vous.
Recevez nos salutations distinguées

Ces mots jettent le trouble dans l'esprit de Françoise. Pourquoi une enquête a-t-elle été mise en place, suite à un banal accident de voiture car il y a des dizaines de tués chaque jour sur les routes ! Elle décide d'aller sur le champ à la Poste pour téléphoner au commissariat de Beaune.

56

PARIS, FRANCE ET READING, ROYAUME-UNI, AVRIL1947

Seize mois après son décès, Victoria Miller est toujours présente dans le cœur du général Destivel. Leurs moments intenses, vécus ensemble à Gaitford puis à Londres et Paris, peuplent ses pensées. La nuit, Victoria est vivante dans ses rêves, douce et passionnée. Helen et George souvent l'accompagnent. La tristesse l'envahit quand Phil reprend conscience de leur absence.

Ses premières lettres envoyées à Peggy Porter, la cousine de Victoria, il y a maintenant plus d'un an, sont restées sans réponse et les suivantes aussi. Il ne sait toujours pas où se trouve la sépulture de Victoria, ni ce qu'il est advenu de ses deux enfants.

Au début du mois d'avril, il se décide enfin à partir pour Reading dans le Berkshire près de Londres, afin d'aller sonner chez les parents de Peggy dont il a l'adresse. Phil prend le ferry à Calais et rejoint Londres où il attrape un train qui le mène directement à Reading. Un taxi le dépose là où Monsieur et Madame Porter ont leur appartement

Phil, anxieux, sonne à leur porte. Emu, il se demande s'il va y retrouver Peggy qui vit peut-être encore chez ses parents avec les jumeaux. Mais personne ne lui répond. Phil se présente alors au concierge comme un ami français de Peggy. Le concierge est impressionné quand il comprend qu'il a en face de lui un général de l'armée de l'air, venu de France. Il explique poliment à Phil que Monsieur et Madame Porter sont actuellement absents. Il ne sait pas où ils sont partis, ni quand ils rentreront. Monsieur Porter est à la retraite maintenant et n'a plus de contraintes pour le maintenir à Reading toute l'année. Le concierge n'est dans cet immeuble que depuis quelques mois et ne connaît pas leur fille Peggy.

Phil, déçu des résultats de sa démarche, trouve une chambre d'hôtel pour la nuit et réfléchit à la suite de son séjour. Il ne voit pas du tout comment obtenir d'autres informations. En revanche, il se souvient qu'avant de quitter la France, Peggy avait enclenché des démarches afin de trouver une place pour le corps de Victoria dans un cimetière de Reading. Phil décide de se concentrer sur la recherche de la sépulture de son amie. Les cimetières ne doivent pas être nombreux et la tâche ne lui paraît pas insurmontable.

Le lendemain matin, il va à la mairie et apprend qu'il y a deux cimetières dans cette agglomération, le vieux cimetière et un autre plus moderne, celui de *Henley road*, ouvert en 1914 au nord de Reading.

Phil décide de commencer ses recherches par le cimetière le plus récent et demande à un chauffeur de taxi de l'y emmener. Le cimetière est vaste, avec de longues avenues qui mènent aux différentes sections. L'herbe est dense, très verte et de petites marguerites, nombreuses en cette saison, sont en train de s'épanouir. Beaucoup de tombes sont en pierre blanche, très sobres. C'est ainsi que Phil imagine la sépulture de Victoria.

Après une première visite de reconnaissance, Phil ressort du cimetière et achète un bouquet de roses blanches chez le fleuriste aperçu à l'entrée. Persuadé que la tombe de Victoria se trouve dans ce cimetière, il la cherche longuement. Il veut trouver lui-même cette tombe, pour un moment de recueillement où ils seront seuls, elle et lui. Au bout d'une heure de recherches infructueuses, Phil commence à avoir des doutes mais il repère une section où les stèles semblent particulièrement récentes. Phil examine toutes les sépultures sans en oublier une seule. Peut-être va-t-il avoir plus de chance à cet endroit ?

Il avance ainsi lentement jusqu'à une stèle un peu plus grande que les autres. Très ému, il voit, gravé dans la pierre, le nom de Victoria Miller (1909-1945). Pendant quelques instants, il lit et relit cette inscription. Il a donc trouvé la dernière demeure de son amie, charmante et belle mais aussi artiste, son rayon de soleil pendant la guerre. Il constate, sans comprendre, la présence d'une autre inscription. Un deuxième nom est gravé dans la pierre blanche : Colonel Malcolm Miller (1891-1944). Victoria repose à côté de son mari défunt, ce mari qui, pour lui, n'a jamais existé. Phil a toujours imaginé que Victoria reposait seule et sa déception est grande.

« Pourquoi Peggy a-t-elle organisé les choses de cette manière ? Peggy savait bien que les époux Miller ne s'entendaient plus depuis plusieurs années et que les enfants de Victoria n'étaient pas ceux du Colonel Miller mais les miens » se dit-il déçu. Mais Phil se reprend vite et dépose sur la tombe le bouquet de roses blanches, murmurant des mots très doux pour Victoria. Il la remercie pour la douceur trouvée à ses côtés et lui parle de son immense chagrin depuis qu'elle est partie. Il lui dit regretter de ne pas avoir été en mesure de partir plus tôt à la recherche de leurs enfants et lui promet de retrouver Peggy pour en savoir plus.

Phil reste encore un long moment et lui dit adieu, les yeux chargés de larmes. Quand il se retourne pour s'en aller, il voit un jeune homme d'une vingtaine d'années, s'avancer vers lui et le saluer :

— Bonjour Monsieur, je suis de la famille du colonel Miller. Je suis son filleul. Je viens me recueillir quelques instants sur sa tombe. Quel cran de s'être échappé de sa prison en Allemagne. Un vrai héros !

Phil hésite quelques instants et se présente lui-même très succinctement :

— Moi je ne connaissais pas le colonel. Je suis français, parisien. J'ai rencontré Madame Miller à Paris. Je suis aussi venu me recueillir. Avez-vous par hasard des nouvelles de sa cousine Peggy qui était avec elle à Paris ?

— Elle était aux obsèques de Madame Miller. Mais je ne sais pas ce qu'elle est devenue. Je n'habite pas Reading. Je suis de passage. Je connaissais très mal Victoria car je suis de la famille de Malcolm.

Phil voit qu'il ne peut rien en tirer d'intéressant et quitte le cimetière. En arrivant à son hôtel, il décide de retourner à l'immeuble des parents de Peggy et d'aller interroger leurs voisins en espérant que quelqu'un voudra bien lui ouvrir.

Phil sonne à tous les appartements. Personne ne lui répond sauf au dernier étage, où un très vieux monsieur le fait entrer chez lui. Phil se présente et lui demande s'il connaît Mademoiselle Peggy Porter.

— Peggy ! Oui je la connais depuis qu'elle est toute petite. Je suis ami avec ses parents depuis longtemps. Elle est revenue habiter ici quelques temps à son retour de France après le décès si triste de sa cousine Victoria. Elle s'est occupée des jumeaux de Victoria, jusqu'à son départ.

— Son départ ? Mais savez-vous où elle se trouve maintenant ? J'aimerais tellement pouvoir lui parler !

— Malheureusement, j'ai eu des problèmes de santé. J'ai dû être hospitalisé ! Mais si j'ai bien compris, Peggy est repartie pour la France depuis quelques mois avec les enfants de Victoria.

— Pour la France ! Mais où ? Et pour y faire quoi ?

— Ça, je ne peux pas vous le dire. Je n'en sais rien. Il me semble que ses parents m'ont dit qu'elle allait vivre dans votre Bretagne.

— En Bretagne ! Mais vous ne savez pas dans quelle ville ?

— Non, je ne sais pas du tout, mais quelque chose me revient. Elle est partie dans une ville ou un village, proche d'un lieu où il y a des mégalithes. Je me souviens de ce détail car j'étais professeur d'histoire à l'Université et je me suis beaucoup intéressé aux monuments en pierre comme ceux de *Stonehenge*. Ses parents pourraient vous en dire plus mais ils sont partis en voyage et seront encore absents quelques mois, je crois.

— Vous êtes sûr qu'elle a emmené les deux enfants de Victoria ?

— Sûr non ! C'est ce que j'ai compris mais vous savez, à mon âge, on entend moins bien et on oublie !

— Et Peggy, elle est fille unique ou bien elle a des frères et sœurs ?

— Peggy a un grand-frère, Elliot. Je le connaissais bien, lui aussi. Quand il était enfant, il venait souvent me voir. On jouait aux échecs. Il était brillant. Il a étudié les mathématiques. Je crois qu'il travaille à l'étranger mais je ne me souviens pas où. Je n'ai pas son adresse.

Phil remercie le vieux monsieur mais avant de le quitter, il rédige une lettre à l'intention des parents de Peggy. Dans cette lettre, il leur demande instamment de lui transmettre les coordonnées de leur fille à qui il a des choses importantes à dire et de l'informer de ce que sont devenus les enfants de Victoria. Il met cette lettre dans une enveloppe cachetée et demande au vieux monsieur de la remettre aux parents de Peggy, la prochaine fois qu'il les verra. Phil retourne ensuite à son hôtel.

Le général Destivel n'a généralement que peu d'instants de solitude. Son métier l'accapare, le fait voyager et quand il est chez lui, ses enfants et Maggy sont toujours prêts à engager la conversation. Il doit repartir le lendemain pour Paris mais aujourd'hui, il lui reste un dîner et toute une soirée, rien que pour lui.

Pendant son repas, Phil continue à réfléchir à la façon dont il pourrait s'y prendre pour retrouver Peggy en France. La tâche est ardue car il n'a que très peu d'indices pour organiser sa recherche, hormis le fait qu'elle est probablement partie en Bretagne avec les jumeaux, à proximité de mégalithes. Et des mégalithes, il y en a partout dans cette région où les habitants des temps anciens n'avaient pas peur de s'attaquer à des blocs de plus de cent tonnes ! L'une des villes les plus renommées pour ses mégalithes, c'est Carnac dans le Morbihan. Ses alignements sont connus dans le monde entier. Mais si c'était Carnac, il est probable que le vieux monsieur s'en souviendrait, se dit Phil qui tente d'élaborer, tant bien que mal, une stratégie de recherche. « Ça vaudrait tout de même le coup d'essayer et d'aller quelques jours à Carnac mener l'enquête » conclut Phil pas très optimiste cependant.

Il repart le lendemain pour la France, triste de quitter la ville où repose Victoria. Ses souvenirs sont chargés d'émotion, quand, sur le ferry du retour, il se souvient de tous ces moments passés avec elle. Il se rappelle de chacune de leurs rencontres depuis le jour où ils ont fait connaissance le long de la rivière. Phil ne peut s'empêcher de sourire quand il repense à la tête qu'il a faite lorsque Victoria lui a annoncé qu'elle était enceinte de lui et plus tard, après son accouchement, quand elle lui a présenté deux enfants au lieu d'un.

De retour à Paris, Phil est vite repris par son activité mais la recherche de Peggy continue à l'habiter. Un soir, alors qu'il est en train de discuter avec sa mère, il lui demande son avis de manière déguisée :

— Maman, tu n'aurais pas une idée par hasard ? Je recherche la veuve d'un officier. Personne ne sait exactement où elle habite. Probablement en Bretagne. Peut-être à Carnac ou près de Carnac. Comment tu t'y prendrais pour trouver son adresse ?

Tout de suite, Maggy lui fait une suggestion :

— Moi, je demanderais à un détective privé de s'en occuper. J'ai entendu dire qu'ils sont très forts !

Phil est surpris de la réponse mais trouve que ce n'est pas forcément une mauvaise idée !

57
BOURGOGNE, FRANCE, FIN AVRIL 1947

Françoise se dépêche de finir son déjeuner. Elle a rendez-vous à Beaune avec le commissaire de police chargé de recueillir des informations sur feu son voisin Georges Guérin. La convocation l'a quelque peu inquiétée mais son angoisse a disparu. S'il y a une enquête sur Georges, ce n'est pas anormal de l'interroger, elle qui était sa voisine.

Le commissaire Poirier est ponctuel et la reçoit sans la faire attendre. C'est un homme d'une quarantaine d'années, pas très grand, plutôt mince, brun, un peu dégarni, avec une moustache. Il porte un costume et une cravate bleu sombre et semble ne pas savoir ce qu'est un sourire. Son bureau est encombré de dossiers. Françoise s'est habillée avec sobriété et porte un tailleur bleu marine. Elle s'est dispensée de tout maquillage et ne porte aucun bijou.

— Madame Dumaine, je vous remercie d'avoir répondu à notre convocation. J'espère que vous n'avez pas eu trop de mal à vous libérer. Je sais que vous êtes veuve et que vous avez trois enfants dont un petit dernier de quatre ans. Nous tenons ces informations de votre maire à qui nous avons posé quelques questions pour savoir qui étaient les voisins de Monsieur Georges Guérin. Nous enquêtons sur lui depuis quelques semaines.

— Monsieur le Commissaire, pouvez-vous m'expliquer les raisons de votre enquête. ? On m'a dit que Georges Guérin était décédé dans un accident de voiture. Ceci est malheureusement très courant !

— Je vais vous expliquer mais j'ai d'abord quelques questions à vous poser. Votre maire m'a dit que Monsieur Guérin vous a logés quelques jours avec vos enfants quand vous êtes arrivée d'Algérie et que vous avez trouvé votre maison occupée par des réfugiés. C'est exact ?

— Oui, Monsieur Guérin a eu la gentillesse de nous héberger dans un petit appartement séparé de son habitation, au rez-de-chaussée de sa maison.

— Et pendant ce séjour chez lui, vous avez pu, bien sûr, faire plus ample connaissance ?

— Oui, nous avons eu l'occasion de bavarder mais pas très souvent, ni très longtemps, d'autant plus qu'ensuite il s'est absenté de Morleau.

— La raison de notre enquête est la suivante. Monsieur Guérin a été un résistant très actif pendant les deux dernières années de la guerre. Un de ses camarades de réseau à qui nous avons parlé après sa mort nous a expliqué que Georges Guérin s'était vanté d'avoir un trésor dissimulé quelque part dans la région, des lingots d'or et des bijoux. Nous essayons de recueillir d'autres informations sur ce sujet. Vous en aurait-il parlé ?

Cette dernière question, Françoise ne l'aime pas du tout mais elle y répond avec aplomb :

— Un trésor, comme dans les romans d'aventures ! Non ! Monsieur Guérin n'a pas abordé ce sujet. C'est dommage j'aurais adoré ! Mais si trésor il y a, c'est triste pour lui, car il ne peut plus en profiter. Vous y croyez, Monsieur le Commissaire, à cette histoire de trésor ?

— C'est moi qui pose les questions Madame Dumaine ! Oui nous avons des raisons sérieuses d'y croire. Ce trésor pourrait provenir de personnes à qui les allemands avaient confisqué leurs biens pendant les années d'occupation. Si l'on retrouvait ce trésor, les objets volés pourraient retourner à leurs propriétaires ou à leurs descendants. Cela ne serait que justice.

Le commissaire pose ensuite des questions à Françoise sur le mode de vie de Georges Guérin et ses fréquentations. Elle lui parle de sa petite usine située à deux pas de chez elle, détruite pendant la guerre, de ses projets de monter une nouvelle affaire, une fois touchée l'indemnisation en rapport avec ses dommages de guerre. Mais pas un mot sur le reste, notamment sur Wilhelm. Quand l'entretien se termine, le commissaire remercie Françoise de s'être déplacée et lui dit en guise de conclusion :

— Madame, s'il vous revient en mémoire des paroles de Monsieur Guérin qui pourraient avoir des liens avec cet éventuel trésor, ne manquez pas de m'en faire part. Joignez moi au téléphone.

Revenue chez elle, Françoise se rend vite compte du pétrin dans lequel elle s'est mise. Encore heureux que Wilhelm soit parti avec sa part. Au moins, elle a toute latitude maintenant pour gérer la situation comme elle l'entend.

Les vacances de Pâques arrivent à leur fin. Françoise doit revenir sur Paris dans deux jours avec ses enfants. Il est impensable qu'elle laisse les choses en l'état à Morleau. Mais que faire ? Elle ne peut pas laisser ses lingots cachés dans son jardin. S'il y avait des enquêteurs, ils auraient vite fait de retrouver sa planque. Elle ne se voit pas non plus appeler au téléphone le commissaire Poirier pour lui dire qu'elle lui a menti, qu'elle a trouvé le trésor de Georges, qu'elle l'a partagé avec un allemand, qu'elle en a vendu une partie et a dépensé l'argent de ses ventes. Non, pour l'instant, une seule solution : ramener ses richesses à Paris. Ensuite, elle avisera. Ce qui est difficile, c'est qu'elle n'a personne à qui parler de ses ennuis, personne pour la conseiller. Que c'est difficile à certains moments d'être veuve !

Françoise a mal dormi. Sa nuit a été peuplée de cauchemars. Dans son rêve, le commissaire lui confisquait tout. Il mettait au courant des habitants de Morleau. Les villageois entraient chez elle, la traitaient de voleuse, de collabo, l'insultaient, lui crachaient dessus, l'enfermaient dans un cachot. Elle s'est réveillée en sueur, essoufflée et très angoissée

Pendant son petit déjeuner, une idée lui vient, qui l'apaise. Pourquoi n'irait-t-elle pas voir un prêtre dans l'anonymat d'un confessionnal pour lui raconter ses aventures ? Cela lui ferait au moins quelqu'un avec qui partager ses malheurs ; le prêtre pourrait être de bon conseil sans la juger pour autant !

Françoise ne veut pas aller raconter son affaire au curé de Morleau et surtout pas à celui de Beaune où œuvre le commissaire. A vingt kilomètres de Morleau, il y a Chalon sur Saône, une grande ville avec plusieurs églises, où elle trouvera bien un confesseur. A Chalon, on n'est plus en Côte d'Or comme à Morleau mais en Saône et Loire, un autre département. Psychologiquement, c'est important pour Françoise !

Il ne lui faut pas plus d'une demi-heure pour arriver à la cathédrale Saint Vincent à Chalon. Françoise est catholique pratiquante. Elle va tous les dimanches à la messe et se confesse régulièrement. Elle connaît bien le cérémonial du sacrement de pénitence et commence par se recueillir et faire son examen de conscience. Deux prêtres sont en train de confesser. Il y a peu d'attente et elle se retrouve agenouillée dans un confessionnal, attendant que le prêtre termine la confession de la personne précédente.

Le prêtre ouvre l'écran qui le sépare de Françoise. A hauteur de leur tête, ils ne sont plus séparés que par un grillage. Françoise ne distingue que vaguement les traits du prêtre qui semble jeune et de son côté le prêtre ne voit pas vraiment Françoise. Elle lui murmure :

— Mon père, j'ai fait mon examen de conscience et j'ai peut-être un péché grave à déclarer. J'ai besoin de votre avis. Je ne sais pas si ce que j'ai fait est vraiment mal.

— Parlez, Madame, nous allons voir de quoi il en retourne.

Françoise ne donne pas de détail. Elle lui raconte simplement que son voisin est décédé accidentellement, un homme sans épouse ni enfant, sans héritier. Elle lui explique qu'il lui avait parlé d'une cachette où il avait stocké de l'or et des bijoux. Elle qui est veuve, avec trois enfants en bas âge, a retrouvé cette cachette et utilise ces richesses pour mieux vivre. Le prêtre, perplexe, lui pose une question :

— Connaissez-vous la provenance de cet or et des bijoux ? Savez-vous à qui ils appartenaient ?

— Je pense qu'il s'agit de biens volés par les allemands à des gens qu'ils avaient arrêtés pendant la guerre mais je ne sais pas de qui il s'agit. Pensez-vous que j'ai mal agi en m'appropriant ces biens ?

— Vous n'avez pas été à la police pour raconter votre histoire quand vous avez découvert toutes ces richesses ?

— Non je n'ai pas pensé à ça. Mais maintenant, c'est impossible. J'ai vendu plusieurs lingots pour faire des réparations et des embellissements dans ma maison et emmener vivre mes enfant à Paris. Je suis incapable de rembourser quoi que ce soit si on me le demande !

— Madame, je suis gêné pour vous répondre. Je n'ai jamais été mis en face d'une situation analogue. Il faut que je réfléchisse. Revenez me voir la semaine prochaine.

— Oui, très bien. Merci mon père.

La confession de Françoise s'achève en ces termes. Une fois dans sa voiture, elle réalise qu'elle sera partie de Bourgogne la semaine prochaine. Mais peu importe ! Pour l'instant, il lui faut organiser le rapatriement de son « butin » jusqu'à Paris. Sa voiture a un vaste coffre. Elle n'aura aucun mal à y caser ses bagages et ceux de ses enfants, une quarantaine de lingots, sept cents pièces d'or et des bijoux !

Mais il y a un problème et il est de taille. Dans les régions viticoles, les contrôles routiers sont nombreux. On ne peut pas transporter du vin d'un point à un autre sans acquitter un « congé ». A Morleau par exemple, il faut aller en mairie, déclarer le nombre de bouteilles que l'on veut transporter, le jour et l'heure du départ, l'adresse de destination, la durée probable du trajet et l'itinéraire choisi. On paye des droits et l'on reçoit le sacro-saint document : le congé que vous devez présenter si vous êtes contrôlé.

Françoise ne veut pas transporter de vin mais que va-t-il se passer si elle est contrôlée pendant son voyage ? Elle va devoir ouvrir son coffre et l'agent du fisc va regarder ce qu'il contient. C'est très risqué ! Les contrôles ne sont pas quotidiens mais relativement fréquents. Ce qui est beaucoup moins risqué, c'est de voyager en train. Les contrôles de valise, c'était pendant la guerre. Maintenant, ils ont disparu. Cependant, dans une valise, on ne peut pas mettre quarante kilos d'or. Dix à la rigueur et cela veut dire qu'il lui faudrait faire quatre allers et retours Morleau-Paris en plus du voyage en voiture. C'est bien compliqué !

C'est bien compliqué mais c'est peut-être la meilleure solution. Françoise s'emploie dans les deux jours qui précèdent son départ à ramener dans sa maison les lingots, pièces et bijoux cachés dans la jardin. Elle rebouche les trous dans lesquels étaient dissimulées ses richesses ainsi que celles que Wilhelm a emportées récemment et le tout à l'insu de ses enfants dont elle redoute les questions inquisitrices.

Le jour de son départ, elle met quelques bijoux dans son vaste sac à main. Elle laisse ses lingots au fond de deux cantines dissimulées dans une petite pièce, servant de débarras à côté de son salon, et toujours fermée à clef. Françoise n'est malgré tout que moyennement à son aise quand elle quitte Morleau en voiture, le dimanche matin, dernier jour des vacances de Pâques.

Elle a raison de ne pas être à son aise car lorsqu'elle arrive à la hauteur de Saint-Aubin, plusieurs voitures sont arrêtées. Un policier lui demande de se mettre sur le bas-côté et lui annonce qu'un agent du fisc va venir contrôler sa voiture. Cet agent ne la fait pas attendre. Il vient tout de suite vers elle, lui demande si elle transporte des boissons alcoolisées, lui fait ouvrir son coffre, en examine le contenu, la remercie et lui souhaite bonne route. Françoise respire et repart vers Paris.

58
RÉGION PARISIENNE, FRANCE, MAI 1947

Ça chauffe, début mai, chez les ouvriers de la régie Renault ! Il y a des milliers de grévistes aux usines de Billancourt. La CGT qui ne soutenait pas les grévistes en avril, change de cap le 5 mai quand les ministres communistes doivent quitter le gouvernement, renvoyés par Ramadier, le président du conseil. Les grèves vont sûrement s'étendre maintenant dans d'autres secteurs : Citroën, SNCF et Cie. La situation économique est difficile, la nourriture toujours rationnée et en avril les rations de pain ont même été diminuées. L'ambiance devient électrique en France, quasi insurrectionnelle.

Maggy a d'autres soucis plus personnels. Elle voit régulièrement son cousin Fernand, avec qui elle doit se marier bientôt. Elle le voit même souvent, deux fois par semaine, quelquefois trois, soit pour se promener dans les jardins de Paris et parler de leur avenir et de leurs souvenirs, soit à Saint-Maur-des-Fossés dans le pavillon de Fernand. Là, ils se font de bons déjeuners quand ils réussissent à négocier de la nourriture et du vin. Son cousin l'étonne car malgré leur âge, leurs agapes se terminent souvent par une sieste coquine pendant laquelle Fernand, plein d'ardeur, sait donner du plaisir à sa compagne. Maggy s'en accommode bien et ce n'est pas cela qui la rend soucieuse. Ses préoccupations sont d'un autre ordre. Elle veut hâter son mariage avec son cousin qui n'apparaît pas particulièrement pressé. Maggy sent que si elle quittait l'appartement de la rue Lecourbe, la situation de Phil serait plus simple au cas où il envisagerait un remariage.

Il y a un mois, Fernand, très pragmatique et sans doute économe, a commencé à évoquer les aspects financiers de leur future union. Maggy a bien senti qu'il souhaitait connaître l'étendue de ses richesses et savoir qui paierait quoi, quand ils vivront ensemble. Elle est restée vague mais a tout de même précisé qu'elle était très à l'aise financièrement. Or ce n'est pas le cas. Maggy a bluffé ! Actuellement elle vit chez son fils et, grâce à lui, elle a un peu d'argent courant, mais pas plus. Elle a fait la fière devant Fernand mais ne va pas pouvoir rester très longtemps dans le flou.

Depuis une semaine, Maggy est prête à annuler son mariage avec Fernand. Elle ne se voit pas aller raconter cette histoire à son fils, bien qu'il puisse trouver une solution à son problème. S'il pouvait continuer à lui servir une rente mensuelle suffisante chaque mois, l'affaire serait réglée. Mais non ! Une fois mariée, elle ne peut pas aller quémander chaque mois de l'argent à son fils. C'était une erreur de parler de revenus qui n'existent pas. Maintenant, il lui faut trouver une porte de sortie.

En se promenant dans son quartier près de la rue Lecourbe, Maggy remonte le boulevard Pasteur, croise la rue de Vaugirard et prend ensuite la rue du docteur Roux, qui mène à l'Institut Pasteur, ce haut lieu de la science française. Pasteur est un savant dont l'histoire la fascine. Elle adore lire et relire l'histoire de la vaccination du petit Joseph Meister, le premier enfant à avoir été sauvé de la rage. Passant devant l'église Saint Jean Baptiste de la Salle, elle décide d'aller y faire une petite prière. Elle aimerait tant résoudre ce problème de sous avec Fernand, qui la tarabuste. Une petite prière au bon Dieu ne pourra pas lui faire de mal. Maggy aime bien cette église où elle va à la messe le dimanche. La grande mosaïque illustrant la vie du Saint, avec tous les petits enfants qui acclament le seigneur, la distrait quand le sermon du curé ne l'intéresse pas. De multiples fois, elle a relu le texte sur la mosaïque, « Laissez venir à moi les petits enfants ».

Maggy s'agenouille sur un prie-Dieu et invoque les puissances divines : « Seigneur, je suis désemparée ! Dites-moi ce que je dois faire maintenant avec Fernand. A cause de cette histoire de sous, j'ai peur que mon mariage n'échoue. Et dire que cette union est nécessaire pour laisser à mon Phil le champ libre, quand il va vouloir se remarier lui aussi ! ». Après sa prière, Maggy se rassied et laisse voguer son esprit, bercée par la contemplation de sa mosaïque favorite. Du bruit sur sa droite lui fait tourner le tête. Elle aperçoit une dame rentrant dans un confessionnal pour raconter ses turpitudes et se faire absoudre. Et tout d'un coup, Maggy se sent exaucée, illuminée. Elle entrevoit une solution pour sortir de ce mauvais pas. Merci Seigneur ! Elle a un plan d'action, venu spontanément à son esprit, et ce plan, elle va le mettre en œuvre dès cette semaine.

Ce mercredi, elle doit rejoindre Fernand chez lui pour le déjeuner. Elle part tôt car c'est elle qui fait la cuisine quand ils déjeunent ensemble. Fernand a pu avoir des œufs et des pommes de terre. Elle lui prépare une bonne omelette, parfumée avec de la ciboulette du jardin. Un peu de vin rouge vient égayer leur repas. Après le café arrosé d'une lichette de calvados, Fernand annonce, comme ils en ont l'habitude, qu'une petite sieste s'impose, mais Maggy prétexte un mal de tête et propose plutôt une promenade dans le parc des Buttes-Chaumont à Paris. L'air du printemps lui fera sûrement du bien. Fernand est déçu mais ne veut pas se montrer grossier. Ils prennent un bus qui les emmène dans le 19ème arrondissement et se promènent comme le souhaitait Maggy. Quand ils se quittent en fin d'après-midi, Maggy lui annonce qu'elle ne peut pas venir le revoir cette semaine. Fernand prend son air des mauvais jours, regrettant vivement qu'elle ne soit pas plus disponible.

Le vendredi suivant, Maggy fait de nouveau la cuisine et prépare un hachis Parmentier. Son futur mari apprécie ce plat et remplit leurs verres de vin chaque fois qu'ils sont vides. A la fin du repas, sans attendre le café, Fernand devient entreprenant. Maggy le repousse gentiment :

— Il faut que je t'explique, mon Fernand. Ce n'est pas bien ce que nous faisons. J'ai été me confesser l'autre jour et le prêtre m'a dit que c'était un péché mortel d'avoir des rapports sexuels sans être mariés. Je veux être sage maintenant jusqu'à notre mariage. Tu comprends ? Ce sera encore plus excitant après ! Et ce sera mieux pour le salut de ton âme.

— A notre âge, ce n'est pas un péché ; on ne peut plus faire d'enfant, voyons !

— C'est ce que je croyais, mais le prêtre, le curé de la paroisse, un homme d'expérience a été très ferme. Je lui ai dit ce que tu viens de me dire mais il n'a pas été du tout d'accord. N'oublie pas que c'est lui qui doit nous marier.

Fernand ne sait pas quoi répondre. Il se tait, résigné, l'air sombre. Maggy a un petit sourire sur le visage, mi moqueuse, mi compatissante. Elle conclut en disant :

— On va se marier très bientôt. Comme ça, tu seras vite satisfait et le bon Dieu aussi. Le mois prochain, si tu es d'accord ?

Fernand prend un air gêné. C'est sans doute long pour lui d'attendre aussi longtemps mais il n'a pas le choix. Maggy est bien contente de son petit stratagème pour accélérer les choses. Elle se sent objet de désir et en position de force pour mener les choses comme elle l'entend.

A la fin de la semaine suivante, quand ils se voient très sagement à Paris dans les jardins du Luxembourg, Fernand revient à la charge et reparle des aspects financiers de leur union :

— Comment va-t-on faire quand on va vivre ensemble ? Qui va payer quoi dans la vie courante ? Comment va-t-on s'organiser, tous les deux ? Dis-moi !

Maggy a prévu qu'il reprendrait ce genre de conversation et a préparé une réponse :

— Oh c'est simple, moi je fais la cuisine, la vaisselle, les courses, le repassage, le raccommodage, le ménage et je mets de l'argent de côté au cas où on tombe malade et toi tu paies les dépenses courantes, les voyages, les habits.

L'énoncé de tout ce que Maggy effectue comme tâches domestiques cloue le bec de Fernand qui, résigné, conclut en disant du bout des lèvres « Très bien ! ». Maggy, soulagée fait une petite prière de remerciements à Saint Jean Baptiste de la Salle qui l'a si bien inspirée!

Maggy, redevenue sereine, en profite pour lui parler de l'organisation de leur mariage :

— Il faut maintenant que l'on fasse les démarches à l'église et à la mairie du 15ème arrondissement. Moi, je vais passer à l'église pour voir quels papiers on doit fournir et à quelle date exacte on peut se marier en juin. Et toi, tu iras faire les formalités à la mairie.

Fernand ne semble pas enthousiasmé mais répond qu'il ira dès que possible. Maggy trouve sa réponse bizarre puisqu'il ne travaille plus et que ses journées sont libres. Mais peut-être a-t-elle mal interprété ce que Fernand voulait dire par « dès que possible ».

Le lendemain, Maggy ne perd pas de temps et retourne à sa paroisse. Le curé est en train de confesser et comme elle a tout son temps, elle attend sa sortie du confessionnal pour l'aborder. Elle lui explique les raisons de sa venue et le prêtre l'emmène jusqu'à la sacristie pour qu'ils puissent être à l'aise pour parler. Maggy lui fait part de sa situation, de son veuvage et de celui de Fernand, son cousin. Quand le curé entend qu'il y a un lien de parenté entre eux, il lui demande :

— Quel est votre degré de cousinage avec votre futur mari ?

— Nous sommes cousins germains.

— Dans ce cas, il faut que vous fassiez une démarche supplémentaire. Il vous faut demander une dispense à l'évêque, que nous transmettrons. C'est la règle pour les mariages entre cousins. Vu votre âge, elle vous sera accordée puisque le problème des enfants ne se pose pas. Mais c'est la règle, on ne peut pas y déroger.

— Mais ça va prendre combien de temps ? ajoute Maggy, inquiète pour son mariage du mois de juin.

— Pas plus de deux mois.

Maggy est dépitée car ses projets de cérémonie au mois de juin tombent à l'eau. Elle et Fernand devront attendre le mois de septembre. Le prêtre conclut en disant :

— Je vais vous donner le dossier à remplir. Vous me le rapporterez signé par vous et par le futur marié. Je le transmettrai à l'évêché. Nous trouverons ensuite une date pour la cérémonie quand la dispense sera revenue.

Maggy repart déçue et se demande comment Fernand va prendre la nouvelle.

59
PARIS, FRANCE ET MOSCOU, UNION SOVIÉTIQUE, JUIN 1947

John Luxley comprend mal pourquoi il est sans nouvelle du général Destivel depuis deux mois. Après une leçon de conversation en anglais, donnée à ses enfants Paul et Claire, il avait eu l'impression d'avoir su les captiver. Une autre leçon était programmée mais Phil l'a annulée *in extremis*. John s'attendait à ce qu'il reprenne contact mais, depuis cette annulation, il est resté sans nouvelles. Cela le chagrine car il aimerait continuer à avoir des relations amicales avec le général qu'il apprécie beaucoup depuis leur rencontre fortuite à Londres en 44 et leur visite des défenses anti V1.

Mais en ce jour de juin 47, John est très excité car il quitte Paris et part en voyage. Ils sont cinq mathématiciens à avoir rendez-vous à dix heures du matin à l'aéroport du Bourget, au nord-est de Paris, pour prendre un avion qui doit les emmener jusqu'à Moscou. Tous sont des scientifiques très bon niveau. Ils ont été invités par l'Académie des Sciences soviétiques et doivent rencontrer plusieurs éminents collègues russes dont ils connaissent les travaux. John est étonné de faire partie des heureux élus car il est anglais mais il a été réclamé par Andreï Kolmorov, un brillant collègue avec qui il a eu des échanges épistolaires quand il était à la fin de sa thèse à Oxford, et plus récemment à Paris. Il y a quelques jours, John et ses collègues ont été « briefés » par un membre du contre-espionnage français qui leur a fait plusieurs recommandations : rester en groupe le plus possible, éviter d'aborder la politique dans les discussions, ne pas parler des collègues américains ou autres étrangers avec qui ils sont en relation, ne pas divulguer ses propres travaux quand ils ne sont pas encore publiés. John trouve tout cela assez ridicule car pour lui le monde des mathématiciens est totalement disjoint de celui des politiciens. Encore la paranoïa ambiante dans cette Europe de l'après-guerre ! On a annoncé à ces cinq chercheurs qu'à leur retour, ils auront droit à une séance de « *debriefing* ». John a très envie de voir la Russie, le modèle à suivre pour ses collègues communistes du Collège de France, dont il se sent proche. Ce pays le fascine depuis qu'il a commencé à lire les œuvres de Karl Marx. Il a hâte de constater *de visu* la disparition des classes sociales dans ce pays et la joie de vivre de ses habitants.

L'arrivée à Moscou a lieu en fin d'après-midi après une escale à Berlin pour remplir les réservoirs. Les passagers sont impressionnés par l'accueil qui leur est fait. Kolmorov s'est déplacé et vient saluer John en premier. Le Russe s'exprime assez bien en français et explique à John qu'il a passé plusieurs mois à Paris avant la guerre, ce qui leur évite d'avoir recours à un interprète. De temps en temps, quand il ne trouve pas un mot, il essaie de le dire en anglais. Tous partent dans deux splendides voitures ZIS dérivées des modèles Packard américains. Kolmorov vante la qualité de leurs moteurs de huit litres de cylindrée. Ces mathématiciens n'ont pas l'habitude de ce type de véhicule et sont subjugués. Ils le sont encore plus quand ils arrivent à ce qui va être leur hôtel, un bâtiment de dix-huit étages où il y a du marbre partout. C'est l'hôtel Moskowa où des chambres leur sont réservées au 9ème étage. Ils sont à proximité de la place Rouge et du Kremlin qu'ils ont bien l'intention d'aller visiter lors de leur temps libre. Le hall de l'hôtel est vaste et fourmille de monde : serveurs, personnels de ménage, administrateurs. On leur prend leurs passeports en leur disant qu'ils n'en n'auront pas besoin à Moscou puisque plusieurs accompagnateurs les aideront lors de tous leurs déplacements.

Pendant trois jours, ils rencontrent des collègues de l'Académie des Sciences pour des séances de travail matin et après-midi. Les soirées à l'hôtel sont très gaies, arrosées de vodka. John aimerait avoir un peu de liberté pour se promener seul dans Moscou, mais il n'a aucun créneau horaire lui permettant d'aller baguenauder, au gré de son inspiration. Il espère pouvoir le faire pendant le week-end, ce qui s'avère finalement impossible car Kolmorov l'invite à une partie de pêche dans sa datcha, le samedi et le dimanche. Il est étonné quand il apprend que ses compagnons français ont droit à un autre programme plus austère.

Kolmorov vient le chercher le matin, conduit par un chauffeur au volant d'une autre ZIS, identique à celle qui les a transportés à leur arrivée à Moscou. John est intrigué et lui demande où ils vont :

— J'ai depuis quelques temps la disponibilité d'une « datcha », une maison de campagne pour me reposer et être au calme pour travailler. Vous verrez, c'est sympathique.

— Et mes collègues, ils ne sont pas de la partie ?

— Ce sont tous des théoriciens des probabilités, de très bons mathématiciens. Mais on m'a parlé de vos centres d'intérêt actuels qui sont aussi les miens. Nous aurons du temps pour faire le tour de la question et aussi nous distraire.

La datcha est atteinte en trois quarts d'heure de route. C'est une vaste maison élégante, en bois blanc. Une terrasse peinte avec de la laque verte permet de prendre les repas dehors quand il fait suffisamment chaud. Dans le jardin, plusieurs pommiers sont en fleur. John est étonné du luxe de cette maison dans un pays véritablement exsangue à la fin de la guerre. Pour entretenir le jardin, il faut du temps et John ne voit pas comment Andrei peut avoir suffisamment de disponibilité pour tailler les arbres fruitiers, tondre l'herbe et arroser les plantes. Il en parle à son collègue :

— Qui s'occupe du jardin ? Il y a du terrain et tout est impeccable !

— Quand je viens, il y a deux personnes pour s'occuper du ménage et du jardin. Moi, je n'ai plus rien à faire. Vous les rencontrerez. Svetlana fait les courses, le ménage et la cuisine et Piotr aime prendre soin des arbres et des plantes. C'est comme une maison de fonction ici. Tout est pris en charge par l'état. Moi, je n'ai à m'occuper de rien.

— Tous vos collègues académiciens ont une datcha ?

— Non, très peu, pourquoi ?

John lui répond en plaisantant :

— Je voulais juste savoir si ça valait la peine pour moi d'émigrer en Union Soviétique !

— Je comprends que ça vous étonne mais vous savez, je sers de conseiller scientifique à nos dirigeants. Le camarade Staline s'intéresse beaucoup à l'avancée de nos technologies depuis la fin de la guerre. Il me consulte régulièrement sur l'organisation de la recherche dans notre pays et les relations souhaitables avec les scientifiques des pays de l'Ouest.

John et Andrei travaillent ensemble jusqu'au déjeuner. Kolmorov revient sur sa démarche d'axiomatisation des probabilités, qui a été féconde. Le déjeuner est ensuite servi par la camarade Svetlana. Elle porte un petit tablier blanc comme dans les familles bourgeoises de l'Ouest qui ont suffisamment d'argent pour s'offrir les services d'une bonne. La jeune femme est séduisante, blonde, très slave. Andrei fait les présentations en russe :

— Camarade Svetlana, je te présente John, un jeune collègue arrivé de Paris, un brillant mathématicien anglais qui travaille en France. Il faudra que tu t'occupes de lui pour qu'il garde le meilleur souvenir de l'Union Soviétique. La conversation sera peut-être difficile entre vous deux car il ne parle pas russe et toi, tu ne parles pas anglais. Mais tu vas nous faire de bons petits plats et il n' y a pas besoin de parler russe pour apprécier ta cuisine, n'est-ce pas ?

Andrei traduit ce que Svetlana lui répond :

— Je suis là pour ça et je suis très contente de travailler pour un mathématicien anglais. Les Anglais ont été formidables pendant la grande guerre patriotique contre les nazis.

John est sensible à la grâce de Svetlana quand elle les sert à table. Sa démarche est légère et elle assure le service avec élégance et délicatesse.

Après le repas, Andrei annonce une partie de pêche dans un lac à vingt minutes de marche. Le Russe met une bouteille de vin blanc et deux verres dans un sac à dos. Chacun a une canne à pêche. Ils marchent gaiement à travers la campagne. John admire d'autres datchas sur leur chemin. La campagne est belle en ce printemps déjà avancé, avec des arbres fruitiers ornés de leurs fleurs roses et blanches. Il fait doux et les deux collègues peuvent rester en bras de chemise. John sait apprécier ces moments imprévus et trouve son collègue bien sympathique ; presque un ami maintenant !

Arrivés au lac, ils s'installent pour pêcher dans un endroit choisi par Andrei. Comme appâts, ils utilisent des vers de terre et des morceaux de patates cuites à l'eau. Andrei ramène un sandre et John a la surprise de découvrir une anguille prise à son hameçon. Andrei est étonné car les anguilles sont rares dans cette région.

Ils font ensuite une pause et boivent plusieurs verres de vin blanc de Crimée. Andrei interroge John sur ses activités pendant la guerre. Il est très surpris d'apprendre que John était pilote de bombardier lourd :

— J'avais entendu parler de vos recherches au sein du *bomber command* mais pas de vos fonctions de pilote. Bravo ! Ça devait être quelque chose d'aller bombarder les sites industriels et les villes allemandes ?

John est étonné qu'Andrei en sache autant sur lui. Son activité au sein du *bomber command* est peu connue. Il en a juste parlé à un ou deux collègues du Collège de France à Paris. Il est encore plus étonné quand Andrei cherche à en savoir plus. John lui raconte sans détour son activité, là-bas en 44, ne jugeant pas la nature de ses travaux réellement confidentielle. Andrei en profite pour l'interroger plus en détail :

— Et vous n'avez pas travaillé sur des approches de cryptage, et aussi de commande optimale ?

— Non pas à l'époque.

— Et maintenant, vous vous y intéressez ?

John a l'impression désagréable de subir un interrogatoire qui dépasse la simple collaboration scientifique de deux mathématiciens. Il se souvient de ce qu'on lui a recommandé avant de partir : éviter de parler de ses travaux non publiés et de ce fait, il répond évasivement :

— Non pas vraiment, mais c'est un domaine intéressant.

— Mais vous connaissez bien Norbert Wiener, cet américain génial ? On dit qu'il est en train d'inventer une nouvelle discipline. Vous êtes au courant ?

Là plus aucun doute pour John, la conversation relève de l'espionnage scientifique, pas de science pure. Pourquoi et comment Andrei Kolmorov est-il au courant de ses activités actuelles ? Mystère ! John lui répond encore en restant dans le flou.

— J'ai échangé une ou deux lettres avec lui mais il ne m'a pas parlé de ses recherches en cours. Vous pensez réellement qu'il est en train de créer un nouveau domaine des sciences ? Rien que ça !

— S'il vous en parle, j'aimerais bien que vous m'écriviez à ce sujet. Nous les Russes, nous sommes un peu isolés sur le plan scientifique. Vous comprenez ?

— Oui je comprends.

La réponse de John a été suffisamment vague pour que cela ne l'engage à rien.

La partie de pêche se continue et John attrape une deuxième anguille. Quand ils reviennent à la datcha, Andrei apparaît soucieux et peu bavard. En arrivant, il demande à Svetlana de préparer les poissons pour le dîner et reste quelques minutes à discuter en russe avec elle, l'air très énervé.

Ensuite le repas est courtois. Andrei pose des tas de questions à

John sur son enfance, son origine sociale, sa famille. Il parle aussi de lui-même, de ses parents morts prématurément, de sa tante qui l'a élevé comme une mère. A la fin du repas, le jardinier Piotr vient dire quelques mots à son patron puis Andrei explique à John que malheureusement il est obligé de faire un aller et retour dans la banlieue, près de Moscou. Un incendie s'est déclaré dans un laboratoire de physique situé près de la capitale et il doit évaluer les dégâts. Ils se reverront demain au plus tard pour le déjeuner. John n'a pas vraiment envie de rester seul et pense qu'il pourrait en profiter pour faire sa balade dans Moscou demain matin. Il demande à son collègue russe s'il ne pourrait pas repartir avec lui. Mais son hôte lui déclare que ce n'est pas possible car ils ne vont pas jusqu'au centre-ville. John n'insiste pas.

John monte ensuite au premier étage dans sa chambre pour lire et se reposer. Il a apporté *Animal Farm* de George Orwell, un livre qui déplaît énormément aux autorités soviétiques. Un douanier a fouillé sa valise à l'aéroport de Moscou mais il a surtout vérifié qu'il n'y avait rien de caché dans les pages du livre, sans s'inquiéter du contenu de l'ouvrage alors qu'il s'agit clairement d'une critique de Staline et du régime soviétique !

Après une heure de lecture, John entend des pas dans l'escalier. Quelqu'un frappe à sa porte. Svetlana, en robe de chambre, vient lui demander s'il veut une boisson chaude, thé ou infusion aux fruits rouges. Elle a apporté les boites pour se faire comprendre. John choisit les fruits rouges, ayant peur de ne pas dormir après un thé russe ! Un quart d'heure plus tard, Svetlana revient, portant sur un plateau deux tasses fumantes, du sucre et une bouteille d'alcool blanc que John identifie au nez comme étant de la mirabelle. Ils trinquent avec leur tasse. Svetlana essaye de lui appendre « *Na zdorovie* », c'est-à-dire « A votre santé » en russe.

Très souriante, elle s'assied sur le bord du lit et regarde la couverture du livre de John sans réagir. John observe Svetlana. Il la trouve plutôt jolie mais bizarrement habillée, dans sa robe de chambre ample, coupée dans un tissu épais. Avec sa ceinture, nouée autour de sa taille, elle donne l'impression d'être dans un kimono de judo. John lui dit en anglais :

— C'est difficile pour nous de communiquer. Dommage que tu ne parles pas anglais ou moi le russe !

Svetlana lui répond *yes* en riant. Puis elle continue dans un anglais laborieux mais compréhensible malgré tout.

— Je parle anglais un peu mais compliqué pour moi. Quand le camarade professeur Kolmorov revient, pas dire que je parle anglais.

John est surpris et il la laisse continuer :

— Je fais servante quand professeur vient ici mais je fais thèse mathématiques le reste du temps. Kolmorov directeur.

— Ah bon ! Tu es mathématicienne ! C'est inattendu ! Dans quel domaine ?

— Mathématiques appliquées, recherche optimum des fonctions.

— Je travaille moi aussi en mathématiques appliquées en ce moment à Paris, pour la commande optimale de processus.

Ils découvrent qu'ils sont sur des domaines proches, ce qui les excite beaucoup. Svetlana, la première, décrit son sujet de thèse et les résultats déjà acquis. Elle explique aussi à John qu'elle s'intéresse à la théorie de l'information et à ses applications dans le domaine des systèmes biologiques. Elle a entendu parler des conférences Macy qui ont lieu aux Etats-Unis à New-York et qui réunissent des mathématiciens, des physiologistes, des sociologues et d'autres encore. Elle déplore de ne pas pouvoir y participer et aimerait connaître les mathématiciens impliqués. John trouve inattendu tous ces échanges et lui raconte ce qu'il fait :

— Je peux vous parler des conférences Macy, j'ai des travaux en cours avec Norbert Wiener, un mathématicien génial qui en fait partie et qui travaille sur la création d'une nouvelle discipline ; il a collaboré avec Mandelbrojt, mon patron actuel à Paris au Collège de France. Wiener me raconte ce qui se passe là-bas dans ses lettres, des lettres de dix à vingt pages.

Leur conversation, très passionnée, dure ainsi jusqu'à deux heures du matin. Pendant ces échanges, John est amené à donner quelques détails sur la construction d'un supercalculateur à lampes aux Etats Unis, une avancée technologique qui va révolutionner le calcul scientifique. En terminant, il fait des recommandations à Svetlana :

— Ce que je viens de vous dire est confidentiel. Moi je ne dis pas que vous parlez anglais et vous, vous gardez pour vous ce que je viens de vous raconter. D'accord ?

Svetlana lui sourit, acquiesce et lui dit :

— Très fatigant pour moi parler anglais. Il faut arrêter un peu.

— D'accord on arrête, mais j'aimerais aussi que tu me parles de ton pays. J'ai des amis communistes à Paris qui disent que c'est le paradis ici, qu'il n'y a plus de classes sociales D'autres, des réactionnaires en France et en Angleterre, racontent qu'il y a des camps de travail, que Staline est un tyran sanguinaire. Sûrement de l'intox !

— On parlera tout à l'heure. Je vais chercher vodka. Tu veux ?

— Bonne idée. J'adore la vodka !

Svetlana descend dans la cuisine et revient peu après avec un flacon de vodka glacée et deux verres. Ils trinquent. John regarde Svetlana. Son visage sans maquillage est harmonieux et ses yeux verts pétillants. Son ample robe de chambre dissimule ses formes et John se demande comment elle est faite. Elle n'a pas l'air farouche et semble de bonne humeur. John, la vodka aidant, ne pense plus aux mathématiques et se met à la désirer. Il n'a pas vraiment d'attaches à Paris et rien ne s'opposerait de son point de vue à une aventure avec cette belle Russe.

Un bruit de serrure que l'on ouvre parvient du rez-de-chaussée. Svetlana se lève, inquiète. Elle ferme précautionneusement la porte de la chambre et se hâte d'éteindre le plafonnier. Dans l'obscurité, à tâtons, elle retrouve le lit et John toujours assis. Elle murmure :

— Camarade Kolmorov rentre. On parle pas. On cache sous les draps. Je veux pas Andrei me voir ici.

Ils entendent des pas en bas et des bruits d'eau venant de la cuisine. Svetlana murmure à l'oreille de John de se mettre sous les draps sans faire de bruit. Le lit n'est pas très grand et ils sont obligés de se tasser l'un contre l'autre.

Andrei quitte la cuisine et monte l'escalier. Il se dirige vers la chambre. John est gêné de la situation. Svetlana lui serre le bras très fort quand Andrei passe devant leur porte. Mais le bruit de pas faiblit car le Russe continue jusqu'aux toilettes. Il redescend au rez-de-chaussée quelques minutes plus tard.

— Chambre d'Andrei en bas. Moi obligée de rester ici ce soir. Pas faire de bruit.

Ils restent serrés sans bouger pendant une bonne demi-heure. Svetlana dit :

— Andrei dort. Il a très profond sommeil. C'est bien maintenant.

Svetlana se détend et prend la main de John en murmurant :

— Merci John ! Mais j'ai chaud !

Dans le lit, ils sont tous les deux allongés sur le côté, l'un contre l'autre. John qui est derrière elle, l'aide à quitter sa robe de chambre.

Svetlana est maintenant nue sous sa chemise de nuit et sent John introduire sa main dans l'échancrure de sa chemise. Il s'aventure un peu plus avant et vient caresser sa poitrine avec délice. Svetlana ne proteste pas. Bien au contraire, les caresses de John lui donnent du plaisir et la font soupirer. John, encouragé par son accueil, continue à caresser doucement ses seins et l'embrasse sur la nuque. Il relève ensuite la chemise de nuit de Svetlana. Puis il lui caresse le ventre, s'aventure dans sa toison et bientôt cajole délicatement son petit bouton de rose. Svetlana lui dit tout simplement « bien ! ». John ouvre son pantalon et Svetlana vient y passer sa main. Elle a vite fait de trouver son sexe et le branle doucement. John caresse les fesses dodues de Svetlana, merveilleuses, pleines, à la fois musclées et charnues. Dans l'obscurité, John, les yeux fermés, se concentre sur les sensations délicieuses que sa compagne de lit lui procure. De plus en plus ardent, il cherche à la pénétrer. Elle le guide délicatement avec sa main. John rentre facilement son sexe dans son vagin tout humide. Leur plaisir est intense mais ils savent se retenir longtemps. Puis, toujours en elle, apaisé, John s'assoupit et Svetlana aussi.

Quand il se réveille le matin, John constate que Svetlana n'est plus là. Elle a dû quitter la chambre sans faire de bruit quand il était en plein sommeil. Il repense à leur soirée inattendue qui lui laissera un merveilleux souvenir, très érotique, de son passage en Russie. Plus tard, il entend du bruit qui vient d'en bas. Kolmorov doit être réveillé.

John s'habille après avoir fait un brin de toilette et descend dans la cuisine. Svetlana est en train de préparer un petit-déjeuner : du thé bien fort, du pain noir, du poisson fumé et un œuf dur. Svetlana lui dit bonjour en russe.

Kolmorov lui explique que l'incendie n'était pas grave et qu'il a pu revenir plus tôt qu'il ne le pensait. John regarde discrètement Svetlana. Elle lui fait un grand sourire quand elle passe derrière son patron et lui envoie discrètement un petit baiser dans les airs. Les deux hommes se mettent à discuter pendant leur petit-déjeuner. Andrei explique que les laboratoires de recherche à Moscou devraient être mieux entretenus. Avec tous les morts de la guerre, ils manquent de techniciens pour l'entretien du matériel et il y a souvent des problèmes électriques. Ils sont obligés d'utiliser des prisonniers en fin de peine pour les aider. John en profite pour poser des questions à Andrei sur les libertés en Union Soviétique :

— Andrei, j'ai une question délicate. En France, il a des gens qui disent que de nombreux russes sont envoyés dans des camps de travail et que Staline est un vrai dictateur. Ce sont des calomnies ?

— Bien sûr que ce sont des calomnies ! L'Union Soviétique est un pays démocratique où il n'y a plus de classe sociale. La guerre nous a appauvris. Il y a eu des millions de morts mais le camarade Staline est un dirigeant formidable. Rien à voir avec un dictateur ! Il n'y a pas de camp de travail dans notre pays, juste des prisons pour les délinquants. John scrute le visage de Svetlana qui n'a pas l'air vraiment d'accord avec Andrei.

Kolmorov lui propose ensuite une séance de travail avant le déjeuner. John remonte dans sa chambre et se replonge, en attendant, dans la lecture d'*Animal Farm*. La description du cochon qui essaie de faire prendre conscience aux chevaux, chiens et autres animaux qu'ils n'ont rien à attendre de bon des hommes, le ravit.

John entend des pas dans l'escalier et entrouvre sa porte. Il aperçoit Svetlana avec un balai, un seau et une serpillère. Elle lui fait « chut ! » et lui fais signe de la suivre. Ils entrent dans la salle de bains. Elle laisse la porte entrouverte et lui dit à l'oreille :

— Peut être te revoir un jour. Donne-moi adresse Paris

Elle lui tend une feuille de papier et un crayon. John lui écrit son adresse rue Mouffetard. Elle l'embrasse alors sur la bouche et lui murmure :

— Toi très bon ! Retourne chambre maintenant.

John la serre contre lui et la quitte, un demi sourire sur le visage puis, contraint au langage des gestes, il fait semblant d'essuyer quelques larmes.

La séance de travail avec Andrei est ensuite passionnante. Le temps passe très vite quand deux scientifiques discutent de leurs recherches passées ou présentes. Ils pique-niquent tous les deux dans la cuisine puis repartent vers Moscou en début d'après-midi, toujours dans la superbe ZIS. John se réjouit à la pensée d'avoir un peu de temps libre mais il est déçu quand il retrouve ses collègues accompagnés par un guide qui les emmène sur la place Rouge et au Kremlin.

Le séminaire se termine et dans l'avion qui les remmène à Paris, John est très songeur. Kolmorov savait que John avait des contacts avec Norbert Wiener. Seuls deux ou trois collègues du Collège de France étaient au courant. Même s'ils sont de gauche, il les voit mal avoir des liens forts avec les communistes russes et pratiquer l'espionnage scientifique. Quant à Svetlana, il la trouve charmante mais aussi très étrange, mi domestique, mi scientifique et parlant anglais. Etonnant aussi qu'elle contredise son patron sur la question des libertés en Russie. Surprenant qu'elle lui ait demandé son adresse en France ! L'a-t-elle manipulé pour qu'il lui parle de ses recherches actuelles et du développement d'un nouveau calculateur aux USA ? Mystère ! Le saura-t-il un jour ?

John est décidé à prendre ses distances vis-à-vis de ses collègues communistes à Paris. Comme prévu, il a une discussion avec le service de contre-espionnage français. Il explique qu'il n'a pas eu la possibilité de se promener seul dans Moscou, comme il le souhaitait. Il raconte son séjour dans la datcha avec Kolmorov mais se tait sur Svetlana et ses relations avec elle.

60
PARIS ET BRETAGNE, FRANCE, JUIN-JUILLET 1947

Le général Destivel sait maintenant où repose Victoria et de Paris il peut lui parler comme s'il était devant sa sépulture. Victoria sera toujours dans son cœur et restera sans doute son plus grand amour.

Depuis son retour, Phil, perplexe, se penche sur sa vie présente et future. Maggy, qui souvent l'exaspère mais aussi l'attendrit, va bientôt se remarier et partir vivre avec Fernand. Ses enfants grandissent. Paul va bientôt passer son baccalauréat et Claire va suivre. Ils seront vite désireux de prendre leur indépendance. Reste l'épineuse question des jumeaux qu'il voudrait retrouver, mais il ne voit pas encore comment s'y prendre. Son métier n'est pas de tout repos et ses jours de permission sont comptés. Phil bute devant la stratégie à adopter, conscient du fait que plus le temps passe, plus le dénouement de cette affaire deviendra difficile. Et s'il les retrouve, il se sentira alors bien seul pour les élever !

Phil continue à travailler avec Françoise Dumaine à l'association « Les Ailes Brisées ». Il est heureux de la perspective d'aller passer une semaine avec ses enfants chez elle en Bourgogne à la fin du mois de juillet. De temps en temps, ils vont ensemble au cinéma ou au concert mais leur relation reste amicale. Phil hésite à lui parler des jumeaux et à lui demander conseil pour les retrouver ; il remet cette confidence à plus tard.

Paul a maintenant dix-sept ans et révise les épreuves de son premier bac. Alors qu'il cherche un dossier dans le petit cagibi où il range des affaires à côté de sa chambre, il retrouve, dissimulé sous une pile de documents, le rapport classé confidentiel défense qui avait disparu du bureau du Phil. Paul fait part de sa découverte à son père. Celui-ci ne comprend pas ce qui a pu se passer mais il en déduit tout de suite que son ami John a été soupçonné à tort. Désolé de la tournure des évènements suite à la perte de ce dossier, il reprend contact avec son ami anglais et l'invite à déjeuner pour lui demander de continuer à donner des leçons de conversation anglaise à ses enfants.

Phil et John se retrouvent avec plaisir. John lui parle de son voyage à Moscou et de ses doutes sur la démocratie en Union Soviétique et sur le bien-fondé du communisme en général. Il lui raconte aussi que ses collègues du Collège de France, totalement hypnotisés par Staline, réfutent l'existence d'une dictature sanglante en Russie. Phil apprécie de voir disparaître l'attirance de son ami anglais pour cette idéologie qu'il déteste.

Ils bavardent ensuite de la situation difficile en France, avec des grèves très dures en ce moment. Ils parlent aussi de leurs projets de vacances pour le prochain été. John exprime son envie de mieux connaître les plages françaises, où l'on peut profiter du soleil mieux qu'en Angleterre. Leur conversation donne une idée à Phil :

— John, il faut que je vous fasse quelques confidences. Un secret à garder ! Personne ici n'est au courant de ce que je vais vous dire. Vous vous souvenez sans doute : je vous avais dit quelques mots d'une liaison que j'ai eue avec Victoria, une anglaise, artiste peintre rencontrée à Gaitford, et dont je suis tombé très amoureux. Victoria était mariée mais son mari, prisonnier en Allemagne, avait pu s'évader et rejoindre l'Angleterre. Très malade, il est décédé peu après. Victoria m'avait annoncé qu'elle était enceinte de moi et a accouché ensuite à Londres. Mais, grosse surprise, elle a mis au monde des jumeaux, une petite fille Helen et un petit garçon George. Victoria, voulant préserver sa réputation et celle de ses enfants, a déclaré Helen et George à la mairie comme étant de son mari. Ensuite, elle est venue habiter à Paris avec sa cousine Peggy. Nous nous sommes beaucoup revus. Mais elle est décédée subitement d'une embolie pulmonaire, quelques mois plus tard. Un choc terrible pour moi, à un moment où nous envisagions de refaire notre vie ensemble.

— Oh je suis désolé, Phil. C'est très triste ce que vous me racontez ! Mais qui s'occupe des jumeaux maintenant ?

— C'est ça qui me soucie. La cousine Peggy, qui était venue à Paris avec Victoria pour s'occuper des enfants, est repartie avec eux en Angleterre, à Reading. Je lui ai envoyé plusieurs lettres pour avoir des nouvelles et envisager l'avenir, mais je n'ai jamais reçu de réponse. Récemment, pour comprendre ce qui se passe, je suis allé à Reading quelques jours. Peggy, avant de quitter Paris, m'avait donné l'adresse de ses parents, chez qui elle allait séjourner à son retour. J'ai été sonner chez eux. Personne ! Ils n'étaient pas là, mais un voisin, un vieux monsieur, m'a dit que Peggy habitait maintenant en France où elle serait partie avec les jumeaux.

— En France ? C'est surprenant ! Mais où en France ?

— Le voisin était un peu confus. Il m'a parlé de la Bretagne, dans un endroit connu pour ses mégalithes. Je n'en sais pas plus. Il y a des dolmens et des menhirs partout en Bretagne mais l'endroit le plus connu, c'est Carnac dans le Morbihan. C'est là qu'il faut que j'aille faire des recherches. Mon problème c'est que de telles recherches, ça demande du temps et du temps j'en ai bien peu avec mes responsabilités actuelles et mes grands enfants. Je me dit que peut-être vous pourriez m'aider ? Le bord de mer est très beau en Bretagne et il fait nettement moins chaud qu'ici à Paris où l'atmosphère est vraiment étouffante en ce moment. Trente-huit degrés hier !

De fil en aiguille, Phil propose à son ami anglais de lui offrir en juillet, un séjour d'une dizaine de jours à Carnac. En contrepartie, John devra se mettre à la recherche de Peggy et des jumeaux dans cette ville et dans les villages alentours. Phil pense que le fait que John soit anglais facilitera les échanges avec Peggy s'il la retrouve. Elle sera en confiance pour expliquer les raisons de son silence. La proposition amuse John qui accepte d'aller jouer les Sherlock Holmes au milieu des menhirs et dolmens.

Le matin du lundi 7 juillet, John prend un train pour la Bretagne à la gare Montparnasse. Le voyage est long jusqu'à Auray, où un car l'emmène ensuite à Carnac. Phil lui a réservé une chambre dans le Grand Hôtel, à côté de la plage. Le bâtiment, construit en pierre au début du siècle, a beaucoup de caractère avec ses quarante chambres et sa grande véranda en bord de mer. John est logé au 3ème étage d'où il a une vue dégagée sur la pointe Churchill et la baie de Quiberon. La mer est partout, comme s'il se trouvait sur un bateau de croisière. De son balcon, il aime respirer l'air frais aux arômes marins, particulièrement à marée basse.

Après un bain de mer, le mardi matin, John reste allongé sur le sable pour se dorer au soleil. Il en profite pour bâtir une stratégie de recherche de Peggy. A partir d'une carte routière, il sélectionne plusieurs villages où mener ses investigations : Carnac, bien sûr, puis la Trinité-sur-Mer et dans un deuxième temps Plouharnel à l'Ouest et Crach à l'Est. Il se procure un vélo à l'hôtel pour faciliter ses déplacements.

John consacre plusieurs jours à Carnac où il rentre dans tous les cafés, les boucheries, charcuteries et boulangeries pour demander aux commerçants s'ils ne connaîtraient pas une jeune femme anglaise accompagnée d'un petit garçon et d'une petite fille. Les réponses sont négatives. A Carnac, John fait aussi du tourisme. Il visite les alignements dont il a entendu parler. La masse des rochers alignés le laisse pantois. En bon scientifique, il ne peut s'empêcher d'estimer le poids des plus gros menhirs et d'imaginer comment on a pu déplacer de tels blocs en utilisant les moyens rudimentaires disponibles il y a plusieurs milliers d'années.

John continue ensuite ses recherches dans les villages voisins mais ses investigations restent infructueuses. Toujours pas de Peggy en vue ! Une semaine se passe sans qu'il n'obtienne le moindre indice sur l'éventuelle présence d'une anglaise qui pourrait être Peggy. Or John souhaite ardemment rendre service à son ami Phil et ne veut pas revenir bredouille à Paris. Le découragement le guette.

Le lundi 14 juillet, c'est le jour de la fête nationale. Des bals sont organisés dans les villages. La musique est bretonne, les danses aussi. Beaucoup d'habitants viennent y faire un tour en habits traditionnels pour écouter les accordéonistes et danser. John commence par le bal de Carnac puis va à celui de la Trinité. Il voit beaucoup de monde et interroge au hasard les gens, toujours sans succès. Le 15 juillet, il pousse jusqu'à Crach. En fin d'après-midi, il entre dans l'église Saint Thuriau et s'assied sur un banc pour se reposer. Il aperçoit un prêtre en train d'arranger quelques fleurs dans un vase près de l'autel. John n'a pas pensé jusque-là à interroger les ecclésiastiques des villages alentours, qui pourtant connaissent les familles et sont en contact avec beaucoup de monde. John se lève et va jusqu'au prêtre :

— Monsieur l'abbé, je suis anglais et à la recherche d'une compatriote qui séjournerait dans la région avec deux petits enfants. Son nom est Peggy Porter. Connaîtriez-vous cette personne ?

— Une anglaise dans la région avec deux enfants ? Mon collègue, le recteur de Saint-Philibert, le village en face de la Trinité, m'a parlé d'une jeune femme anglaise qui souhaite faire baptiser ses enfants. C'est peut-être elle ? Allez voir à Saint-Philibert.

Après une semaine de recherches infructueuses, John apprécie d'avoir enfin une piste. Il remercie chaleureusement le prêtre et retourne à son hôtel. Dès le lendemain matin, John part pour Saint-

Philibert. Il s'est bâti un plan en deux étapes, d'abord vérifier que l'anglaise signalée par le prêtre est bien Peggy Porter et, si c'est le cas, la rencontrer, mais sans lui dire qu'il vient de part de Philippe Destivel. Plutôt faire comme si leur rencontre n'était qu'un pur hasard, puis papoter et devenir amis.

John pédale jusqu'au pont de Kerisper. Mais comme le pont a été dynamité par les allemands quand ils se sont repliés vers Lorient en août 1944, il n'est plus praticable. John doit prendre le bac mis en place après la destruction du pont pour éviter d'avoir à contourner la rivière de Crach, puis il pédale jusqu'à Saint-Philibert. Dans ce village, deux activités prédominent, l'agriculture et l'ostréiculture. On compte plus de trente-cinq fermes et autant de chantiers ostréicoles. John trouve facilement la rue centrale, là où se tient la mairie. Il est surpris d'y voir pas moins de quatre cafés dont deux font aussi épicerie.

John rentre successivement dans ces quatre établissements pour poser des questions sur l'éventuelle présence d'une jeune anglaise dans le village. Dans les trois premiers cafés, on ne connaît pas d'anglaise mais dans le quatrième, on lui dit qu'effectivement une anglaise avec deux enfants s'est récemment mariée avec un monsieur qui dirige un chantier ostréicole près de la plage de Men er Beleg. John demande où habite cette dame. On ne sait pas mais on lui conseille d'aller sur cette plage, où elle promène souvent ses enfants quand il fait beau.

Tout en mangeant un sandwich, John continue à bavarder avec le patron. Il lui demande ce qui s'est passé à Saint-Philibert pendant la guerre :

— Pendant la guerre, ça n'a pas toujours été simple. Deux cents soldats allemands sont arrivés en 40. Ils ont occupé le fort de Kernevest puis ils ont construit plus tard un vaste bunker sur la pointe de Men er Beleg. Des habitants de la commune ont été obligés de participer à sa construction. Malgré ça, on a dû en loger beaucoup. Et puis il y a eu de nombreuses réquisitions dans les fermes : il a fallu donner des volailles, des pommes de terre, du cidre, des vaches aussi. Mais beaucoup de ces allemands ont quitté le village en 42 pour aller combattre sur le front russe. Un détachement est resté sur place jusqu'en août 44.

— Pas de faits divers pendant cette période ?

— Non rien de particulier à ma connaissance.

John, son frugal repas terminé, sort du café et se dirige vers la plage, une belle plage avec un bois de pins à son arrière. Il est 14 heures quand il y arrive et il n'y a que très peu de monde. John ne voit aucun enfant pouvant correspondre à Helen ou à George. Il attend longtemps, allongé au soleil, puis va faire quelques brasses quand la marée est suffisamment haute. Ce n'est que deux heures plus tard, qu'il voit arriver une jeune femme accompagnée d'un petit garçon et d'une petite fille.

La dame va s'asseoir près de la mer. Les deux enfants se mettent à jouer. Ils essaient sans succès d'envoyer leur ballon dans l'eau sous l'œil attentif de leur accompagnatrice. Après quelques minutes, John se lève, marche le long de l'eau, arrive jusqu'aux enfants et se met à jouer avec eux. Le garçon réussit plusieurs fois à lui envoyer la balle. John donne des appréciations en anglais : *good, excellent, brilliant !* La maman, entendant cela, lui demande en souriant s'il est britannique. John se présente :

— Oui je suis anglais. Je m'appelle John Luxley. J'habite à Paris et je suis venu découvrir la Bretagne. J'ai une chambre d'hôtel à Carnac. Et vous ?

La dame continue en anglais :

— Moi aussi je suis anglaise, originaire de Reading. Mon nom est Peggy Porter. Je suis mariée à un Breton et je vis ici toute l'année. Ça fait du bien de parler à un compatriote !

— Vos enfants sont très mignons. Comment s'appellent ils ?

— Helen et George. Ils sont jumeaux.

Tous les deux continuent la conversation. John lui explique qu'il est mathématicien, qu'il a un poste d'enseignant-chercheur à l'université d'Oxford et qu'il avait envie de visiter la Bretagne. Tout ceci impressionne beaucoup Peggy. Elle lui parle de sa vie dans le Morbihan, de la région qui a beaucoup de caractère, de Saint-Philibert, un village au milieu d'une presqu'île encore très sauvage. Dans la commune on trouve un bourg mais aussi des hameaux ainsi qu'un étang et des landes. Il y pleut assez souvent mais jamais très longtemps. Il y a des fleurs toute l'année avec les mimosas, les ajoncs et les camélias en hiver, les genets, et les rhododendrons au Printemps et de merveilleux massifs d'hortensias en été. Ses enfants et son jardin l'occupent beaucoup. John lui demande si elle a des fleurs dans son jardin :

— Oui, j'ai de très beaux massifs. Je passe pas mal de temps à m'en occuper. Vous voudriez voir mon jardin ? J'en suis très fière !

— Oui, ça me ferait plaisir. Vous habitez près d'ici ?

— Pas très loin, entre la plage et le bourg. Etes-vous libre pour venir dîner demain soir. ? Je vous présenterai mon mari.

John accepte l'invitation. Les conversations qu'ils auront pendant le repas lui permettront surement d'en savoir plus sur Peggy, son mari et ses enfants. Peggy lui explique comment aller chez elle. Il ne s'attarde pas et rentre à son hôtel.

Le lendemain matin, John pédale jusqu'à Locmariaquer, curieux de découvrir le grand menhir brisé. Il n'est pas déçu quand on lui dit que sa hauteur dépassait 18 mètres et que sa masse est évaluée à près de 300 tonnes. John se promène ensuite en bord de mer, étonné par les courants violents qu'il aperçoit dans les eaux du golfe du Morbihan. Il retourne ensuite à Saint-Philibert et à 19 heures, il sonne à la porte de Peggy après avoir pris une photo de la maison. C'est son mari, qui vient lui ouvrir. Il se présente :

— Entrez ! Je m'appelle Yves Le Goff. Je suis le mari de Peggy. Elle m'a parlé de vous ; elle est très contente d'avoir rencontré un compatriote. Venez dans le jardin. Vous la trouverez avec les enfants.

Le jardin est très fleuri avec une dominante d'hortensias roses et bleus. Un grand rosier, adossé à la maison, orne un pan de mur de ses fleurs rouges qui égayent le granit gris de la pierre. John aperçoit Peggy en train de jouer avec ses enfants à côté d'une petite serre. Après avoir échangé quelques mots avec son hôtesse, John félicite Peggy pour ses fleurs et prend plusieurs photos d'elle avec Helen et George.

Pendant le dîner, John demande à ses hôtes où ils se sont rencontrés. Peggy lui explique :

— Un peu avant la victoire des alliés, je suis venu vivre à Paris. Yves et moi, nous nous sommes rencontrés par hasard, sur un banc, dans les jardins du Luxembourg et les choses ont été assez vite. Un mariage, un transfert en Bretagne où Yves s'occupe d'un chantier ostréicole. Les jumeaux sont arrivés! Et maintenant, je suis devenue bretonne ou presque ! J'aime beaucoup ce village.

John note que Peggy ne mentionne pas sa cousine Victoria et ne parle pas de Phil. Elle fait comme si les jumeaux étaient ses propres enfants.

A la fin du repas, John sent monter en lui une furieuse envie de mettre les choses au point :

— Madame, je vous dois la vérité ! Ma présence ici n'est pas un hasard. Je viens de la part du général Destivel. Vous le connaissez n'est-ce pas ?

Entendant ces mots, Peggy blêmit, incapable de prononcer un mot. Son mari, Yves, très étonné intervient :

— Qui est ce général ? Que voulez-vous exactement ?

Peggy se met à sangloter, implorant John d'un regard angoissé. Celui-ci réfléchit longuement avant de répondre.

— Le général Philippe Destivel est un ami français qui, pendant la guerre, a eu une relation amoureuse très intense avec Victoria, la cousine de votre épouse, à Gaitford en Angleterre et après la guerre à Paris. Victoria, alors qu'elle était hospitalisée à Paris, a demandé à Philippe, son amant, de veiller sur leurs enfants Helen et George. Les lettres envoyées par Philippe à Peggy après son retour en Angleterre avec les jumeaux, sont toutes restées sans réponse. Mais Philippe a été à Reading récemment et a appris que Peggy habitait près de Carnac. Il m'a demandé de la retrouver.

— C'est vrai ce que dit ce monsieur ? demande Yves, très perturbé à Peggy. Tu ne m'as jamais parlé de ce Philippe Destivel !

Peggy continue à sangloter. Yves ne voyant pas d'issue à cette conversation s'adresse à John :

— Helen et George sont nos enfants. Nous les avons adoptés. Ils n'avaient plus de parents. Peggy est bouleversée. Je ne comprends pas pourquoi. Je crois qu'il est préférable que vous nous quittiez maintenant !

— Je vais m'en aller. Mais êtes-vous bien sûr qu'ils n'ont plus du tout de parents ?

— Qu'est-ce-que vous voulez dire ?

— Parlez-en avec votre femme. Au revoir Yves. Au revoir Peggy.

John quitte ses hôtes et arrive juste à temps pour prendre le dernier bac et retourner à son hôtel.

61

MORLEAU EN BOURGOGNE, FRANCE, JUILLET 1947

Françoise Dumaine est toute excitée par la perspective de recevoir chez elle son ami Philippe Destivel et ses deux enfants Paul et Claire. Ceux-ci doivent arriver dans trois jours. Il lui reste un peu de temps pour organiser leur séjour mais elle est toujours hésitante sur la répartition des lits. La place ne manque pas, la maison est grande : trois chambres au rez-de-chaussée et quatre au premier. Bien sûr, il n'est pas question qu'elle prépare pour Phil une chambre à proximité de la sienne car elle ne veut surtout pas avoir l'air de vouloir le séduire. Donc le mieux est d'installer Phil en bas avec ses deux enfants. Si l'une de ses amies vient lui faire une visite pendant le séjour de Phil, les apparences seront sauves même si elle sait que les potins iront bon train.

Françoise désire que le séjour du général soit agréable avec de bons mets, des vins de qualité, ce qui n'est pas très difficile à trouver quand on est à deux pas du Montrachet. Elle doit aussi préparer des distractions et prévoir des balades à pied ou en voiture pour divertir les enfants et éviter qu'ils ne trouvent le temps long.

Le jour précédent l'arrivée de Phil, Françoise fait un plein de nourriture à Chagny. Malgré les rationnements, elle réussit à acheter un gros poulet, un rôti de bœuf pour dix personnes, du jambon persillé et des œufs pondus du jour. Elle cueille quelques fleurs sauvages pour égayer chaque chambre et prépare tous les lits, aidée par sa fille Agnès.

A Paris, Phil réveille Paul et Claire de bonne heure le jour du départ. Le voyage est l'occasion pour lui de discuter un peu longuement avec ses enfants de leur avenir, de ce qu'ils ont envie de faire plus tard. Paul va rentrer en classe de terminale. Il a fait de gros progrès en mathématiques pendant sa première, ce qui lui permet d'envisager un passage en classe préparatoire après son bac. Paul a entendu parler de l'Ecole de l'Air qui forme maintenant les pilotes militaires et il semble intéressé par cette formation. Phil lui promet de réunir une documentation sur cette école qui pourrait le conduire à une carrière dans la lignée de celle de son papa. De son côté, Claire, plus jeune et fantasque, rêve de devenir actrice de cinéma et demande instamment à Phil de lui offrir des cours d'art dramatique à la rentrée. Phil est amusé mais remet au mois d'octobre l'éventualité d'une telle formation.

Phil profite du trajet pour faire une halte à Vézelay et visiter la basilique Sainte-Marie-Madeleine. Ils font quelques pas autour de l'église mais Paul et Claire n'apparaissent pas vraiment intéressés par l'architecture romane. Ils ont hâte d'arriver à Morleau et pressent leur père de reprendre la route après un pique-nique dégusté dans les jardins qui jouxtent la basilique.

La 15 CV Citroën, bichonnée par les mécaniciens de l'armée, ne donne aucun signe de faiblesse. Les Destivel arrivent vers six heures du soir à Morleau. Les enfants sont ravis de faire connaissance malgré leurs différences d'âge. Après l'attribution des chambres et un rapide tour dans la maison, Françoise les emmènent découvrir son village et leur offrent de quoi se désaltérer au café Préteau. La limonade maison y est excellente et bien adaptée à la chaleur ambiante.

Le lendemain, Françoise a prévu de commencer la matinée en recherchant dans sa cave des vélos pour Phil et ses enfants. L'ensemble est plutôt hétéroclite, datant d'avant la guerre. Elle en a suffisamment et peut fournir tout le monde. C'est l'une des distractions locales d'aller se promener à bicyclette. Vers le vignoble et la côte, les dénivellations sont importantes et les mollets très sollicités mais en direction de la plaine de la Saône, le terrain n'est pas pentu et donc bien adapté à une mise en jambe.

Phil examine les trois vélos destinés à la famille Destivel. Il regonfle consciencieusement les pneus qui manquent d'air et installe une paire de vieilles sacoches sur sa bicyclette. Les essais sont satisfaisants et ils peuvent partir tous les sept. Romain qui n'a que quatre ans est trop petit pour pédaler mais il a l'habitude d'aller sur le porte bagage de sa maman.

Françoise suggère ensuite à Phil de tenir une conférence au sommet avec les enfants pour organiser les activités de la semaine. Tous se réunissent autour de la table de la salle à manger pour en discuter. Françoise fait attention à ne pas être trop dirigiste afin de ne pas braquer Paul et Claire. Phil devra trancher s'ils n'arrivent pas à se mettre d'accord. Quand ils sont tous là, elle prend la parole :

— Vous êtes ici pour passer une semaine agréable à la campagne. Plutôt que de décider de vos activités à votre place, votre papa et moi, nous avons décidé de vous laisser le choix. Si vous n'arrivez pas à vous mettre d'accord, c'est votre père qui aura le dernier mot. Ça vous va ?

Un oui enthousiaste fuse de la gorge des enfants.

— Très bien. Je vais vous raconter quelles sont les principales activités que nous pouvons avoir tous ensemble. D'abord la bicyclette. Beaucoup de balades possibles. Ça dépend de votre forme. Un exemple : Pour s'entraîner, on peut prendre la direction d'Ebaty puis pédaler jusqu'à Corcelles-les-Arts d'où l'on aperçoit un château qui a de l'allure. Environ quatorze kilomètres aller et retour. Au départ, on franchit un pont de chemin de fer avec des trains qui passent souvent. C'est assez impressionnant si on se tient sur le pont quand une locomotive arrive très vite ! Mais attention à la fumée des locomotives à vapeur ! Si on se retrouve dans la fumée, on noircit ! Alors, est-ce qu'on sélectionne cette balade ou elle ne vous plaît pas du tout ?

Les enfants se mettent à discuter entre eux. Le passage du pont qui enjambe la voie ferrée a du succès. La vue sur le château moins. Ils votent pour une mise en réserve. Françoise leur propose ensuite une série de destinations à bicyclette ou en voiture : le château de la Rochepot et les hospices de Beaune avec leurs toits en tuiles vernissées, la Saône à Seurre pour se baigner s'il fait beau, Saint-Romain et les falaises après Meursault, Nolay la patrie des Carnot, Chalon-sur-Saône et son vieux quartier, Santenay avec ses sources thermales au drôle de goût, le canal du centre vers Remigny où l'on peut pêcher des écrevisses, les grottes d'Agneux près de Rully où il faut ramper et s'éclairer avec une lampe de poche. La liste est longue et Françoise prend plaisir à détailler les ressources alentour. Phil est très intéressé mais la taquine :

— C'est trop ! Ils ne vont jamais pouvoir choisir. Moi non plus d'ailleurs. Vous devriez monter un office de tourisme ! Je sens que vous allez être une guide hors classe.

Finalement, ils optent pour le vélo, sans faire trop de kilomètres pour une première sortie. En début d'après-midi toute la troupe se dirige vers la sortie du village. Phil a arrangé sur son porte bagage une sorte de siège en carton pour pouvoir y faire asseoir Romain et soulager son amie. Mais le petit garçon insiste pour rester avec sa maman. Ils s'arrêtent quelques instants à l'église de Morleau. Michel est fier de montrer aux invités sa place habituelle au deuxième rang sur la droite. Agnès fait remarquer la présence de l'harmonium et Claire ne peut s'empêcher de jouer le début de la Marseillaise. Pas très religieux !

Quand ils arrivent ensuite au pont de chemin de fer, Michel veut absolument attendre le passage d'un train qui d'ailleurs ne tarde pas. Un train de voyageurs, tiré par une motrice électrique, passe sous le pont à toute vitesse ce qui fait crier les enfants. Plus loin, Michel se met à faire l'imbécile et à rouler alternativement des deux côtés de la route. Calmement, Phil lui donne un cours de conduite et lui explique les règles à respecter à vélo. Michel l'écoute et roule alors prudemment. Françoise n'en revient pas ! Un peu plus loin, entre Ebaty et Corcelles-les-Arts, au niveau d'une côte pas très pentue mais longue, Paul et son père se défient et font la course. Paul met la gomme et arrive le premier au village, hors d'haleine, ravi de damer le pion à son père pour la première fois de sa vie.

Sur le chemin du retour, Claire et Agnès se font des confidences de filles. Claire lui raconte qu'elle a un amoureux à Paris qui vient la chercher souvent à la sortie de son école. Agnès lui demande ce qu'ils font ensuite, mais Claire reste évasive.

Ils rentrent à Morleau, fatigués mais contents. Après une pause goûter, Agnès arrive avec un jeu de cartes et ce qu'il faut pour jouer au bouchon. La partie génère de grands cris et quelques griffures, le tout dans la bonne humeur.

Les enfants s'occupant tout seuls, Françoise en profite pour montrer à Phil plus en détails sa maison et le jardin. Phil est séduit par le grand bureau situé dans la tour rajoutée à la maison au siècle précédent. Les rayonnages sont nombreux et en font une vraie bibliothèque. Phil essaye le fauteuil situé devant la grande table :

— Cela doit être agréable de se poser là pour écrire et travailler. Les fenêtres donnent sur le jardin. On est au calme. C'est là que vous écrivez vos mémoires ?

— C'est là que j'écris mes lettres. Pour mes mémoires, on verra plus tard ! N'hésitez pas à vous isoler ici pendant cette semaine, pour lire ou travailler. Moi je n'y viendrai pas. J'ai trop d'occupations en ce moment avec vous tous !

Phil est sous le charme de cette belle demeure :

— Bravo pour votre maison et pour le jardin ! Ce doit être très agréable d'y venir longtemps pour les vacances.

Le lendemain, il fait toujours beau et encore plus chaud. En début d'après-midi, ils sont tous partant pour aller se baigner dans la Saône en respectant un délai de trois heures après la fin du repas, comme le recommandent les médecins. Leur destination est Seurre à quarante kilomètres de Morleau, où il y a une plage aménagée et des cabines en bois pour se changer. Ils réussissent à s'entasser tous les sept dans la Citroën de Phil. Romain est à l'avant avec sa maman et les quatre autres enfants trouvent place sur la banquette arrière. Michel vient directement sur les genoux de Claire pour se faire câliner. Agnès se retrouve blottie contre Paul qui semble apprécier sa compagnie.

Arrivés sur la plage, ils vont tous se mettre en tenue de bain. Les plus grands ont l'idée d'organiser un concours de natation. Françoise sort de sa cabine, vêtue d'un maillot une pièce, tout simple, qui la met en valeur. Phil la complimente sur sa ligne. Jamais, on ne penserait qu'elle puisse être la mère de trois enfants. Elle précise :

— En Algérie, on allait souvent à la plage et j'ai pu beaucoup nager. Je suis revenue plus musclée qu'avant.

Michel facétieux ajoute :

— Vous avez vu, Phil, comme ma maman a une grosse poitrine !

— Arrête Michel. On ne dit pas des choses comme ça, intervient Françoise, gênée.

Phil se permet de murmurer à l'oreille de son amie :

— Il a raison votre fils. Vos balcons sont bien fleuris !

C'est la première fois que Phil fait le galant et cela ne déplaît pas à son amie, même si la remarque est un peu vulgaire :

— Effectivement, je n'ai pas à me plaindre ! Et vous, vous êtes très athlétique.

Ils en restent là de leurs compliments sur leur anatomie. Tous se retrouvent dans l'eau. Paul est le seul qui sait nager le crawl, les autres se contentant de la brasse.

Dans la soirée, quand Michel et Romain sont couchés, Françoise sort d'un placard un jeu de Mah-Jong offert par une vieille amie dont le mari travaillait en Indochine. Un superbe jeu avec des pièces en ivoire sculpté, que l'on prend plaisir à manipuler. Françoise s'instaure professeur de Mah-Jong. Elle installe les pièces sur des rails en bois et fait découvrir ce jeu à ses invités.

Les jours suivants passent vite. Phil apprécie particulièrement une visite de cave à Pommard chez un vigneron que connaît Françoise. Le lendemain, ils décident d'aller pêcher des écrevisses dans le canal du centre à quelques kilomètres de Morleau. Les écrevisses sont nombreuses et faciles à attraper avec des balances. Ils y vont tôt le matin à vélo et reviennent quand leurs sacoches sont pleines. Phil a beaucoup de succès avec Michel quand il réussit à lui construire un cerf-volant qui monte très haut dans le ciel, au-dessus de la prairie.

Un soir pendant le dîner, Claire pose une question à Françoise et Phil :

— Pourquoi vous ne vous dîtes pas « tu » quand vous vous parlez ? Les amies se tutoient normalement, non ?

Tous les deux sont surpris de la réflexion de Claire. Ils se regardent et éclatent de rire. Phil demande aux autres :

— Qu'est-ce que vous en pensez ? Vous voulez qu'on se tutoie ? Moi je veux bien et vous, je veux dire et toi Françoise ?

— Je veux bien essayer, mais ça va être un peu difficile au début. Dans ma famille, on se vouvoie beaucoup. Je vouvoyais mes parents. Mes enfants me vouvoient.

Paul intervient à ce propos :

— D'ailleurs, ça nous fait bizarre d'entendre vos enfants qui vous disent vous. Nous on tutoie notre père !

Françoise ajoute que ça dépend des habitudes des familles, sans souligner que le milieu social y est pour quelque chose. Françoise a été étonnée de constater que Phil a de très bonnes manières et une façon de s'exprimer semblable à la sienne alors que les origines paysannes de Maggy se remarquent quand on parle avec elle.

Françoise et Phil sont surpris et heureux de voir tout ce petit monde s'entendre si bien. La semaine est dense avec des activités quotidiennes. Ensemble toute la journée, Françoise et Phil apprennent à mieux se connaître. Mine de rien, le fait de se tutoyer les rend plus proches.

La veille du départ des Destivel, Françoise emmène Phil dans le salon après le dîner et lui propose un petit verre de marc de Meursault. Elle se sert du Cointreau, sa liqueur préférée. Ils évoquent leurs enfants respectifs et se réjouissent de leur bonne entente pendant cette semaine. Phil la remercie pour son accueil et pour toutes les tâches qu'elle a dû assurer pendant ces derniers jours :

— Tu vas pouvoir te reposer après notre départ. Trois invités, vingt-quatre heures sur vingt-quatre, ce n'est pas rien !

— C'est du travail, mais j'ai apprécié ta présence et celles de tes enfants. Pas une engueulade pendant ces journées ! Quand je suis seule avec les miens, ce n'est pas toujours facile. J'ai parfois des moments de découragement !

Cette confidence émeut Phil. Il n'est pas habituel que son amie, habituellement forte, apparaisse vulnérable. Spontanément sortent de sa bouche ces mots qui pourraient changer leurs vies :

— Pour moi non plus, ce n'est pas facile. Mes enfants grandissent. La solitude parfois me pèse vraiment.

Puis souriant, énigmatique et à voix basse :

— Nous avons peut-être un avenir tous les deux ?

Françoise regarde Phil, quelque peu ébahie. Elle doute d'avoir bien compris ce que son ami vient de dire. Avec Phil, elle a toujours l'impression d'être une amie et rien de plus. Phil complète :

— Je mets une option sur mon amie Françoise jusqu'à la fin du mois de septembre. J'ai des problèmes personnels à régler d'ici là, qui m'empêchent de t'en dire plus aujourd'hui. Tu veux bien qu'on reparle de nous dans quelques semaines ?

Françoise, encore stupéfaite, reste muette, mais lui sourit et acquiesce d'un mouvement de la tête. Ils finissent leurs verres sans se parler, en écoutant de la musique à la radio. Phil se lève ensuite, lui prend la main et y dépose un baiser. Il la quitte pour aller dormir. Françoise respecte son silence.

Le lendemain matin, au moment du départ, Phil, serre longuement Françoise contre lui. Elle ne se dérobe pas et affectueusement lui arrange son col de chemise tirebouchonné tout en lui faisant une petite caresse affectueuse sur la nuque.

Michel pleure quand les Destivel montent en voiture, ne voulant pas qu'on le sépare de Claire.

Agnès demande en aparté à Claire de lui présenter son amoureux quand ils seront tous à Paris. Paul propose à Agnès de lui apprendre le boogie-woogie quand il aura pris des cours de danse.

La famille Dumaine sort dans la rue pour accompagner le départ de la Citroën des Destivel. Tous agitent leurs mains longtemps en signe d'au revoir jusqu'à ce que la voiture disparaisse de leur champ de vision.

62
REGION PARISIENNE, FRANCE, JUILLET 1947

Maggy n'est pas fâchée de se retrouver un peu seule à Paris pendant que son fils et ses petits-enfants séjournent chez Françoise Dumaine. Elle s'est gardée de tout commentaire quand Phil lui a parlé de l'invitation de Françoise. Mais dans son for intérieur, elle s'est mise à jubiler, convaincue que ce séjour allait consolider les relations de son fils avec cette jeune dame bien à son goût.

Depuis ce matin elle a une grande nouvelle à annoncer à Fernand, son futur mari et cousin. Comme elle veut faire les choses bien, elle l'a invité à déjeuner avec l'intention de lui montrer de quoi elle est vraiment capable quand elle se met en tête de lui mitonner des petits plats, même s'ils sont longs à préparer.

La nourriture est encore rationnée mais le marché noir est florissant pour ceux qui en ont les moyens. Maggy est allée à la « boucherie des gourmets » près de chez elle et en est revenue avec un canard de petite taille, mais suffisant pour eux deux. Elle va le préparer à l'orange, en utilisant un fond de Grand Marnier et une bouteille de vin blanc moelleux de Montlouis.

Maggy s'est mise sur son trente et un. Le noir de sa robe contraste avec son collier et elle n'a pas hésité à forcer sur le rouge à lèvres. Tôt ce matin, elle a passé une heure à se laver la tête et à se mettre des bigoudis dans les cheveux pour obtenir de belles ondulations.

Quand Fernand arrive, l'odeur de cuisson du canard vient aiguiser ses papilles. Il complimente sa cousine sur sa tenue même s'il est impatient de passer à table, la bonne nourriture restant son principal plaisir en ces temps de diète sexuelle. Enfin, pas une diète complète car Fernand s'est laissé aller à fréquenter une fois, une femme de petite vertu, rue du Faubourg Saint Denis ! Elle l'a soulagé d'un gros billet qu'il aurait souhaité utiliser autrement.

Fernand met une serviette blanche autour de son cou pour ne pas se tacher pendant la dégustation du canard. Maggy prend plaisir à lui parler du séjour en Bourgogne de son fils dans un château où Phil a été invité à passer une semaine avec ses enfants. Maggy en rajoute un peu sur la somptuosité des lieux, histoire d'épater son futur mari.

Au moment du dessert, Maggy lève son verre de blanc :

— A notre santé, cousin ! A notre futur mariage ! J'ai une grande nouvelle. A la paroisse, ils ont eu la réponse de l'évêché. Ça y est ! La dispense est arrivée. Nous pouvons nous marier malgré notre cousinage. Qu'en dis-tu ? Le mieux est de prévoir la cérémonie tout début septembre. On va pouvoir lancer les invitations dès que j'aurai vérifié les disponibilités de Phil.

Fernand est en train de déguster son vin blanc à grandes lampées. Il s'étrangle, se met à tousser, passe du rouge au violet, si bien que Maggy lui donne une forte tape dans le dos pour l'aider à récupérer de sa fausse route. Elle le fait s'asseoir dans un fauteuil. Fernand met bien deux minutes avant de revenir à son état normal :

— Oh ! je me suis étranglé. Excuse-moi, j'ai cru que j'allais y passer. Ça va mieux maintenant.

— Mais tu es content de ce que je t'ai dit ?

Fernand a la voix enrouée après ses quintes de toux. Il lui répond d'une petite voix rauque, presque inaudible :

— Oui très content. On va pouvoir organiser tout ça.

Le « tout ça » n'est pas ce que Maggy aimerait entendre. Mais elle lui pardonne, vu les circonstances.

— Maintenant qu'on est sûr de pouvoir se marier à l'église, tu vas aller faire les démarches à la mairie. Moi je vais finalement m'absenter trois jours car je vais chez des cousins à Orléans, des cousins du côté de ma mère que tu ne connais pas. On fera le point la semaine prochaine.

Fernand, toujours la voix cassée, rassure Maggy :

— Oui je vais m'en occuper. Promis !

Maggy regarde son Fernand et ne le trouve pas comme d'habitude. Il paraît angoissé. « Pourvu qu'il ne soit pas malade, il ne manquerait plus que ça, qu'il claque maintenant ! » se dit-elle soucieuse.

— Tu es sûr que ça va ? Tu fais une drôle de tête, tu devrais voir le docteur.

— Non ça va ! répond Fernand. Je supporte mal la chaleur. Je crois que je n'ai jamais eu aussi chaud. C'est le Sahara ici ! J'ai eu peur quand je me suis étranglé. Je crois que je vais rentrer me reposer à Saint-Maur.

Fernand quitte les lieux peu après la fin du repas. Il invite Maggy à déjeuner chez lui le prochain mercredi.

Maggy passe trois journées agréables chez ses cousins. L'atmosphère et les activités sont similaires à celles de son enfance. Ses cousins ont une belle ferme avec des animaux comme quand elle était petite : vaches, cochons, poules, lapins et un cheval pour labourer les champs. Des arbres fruitiers aussi : les mirabelles sont un peu en avance cette année et celles qui tombent quand on secoue l'arbre sont délicieuses et belles à regarder avec leurs nuances dorées tachetées de rouge carmin. Maggy aide à nourrir les animaux tout en se méfiant des coqs qui peuvent se montrer agressifs.

Maggy quitte ses cousins, sereine, avec un supplément de vie excitante en perspective. Elle s'entend bien avec Fernand et comme elle vivra tout près de Paris, elle pourra continuer à voir souvent son fils, sans trop le gêner. Son départ de l'appartement de la rue Lecourbe est proche maintenant et pourrait faciliter le remariage de Phil.

Quand Maggy sonne chez son Fernand pour le déjeuner du mercredi, elle est impatiente de pouvoir fixer une date pour leur mariage et de commencer à organiser les festivités. Maggy a envie d'une fête un peu originale. En septembre les journées sont encore longues et souvent chaudes. Le samedi est un bon jour. A l'église, ils pourraient se marier en fin de matinée. Une bénédiction rapide. Ils n'ont plus vingt ans. Ensuite, tout le monde pourrait marcher jusqu'à leur appartement de la rue Lecourbe pour un vin d'honneur qui servira de déjeuner. Alors, avec des convives triés sur le volet (elle en a dénombré une vingtaine), ils pourraient tous aller dîner dans une guinguette en bord de Marne, et pourquoi pas danser sur des musiques de leur jeunesse et de maintenant.

Personne ne vient lui ouvrir après son coup de sonnette. Fernand n'est pourtant pas dur de la feuille. Maggy sonne de nouveau, une fois, deux fois, rien ! Maggy commence à avoir peur qu'il ne soit arrivé quelque chose à son Fernand. Elle essaie à tout hasard de tourner le loquet de la porte. La porte n'est pas fermée à clef et s'ouvre facilement. Maggy rentre, inquiète de ce qu'elle va trouver. Personne dans le salon et la salle à manger. Elle appelle :

— Fernand, Fernand, où es-tu ? C'est Maggy, je suis arrivée !

Aucune réponse. Maggy monte à l'étage jusqu'à la chambre de Fernand. La porte est fermée. Elle l'ouvre et voit Fernand, en pyjama, les yeux clos, allongé sur son lit, parfaitement immobile. Maggy a peur qu'il ne soit mort et pousse un cri. Mais non ! il n'est pas mort. Il ouvre à moitié un œil et dit à Maggy d'une voix faible, geignant et haletant, essoufflé :

— Ah ! C'est toi. Moi ça ne va pas ! Je ne sais pas ce que j'ai. J'ai fait venir le docteur, il y a trois jours. Il m'a ordonné de garder la chambre. Il a peur que ce soit le foie. Une jaunisse ! Il a parlé de quatre semaines de repos strict. Je suis mort de fatigue.

Tout ceci vient contrecarrer les projets de Maggy qui, pas contente, vient inspecter les yeux de Fernand. Le blanc de ses yeux est blanc, éventuellement un peu rouge mais pas jaune ! Maggy se souvient de la jaunisse qu'elle a eue quand elle était jeune. Du premier coup d'œil, on voyait son ictère.

— Mais tu n'es pas jaune du tout ! Tu dois avoir autre chose !

Faiblement, Fernand lui répond les yeux fermés :

— Le docteur m'a dit que parfois, on devient jaune au bout de trois semaines, pas tout de suite. Mais il a bon espoir que je me rétablisse. Je dois être patient.

— Mais comment vas-tu faire ? Qui va te préparer tes repas ? Moi, j'habite à Paris. Je ne peux pas venir plus souvent que maintenant !

— Je vais m'arranger avec ma voisine. Je lui donnerai quelques sous en compensation.

Maggy finit par repartir chez elle, contrariée. Elevée à la dure dans une ferme, elle n'aime pas les hommes malades. La maladie de cœur de son mari l'avait exaspérée. Elle ne va tout de même pas se remarier avec un malade pour être transformée de nouveau en infirmière. « Autant rester veuve ! » pense-t-elle sur le chemin du retour.

Arrivée rue Lecourbe, Maggy s'en veut de sa dureté. « Tant pis si mon mariage est remis à un peu plus tard ! ». Elle se promet de bien s'occuper de son Fernand pendant sa maladie. Puisqu'il est confiné dans son lit, elle pourra aller le voir à l'improviste pour lui faire la surprise et veiller sur lui.

63
PARIS, FRANCE, JUILLET 1947

Le Lissounov Li-2, en provenance de Moscou, vient de se poser sans encombre sur l'aéroport du Bourget. Le professeur Kolmorov sort de l'avion et descend lentement les marches de l'escalier amené contre le fuselage pour permettre aux passagers d'accéder à l'aérogare. L'air digne, accompagné de son assistante Svetlana, il porte un costume en toile claire et une cravate.

L'ambassadeur d'URSS à Paris, affable et attentionné, s'est déplacé en personne pour les accueillir. Il sait que le professeur, membre de l'Académie des Sciences d'URSS, est un mathématicien reconnu dans le monde entier et que surtout il sert de conseiller au camarade Staline qui a souvent recours à ses services.

Kolmorov vient participer à une réunion de trois jours, organisée à la Sorbonne par ses collègues français. La crème internationale des théoriciens des probabilités a été invitée. On a réservé une heure à Kolmorov pour qu'il fasse un exposé de synthèse sur ses approches axiomatiques du domaine. Avec son assistante, il doit loger à l'ambassade. Deux gardes du corps vont veiller sur eux 24 heures sur 24 afin de garantir leur sécurité. Un chauffeur les accompagnera chaque jour à la Sorbonne et les ramènera en fin de journée. Kolmorov sait que s'il veut maximiser ses chances de garder l'écoute du camarade Staline, il doit nouer des relations, sinon amicales, au moins décontractées avec certains mathématiciens américains bien identifiés et revenir avec des renseignements sur leurs avancées scientifiques. Pour cela, il a été autorisé par les services de renseignements soviétiques à émettre quelques critiques mesurées sur le régime pour mettre ses collègues en confiance s'il trouve cela opportun. Depuis la fin de la guerre, l'Union soviétique est considérée en Europe comme un grand pays avec qui il peut être bénéfique de coopérer. Kolmorov, par son origine et sa compétence, inspire le respect à ses collègues et c'est pour lui, le moment d'en profiter.

C'est la première fois que Svetlana va dans un pays capitaliste. Elle ouvre grand ses yeux dans la voiture qui l'emmène à l'ambassade. Son passage dans la banlieue nord de Paris la déçoit malgré le soleil du mois de juillet. Les villages traversés sont ternes. Elle aperçoit même des bidonvilles en arrivant à proximité de Saint Denis, qui contrastent avec la silhouette altière de la cathédrale. L'ambassadeur explique que c'est dans cet édifice que sont enterrés les rois de France, ce qui fait sourire tous les occupants du véhicule. En revanche Svetlana est enthousiasmée quand elle arrive en plein Paris. Elle a préparé son voyage avec le peu de moyens dont elle disposait, c'est-à-dire un vieux livre abimé, édité en 1903, avec des photos jaunies des grands monuments parisiens. Mais ses lectures récentes lui permettent de reconnaître la place de la Concorde, l'avenue des Champs Elysées avec l'Arc de Triomphe en perspective et la Chambre des Députés.

Svetlana demande au camarade ambassadeur où se situe l'ambassade de Russie et s'il en est satisfait. Celui-ci lui répond, plutôt énigmatique, en faisant un clin d'œil au professeur :

— On est dans le centre, dans le 7ème arrondissement de Paris, rue de Grenelle. Ce n'est pas très grand, ni très luxueux mais c'est convenable. On peut travailler. Vous verrez. On va bientôt arriver.

Svetlana est étonnée par le nombre d'automobiles qui roulent dans Paris. Les grandes avenues restent fluides mais des encombrements se forment dans les petites rues. Quelle différence avec Moscou !

La voiture s'arrête devant un portail à deux battants que des gardiens viennent ouvrir puis rentre dans une vaste cour. Svetlana, sidérée par la splendeur et l'élégance des bâtiments, ne peut s'empêcher d'exprimer son étonnement :

— Mais c'est un véritable palais ! Vous m'avez fait marcher !

Alexandre Bogomolov, l'ambassadeur s'explique :

— Vous voyez, c'est modeste ! Le camarade Kolmorov connaît les lieux. Il est déjà venu. Mais il voulait vous faire la surprise. C'est l'hôtel d'Estrées. Il date du début du dix-huitième siècle. La Russie en a fait l'acquisition vers 1860. Des tsars y ont séjourné et maintenant c'est à nous, les soviétiques ! Il y a un grand jardin derrière. Vous allez être logés dans l'aile droite.

A Kolmorov et Svetlana on a effectivement attribué deux belles pièces proches l'une de l'autre sans être contiguës. Les deux gardes du corps sont logés à proximité. La cheminée en marbre et le parquet ciré de sa chambre font l'admiration de Svetlana. Deux tableaux au-dessus de son lit représentent des paysages romantiques. Sur un petit bureau trône, bien encadrée, une photographie du camarade Staline, l'air martial dans son uniforme de maréchal.

Le lendemain matin, Andrei et Svetlana passent un peu de temps à se concerter jusqu'à ce que le chauffeur les emmène à la Sorbonne, accompagnés de leurs deux gardes du corps. La conférence doit commencer à dix heures. Après un discours de bienvenue du doyen, la parole est donnée au professeur Kolmorov pour son exposé magistral fait dans un français ponctué de phrases en anglais et en russe. Il s'appuie sur des équations qu'il écrit à la craie blanche sur un grand tableau noir. Un assesseur pourvu d'une éponge efface certaines lignes quand le professeur le lui demande.

A la fin de son exposé, Kolmorov est applaudi longuement par son auditoire qui lui pose ensuite nombre de questions très techniques.

Pendant la séance de questions, Svetlana scrute l'auditoire à la recherche de visages connus. Elle reconnaît plusieurs mathématiciens qu'elle a vus en photo dans le bureau de son patron à Moscou. Le déjeuner est précédé d'un cocktail au cours duquel Svetlana reste à proximité de Kolmorov salué par de nombreux collègues. Le doyen s'approche d'Andrei et l'emmène quelques instants pour parler en aparté. Svetlana se retrouve seule et en profite pour engager la conversation en anglais avec un jeune chercheur :

— Je suis assistante du professeur Kolmorov. Vous connaissez mathématicien anglais, John Luxley venu Moscou récemment ? Lui travaille Collège de France à Paris.

Svetlana a de la chance car ce monsieur travaille aussi au Collège de France et lui répond précisément :

— Oui, je le connais bien. Il sera là demain. Je crois qu'il revient de Bretagne cet après-midi. Vous savez où se trouve la Bretagne en France ? Si j'étais lui, je serais resté là-bas. C'est vraiment la canicule ici ! Heureusement ces murs gardent un peu de fraicheur. Mais dehors c'est horrible, je n'ai jamais vu cela, presque quarante degrés !

— John ici demain ! Très bien ! Mais Bretagne non je sais pas.

Kolmorov revient ensuite. Svetlana cesse de discuter avec le mathématicien français. Celui-ci, sans doute intimidé, se déplace jusqu'à un groupe de jeunes savants.

Kolmorov dit quelques mots à Svetlana puis tout le monde est invité à prendre place dans la salle contigüe où est dressée une grande table de banquet. Svetlana aperçoit un instant leurs deux gardes du corps venus vérifier si tout va bien.

A la fin du repas, Svetlana dit en russe à Andrei :

— Je dois aller aux toilettes !

Elle se lève, traverse la salle de cocktail où elle voit les deux gardes du corps et leur fait des gestes signifiant que « ça presse ! », ce qui les fait sourire. Elle ouvre une porte donnant accès à des toilettes, mais sort immédiatement de celle-ci par une autre porte. Il ne lui faut que deux minutes pour se retrouver à l'extérieur de l'université et remonter vers le Panthéon en empruntant des petites rues.

Après une demi-heure de marche rapide, Svetlana est rue Mouffetard, en sueur, à l'adresse que lui avait laissée John à Moscou et qu'elle a apprise par cœur. Elle entre, prend l'escalier qu'elle monte jusqu'au dernier étage et sonne à la porte mais personne ne vient lui ouvrir. Elle s'assied sur le paillasson, sort un petit livre de son sac à main et se plonge dans la lecture.

Svetlana entend plusieurs fois des bruits de pas dans l'escalier. Après deux heures d'attente, elle entend quelqu'un gravir lentement les marches des premiers étages puis s'arrêter au quatrième pour reprendre son souffle et continuer ensuite jusqu'au sixième. Svetlana identifie tout de suite celui qui arrive, une grosse valise à la main.

— John dit-elle en souriant. Je viens te visiter. Tu es surpris ?

John n'en croit pas ses yeux de cette rencontre qui lui rappelle de si bons souvenirs. Il l'embrasse sur chaque joue et la fait rentrer chez lui. Svetlana s'assied dans un fauteuil :

— J'explique. Je suis venue avec Kolmorov pour réunion de mathématiciens probabilistes à Sorbonne.

— Très bien. Moi aussi je serai présent à cette réunion demain matin. Mais te voir ici chez moi. Quelle surprise !

— Oui mais j'ai besoin d'aide. Je me suis sauvée. J'ai échappé à gardes du corps. Je veux rester en France ou aller Angleterre. Staline, méchant dictateur. Collègue à toi m'a dit toi rentrer l'après-midi. Alors je viens. Peux-tu loger Svetlana pendant que je cherche solution en France ou ailleurs ? Trois ou quatre jours, pas plus ?

— Bien sûr. Je peux te loger. Mais c'est petit chez moi. Juste un salon et une chambre et c'est pas très confortable. Les toilettes sont sur le palier. Je peux t'offrir une chambre dans un hôtel près d'ici, si tu préfères.

— Non je loge ici. On va me chercher. Moi dois pas sortir dehors tout de suite. Sinon très dangereux. Aller en prison. Je veux demander asile politique bientôt.

John est un homme bon, baigné pendant toute son enfance dans les valeurs morales de la religion anglicane par son père pasteur. Il n'a pas à réfléchir pour prendre la décision d'aider quelqu'un, même si cela peut être dangereux pour lui :

— Tu peux rester ici autant que tu veux. On va s'arranger, même si c'est petit. Je vais t'aider pour tes démarches si tu souhaites. Tu as de l'argent ?

— Non ! J'ai pas argent. Nous très surveillés pendant voyage à l'Ouest. Moi pas besoin d'argent maintenant si tu achètes nourriture pour moi. Je sors pas jusqu'à fin réunion Sorbonne.

John et Svetlana restent longtemps à discuter. Svetlana lui donne des informations sur le sort réservé aux opposants, à savoir exécutions sommaires ou camps de travail. Elle lui assure que de nombreuses personnes sont forcées de travailler dans des mines. Les conditions sont horribles : travail exténuant, mauvaise nourriture, froid glacial pendant l'hiver. On dit que beaucoup meurent chaque année.

John comprend la situation de Svetlana. Il est prêt maintenant à donner sa vie pour elle. Svetlana revient ensuite sur quelques détails pratiques :

— J'ai pas d'habits ! Tu peux prêter quelque chose pour changer ? J'ai eu très chaud ! Comme Russie, l'été !

John va lui chercher dans son armoire sa robe de chambre et une chemise blanche un peu longue :

— Demain, je passerai chez une amie qui habite près d'ici et qui a la même taille que toi. Je lui demanderai deux robes et des sous-vêtements. Elle est couturière. Heureusement, on est en été mais il fait chaud en ce moment, même la nuit.

Après le dîner, John insiste pour que Svetlana dorme dans sa chambre, en précisant qu'il va installer un matelas pour lui-même dans le salon. Svetlana baille plusieurs fois, visiblement harassée :

— J'ai sommeil, pardon ! Grosses émotions aujourd'hui !

Svetlana va se coucher peu après. John reste longtemps éveillé, avec l'impression de vivre un épisode romanesque dont il est l'un des principaux acteurs. Ses visions se transforment en un rêve mouvementé lorsqu'il s'endort après un long moment d'insomnie.

Le matin, John prépare du café pour leur petit-déjeuner et des tartines de pain avec du miel. Svetlana sort de la chambre en robe de chambre. John cherche à savoir quels sont ses plans maintenant et elle les lui explique clairement :

— Je reste ici sans sortir pendant trois jours. Je dois prudence. Ensuite je quitte ici et je vais chez des russes dans 9ème arrondissement de Paris. Ils vont aider Svetlana. Nous se voir après.

John doit aller à la Sorbonne pour la suite de la réunion des mathématiciens et il ne s'éternise pas malgré son envie de veiller sur sa nouvelle protégée. Il lui montre la nourriture qui peut lui servir de déjeuner et lui dit au revoir après lui avoir recommandé, un peu naïvement, de n'ouvrir à personne. Svetlana lui dit :

— Je sais quoi faire ! Plein de soviétiques à ma recherche en ce moment. Je fais attention !

Au cours de la journée, John, perturbé par l'apparition de Svetlana dans sa vie parisienne, a du mal à écouter les exposés de ses collègues. Pendant une pause, John va respectueusement saluer le professeur Kolmorov, en restant le plus naturel possible. Andrei apparaît amical et évoque leur partie de pêche près de sa datcha, mais pas un mot sur Svetlana dont la disparition doit le mettre dans tous ses états. Quand les exposés scientifiques reprennent, John observe Andrei assis deux rangs devant lui. Kolmorov, apparemment soucieux, ne cesse de tourner la tête et de regarder derrière lui comme s'il espérait l'arrivée de quelqu'un. Plusieurs fois, il sort un mouchoir de sa poche pour essuyer la sueur sur son front !

A la fin de la journée, John passe chez son amie couturière qui lui prête deux robes pour Svetlana et des sous-vêtements. Avant de remonter chez lui, il fait quelques courses rue Mouffetard pour leur dîner du soir et le déjeuner du lendemain de Svetlana.

Quand il se remémore les relations intimes et étranges qu'ils ont eu dans la datcha d'Andrei, John est remué. Hier, il a su être délicat, conscient du trouble qu'a pu apporter à sa pensionnaire sa décision de quitter son pays, sa famille, ses amies et sa thèse. Mais ce soir, la perspective de la retrouver chez lui, d'être seul avec elle dans l'intimité d'un petit appartement, lui réchauffe le cœur et le corps. Que se passera-t-il entre eux à la fin du dîner quand ils auront sérieusement entamé la bouteille de vin de Bordeaux qu'il vient d'acheter ? John aimerait bien le savoir dès maintenant !

John monte les marches qui conduisent à son appartement. Arrivé sur son palier, il introduit sa clef dans la serrure, ouvre la porte et découvre un spectacle hallucinant. Son salon a été fouillé et tous ses livres et documents manuscrits sont par terre. Dans sa chambre, les portes de son armoire sont grandes ouvertes ; les tiroirs de sa commode ont été vidés et leur contenu répandu sur le sol. Les matelas sont éventrés. La cuisine est dans un capharnaüm insensé. Svetlana n'est plus là ! Les vêtements qu'elle portait hier ont disparu. Il est clair que les soviétiques ont retrouvé sa trace. Ils l'ont contrainte à les suivre après avoir fouillé l'appartement de fond en comble.

John, affolé, ne sait que faire. Il tente de remettre en ordre son appartement, sa cuisine d'abord puis sa chambre où il retrouve l'ensemble de ses habits. Dans son salon, il trie ses papiers éparses sur le plancher et constate que des documents ont disparu. Impossible de retrouver les longues lettres dans lesquelles son collègue américain Wiener lui exposait ses travaux sur une approche inédite qu'il venait de baptiser cybernétique.

John descend demander à son voisin du dessous s'il n'a pas entendu du bruit aujourd'hui dans l'immeuble mais la réponse est négative. John ne voit pas quoi faire de plus. Il ne lui semble pas opportun de mêler la police à cette affaire et il préfère se donner un temps de réflexion. Le lendemain, c'est le dernier jour de la réunion et John constate l'absence du professeur Kolmorov.

64
RÉGION PARISIENNE, FRANCE, AOUT 1947

Maggy a envie de faire une surprise à ce pauvre Fernand, cloué au lit par sa maladie. Hier, elle est venue lui faire une visite, pas trop longue pour ne pas le fatiguer. Quelque chose intrigue Maggy : le médecin a parlé d'une jaunisse et pourtant le blanc des yeux de son Fernand reste blanc, vraiment blanc. Pas l'ombre d'une coloration jaunâtre au niveau de ses conjonctives. Pourtant, Fernand lui dit à chaque fois qu'elle vient, qu'il est très fatigué et qu'il doit absolument garder le lit. Maggy a peur qu'à force de ne rien faire, il ne s'affaiblisse.

Bien qu'ils se soient vu hier mardi, Maggy décide le lendemain de passer le voir à l'improviste après sa sieste. Elle quitte la rue Lecourbe vers trois heures de l'après-midi et atteint le pavillon de Fernand vers quatre heures. Grosse inquiétude quand elle sonne, car personne ne répond et cette fois-ci, la porte est fermée ! Son Fernand n'est plus tout jeune et elle a vraiment peur qu'il ne lui soit arrivé quelque chose de grave. A moins qu'il ne soit en train de dormir un peu plus profondément que d'habitude. La chambre de Fernand est au premier étage de la maison de telle sorte que, sans échelle, elle ne peut pas jeter un œil par la fenêtre. Il lui faudrait au moins un escabeau et elle n'en a pas. L'échelle de Fernand est dans sa remise, fermée elle aussi à clefs.

Maggy sort dans la rue et marche jusqu'à la maison d'à côté où vit un couple de retraités. Elle sonne et une dame bien mise vient lui ouvrir :

— Excusez-moi, Madame, vous ne sauriez pas par hasard où se trouve Fernand, votre voisin ? J'ai sonné mais personne ne répond. Il est malade en ce moment et je suis inquiète.

— Ne soyez pas inquiète, il va très bien. Fernand ne vous a pas répondu car nous étions en train de boire une petit verre ensemble dans ma cuisine.

— Il est sorti de chez lui ! Mais il me dit que son docteur lui défend de quitter son lit !

— Dans ce cas, il n'est pas très obéissant. Il sort tous les jours se dégourdir les jambes. Mais je vais vous le chercher. Restez là !

Maggy entend quelques bruits de voix mais elle est trop loin pour comprendre ce qu'ils se disent. Fernand arrive, l'air penaud. Maggy l'engueule sans attendre :

— Qu'est-ce que tu fiches là, tout habillé ? Tu devrais être dans ton lit en train de te reposer. Tu n'es plus malade ?

— Si, si, je suis toujours malade ! Mais j'en avais assez d'être tout seul dans ma chambre. Je suis allé faire un tour.

— Tu n'as pas l'air très malade. Qu'est-ce-que c'est que cette histoire de maladie ? J'ai l'impression que tu te moques de moi ! Ta voisine vient de me dire que tu sors tous les jours ! Rentrons chez toi, j'ai besoin d'explications !

Fernand l'air lamentable suit Maggy qui continue à le houspiller. Elle l'emmène dans la cuisine pour parler :

— Allez ! Finies les salades ! Explique-toi et ne me prends pas pour une idiote !

Devant l'air résolu et exaspéré de Maggy, Fernand ne voit pas d'autre issue que de dire la vérité à sa cousine :

— Maggy, c'est à cause du mariage. Il faut que je te dise la vérité. J'ai honte de ne pas t'avoir tout avoué avant.

Fernand n'arrive pas à continuer :

— Vas-y ! Crache le morceau. Tu me trouves trop vieille maintenant. Dis-le !

— Mais pas du tout ! Ce n'est pas ça ! Mais je ne peux pas me marier avec toi. Je suis déjà marié !

— Quoi déjà marié ! Alors tu me mènes en bateau depuis je ne sais pas combien de temps. Tu te fiches de moi ! Espèce de salaud !

— Mais non, je vais tout t'expliquer. Deux ans après mon veuvage, j'ai rencontré une femme, Sylviane, qui avait quinze ans de moins que moi. J'étais triste. Je supportais mal de vivre seul. Elle était très gentille. J'ai fait la bêtise de lui proposer le mariage. On s'est marié discrètement à la mairie. Mais une fois mariée, elle n'a pas cessé de me demander de l'argent. Un bijou par ci, une belle robe par là. Si je refusais, elle devenait acariâtre, méchante. Elle me donnait des coups de balai, des gifles. Une vraie peste ! Et un jour, il y a deux ans, elle est partie sans prévenir. Juste un mot : je retourne dans ma famille ! Pour moi, c'était bon débarras ! Ses parents sont de Nice et j'avais leur adresse. Je lui ai écrit plusieurs fois là-bas pour divorcer. Pas de réponse ! La dernière fois, c'était il y a deux mois !

— Et ben ! Moi j'ai l'air maligne avec tout ça ! Il faut que ça reste secret. Je ne veux pas devenir la risée de toute la famille. Et ta maladie, alors c'est du faux ?

— Oui c'est du faux ! Je voulais gagner un peu de temps. Des fois que j'aurais eu une réponse de Sylviane. Je te présente mes excuses. J'aurais dû tout t'expliquer dès le début.

Maggy, furieuse, quitte Fernand après lui avoir annoncé qu'elle devait réfléchir à tout ça et qu'elle reviendrait le voir dans deux jours. Dans le bus qui la ramène dans le 15ème arrondissement, Maggy fulmine. C'est la première fois de sa vie qu'elle est confrontée à une situation aussi humiliante. Et que va-t-elle dire à son fils quand il va revenir de Bourgogne ? Elle qui voulait aller vivre ailleurs pour lui donner plus de liberté à un moment où il va sans doute avoir envie de se remarier ! Et cet ignoble Fernand qui a pu ainsi profiter d'elle pendant quelques mois ! Et cette histoire de mariage avec Sylviane, est-ce la vérité ou encore un gros bobard ?

Maggy, le soir, est insomniaque. Impossible pour elle de fermer l'œil. Le manque de sommeil la rend de méchante humeur pendant tla matinée qui suit, jusqu'à ce qu'une petite sieste vienne l'apaiser après le déjeuner.

Maggy sort de sa sieste moins agressive, capable maintenant d'examiner la situation plus calmement. Très vite, elle arrive à la conclusion que son cousin ne peut pas rester uni à une femme qui ne vit plus avec lui et qui peut le ruiner si elle se permet de faire des dépenses fastueuses sur le dos de son mari resté à Paris. Maggy ne met pas longtemps à élaborer un plan destiné à conduire Fernand à divorcer. Elle a besoin de réponses sur plusieurs points et ces réponses, elle va les obtenir de la bouche de Fernand lui-même dès le lendemain quand elle va retourner à Saint-Maur !

Le jour suivant, Maggy arrive chez Fernand après le déjeuner, ferme mais calme. Celui-ci a l'air inquiet de ce qui va se passer. Maggy lui indique d'emblée qu'elle a d'abord quelques questions à lui poser. Ils vont dans le salon discuter :

— Ecrire à ta femme Sylviane, c'est la seule démarche que tu as entrepris ? Tu n'as pas vu d'avocat ? Tu ne t'es pas mis à sa recherche ?

Fernand, avec un air d'enfant pris en faute, lui dit :

— Oui, je lui ai écrit plusieurs fois. Mais c'est tout. Qu'est-ce que tu veux que je fasse de plus ?

— Tu n'es pas allé à Nice à l'adresse de ses parents pour tenter de la retrouver ?

— Non, je n'y ai pas pensé !

— Tu n'as pas été consulter un avocat pour savoir quelle est la meilleure conduite à tenir dans pareil cas ?

— Non ! Un avocat, non ? J'ai horreur des avocats !

— Et bien, tu ne penses pas beaucoup mon pauvre Fernand ! Sais-tu que si elle fait des dettes, tu auras sûrement à en payer la moitié comme vous êtes toujours mariés et pas séparés de corps !

— Là tu me fais peur ! Tu crois qu'elle peut me mettre sur la paille, cette salope ?

— Evidemment ! Tu crois qu'elle va s'en priver ! ajoute Maggy, sadique, qui sait que Fernand n'aime pas trop dépenser son argent.

— Mais qu'est-ce que je peux faire ? Tu as une idée ?

— Oui, j'ai une idée. J'ai bien réfléchi. Je me suis renseignée. Dans ces affaires de mariage et de divorce, le plus efficace, c'est de contacter un détective privé. Le détective, il va te retrouver ta Sylviane et constituer un dossier.

— Un détective, comme dans les films policiers ! Je n'y avais pas pensé. Mais tu connais un détective sur Nice, toi ?

— Non, mais je crois savoir comment m'y prendre pour trouver quelqu'un de confiance.

L'idée du détective séduit Fernand rendu très inquiet de la perspective de se faire plumer par Sylviane. Le lendemain, Maggy contacte l'agence Leduc qu'elle avait déjà utilisée pour obtenir des informations sur Victoria, l'amie de son fils. Monsieur Leduc la reçoit dans la journée, écoute son histoire et lui donne le conseil suivant :

— Chère Madame, notre agence ne travaille pas sur Nice. Nous ne pouvons pas, nous-mêmes, enquêter aussi loin de Paris. Cependant, je peux vous recommander un collègue installé là-bas, avec qui nous collaborons régulièrement. Son agence est très sérieuse. Vous pouvez avoir confiance. Il s'agit de l'agence Dury. Il faudrait que vous téléphoniez à Monsieur Dury de ma part. Il vous expliquera comment procéder.

Monsieur Deluc donne à Maggy les coordonnées téléphoniques et l'adresse de l'agence. Celle-ci repart ensuite chez Fernand pour organiser la riposte après être passée dans une poste téléphoner à l'agence de Nice. Elle a pu avoir Monsieur Dury au téléphone. Celui-ci l'a écoutée et lui a donné rendez-vous, trois jours plus tard. Elle n'est pas mécontente de devoir se déplacer à Nice, une très belle ville, paraît-il, qu'elle souhaite découvrir depuis longtemps !

Fernand est quelque peu abasourdi quand Maggy le met au courant :

— Mais qu'est-ce que ça va me coûter tout ça ? Un aller et retour en train, une nuit d'hôtel et les frais du détective. Je ne suis pas Crésus moi !

— Pas un mais deux allers et retours. Je viens avec toi et c'est toi qui règles tout, hôtel et restaurants compris. Ne discute pas. C'est comme ça. Tout cela est de ta faute et je suis bien bonne de t'aider à t'en sortir.

Fernand ne discute pas car il se rend compte qu'il n'y a pas d'échappatoire possible quand Maggy est en rogne. Et là, il sait qu'il a vraiment abusé. Mais naïf, il espérait que tout allait s'arranger sans anicroche comme par enchantement !

65
PARIS ET BRETAGNE, FRANCE, AOUT 1947

Quand Phil revient à Paris après son séjour chez Françoise, il a hâte de revoir son ami John afin de savoir si celui-ci a réussi à retrouver la trace de Peggy et des jumeaux. Phil a prévu de rester à Paris jusqu'au 15 août et de prendre ensuite deux nouvelles semaines de vacances avec ses enfants à ce moment-là.

Paul et Claire sont partis avec leur grands-parents maternels chez un cousin dans une maison de vacances au bord de la mer, à Saint-Jean-de-Monts en Vendée. Maggy lui a annoncé qu'elle s'absentait quelques jours pour aller à Nice chez des amis de Fernand, de telle sorte que Phil se retrouve au calme, seul à Paris. Il n'a pas de mission d'inspection à effectuer avant le mois de septembre.

Phil invite John au restaurant « La Closerie des Lilas », boulevard du Montparnasse, pour le remercier de ses recherches en Bretagne, sans savoir encore ce qu'elles ont donné. John arrive tout bronzé, l'air gaillard. Ils commencent par prendre l'apéritif.

John ne tarde pas à lui faire part des résultats de ses investigations mais prend plaisir à mettre un peu de suspense dans sa narration. Il lui détaille d'abord ses explorations à Carnac et dans les villages voisins et sa rencontre fortuite avec le prêtre dans l'église de Locmariaquer. Puis il lui parle de Saint-Philibert, de sa longue attente sur la plage :

— A Saint-Philibert, il y a deux plages. Dans un café, on m'a dit qu'une dame anglaise venait souvent l'après-midi sur celle de Men er Beleg avec deux enfants. J'y suis allé et après deux heures d'attente, j'ai enfin vu la dame arriver, accompagnée d'un garçon et petite fille. Elle s'est assise au bord de l'eau pendant que les enfants jouaient avec un ballon. Phil ne peut s'empêcher de s'écrier :

— Vite ! La suite John.

John continue à prendre son temps et raconte ensuite à Phil comment il en est arrivé à bavarder avec la dame, qui est bien

Madame Peggy Porter. Aucun doute sur l'identité de cette personne. Elle lui a présenté Helen et George comme étant ses enfants et l'a invité à dîner le lendemain. John lui décrit la maison. Il a fait développer les photos prise chez Peggy et il les sort de sa poche sans plus attendre. Phil est extrêmement ému à la vue de ses enfants. Ils ont tellement changé depuis leur départ de Paris qu'il a du mal à les reconnaître. Dans le visage de sa fille, il retrouve des traits de Victoria et ses yeux sont embués de larmes. Tout serait tellement différent si Victoria était encore de ce monde, pense Phil dont les yeux fixent les photos de ses deux cadets pendant de longs moments.

Phil ne comprend pas ce qui a pu se passer dans la tête de Peggy et de son mari. Pourquoi adopter ces deux enfants alors qu'ils ont un père bien vivant, un demi-frère et une demi-sœur ? Que Peggy rencontre un breton séduisant sur un banc dans les jardins du Luxembourg, soit ! Qu'ils se marient, très bien ! Mais pourquoi vouloir adopter Helen et George ? Quand on se marie, on est en situation de faire soi-même des enfants, non ? Cette situation est chargée de mystère ! Phil demande à John s'il comprend ce qui a pu pousser Peggy et son mari à cette adoption. John réfléchit et lui dit :

— Peut-être que Peggy ne peut pas avoir d'enfant ou bien son mari ?

Phil remercie John et le félicite pour son efficacité. Rentré chez lui il réfléchit à la situation. Pour avancer, il ne voit qu'une solution maintenant, se rendre lui-même à Saint-Philibert sans attendre pour parler avec Peggy et comprendre ce qui s'est passé.

Phil réussit à se libérer le vendredi suivant et prend un train qui l'emmène jusqu'à Auray. John lui a expliqué en détails où se trouve Saint-Philibert, la plage de Men er Beleg, la maison de Peggy et de son mari. Phil a pris la précaution de tout noter. Dans le train, comme John précédemment, il se demande quelle est la meilleure manière d'aborder Peggy et Yves Le Goff. Il ne connaît pas le mari de Peggy et préférerait nettement pouvoir discuter en tête à tête avec elle.

Phil n'a pas eu le temps de réserver de chambre d'hôtel. Un autocar le dépose à la Trinité-sur-Mer. Entré dans un café, il demande au patron s'il connaîtrait quelqu'un qui pourrait l'héberger pour deux nuits, de préférence pas trop loin du bac permettant d'accéder à Saint-Philibert. Le patron lui donne l'adresse de l'un de ses cousins, dont la maison se situe sur le port. Phil y est bien reçu. Il dine, à proximité, dans un restaurant où il déguste des huitres produites localement et des langoustines ramenées par un chalutier. C'est la première fois que Phil vient en Bretagne. Il est surpris par cette région qui a su garder contre vents et marées ses coutumes régionales très typées et sa langue si différente du français.

Le lendemain matin, Phil s'habille en tenue d'été. Sur sa veste en toile claire, sa rosette de la légion d'honneur est bien visible et impressionne son hôte, d'emblée d'accord pour lui prêter une bicyclette. Phil prend le bac vers onze heures et se retrouve sur la commune de résidence de ses plus jeunes enfants !

Phil commence par découvrir les deux plages, Men er Beleg où il a l'intention d'aller en début d'après-midi et Kernevest à côté de laquelle un fort a été construit au dix-neuvième siècle, en bord de mer. Le fort est abandonné depuis trois ans et la végétation commence à sérieusement l'envahir. Les allemands l'avaient occupé pendant la guerre. Phil pédale ensuite jusqu'à la grande rue dans le bourg et s'arrête dans un café pour se désaltérer. Il en profite pour se renseigner auprès du serveur :

— Excusez-moi. Vous ne connaitriez pas, par hasard, une dame anglaise qui habite Saint-Philibert avec deux petits-enfants, un garçon et une fille ?

— Oui je vois qui c'est. Mais c'est drôle, un monsieur, un anglais je crois, la cherchait comme vous il y a une quinzaine de jours. Elle est mariée à Yves le Goff, un enfant d'ici. Mais on m'a dit qu'ils étaient en train de déménager.

Phil blêmit en entendant ces derniers mots. Il demande :

— Vous savez où ils partent habiter ?

— Non je ne sais pas. Demandez au patron du café d'à côté, Jules le Guennec. C'est son frère qui s'occupe du déménagement. Mais allez d'abord jusqu'à la maison de cette dame. Elle est peut-être encore là.

Phil ne se le fait pas dire deux fois. Il sort de sa poche le plan dessiné au crayon par John avec le chemin jusqu'à la maison de Peggy et part en direction de celle-ci. Le dessin de John est précis et Phil trouve facilement la demeure du couple Le Goff. Phil n'est pas optimiste quand il voit tous les volets fermés. Il sonne plusieurs fois à la porte. Personne ne vient lui répondre. Une vieille dame qui passe par là, marchant lentement, voit Phil en train de sonner et vient lui dire avec un accent breton prononcé :

— Y sont plus là les Le Goff. Partis hier vivre ailleurs. Dommage ! Leurs petits étaient si mignons !

Phil est découragé par ce qu'il vient d'entendre. Quelle déception ! Comment va-t-il faire maintenant pour retrouver ses enfants ? Phil s'assied sur le pas de la porte, la tête entre les mains. Après quelques minutes, Phil a envie de voir la maison dans laquelle ses enfants ont vécu et ont joué. Il ne lui est pas difficile de franchir la haie qui sert de séparation entre la rue et le jardin. La serre n'est pas fermée à clef. Phil ouvre la porte et aperçoit des pots de fleurs et quelques jouets oubliés. Un crève-cœur ! Il essaie ensuite d'ouvrir la porte de la maison mais elle est fermée. Il entend du bruit en provenance du portail. Phil voit apparaître une homme, costaud, d'une quarantaine d'année, qui vient vers lui et lui demande :

— Comment êtes-vous entré ? Le portail est fermé. Vous avez une clef ? Qui êtes-vous ?

— Je m'appelle Philippe Destivel. Je suis un ami parisien de Peggy, Madame Le Goff. Je voudrais lui parler. Et vous, qui êtes-vous ?

— Je m'occupe du déménagement des Le Goff. Madame Le Goff n'est pas loin, elle est dans mon camion. Vous pouvez aller la voir pendant que je réunis les affaires que je dois encore charger.

Phil sort de la maison et voit un camion garé à quelques mètres du portail. Il marche doucement jusqu'au véhicule et aperçoit Peggy, assise à l'avant droit. Quand elle le reconnaît et le voit venir pour lui parler, elle s'affole. Phil ouvre la porte du véhicule et lui dit :

— Bonjour Peggy, je crois que nous avons à parler. Je suis venu de Paris pour vous voir. N'essayez pas de vous échapper, sinon je fais un scandale et je vais à la police sur le champ !

Peggy n'a aucune envie de parler à Phil mais elle voit qu'il est hors de lui et veut éviter tout scandale. Elle descend du camion et lui dit :

— Allons un peu plus loin sur le chemin. Personne ne vient par là.

Ils font une cinquantaine de mètres en marchant, silencieux, puis Peggy lui demande sèchement :

— Qu'est-ce que vous voulez savoir ?

— Ce que je veux savoir ? Mais tout ! Pourquoi m'avez-vous laissé sans nouvelles depuis tout ce temps ? Vous avez dit à mon ami anglais John que vous avez adopté Helen et George ? Si c'est vrai, pourquoi ? Ils ont un père. C'est moi leur père, vous le savez bien ?

— Ce qui s'est passé, c'est simple. Quand les jumeaux sont nés, Victoria les a déclarés comme étant des enfants qu'elle avait eus avec son mari. Elle ne voulait pas qu'on les considère comme deux bâtards issus de sa liaison avec un officier français pendant que son mari était prisonnier en Allemagne. Elle a voulu protéger ses enfants et quand je suis rentrée en Angleterre, j'ai pensé que la meilleure solution était que je m'occupe d'eux. Mon fiancé, Yves était tout à fait d'accord. Je n'ai fait que respecter les volontés de Victoria. Vous êtes veuf, vous avez déjà deux enfants et peu de disponibilité. Je suis sûre que les jumeaux sont mieux avec moi !

— Mais ce n'est pas normal d'avoir procédé comme ça. La première chose à faire, c'était de me répondre et que l'on se voit. Vous ne pouvez pas effacer la présence d'un père d'un simple coup de crayon. Je ne suis pas d'accord. Je veux récupérer ces enfant, vous m'entendez ?

A ces derniers mots, le visage de Peggy devient haineux :

— Jamais je ne me séparerai d'Helen et George. Je les aime trop. Etes-vous si sûr d'être le père de ces enfants ? Victoria a vécu quelques temps avec son mari avant qu'il ne décède !

— Quoi ! Vous insinuez que Victoria et son mari se seraient rapprochés quand ils se sont retrouvés. ! Je n'en crois pas un mot ! Victoria m'a dit que pendant des années, ils avaient essayé d'avoir des enfants sans succès ! Son mari était stérile. Juste avant la guerre, ils envisageaient de divorcer.

— Victoria m'a fait des confidences qu'elle ne vous a sans doute pas faites. Si vous êtes le père, prouvez le. Mais je ne vois pas comment !

Phil a vraiment envie de gifler Peggy mais il se retient et ajoute :

— Je veux voir Helen et George. Où sont-ils ?

— Ce n'est pas possible. Nous quittons la région. Mes enfants sont déjà loin d'ici.

— Donnez-moi votre adresse. Je vais vous écrire en espérant que, cette fois-ci, vous me répondrez.

— Je ne vous donnerai aucune adresse. Je ne veux plus jamais vous revoir.

— Prenez garde ! Je vous retrouverai même au bout du monde !

Peggy remonte dans le camion. Phil s'éloigne mais discrètement, franchit de nouveau la haie qui sert de clôture et rentre dans la maison où il trouve le déménageur en train de descendre des affaires du grenier. Il engage de nouveau la conversation :

— Ça vous prend combien de temps pour aller dans leur nouvelle maison ?

— Pour aller à Quimperlé, il me faut deux heures.

— Et cette maison, elle va être vendue ?

— Non, ils la gardent pour venir ici en vacances.

— Vous ne sauriez pas s'il n'y a pas une petite maison pas chère à vendre à Saint-Philibert ? J'aime beaucoup votre village.

— Laissez-moi réfléchir. Oui, il y a une petite ferme qui est en vente à Kercadoret. C'est dans un hameau très ancien qui est sur la commune. La ferme, elle doit pas être bien chère mais il y a des travaux pour l'aménager. Vous pouvez aller voir la maison. Kercadoret c'est tout près d'ci. Vous verrez une pancarte avec marqué « à vendre » sur le portail et le téléphone du notaire. Je crois que c'est Maître Huet, notaire à Auray qui est chargé de la vente.

Phil mémorise les précieuses informations qu'il vient de recueillir. Il sait où il pourra retrouver Peggy et ses enfants puisque c'est pour Quimperlé qu'ils déménagent et qu'ils continueront à venir à Saint-Philibert en vacances.

Phil pédale jusqu'à Kercadoret et repère au bord du chemin la ferme constituée de deux bâtiments distincts, en angle, délimitant un petit jardin bien fleuri.

66
MORLEAU EN BOURGOGNE ET PARIS, FRANCE, AOUT 1947

Depuis le départ de Phil et de ses enfants, Françoise trouve sa maison vide. Elle a été bien occupée par les courses et les repas à préparer pour sept personnes mais heureusement l'atmosphère est restée joyeuse pendant toute la semaine. Aucune dispute chez les enfants, beaucoup de rires et d'enthousiasme. Son ami Phil était en grande forme, satisfait de constater la bonne entente entre tout le monde. La principale interrogation de Françoise maintenant est de savoir quels sentiments Phil éprouve à son égard. Il a été énigmatique la veille de son départ, évoquant des problèmes à régler avant de lui parler. Elle ne l'a pas interrogé sur sa vie privée. Peut-être a-t-il une femme dans sa vie ? Ou bien du mal à oublier l'anglaise décédée dont il lui a parlé ? Tous les matins, Françoise guette l'arrivée du facteur qui fait sa tournée à vélo, persuadée que Phil va lui envoyer une lettre de remerciements. Cela fait maintenant près d'une semaine qu'il est parti et elle n'a encore rien reçu.

Et elle-même, que pense-t-elle de Phil ? Clairement que c'est un homme séduisant à bien des égards : un bel homme, calme, très gentil avec elle et les enfants, intelligent et gai, sûrement très franc, courageux pendant la guerre et incroyablement jeune comme général de l'armée française. Lui et elle ne sont pas du même milieu social mais les origines modestes du général ne sont pas détectables d'emblée, ce qui n'est pas le cas pour sa mère, sympathique mais très « peuple ». La perspective du remariage de Maggy avec son cousin Fernand est surprenante mais bienvenue. Pendant un instant, Françoise s'imagine se remariant avec Phil et vivant avec sa mère. Il est clair qu'elle n'apprécierait pas de l'avoir tout le temps dans les jambes ! Phil ne semble pas particulièrement argenté mais, comme général, sa solde doit être tout à fait raisonnable. Bref, Phil est un beau parti. Françoise n'aurait sans doute pas longtemps à réfléchir s'il la demandait en mariage.

Phil est resté sur un registre amical depuis le début de leur relation. S'il ne se passe rien après cette semaine de cohabitation, Phil en restera là. Françoise aimerait bien en savoir plus quant à ce qu'il peut ressentir à son égard. C'est dur mais elle se rend compte qu'il est trop tôt pour lui écrire.

Françoise a toujours ses lingots d'or à rapatrier sur Paris. Quatre allers et retours en train sont nécessaires pour tout ramener.

Après deux longue semaines, Françoise reçoit une lettre de Paris. L'écriture sur l'enveloppe semble être celle de son ami. Françoise va s'installer dans le bureau de la tour pour être tranquille et découvrir la teneur de cette missive :

Très chère Françoise,

Excuse-moi d'écrire si tardivement mais j'ai dû m'absenter de Paris plusieurs jours. Me voici revenu et je tiens à te remercier pour ton accueil chaleureux et tes talents d'organisatrice de séjour touristique ! Mes enfants ont eux aussi été très contents de leur semaine et te remercient pareillement. J'ai trouvé les tiens sympathiques et faciles. Michel est vraiment drôle.

Ta maison bourguignonne est particulièrement élégante avec son perron et sa rampe en fer forgé et ton jardin avec tous ses arbres fruitiers fait revenir à la surface mes origines paysannes ! Je m'y suis senti très bien et j'ai apprécié l'atmosphère des grands vignobles à proximité. Tu nous a fait découvrir de beaux sites. J'ai beaucoup aimé les hospices de Beaune et le château de la Rochepot.

J'espère te retrouver à Paris dès la première semaine de septembre et je t'embrasse très affectueusement
Philippe Destivel

Françoise relit plusieurs fois cette lettre, chaque mot, chaque tournure de phrase. Elle aime ce qu'il a écrit. C'est sensible et délicat. Elle apprécie d'être « embrassée très affectueusement ». Elle va lui préparer une réponse dont elle ne connaît pas encore la teneur mais où elle pèsera ses mots. Elle se demande s'il faut lui répondre ou plutôt laisser passer quelques jours en espérant que ce délai le fera quelque peu languir.

Avant toute chose, Françoise décide de s'occuper de son premier rapatriement de dix kilos d'or vers la capitale ce qui lui apparaît facile à organiser. Dans une valise bien solide, elle agence dix lingots. Elle n'a besoin que de peu d'habits, ne désirant passer qu'une seule nuit à

Paris. Sa valise, une fois bouclée, ne dépasse pas treize kilos. C'est un peu lourd mais elle peut la porter sans trop de difficultés. Pendant ses deux jours d'absence, sa bonne va veiller sur ses enfants.

A la gare de Chagny, le train en provenance de Lyon est à l'heure. Dans le compartiment de première où elle a une place réservée, un monsieur très galant l'aide à hisser sa valise dans le porte-bagage situé au-dessus de la banquette. Juste avant le départ du train, un couple, qui a dû courir pour atteindre le wagon à temps, arrive essoufflé et s'installe. Une fois assis en face de Françoise, le visage de l'homme change d'expression. C'est celui du commissaire Poirier qui l'avait interrogée à propos du « trésor » de Georges Guérin. Françoise est troublée par sa présence mais elle s'efforce de ne pas perdre contenance et lui dit à voix basse :

— Bonjour Commissaire. Vous vous souvenez de moi ? Françoise Dumaine. Vous m'aviez demandé si j'avais des informations sur le trésor de Georges Guérin, mon voisin à Morleau. En savez-vous plus maintenant ?

— Bonjour Madame Dumaine. Je suis en déplacement privé. Pour des raisons de confidentialité, je ne peux pas vous parler dans le train. Mais je suis heureux de vous rencontrer. D'ailleurs j'avais l'intention de vous recontacter. Vous vous absentez de Morleau pour longtemps ?

— Juste pour quelques jours. Des affaires à régler à Paris. Je serai de retour à la fin de la semaine. Et vous-même, vous allez séjourner à Paris ?

Le commissaire apparaît gêné :

— Quelques jours. Une petite escapade pour visiter la capitale.

Son épouse ou compagne évite de participer à la conversation et semble se faire la plus petite possible.

Le commissaire ouvre son journal et se plonge dans la lecture. La conversation tourne court. Françoise, mal à l'aise, aimerait changer de compartiment mais elle a peur que le commissaire trouve cela suspect ! Quelle malchance de se retrouver en pareille compagnie ! L'autre voyageur rompt le silence au bout de quelques minutes :

— Je vous ai entendue mentionner le nom de Georges Guérin de Morleau. Je l'ai bien connu au début de la guerre. Il était affilié au PPF[10] et faisait du commerce avec les allemands. On m'a dit qu'il

---

[10] PPF : Parti Populaire Français

marchandait ses services aux autorités allemandes : Des renseignements sur les gens qui lui paraissaient suspects en échange de bijoux et d'or confisqués par les nazis à des juifs et des résistants. Ce qui est étonnant c'est qu'ensuite son activité de résistant a été exemplaire ! J'étais dans le même réseau que lui, je peux en témoigner. Il a pris d'énormes risques et a réussi à faire sauter des lignes de communications allemandes. Après la guerre, on a essayé de de savoir où il cachait ses richesses. Il paraît qu'un soir où il avait trop bu, il a mentionné la Roche-Dumez au-dessus de Blagny. Mais je vois que l'on arrive à la gare de Laroche-Migennes. C'est là que je descends. Au revoir Mesdames, au revoir Monsieur. Je suis sûr que vous aiderez Madame à descendre sa valise du porte-bagage, elle est bien lourde.

— Ne vous inquiétez pas, j'y veillerai répond le commissaire.

Françoise pense : « Non pas lui, surtout pas lui !» mais elle garde cette pensée pour elle. Aucun autre voyageur ne monte dans le compartiment après Laroche-Migennes. Ils ne sont plus que trois. Le commissaire continuant à lire son journal, Françoise tente d'engager la conversation avec la dame avec qui il voyage :

— Vous habitez Beaune avec votre époux, Madame ?

La dame regarde son compagnon, ne sachant visiblement que répondre.

— Geneviève n'est pas mon épouse mais ma cousine. En fait, nous avons une réunion de famille et des problèmes à régler, bredouille le commissaire venant à l'aide de celle-ci.

Françoise n'en croit pas un mot. Geneviève est plutôt sa maitresse pense-t-elle. C'est clair qu'ils vont passer quelques jours ensemble, loin de Beaune, pour être tranquilles. Quelques minutes plus tard, le commissaire propose à Geneviève d'aller au wagon restaurant prendre une petite collation. Françoise reste seule dans le compartiment. Elle n'a aucune envie d'être de nouveau interrogée par le commissaire. Si elle en savait plus sur Geneviève et sur leur relation, elle pourrait, en cas de besoin, se servir de ces informations pour suggérer au policier que moins ils se verront, mieux cela vaudra !

Françoise constate que Geneviève, probablement troublée, n'a pas pris son sac à main, resté sur la banquette. Elle s'en saisit, fouille à l'intérieur et trouve un porte-carte. Elle lit le nom inscrit sur la carte d'identité. Geneviève s'appelle Lebas. Elle habite 8 bis rue de la Métairie, à Pommard, donc tout près de Beaune. Elle est mariée et son nom de mariage est Dubois. Elle trouve aussi dans le sac un courrier de réservation pour une chambre avec un grand lit à l'hôtel « Les jardins du Sacré Cœur », rue Ordener dans le 18ème arrondissement de Paris. Une réservation pour deux nuits !

Françoise remet tout en place dans le sac de Geneviève et note dans un petit carnet ce qu'elle vient de lire. Elle voit très bien l'usage qu'elle pourra en faire, le cas échéant. Le couple revient dans le compartiment au bout d'une heure. Quand le train arrive à la gare de Lyon, Françoise sourit au commissaire et lui demande :

— Pouvez-vous m'aider à descendre ma valise ? Elle est bien lourde.

Le commissaire s'exécute et ne peut s'empêcher de lui demander ce qui pèse si lourd :

— Je ramène quelques casseroles et un peu d'argenterie pour mon domicile parisien. Merci beaucoup pour votre aide et n'hésitez pas à me contacter si vous le souhaitez. Je vous souhaite un très bon séjour à Paris. Profitez bien de la capitale, Madame. dit Françoise se tournant vers Geneviève.

Françoise appelle un porteur qui l'aide à emmener son bagage jusqu'à une station de taxi pour rejoindre son domicile.

Le lendemain matin, Françoise marche jusqu'à son agence du crédit lyonnais près de chez elle. Elle y loue un coffre-fort et y dépose ses lingots. Le coffre est suffisamment vaste pour accueillir les trente lingots qu'elle doit encore rapporter de Morleau.

Son retour vers la Bourgogne, l'après-midi, se fait sans problème. Le soir, dans son lit, Françoise a du mal à trouver le sommeil. Il lui a semblé que le commissaire voulait de nouveau l'interroger et elle n'aime pas ça.

Trois jours plus tard, vers onze heures du matin, Françoise prend sa voiture et roule jusqu'à Pommard. Elle n'a aucun mal à repérer la rue de la Métairie et la maison où habite Geneviève au 8 bis. Elle se gare à proximité, place de l'Eglise et attend avec l'espoir d'apercevoir Geneviève Dubois. Le boucher qui fait sa tournée, se gare à proximité de sa voiture. Plusieurs personnes viennent faire la queue en attendant d'être servies. Dans un premier temps, Françoise ne voit pas celle qu'elle cherche, mais dix minutes se passent et elle aperçoit Geneviève dans son rétroviseur. Françoise sort de sa voiture et va se planter juste derrière elle, dans la queue des clients. Elle s'exclame :

— Oh ! Madame Dubois, je ne vous avais pas reconnue.

Comment allez-vous depuis l'autre jour ?

Geneviève se retourne, catastrophée quand elle reconnaît Françoise :

— Je viens de temps en temps faire mes courses à Pommard. J'apprécie la viande de ce boucher et ses horaires de passage me conviennent bien. Vous habitez dans ce village ? demande Françoise

— Oui, près d'ici.

Quand Geneviève est servie, elle se hâte de partir, salue Françoise qui lui dit en guise d'au revoir, en souriant :

— N'oubliez pas de transmettre mon bonjour à votre cousin et à votre époux !

Françoise s'en retourne ensuite chez elle avec le sentiment que Geneviève ne tardera pas à raconter leur rencontre au commissaire Poirier, son amant, et que celui-ci n'aura aucune envie de la convoquer pour l'interroger de nouveau.

67
NICE ET PARIS, FRANCE, AOUT 1947

Maggy est enchantée d'aller à Nice. C'est la première fois de sa vie qu'elle va sur la Côte d'Azur et, même si c'est dans de drôles de circonstances, elle a envie d'en profiter. La promenade des Anglais est connue dans le monde entier. C'est là qu'elle voudrait trouver un bel hôtel. Maggy entraine Fernand vers le bord de mer. Elle passe un long moment à contempler l'hôtel Negresco, dont elle a entendu parler, un hôtel très chic, modernisé depuis peu. Plus loin, elle est séduite par la façade du Royal. Quel beau nom cossu ! Fernand rentre la tête dans les épaules, ayant très peur de ce que sa cousine va suggérer. Cela ne manque pas. Maggy lui dit, cajoleuse :

— J'ai toujours rêvé d'aller dans un palace avec une vue sur la mer. Rentrons à l'hôtel le Royal, pour voir s'ils ont de la place.

— Et aussi pour demander le prix des chambres !

— Mon Fernand, vu les circonstances, il faut que tu te montres généreux et puis toi aussi tu seras content d'aller dans un hôtel chic . On n'y reste que deux nuits. Allez viens !

Maggy pénètre avec délice dans ce grand hôtel. Fernand n'ose pas protester mais traîne un air de chien battu. Ils demandent les prix :

— C'est moins cher que ce que je pensais. D'accord ! Une belle chambre sur la mer pour deux nuits ! conclut Maggy à la réception.

Maggy est aux anges quand elle découvre sa chambre avec une salle de bains couverte de marbre blanc et la vue panoramique sur la mer qu'ils dominent du 4ème étage. Leur balcon est assez large pour contenir une chaise longue et une petite table ronde. Sa balustrade en fer forgé a beaucoup d'allure. Fernand est catastrophé par les sommes qu'il va devoir débourser mais il n'ose pas protester.

En fin d'après-midi, quand la température est redescendue, Maggy et Fernand partent se promener dans Nice, d'abord en direction du port qui grouille de monde. Ils voient des marins en train de s'affairer sur des barques de pêcheurs et des femmes qui vendent des poissons frais du jour. Maggy juge l'endroit sympathique et Fernand espère y trouver un restaurant abordable. Ils dégustent effectivement, à peu de frais, une bouillabaisse dans une enseigne modeste mais bondée.

Le lendemain matin Maggy demande à prendre le petit déjeuner dans la chambre. Pour elle, être servie quasiment dans son lit, c'est vraiment synonyme de vie de château. Elle s'imagine en princesse avec une multitude de laquais pour s'occuper d'elle.

Ils reviennent cependant à des réalités plus terre à terre car ils ont rendez-vous à onze heures à l'agence Dury. Monsieur Dury les reçoit sans les faire attendre. Maggy se présente comme étant la cousine et l'assistante de Fernand pour sa démarche. Le détective les écoute attentivement. Il prend en note l'adresse des parents de Sylviane dont le nom de famille est Stéfanini, puis met dans un dossier les photos que ses clients lui ont apportées. Il questionne Fernand sur ce qu'il sait de Sylviane. Quelle est ou était la profession de son père ? A-t-elle des frères et sœurs ? Où a-t-elle été à l'école ? A-t-elle eu des activités professionnelles ? Fernand est incapable de répondre à nombre de ces questions. C'est comme si Sylviane n'avait pas eu de passé ou n'en avait jamais fait part à son mari. Monsieur Dury demande à Fernand s'il a essayé de rencontrer ses beaux-parents depuis son arrivée à Nice :

— Non ! D'ailleurs, je ne les ai jamais rencontrés. Sylviane. n'y tenait pas. Vous pensez que nous aurions dû y aller ?

— Non, non ! C'est mieux ainsi. Il est préférable que dans un premier temps nous nous renseignions sur les parents sans les aborder, pour éviter toute méfiance. Suivant ce que l'on aura appris, on les rencontrera ou pas.

Monsieur Dury résume ensuite la marche à suivre :

— Ce que je vous propose, c'est une première approche de débroussaillage. Nous irons parler discrètement avec des voisins, des commerçants pour obtenir des informations sur cette famille. Le comportement de Sylviane est tout de même étrange. Pour la pousser à divorcer, nous avons besoin de savoir qui elle est vraiment. On pourrait se parler au téléphone dans trois semaines. Je vous dirai alors ce qu'il me semble possible de faire. Pour l'instant, je vous demande une provision modeste. Nous verrons ensuite.

Maggy avait annoncé à Fernand des sommes probablement importantes à débourser et il est agréablement surpris de ce que lui demande Monsieur Dury. Enfin une bonne nouvelle !

Fernand et Maggy quittent l'agence, satisfaits de ce premier contact. En sortant, Maggy fait une proposition à Fernand :

— On pourrait tout de même passer à l'adresse des parents de Sylviane pour voir à quoi cela ressemble ?

Fernand est d'accord et tous les deux marchent jusqu'au 3 bis rue du Pontin dans le vieux Nice. Ils se retrouvent dans une ruelle étroite et sale, avec du linge qui sèche à de nombreuses fenêtres. Au 3 bis, se trouve un bar plutôt crasseux, fermé à cette heure. La rue est quasi déserte. Leur curiosité satisfaite, ils continuent dans la rue sans s'arrêter pour s'enquérir de la famille Stéfanini afin de ne pas enfreindre les consignes de Monsieur Dury. Ne voyant pas ce qu'ils pourraient faire de plus pour contribuer à l'enquête, ils quittent le vieux Nice et finissent leur promenade en déambulant sur la promenade des Anglais.

Le lendemain, en fin de matinée, ils repartent en train vers la région parisienne. Maggy a adoré son séjour luxueux à l'hôtel le Royal et n'a plus qu'une envie : y retourner. Elle sait que tout cela a coûté cher à son Fernand mais ce n'est que justice après ce qu'il lui a fait. D'ailleurs, elle n'est pas vraiment au courant de l'étendue des richesses de son « peut-être » futur mari. Mais ce serait bien qu'elle en sache plus sur cette question !

A Paris, Maggy retrouve l'appartement de la rue Lecourbe et son fils qui, au dîner, lui parle de son séjour chez Françoise Dumaine :

— Quelle bonne semaine de vacances ! Françoise a été fantastique : elle a organisé des excursions tous les jours qui ont plu aux enfants. Sa maison a beaucoup de charme et son jardin aussi avec tous ses arbres fruitiers. Elle fait très bien la cuisine. Les déjeuners étaient simples mais les dîners ! Une merveille ! Presque gastronomiques. Les enfants se sont bien entendus. Bref ! un excellent séjour.

Maggy s'est jurée de ne pas poser de question mais elle ne peut s'en empêcher. Un sourire entendu sur le visage, elle lui demande :

— Avec Françoise, tu as envie d'aller plus loin ?

Sa question fait sourire Phil Il lui répond par une autre question :

— Et ton mariage avec Fernand ? Votre projet avance. Vous avez une date ?

Maggy, très gênée par la question de son fils, réfléchit un instant avant de lui répondre :

— Non , on n'a pas encore de date. C'est à cause du mariage à l'église. Comme on est cousins, il nous faut une dispense qui doit être accordée par l'évêque pour pouvoir nous marier. Ça peut prendre un certain temps. Je te tiendrai au courant. Et toujours à propos de ton séjour chez Françoise, tu as écris pour la remercier ?

— Mais maman, je ne suis plus un enfant. Bien sûr que j'ai remercié Françoise. Je la verrai durant le mois de septembre quand elle reviendra sur Paris.

— Et qu'est-ce-que tu vas lui dire quand vous allez vous revoir ?

— Là, je trouve que tu es indiscrète ! D'ailleurs, je ne sais absolument pas ce que je lui dirai. J'ai encore du temps pour y réfléchir.

68
PARIS, FRANCE, SEPTEMBRE 1947

Le mardi 2 septembre, John sort de son immeuble pour aller travailler au Collège de France. La température est douce en ce matin de fin d'été. Le ciel est tout bleu et dans la rue Mouffetard, ils sont nombreux à commencer leur journée par un petit café pris en terrasse. John est surpris quand il entend une voix qu'il reconnaît :

— Psst ! John c'est Svetlana. Il faut pas te retourner. Rentre dans café à gauche « Le Lutèce ». Je rejoins dans cinq minutes.

John est heureux de constater que son amie russe est libre. Il rentre dans le café indiqué, s'assied à une table, très intrigué. Il n'a pas longtemps à attendre et voit son amie ouvrir la porte de l'établissement et aller s'asseoir à une table dans le fond de la salle à un endroit d'où elle ne peut pas être vue de l'extérieur. Elle fait signe à John de venir s'asseoir à côté de lui. Svetlana n'est pas facile à reconnaître avec son fichu sur la tête et sa paire de lunettes de soleil. Tout de suite, elle s'explique sur ce qui s'est passé :

— Services secrets soviétiques sont venus chez toi pour me prendre. J'ai dû être suivie quand je suis venue pour voir toi. Ils m'ont obligée à les suivre. Menace avec pistolet. J'ai eu chance. Pneu crevé. Leur voiture forcée de s'arrêter. Moi sauter de la voiture. Camion de police française tout près. J'ai raconté mon histoire chez commissariat et demande d'asile politique. Je loge chez amis russes émigrés à Paris.

— Quelle histoire ! J'ai été stupéfait et triste quand j'ai vu que tu n'étais plus là et que tout était sens dessus-dessous dans mon appartement. Ils ont volé les lettres de mon collègue américain, le professeur Wiener. C'est la seule chose qui ait disparu.

— Je suis heureuse retrouver toi et remercier pour accueil. Désolée pour disparition des lettres.

Svetlana lui explique qu'elle va bientôt avoir un permis de séjour provisoire et que donc pour l'instant elle peut rester en France. Elle ne veut pas abandonner les Mathématiques et voudrait continuer son travail de thèse.

Elle revient sur son sujet de recherches, lui parle de ses développements les plus récents depuis qu'ils se sont quittés à Moscou, il y a trois mois.

Peut-être John pourrait-il l'aider à trouver un laboratoire de recherche pour l'accueillir ? John lui demande si elle a de quoi vivre. Svetlana ne lui demande pas d'argent. La communauté russe de Paris prend soin d'elle, au moins pour quelques semaines.

John est tellement content de la revoir que, si elle lui avait demandé des sous, il n'aurait pas hésité une seconde à lui en donner. Au moment de se quitter, John s'enquiert de son adresse pour pouvoir la contacter. Elle n'en a pas encore mais elle lui propose un rendez-vous :

— Possible de se voir ici, dans une semaine ? Je devrais avoir réponse pour permis provisoire. Ou bien si on demande à moi témoignage. Tu veux bien faire témoin ?

— Tu voudrais que je raconte ce qui s'est passé quand tu étais chez moi ?

— Oui juste dire qu'on se connaît par Mathématiques et que tu m'avais donné adresse à Paris. Pas parler notre rencontre à Moscou. D'accord ?

— Oui, d'accord pour tout.

— Alors on se voit ici même café, même jour, heure, semaine prochaine.

C'est Svetlana qui sort la première et laisse John sur un petit nuage, réfléchissant déjà à la meilleure manière de lui trouver quelqu'un pour encadrer ses travaux et favoriser son insertion en France.

Le lendemain, John a rendez-vous avec son patron au Collège de France, le mathématicien Szolem Mandelbrojt, pour lui parler de Svetlana qui cherche une insertion pour continuer ses travaux. John lui fait un résumé de son arrivée en France. Il a peur qu'un statut de réfugié politique ne plaise pas à son patron, mais celui-ci, émigré lui-même, originaire de Pologne, apparaît surtout intéressé par les capacités de mathématicienne de la jeune femme :

— Vous me dîtes qu'en Union Soviétique, elle travaillait avec Kolmorov. Ce n'est pas n'importe quel collègue ! C'est tout de même un des mathématiciens actuels les plus éminents ! Elle doit être compétente. Le mieux serait qu'elle vienne à l'essai quelques semaines.

— Mais qui pourrait l'encadrer et l'évaluer à votre avis ?

— Quelles langues parle-t-elle ?

— Le russe bien sûr. En anglais, elle saisit ce qu'on lui dit. Quand elle parle, elle fait beaucoup de fautes mais on la comprend.

— Alors, vous pourriez peut-être vous-mêmes suivre ses travaux. Vous la connaissez et ses centres d'intérêt actuels, d'après ce que vous me dites, ne sont pas très éloignés des vôtres. Essayez de l'orienter vers les approches de Wiener qui vous captivent aussi. C'est important pour notre labo.

John n'avait pas osé faire lui-même cette proposition qu'il accepte instantanément :

— Oui je veux bien m'occuper d'elle. Donc je peux lui dire de venir au laboratoire dès la semaine prochaine ? Mais sur un plan pratique, où peut-on l'installer ?

— Voyez cela avec Jeanne, notre secrétaire, quand votre protégée va arriver. Et présentez-là moi pour que je l'accueille et fasse sa connaissance.

Svetlana est ponctuelle au rendez-vous qu'elle a donné à John. Celui-ci s'est arrangé pour avoir quelques minutes d'avance et s'est assis à une place d'où il peut voir les personnes qui rentrent dans le café. Quant Svetlana arrive, il la trouve quelque peu transformée. Plus de fichu, ni de lunettes noires mais une tenue moderne avec une robe blanche assez courte au genou, une ceinture soulignant la finesse de sa taille et des socquettes bleues. Svetlana est vraiment mignonne dans ses nouveaux habits et John ne se prive pas de lui dire. Svetlana rentre sans attendre dans le vif du sujet :

— J'ai obtenu permis de séjour provisoire. Je dois plus me cacher maintenant.

— Et moi, j'ai vu le directeur de mon laboratoire au Collège de France qui est tout à fait d'accord pour te prendre à l'essai et il m'a demandé de suivre tes travaux actuels. Tu es d'accord ?

— Magnifique. Collège de France a bonne réputation et je suis heureuse de travailler avec toi. Je peux commencer quand ?

— Dans trois jours ce serait bien. Il faut que je vois la secrétaire pour te trouver un bureau. Les horaires sont très libres, mais on est beaucoup à arriver vers 9 heures.

— Vers 9 heures, c'est bien pour moi. J'habite rue Saint Charles chez Russes émigrés, quinzième arrondissement. Beaucoup de Russes là.

John lui donne rendez-vous devant la porte d'entrée du Collège de France, place Marcelin Berthelot. Avant sa venue, il s'occupe de lui trouver un bureau dans son laboratoire, ce qui n'est pas très facile en raison de l'arrivée de plusieurs autres collègues. Finalement, la seule solution est d'ajouter une table et une chaise, dans le bureau de Mariette, une jeune mathématicienne belge enchantée de la perspective de ne plus être seule.

Pendant la première matinée de présence de Svetlana, John la présente à ses collègues. Svetlana s'est habillée sobrement mais a pris soin de se maquiller légèrement yeux et lèvres ce qui la rend très féminine dans ce monde où prédominent les hommes. Beaucoup parlent anglais et comprennent ce qu'elle dit. Deux scientifiques, émigrés russes, apprécient de pouvoir utiliser leur langue maternelle avec elle. Le directeur du laboratoire la reçoit longuement et la fait parler de ses travaux avec Kolmorov et de ses centres d'intérêt et perspectives. Il est surpris mais satisfait de voir qu'elle connaît certains travaux de Norbert Wiener et qu'elle est au courant de l'existence des conférences Macy.

John lui propose de l'aider à découvrir Paris et ses environs. Le Dimanche suivant son arrivée au Collège de France, ils vont ensemble jusqu'à Joinville-le-Pont, flâner sur les bords de Marne. La guinguette « chez Gégène » a survécu à la guerre et ils y rentrent. Après le déjeuner dans cet établissement et quelques verres de Bordeaux, Svetlana et John vont sur la piste de danse et valsent au son de l'accordéon. Ils rient beaucoup et se regardent radieux, les yeux dans les yeux. Ils reviennent sur Paris en milieu d'après-midi. Au moment de se séparer, John propose à Svetlana de venir prendre un goûter chez lui. Elle accepte en lui souriant. Silencieux, ils montent ensemble l'escalier qui mènent à l'appartement de John après avoir acheté deux éclairs au chocolat dans une pâtisserie. John gravit les marches derrière Svetlana dont les formes et la démarche ne le laissent pas insensible. Arrivés chez lui, il s'enquiert de son humeur :

— Ce n'est pas trop pénible de revenir chez moi après ce qui t'est arrivé ici ?

— Chez toi, j'ai eu bons et mauvais moments. Bons c'était début liberté et mauvais c'était enlèvement. Il faut oublier les mauvais.

John prépare un thé pour son amie. Ils ont dansé et marché dans Joinville et les pâtisseries sont les bienvenues. Svetlana a beaucoup aimé leur promenade sur les bord de Marne. Très enthousiaste, elle lui dit qu'elle aimerait y retourner. John lui propose d'aller voir les rives de Nogent la semaine prochaine puis il pose sa tasse, se lève, va vers elle, lui prend la main et rapproche ses lèvres des siennes. Svetlana lui dit doucement :

— John très charmant mais pas aller trop vite. Parler, se connaître mieux d'abord, tu veux bien ?

John est étonné et frustré car il avait eu l'impression à Moscou que Svetlana était une fille facile quand ils s'étaient retrouvés l'un contre l'autre, se donnant du plaisir, alors que Kolmorov était à proximité. Svetlana comprend ce qu'il ressent et lui explique :

— A Moscou, on avait peur au début et après plus peur, détente. On pensait jamais se revoir. C'était particulier. Pas mon habitude. Tu comprends ?

Cette réponse plaît à John. Bizarrement c'est avec délice qu'il observe la métamorphose de Svetlana en une jolie jeune femme plus sage et avisée que ce qu'il ne pensait.

— Je comprends ce que tu dis. Tu as raison. Ce n'est pas romantique d'aller trop vite. Moi aussi j'ai envie de mieux te connaître. Tu crois que je peux te plaire ?

— On connaît pas l'avenir. Il faut découvrir.

Cette dernière phrase de Svetlana n'est pas très claire et laisse John perplexe. Mais il n'empêche que sa conclusion « Il faut découvrir » est porteuse d'espoir !

Svetlana regarde sa montre et signifie à John qu'il est temps pour elle de rentrer dans son quinzième arrondissement faire un peu de lessive et de repassage. Ils se font une bise sur chaque joue. Dans son anglais approximatif, Svetlana le remercie encore pour les moments passés ensemble, et le félicite pour son talent de valseur.

John trouve Svetlana de plus en plus attirante. Une bonne mathématicienne, une jolie femme surprenante voire mystérieuse et surement une bonne amante. John aimerait être devin pour savoir tout de suite comment leur relation va évoluer mais il lui faut attendre.

69
PARIS ET BRETAGNE, FRANCE, SEPTEMBRE 1947

Rentré de Bretagne après son séjour à Saint-Philibert, Phil est perplexe et triste car il ne sait pas quoi faire vis-à-vis de Peggy et des jumeaux qu'il n'a même pas pu apercevoir. Il pense à Victoria dans son ciel et aimerait qu'elle puisse lui indiquer la marche à suivre.

Phil décide d'aller consulter un avocat, mais pas n'importe lequel. Il sait que sa situation est compliquée et il lui faut un avocat spécialisé en droit de la famille. C'est la première fois de sa vie qu'il a recours à un homme de loi. Phil prend rendez-vous avec Maître Fagon, avenue de Breteuil. Plusieurs avocats travaillent ensemble dans ce cabinet proche de chez lui. Maître Fagon affiche des compétences en matière de paternité. C'est un homme d'une soixantaine d'années, avec une solide expérience derrière lui. Son timbre de voix et son côté simple et compréhensif plaisent d'emblée à Phil qui lui raconte son histoire avec précision. Maître Fagon prend des notes tout au long de l'exposé et s'exprime après avoir longuement réfléchi :

— Mon général, la situation que vous m'avez décrite est complexe. Vous êtes français. La maman de vos jumeaux était anglaise et elle était mariée. Vos jumeaux ont été déclarés comme étant les enfants de Madame Victoria Miller et de son mari, le colonel Miller qui est décédé avant leur naissance. Ils sont anglais. Leur maman est ensuite décédée et ils ont été adoptés par une anglaise, cousine de Madame Miller. Je vous crois tout à fait quand vous me dîtes que vous êtes le père de ces jumeaux mais le problème est qu'un homme de loi anglais n'aura aucune raison de penser que le mari de votre amante, le colonel Miller, n'en est pas le père. De plus, les lois ne sont pas les mêmes en France et en Angleterre. Je préfère vous revoir dans quelques jours. Entretemps je vais consulter un confrère britannique afin de vous donner un avis sérieusement étayé.

Phil, satisfait d'être traité avec sérieux, trouve Maître Fagon fiable et sympathique, et ce d'autant plus que celui-ci, à aucun moment, n'a mis en doute le fait qu'il est le père des jumeaux.

Avant de partir, Phil en vient à des considérations plus pratiques :

— Maître, pouvez-vous me dire quels seront vos honoraires ?

— Mon général, pour l'instant je ne vous demande pas d'argent. Il faut d'abord déterminer si vous avez des possibilités de recours. Si vous êtes amené à entamer des procédures, nous reparlerons d'argent à ce moment-là.

Phil quitte Maître Fagon sur ces entrefaites. Il a compris toute la difficulté de sa démarche et n'est plus très optimiste quant à son dénouement. Ils doivent se revoir dans cinq jours.

Un soir, Phil emmène dîner John au restaurant La Coupole à Montparnasse pour lui raconter son voyage en Bretagne. Ses yeux se remplissent de larmes quand il parle des jumeaux manqués de peu. John essaie de le réconforter :

— Vous allez voir Phil, votre avocat va sous proposer des solutions. Ne soyez pas pessimiste !

— Oui mais le temps passe. Mes jumeaux s'habituent à Peggy. Elle a pris soin d'eux depuis leur naissance. C'est ma faute aussi. J'aurais dû aller plus tôt à Reading pour prendre des nouvelles. Si j'essaie de lancer une procédure maintenant et si j'obtiens des résultats à mon avantage, ce ne sera pas avant au moins deux ans. Les enfants auront quatre ans voire plus. Ils seront complètement perturbés.

John change de conversation pour essayer de distraire son ami et lui raconte ses aventures avec Svetlana. Phil l'écoute amusé :

— Cette Svetlana vous fait vivre un véritable roman d'espionnage. Mais faîtes attention tout de même à ce qu'elle ne soit pas une espionne russe ou un agent double. C'est tout de même bizarre son histoire d'évasion ! Vous ne trouvez pas ?

— Mais si c'était le cas, pourquoi serait-elle venue me retrouver ? Des lettres confidentielles du professeur Wiener ont disparu. C'est ce que les russes devaient rechercher. Non je crois vraiment que Svetlana a fui une dictature comme beaucoup de Russes qui vivent en France ou aux Etats-Unis, et qu'elle s'efforce maintenant de trouver un laboratoire d'accueil pour finir son travail de thèse.

John revient ensuite aux jumeaux :

— Si vous arrivez à récupérer les jumeaux, qui va s'en occuper au quotidien ? Votre maman n'est plus toute jeune et vous m'avez dit qu'elle allait se remarier. Vos grands enfants vont partir vivre leur vie.

Vous-même, vous allez sans doute tomber de nouveau amoureux et vous remarier. Est-ce que vous allez dire à votre future femme que vous avez deux très jeunes enfants, élevés jusqu'à maintenant par une dame qui les a adoptés, que vous allez peut être les récupérer et qu'il faudra qu'elle s'en occupe, en plus des enfants que vous aurez sans doute ensemble ? Tout ceci va lui faire peur, vous ne pensez pas ? Et votre réputation de général ? Votre histoire risque de se répandre !

— Oui, vous avez raison de soulever ces problèmes ! Mais est-il normal que des gens s'approprient vos enfants et qu'on les laisse faire sans réagir ?

— Ils sont coupables, c'est sûr mais peut-être faut-il penser d'abord à l'intérêt des enfants ?

Cette dernière phrase laisse Phil songeur.

Quand il revoit son avocat quelques jours plus tard, celui-ci n'y va pas par quatre chemins et lui fait une synthèse rapide et percutante de la situation :

— Mon général, j'ai consulté un collègue anglais. Nos conclusions sont identiques. Il vous est impossible en l'état de prouver que vous êtes le père de vos jumeaux. Il n'existe pas de test biologique fiable vous permettant d'établir votre paternité. Je vous déconseille de vous lancer dans une procédure qui n'aurait aucune chance d'aboutir et va vous occasionner des frais importants.

Phil s'attendait à ces conclusions et il n'est pas vraiment surpris de ce que lui dit Maître Fagon. Il doit donc maintenant considérer que la récupération de ses enfants n'est pas envisageable et d'une certaine manière cela l'apaise. En effet ce n'est pas lui qui prend cette décision de ne pas aller plus loin mais ce sont le hasard des évènements et la législation qui l'obligent à s'en tenir là. Néanmoins, il éprouve le besoin de voir ce que sont devenus ses enfants et veut aller trouver Peggy à Quimperlé pour s'expliquer au moins une fois avec elle.

Phil est présent à une réunion sur la base aérienne de Rennes le jeudi 18 septembre et il en profite pour se faire ensuite conduire à Lorient, où il trouve facilement une chambre dans un hôtel modeste près du port. Le matin, il attrape un bus qui l'emmène jusqu'à Quimperlé A la poste, il se renseigne auprès d'une employée très aimable qui lui transmet l'adresse de Monsieur et Madame Le Goff. Le nom est commun dans cette région mais l'adresse est la seule à être associée à Madame Peggy Porter. Vers onze heures du matin, Phil est en uniforme devant le portail d'une belle maison de ville, avec un jardin entouré d'un mur en granit. Il sonne à la porte d'entrée assez longuement, deux fois, jusqu'à percevoir des bruits de pas de qui se rapprochent. Phil fait en sorte ne pas être directement visible par la personne qui vient lui ouvrir. La porte s'entrouvre et Phil reconnaît la voix de Peggy :

— Oui, c'est pourquoi ?

Phil bloque la porte avec son pied et dit calmement :

— Bonjour Peggy. Je suis revenu vous voir. J'ai besoin de parler avec vous calmement. Laissez-moi entrer. Je ne vous veux aucun mal. J'ai des choses importantes à vous dire. Ensuite je ne vous embêterai plus, je vous le promets.

Peggy blanchit, mais elle est impressionnée par le général Destivel. Elle n'ose pas essayer de lui claquer la porte au nez et le fait rentrer dans son salon. L'ambiance est tendue. Peggy est seule ; ses enfants sont en train de jouer dans le jardin. Phil lui explique le sens de sa démarche :

— Je n'ai aucun doute sur le fait que je suis le père d'Helen et George. Mais j'ai consulté un avocat qui a lui-même pris conseil d'un collègue anglais. Leur conclusion est sans appel. Il m'est impossible de prouver ma paternité. Je ne me lancerai donc pas dans des procédures qui n'aboutiront à rien. Cela doit vous rassurer. Vous pouvez dormir sur vos deux oreilles et continuer à élever les jumeaux. Je sais que vous les aimez et qu'ils trouveront de l'affection auprès de vous et de votre mari. Mais j'ai une question à vous poser et deux requêtes à vous faire. Pourquoi avez-vous adopté ces enfants ? Répondez franchement. C'est important pour moi de comprendre. Vous allez sans doute, vous-mêmes, avoir des enfants avec votre mari. Pourquoi vous êtes-vous lancés dans une adoption qui n'était pas nécessaire ?

Peggy réfléchit quelques instants avant de répondre puis s'explique posément :

— J'ai parlé avec mes parents de la situation. Ils m'ont convaincu que ce serait très gênant pour la famille et pour les enfants, plus tard, qu'on sache qu'ils ne sont pas du Colonel Miller, le mari de Victoria. D'autre part, avant de me marier, j'ai consulté un gynécologue qui m'a expliqué qu'ayant eu à l'adolescence une tuberculose génitale, j'étais probablement stérile. Cette nouvelle m'a déprimée mais m'a rendu totalement disponible pour continuer à m'occuper d'Helen et George. Mon mari était d'accord et nous nous sommes engagés dans cette adoption très rapidement.

— Je comprends. Je ne veux pas épiloguer mais j'ai encore deux demandes à vous faire. Je souhaite voir Helen et George quelques instants et je voudrais qu'une fois par an, vous m'envoyiez une lettre pour me raconter ce que ces enfants deviennent. Seriez-vous d'accord ? Ensuite je vous laisse tranquille. Je vous ferai part de mes changements d'adresse, si je suis amené à déménager.

— Je suis d'accord. D'ailleurs je vous comprends. Cette situation est très difficile pour tout le monde. Attendez-moi ici, je vais chercher les enfants .

— Ne les dérangez-pas. Nous pouvons les rejoindre dans votre jardin.

Tous les deux se lèvent. Phil aperçoit Helen et George en train de jouer au ballon à l'ombre sous un pin. Ils ont plus de deux ans maintenant et sont blonds tous les deux. Les cheveux d'Helen sont rehaussés de reflets roux. George est un peu plus grand qu'elle.

— Ils s'entendent bien et sont inséparables ajoute timidement Peggy.

Phil s'approche d'eux et leur dit :

— Vous avez beaucoup grandi. Je vous ai connus quand vous étiez bébé. Vous voulez-bien que je joue un peu avec vous ?

La scène est surréaliste. Le général Destivel, en uniforme, joue au ballon avec ses jumeaux qu'ils ne reverra peut-être jamais plus. Il ne peut s'empêcher de penser à ses deux autres enfants, Paul et Claire, avec qui il s'amusait souvent, pendant les vacances d'été, sur les plages de Vendée. Phil sent que cette séquence de doit pas durer longtemps car la séparation risque de devenir trop cruelle pour lui. Quand il y met fin après une dizaine de minutes, il regarde longuement ses enfants, tous les deux aussi beaux que leur maman et leur souhaite le meilleur pour leur vie. Puis il quitte Peggy après lui avoir dit :

— Donnez-moi des nouvelles d'Helen et George chaque année. Si vous ou votre mari aviez des ennuis de santé ou d'argent, n'oubliez pas que je suis là et que je pourrais vous venir en aide. Je ne veux que le bien de ces enfants. C'est la destinée qui me force à me séparer d'eux. Mais jamais je ne les oublierai !

Après les avoir quittés, Phil se change dans les toilettes d'un café. Il se met en vêtements civils puis trouve un autocar qui l'emmène jusqu'à Auray. Là il va consulter le notaire en charge de la vente de la petite ferme qu'il avait aperçue dans un hameau de la commune de Saint-Philibert. Le village a beaucoup de charme et le prix est très modéré.

Le notaire l'emmène en voiture visiter l'intérieur de la ferme. Elle n'est pas habitable en l'état. Des travaux sont nécessaires mais les deux bâtiments sont solides et la charpente en bon état. On peut aller à pied jusqu'aux plages de Kerneveste et Men er Beleg. Il faudrait agrandir certaines fenêtres, installer une cuisine, une salle d'eau et des toilettes. Ce n'est pas pour maintenant. Mais Phil pense que disposer d'un lien avec la Bretagne pour plus tard, pourra lui permettre d'apercevoir Helen et George pendant des périodes de vacances. C'est le moins qu'il puisse faire pour continuer à veiller sur eux. Phil se déclare acquéreur et demande au notaire de finaliser la vente par correspondance.

Dans le train qui le ramène sur Paris, Phil raconte dans sa tête à Victoria ce qu'il vient de faire pendant ces deux jours. Il n'a pas trouvé de solution pour faire reconnaître sa paternité mais continuera à veiller sur les enfants. Il vérifiera qu'ils ne manquent de rien et continuent à grandir et s'épanouir. Il lui raconte son achat d'une vieille ferme à Saint-Philibert et lui dit regretter de ne pas avoir été avec elle au moment de cette acquisition. L'espace d'un instant, il s'imagine marié avec Victoria, accompagné d'Helen et George et sa gorge se serre.

Mais la réalité est différente. Un contrôleur vient vérifier son billet de train et le ramène à sa vraie vie. Il n'est plus dans le flou. Des décisions ont été prises. Même si c'est très difficile pour lui, le problème des jumeaux est maintenant réglé et il se sent libre d'organiser son propre avenir.

70
REGION PARISIENNE, FRANCE, SEPTEMBRE 1947

Maggy et Fernand doivent téléphoner ce matin à Monsieur Dury, leur détective, pour faire le point. Chez Phil où vit Maggy, le téléphone est installé mais il est hors de question pour elle qu'une oreille indiscrète puisse entendre le moindre brin de la conversation qu'ils vont avoir. Maggy et Fernand se rendent à l'heure dite dans un bureau de poste de Saint-Maur-des-Fossés. Maggy a insisté pour que ce soit elle qui parle avec le détective. Fernand tiendra l'écouteur et participera à la conversation si cela s'avère nécessaire.

Dans la poste, Maggy et Fernand se tiennent dans une petite cabine téléphonique bien isolée mais où il fait très chaud. Ils n'ont aucun mal à joindre Monsieur Dury qui, très cordialement, leur rend compte des résultats obtenus :

— Nous avons bien avancé sur votre problème car nous avons pu facilement discuter avec les parents de Sylviane. Ce sont des gens simples qui tiennent un café depuis longtemps dans le vieux Nice. Ils étaient au courant du mariage de leur fille, avec qui leurs relations ne semblent pas mauvaises, même s'ils ne se voient pas très souvent. Je leur ai expliqué la situation et lors de notre première réunion, ils m'ont promis de contacter leur fille qui vit en ce moment dans la région parisienne.

— Et vous avez pu les voir une deuxième fois ? demande Maggy, pressée de connaître la suite.

— Oui, nous avons eu un deuxième entretien. Les parents avaient pu parler à leur fille qui est un peu fofolle d'après eux ! Sylviane semble consentir au divorce mais elle tient absolument à rencontrer son mari, Monsieur Fernand, pour s'excuser de la peine qu'elle a pu lui faire et des soucis qu'elle lui a donnés. C'est notre agence qui organisera une réunion à Paris entre Madame Sylviane et Monsieur Fernand. J'assisterai personnellement à cette réunion et rédigerai un compromis réglant la séparation. Cela vous convient-il ?

Fernand prend le combiné pour répondre à Monsieur Dury :

— Si Sylviane est d'accord pour divorcer, pourquoi ne pas se voir, elle et moi, sans déranger personne ? Pourquoi devez-vous venir jusqu'à Paris ? Cela va générer des frais pour rien !

— Rassurez-vous, je vais organiser cette réunion un jour où je vais être en déplacement à Paris pour une autre affaire. Je facturerai uniquement mon temps sur place. Quant à ma présence, je pense qu'elle est vraiment souhaitable afin d'arriver à bien définir, sans ambiguïtés, les modalités de votre séparation.

Maggy reprend le combiné et donne son accord à Monsieur Dury, malgré les réticences de Fernand. Le détective conclut l'entretien en demandant à Fernand de lui envoyer un chèque de 50000 francs pour le travail fait et celui encore à réaliser avant et pendant la réunion. Dès réception du chèque, il informera Fernand par lettre du lieu et de la date de cette réunion.

— Quoi ? Combien ? Mais c'est énorme comme somme !

Maggy, très en colère, arrache de nouveau le combiné des mains de Fernand et conclut l'entretien :

— C'est parfait, Monsieur Dury. Fernand vous met, dès demain, un chèque au courrier.

Une fois la conversation terminée, Maggy, furieuse, dit à Fernand :

— Mais ce n'est pas si cher que ça et tu vas pouvoir enfin divorcer. C'est ce que tu veux, non ?

Fernand ne veut pas discuter et ne répond pas. Maggy continue :

— Et tu vas me faire le plaisir de rédiger ce chèque dès aujourd'hui ! On va aller le poster ensuite.

Ils marchent tous les deux, silencieux jusqu'à la maison de Fernand. Maggy continue à le traiter en petit garçon. Elle vérifie trois fois la rédaction du chèque et celle de l'enveloppe. Fernand a son air renfrogné. Maggy essaie de le rassurer :

— Tu vas voir. Tout va bien se passer. Tu te sentiras beaucoup mieux quand ton problème de divorce sera réglé.

Deux semaines plus tard, Fernand reçoit un courrier de l'agence Dury, accusant réception de son chèque et donnant le lieu et l'heure de la réunion prévue avec Sylviane. La réunion se tiendra à midi dans cinq jours chez un confrère, à l'agence Duluc. Maggy connaît bien cette agence à laquelle elle a déjà eu recours mais elle n'est pas très contente car il est mentionné que Monsieur Fernand doit venir seul afin de ne pas braquer Sylviane dont les réactions sont, d'après ses parents, difficiles à prévoir.

Le rendez-vous est à quinze heures. Maggy accompagne tout de même Fernand jusqu'à la porte de l'agence mais va l'attendre dans un café à proximité. Une heure se passe sans que Fernand ne pointe le bout de son nez. Après deux heures d'attente, Fernand revient de méchante humeur. Sylviane n'est pas venue au rendez-vous. Monsieur Dury était très surpris et lui a dit qu'il allait contacter ses parents à son retour à Nice. Il va tenir Fernand et Maggy au courant de la suite qu'il propose et demande à Fernand de lui téléphoner à Nice. Maggy est furieuse car la situation n'avance pas.

Trois jours plus tard, Monsieur Dury explique au téléphone que Sylviane est tombée malade et n'a pas pu les prévenir. Une crise d'appendicite qui a nécessité une opération en urgence ! Il va falloir attendre un peu avant d'organiser une nouvelle réunion. Monsieur Dury va charger son collègue Duluc de traiter l'affaire sur Paris.

Dix jours plus tard, une nouvelle réunion est organisée. Cette fois-ci Sylviane est ponctuelle. Elle ne s'éternise pas en excuses auprès de Fernand et a d'autres préoccupations :

— J'accepte de divorcer mais il me faut une indemnisation. Je sais que tu as de l'argent. Donne-moi cinq millions de francs[11] et c'est d'accord !

— Mais c'est toi qui es partie ! Pourquoi est-ce-que je te donnerais de l'argent ? C'est incroyable ! Tu veux me plumer !

— Je ne suis plus une jeune fille ! Mes ressources sont limitées. Je ne sais pas si je vais trouver un homme pour me remarier. Mais si tu ne veux pas, on n'est pas obligé de divorcer. C'est à toi de choisir !

Monsieur Duluc interrompt la discussion et propose de faire une pause. Il emmène Fernand dans une pièce adjacente afin d'être plus à l'aise pour préparer une éventuelle négociation :

— Je dois dire que je m'attendais à ce genre de comportement : un mariage avec un homme plus âgé, une séparation et une demande d'argent. C'est classique. Il faut essayer de négocier. Je ne connais pas l'étendue de vos avoirs. C'est à vous de faire vos calculs. Mais elle refusera surement de divorcer si vous ne lui donnez pas quelque chose. Si vous pouviez lui verser la moitié de ce qu'elle demande, proposez-lui deux millions francs ; ça vous donnera une petite marge de négociation.

— Mais je ne suis pas riche. Ce qu'elle demande, c'est la moitié de

---

[11] *Environ 400 000 euros actuels*

mes économies. Non ce n'est pas possible ! Elle sait bien que je ne suis pas Crésus. Je vais lui proposer un million de francs, pas un sous de plus.

Monsieur Duluc réunit tout le monde pour que la discussion reprenne. Fernand fait sa proposition :

— Sylviane, tu sais bien que mes économies sont modestes et que ma retraite n'est pas énorme. Je te propose un million de francs mais pas plus !

— Un million de francs. Je rêve ! Un million de francs alors que je te demande cinq millions mais c'est ridicule ! Tu te fiches de moi ! Je ne suis pas du tout d'accord. Je ne peux pas m'en sortir avec cette somme. Tu ne vas pas t'en tirer comme ça ! Je veux bien descendre à quatre millions mais pas plus bas. Qu'est-ce-que tu es radin ! Mais ça, je ne le découvre pas, je le savais depuis longtemps ! Il faut toujours se battre avec toi pour te faire dépenser un centime !

Sylviane se lève, furieuse. Elle menace Fernand, lui dit qu'il a intérêt à changer d'avis et lui donne un numéro de téléphone où la joindre le matin tôt, quand il se sera décidé. Fernand est ulcéré de son comportement. Monsieur Duluc lève les bras au ciel, clamant qu'il ne peut rien faire. La réunion tourne court. Une fois Sylviane partie, il conseille à Fernand d'aller voir un avocat.

Fernand, furieux et penaud à la fois, va retrouver Maggy et lui raconte en détail ce qui s'est passé. Maggy est profondément irritée par ce qu'elle entend mais elle ne sait quel conseil lui prodiguer. Elle a envie que Fernand divorce le plus vite possible mais elle ne souhaite pas que cela l'appauvrisse car elle risquerait elle-même d'en pâtir si elle épousait Fernand. Elle finit par lui recommander elle aussi d'aller voir un avocat.

De son côté, elle commence à douter de la réalité de son futur mariage remis aux calendes grecs. Mais « motus et bouche cousue » ! Elle ne va parler à personne de cette histoire sordide et surtout pas à son fils. Elle va continuer à se déclarer bientôt partante de l'appartement de la rue Lecourbe.

71
PARIS, FRANCE, OCTOBRE 1947

Françoise Dumaine a été bien occupée par plusieurs allers et retours Paris-Morleau en train, qui lui ont permis de ramener ses derniers lingots et bijoux, maintenant en sécurité et à l'abri des regards indiscrets dans le coffre-fort de sa banque. La solution que lui avait suggérée Wilhelm pour faire fructifier ses avoirs était astucieuse mais risquée. Elle n'a dorénavant plus qu'à espérer une montée des cours des métaux précieux pour que ses richesses prospèrent.

La fin de l'épopée des lingots l'a apaisée mais son humeur est plutôt triste car du côté de Phil, c'est le silence absolu. Il n'est pas passé à l'association « les Ailes Brisées » quand elle y était. Il ne lui a pas écrit. Voici près d'un mois qu'elle attend de ses nouvelles.

Aujourd'hui elle est décidée à lui demander par lettre si tout va bien pour lui et s'il n'y a pas de problèmes de santé dans sa famille. Elle prend sa plus belle plume et rédige la courte lettre suivante :

Très cher Phil,
Je ne veux surtout pas t'importuner mais je suis inquiète de ton silence.
J'espère qu'il ne t'est rien arrivé de fâcheux à toi ou à des membres de ta famille.
Mais peut-être me fais-je du souci à tort ? Je sais que tes activités
professionnelles t'amènent à des déplacements à l'étranger et te rendent
indisponibles pour tes amis. Rassure-moi si tu en as le temps.
Avec mes plus affectueuses pensées
Françoise Dumaine

Pendant que son amie rédige cette lettre, Phil de son côté est dans son bureau, en train de méditer en pensant aux modifications probables du Ministère de l'air, qui sont en train de couver. Des regroupements sont envisagés pour créer un grand ministère des forces armées qui doit réunir en une seule entité armée de terre, de l'air, marine et armement. Le ministre de l'air actuel André Maroselli, qui a succédé en janvier au communiste Charles Tillon, y est favorable. Sa réflexion est interrompue quand on vient lui apporter son courrier du jour. Les lettres qu'il reçoit des différentes bases aériennes situées outre-mer sont nombreuses : des demandes d'avis sur l'organisation des aérodromes, des informations sur les avions en panne et les solutions à y apporter, des plaintes concernant la vétusté de certains hangars.

La dernière lettre qu'il consulte est différente car il s'agit d'une invitation pour deux personnes au Bal des Petits Lits Blancs qui se tiendra à la fin du mois à l'Opéra de Paris. Ce bal est donné au profit des enfants victimes de la guerre. Il a été créé par le journaliste Léon Bailby en 1918 et a lieu chaque année mais il a été interrompu par les hostilités. C'est Marcel Dassault, le constructeur d'avion Bloch, qui lui envoie ces deux places fort onéreuses. Marcel n'hésite pas à choyer autant qu'il le peut les généraux de l'armée de l'air.

Cette invitation fait plaisir à Phil. D'emblée il pense à son amie Françoise pour l'y accompagner. Il l'a négligée, ces derniers temps, perturbé par les démarches liées à ses jumeaux. Revenu chez lui le soir, il lui écrit :

Chère Françoise,
J'ai été silencieux ces derniers temps ayant eu une série de problèmes à régler et suis maintenant plus disponible.
Je viens de recevoir deux invitations pour un bal le samedi 24 octobre prochain à partir de 23h (tenue de soirée de rigueur)
Ce bal est donné au profit des enfants victimes de la guerre. Accepterais-tu de m'y accompagner ? Je serais très heureux de t'avoir pour cavalière. Dis-moi ce que tu en penses…

Françoise reçoit cette lettre deux jours plus tard. Une invitation de Phil à un bal en tenue de soirée ! Elle n'en croit pas ses yeux ! Elle est d'autant plus contente qu'il lui a envoyé cette lettre avant d'avoir reçu la sienne. Phil ne donne pas de détails sur ce bal mais la perspective de mondanités parisiennes la rend toute excitée après ces années passées en Algérie et en Bourgogne. Sa réponse ne tarde pas et elle lui écrit qu'elle sera tout à fait heureuse et flattée de l'accompagner.

Françoise se met en quête d'une robe de bal. Une couturière, près de chez elle, lui présente plusieurs modèles dont un lui plaît particulièrement. Elle choisit une robe en soie qui souligne sa taille et dont le haut est en forme de bustier. En octobre on peut avoir froid mais Françoise possède une étole en vison gris qui fera l'affaire pour la réchauffer si besoin.

Le général Destivel, conduit par son chauffeur, vient la chercher à 22 heures 30, le 24 octobre à son domicile, rue Bonaparte. Quand elle lui ouvre la porte, il la trouve éblouissante, les épaules nues dans sa robe longue en soie. Lui-même est en tenue de soirée de l'armée de l'air avec chemise à col cassé, nœud papillon blanc et veste courte. Ses principales décorations en taille réduite sont colorées : rosette de la légion d'honneur, croix de guerre, médaille militaire et la dernière, reçue récemment et qu'il affectionne particulièrement, celle d'*Officer of the British Empire (OBE)*.

Phil est vraiment émerveillé de la voir ainsi métamorphosée en star d'Hollywood, dans la beauté de ses trente-quatre ans. Il la contempler sans parler pendant quelques instants et c'est Françoise qui fait les compliments la première :

— Oh Phil, quelle classe tu as ! Ta tenue de soirée te vas à merveille, bravo !

— Et toi tu es ravissante dans cette robe en soie qui laisse tes épaules à nu. J'en suis troublé, tu sais ! ajoute-t-il.

Dans la voiture, Françoise lui dit :

— Je ne sais pas où nous allons. Tu ne me l'as pas dit. C'est une surprise ?

— On ne va pas très loin mais oui, c'est une surprise ! Tu ne devrais pas être déçue !

Le chauffeur passe devant le Palais royal et continue en direction de l'Opéra. De nombreuses voitures de maître laissent, en bas de l'escalier, des hommes en smoking et des femmes en robes longues, rivalisant d'élégance et d'originalité. Françoise et Phil doivent patienter un peu car tout le monde arrive au même moment. Ils aperçoivent devant eux Vincent Auriol, le président de la République et son épouse, descendant de leur véhicule. Leur tour vient enfin de quitter leur voiture ; un homme en livrée leur ouvre la portière. Françoise, un peu en retrait derrière Phil, monte les marches de l'escalier au milieu de gardes républicains en grand uniforme avec leur sabre tenu vertical devant eux.

En haut de l'escalier, Phil reçoit deux programmes de la soirée, en fait deux livres luxueux avec inscrit sur la couverture « Bal des Petits Lits Blancs 1947 ». Les programmes contiennent une étiquette de participation à une tombola où chacun gagne un lot. Françoise a entendu parler, avant-guerre, de ce bal qui réunit le tout Paris ainsi que de nombreuses vedettes étrangères qui font le déplacement pour la circonstance. Une aubaine pour une provinciale qui n'a jamais vécu à Paris avant de s'y installer, il y a moins d'un an. Elle est émerveillée.

On les conduit à une table réservée où ils peuvent se désaltérer en achetant des boissons dont le prix élevé vient alimenter les caisses de l'association Revivre, un groupement de solidarité pour les orphelins de la Résistance. Phil commande une bouteille de champagne Taittinger à 5000 francs.

Sur le programme, ils découvrent qu'un spectacle précède le bal. Lorsque le Champagne leur est servi, ils lèvent leur flute et Phil s'exprime le premier :

— A tous ces enfants qui ont souffert de la guerre. A tes enfants qui ont perdu leur père durant une mission. A notre avenir à nous !

Françoise continue :

— Oui ! Que jamais une telle guerre ne se reproduise et laisse tant d'enfants meurtris ! Et que tous les deux, nous retrouvions le bonheur !

Phil puis Françoise sont quelque peu ambigus dans la dernière phrase qu'ils prononcent, mais aucun n'en fait la remarque. Le Champagne est délicieux et un grand bien-être les envahit.

Le spectacle se tient en hauteur sur le « pont d'argent », un édifice construit sur la scène de l'opéra spécialement pour ce bal. Tous peuvent ainsi profiter du spectacle qui commence par la Manécanterie des Petits Chanteurs à la Croix de Bois, dirigés par l'abbé Maillet. Puis se succèdent de nombreux chanteurs, acteurs, danseurs et humoristes dont Harry Pilcer venu tout droit de Broadway, le chansonnier Roger Nicolas, Germaine Montero qui chante en espagnol, André Dassary qui entonne Ramuntcho, son grand succès. Edith Piaf est avec les compagnons de la Chanson. Yves Montand équipé de chaussures de claquettes chante et danse à la fois. De nombreuses vedettes de cinéma défilent dont Rita Hayworth, José Iturbi, Trevor Howard. Les artistes des Folies Bergères donnent un ballet chinois très exotique. Un défilé de mode est assuré par des actrices de cinéma. La robe longue à fleurs de Martine Carol est très remarquée. Plusieurs orchestres viennent jouer. Henri Salvador chante avec son sextet, récemment créé.

Le spectacle, très varié, captive les spectateurs qui applaudissent fort et montrent leur enthousiasme. Des ouvreuses viennent proposer des billets pour les Jeux de la Fortune, où l'on peut gagner de très beaux lots, allant de la Citroën 11 légère à des caisses de Champagne Moët et Chandon en passant par des bijoux de Van Cleef et Arpel ou de Cartier. Phil achète un billet à 2500 francs et en fait cadeau à Françoise. Ils se déplacent jusqu'à un stand où le tirage au sort a lieu.

Françoise est aux anges lorsqu'elle prend connaissance de son lot et tout en riant dit à Phil :

— Je ne sais pas ce que tu vas penser de mon lot : un week-end pour deux personnes à l'hôtel Carlton à Cannes. Tu crois qu'on peut demander deux chambres si l'on est pas mariés ?

Phil rit mais ne lui répond pas. C'est la fin du spectacle et le début du bal commence par plusieurs valses. Phil emmène sa cavalière sur la piste. Ils évoluent avec élégance au son des orchestres qui se succèdent, serrés l'un contre l'autre. puis retournent se désaltérer avec ce qui leur reste de Champagne. Phil euphorique prend la main de Françoise, poussé par une pulsion qu'il ne contrôle pas et lui dit, s'approchant tout près de son visage :

— Peut-être n'aurons-nous besoin que d'une seule chambre à Cannes. Accepterais-tu de devenir ma femme ?

Françoise est tellement surprise qu'elle laisse quelques secondes se passer avant de répondre :

— Phil, tu es sérieux ? Tu es sûr que tu n'as pas peur de mes trois enfants ? Si tu es vraiment sérieux, alors mon cœur te dit oui tout de suite.

— Je suis tout ce qu'il y a de plus sincère. Tu feras une très charmante générale Destivel. Je suis comblé par ta réponse. Maintenant, retournons danser. J'ai très envie de te serrer contre moi.

Le bal terminé, Phil et Françoise se blottissent discrètement l'un contre l'autre, les mains enlacées, à l'arrière de leur voiture conduite par le chauffeur. Il est trois heures du matin, mais ils n'ont aucune envie de voir cette journée s'achever. Arrivés rue Bonaparte, Phil raccompagne Françoise jusqu'à la porte de son appartement.

D'habitude, quand ils vont au spectacle ensemble, leur séparation se conclut par deux bises sur les joues et un sourire d'au revoir. Ce soir Phil regarde Françoise dans les yeux et rapproche son visage du sien. Tout près de sa peau, il sent son parfum chypré qui exhale la rose. La lumière de l'escalier s'éteint. Ils ne rallument pas. L'obscurité les enveloppe ; leurs lèvres se rencontrent et leurs langues se parlent. Phil caresse le dos nu de Françoise sous son étole de fourrure et la serre contre lui. Leur baiser est long. Quand il se termine, Phil l'étreint et l'embrasse dans le cou. Ils sont comme deux adolescents qui se découvrent sans pouvoir trouver l'intimité souhaitée. Ils doivent se séparer et Phil lui murmure à l'oreille :

— Peut-on se voir Dimanche prochain, l'après-midi ?

— Dimanche prochain ? Oui, viens ici vers 15 heures si tu peux. Agnès veillera sur les enfants. On ira se promener sur les bords de Seine si tu veux bien. On a tant de choses à se dire maintenant !

— Très bien, ma si belle amie et future femme. A Dimanche !

Phil rentre chez lui sur un petit nuage, étourdi par la tournure d'évènements qu'il n'avait pas anticipés, mais sans regretter sa si soudaine décision.

72

PARIS, FRANCE, DEBUT NOVEMBRE 1947

John Luxley a envie de savoir quelles ont été les conclusions de l'avocat consulté par Phil pour déterminer si une procédure peut lui permettre de récupérer les jumeaux. L'Anglais a aussi des choses à lui raconter et aimerait avoir son avis sur certains points qui concernent Svetlana.

John invite Phil à dîner chez Polidor, l'un des plus vieux restaurants de Paris, rue Monsieur le Prince dans le 6ème arrondissement. Phil n'est encore jamais venu dans cet établissement dont la façade n'a pas changé, paraît-il, depuis le début du siècle. Ils prennent place à une grande table, où d'autres clients viennent aussi s'asseoir. Comme ils se parlent en anglais, le nombre de personnes capables de suivre leur conversation est limité. Heureusement, car ils ont des confidences à se faire ! Malgré les restrictions alimentaires toujours en vigueur, ils commandent, tous deux, un petit salé aux lentilles, arrosé d'un Brouilly. John ne veut pas se montrer inquisiteur et commence par parler de Svetlana :

— Phil, vous n'allez pas me croire mais la semaine dernière, mon amie Russe Svetlana qui continue sa thèse au Collège de France dans le laboratoire où je travaille, m'a demandé en mariage !

— Quoi ? Une femme vous a demandé en mariage. Je croyais que c'était un usage réservé aux Messieurs. Racontez-moi ça !

— C'est rapide à raconter ! Elle est venue dans mon bureau. On a commencé à papoter, à parler des collègues du laboratoire. Elle était bien habillée, avec un joli tailleur, charmante. Son chignon lui donnait beaucoup de classe. Porté par une bouffée d'affection ou d'amour, je lui ai pris la main et c'est à ce moment qu'elle m'a dit « Tu ne veux pas qu'on se marie et qu'on aille travailler aux Etats-Unis après ma thèse ? ». J'ai été vraiment surpris.

— Et qu'est-ce que vous lui avez répondu ?

— Je lui ai dit que c'était une bonne idée et que nous devrions y réfléchir. Je crois qu'effectivement je suis amoureux d'elle ! En fin d'après-midi, je lui ai proposé de monter chez moi pour trouver un peu d'intimité mais elle a gentiment refusé en me disant qu'on devait attendre d'être mariés pour avoir des rapports sexuels. Cela m'a étonné car en Russie on avait fait l'amour ensemble sans résistance de sa part ! Elle y avait même mis beaucoup d'entrain ! Il n'y a qu'avec vous Phil, que je peux parler de mes histoires de cœur ! Qu'est-ce que vous pensez de son attitude?

En son for intérieur, Phil pense que le comportement de Svetlana continue à être étrange. Il la soupçonne d'être un agent de l'Union Soviétique mais n'en est pas du tout sûr. Puisque son ami John en est amoureux, pourquoi le dissuader de se marier avec Svetlana ? De toute manière, il ne l'écoutera pas ! Dans ces conditions, Phil choisit de lui donner le conseil suivant :

— Les mathématiciens et mathématiciennes sont souvent des personnes étranges ! Laissez parler votre cœur et votre raison !

Cette suggestion n'est pas très claire mais plaît à John qui a surtout entendu « Laissez parler votre cœur ». John remercie Phil et change de sujet. Il lui demande où il en est avec les jumeaux et quelles ont été les conclusions de l'avocat. Phil ne répond pas tout de suite à sa question :

— John, j'ai une grande nouvelle. Je vais me remarier bientôt avec la veuve d'un capitaine d'aviation. Elle s'appelle Françoise Dumaine. Je la considérais comme une amie et je suis subitement tombé amoureux d'elle au cours d'un bal. Elle est belle, cultivée et possède une jolie maison en Bourgogne, presque un château. Pour moi c'est une nouvelle vie qui s'annonce. Je n'en pas encore parlé à mes enfants !

— La présence de Paul et Claire et aussi de votre maman ne lui fait pas peur ?

— Non, elle a elle-même trois enfants, plus jeunes que les miens. Le petit dernier a quatre ans. Nous avons séjourné une semaine cet été, tous réunis chez elle en Bourgogne. Une semaine sympathique et ça s'est très bien passé. Aucune dispute, beaucoup de rigolades.

— Vous allez être nombreux. Cinq enfants, vous deux et votre maman. Ça fait huit !

— Malgré son âge, ma mère va se remarier très prochainement et bien sûr, elle va nous quitter pour aller vivre avec son mari. Mes enfants, eux, sont grands. Ils vont bientôt voler de leurs propres ailes.

— Et les jumeaux ? Vous en êtes où, Phil, si je ne suis pas indiscret ?

— L'avocat m'a dit que je n'avais aucune chance de les récupérer. Je suis allé à Quimperlé en Bretagne près de Lorient. C'est là qu'ils habitent maintenant avec Peggy et son mari. J'ai pu les voir quelques minutes. Ils sont très beaux tous les deux et ont l'air heureux de vivre ; cela a été douloureux de les quitter à nouveau. J'ai pu parler aussi avec Peggy pour lui dire que j'abandonnais tout recours juridique. Je lui ai juste demandé de m'écrire une fois par an pour me donner de leurs nouvelles et elle a accepté. Voilà où j'en suis. Mais vous aviez raison. C'est sans doute mieux qu'ils restent avec Peggy.

— Et vous avez parlé des jumeaux à votre future épouse ?

— Non, je ne sais pas encore ce que je vais lui dire. Qu'est-ce que vous en pensez, John ?

John ne sait que lui conseiller et soulève d'autres problèmes:

— Je crois que c'est le mieux ou plutôt le moins mal de laisser les jumeaux à Peggy. Mais qui sera au courant de votre secret si vous n'en parlez pas à votre future épouse ?

— Vous uniquement John, personne d'autre !

John réfléchit un instant et fait des suggestions :

— Ça c'est ennuyeux. On ne sait jamais ce qui peut se passer. Peggy et son mari peuvent disparaître et moi aussi. Vous devriez rédiger un document racontant votre histoire et le laisser dans un coffre-fort avec marqué sur l'enveloppe « A n'ouvrir qu'après ma mort » vous ne croyez pas ?

— Oui, c'est une idée à considérer. Je vais y réfléchir. Mais j'ai autre chose à vous raconter. J'ai acheté une petite maison à retaper dans un hameau sur la commune de Saint-Philibert. J'ai appris que Peggy et son mari ont gardé leur demeure dans ce village. Plus tard, j'irai peut-être en vacances avec ma famille dans cette maison et j'apercevrai Helen et George sur la plage. Une triste consolation mais aussi un moyen de veiller sur eux !

John est étonné de l'achat. Il voit mal Phil en famille, rencontrant Peggy et les jumeaux sur la plage !

Le dimanche suivant, Phil est seul avec Maggy pour déjeuner, Paul et Claire ayant été invités par leurs grands-parents maternels. Phil trouve sa mère soucieuse depuis quelques temps. Elle ne lui parle plus de Françoise Dumaine alors qu'elle avait pris l'habitude de le faire pour le sonder depuis son séjour en Bourgogne. Elle a cessé de l'asticoter alors qu'elle revenait souvent sur la nécessité pour lui de se remarier avec une femme capable de tenir son rang d'épouse de général. Du coup, il a envie de lui faire plaisir, ce qui n'est pas toujours le cas :

— Maman, j'en profite puisque nous sommes tous les deux. J'ai une grande nouvelle. Devine ! Tu donnes ta langue au chat ? Et bien Françoise Dumaine et moi, nous avons décidé de nous marier. J'ai toujours eu l'impression que tu avais envie d'avoir Françoise comme belle-fille ! Tu es contente ?

Maggy est très contente pour son fils et le lui dit mais cette nouvelle la met au pied du mur. Elle va devoir parler de son propre mariage et de ses difficultés avec Fernand. Pour réfléchir à la meilleure attitude à avoir, elle a besoin d'en savoir plus :

— Votre mariage est pour quand ? Vous avez une date ?

— Par encore de date précise mais probablement pendant les vacances de Noël. Ça nous fait deux mois pour trouver un nouvel appartement à louer, un grand appartement avec au moins cinq chambres. On va être nombreux !

— Tu en as parlé aux enfants ?

— Non pas encore, je vais leur annoncer ce soir au dîner. Je crois que la nouvelle va leur plaire. Ils avaient apprécié leur séjour en Bourgogne et avaient bien sympathisé avec les enfants de Françoise, bien que ceux-ci soient plus jeunes.

Maggy est ravie du projet de remariage de son fils. Elle ne peut pas souhaiter mieux. Françoise ! Une femme dans la maturité ! Pas une femme qui gribouille des tableaux qui ne représentent rien ! Mais une femme qui connaît le milieu de l'armée de l'air et qui sait ce que c'est que d'élever des enfants. Une belle femme et presque une châtelaine qui saura tenir son rang de générale !

Le soir, pendant le dîner en famille, Phil, solennel prend la parole :

— Mes enfants, vous aviez apprécié votre séjour à Morleau chez Françoise Dumaine ?

Claire lui répond la première :

— Oui, c'était vraiment bien. Pourquoi ? Elle nous invite de nouveau ?

— Ça serait une bonne idée d'y aller pendant les vacances de Noël, poursuit Paul.

— Et bien, vous avez raison. On va y aller à Noël. Françoise et moi, nous sommes veuve et veuf et nous avons décidé de nous marier.

— Tu vas te remarier avec Françoise ! Je ne m'y attendais pas ! Mais c'est très bien ! Elle est gentille et sympathique. J'accepte de l'avoir pour belle-mère, enchaine Paul.

L'accueil de Claire est plus mitigé :

— Vous marier. Je croyais que vous étiez amis. Pourquoi, papa, veux-tu te remarier ? On est bien tous les quatre. Avec la guerre, on ne t'a pas vu beaucoup, tu as été absent pendant presque trois ans !

Maggy veut intervenir mais subitement Claire fond en larmes, quitte la table et va s'enfermer dans sa chambre. C'est comme une douche froide pour Phil qui n'a pas anticipé pareille réaction.

— Ne t'inquiète pas Phil, c'est normal. Ce n'est pas toujours facile d'accepter une belle-mère. Va discuter avec elle dans sa chambre après le repas. Explique lui que les hommes ont besoin de la présence d'une femme dans leur vie, ajoute Maggy, plus sensée que d'habitude.

La réaction de sa fille coupe l'appétit de Phil qui ne prend ni fromage, ni dessert et réfléchit à ce qu'il va dire à sa fille. Un peu plus tard, il va cogner à la porte de la chambre de Claire ; elle ne lui répond pas et ne vient pas lui ouvrir. Phil finit par retourner au salon après lui avoir crié à travers la porte :

— On discutera de tout cela demain puisque tu ne veux pas me recevoir. Bonne nuit Claire mais ne te fais pas de soucis, je suis sûr que tu apprécieras d'avoir Françoise comme belle-mère !

Claire, dans sa chambre, sort son journal intime et écrit :

Extraits du journal de Claire Destivel :

Mais quelle idée de vouloir se remarier ! Ce n'est plus du tout de son âge. Il se prend pour un jeune homme. Maman doit se retourner dans sa tombe ! Il nous a déjà laissés trois ans sous la garde de notre grand-mère et ce n'était pas très marrant.

Elles veulent toutes nous piquer notre père ces méchantes femmes. Que lui trouvent-t-elles d'abord ? Oui physiquement il est pas mal mais il est toujours dans ses histoires d'avion. Mais qu'elle sache bien Françoise que je vais lui en faire voir ! Ça va être la guerre !

Phil attend jusqu'au lendemain soir et reprend langue avec sa fille. Il lui explique :

— Je ne veux en aucune manière vous abandonner. Mais je suis encore jeune, j'ai quarante-trois ans. Votre maman est décédée il y a près de dix ans maintenant. J'ai besoin d'une compagne. Tu sais, toi, dans pas très longtemps, tu ressentiras le besoin d'avoir un compagnon dans ta vie. Tu te marieras et ce n'est pas parce que je vais me remarier que je ne vais plus m'intéresser à vous. Et puis toi et Paul vous allez voir, le temps passe vite et vous aurez bientôt envie de quitter la maison. Votre grand-mère aussi va se remarier avec Fernand. Elle va s'en aller. Moi j'ai des déplacements à l'étranger assez fréquemment. Dans ces moments-là vous serez bien mieux avec Françoise et ses enfants. Ce sera plus gai. Tu n'es pas d'accord ?

— Si ! je comprends, mais c'est douloureux pour moi Papa, ton remariage. Je n'y peux rien ! J'espère que j'arriverai à m'entendre avec ma belle-mère !

— Avec Françoise, on va peut-être faire des enfants, des demi-frères ou demi-sœurs pour toi. Ça ne t'amuserait pas de t'occuper d'un bébé ?

— Avoir un bébé à ton âge ! Tu ne vas pas me dire que vous allez faire l'amour ensemble, Dis ? C'est dégoûtant !

— Ah ma pauvre Claire, tu comprendras vite même si c'est un peu difficile pour toi en ce moment !

Quand il revoit Françoise, Phil lui raconte l'annonce de la grande nouvelle à ses enfants et lui dit que tous les deux ont applaudi. Pas un mot, pour l'instant, sur le comportement de Claire. Phil est convaincu que celle-ci va s'habituer à son remariage et que ce n'est pas la peine d'inquiéter sa future femme avec les états d'âme de sa fille.

73

PARIS, FRANCE, NOVEMBRE 1947

Françoise et Phil ont choisi de célébrer leur mariage en Bourgogne pendant les vacances de Noël. Ce sera dans l'intimité avec les témoins, les enfants et la famille proche. Françoise ne souhaite pas que la cérémonie ait lieu dans l'église de Morleau car c'est là que s'est tenu son premier mariage Le curé a vite compris le problème et lui a suggéré d'aller voir de sa part son collègue de Saint-Aubin à quelques kilomètres. Françoise adore l'église de ce village, avec son clocher roman très simple, son deuxième clocher très original et quelques tableaux et sculptures de qualité, à l'intérieur.

Les enfants de Françoise ont accueilli la nouvelle avec enthousiasme. Paul sera comme un grand-frère pour elle. Michel voit déjà en Phil un nouveau papa et Romain ne réalise pas bien ce qui se passe.

Françoise a tout de même un souci. Quand ils vont être mariés, il est hautement probable que, comme dans la plupart des couples, ce sera Phil en tant que mari qui gérera les biens et le budget du ménage. Elle va devoir lui faire un descriptif de l'ensemble de ses avoirs. Mais que va-t-elle lui dire sur l'origine de tous ses lingots d'or ? Comment Phil va-t-il réagir si elle lui dit la vérité ? Son futur mari est surement un homme d'une grande probité, respectueux des lois. Il sera sans doute choqué par son histoire et lui demandera d'aller à la Police pour rendre ces richesses. Ce problème lui donne quelques insomnies sans qu'elle arrive à conclure sur la meilleure conduite à tenir. A-t-elle vraiment besoin de parler de ses lingots ? Elle verra plus tard !

De son côté, Phil s'est mis en quête d'un appartement pour tous les accueillir. Mais ce n'est pas facile dans le Paris de l'après-guerre. Il y a peu de logements à louer dans le centre de Paris et il leur faudrait cinq chambres dont une pour les parents. Il resterait quatre chambres pour les enfants. Michel et Romain pourraient continuer à cohabiter dans la même pièce; les autres auraient chacun la leur.

Françoise et Phil se voient maintenant une ou deux fois par semaine quand leur emploi du temps le leur permet. S'ils se retrouvent dans l'intimité, ils se laissent aller à de longs baisers passionnés. Mais Françoise est catholique pratiquante et son éducation a été truffée d'interdits sur la sexualité hors mariage. De plus, elle ne souhaite pas tomber enceinte trop précocement Ils n'en ont pas parlé mais tacitement ils repoussent au jour de leur mariage les plaisirs de la chair qu'ils savent apprécier tous les deux.

Jusqu'à ces jours, ils avaient peu parlé ensemble de leurs familles respectives. Phil est fils unique, ce qui limite le nombre de ses beaux-frères, belles-sœurs, neveux et nièces ! Il a quelques cousins qu'il voit rarement. Un certain fossé s'est créé en raison de son ascension sociale. Ce n'est pas de son fait car il n'est en rien snob. Il a même gardé intérêt et affection pour sa famille paysanne, mais certains sont intimidés maintenant par leur cousin général.

Phil est surpris d'apprendre que Françoise a une sœur, Joséphine, qui vit dans le Sud de la France, près de Nice. Elle ne lui en a jamais parlé auparavant. Cette sœur a de sérieux problèmes de vue, apparus dans l'enfance. Maintenant elle est presque aveugle. Célibataire, elle a trois ans de plus que Françoise. Elle est de surcroît asthmatique et loge dans une pension de famille tenue par des religieuses. Elle aide les bonnes-sœurs pour les tâches domestiques quand sa santé le lui permet.

Françoise a invité Phil à dîner afin que ses enfants fassent plus ample connaissance avec leur futur beau-père. Agnès et Michel doivent prendre leur repas avec les adultes. Romain est autorisé à assister à l'apéritif avant d'aller se coucher. Les trois enfants sont contents de la présence de Phil. Ils ne manquent pas d'évoquer les jours heureux passés ensemble pendant les dernières grandes vacances.

Au début du dîner, la sonnerie de l'appartement retentit. Françoise va ouvrir et à sa grande surprise, elle voit Wilhelm, son complice et ami, accompagné d'un homme du même âge que lui. Il explique à Françoise les raisons de sa venue :

— Bonjour Françoise, j'espère que je ne te dérange pas trop. Je te présente Jim, un collègue et ami américain avec qui j'ai travaillé à Nuremberg pendant ces derniers mois. Nous sommes à Paris ce soir. Demain nous allons au Havre pour prendre le bateau. J'ai obtenu des papiers. Je vais devenir citoyen américain et je pars aux Etats-Unis avec Jim. C'est l'aventure ! Je suis très excité !

Françoise hésite puis leur propose de rester dîner après avoir fait les présentations. Elle rajoute deux couverts et annonce à Wilhelm la nouvelle de son remariage. Wilhelm les félicite chaleureusement et leur souhaite tout le bonheur du monde. Phil comprend que Wilhelm a séjourné chez Françoise à Morleau et que les enfants le connaissent bien. Il est étonné qu'elle ne lui en ai pas parlé. Pendant le repas, Agnès, assise à côté de Wilhelm, lui pose une question en aparté presque en chuchotant :

— La dernière fois, à Morleau, quand tu avais mis ta voiture dans le fond du jardin, j'ai eu l'impression que tu mettais de l'or dans ta voiture. C'était quoi ces petites briques que tu posais dans ton coffre ?

Wilhelm, interloqué, lui dit à voix basse :

— Ne parle pas de ça à table, je te dirai tout à l'heure quand on sera tous les deux.

Françoise est très ennuyée car elle a entendu ce que sa fille a demandé à Wilhelm. Heureusement Phil, en train de discuter en Anglais avec Jim, n'a pas dû faire attention à la question d'Agnès. Mais elle n'en est pas sûre !

Plus tard, juste après le dîner, Agnès emmène Wilhelm voir sa chambre. Wilhelm a eu un peu de temps pour réfléchir et lui explique :

— Ce que j'ai mis dans ma voiture, ce n'était pas de l'or mais du cuivre. Tu sais, on manque de tout en Allemagne et j'avais pu me procurer des briques de cuivre en France. Mais chut, c'était un peu de la contrebande ! On ne parle plus de ça, d'accord ?

Agnès semble satisfaite des explications de Phil et tous les deux retournent parler avec les autres dans le salon.

Wilhelm explique à Françoise qu'ils vont essayer de se lancer dans les affaires à New York et que si cela ne marche pas, il cherchera à rentrer dans le FBI. Un vieux rêve de faire du contre-espionnage ! Il lui promet de lui envoyer son adresse quand il sera aux Etats-Unis et de lui donner des nouvelles

Wilhelm et son ami ne restent pas très longtemps. Quand ils sont partis, Françoise explique à Phil comment elle a rencontré cet ami après la mort de son voisin Georges. Pour ne pas que Phil s'étonne de cette amitié avec un allemand, elle lui précise que Wilhelm avait un père allemand et une mère américaine. Elle lui raconte qu'elle l'a logé quelques jours au cours desquels il a passé beaucoup de temps à plaisanter et jouer avec ses enfants. Puis il est parti travailler en Allemagne, embauché comme interprète par les américains à Nuremberg lors du procès des médecins nazis qui s'est terminé en août dernier. Mais Françoise ne parle pas, pour l'instant, de leur complicité lors de la recherche du magot de son voisin.

Le lendemain matin, Françoise reçoit une lettre qui lui donne de gros soucis. Elle provient de la pension de famille où vit sa sœur. Les religieuses lui annoncent que la pension va fermer et que sa sœur Joséphine va devoir trouver un autre centre d'hébergement. Les bonnes-sœurs lui demandent si Joséphine ne pourrait pas venir vivre chez elle à Paris. Françoise ne se voit pas demander à Phil d'accueillir sa sœur handicapée. Ils sont déjà si nombreux ! Mais que faire ? Françoise écrit aux religieuses pour savoir si une solution, même plus onéreuse ne serait pas envisageable. Cette lettre lui donne un répit. Elle a le cœur qui bat lorsqu'elle reçoit une réponse deux semaines plus tard :

Madame,
Nous avons fait des recherches dans nos différents centres d'accueil mais elles sont restées infructueuses. Dans nos maisons, il n'y a actuellement pas de places disponibles et il semble que la liste d'attente soit longue.
Il est malheureusement impérieux que votre sœur quitte notre établissement avant le 1ᵉʳ janvier prochain.
Veuillez nous tenir au courant de la date exacte de son départ.
Recevez l'expression ….

Françoise est consternée. Mais elle a juré à sa mère de veiller sur sa sœur et se sent tenue par cette promesse.

De son côté Phil continue ses recherches d'appartement. Pour l'instant il est bredouille. Pour tout organiser, il a besoin de savoir quelle va être la date du remariage de sa mère, imminent sans doute. Un soir, il demande à Maggy où elle en est. Celle-ci prend un air catastrophé. Elle sent qu'elle est au pied du mur et se met à sangloter. Puis elle s'explique à voix basse comme si elle était honteuse de sa situation :

— Phil, je ne crois pas que je vais me remarier avec Fernand. J'ai honte mais il y a un sérieux problème. Je n'y suis pour rien et je ne sais pas quoi faire.

— Quoi ? Qu'est ce qui se passe ma pauvre maman ? Explique toi !

— Fernand m'a appris qu'il s'était remarié discrètement après son veuvage. Sa nouvelle femme l'a quitté sans laisser d'adresse. Ils n'ont pas divorcé. J'ai essayé d'arranger les choses. Fernand a pris un détective qui a su rapidement retrouver sa femme. Mais maintenant elle le fait chanter et lui demande des sommes d'argent exorbitantes pour accepter de divorcer. On en est là. De mon côté, je ne sais plus si j'ai envie de vivre avec Fernand. Il est agréable mais il a été trop lâche avec moi. Il ne m'a rien dit spontanément et j'ai tout appris par hasard. Tu te rends compte ? En plus, j'ai découvert qu'il était plutôt radin !

— Ah ! Ce n'est pas drôle tout ça. Je ne sais pas quoi te dire. Qu'est-ce que tu comptes faire ?

— Je voudrais rester avec vous encore un peu, le temps de me retourner. Tu crois que c'est possible ?

— Je ne peux pas te répondre maintenant. Il faut que j'en parle à Françoise. Je n'ai pas encore trouvé d'appartement et je ne sais pas combien nous aurons de chambres.

— Mais tu ne vas pas me mettre à la rue tout de même ?

Phil ne répond pas, extrêmement contrarié par ce problème qui vient sérieusement lui compliquer la vie. Ce n'est pas tellement le problème de place qui le chagrine. C'est surtout qu'il en a assez de vivre avec sa mère et il craint, qu'avec son foutu caractère, elle ne veuille tout régenter si elle vient cohabiter avec eux et leur gâche la vie au quotidien.

Autre chose l'inquiète. Hier, en rentrant chez lui, il est passé par la rue Blomet faire une course et il a aperçu Claire, tapie dans le renfoncement d'une porte, en train d'embrasser un garçon sur la bouche. Le garçon lui a semblé plus âgé qu'elle qui n'a que seize ans. Phil craint qu'avec son caractère quelque peu exalté, les amours de sa fille prennent trop d'importance et retentissent sur ses études. Mais surtout, il ne faudrait pas qu'elle tombe enceinte à son âge ! Phil ne sait pas très bien comment traiter le problème et a besoin des conseils de Françoise.

Ce samedi, Phil et Françoise déjeunent ensemble non pas en amoureux mais pour discuter contrat de mariage, revenus, avoirs respectifs afin de pouvoir tracer les grandes lignes du budget de leur famille quand elle sera recomposée. Ils sont toujours heureux de se voir mais aujourd'hui ils sont soucieux et ne savent pas comment aborder ce qui les tracasse. Ils commencent par une promenade dans les jardins du Luxembourg où Françoise a voulu aller faire un tour. Dans ces allées, Phil ne peut s'empêcher de penser à Victoria avec tristesse mais ses pensées sombres disparaissent quand ils atteignent le restaurant Polidor où il est venu récemment son ami anglais. Françoise et Phil y entrent et commandent une pintade fermière ainsi qu'une bouteille de Beaujolais pour rendre le repas moins austère. Françoise rentre dans le vif du sujet la première :

— Côté contrat de mariage, je pense qu'il nous faut voir un notaire pour nous marier en séparation de biens. Je crois que c'est ce qui est recommandé dans le cas de remariage quand l'homme et la femme ont déjà des enfants de leur premier lit. Est-ce que tu serais d'accord ?

Phil n'est pas riche. Cependant sa solde de général est consistante et il n'a jamais eu le dessein de mettre la main sur les biens de Françoise. Il accepte d'emblée sans discuter mais change de sujet. Phil éprouve le besoin de lui parler de Claire :

— Françoise, j'ai besoin que tu m'aides. J'ai vu Claire dans l'encoignure d'une porte, près de chez moi, en train d'embrasser langoureusement un jeune homme nettement plus âgé qu'elle. Qu'est-ce que tu ferais à ma place ? D'un côté je m'en réjouis, son histoire d'amour doit lui changer les idées à un moment où peut-être que le remariage de son papa ne l'enchante guère. Mais j'ai peur qu'elle ne tombe enceinte s'ils continuent à se voir. Et ça me gêne d'aborder ce genre de sujet avec elle.

— Ça te gêne mais tu dois le faire ! Je ne connais pas encore assez bien Claire pour lui parler la première. Elle va se demander de quoi je me mêle. Je veux bien intervenir ensuite, quand tu lui auras parlé. En plus, tu me dis que notre remariage lui pose problème. Ça ne m'étonne qu'à moitié. C'est toujours compliqué au début, entre une jeune fille et sa nouvelle belle-mère. Mais je suis convaincue que nous saurons nous entendre.

— Je comprends. Je vais lui parler.

Phil apprécie la gentillesse et l'optimisme de sa future épouse. Ils continuent leur conversation en détaillant leurs avoirs et revenus. Françoise dispose d'une pension de veuve de guerre, pour elle et ses enfants. Phil touche sa solde et a quelques modestes économies. Il passe sous silence sa maison de Bretagne, récemment acquise. Françoise possède sa propriété de Bourgogne et un portefeuille d'actions qui a pâti de la guerre. Pour l'instant, elle ne parle pas de ses lingots d'or. Et aucun des deux n'ose aborder la question de l'accueil de Maggy et Joséphine. Les jumeaux de Phil ne sont pas mentionnés. Phil a un bloquage sur cet épisode de sa vie.

Phil souhaite avoir une conversation avec Claire. Le samedi suivant, il lui propose d'aller faire une marche avenue de Breteuil. Claire est de bonne humeur depuis quelques jours et pense que son père veut lui parler de Françoise et de son mariage qui approche. Phil commence par lui demander des nouvelles de ses études, ce qui les occupe jusqu'aux Invalides. C'est en revenant que Phil, un peu gêné, se décide à aborder le sujet qui lui tient à cœur :

— Claire, je veux te parler de quelque chose qui me…

Claire ne le laisse pas continuer :

— Papa, ne te fatigue pas, je me suis habituée à ton projet de remariage. Ne te fais pas de soucis. Je trouve Françoise très sympathique et j'ai hâte qu'on vive tous ensemble.

— C'est très gentil de me rassurer, j'apprécie mais ce n'est pas de ça dont je voudrais te parler. Un soir en passant faire une course, rue Blomet, je t'ai aperçue en train d'embrasser un garçon, à l'entrée d'immeuble, pas loin de ton école.

— Tu m'espionnes, maintenant ?

— Ne me parle pas sur ce ton, s'il te plaît ! Tu as seize ans et il est normal que je sois au courant de ta vie. Je ne t'espionne pas. Je faisais des courses et je t'ai aperçue par hasard ! Qui est ce garçon que tu embrassais ?

— On s'est rencontré récemment, rue Lecourbe. Il s'appelle Charles et il est étudiant en droit. Je ne vois pas le problème !

— Le problème est qu'il est nettement plus âgé que toi et que je n'ai pas envie que tu te retrouves enceinte.

— Enceinte, c'est ridicule. On a fait que s'embrasser ! Je sais comment on fait les bébés. Rassure-toi ! Charles n'est pas le premier garçon que j'embrasse et je ne suis pas tombée enceinte !

— Oui mais je te trouve trop jeune pour avoir des relations suivies avec un garçon sans que je sois au courant. Si tu continues à le voir, invite le à déjeuner un dimanche pour que je fasse sa connaissance.

Pour Claire, c'est la douche froide. Elle a envie de liberté et ne tient absolument pas à ce que son père mette son nez dans ses affaires de cœur. Il est hors de question qu'elle invite son amoureux à déjeuner en famille. Phil qui est un habitué du commandement, conclut :

— Tu as bien compris ce que je viens de te dire ?

Cette dernière question rend Claire furieuse. Elle accélère le pas en marmonnant.

74
REGION PARISIENNE, FRANCE, FIN NOVEMBRE
1947

Vis-à-vis de Fernand, Maggy se sent ambivalente. Elle n'a plus aucune envie de se marier avec lui, mais elle a toujours de l'affection pour son cousin et souhaite l'aider à divorcer de Sylviane. Maggy ne voit pas du tout comment s'y prendre pour arriver à ce qu'elle accepte le million de francs proposés par Fernand. Tout l'intérêt de la proposition de son cousin, c'est que cet argent, Sylviane l'aurait tout de suite. Sinon les choses vont traîner avec le risque pour elle de ne jamais rien avoir.

Maggy propose à son cousin de servir d'intermédiaire. Celui-ci accepte son offre et lui donne le numéro de téléphone de son épouse. Un matin, peu après neuf heures, une fois Phil parti au bureau et les enfants au lycée, elle compose le numéro de téléphone de Sylviane.. Maggy se présente :

— Bonjour Madame, je suis Maggy Destivel, une cousine germaine de votre mari Fernand. Nous avons toujours été proches depuis l'enfance. Il m'a demandé de l'aider dans vos tractations pour arriver à un compromis acceptable pour tous les deux. Si vous étiez d'accord, nous pourrions nous rencontrer. Il y a du nouveau dans la situation de Fernand et je préfèrerais vous en parler de vive voix.

— J'espère que Fernand accepte ma proposition, sinon ce n'est pas la peine de se rencontrer, lance Sylviane qui veut montrer sa détermination.

— Le mieux, si vous en étiez d'accord, serait de se rencontrer chez moi, rue Lecourbe, dans le 15ème arrondissement, un matin vers neuf heure et demi si cela vous convient.

Sylviane accepte sans enthousiasme la proposition de Maggy. Elles choisissent de se voir deux jours plus tard. Maggy a pris du recul dans cette histoire mais sa curiosité la rend impatiente de rencontrer le phénomène Sylviane qui a su s'immiscer avec cupidité dans la vie de son cousin.

Le jour de leur rencontre, Maggy prépare une mise en scène dans son salon afin d'impressionner Sylviane. Elle sort d'une armoire plusieurs photographies : une de son fils en uniforme de général à côté de son ministre de tutelle, une autre de Phil aux commandes d'un avion. Sur une dernière, Phil et ses enfants sont sur le perron de la maison de Françoise en Bourgogne, qui ressemble à un château avec la tour en arrière-plan.

Sylviane est ponctuelle. Maggy la fait s'asseoir au salon tout en l'observant attentivement. L'épouse de Fernand est encore belle femme, la cinquantaine, un peu vulgaire, les cheveux frisés teints, avec des reflets roux. Ses yeux noirs reflètent une certaine exaspération et la rendent d'emblée antipathique. Elle accepte le café que Maggy lui propose. Avant d'aller à la cuisine, Maggy essaie de la mettre en conditions :

— Fernand est mon cousin germain. Nous avons à peu près le même âge et avons passé beaucoup de temps ensemble quand nous étions enfants à la campagne. Je vis maintenant avec mon fils qui est veuf et avec mes deux petits enfants. Mon fils, Phil, a merveilleusement réussi. Regardez-sur ces photos comme il est beau dans son uniforme de général. Là il est en train de discuter avec le ministre. Là il est aux commandes de son avion et sur cette dernière photo, il est dans le château de la dame avec qui il va bientôt se remarier. Vous avez, vous-même des enfants, Madame ?

— Non pas d'enfants, ni d'homme dans ma vie. Je dois me débrouiller toute seule. Quelle proposition me fait Fernand maintenant pour ce divorce ?

— Nous allons en parler. Patientez quelques instants !

Maggy passe ensuite un peu de temps dans la cuisine. Elle revient avec un café et reprend la discussion :

— Fernand a souhaité que je l'accompagne quand il a consulté un avocat. J'ai appris à cette occasion que vous êtes mariés sous le régime de la séparation des biens. C'est bien exact ?

— Oui, il a tenu à ce que fassions un contrat de mariage. Moi, je voulais la communauté des biens mais, radin comme il est, il a absolument tenu à garder son argent pour lui tout seul. C'est pour ça que je suis obligée maintenant de le faire passer à la caisse ! Il a été bien content des plaisirs que je lui ai donnés ! Mais au bout d'un certain temps, j'en ai eu assez, c'était trop, vous comprenez ?

— Je comprends ! répond Maggy qui maintenant veut essayer de faire douter Sylviane de la possibilité d'obtenir de l'argent de son mari.

— Mais il y a quelque chose que je ne comprends pas. Si Fernand décédait, ce qui pourrait se produire avec ses problèmes cardiaques, vous n'hériteriez de rien sauf s'il vous a couché dans son testament, ce qui n'est pas le cas je pense.

— Fernand, des problèmes cardiaques ! Il est fort comme un roc !

— Jusqu'à il y a un mois, il a effectivement bénéficié d'une santé royale mais après son malaise il a été hospitalisé à l'hôpital Cochin et on lui a trouvé un problème de valve. Moi je ne m'y connais pas trop mais on m'a dit que c'était grave, qu'il devait rester au fauteuil une partie de la journée. D'ailleurs l'autre jour, il a fait venir un prêtre pour se confesser. Si vous acceptiez sa proposition, au moins vous seriez sûre d'avoir quelque chose.

— Mais qu'est ce qui me prouve que vous racontez pas des cracs ?

— Il y a des moments où il faut savoir faire confiance, Madame. Moi je n'ai aucun intérêt dans l'histoire. Réfléchissez aussi que si Fernand demande le divorce, il l'obtiendra. Ça prendra un peu de temps mais comme il a signalé votre disparition du domicile conjugal à la police il y a plusieurs mois, le divorce sera prononcé à vos torts. Fernand m'a dit qu'il vous a proposé un million de francs. Moi je pense qu'il pourrait aller jusqu'à deux millions, si je sais bien m'y prendre avec lui. C'est pas complètement sûr car c'est vrai qu'il est un peu radin mon cousin. Qu'est-ce que vous en pensez ? Deux millions de francs, c'est mieux que rien, non ? Mais réfléchissez-y ! On n'est pas à un jour près. Il y a des décisions qu'il ne faut pas prendre à la légère ! Téléphonez-moi si vous êtes d'accord pour deux millions de francs.

Sylviane est quelque peu déstabilisée par le calme de Maggy qui ne lui demande pas de réponse aujourd'hui. Elle lui promet une réponse rapide et s'en va l'air dépité.

Quand elle revoit son cousin, Maggy réussit à le convaincre de conclure avec une transaction à deux millions de francs, arguant d'éventuelles dettes que Sylviane pourrait contracter tant qu'ils restent mariés. Sylviane de son côté n'attend pas des lustres pour signifier son acceptation de deux millions de francs pour solde de tout compte. Ils arrivent donc à un accord. Un notaire aura la charge de mener à bien les aspects financiers du divorce et le versement de l'argent.

Maggy est heureuse d'avoir pu aider son cousin efficacement. Reconnaissant, Fernand l'invite à déjeuner dans un bon restaurant. Ils vont *au bœuf couronné*, où l'on peut déguster des viandes onctueuses, peut-être les meilleures de Paris, depuis le début des années trente. Au dessert, elle lève son verre :

— Trinquons à ton divorce, mon cousin ! Et à propos de divorce et de mariage, j'ai bien réfléchi et je crois que je préfère continuer à vivre avec Phil et Françoise, sa future femme. Bref, abandonnons notre projet de mariage ! Ça ne te fait pas trop de peine, ce que je viens de te dire ?

— Tu ne veux plus te remarier avec moi ! Je m'y attendais, vois-tu ! Je sais que je me suis mal comporté. J'ai été lâche de ne pas te dire d'emblée que j'étais marié avec Sylviane.

Maggy n'est pas très contente de voir son cousin abandonner si vite la partie. Sa situation vis-à-vis de Fernand est maintenant clarifiée mais Phil ne lui a toujours pas dit si lui et Françoise accepteront de l'héberger quand ils auront trouvé un appartement et cette incertitude commence à la perturber.

On est maintenant à moins d'un mois du mariage de Françoise et Phil. Maggy ne sait toujours pas à quelle sauce elle va être mangée. Phil n'est pas revenu sur le sujet et Maggy se demande s'il ne s'est pas heurté à l'opposition de Françoise, ce qui serait vraiment ennuyeux.

Maggy décide d'aller parler à Françoise. Elle n'a pas son adresse et ne veut pas la demander à son fils. Un soir elle consulte discrètement le carnet sur lequel Phil note ses adresses et numéros de téléphone et trouve facilement les coordonnées qu'elle cherche. Elle sonne le lendemain matin à dix heures chez Françoise. La bonne lui ouvre et lui indique que Madame va revenir bientôt. En attendant dans le salon, Maggy n'est pas fâchée d'avoir un peu de temps pour inspecter les lieux et penser à ce qu'elle va dire. Le salon est meublée d'un canapé et de chaises Louis XV recouvertes d'un tissu à fleurs en soie du meilleur goût. Au mur, elle admire des tableaux anciens dont l'un représente un bouquet de fleurs, un peu sombre, mais joliment peint. De belles pièces d'argenterie trônent sur des étagères et dans un meuble qui fait vitrine.

Françoise arrive sur ces entrefaites et tombe des nues quand elle aperçoit sa future belle-mère, soucieuse, en train de l'attendre dans son salon :

— Tout va bien Maggy ? Qu'est-ce qui vous amène ici ce matin ? Vous n'avez pas d'ennuis j'espère ?

— Si malheureusement, j'ai quelques ennuis. Mon fils ne vous en a pas parlé ?

— Non il ne m'a rien dit. Racontez moi.

Maggy est soulagée d'apprendre que le problème ne vient pas de Françoise. Elle décide de tout lui raconter et lui explique comment elle a découvert que Fernand est déjà marié et que donc son mariage à elle, est annulé. Cette histoire navre Françoise qui fait preuve de beaucoup d'empathie :

— Maggy, je suis désolée pour vous. Je trouvais que c'était une belle histoire ces deux cousins veufs qui se retrouvaient pour partager des projets de vie. Mais comment voyez-vous les choses maintenant ?

Maggy ne peut s'empêcher de sangloter et finit par s'expliquer :

— Si c'était possible, je voudrais vivre avec vous tous. Je saurai me rendre utile. Au bout de quelques temps, vous ne pourrez plus vous passer de moi ! Je ne voudrais pas que mon propre fils me mette à la rue. Il m'a dit qu'il allait vous en parler. Il ne vous a vraiment rien dit ?

— Non, rien du tout ! Mais rassurez-vous, je serais étonnée qu'il veuille vous mette à la porte. Vous êtes sa maman et vous avez déployé tellement d'énergie avant, pendant et après la guerre à vous occuper de lui, de Paul et de Claire !

Françoise voit tout de suite le parti qu'elle peut tirer de la visite de Maggy pour faire accepter par Phil l'hébergement de sa sœur. Maggy s'en va et Françoise lui demande de ne pas parler de la visite qu'elle vient de lui faire. Quand elle voit Phil deux jours plus tard, elle expose son problème :

— Je suis très ennuyée. La maison où vit ma sœur Joséphine dans le sud de la France va fermer. Les bonnes sœurs me demandent de la prendre avec moi. Avant sa mort, Je me suis engagée auprès de ma mère à m'occuper de Joséphine en cas de besoin. Serais-tu d'accord ? Il faudra qu'on se tasse un peu mais ça doit être possible. Joséphine a un caractère facile. Elle est même un peu fantasque. Malgré son handicap, elle est toujours douce, de bonne humeur et elle aide autant qu'elle le peut. Elle pourrait très bien partager une chambre avec l'un des enfants.

Phil, pendant quelques instants, réalise qu'avec sa mère, ils vont être neuf et qu'ils vont vraiment devoir se serrer. Il se décide à parler de Maggy :

— Moi aussi, j'ai un problème du même genre avec ma mère. C'est une histoire rocambolesque ! Elle a découvert que Fernand, son fiancé, est déjà marié. Elle ne se marie plus et visiblement, elle souhaite vivre avec nous pendant quelques temps ! Je suis consterné ! Mais si on doit accueillir ta sœur, je me vois mal refuser à ma mère de la loger. En plus, ma mère est âgée. Il lui faudrait une chambre pour elle toute seule. Tu serais d'accord si on trouve un appartement avec cinq chambres ?

— De toute manière, on n'a pas le choix ! C'est difficile de dire non. Ta maman s'est occupée de tes enfants pendant plusieurs années depuis ton veuvage. S'il n'y a pas d'autre solution, il faut essayer. On verra ensuite si c'est invivable. Mais il y aura aussi de bons côtés. Toujours quelqu'un à la maison pour s'occuper des enfants. On pourra faire des escapades tous les deux de temps en temps. Tu te souviens, on a gagné un séjour sur la Côte d'Azur au bal des petits lits blancs. Mais voyons comment loger tout le monde ? Paul pourrait peut-être avoir un divan dans le salon et travailler dans la chambre de service s'il y en a une. Tu m'as dit que tu allais avoir un ordonnance à temps plein. On n'aura plus besoin de bonne donc plus besoin de chambre de service pour elle. Agnès et Claire dormiraient dans la même chambre. Michel et Romain feraient de même. Une chambre pour ta mère et une pour Joséphine, ça y est, le compte est bon ! Mais il faut qu'on le trouve cet appartement avec cinq chambres ! Moins de cinq, ça ne serait vraiment pas possible !

Phil revient sur la recherche d'un appartement :

— Que fait-on si on a pas trouvé d'appartement avant notre mariage. On fait « appartement à part » plutôt que « chambre à part » ?

Françoise se montre optimiste :

— Moi je peux loger ma sœur dans mon salon pendant un temps. Mais on va bien finir par trouver. Ce n'est pas catastrophique si on trouve un appartement qui nous convient, seulement après notre mariage, mais il ne faudrait pas que ça dure des années !

Maggy est soulagée quand son fils lui annonce la nouvelle :

— Maman, j'ai discuté avec Françoise. Elle trouve normal au vu des circonstances que tu restes avec nous. Tu pourras voir en toute sérénité comment les choses évoluent avec Fernand. On va un peu se serrer.

Rien ne peut faire plus plaisir à Maggy que ce qu'elle vient d'entendre. C'est presque comme si elle avait comploté pour rester vivre avec son fils. Et maintenant elle est exaucée. Elle va pouvoir contempler au quotidien l'ascension sociale de Phil, pour son plus grand plaisir. Certaines scènes la ravissent : Son fils partant le matin travailler en uniforme de général de l'armée de l'air, avec son chauffeur qui l'attend en bas de chez eux dans une voiture noire rutilante, ou bien encore Phil en tenue de soirée revenant d'un cocktail et lui racontant sa discussion avec le ministre. Maggy est finalement un peu snob à sa manière ! Mais peut-on lui en vouloir ? Elle est partie de rien, n'a pas eu la vie facile. Elle a toujours beaucoup travaillé dans la ferme de son père puis dans son petit magasin de légumes de Bois-Colombes et son mari est décédé précocement.

75

MORLEAU EN BOURGOGNE ET SAINT-AUBIN, FRANCE, DECEMBRE 1947

Le mardi 23 décembre, les familles Destivel et Dumaine quittent Paris à deux voitures pour rejoindre Morleau et célébrer le samedi suivant le mariage de Françoise et Phil. L'un des deux témoins qui n'habite pas Morleau doit les rejoindre la veille de la cérémonie. Françoise emmène avec elle ses enfants et sa sœur Joséphine, arrivée à Paris deux jours avant. Phil a pris Maggy dans sa voiture ainsi que Paul et Claire. Les coffres sont bien remplis avec les cadeaux de Noël et les tenues de mariage.

On pourrait penser que Françoise et Phil quittent Paris, détendus avec en perspective leur mariage et la construction d'une nouvelle famille chaleureuse pour leurs enfants. Mais il n'en est rien car tous les deux ont des sources d'inquiétude.

Françoise, comme l'été précédent, a envie de réussir ce séjour d'une semaine, prélude à leurs vies communes à tous. Mais elle craint que les enfants ne s'ennuient ou ne se disputent. En cette période de l'année, les journées sont courtes et les soirées longues. Michel est particulièrement insolent en ce moment et il ne faudrait pas qu'il énerve Phil et ses enfants. Claire semble avoir du mal à accepter le remariage de son père. Sur un plan plus pratique, Françoise va devoir organiser les repas pour neuf personnes, midi et soir, sans oublier les goûters. Aujourd'hui, ils vont arriver dans une maison froide qui va devoir être chauffée et elle prie le ciel pour que la chaudière fasse son travail sans anicroche. D'autres inconnues concernent les éléments rapportés, Maggy et Joséphine. Comment vont-elles s'entendre entre elles et avec les enfants ? Françoise a aussi peur que Michel ne se moque de Joséphine, sa tante aveugle qu'il ne connaît pas encore bien, et ne choque tout le monde par ses réflexions quelquefois drôles mais souvent déplacées.

Ce qui tracasse le plus Phil, c'est l'attitude de Maggy, qu'il a du mal à anticiper. Va-t-elle savoir se faire discrète et réservée comme il le souhaite ou bien se comporter en adjudant désireux de tout régenter ? Phil a prévenu Françoise que sa mère pouvait être exaspérante. Mais ce n'est pas parce que l'on est prévenu, que l'on accepte tout !

Ils arrivent à Morleau de nuit. La maison est humide et le froid glacial, car la température est restée nettement en dessous de zéro depuis une dizaine de jours. Phil essaie sans succès d'allumer la chaudière du chauffage central qui fonctionne avec du charbon. Le feu semble prendre puis s'éteint après avoir enfumé la cave ! Phil en conclut qu'il doit y avoir un obstacle dans la cheminée ce qui affecte le tirage du calorifère. Heureusement, le poêle à bois de la vaste cuisine où ils dînent ensuite, veut bien fonctionner correctement. Après le repas, Françoise sort d'une armoire une bassinoire en cuivre qu'elle remplit de braises. Dans chaque chambre, elle s'en sert pour réchauffer draps et couvertures. Michel et Romain apprécient de rentrer dans un lit encore chaud.

Le lendemain matin, Phil identifie l'obstacle responsable des problèmes rencontrés avec le chauffage central. Un oiseau, peut-être une cigogne, a construit un nid sur la cheminée de la chaudière. Phil, armé d'une grande échelle et d'une canne à pêche le fait tomber par terre. Mission réussie ! La chaudière s'allume correctement et le problème de chauffage est résolu. Françoise qui a de multiples occupations liées à la préparation des fêtes de Noël commence à respirer. Pas mal d'avoir un homme à ses côtés quand des problèmes surviennent !

Le matin, Françoise aidée de Claire et d'Agnès va faire des courses à Chagny pour le réveillon du soir après la messe de minuit et pour le repas de Noël du lendemain. Malgré les restrictions, elle trouve des escargots, des dattes à fourrer avec de la pâte d'amande, un lièvre pour confectionner une terrine et un rôti de bœuf.

Pendant le déjeuner Maggy et Joséphine restent longtemps à discuter ensemble. Leur qualité de futures habitantes de l'appartement Dumaine-Destivel les rapproche et elles commencent à sympathiser. Maggy est aux petits soins pour Joséphine. Elle l'aide à couper sa viande et à éplucher sa pomme au moment du dessert. Les choses sont bien parties pour qu'elles deviennent amies.

L'après-midi, les enfants s'amusent à décorer la maison avec les moyens du bord : guirlandes en papier joliment peintes et brins de houx issus du jardin. Un sapin de Noël est dressé dans le salon. C'est là que tous apporteront leurs chaussures autour desquelles Phil déguisé en Père Noël, agencera les cadeaux.

Les enfants luttent pour rester éveillés jusqu'à l'heure tardive de la messe de minuit. L'église de Morleau est remplie et la chorale interprète avec brio les grands classiques de Noël, accompagnée à l'harmonium par la chef de chœurs. Le réveillon est chaleureux et la bonne humeur partagée. La séance des cadeaux est réussie avec en particulier des jeux de société et jouets pour les plus petits, des bijoux fantaisie, gants et foulards pour les grandes filles et une nouvelle montre avec chronomètre pour Paul. Françoise a trouvé une cravate en soie bleue pour Phil ainsi qu'une pince de cravate en or pour aller avec ; elle-même reçoit de son futur mari, pour son plus grand plaisir, un foulard Hermès très coloré. Tous les deux vont se coucher de leur côté, fatigués mais heureux de la bonne entente qui a régné entre tous. Françoise est tout de même inquiète pour la santé de sa sœur qui a été obligée de quitter la table avant la fin du réveillon, pour inhaler un médicament actif dans les crises d'asthme.

Le lendemain, jour de Noël, Françoise prépare un déjeuner traditionnel. Elle est bien aidée par Maggy qui prend en charge la vaisselle du réveillon et s'occupe de mettre le couvert. Joséphine, fatiguée, est restée se reposer dans sa chambre. Phil a été chargé de choisir dans la cave, des vins qui se marieront bien avec le rôti de bœuf. Il remonte deux bouteilles de Volnay-Santenots 1939 pour accompagner le plat de viande.

Pendant le repas, Paul est assis à côté de Joséphine, remise de son début de crise d'asthme de la veille. Comme Maggy, il est attentionné avec elle, coupe sa tranche de rôti, lui indique où sont les morceaux restant dans l'assiette et prend soin d'elle pendant tout le déjeuner. Joséphine le remercie chaleureusement. Malgré sa cécité, elle s'est mise du rouge à lèvres et s'est bien coiffée. Ses cheveux et ses yeux sont plus clairs que ceux de sa sœur. A trente-sept ans, elle apparaît légèrement rondelette dans sa robe qui la serre un peu. Mais avec son joli teint frais, elle est agréable à regarder, ce que ne manque pas de constater sa sœur qui préfère avoir chez elle un joli minois plutôt qu'un visage fatigué ou revêche. Maggy remarque aussi le changement d'allure de Joséphine. Pendant une fraction de seconde, elle y voit un danger pour Phil qui devra veiller à ne pas s'intéresser de trop près à sa belle-sœur. Mais Maggy chasse cette pensée stupide, n'imaginant pas son fils attiré par une femme qui voit très mal. L'ambiance est joyeuse pendant tout le déjeuner.

Après le café pris dans le salon, ils partent en voiture vers Blagny au-dessus de Puligny-Montrachet pour marcher dans les chemins en bordure des vignes. Il fait encore froid mais l'exercice les réchauffe. Arrivés sur la route qui mène à Gamay, Françoise propose de descendre jusqu'au village pour rendre visite aux châtelains. Un quart d'heure de marche, pas plus ! Tout le monde est d'accord même Michel, attiré par la visite d'un bâtiment en partie moyenâgeux. Le château ne manque pas d'allure ; la salle des gardes, très ancienne, possède une belle voute. Françoise est amie avec les propriétaires des lieux et elle aimerait leur présenter son futur mari. Joséphine, distraite, a gardé des chaussures à talons avec lesquelles elle a du mal à marcher. Elle préférerait revenir à la voiture tout de suite pour ne pas avoir un trop long trajet de retour. Paul propose de l'accompagner et demande les clefs de la voiture à Phil.

Joséphine, au bras de Paul, fait demi-tour et engage la conversation :

— C'est vraiment gentil de me raccompagner à la voiture. J'espère que cela ne vous prive pas trop de ne pas aller au château ?

— Non, pas de problème. D'ailleurs, j'en avais assez de marcher. En plus, ça nous laisse un peu de temps pour faire connaissance

Joséphine et Paul se mettent à bavarder et se posent des questions sur leur vies réciproques. Joséphine lui parle de sa vue qui a décliné vers l'âge de douze ans. Les médecins lui ont déconseillé de faire des enfants parce qu'ils pourraient être atteints de la même maladie qu'elle. Paul a de la peine en écoutant ce récit. Il lui demande si elle n'est pas trop triste de venir vivre avec eux :

— Non au contraire. Vous allez constituer une nouvelle famille. Tout le monde est sympathique. Votre grand-mère Maggy est aux petits soins pour moi ; ma sœur et votre papa sont très généreux de m'accueillir. A Paris, je vais prendre contact avec l'association Valentin Haüy qui propose des activités aux aveugles. Et à la maison, je vais mettre la main à la pâte. Là où j'étais dans le Sud, j'en avais un peu assez de l'ambiance des bonnes sœurs. Je ne suis pas très croyante, vous savez ! J'ai du mal à croire en un Dieu créateur d'êtres humains qui deviennent aveugles à douze ans. Mais ne répétez pas ce que je vous ai confié. Je ne veux pas choquer ma sœur qui est très pratiquante. Maggy et Phil aussi, non ?

— Ils vont généralement à la messe, mais ils ne parlent pas

souvent de religion.

Arrivés à la voiture, ils montent tous les deux à l'arrière pour continuer leur discussion :

— Brrr ! Quel froid ! j'espère qu'ils ne vont pas mettre des heures à revenir ! dit Joséphine qui commence à trembler.

— Moi j'ai rarement froid ! Serrez-vous contre moi et donnez-moi votre main, je vais vous réchauffer. Vous n'avez pas de gants ?

— Non je les ai oubliés dans ma chambre, je suis stupide !

Paul, gentiment, ôte son manteau et le met sur les épaules de Joséphine puis il lui prend les mains :

— Mais vous allez prendre froid. Remettez votre manteau ! proteste Joséphine sans conviction.

De là où la voiture est garée, Paul a une vue dégagée sur la route par laquelle la troupe doit revenir. Il n'y a personne en vue. Il le dit à Joséphine qui prend son mal en patience. Tous les deux continuent à bavarder. Paul lui raconte qu'il est de plus en plus attiré par l'armée de l'air, ce qui effraie Joséphine, traumatisée par le décès de son beau-frère, le premier mari de sa sœur. Joséphine de plus en plus grelotante dit à Paul :

— Je ne comprends pas pourquoi j'ai si froid. Je ne suis pas particulièrement maigre en ce moment. J'ai même un peu de mal à rentrer dans mes robes. Vous trouvez que je suis grosse ? Moi je ne me vois pas ! Je peux juste me tâter !

— Mais pas du tout ! Vous êtes très bien comme ça ! Vous êtes même très jolie quand vous mettez du rouge à lèvres et que vous brossez bien vos cheveux. On a dû déjà vous le dire ? Vous n'avez pas eu un fiancé ?

— Oui, j'ai eu un ami mais dans ma situation ce n'était pas facile. Nous nous sommes connus quand je vivais avec ma mère, trois ans avant la guerre. Il venait me voir quand elle sortait. Mais chut ! Tout ceci est très personnel. Et vous Paul, vous avez déjà eu une petite amie ?

— J'en ai eu une pas très longtemps, juste avant que l'on ne quitte le Maroc. J'aimerais bien en retrouver une autre mais il faut que je me concentre sur mes études. Je passe le bac à la fin de l'année.

Cette promenade leur a permis de parler, de se faire quelques confidences et de se forger un début de complicité. Cette amitié débutante peut contribuer à mettre un peu de ciment dans cette future famille recomposée.

Paul aperçoit les Dumaine-Destivel en train de revenir. Joséphine enlève le manteau qui la couvrait et le redonne à son propriétaire. Ils reprennent une attitude plus conventionnelle.

— Je ne veux pas qu'on m'accuse d'être la cause de la pneumonie qui vous guette à cause du froid, dit-elle en plaisantant.

— Si je tombe malade et si je suis obligé de rester au lit, vous viendrez vous occuper de moi, j'espère ?

— Oui, je viendrai vous prodiguer mes soins attentionnés !

Le lendemain 26 décembre, on est à la veille du mariage. Phil a demandé à son ami anglais John d'être son témoin. Il doit aller le chercher en fin de matinée à la gare de Chagny, où Phil lui a réservé une chambre à l'hôtel de La Cloche . Mais John doit venir d'abord déjeuner à Morleau. Le train est à l'heure. Phil aperçoit son ami dans la foule, portant allégrement deux valises. Il va à sa rencontre pour l'aider et surpris, constate qu'il n'est pas venu seul :

— Bonjour Phil, je vous présente mon épouse Svetlana dont je vous avais parlé. Nous venons de nous marier dans l'intimité. Au début, je pensais venir seul mais Svetlana avait très envie de connaître la Bourgogne. Svetlana, je te présente le général Destivel, un héros de la dernière guerre !

Phil est étonné mais ne voit pas de complications en perspective dues à la présence de la Russe :

— Très heureux de vous rencontrer Madame. John m'avait parlé de vous. Bienvenue en Bourgogne. Vous pouvez m'appeler Phil comme tout le monde dans la famille.

— Bonjour général. Ensuite je vous appelle Phil. Je suis heureuse venir voir votre mariage. J'essaie améliorer mon français mais je parle anglais. Vous ne connaissez pas langue russe ?

— Non malheureusement ! Juste le français et l'anglais.

Ils rejoignent Morleau pour le déjeuner. Svetlana et John sont heureux de partager le repas d'une famille française. Michel est mort de rire chaque fois que Svetlana prend la parole à cause de ses fautes de grammaire. Claire lui demande pourquoi elle a quitté la Russie. Elle explique qu'elle n'était pas d'accord avec Staline et qu'elle ne pouvait pas rester dans son pays. Elle parle longuement avec Phil, très intéressée par son métier d'aviateur et de général d'aviation. Elle lui demande où ses inspections l'emmènent et elle apparaît captivée par le récit de son voyage à Tamanrasset et de ses aventures dans le massif du Hoggar. Après le repas, Svetlana reste avec Françoise,

Maggy et les filles pour faire la vaisselle. Pendant ce temps, Phil emmène John se promener dans le jardin. Ce dernier en profite pour lui poser une question très personnelle :

— Finalement, vous avez parlé avec Madame Dumaine de la question de vos jumeaux ?

— Non ! Et je ne lui en parlerai pas ! Lui en parler n'apporterait rien de bon. La situation est déjà compliquée avec ma mère et sa sœur qui vont vivre avec nous, et avec nos cinq enfants. Les jumeaux, c'est mon passé. Ils ont une famille avec Peggy et son mari. Je n'y peux rien. J'ai fait ce que j'ai pu !

Tous les deux restent songeurs quelques instants, puis Phil reprend la conversation :

— Et vous ? Vous vous êtes marié avec Svetlana ? Un mariage rapide ?

John lui répond l'air malicieux :

— Pour tout vous dire, nous sommes presque mariés, mais pas encore vraiment ! C'est pour le mois prochain. Svetlana avait envie de venir avec moi. Mais pour respecter les convenances, nous avons préféré dire que nous étions mariés ! Juste une anticipation ! Mais pas un mot à Madame Dumaine, nous serions très gênés !

— Je ne dirai rien ! Promis !

La visite du jardin terminée, Phil raccompagne son témoin et son « épouse » à son hôtel et leur dit qu'un taxi viendra les chercher demain matin pour les emmener jusqu'à l'église où a lieu le mariage. Svetlana, presque charmeuse, dit au revoir à Phil :

— Je suis contente de vous connaître. J'aime beaucoup histoires d'aviation. Il faudra continuer à me raconter. Vous racontez si bien ! Au revoir Phil !

Svetlana l'embrasse délicatement sur les deux joues et tous se disent à demain pour le grand jour

Le mariage a lieu dans l'intimité. Dans l'église, il n'y a que les mariés, les enfants, Maggy et Joséphine, les témoins et leurs épouses, le prêtre, deux enfants de chœur et la dame qui tient l'harmonium. Françoise a sollicité Henri Joly, son ami et ancien maire de Morleau pour être son témoin. L'église romane dont la construction a débuté au dixième siècle est l'une des plus anciennes de Bourgogne. L'intérieur du bâtiment remanié plusieurs fois est original avec son chœur à deux étages. Un poêle a été allumé pour chauffer l'église mais la température reste basse.

Phil rentre dans l'église avec Maggy à son bras, aux anges. Il a grande allure en uniforme bleu marine avec ses principales décorations sur la poitrine et son poignard d'officier d'aviation sur le côté. Françoise, vêtue d'un tailleur blanc, avec une cape de fourrure sur les épaules, rejoint le chœur avec Joséphine à son bras. L'organiste joue une fantaisie de Bach dont le rythme lent vient accentuer le côté solennel de l'entrée des mariés. Dans son homélie, le prêtre souligne, amusé, le fait que c'est la première fois de sa longue carrière, qu'il célèbre le mariage d'un général ! Puis il félicite les futurs mariés en train de construire une nouvelle famille où chacun des enfants aura de nouveau un père et une mère. Claire et Agnès rectifient dans leur tête en pensant qu'elles auront respectivement une belle-mère et un beau-père, ce qui n'est pas pareil ! Elles se jugent avec raison trop vieilles pour que les nouveaux mariés puissent venir se substituer à leurs parents décédés.

Les consentements des mariés et l'échange des alliances sont suivis avec attention par tous, excepté Romain qui veut absolument aller gambader dans les allées de l'église. Maggy est comblée quand elle prend conscience que son Phil et Françoise sont maintenant mari et femme, son souhait le plus cher depuis qu'elle a fait la connaissance de Françoise à Meknès. Elle en vient même à se demander si ce mariage aurait eu lieu sans ses manœuvres astucieuses ! Ensuite, les témoins signent les registres comme le prêtre le leur demande, Henri en premier puis John qui furtivement pense aux jumeaux, se demandant si, un jour, Françoise sera mise au courant de l'existence des deux enfants franco-anglais de son mari. John se sent dépositaire d'un lourd secret !

A la fin de la cérémonie, les mariés sortent de l'église au son de la traditionnelle marche nuptiale de Mendelssohn. Des habitants de Saint-Aubin sont venus admirer ce beau couple. Quelques photos sont prises par un professionnel de Chagny puis tout le monde s'engouffre dans les voitures pour le banquet de mariage dans la maison de Françoise. Le prêtre qui les a unis est invité. Ils sont quatorze à table.

Françoise a passé du temps à organiser ce repas. Comme plat principal, deux oies farcies viennent régaler les invités. Elle a pu facilement se les procurer au moment de Noël. Plusieurs bouteilles de vin rouge de Pommard accompagnent la volaille à la grande satisfaction des convives.

Henri, le témoin de Françoise, lit un joli poème de sa composition où il souhaite tout le bonheur du monde aux mariés et se réjouit de voir de nouveau briller la vie dans cette maison de Morleau. Sa plume est sensible et élégante. Il est applaudi à la fin de sa lecture.

Maggy a préparé un petit discours. Elle parle de sa première rencontre avec Françoise au Maroc et dit tout le bien qu'elle en a pensé dès leurs premières minutes de conversation.

John se lève aussi et rappelle que c'est grâce à Phil qu'il est toujours de ce monde. Heureux de le voir débuter aujourd'hui une nouvelle vie avec Françoise, il leur souhaite beaucoup de bonheur et de nombreux enfants.

Les conversations sont nourries et ponctuées de rires que le Pommard contribue à faire jaillir. Svetlana n'hésite pas à se faire remplir plusieurs fois son verre et semble un peu pompette quand elle lève sa flute remplie de champagne au moment du dessert.

Il est près de dix-sept heures à la fin du repas. Henri et sa belle épouse Emilie retournent chez eux à pied. Phil raccompagne le prêtre à Saint-Aubin et John et Svetlana à leur hôtel. Ensuite Françoise et Phil quittent tous les deux Morleau en voiture pour aller passer leur nuit de noces dans un hôtel de Beaune. Maggy a proposé de s'occuper de la maison et de veiller sur les enfants jusqu'au lendemain soir. Elle va être aux commandes pendant vingt-quatre heures, ce qui ne lui déplaît pas. Phil a quitté son uniforme, pour un costume civil.

A la sortie de Morleau, Phil arrête sa voiture sur le bas-côté. Françoise inquiète, craint une panne :

— Ne me dis pas qu'il y a un problème avec la voiture ?

— Si, ma chérie ! Il y a un grave problème ! J'ai envie de t'embrasser !

Tous deux s'enlacent, se regardant dans les yeux en souriant. Françoise, tranquillisée, laisse éclater sa joie :

— Enfin seuls ! Ouf ! tout s'est bien passé. J'avais peur d'une anicroche : un enfant pas content, mes plats ratés, un problème de santé de quelqu'un ! Mais non ! Rien de tout cela n'est arrivé et maintenant nous sommes mari et femme, tu te rends compte ?

Avant de repartir, Phil et Françoise s'embrassent, regrettant de ne pas être déjà dans l'intimité de la chambre qui les attend à Beaune. Le trajet n'est pas bien long. Pendant les deux derniers kilomètres, Phil se permet quelques caresses coquines sous la jupe de sa compagne, vite émoustillée. Il est vingt heures quand ils arrivent à l'hôtel, pressés de découvrir leur lit. Mais à la réception, on leur demande de passer dans la salle à manger tout de suite.

Ils n'ont pas vraiment faim mais ne veulent pas décevoir le restaurateur et se retrouvent devant un verre de Gevrey-Chambertin avec lequel ils portent un toast à leur avenir et à celui de leurs enfants. Ils se contentent d'une entrée et d'un dessert après avoir expliqué au serveur qu'ils viennent de se marier aujourd'hui et ont terminé tardivement leur déjeuner. Pendant ce court repas, ils commentent leur journée : le sermon du curé, la beauté de la femme d'Henri, les discours des différents protagonistes, le phénomène Svetlana. Ils se demandent aussi ce que leurs enfants sont en train de faire comme bêtises.

Ils montent ensuite dans leur chambre, se tenant par la main, mais avec un soupçon d'appréhension. Ils éteignent le plafonnier central et laissent allumée l'une de deux lampes de chevet. Première nuit de leur vie de couple. Vont-ils savoir passer harmonieusement de l'amitié à l'amour ? Chacun fait un petit séjour dans la salle de bains. Il fait froid dans la chambre. Dans les bras l'un de l'autre, ils se réchauffent sous les draps. Ce ne sont pas de jeunes mariés de vingt ans. Ils savent tous les deux ce qui donne du plaisir et ont à cœur de contenter l'autre. Phil a vite fait de dégrafer la jupe de Françoise, de l'aider à quitter ses bas et sa culotte en soie rose. Françoise passe sa main sur le torse musclé de son mari et découvre enfin son sexe ! Phil caresse avec volupté les seins de sa femme et ses jolies fesses rebondies. Ce sont bien des amants maintenant qui joignent langoureux baisers, caresses très intimes et jouissifs mouvements de va et vient. De délicieux spasmes viennent les combler.

Ils sont de retour à Morleau, le lendemain soir pour leur premier dîner en famille. Le répit aura été de courte durée. Ils sont maintenant neuf à apprendre à vivre ensemble. Phil et Françoise dorment désormais dans la même chambre, un peu isolée, au fond du couloir du premier étage.

Pendant le reste du séjour, l'ambiance est mouvementée et pas de tout repos. Les enfants ont tendance à chahuter. Paul fait le lit de Michel en portefeuille et celui-ci ne comprend pas ce qui lui arrive quand il va se coucher. Le lendemain Michel met du gros sel en abondance dans le plat de pâtes du dîner. Françoise très énervée de servir un plat immangeable, suspecte son jeune fils qui a déjà fait une fois cette blague mais celui-ci a peur des représailles et refuse d'avouer, tout en gardant son sérieux. Un soir, Agnès va près du lit de Michel, recouverte d'un drap et pousse d'horribles cris pour épouvanter son petit frère qui croît voir un fantôme. Michel va se réfugier auprès de sa mère pour se faire rassurer. Elle a bien du mal à le calmer et à le rendormir.

Le lendemain, Claire abuse d'une tarte aux pommes confectionnée par Françoise. La nuit, des douleurs abdominales aigües surviennent ainsi que diarrhée et vomissements. Françoise craint la survenue d'une crise d'appendicite et emmène Claire chez son médecin local qui diagnostique une intoxication alimentaire. Il rassure tout le monde en pronostiquant une disparition rapide des symptômes dans la journée. Claire reste au lit et dort toute l'après-midi puis se réveille presque en forme pour le dîner. Elle s'endort ensuite très tôt, fatiguée par ce qui lui est arrivé.

Maggy se tord la cheville en descendant le perron. Elle a très mal et le bas de sa jambe enfle. Phil l'emmène voir le médecin qui diagnostique une entorse. On lui agence un savant bandage pour immobiliser autant que faire se peut l'articulation. Maggy garde la chambre et doit éviter de marcher tant qu'elle a mal.

A l'heure du déjeuner, Claire reçoit une lettre de son amoureux qui vient lui souhaiter la bonne année mais lui annonce qu'il met un terme à leur liaison, car il n'est pas assez sûr de ses sentiments envers elle. Claire est en larmes pendant tout le repas. Phil demande à Françoise de s'occuper du problème.

Joséphine et Paul vont souvent se promener ensemble dans Morleau et en périphérie. Joséphine connaît bien les lieux et c'est elle qui indique à Paul où bifurquer quand ils arrivent à un croisement. Malheureusement, lors d'une de leurs promenades, Joséphine trébuche et tombe par terre la tête en avant. Paul est affolé quand il voit son visage ensanglanté, son genou couronné et sa jupe rougie par le sang. Françoise est quelque peu bouleversée quand elle voit dans quel état est sa sœur. Elle désinfecte laborieusement ses plaies et bande son genou. Heureusement les écorchures sont superficielles et ne nécessitent pas de recourir à un docteur.

Cette succession de problèmes décourage Françoise qui entrevoit des lendemains difficiles quand ils vivront tous ensemble à Paris.

Phil, lui, a quelques motifs de satisfaction. Il se sent devenir progressivement le maître des lieux. Françoise lui demande son opinion quant à l'agencement du jardin et de la maison. Près de deux hectares sont en prairie. La terre doit être fertile car elle était plantée en vignes il y a quelques années. Phil suggère de transformer plus tard la prairie en un vaste verger.

Tous ensemble, ils attendent minuit le 31 décembre pour se souhaiter une bonne année 1948. En France l'année 1947 a été rude sur le plan social avec des grèves à répétition très violentes, les ouvriers réclamant brutalement des augmentations de salaire. Des sabotages à la SNCF par des militants syndicaux ont entrainé le déraillement d'un train dans le Nord et ont fait plus de vingt morts. Un début d'apaisement semble se profiler depuis la mi-décembre, de bonne augure pour la nouvelle année.

Le 2 janvier, c'est le retour vers Paris. Les deux familles sont tristes de devoir se séparer mais Françoise apprécie de souffler un peu après une semaine de travaux domestiques intenses et quelques émotions !

76

PARIS, FRANCE, JANVIER ET FEVRIER 1948

De retour à Paris, les familles Destivel et Dumaine retournent vers leurs logements respectifs. Etrange pour de jeunes mariés de se retrouver obligés de vivre séparés, dans la même ville, encore pour quelques temps, quelques jours après leur mariage !

Dès sa réapparition à Paris, le général Destivel se voit proposer un nouveau poste, celui de directeur du service du personnel de l'armée de l'air. Ses activités d'inspecteur des bases aériennes d'outre-mer l'ont intéressé. Cependant, depuis son retour d'Angleterre après la fin de la guerre, il ne peut s'empêcher de trouver déficiente l'organisation de l'armée de l'air française, comparée à celle de la Royal Air Force qu'il a eu le loisir d'observer pendant les mois passés à Gaitford.

Le général Destivel accepte ce poste avec enthousiasme car d'emblée il voit clairement quelles réformes proposer à sa hiérarchie. Etant essentiellement basé à Paris, Phil aura des déplacements limités, ce qui l'arrangera au moment où il est en train de réorganiser sa vie privée.

Fin janvier, Phil et Françoise n'ont toujours pas trouvé d'appartement à louer, ce qu'ils commencent à trouver pesant. Début février, le curé de la paroisse met Phil en contact avec un couple qui souhaite louer un appartement plus petit que celui qu'ils occupent. Françoise et Phil visitent leur logement dans la perspective d'un échange. Phil leur montre le sien, rue Lecourbe. Ils tombent d'accord et leurs propriétaires respectifs acceptent la permutation des locataires. Françoise et Phil vont ainsi pouvoir disposer d'un grand appartement au 185 bis rue de Vaugirard, près du boulevard Pasteur. Malgré la taille du logement qui comprend salon, salle à manger et cinq chambres avec un couloir de vingt-cinq mètres de long, le loyer est modeste car le chauffage central n'est pas installé. Des poêles à charbon, à feu continu, sont présents dans chaque pièce mais il faut les alimenter matin et soir ce qui est contraignant. Phil en a déjà l'habitude car le dispositif est le même dans son logement actuel et cela ne le gêne pas. Les locataires de cet appartement et Phil déménagent le même jour. Ce chassé-croisé leur simplifie la vie et leur évite des problèmes de stockage de meubles et quelques nuits d'hôtel. Françoise emménage le lendemain.

Extraits du journal de Claire Destivel :

Samedi 28 février 1948
Je continue à voir mon amoureux. En janvier, il m'a envoyé une nouvelle lettre pour me revoir. Il m'a dit d'oublier la lettre de rupture qu'il m'avait envoyée en Bourgogne. J'ai accepté et on s'est revu. On a été plus loin que des baisers. Quel trouble, j'adore !

J'ai finalement été très heureuse du mariage de papa. J'aime beaucoup Françoise, c'est une femme remarquable. Papa semble heureux et c'est ça le principal. Maggy qui était souvent pénible, s'est adoucie. Elle est tellement contente du remariage de son fils !
…..
Ça y est, nous venons de déménager et sommes enfin arrivés dans le grand appartement de 7 pièces. Jamais de ma vie, je n'avais vu une chose pareille : une poussière à tout casser ! On ne pouvait rien toucher sans être dégoutant. Mais c'était sympathique. Avec Paul et Agnès, on a constitué une équipe de ménage très efficace et on a bien rigolé. On a mis deux jours à tout astiquer. Cet appartement va être agréable, je le sens ! Je le préfère à celui de la rue Lecourbe. Il est beaucoup plus clair. On va être nombreux à habiter ici. L'ambiance va être très gaie. Michel est souvent excité mais il vient fréquemment sur mes genoux pour avoir des câlins. Romain est tout calme et ne fait jamais de bêtises, incroyable !

77

EPILOGUE, JUILLET 1948

Cela fait maintenant plus de quatre mois que les familles Dumaine-Destivel ont fusionné et vivent ensemble. Françoise redoutait la survenue de conflits mais il n'y en a pas eu. Les familles s'entendent bien. Certes, il y a beaucoup à faire au quotidien en termes de courses, cuisine, ménage, lavage, couture car tous les jours ils sont sept à déjeuner et neuf le soir pour le dîner. Maggy et Joséphine aident beaucoup et l'armée fait bien les choses. On a attribué à Phil un ordonnance à temps plein c'est-à-dire un soldat qui fait son service militaire et qui est à la disposition de la famille du général pour les tâches domestiques. Le chauffeur de Phil est lui aussi mis à contribution et conduit Françoise dans la journée là où elle souhaite aller quand le général n'est pas en déplacement.

Françoise et Phil vont régulièrement au cinéma le soir en semaine. Tous les deux adorent Gérard Philippe. Ils vont plusieurs fois le voir et le revoir dans la Chartreuse de Parme de Christian-Jaque et le Diable au Corps de Claude Autant-Lara. Ils apprécient aussi les expositions de peinture dans les musées et les grandes galeries. Françoise a été étonnée de voir Phil s'intéresser particulièrement à l'art abstrait, en pleine effervescence à Paris en cette période. Elle a du mal à comprendre l'abstraction lyrique mais se sent progresser grâce aux explications de son mari ! Tous les deux sont souvent invités à des cocktails, dîners et même des bals en milieu militaire. Phil est fier de présenter sa jolie femme à ses collègues étoilés. Françoise est ravie de sortir en robe de soirée et d'être courtisée par ces généraux dont les épouses ont pour la plupart quinze ou vingt ans de plus qu'elle.

La vie intime de Phil et Françoise ne manque pas de piquant. Ils font souvent l'amour et le font bien, mais Françoise dans ses moments d'extase ne peut s'empêcher de soupirer avec force, émettant des sons certes mélodieux mais peu discrets. Heureusement leur chambre donnant dans l'entrée de l'appartement, est située loin des quatre autres de telle sorte que Phil est le seul à profiter des vocalises de son épouse !

Phil était veuf depuis 1938. Il a mis dix ans à reconstruire sa vie. Tout a été compliqué par la guerre, les déménagements successifs au Maroc et en Angleterre, sa mère qu'il a dû prendre en charge, son accident avec huit mois d'hospitalisation répartis sur deux séjours, son épisode amoureux si intense avec Victoria. Puis Françoise est arrivée dans sa vie. Leur amitié s'est muée en un amour profond mais avec des secrets résiduels dont celui de deux enfants qui sont les siens et dont Françoise ne connaît pas l'existence. De son côté, Françoise ne lui a jamais parlé du trésor de Georges Guérin, ni des lingots d'or entassés dans un coffre à la banque. Voilà des secrets qui pourraient devenir explosifs dans le futur ! Mais ces secrets sont bien gardés car très peu en connaissent l'existence.

L'avancement de Phil dans l'armée a été rapide. En dix ans, il est passé du grade de commandant à celui de général de brigade. A l'heure actuelle, il regrette sa vie de pilote mais sa nouvelle activité au service du personnel l'intéresse vivement. Il apprécie aussi d'être devenu quasi châtelain.

Françoise n'est restée veuve que quatre ans. Mariée en premières noces au beau capitaine Dumaine, elle est maintenant devenue la générale Destivel. Elle n'a jamais raconté à son mari que grâce à la complicité d'un sous-officier allemand, déserteur, homosexuel, dont elle est devenue une grande amie, elle a pu s'enrichir.

Paul vient de réussir son bac. De plus en plus passionné d'aviation, il souhaite devenir pilote de chasse. En octobre, il va aller à Grenoble pour préparer le concours de l'Ecole de l'Air, pensionnaire à l'Ecole des Pupilles de l'Air. Lui n'est pas pupille de la nation mais quelques places étaient encore disponibles pour des enfants d'aviateurs, qui avaient encore leurs parents. La perspective de quitter sa nouvelle famille l'attriste car il trouve vraiment sympathiques tous ces dîners où chacun parle de sa journée, de l'actualité et de ses projets. Depuis l'emménagement, il dort sur un divan dans le salon et bénéficie de la chambre de service du sixième étage pour travailler, ce qui lui procure une liberté jalousée par Claire et Agnès. Il a arrangé la chambre de façon plaisante, avec un divan pour pouvoir y prendre un peu de repos pendant les week-ends et un fauteuil club en cuir acheté au marché aux puces. Plusieurs modèles réduits et photographies d'avion sont les principaux éléments de décorations des lieux.

Paul et Joséphine ont toujours quelque chose à se raconter et ne détestent pas d'avoir un peu de temps pour discuter sans oreille indiscrète pour les écouter. Paul qui n'avait jamais fréquenté d'aveugle auparavant, est étonné par ce que Joséphine réussit à discerner malgré sa cécité. Pas besoin pour elle d'avoir des yeux pour deviner les états d'âme de ceux à qui elle parle. Sur la base du seul timbre de la voix de ses interlocuteurs, elle devine instantanément s'ils sont heureux, malheureux ou simplement soucieux. Si elle se trouve dans un lieu qu'elle ne connaît pas, elle s'en fait rapidement un modèle tridimensionnel incluant la place des principaux meubles qui y sont disposés. Il y a un mois, il s'est passé quelque chose d'étonnant dans la vie de Paul. Un dimanche après-midi, toute la famille, Maggy comprise, est partie se promener dans Paris, en direction des jardins du Luxembourg. Seuls sont restés dans l'appartement, Paul plongé dans ses révision de bac et Joséphine qui avait été gênée par un début de crise d'asthme la veille. Au moment où Paul a ouvert la porte de l'escalier de service pour monter travailler dans son bureau, Joséphine lui a dit qu'elle se sentait angoissée et qu'elle aimerait, si cela ne l'ennuyait pas trop, monter avec lui dans son bureau pour s'y reposer et ne pas rester seule. Ils sont donc montés tous les deux. C'était la première fois que Joséphine allait dans cette chambre. Elle s'est allongée tout de suite sur le divan. Paul s'est plongé dans ses livres de physique. Au bout de dix minutes, Paul a regardé en direction de Joséphine et a constaté qu'elle s'était endormie. Elle a dormi profondément près d'une heure. Paul a été troublé par la proximité du corps de cette belle femme dont la robe s'était légèrement retroussée, mais suffisamment pour laisser apparaître ses cuisses et même sa culotte, s'il se penchait un peu. Paul a eu du mal à détourner son regard mais a fini par se sentir coupable de regarder ainsi une personne non voyante ! A son réveil, Paul s'est rendue compte qu'elle ne savait plus trop bien où elle était. Elle s'est levée et à tâtons s'est mise à explorer la chambre. Quand elle est arrivée à Paul, elle a mis sa main dans ses cheveux et a poussé un petit cri :

— Ah ! Je me souviens maintenant ! J'ai dormi profondément. Je ne savais plus où j'étais ! Il fait chaud ici, dis-moi.

— Oui, aujourd'hui il fait très beau, la température monte. On est sous les toits.

Ensuite, ils sont redescendus dans l'appartement. Joséphine s'est mise à son tricot, un paletot pour Romain, et Paul a continué ses révisions.

Quant à Claire qui va bientôt avoir dix-sept ans, elle vient d'être reçue à son premier bac. Même si elle commence à se poser quelques questions sur son devenir, c'est son quotidien en ce moment qui l'intéresse le plus. Elle doit bientôt partir camper quelques jours dans les Alpes avec Agnès et Paul, puis retrouver ses grands-parents maternels et des cousins au bord de la mer à Saint-Jean-de-Monts. Cette perspective lui plaît mais la séparation pendant deux mois d'avec Charles, son amoureux, qu'elle voit régulièrement dans le plus grand secret, la chagrine. Pendant les vacances de Noël, il y a six mois, quand elle avait reçu une lettre de rupture à Morleau et avait dit à son père que c'était fini entre eux, Phil avait été soulagé. Ensuite, elle ne l'a pas informé de la reprise de leur relation. Parfois, elle dit à son père ou à Françoise qu'elle part se promener dans Paris avec des amies de son école mais c'est son petit ami Charles qu'elle rejoint dans la chambre d'étudiant qu'il loue depuis deux mois, pas très loin de chez elle, avenue de Breteuil.

Dans l'intimité, ils s'embrassent beaucoup. Charles est devenu plus entreprenant et pendant leurs baisers il a tenté de lui caresser les seins. D'abord rétive, Claire s'est laissée un peu faire. Elle aime les caresses de Charles et ce n'est pas parce qu'il touche ses tétons, ce qu'elle trouve bien agréable, qu'elle va tomber enceinte ! Avant-hier, ils sont d'abord allés boire une bière à la terrasse d'un café. Après avoir longuement parlé de leurs lectures, ils sont montés dans la chambre de Charles, un peu éméchés. Quand ils se sont embrassés, Charles a soulevé sa jupe et a mis sa main entre ses cuisses. Elle a trouvé cela très agréable mais un peu honteuse lui a demandé d'enlever sa main au bout de quelques secondes. Revenue chez elle, Claire a réfléchi. Elle ne veut absolument pas tomber enceinte mais pourquoi se priver de caresses intimes si agréables avec les mains ? Elle-même a très envie de découvrir le sexe de Charles qu'elle sent dur et gonflé dans son pantalon. Elle a hâte de revenir dans la chambre de son ami et de se montrer moins prude tout en restant vigilante sur ses éventuels assauts !

Agnès a treize ans ou presque. Elle vient juste d'avoir ses premières règles. Sa maman lui avait tout expliqué sur la puberté chez la jeune fille. Elle n'a pas été surprise de ce qui lui arrivait mais elle a eu très mal ventre. A la rentrée prochaine, elle va changer d'école et va fréquenter le lycée Victor Duruy près de l'église Saint François Xavier. Phil est très gentil avec elle et l'aide souvent le soir à faire ses devoirs de Math. Elle est fière de monter parfois dans la voiture de fonction de son beau-père et d'être conduite par un chauffeur. Agnès rêve déjà de mariage avec un bel officier avec qui elle aura plusieurs enfants tout mignons.

Michel a dix ans et bientôt onze. Pour sa sixième, il va être pensionnaire à Grenoble dans l'école des pupilles de l'air. Michel est un peu déluré et manque souvent de respect avec les adultes, même s'il est très drôle dans ses réparties. Phil pense que la discipline de cette école d'enfant de troupe va lui être bénéfique. Françoise est triste de son départ et le trouve un peu jeune pour être pensionnaire mais Michel, lui, est très content de partir là-bas surtout que Paul sera présent dans cette école pour y préparer l'école de l'air.

Romain est le pitchoun de la bande. A bientôt cinq ans, sa maman le considère toujours comme son bébé. Il adore venir le matin dans le lit de Françoise et Phil, pour se faire câliner. Le soir, c'est sur le genoux de Claire et d'Agnès qu'il aime rester pour qu'elles l'aident à prendre son dîner.

Maggy se sent bien dans cet appartement où elle sait se rendre utile. Phil n'en revient pas de la voir autant transformée. Finie, la Maggy autoritaire qui se mêlait de tout et voulait tout diriger. Elle est devenue discrète, aide beaucoup dans la cuisine, ne se plaint jamais. Maggy trouve formidable de vivre avec son fils et Françoise dont elle admire la classe et la distinction à longueur de temps. Elle ne revoit plus Fernand qui pourtant a réussi à se sortir de la fâcheuse situation dans laquelle il s'était mis. Déçue par son comportement, elle a abandonné toute idée de remariage avec son cousin. Maggy est heureuse de voir son petit-fils Paul sur les traces de son père. A soixante-quatorze ans, elle se demande souvent combien de temps il lui reste à vivre et si elle verra le mariage de ses petits-enfants.

Joséphine n'imaginait pas, il y a un an, venir vivre à Paris dans le nouveau foyer de sa petite sœur Françoise, mais le hasard a bien fait les choses. Sa nouvelle demeure n'est pas très éloignée de l'association Valentin Haüy près du métro Duroc. Elle y va souvent, accompagnée par un des enfants ou par sa sœur, pour y renforcer sa connaissance de l'écriture Braille. On lui propose en ce moment d'apprendre à coudre et de venir plusieurs demi-journées par semaine fréquenter un atelier où elle confectionnera des taies d'oreiller et des chemises de nuit. Ces travaux seront rémunérés et ce sera pour elle une grande première que de gagner de l'argent suite à un vrai travail. Elle va accepter cette proposition qui contribuera à lui faire quitter son statut de perpétuelle assistée. Joséphine pense aussi que la fréquentation d'autres aveugles la conduira à un début de vie sociale en dehors de sa famille.

En mars, John et Svetlana sont devenus officiellement mari et femme à la mairie du 5ème arrondissement de Paris. Tous les membres de leur laboratoire sont venus les féliciter et participer au vin d'honneur qu'ils avaient organisés dans un café de la rue Mouffetard. Tout de suite après son mariage, John a écrit à Edith, la femme du pasteur chez qui il logeait quand il travaillait comme chercheur au sein de l'ORS, pour lui donner des nouvelles et lui raconter son mariage. John et Svetlana sont actuellement en Angleterre chez les parents de John. Heureusement Svetlana a réussi à susciter la sympathie du pasteur Luxley, le père de John, qui a été traumatisé par la lettre de son fils lui annonçant son mariage avec une mathématicienne russe, réfugiée politique, et probablement agnostique !

Fin juin Svetlana a soutenu sa thèse de Mathématiques au Collège de France. Conseillés par le mathématicien Norbert Wiener, John et Svetlana ont, tous les deux, postulé pour des postes de chercheur en Mathématiques appliquées au « Massachusetts Institute of Technology » près de Boston. Ils sont actuellement dans l'attente d'une réponse. Svetlana a écrit au professeur Kolmorov, son ancien directeur de thèse à Moscou pour lui raconter sa vie à Paris et lui annoncer son mariage avec John à qui elle a demandé d'ajouter un petit mot pour Andrei. John a pu constater qu'elle avait conservé des rapports très francs avec le professeur malgré les circonstances.

Enfin, récemment, Françoise a reçu une lettre de Wilhelm. Une longue lettre dans laquelle, il lui raconte son arrivée aux Etats-Unis, son installation à Washington dans un bel appartement dont a hérité Jim, son ami avec qui il est parti, et finalement ses démarches auprès du FBI pour y obtenir un emploi. Son séjour à Nuremberg et son travail pour l'administration, le fait que sa mère était américaine, sa parfaite connaissance de l'allemand et de l'anglais lui ont facilité la tâche. Il est fier d'annoncer à Françoise son recrutement comme agent fédéral, impliqué dans la surveillance des scientifiques dont les recherches ont un caractère stratégique. Malgré la guerre froide, certains chercheurs américains continuent à tisser ou à entretenir des liens avec leur collègues de l'Est, ce qui peut poser problème !

Le jour du 14 juillet, Françoise et Phil sont à Morleau. Phil trouve sa femme particulièrement rayonnante. Ensemble, ils partent au bal organisé comme chaque année par la municipalité. Ils ne vont pas directement danser mais s'assoient d'abord dans l'unique café de Morleau pour se désaltérer. Phil commande un verre d'aligoté et Françoise une menthe à l'eau. Françoise lève son verre la première et tout sourire dit à Phil :

— Je suis passée hier matin voir le docteur Lamy à Chagny. Il m'a confirmé ce que je soupçonnais. Je suis enceinte. C'est probablement pour le mois de décembre !

A PROPOS DE L'AUTEUR

James de la Boullaye est de formation scientifique. Médecin et chercheur, il trouve depuis quelques années liberté et plaisir dans l'écriture de fictions littéraires.

www.ingramcontent.com/pod-product-compliance
Lightning Source LLC
Chambersburg PA
CBHW051932020726
47501CB00001B/82